U0107109

文　学

经　典　鉴　赏

元明清词三百首

上海辞书出版社文学鉴赏辞典编纂中心 编

上海辞书出版社

编者小识

“三百首鉴赏辞典系列”是我社古典文学鉴赏方面的一套小丛书，至今已陆续出版了近二十个品种，历时近二十年。它依托于我们一套编纂历史更长、规模更大的“中国文学鉴赏辞典系列”，延续其风格，具体而微。因其选目精当，篇幅适中，深受读者欢迎，已成为古典文学图书市场上的畅销书，也是长销书。其中《唐诗三百首鉴赏辞典》《宋词三百首鉴赏辞典》《古文观止鉴赏辞典》《元曲三百首鉴赏辞典》等自面市以来，已数十次重印。

为了更好地满足读者的需求，我们感到有必要对“三百首鉴赏辞典系列”从内容到形式做一些升级。在内容的修订方面，首先，对篇目进行了调整完善，以期更好地反映这些年文学研究的进展，读者阅读口味的变化。我们注重经典，也尽力了解和满足新一代读者的审美风尚。我们还参考了最新的课程标准，尽可能地囊括了新编教材的篇目。其次，我们再一次地对全书内容进行了审校，改正了多年习而不察的舛误。在形式上，我们采用精装的形式，版式上力图醒目、美观，一改过去“字小纸透”的缺陷。种种修订、更新，我们只有一个目的，就是让读者能更好地体验传统文学的魅力。因一些品种如古文、楚辞不足三百之数，为名实相符，我们索性将此系列更名为“文学经典鉴赏”。

需要说明的是，“文学经典鉴赏”仍保持我社文学鉴赏辞典的特色。不唯在选目上精益求精，在鉴赏文方面也一如既往地讲究辞理俱佳、典雅博洽，使赏析和原作相得益彰。相比于时下众多选本蜻蜓点水似的评论，我们的鉴赏文字均由古典文学领域的专家精心撰写，凝聚了他们深厚的学术功底和文学修养，看似“冗长”，实则字字珠玑，内涵丰富。各位作者娴熟运用现代文艺理论，全面而深入地分析作品的写作背景、艺术特色、文学成就，解释“古典”“今典”，揭示“诗心”“文心”，仿佛旧小说里所讲的“车轮战法”——通过各个角度、各个层面的解析，使文学作品丰富的意蕴纤毫毕现。

奇文共欣赏，疑义相与析，让我们跟着名家的步伐，逐渐地提高自己的审美鉴赏能力吧。

文学鉴赏辞典编纂中心

2022年10月

目录

元词

明 词

清 词

元　　词

摸鱼儿　元好问

问世间、情是何物，直教生死相许？天南地北双飞客，老翅几回寒暑。欢乐趣，离别苦，就中更有痴儿女。君应有语，渺万里层云，千山暮雪，只影向谁去？　横汾路，寂寞当年箫鼓，荒烟依旧平楚。招魂[1]楚些何嗟及，山鬼[2]暗啼风雨。天也妒，未信与，莺儿燕子俱黄土。千秋万古，为留待骚人，狂歌痛饮，来访雁邱处。

注 ① 招魂：《楚辞·招魂》序："宋玉哀屈原忠而斥弃，愁懑山泽，魂魄放佚，厥命将落，故作《招魂》欲以复其精神。"
② 山鬼：《楚辞·九歌》篇名，有"东风飘兮神灵雨"之句。

这是一首咏物词。作者驰骋着丰富的想象，运用拟人等艺术手法，紧紧围绕"情"字，对大雁殉情的故事展开了深入细致的描绘，塑造了一个忠于爱情的大雁的艺术形象，谱写了一曲凄恻动人的恋情悲歌，寄托了作者对殉情者的哀思。

情因景而生，词为情而作。作者在词前小序中说："太和五年乙丑岁，赴试并州，道逢捕雁者云：'今旦获一雁，杀之矣。其脱网者悲鸣不能去，竟自投于地而死。'予因买得之，葬之汾水之上，累石为识，号曰雁邱。时同行者多为赋诗，予亦有《雁丘词》。"这就是说，雁殉情而死的事，强烈地拨动了作者心灵的琴弦，使其挥笔写下了这首充满激情的词。

这首词的主旨是赞美雁情坚贞专一。词的开头三句，陡然发问，奇思妙想，破空而来。作者本要咏雁，却从"世间"落笔，以人拟雁，赋予雁情以超越自然的意义，想象极为新奇。"情是何物"，这似乎是一个尽人皆知的问题，事实上许多人只是从形骸上看待男女之爱，并不懂得什么是"至情"，作者劈头提出这个问题，显然是要唤起世人对"至情"的关注，为下文写雁的殉情预作张本；同时也是为了点出"情"字，并用它贯穿全词。古人认为，情至极处，"生者可以死，死者可以生"。"生死相许"，是互爱着的双方可以生死与共。情是何物而至于以生死相许！这是因大雁殉情一事引起的普遍的感叹，同时也是对"至情"的力量的讴歌。在"生死相许"之前加上"直教"二字，便补足了"情"这个"物"的魔力之大。这样开篇，中心突出，气健神旺，犹如盘马弯弓，为下文写雁之殉情蓄足了笔势。

接着，作者便凭借着丰富的联想和想象，对雁的生活、雁的心理活动和鸿雁殉情的原因，层层深入地展开描写。"天南地北"二句写雁的生活。大雁秋天南下越冬而春天北归，双宿双飞，这本来是一种自然现象，而作者却称它们为"双飞客"，赋予他们的生活以人格化理想化的色彩。"天南地北"，从空间落笔，"几回寒暑"，从时间着墨，用高度的艺术概括，写出了大雁的相依为命，一往情深。其实，雁的殉情绝不是简单的"深情"二字所能概括得了的，故作者接下去又用抒情的笔调描绘雁的痴情，指出它们在长期的共同生活中，既有团聚的欢乐，也有离别的酸辛，但没有任何力量能把它们分开。"痴儿女"三字，使用拟人的手法，表现了这对"双飞客"的心心相印与感情的深挚专一。然后写孤雁的心理活动。君，指殉情的大雁。当"网罗惊破双栖梦"之后，作者认为孤雁心中必然会产生生与死、殉情与偷生的矛盾。而且它肯定是想自己虽然获得了一线生机，但情侣业已亡逝，自己形孤影单，前途渺茫，即便能苟活下去，还有什么意义呢？于是痛下决心，追旧侣于九泉之下，"自投于地而死"了。"万里""千山"，写征途之遥远，"层云""暮雪"，渲染征途之艰险，用烘托的手法，揭示了大雁心灵的轨迹，交代了它殉情的原因，动人心弦。在这里，作者调动了形象描写、心理刻画和抒情议论多种艺术手段，塑造了大雁的形象，再现了一个完整的内心世界，一条奔涌的思想和感情的流程，用具体事实坐实了"情"字。

过片以后，作者又借助对自然景物的描绘，衬托出大雁殉情之后的凄苦。在作者笔下，在孤雁长眠的地方，当年汉武帝渡汾河祀汾阴的时候，箫鼓喧天，棹歌四起，是何等热闹；而今平林漠漠，荒烟如织，箫鼓声绝，一派萧条冷落的景色。古与今，人与雁，形成了鲜明对比，更加使人感到鸿雁殉情后的凄苦与孤寂。但是，雁死不能复生，招魂无济于事，山鬼也枉自悲啼，死者已矣，而人也就无可奈何了。说景即是说情。在这里，作者把写景同抒情融为一体，用凄凉的景物衬托孤雁的悲苦生活，增强了作品的悲剧气氛，表达了作者对殉情大雁的强烈而真挚的哀悼与惋惜。

词的最后，写作者对殉情大雁的礼赞。作者认为，孤雁之死，其感情价值之高，上天也应生妒；虽不能说"重于泰山"，但也不会与莺儿、燕子之死一样同归黄土而了事。它的美名将永世长存，万古长青。"千秋万古"，从正面歌颂；"莺燕黄土"，从反面衬托。相反相成，从不同方面共同阐明了大雁殉情的不朽的社会价值。

心有灵犀一点通。雁之殉情事实上就是无数青年男女为追求幸福美满的爱情、婚姻和家庭生活而不惜献出青春甚至生命的投影，而作者对雁之殉情的赞美，就是他对无数青年男女坚贞专一爱情的歌颂，也是对他们爱情遭受梗阻、破坏的叹息。

总之，这首词围绕开头两句发问，一层一层地写出了一段动人的情事，用事实回答了什么是"至情"。全词情节虽然并不复杂，而行文却腾挪多变，有大雁生前的欢乐，也有死后的凄苦，前后照应，上下勾联，寓缠绵之情于豪宕之中，寄人生哲理于淡语之外，清丽淳朴，温婉蕴藉，具有很高的艺术价值。（薛祥生）

摸鱼儿　元好问

泰和中，大名民家小儿女，有以私情不如意赴水者，官为踪迹之，无见也。其后踏藕者得二尸水中，衣服仍可验，其事乃白。是岁此陂荷花开，无不并蒂者。沁水梁国用，时为录事判官，为李用章内翰言如此。此曲以乐府《双蕖怨》命篇。"咀五色之灵芝，香生九窍；咽三危①之瑞露，春动七情"，韩偓《香奁集》中自序语。

问莲根、有丝多少，莲心知为谁苦？双花脉脉娇相向，只是旧家儿女。天已许。甚不教、白头生死鸳鸯浦？夕阳无语。算谢客烟中，湘妃江上，未是断肠处。　　香奁梦，好在灵芝瑞露。人间俯仰今古。海枯石烂情缘在，幽恨不埋黄土。相思树[2]，流年度，无端又被西风误。兰舟少住。怕载酒重来，红衣半落，狼藉卧风雨。

注 ① 三危：一作"三清"。四部丛刊本《香奁集》序作"三危"。三危，神话中的仙山，见《山海经·西山》。 ② 相思树：《搜神记》卷十一：宋康王舍人韩凭娶妻何氏，美。康王夺之。凭自杀，妻投台而死。里人埋之，二冢相对，一夕之间便有大梓木生于二冢之端，旬日而大盈抱，屈体相就，根交于下，枝错于上。有鸳鸯雌雄各一，恒栖树上，交颈悲鸣，音声感人。宋人哀之，遂号其木曰"相思树"。

这首《双蕖词》是《雁丘词》的姊妹篇，都是驰名千古的佳作。《雁丘词》是写雁的殉情，悲雁即是悲人；而这首《双蕖词》却是直笔写人，写民间青年男女殉情的悲剧。作者在词序中以同情的笔调详细交代了这个悲剧产生的时间、地点、人物以及故事的始末，哀艳动人。这首词，则是就这个悲剧故事抒发作者自己的感受，向为争取爱情自由而牺牲的青年男女表同情，从而表现了作者某些进步的思想观点。

词的上片，写并蒂莲的形象，并揭示这形象的底蕴，表达作者同情与痛惜的心情。词以"问"字起句，一个"问"字，领起"莲根""莲心"两句。"丝"谐"思"，男女双双殉情，沉于荷花塘，化身为并蒂莲，莲根（藕）之"丝"，自然就是他们的爱情之思；而"莲心"，亦即人心，他们生不得结为伉俪，被迫而死，其冤其苦，可想而知。一"丝"一"苦"，是两句的核心，而且贯串全词。劈头以领字发问，表现了词人不可按捺的激动情绪，笔势一如连弩。在词中，起句用领字，多是用以写回忆题材或铺叙眼前景物，抒发感慨，而以领字发问，却不太常见。这种起句，多是在词人对所咏的对象，深有感触，情绪激动，要议论，要质问，酝酿再三，至不可按捺时，冲口而出，其发问的内容，往往是作者思考的核心问题，这一出口，便如水决长堤，一发而不可收。作者的《雁丘词》也是这种起句法。"双花脉脉娇相向"以拟人的笔法写花，更是以拟物的笔法写人，仅此一笔，就写出了"双花"亦即这对"痴儿女"相互依恋的形象与情态。然后用"只是"一句，明确点出了这"双花"原来就是那"大名（今属河北）民家小儿女"。元好问词中用"旧家"一词不少，都是"从前的""原来的"的意思。以上几句，字里行间都流露着作者对这民家儿女的同情。"天已许"两句，作者的感情进一步激烈，指出这对痴情儿女，在人间不能结合，而死后却能化作并蒂莲，他们生死不渝的爱情已得到"天"的同情与首肯。那么，这样的一对青年，为什么不让他们白头偕老?！这一问，笔锋猛转，作者的思想升华到一个新的高度，闪出了向整个封建礼教抗争的火花。从而表现了他的进步的妇女观、婚姻观。"鸳鸯浦"非实指，而是虚构的一个充满爱情和欢乐的场所，词人是希望这对青年能"白头生死"于这样的环境里。作者写的是爱情，用"鸳鸯"字样，也自然有一种映衬的作用。作者的质问，未能得到什么回答，唯见"夕阳无语"而已。"夕阳"句，有着浓厚的感情渲染，看来，"夕阳"也在沉思，也在悲痛，而作者的感情也随之转入深沉，以至于"断肠"了。"谢客"三句，就是在表达这种"断肠"的感情。"谢客"即南朝宋谢灵运，灵运小字"客儿"，时人因称"谢客"。他曾作过《伤己赋》，所写皆伤感之境，伤感之情，其中有"播芬烟而不熏，张明镜而不照，歌白华而绝曲，奏蒲生之促调"诸语，"谢客烟中"，或指此。"湘妃"，指传说中的娥皇、女英，舜的二妃，舜南巡，死于苍梧之野，二妃寻而不得，遂死于湘水。凡此，本来都是至伤至悲之境，但词人却说，这些都"未是断肠处"，显然，"断肠处"就是这民家儿女殉情的荷花塘了，这里曾沉下殉情者的肉体，而眼下正开着他们魂魄化成的并蒂莲花。这三句引古喻今，而又抑古扬今，意在着力表现作者痛心疾首的悲伤情绪。

下片过片引唐韩偓《香奁集》自序语，用神话般的灵芝、瑞露映衬这对青年爱情的圣洁。这样的爱情，却似梦般很快消失了。“俯仰之间，已为陈迹”，这是大可叹惜的。但是，“海枯石烂情缘在”，他们的爱情是不灭的，他们的“幽恨”，也是“黄土”所掩埋不掉的。两句盛赞其爱情的坚贞永固。元好问是金元间的赫赫大儒，能对这民家儿女的“私情”，唱这样的赞歌，作出这样的评价，实在是难能可贵！这里再次表现了他进步的爱情观、婚姻观。“相思树”三句，仍属借古喻今，以古代的韩凭夫妇比拟眼前的民家儿女，把韩凭夫妇的冤魂化成的“相思树”，比拟眼前的并蒂莲。“相思树”是古代爱情悲剧的象征，而随着时光的流逝，到现在“又被西风误”者，则是指这对青年，他们被“误”，以至于死，罪在那充满杀气的“西风”。“西风”显然是当时封建势力、封建礼教的代名词。“无端”二字用得极好，它既确切地表现了作者的正义立场，同时用以归罪“西风”，鞭挞“西风”，胜似千乘之师。“兰舟”以下四句，抒写作者对并蒂莲凭吊与珍惜的感情。这几句的笔势，似在收束全词，但却收而不束，反给全词再泛一层涟漪。要“兰舟少住”，意在凭吊。由于前面对并蒂莲着墨甚多，故结处乃兴凭吊之意。作者料到，若不及时尽情凭吊，那么，以后再来的时候，恐怕就要“红衣半落”，甚至于“狼藉卧风雨”了。“红衣”指荷花。一个“怕”字，极见词人感情，他对这青年男女用生命结成的并蒂莲十分珍惜，因而生怕其凋零。同情之心，珍爱之意，情真意切，掬之可出。一对青年，死而化莲，已属不幸，若再被风雨欺凌，狼藉池塘，岂非更悲！这自然是词人根据当时社会形势所作出的预料：美好事物将再次被恶势力摧毁！显然，这一预料给全词更增添了悲剧气氛，作者写爱情悲剧的使命，也就此完成了。

通过以上的分析解剖，我们可以看到，这首词的突出特点是以情见胜，富有一种纯情之美。全词句句有情，在以凄婉愤懑为主要特征的基调下，又能时作变化，或同情，或痛惜，或珍爱，或抗争，以至于愤然高呼，种种感情错杂其间，从而形成了一种起伏多变的感情潮。作者为了把他的感情表达得淋漓尽致，在写作上，他运用了议论、抒情、写景、叙事等多种笔法，交互错杂，熔于一炉，且借典用事，皆有助于感情的表达。值得注意的是，在现存元好问三百七十多首词中，爱情词所占比例很小很小。但一经涉笔，便臻绝唱，而且所写多是悲剧，除这里的《双蕖词》、《雁丘词》外，还有《江梅引》(墙头红杏粉光匀)、《小重山》(酒冷灯青夜不眠)等。在他的这些词中，大多充满着悲壮贞刚之气，与其他一些惯写柔靡爱情的词人绝不同调。元好问之所以这样，盖与其所处的特定时代有关，这些词很可能都暗寓着一种殉国之思或故国乔木之痛，并非泛泛敷衍故事。

关于这首词的写作年代，词序中有“沁水梁国用，时为录事判官，为李用章内翰言如此”云云。梁国用，未详；李用章即李俊民。看来作者能写这首词，其故事素材当取于李俊民，盖由李氏转述而来。而元好问之认识李俊民，盖在贞祐丙子(1216)之后不久。据李俊民《庄靖先生遗集·一字百题》诗序，俊民于贞祐乙亥(1215)秋七月南迁，侨居于河南福昌县“厅事之东斋”。次年丙子，遗山避兵南渡，寓于福昌县之三乡镇(见《遗山集·故物谱》)。两人相识，盖在此时。俊民为之转述双蕖故事，遗山因有是作，上距“泰和”(1201—1208)中，已十余年了。其时，金国危在旦夕，以此，益知词中寄意遥深，非徒用事炼句敷衍故事而已。(邱鸣皋 秋如春)

水龙吟　元好问

素丸何处飞来，照人只是承平旧。兵尘万里，家书三月，无言搔首。几许光阴，几回欢聚，长教分手。料婆娑桂树，多应笑我，憔悴似，金城柳。

不爱竹西歌吹，爱空山、玉壶清昼。寻常梦里，膏车盘谷，拏舟枋口。不负人生，古来惟有，中秋重九。愿年年此夕，团栾儿女，醉山中酒。

这首词写作的具体时间难以确考。但词中提到的“盘谷”、“枋口”二地，皆在河南济源县，于登封为近，因此可大致断定，此词写作时间约在金兴定三年(1219)至正大二年(1225)之间，某一年的中秋之夜。这时已是金朝的末期，因受蒙古的军事压迫，迁都汴梁，仅保有河南、陕西之地。元好问在汴京任国史院编修，眷属则在河南登封。

词的上片是对过去离乱生活的回顾与感慨。元好问自金宣宗贞祐元年(1213)以来，因避兵几经转徙，颠沛流离，哥哥元好古死于兵乱之中。移家登封后稍微安定下来，但在汴京为官，仍是单身生活。北边烽火未熄，自己孤身一人，是这首词的抒情背景。开头一句，“素丸何处飞来”，突兀发端，笔势飘逸，却原来又到中秋了。这轮明月，和承平时候一样圆，一样亮，而今国家破碎，故乡沦陷，孤独的词人，只有“无言搔首”而已。“几许光阴，几回欢聚，长教分手”，是对过去多年离乱生活的回忆和概括，读来沉挚悲凉。上片结句仍回到对月情境，以月亮作镜子，照出自己憔悴的容颜。这是多年离乱的结果，也是前面回忆的一个收束。

词的过片，以否定句式，逆接上片，强调了自己不爱繁华、独喜幽静的情操。繁华之地每伴随着荣利追逐，而清幽之处则远离尘嚣，这是词人写这几句的真意所在。“玉壶”，以其清冷明润之质象征朗月，“清昼”则表月明如昼。空山明月之夜，是词人所向往的境界，每每梦寐以求之。盘谷为唐李愿隐居之地。韩愈《送李愿归盘谷序》末云：“膏吾车兮秣吾马，从子于盘兮，终吾生以徜徉。”词人括成“膏车盘谷”一句，也有追随之意。集中另有同调词一篇，题为“同德秀游盘谷”，编次此词之后，当是后来实地往游时作。其中有云：“野麋山鹿，平生心在，长林丰草。……把人间万事，从头放下，只山中老。”抒写同样情怀，可以参看。“枋口”，据《新唐书・地理志》，孟州济源县有枋口堰。太和五年，河阳节度使温造于此疏浚古秦渠，以灌溉济源等四县田。水边拏舟，亦闲暇适情的事。不过山水之情，只存梦想，词人接着感叹，在现实生活中，只有中秋、重九亲人的团圆，才能给人一点生之欢乐。因此，他只愿能返回家中，年年中秋，享受一点天伦之乐。《景德传灯录》卷八载襄州庞居士偈曰：“有男不婚，有女不嫁，大家团栾头，共说无生话。”作者概括为“团栾儿女”句，含意是非常蕴藉的。

词中化用前人成句和典故处，除以上已举出的之外，“家书三月”，是杜甫诗句“烽火连三月，家书抵万金”的节缩，利用读者的心理积淀，以更简括的字句，传达了同样的感受。“金城柳”出自《世说新语・言语》：“桓公(温)北征，经金城，见前为琅邪时种柳，皆已十围，慨然曰：‘木犹如此，人何以堪。’攀枝执条，泫然流泪。”还有一个“竹西”，在扬州城北。竹西本身不算有名，自杜牧《题禅智寺》诗“谁知竹西路，歌吹是扬州”以后，遂为文人所称道，姜夔的《扬州慢》至称为“竹西佳处”。作者用很少的字句调动起读者的记忆，增强了词作的感情厚度。(张仲谋)

鹧鸪天　　元好问

薄命妾辞

颜色如花画不成。命如叶薄可怜生。浮萍自合无根蒂，杨柳谁教管送迎。　　云聚散，月亏盈。海枯石烂古今情。鸳鸯只影江南岸，肠断枯荷夜雨声。

“薄命妾”即“妾薄命”，乐府杂曲歌辞名，见《乐府诗集》卷六十二。曲名本于《汉书·外戚传》孝成许皇后疏“妾薄命，端遇竟宁前”（竟宁，汉元帝年号）。李白等曾用这个乐府旧题写过乐府诗，苏轼写过《薄命佳人》诗，有“自古佳人多命薄，闭门春尽杨花落”句，皆咏叹封建社会妇女的不幸。元遗山取乐府旧题之意，谱入《鹧鸪天》词，也表现了同样的主题。词中首先用“如花”写女性的“颜色”美，而以“画不成”加以强调和补充描绘“美”的程度。元遗山大概对“画不成”很欣赏，在他的诗词中曾多次重复使用，如“一片伤心画不成”、“一段伤心画不成”等。赵翼《瓯北诗话》曾摘录遗山重复句多种，从而认为遗山“复句最多”。作者在略一交代“颜色”之后，即以逆笔用比喻的手法，一连三句描述这女性的“薄命”。三句三个层次。“命如叶薄可怜生”，总写薄命，用“如叶”形容其薄，扣题。因其命薄，所以可怜，“生”，语助词。三、四两句，分别从两个方面写其“薄命”，第三句，再取“浮萍”作比，写身如飘萍。“无根蒂”，即生活无定，且毫无社会地位，“自合”，是说命运注定，语似平常，而作者对这种命运愤懑之情，却暗含其中。第四句又取“杨柳”作比，写其送往迎来的身世。杨柳是离别的象征，古人折柳赠别，故刘禹锡《杨柳枝》有云：“长安陌上无穷树，唯有杨柳管别离”。杨柳还有“迎来”的一面，故李商隐《杨柳枝》云：“为报行人休尽折，半留相送半迎归。”这一句，意在显示这女性的身世，从以杨柳喻其送往迎来的特质看，她可能是个妓女，这与上句的“无根蒂”正合。诗词中妓女以杨柳作比，颇著先例。《敦煌曲子词·望江南》有“我是曲江临池柳，这人折了那人攀，恩爱一时间”语，显然是写妓女。而过片两句所说的聚散如云、亏盈如月的情况，正是这“恩爱一时间”的形象说法。词人把这位女性推到如此地步，正是为了极写其“薄命”。“谁教”一词，用得很好，它既表现了这女性对自己“薄命”身世的哀怨，同时也表现了她的觉醒，这自然也是作者的觉醒。刘禹锡说“唯有杨柳管别离”，而这里则以“谁教”提出质问，其锋芒似乎已指向当时的社会。其思想感情较上句的“自合”显然浓烈而明朗得多了。下片后三句转入抒情。言这女性命虽薄，而情却深。“海枯石烂”，极言其情深而执着。但是，由于命运不好，不得与心目中的情人团聚，如同鸳鸯不能成对，孤身只影，凄然于“江南岸”。这里也是再次写她的“薄命”。遗山另有《西楼曲》云：“海枯石烂两鸳鸯，只合双飞便双死”，在元遗山看来，是鸳鸯情侣，就应该（“只合”）双飞双栖，以至于双死，他笔下的《雁丘词》、《双蕖词》、《金娘词》等，就是这种思想的具体体现。在这首词中，则是“鸳鸯只影江南岸”，是极痛苦悲惨的，故结句乃有“肠断枯荷夜雨声”之说。这一句是就前句意思加以渲染烘托。夜雨淅沥，敲打着枯荷，形成了一种极为凄凉的境界，身在其境的“鸳鸯只影”，怎么能不“肠断”呢？这一句，绘形绘声，再次为薄命人的悲惨遭遇传神写照。

这首词，几乎句句运用比喻，把“薄命”这样一个很抽象的概念，写得有形有色，化抽象的意识为具体的形象，这是本词用笔的高招。另外，这首词似有其寄托意义，寓有作者的自我身世之感。从“鸳鸯只影江南岸”看，此词似作于词人南渡之后，时值金朝垂危，国运和词人命运皆如飘萍。正如他在南渡后写的一首《临江仙》中所说：“自笑此身无定在，风蓬易转孤根。”同调词又云：“自笑此身无定在，北州又复南州。”金亡之后，词人命运更惨，国破家亡，无所附丽，俯仰由人，以浮萍杨柳，以至于“薄命妾”自喻，于情于理，皆无不可。而“颜色如花”、“命如叶薄”则是作者怀才不遇的愤慨之词。作者思国念家，情缘不断，正是词中所说的“海枯石烂古今情”。汤显祖评《花间集》说：“杨枝、柳枝、杨柳枝，总以物托兴。前人无甚分析，但极咏物之致，而能抒作者怀，能下读者泪，斯其至矣。”所论极是。再者，香草美人，也正是我国古代诗词中常用的比兴手法。从这种观点出发，我们对元遗山的这首词，似应当透过其表面形象，深入认识其寄托意义。（邱鸣皋　秋如春）

清平乐 太山上作　　元好问

江山残照，落落舒清眺。涧壑风来号万窍，尽入长松悲啸。　井蛙瀚海云涛，醯鸡日远天高。醉眼千峰顶上，世间多少秋毫！

蒙古灭金之后，元好问感慨故国沦亡，不愿为官。公元1236年，他暂居冠氏（今山东冠县）。这年三月，一位友人将赴泰安，约元同行。在时达三十天的旅行中，他游览了东岳泰山并写下了《东游略记》、《游泰山》诗和这首《清平乐》词。在词中，元好问表示了他对自然伟景的赞叹和对世事得失的闲淡心情。

词一开篇，便展现了一派苍莽景象。夕阳的余晖照遍了眼前的山峦河流，词人在泰山上极目远望，四周景物历历在目。落落，清晰的样子。此句全从杜甫《次空灵岸》诗中的“落落展清眺”一句来，概括了所见到的总印象，给人以开阔而清丽的视觉感受。接下来不再写“舒清眺”的具体景物，而是另起一笔，从视觉范围转入对听觉形象的描写，以风声来表现泰山的壮伟气势。万窍，是指众多的山洞树穴。《庄子・齐物论》：“夫大块噫气，其名为风。是唯无作，作则万窍怒号。”词句便是由此脱胎而出。峡谷间的山风吹来，大小洞穴中都发出声响。下句进一步加强风声效果，风入松林，林间响起阵阵悲壮的呼啸声。这又暗用《齐物论》中“山林之畏佳”（畏佳，风吹物动貌）之意。两句一从山谷中写风，一从松林间写风。风不可见，借物而知，一“号”一“啸”，极为雄壮，富于表现力。“悲”字又具有词人的主观色彩，同时开启后片的抒情。

《孟子・尽心上》说，孔子“登泰山而小天下”。泰山以其高耸特立，视野开阔，历来为登临的人们所赞叹。词人登泰山而纵览，自比于井蛙见到了大海上如云的波涛，醯鸡见到了遥远处的太阳、高高的天，大开了眼界。“井蛙”出于《庄子・秋水》：“井蛙不可以语于海者，拘于虚也。”井底之蛙，由于受所处狭小环境的局限，不知道有个大海，因此也不可能去谈论大海。词中以井蛙与瀚海、云涛并列，不用动词连接，凭登高揽胜的感受，自然地就发展了原出典的意思。“醯鸡”也用《庄子》的典，见《田子方》篇。孔子求见老聃问道后，出来告诉颜回说：“丘之于道也，其犹醯鸡欤！微(没有)夫子(指老聃)之发吾覆也，吾不知天地之大全也。”醯鸡是醋瓮中的蠛蠓，一种小虫，瓮子有盖盖着，不见天日；一旦揭去盖子(发覆)，它就见到了天了。词人登上泰山，也有这种感受。下句“醉眼千峰顶上”，就写出了如同井蛙临海、醯鸡见天所到达的那种境界，正是他《游泰山》诗中所说的：“孤云拂层崖，青壁落落云间开。眼前有句道不得，但觉胸次高崔嵬。”当此身之所处，眼之所见，心之所感，凑泊笔端，于是便有“世间多少秋毫”的顿悟之句。这一句是反用《庄子·齐物论》“天下莫大于秋豪之末，而大山为小”的命意。庄子主张万物齐一，不是从形式上看待世间万物的大小，而是从各适其性、各守其分这个根本点上来看待事物的大小差别。秋天野兽新生的毫毛本小，而自安其为小；泰山本大，而自得其为大，这就在适性守分上有了一致性，因而大非大，小非小，甚至小即是大，大即是小了。元好问登上泰山千峰顶上，俯身下视，“积苏与累块，分明见九垓”。(《游泰山》诗。意为九州土地上的宫殿台榭宛如层叠的土块、堆积的柴草。语出于《列子·周穆王》“王俯而视之，其宫榭若累块积苏焉”。)这两句与此词同时所作的诗可以为“世间多少秋毫”句作注脚。但是词人无意于同庄子辩论泰山、秋毫的大小问题，他登泰山而说秋毫，不过是借用《庄子》的字面；他的所谓“世间”，也不限于指说“醉眼”中所见的房屋树木之类实在之物。其本意只是要说，世上的种种情事也不过如秋毫一般渺小，包括功名得失、人事悲欢等等。词人此刻正当故国沦亡之后，避难异乡之时，心情是悲伤的、惨淡的。他不能如杜甫那样吟出“会当凌绝顶，一览众山小”(《望岳》)的显示自信心和积极进取精神的诗句，所吐露的倒是有些接近李白“旷然小宇宙，弃世何悠哉”(《游太山六首》之一)的心声，所以他《游泰山》诗结尾说：“徂徕山头唤李白，吾欲从此观蓬莱。”(李白《游太山》诗有“登高望蓬瀛，想象金银台”之句。)“世间多少秋毫”一句的含意，实是以旷放掩其苦闷，与上片末句的“长松悲啸”的意境是相通的。

全词短短八句，四处化用《庄子》中的语句，却不向老庄思想中讨生活，自有他自己的精神面貌。中间也并非枯燥地说理，而是以形象语言抒发情怀，显得自然而精练。风格清旷沉郁，与稼轩词可谓在伯仲之间。(马承五　陈长明)

鹧鸪天　耶律楚材

题七真洞

花界倾颓事已迁，浩歌遥望意茫然。江山王气空千劫，桃李春风又一年。　横翠嶂，架寒烟，野花平碧怨啼鹃。不知何限人间梦，并触沉思到酒边。

“七真”是道教祖师茅盈等七人的合称，“七真洞”为供奉七位道教祖师的道观，故址在今北京。作者所生活的金元时期，北方大地几经沧桑，世事屡迁，短短的一百余年间，辽、金、宋、蒙古几个王朝相继废兴。世道的变幻、人生的无常，直接引起了以逃避现实、全身远害为归旨的新道教——全真道在北方的兴盛。此时作者站在这座几经劫难而成为历史见证者的道观面前，自然是感慨万千。耶律楚材的先祖为辽东丹王耶律突欲，其父耶律履曾任金尚书右丞。耶律楚材金末任开州（治所在今河南濮阳）同知、燕京行尚书省左右司员外郎，元太祖十年（1215）降蒙古。作者这种特殊的身世，使得词中的沧桑之感和兴亡之慨也就更为深沉和凝重。

作品起首紧扣词题，叙写眼前“七真洞”的景况：“花界倾颓事已迁。”花界，本指佛教寺院，此处借指道教宫观。道教宫观本是尘世中的众生躲避灾祸追求解脱的一块圣土，当年也曾是香火不断，信徒云集，而这样的往“事”如今早已“迁”变无存了，就连其自身也已颓败崩塌，七真洞盛衰迁移在词中显然是整个世事沧桑巨变的一个缩影。接下来词人并未继续描绘眼前道观“倾颓”的景象，而是把目光投向了遥远的山河大地，发出了“浩歌遥望意茫然”的感慨。词人高歌长啸，意欲抒泄心头的郁闷，然而怅惘迷茫的意绪却是无法摆脱的，面对颓败的道观和大好的“江山”，他陷入了历史兴亡的深思和困惑之中：“江山王气空千劫，桃李春风又一年。”古代的望气之术认为天子所在之地的上空有象征帝王运数的祥瑞的“王气”。“千劫”极言时间之长，佛经谓世界经历着反复形成和毁灭的过程，一次即为一劫，此处指燕京作为都城历史的久远。史载，耶律楚材通晓“星历、筮卜、杂算”等古代方术，作为缺乏现代科学意识的古代文人，他自然相信眼前的燕京古城有着凝聚不散的帝王之气；然而无情的事实使他看到的则是一座座高耸的帝王大厦接连地崩塌！一个“空”字，生动地写出了词人在他难以理解的历史兴亡面前所感到的惊愕与困惑。“桃李春风”一句又以大自然的永恒更进一步反衬世事的沧桑翻覆。由此，词人的“茫然”之慨犹如出岫之云，浓浓地弥漫了词的上片。

下片“横翠嶂，架寒烟，野花平碧怨啼鹃”三句承接“桃李春风”句继续写“遥望”所见的自然景象：远山横亘大地，好似一道道青翠的屏障；寒意未退的云岚悬浮在山顶，犹如架起一条通向天际的桥梁。一片碧绿的草原上点缀着朵朵艳丽的野花；杜鹃悲凄地啼叫着，好像在向世人诉说自己的哀怨。这一切看似全为眼前景色的描写，而实则皆是心中情语的吐露。迷濛的山峦、荒凉的原野、悲鸣的啼鹃，无一不透露着词人茫然、失落、悲凉和怅惘的心境。一个“寒”字、一个“怨”字，便是词人这种心境的标志。至煞尾处，词中的这种情感则由隐而显：“不知何限人间梦，并触沉思到酒边。”面对这世道的沧桑翻覆、人事的盛衰兴亡，词人苦苦地思索，只觉得它如同梦幻一般无法理解和把握，于是只有借酒来解脱这深深的迷茫和无奈了。对词的最后两句，况周颐曾评道：“高浑之至，淡而近于穆矣，庶几合苏之清、辛之健而一之。”（《蕙风词话》）的确，这里既表现了词人超然物外的清淡之风，同时又体现了作者悲慨激越的豪健之气，“出世”与“入世”的矛盾同时融合在了词句之中。

清陈廷焯《词则》以“雄秀”来称美此词语言上的特点，实际上全词的风格也可以此来概括。作为令词，作品尽管体制短小，却写得境界开阔，气象宏大，同时又笔触细腻，不失婉柔；既有“江山王气”的雄浑，又有“桃李春风”的秀丽。这豪健而兼婉秀的词境，正蕴涵着作者深重的沧桑之感和隐微的故国之思。（赵维江）

迈陂塘　李　治

大名有男女以私情不遂赴水者。后三日,二尸相携出水滨。是岁陂荷俱并蒂

为多情、和天也老,不应情遽如许。请君试听双蕖怨,方见此情真处。谁点注,香潋滟、银塘对抹胭脂露。藕丝几缕。绊玉骨春心,金沙晓泪,漠漠瑞红吐。　连理树,一样骊山怀古。古今朝暮云雨。六郎夫妇三生梦,幽恨从来艰阻。须念取,共鸳鸯翡翠,照影长相聚。秋风不住。怅寂寞芳魂,轻烟北渚,凉月又南浦。

一对青年男女因恋情受挫而投水,陂塘遂遍开并蒂莲,这桩发生在金泰和(1201—1208)中河北大名的奇事,曾在当时文坛引起过很大反响。先是有元好问以《摸鱼儿》(即《迈陂塘》)词咏其事叹其情,接着作者又用同调和之,使词坛因此多了两首脍炙人口的佳作。与元好问的原作相比,李治此词毫不逊色。

与以往同类作品如汉代的《古诗为焦仲卿妻作》多以叙事为主不同,这首词和元好问的原作都由"是岁陂荷俱并蒂"的奇闻入手,并由此揭出其为精诚所感的原因,从而具有浓郁的抒情色彩。在这方面,李治甚至比元好问走得更远。他在词的一开始,便单刀直入地突出一个"情"字:首先是"多情",谓使天也能与之共老,其深广久长足以感天动地;然后是"情遽如许",为抗拒命运坚定决绝,不容半点犹豫迟疑。虽然"不应"两字透出责怪和怜惜,但贯穿三句始终的却是由衷的赞叹。所以下面两句略作停顿,在结构中宛如小说的"谓予不信,请听慢慢道来"。其中的"双蕖怨"既切"荷俱并蒂"实景,又巧用调名(《迈陂塘》又称《双蕖怨》),语意双关,妙在善于映带。如按文理,以下一般当述男女赴水事由经过,可作者仍避实就虚,以果寓因,从银塘双荷的形貌落笔,写出其藕丝相连、红香滴泪、春心共守的动人情景。"金沙"是指金沙罗,一种开花似酴醾、红艳夺目的树木,这里借喻荷花。这一段文字为并蒂荷图貌留影,意象艳美凄绝,不禁让人由物及人、因景思情,顿生无限感慨。而前文所言"此情真处",也通过物化的奇异缠绵,得到了不言而喻的生动体现。

换头以"连理树,一样骊山怀古"承接,遂将时事传闻与古代故实联通,而同样紧扣生死不渝的男女情爱。连理树和并蒂莲在古往今来的诗词作品中一直是夫妇恩爱、长相厮守的象征,因此引来贴切,顺理成章。同时,连理树此前早已有着许多美丽的相关传说,它能使人联想起战国韩凭夫妇、汉代焦仲卿与刘兰芝、唐代李隆基和杨玉环等轶事。虽然词中仅用"骊山"点出李杨情事,但实际所含"怀古"的内容却要比字面所及广泛丰富得多。正是借了这一番转切开拓,词意就由所写大名男女之情扩展放大到了古往今来人间无数相恋男女的共同之情,从而大大加深了抒情的意义和力度。然而世事十之八九不如人意,这种深藏于男女相恋双方内心的真情尽管铭心刻骨,却很少能有完美的结局。"朝暮云雨"是用宋玉《高唐赋》记楚怀王昼寝梦巫山神女典,"六郎夫妇"是用唐代武则天宠臣张昌宗(排行第六,人称六郎)夫妇不能经常相守典,都在为"幽恨从来艰阻"提供例子,并以此应合词序所言"私情不遂"的难以避免。最后作为对殉情男女

亡灵的安慰，作者设想并蒂莲还能与出双入对的鸳鸯和翠鸟长守共伴，取得一点生前无法实现的精神寄托。但秋风不断，使寂寞的芳魂在凄迷清凉的烟月中充满了离别的愁苦和幽怨，无法排遣又没有穷尽。词作在一片凄婉高华的境界中收结，给人留下了人生长恨、千古同悲的深深叹息。

此词之所以深受后人称道，以为"堪与《雁丘》（指元好问《摸鱼儿》词）作并传"（张宗棣《词林纪事》引《乐府纪闻》），首先得力于大名民间所传之事的奇特，但更重要的是由于词人表现技巧的完美。全词用抒情取代记事，写景生动艳丽，怀古融贯古今，行文收放自如，用词华美清新，具有很高的艺术造诣；而赞美人间真情，又是其叶茂、花美、果丰的根植所在。（曹明纲）

满江红　　许　衡

别大名亲旧

河上徘徊，未分袂、孤怀先怯。中年后、此般憔悴，怎禁离别。泪苦滴成襟畔湿，愁多拥就心头结。倚东风、搔首谩无聊，情难说。　　黄卷内，消白日。青镜里，增华发。念岁寒交友，故山烟月。虚道人生归去好，谁知美事难双得。计从今、佳会几何时？长相忆。

许衡是有元一代的名臣、大儒，不过我们在这首《满江红》中看到的则是他人格中的另一面——普通人都有的亲情与友谊，由于他在当时社会中特殊的身份、地位和经历，这种亲情和友谊又有着他特殊的体验和感受。许衡出生于河内（今河南沁阳），二十八岁时迁于大名（今属河北）隐居，在此躬耕自食，聚徒讲学，直到四十六岁他的这种情况才发生变化。这一年（1254）忽必烈为了推行教化，征召当时在中原已久负盛誉的许衡为京兆教授。这首词即为作者应召赴任时辞别亲友的作品。

作品开篇擒题，点明道别之意。以"徘徊"写依依惜别的景况；以"先怯"言忧愁满怀的心境。怯，胆怯。由前面的"孤"字可知，这一"怯"指孤独无依的忧惧心理。这本是分别之后的感受，可词人却说他在这"未分袂（分手）"时已感到了，以此强调这亲情的可贵和离别的不堪。接着词人又联系自己的身世遭际，对这离别的不堪作更进一层的渲染："中年后、此般憔悴，怎禁离别。"许衡这次离乡已四十六岁，故曰"中年"。据载，作者隐居期间，生活十分艰苦，常食糠茹菜为生，身体状况自然不会太好，故词中有"憔悴"之语。人在中年时期各方面已大体稳定，不再适于漂泊的生活了，况且又是"此般憔悴"，此时"离别"自然也就更加不堪了。作品就是这样一层层地将离别的感受推向了痛苦的峰巅，于是很自然有了下面句中对离别愁苦的这般描绘："泪苦滴成襟畔湿，愁多拥就心头结。""拥就"，结成。"心头结"，即心里的疙瘩。这两句使用工整的对偶句式，将"泪"与"愁"对举，分别从身心两个方面写出了由离别引起的极度哀愁与痛楚。在这分手的时刻，远行者当有多少心里话要对亲友诉说，然而他却是"倚东风、搔首谩无聊，情难说"。"倚东风"即站立在春风中。"谩"，犹言非常。"无聊"，无所寄托，此处意谓不知如何表达心中的感情。宋柳永《雨霖铃》词云："执手相看泪眼，竟无语凝噎。"许词在此表达的也是这样一层意思：情到极处，无声更胜有声。

上片主要描写了离别之际的痛苦情状，下片转入对“难说”之“情”的具体诉说。“黄卷”，犹言书卷，古代书籍多用黄纸刻印，故云。开始四句形成了一联整齐的对仗：黄卷对青镜，白日对华发。不仅对得工稳，而且色彩对比十分鲜明。在这强烈的反差中，我们明显地感到了一种沉重的人生迟暮之感。这里的潜台词是：大好的青春年华早已逝去，词人也早已弃绝了从政入仕的念头，而就在这时却要他离乡别亲去应召，这怎能不使他倍感痛苦呢！他所不能忘怀的是这样一种恬淡悠然的隐居生活：“岁寒交友，故山烟月”——在寒冷的日子里有好友可交往，出门来有故乡的山水云月可赏游。这是一种对心灵自由的追求，离别是因为要应召，这意味着这种自由的丧失。由此他陷入了一种无法解脱的人生困境：“虚道人生归去好，谁知美事难双得。”许衡作为一名传统的士人，其人生观自然要受到儒家思想的影响，不可能完全超脱“修齐治平”的价值取向，况且君命又难以违抗，但是在心灵深处他又更向往那自由恬淡的归隐生活，这使他只能发出“美事难双得”的无奈感叹。正是这种难言的隐衷使词人在离别之际如此地感伤和哀痛。由此他预感到：“计从今、佳会几何时？长相忆。”“佳会”，指与亲人故友的欢会。这两句既是上面文意的延伸，同时又是对篇首的回应。词人“徘徊”不去、未别“先怯”的动因也正在于此。

中国古典诗词历来不乏离情别绪的描写，许衡的这首《满江红》可谓元词中这方面的一篇上乘之作。由于这类作品很多，写不好便极易落入俗套，可贵的是作者避开了一般的浮泛描写，处处从个人的真实经历出发，表现出了自己独特的生活感受。据载，作者入仕后曾言：“生平为虚名所累，不能辞官，其心可哀矣。”（转引自《古今词话》）这首词表现的即是词人这样一种发自心灵的哀痛，故此有着强烈的感染力。在艺术形式上，此作首尾圆通，层递有序，语言平实畅达，又多用偶句，与其质朴的情感内容相得益彰。在看熟了唐宋艳词中那些男女间缠绵悱恻的离愁描写之后，再来读许衡的这首写男人间别情的作品，当会有耳目一新的感觉。（赵维江）

洞仙歌　刘秉忠

仓陈五斗[①]，价重珠千斛。陶令家贫苦无畜。倦折腰闾里，弃印归来，门外柳、春至无言自绿。　山明水秀，清胜宜茅屋。二顷田园一生足。乐琴书雅意，无个事，卧看北窗松竹。忽清风、吹梦破鸿荒，爱满院秋香，数丛黄菊。

注 ① 五斗：即“五斗米”，晋代县令的俸禄，后泛指官俸。语出《晋书·陶潜传》：“吾不能为五斗米折腰，拳拳事乡里小人邪。”有学者考证，陶渊明所谓“五斗米”当指“五斗米道”。历代文学作品用陶渊明事，多以“五斗米”为官俸，刘秉忠词亦然，故本文仍从旧说。

在封建时代，做官的滋味也不大好受——为了那份俸禄，要干许多不愿干而又不得不干的事，要见许多不想见而又不可不见的人，更头疼的是，要讨皇帝老儿的欢喜，要拍上司大人的马屁，……总之，要拿人格和灵魂的扭曲作代价。当然，有人已修炼到了利欲熏心、厚颜无耻的境界，在官场上如鱼得水，左右逢源，此辈自是流连忘返，大有“此间乐，不思蜀”之概；但对那些为人正直，处世率真，不愿同醉同浊，宁可独醒独清的士大夫来说，摆在他们面前的路只有两条：

要么违心而痛苦地“仕”下去，要么像陶渊明那样毅然决然地“归去来”。如果由于种种原因，一时还“归”不得，那么至少在理想上，在感情上，在意向上，他们必须就此二者作出明确的抉择。

这首词，就是作者尚友古人陶渊明，追求精神家园的一篇“归去来兮辞”和“归田园居”诗。从字面上看，是咏陶；而究其实质，却是自明心迹。

词中所用的语典和事典，大都出自陶传或陶集，因而在赏析此词之前，有必要一一予以交代。《宋书·隐逸传》载：“陶潜字渊明。……为彭泽令。……郡遣督邮至，县吏白：应束带见之。潜叹曰：‘我不能为五斗米折腰向乡里小儿！’即日解印绶去职。赋《归去来》。”是刘词“五斗”、“陶令”、“倦折腰闾里（即乡里），弃印（印，官印，弃印即弃官）归来”云云之所本。“家贫苦无畜”则出陶氏《归去来兮辞》自序：“余家贫，……瓶无储粟。”“畜”同“蓄”，即“储”也。又陶氏尝撰《五柳先生传》以自喻，曰：“先生……宅边有五柳树，因以为号焉。”刘词“门外柳”云云用此。又陶氏《与子俨等疏》自称“少好琴书”，且云：“五六月中，北窗下卧，遇凉风暂至，自谓是羲皇上人。”刘词“乐琴书”“卧看北窗松竹”“清风吹梦”云云用此。又陶氏爱菊，屡见其诗，如《饮酒》二十首其五云：“采菊东篱下，悠然见南山。”其七云：“秋菊有佳色，浥露掇其英。”刘词末二句，殆由此生发。弄清楚了这些语码，词意也就不难索解了。

“仓陈五斗，价重珠千斛”，一起便奇，便怪。“奇”在何处？“怪”在何处？“奇”就“奇”在“五斗”之前加了“仓陈”二字。“仓陈”也者，即《史记·平准书》之所谓“太仓之粟，陈陈相因”。陶渊明虽不把那份皇粮放在眼里，也只蔑称为“五斗米”而已；词人却变本加厉地说，这“五斗米”还不是新鲜米，它不知在皇仓里积压了多少年！你道“奇”也不“奇”？至于说到“怪”，“怪”就“怪”在这“仓陈五斗”竟然“价重珠千斛”！古制，一斛为十斗，宋末改为五斗。那么，“千斛”便是五千斗了——仅就数量而论，已是“五斗”的一千倍；何况“珠”宝与“陈”米，价值本来就天差地别。说这五斗陈米的价格竟比千斛珍珠还高，岂非悖论？你道“怪”也不“怪”？然而它委实“奇”得好，“怪”得好。不“奇”不“怪”，则“语不惊人”；“语不惊人”，则读者淡淡读过，作者的话也就白说了。惟其“奇”，惟其“怪”，方能耸人听闻，发人深省。深省至再，我们方才明白词人的意思：那五斗陈米是要用“折腰向乡里小儿”的行为去换取的，也就是说，要牺牲人格，“摧眉折腰事权贵”（李白《梦游天姥吟留别》）。“人格”之价值，岂不高于“珠千斛”乎？经过这一番复杂的“汇率”兑算，结论终于出来了：皇粮虽“陈”，也不好白吃的。

皇粮既不好白吃，那么不吃也罢。然而不成，“陶令家贫苦无畜”，贫士苦于家无储备，有时还非吃皇粮不可。这真是莫大的悲哀！谛审前三句的思维逻辑，细按陶渊明的生平事迹，本当这样写才对：“陶令家贫苦无畜。仓陈五斗，价重珠千斛。”其所以倒作“仓陈五斗，价重珠千斛。陶令家贫苦无畜”者，原是为了迁就此词调的句位。但从章法上来衡量，如以“陶令”句开篇，不免疲软平弱；今将“仓陈”二句提前，文气便显得突兀奇峭：可见写作亦如用兵，兵还是那几队兵——步兵、骑兵、炮兵，但如何布阵，孰后孰先，其间却大有讲究。调度得当与否，胜负之势判然。高明的作家正像高明的统帅，他总能把自己的部众配置在最适当的方位！

以下依次写陶渊明弃官、归隐、闲居之赏心乐事。从风调上说，有林泉之高致，无轩冕之俗思，神闲气静，潇洒可人；从文品上说，语言浅近而清新，笔墨流利而停匀，按辔徐行，优游不迫——好处也都是很明显的。或有人问：起三句倒戟而入，突如其来；波折跳跃，匪夷所思，一何排奡而劲激。后来顺水推舟，信流而下，篙横橹歇，波澜不惊，一何松懈而平缓。是不是有点虎头蛇尾？笔者的看法是：“文武之道，一张一弛”，正因为起三句排奡而劲激，所以下文不妨松，不妨平，恰好互相调剂。有三峡之湍急而无出峡后之平缓，也就不成其为长江了。况且，这后面的一大段文字其实是“松”而不“懈”的，平直之中，仍有“词眼”可圈可点。比如上片末的“柳”，下片中的“松竹”，下片末的“菊”，分鼎三足，相映成趣。又如上结“门外柳、春至无言自绿”，明点出一“春”字；下结“爱满院秋香，数丛黄菊”，明点出一“秋”字；而居中的“卧看北窗松竹”则暗寓着一“夏”字（陶《疏》原文作“五六月中，北窗下卧”，农历之“五六月”，不正是夏季么?），亦前后照应，一以贯之。所特别值得注意者，“卧看北窗松竹”句后紧接着就是“忽清风、吹梦破鸿荒（同洪荒，此指梦境空阔而朦胧），爱满院秋香，数丛黄菊”，先生这一觉睡得何其长也——方卧之时，尚是夏日；一梦醒来，竟已成秋！这不由得使我们联想到朱熹的《偶成》诗：“少年易老学难成，一寸光阴不可轻。未觉池塘春草梦，阶前梧叶已秋声。”刘词的艺术构思与之相似。但朱诗之“未觉池塘春草梦，阶前梧叶已秋声”，是象征、比喻之辞，旨在说明“少年易老”，学业“难成”，“光阴”飞逝，时间可惜的道理，用意非常显豁；而刘词则是叙述、描写之辞，旨在表现隐居生活的闲适自在，却未明说，只将不同季节的两组生活场景剪辑成一个连续的过程，意在象外，让读者自己去体味，手法更像电影里的“蒙太奇”。（钟振振）

夺锦标　　白　朴

《夺锦标》曲不知始自何时，世所传者，惟僧仲殊一篇而已。予每浩叹，寻绎音节，因欲效颦，恨未得佳趣耳。庚辰卜居建康，暇日访古，采陈后主、张贵妃事以成素志。按后主既脱景阳井之厄，隋元帅府长史高颎竟就戮丽华于青溪。后人哀之，其地立小祠，祠中塑二女郎，次则孔贵嫔也。今遗构荒凉，庙貌亦不存矣。感叹之余，作乐府《青溪怨》

霜水明秋，霞天送晚，画出江南江北。满目山围故国。三阁余香，六朝陈迹。有《庭花》遗谱，惨哀音，令人嗟惜。想当时天子无愁，自古佳人难得。　　惆怅龙沉宫井，石上啼痕，犹点胭脂红湿。去去天荒地老，流水无情，落花狼籍。恨青溪留在，渺重城，烟波空碧。对西风、谁与招魂，梦里行云消息？

《夺锦标》一词，据其词前小序，知作于“庚辰卜居建康”时。庚辰为元世祖至元十七年(1280)，其时白朴五十五岁。元末明初人孙作在《天籁集》跋文中称：“（白朴）徙家金陵，从诸遗老放情山水间，日以诗酒优游。”此词即是在游宴清溪时所作。小序之末说：“感叹之余，作乐府《青溪怨》。”“乐府”即指此《夺锦标》词，《青溪怨》便是作者自定的词题。或以“青溪吊张丽华”作此词的题目，显然是有违于作者自定的题目名称的。

词中写到的历史人物有两个：陈后主陈叔宝与贵妃张丽华。后者更是主要的吟唱对象。陈叔宝是南朝陈的末代皇帝，张丽华是他最为宠信的美女。丽华不仅貌美，而且生性聪慧，富于才辩，有极强的记忆力。后主常让她坐于膝上以决断朝廷大事。后主建临春、结绮、望仙三阁，自居临春阁，张贵妃居结绮阁，孔、龚二贵嫔居望仙阁。三阁间有复道相连接。张贵妃常靓妆临轩，宫中遥望，飘若神仙。隋军攻克台城时，后主携张、孔一起躲入景阳井中，为隋军所俘，丽华被斩于青溪。白朴凭吊张丽华，当是出于对美的被毁灭的叹惋。“今遗构（指纪念张、孔二妃的祠堂）荒凉，庙貌（指祠堂中的二女神像）亦不存矣”，则更令他增添了一份感伤。

上片写初到青溪其地时的所见、所闻、所感。青溪发源于建康（今南京）钟山西南，向南汇入秦淮河，今已湮没。开头三句，以明朗的色调从时、地两面为青溪定位。“霜水”指青溪。诗人来到青溪，是在秋高气爽的一个傍晚，当时红霞在天，可以清晰地看到江南江北辽阔的天空，眼前是明净的青溪在静静地流淌。一个“画”字下得非常有神。从“满目山围故国”至“令人嗟惜”，进一步从社会历史的角度为青溪定位。但不用史笔作客观的叙述，而是将史事转化为一己的切身体验，动情地唱叹自己作为一位“访古”者踏入这片曾经发生过历史悲剧的土地时的独特感受。“满目”句化用唐诗人刘禹锡《石头城》诗句“山围故国周遭在”。历史上的建康曾是六朝都城，如今周围青山依旧，往日的繁华却只留下一些依稀可辨的“陈迹”。临春、结绮、望仙三阁，也已荡然无存。“三阁余香”是以有写无，以尚有余香暗示已无三阁。“《庭花》遗谱”，指陈后主所作的《玉树后庭花》曲。那是欢愉轻靡之音而不可能是令人听了感到凄惨的“哀音”，白朴称其为“哀音”，有两方面原因。原因之一是从传统的儒家诗教、乐教出发，认为诗歌、音乐应该有助于政治教化，而发乎情、不能止乎礼义的抒写男女情爱之作则有伤风化，甚至可能导致亡国。故《礼记·乐记》说：“桑间濮上之音（指男女互相爱慕的情歌），亡国之音也。”《玉树后庭花》也是此类作品，于是顺理成章也可视之为与亡国有关的“哀音”了。另一原因则是与陈国灭亡时的具体情况有关。当隋军即将攻克台城时，陈叔宝仍在宫中听宫女们演唱《玉树后庭花》。这样，《玉树后庭花》就成了陈后主以佚乐亡国的一个标志。据此，此曲也就虽乐犹哀，完全可以称之为“哀音”了。正是出于同一情怀，白朴深情叹惋，对陈后主佚乐亡国这段历史用“有《庭花》遗谱，惨哀音，令人嗟惜”作了形象的概括。

歇拍二句以“想”字领起，正面揭出导演了这场国破家亡历史悲剧的两位主人公：天子与佳人。这里用了两个典故。《北史·齐本纪》：“（幼主）盛为无愁之曲，帝自弹胡琵琶而唱之，侍和之者以数百，人间谓之无愁天子。”词中借指耽于声色的陈后主。《汉书·外戚传》：“（李）延年侍上起舞，歌曰：‘北方有佳人，绝世而独立。一顾倾人城，再顾倾人国。宁不知倾城与倾国，佳人难再得。’”词中以“佳人”指贵妃张丽华。“想当时”三字，将时间拉回到陈亡之前，与前面写到的陈亡之后的凄凉情景形成鲜明对照，以“天子无愁，自古佳人难得”指明了陈代灭亡的原因是天子不理朝政，耽于女色。在用字上，从“满目”句开始，在连着的四句中用了“故”、“余”、“陈”、“遗”四个关合古今的字，随后又用了“想当时”三字，这些词语的前呼后应，大大加强了此词沉吟咏叹的调子，传达出对世事沧桑、人物升沉的沉重的感喟。

下片承上“想当时”三字生发，笔墨集中在天子与佳人演出最后悲剧的两处现场：景阳宫井与青溪。“惆怅”三句，写自己在想象中凭吊景阳宫井时的感伤。“龙沉宫井”，语本李白《金陵歌送别范宣》中的诗句“天子龙沉景阳井”，指后主携张孔二妃躲入景阳井避难之事。“石上啼痕”二句，是写景阳井的石井栏。相传隋军将后主等人从井中拉出时，张孔二妃的胭脂擦到了井栏石上，从此井栏石上留下了胭脂的红色。《金陵志》说：“旧传栏有石脉，以帛拭之，作胭脂痕，名胭脂井，一名辱井。”其实是所用石材是一种红白相间的“南京红”大理石，与张孔二妃是并无关系的。但也多亏有了这一层附会，给世人增添了一份想象的空间，给游人多了一个凭吊的依据。白朴也正是据此立论，展开想象，诉说自己由这一陈迹引出的“惆怅”。“去去”三句是过渡性的笔墨，词人以感慨不尽的长声唱叹，用缓慢的“摇过”的镜头，展现出一幅空阔苍茫、唯见无情流水、狼藉落花的画面——无愁之天子往矣，难得之佳人往矣，一切都在不言中了。从“恨青溪”句至结尾，均是立足于青溪、立足于如今的诗人的直接抒情。“青溪留在”，是慨叹张贵妃人已不在。“留”，一作“犹”，但此前已有“犹”字，不当重出。“重(chóng)城”，指建康，“渺重城”，是说青溪距离建康显得十分遥远。在实际的空间距离上，青溪与建康相距甚近，这里主要是一种心理上的感受，诉说的是青溪已被冷落、遗忘。“烟波空碧”句，是说尽管青溪水流澄碧，却无人欣赏。“空”字与“渺”字一样蕴含着诗人的情感。“青溪留在”而“烟波空碧”，词人怎能不深为憾恨呢？这几句可与词前小序中的“今遗构荒凉，庙貌亦不存矣”并读；词中直接说的是青溪其地，实际上是借以写出张丽华身后的寂寞。煞尾二句即顺着“恨”情转出。“西风”遥应开篇处的“秋”字。“招魂”，按旧时习俗，是对灵魂的一种安抚。据小序的有关叙述，此处的“招魂”，所招的应是张丽华之魂。“谁与招魂”，是说无人为她招魂；同时，这也是词人想为她招魂的一种间接表示。末句用宋玉《高唐赋》记楚王梦接巫山神女事。神女临别时给楚王留言：“妾在巫山之阳，高丘之阻。旦为朝云，暮为行雨。朝朝暮暮，阳台之下。”这里以巫山神女借指张丽华。所谓“梦里行云消息”，指的是张丽华的音讯。末两句连读，以一个无可奈何的问号作结。词人的感慨之情见于言外，似在说：即使有人招魂，也是难以得到这位多情女子的消息的。

关于此词的思想内容，固然不难指出包含有批判人主荒淫误国以及叹息世事无常、人生若梦之类的内容，但就全篇的感情倾向而言，主要的还是在抒写对一位随着王朝的覆亡而惨遭杀身之祸的美女的哀怜与同情，表现了词人的人道主义的宽广胸怀——关于这一点，如果结合词前小序的后半部分来看，就会得到更为深刻的印象。正是基于深蕴于词作之中的这种人性之美，以致在百代之后使此词仍然具有感人至深的艺术魅力。

此词虽是“访古”之作，但在写法上，并不拘泥于史事本身或寻访古迹过程的客观叙述，而是打通历史与现实，以作者个人对史事的认识与感受为主线展开全部描写。即使是在全词用笔显得最为客观、平直的开头三句中，仍然不难见出处于画面主题位置上的作为抒情主人公的作者的身影。篇中“想”、“惆怅”、“恨”等动词的应用，更使全词获得了鲜明、强烈的主观抒情的色彩。此词语言流利，即使是化用前人成句，竟也如同口出，不见丝毫生搬硬套的痕迹，表现了白朴很高的语言艺术水平。(陈志明)

摸鱼子　白　朴

七夕用严柔济韵

问双星、有情几许？消磨不尽今古。年年此夕风流会，香暖月窗云户。听笑语，知几处、彩楼瓜果祈牛女。蛛丝暗度。似抛掷金梭，萦回锦字，织就旧时句。　愁云暮，漠漠苍烟挂树。人间心更谁诉？擘钗分钿蓬山远，一样绛河银浦。乌鹊渡，离别苦，啼妆洒尽新秋雨。云屏且驻。算犹胜姮娥，仓皇奔月，只有去时路。

这是一首七夕词。牛郎织女七月七日夜鹊桥相会的传说，至少在汉朝便已流传。《淮南子》已载："七夕乌鹊填河成桥渡织女。"《古诗十九首》中"迢迢牵牛星，皎皎河汉女"，便通过这一天上的神话故事表现人间男女爱情受阻、离别相思的哀愁。此后，七夕又渐渐成为妇女向织女乞巧的节日。唐宋诗词中，写这类题材的作品比比皆是。如崔颢《七夕》诗："长安城中月如练，家家此夜持针线。"张先《菩萨蛮》词："双针竞引双丝缕，家家尽道迎牛女。"

白朴此词上片写七夕。开头两句，似受元好问《摸鱼儿》开篇"问世间、情是何物，直教生死相许"启示，慨叹和赞许牛郎织女爱情的真挚深沉，千古以来消磨不尽，超越了时空。同元词一样，用设问句加强语气，避免平铺直述，收到破空而出、灵动多姿的效果，大大加深了读者的印象，堪称"凤头"。中间五句，写人间七夕传统的习俗，呈现了男女七夕欢会，妇女们搭彩楼、列瓜果向牛女乞巧祈福的情景，同时也为下文作出反衬。歇拍四句，由七夕的欢会转向离妇的愁思。先承接上文，由"蛛丝暗度"的风俗写起。据五代王仁裕《开元天宝遗事》载："帝（唐玄宗）与贵妃（杨玉环），每至七月七日夜，在华清宫游宴，时宫女辈陈瓜花酒馔，列于庭中，求恩于牵牛织女星也。又各捉蜘蛛，闭于小盒中，至晓，开视蛛网稀密，以为得巧之候，密者言巧多，稀者言巧少，民间亦效之。"然后用《晋书·窦滔妻苏氏传》苏蕙织锦为回文璇玑图诗寄夫事，暗写这位七夕不能团聚的思妇窥视蜘蛛织网，思念离别在外的丈夫，充满别恨离愁。

下片着重写离愁。换头两句，描绘愁云漠漠、苍烟低垂的暮景，渲染了抑郁黯然的愁情。"人间"以下三句，正面叙写离妇的悲痛，正如天上被银河分隔的牛郎织女一样。"擘钗分钿"，似用白居易《长恨歌》"钗留一股合一扇，钗擘黄金合分钿"诗意，喻指夫妇的生离死别，然此并非只指死别，意如宋洪瑹《踏莎行·别意》"带绾同心，钗分一股"。"蓬山"，古代所传海上三仙山之一的蓬莱，此处喻指远离家乡的丈夫漂泊无定的住所，意如贺铸《芳草渡》"君去也，远蓬莱。千里地，信音乖。相思成病底情怀"。"绛河"，即银河，也叫天河、天汉。王维《同崔员外秋宵寓直》诗："月迴藏珠斗，云消出绛河。"此后三句，以牛郎织女经年恨别，唯有七夕鹊桥相渡的传说，极力点明人间思妇经年长别的痛苦。新秋七月七日之夜，当传说中相隔银河的牛郎织女也在欢聚的时刻，这位思妇依然孤守空房，目睹家家户户"彩楼瓜果祈牛女"的情景，耳闻别人家妇女的欢声笑语，悲苦的离愁越加揪心彻骨，不由地泪落如雨。结拍四句，写思妇悲痛、无奈之后的自我解嘲。思妇悲伤之情经过宣泄之后，想到传说中仓皇奔月、一去不再复返的嫦娥，想起李商隐的《嫦娥》诗，感到自己比起广寒宫里孤独冷清、寂寞难耐的嫦娥倒要稍胜一筹，便以此来安慰自己，减轻内心的离愁。于是张开云母屏风，准备安寝。这是思妇的自我安慰与自我解脱，从中充分地显示了她的善良与大度，但也因此更引起读者的同情和怜悯，深化了"离别苦"的题旨。（张涤云）

点绛唇　王　恽

雨中故人相过

谁惜幽居？故人相过还晤语。话余联步，来看花成趣。　春雨霏微，吹湿闲庭户。香如雾，约君少住，读了《离骚》去。

王恽是元初声望甚隆之文士，也是有元一代名臣。其祖其父均仕于金。元代累官至中奉大夫，赠翰林学士承旨。大德五年(1301)，退居于故里卫州(今河南汲县)。这首小词大约为其晚年所作。此词把叙事、写景、抒情融为一体，叙"雨中故人相过"之事，抒发隐逸山林而心存魏阙之情。是词人既致力于济世，又追求心灵自由这种心理结构的艺术体现。

上片写雨中有故人过访。起笔"谁惜幽居？故人相过还晤语"，径直入题。"幽居"，乃隐居之所，有清幽静谧之意，而以"谁惜"的问语出之，则渲染了清冷寂寞的环境气氛。这正是词人心志的写照。谁能理解幽居之奥妙，谁能体会幽居者的心志？王恽浮沉宦海多年，他曾有《感皇恩》词抒写人生之"幽怀"："纷纷过眼，多少时情物态。杳然清梦去、桴沧海"。他倾慕的是"节序四时闲，功成还退"(《感皇恩》)，"去作花间友"(《点绛唇》)。诗人这样落墨，或许个中有些难言之隐。"谁惜幽居"呢？令人欣慰的是，还有"故人相过"，来晤谈心曲。"晤语"一词表明了他们之间意气相投的契合关系，"隐遁佳期后，晤语契深心"(杜甫《大云寺赞公房》)，当是此语的注脚。故人的到来，使隐居的主人不胜欢喜。三、四两句"话余联步，来看花成趣"，写"晤语"方歇，又同至园中看花。"联步"乃并肩同行之意。"来看花成趣"，化用陶渊明《归去来兮辞》"园日涉以成趣"的语意，透露出主人公逐渐平和的心态和寻芳探胜的勃勃兴致。词人以简洁的笔墨勾勒出一幅兴趣盎然的看花图。

下片意脉承前，集中描写"雨中看花"的情景。过片"春雨霏微，吹湿闲庭户"，照应题目"雨中"，又点明了节候。"霏微"、"吹湿"云云，既写出春风温煦、春雨绵绵的景象，又刻画出春雨"润物细无声"的特点，是极为传神之笔。主人公幽居僻壤，"门虽设而常关"，故云"闲庭户"，语句中隐约透露出洞察人世的心境，如其《如梦令》词所云："老境心便多暇，束缚尘缨高挂。饭饱去寻君，闲步闲吟闲话。闲话，闲话，过眼纷华都罢。"这是词人追求心灵超脱的一种精神体现。在"春雨霏微"中与故人共赏春花，春雨，是"当春乃发生"的好雨，春花，是令人"成趣"的好花，良辰、美景、挚友，人生之快悦莫过于此情此景了，然而这似乎又触动了词人"端居耻圣明"的情怀。结拍"香如雾，约君少住。读了《离骚》去"，揭出全词主旨。"香如雾"，承"看花"和"春雨霏微"，把花之香气和"霏微"的春雨相互融合，创造了一种美丽而朦胧的境界，从而体现了主人公的惆怅情怀。这种惆怅根植于对人生的哲理思索，所以要留友人多坐一会儿，"读了《离骚》去"。语言是明快的，但确有无穷的韵味，让我们与词人一同吟哦《离骚》，也许这样我们才能深刻地把握词人的心灵世界。(徐安琪)

水龙吟　　王　恽

己未春三月，同柔克济河，中流风雨大作，几覆者再。感念畴昔，为赋此词。且以经事之后，重有所惜云

春流两岸桃花，惊涛极目吞天去。孤舟缆解，棹歌声沸，渔舠掀舞。云

影西来，片帆吹饱，满空风雨。怅淋漓元气，江南图画，烟霏尽，汀洲树。　　天地此身逆旅，笑归来，满衣尘土。功名无子，就中多少，艰危辛苦。北去南来，风波依旧，行人争渡。听沧浪一曲，渔人歌罢，对夕阳暮。

元宪宗九年己未(1259)春，王恽与友人柔克一同渡河，船行中流，忽遇风雨大作，两度几乎颠覆。这番险情环生的非常经历，不禁使词人回首生平往事，生发出无限人生感慨。

上片叙事。“春流两岸桃花，惊涛极目吞天去”，首两句描绘春水汹涌的情景，气象雄迈壮阔。“春流两岸桃花”，不言江流的深碧，桃花的红艳，只拈出两岸红花夹绿水的图景，便呈示出春的芳香和美丽。但这春景，绝非如东晋大文豪陶渊明《桃花源记》中“忽逢桃花林，夹岸数百步，中无杂树，芳草鲜美，落英缤纷”那般闲适雅致，而是“惊涛极目吞天去”，汹涌澎湃的江涛滚滚流去，极目远望，白浪滔天，直有吞没苍穹之势。这吞天的水势，雄奇壮美，词人竟忘却惊骇，解缆起航了。“孤舟缆解，棹歌声沸，渔舠掀舞”，接着三句叙写起航时河中热闹情景。“舠(dāo)”，小船。词人解缆起航，只听到船歌沸腾，只看到渔船摇荡。猛涨的河水带来了喜人的渔汛，歌“沸”船“舞”，一番热闹景象。置身孤舟之中的词人目睹此情此景，也不由暂忘一舟之孤，分享着渔家的喜悦。然而，“云影西来，片帆吹饱，满空风雨”，阴沉的乌云自西飞渡而来，孤舟饱满地鼓起片帆，一时间，满天狂风裹挟着暴雨，恣意施虐。风雨惊涛中，一叶孤舟经历的种种颠簸和危急，都在不言之中。“怅淋漓元气，江南图画，烟霏尽，汀洲树”，风雨中，丰沛酣畅的宇宙自然之气，秀丽如画的江南风物，云烟弥漫的阳春美景，一时都消失殆尽，眼前只有江边小洲挺立的丛丛绿树。此时此刻，词人不禁惆怅起来。

下片抒情。“天地此身逆旅，笑归来，满衣尘土”，过片三句感慨人生，自叹自嘲。“天地此身逆旅”，取唐李白“夫天地者，万物之逆旅”(《春夜宴诸从弟桃花园序》)意，感喟自己如寄居天地间的客人，羁旅生活漂泊无定。如今词人重归故地，抚看满身尘土，哑然失笑。这笑，饱含苦涩，浸透辛酸。接着三句“功名无子，就中多少，艰危辛苦”，点明笑的原委：功名利禄一概没您的份儿，其中倒有无限艰危、无穷辛苦！自己是迷途知返，摆脱功名的利诱，毅然回归了，然而，放眼河流上下，“北去南来，风波依旧，行人争渡”。这忙碌的情境可能是当时所见江景的实录，但更重要的是包含这样一种意蕴：这北去南来的旅人争渡的景观，不就是天下士子忙于追逐功名的象征？他们并不因词人的失落和回归而放弃利禄上的追求，而是依然捱着人生的“风波”，在功名路上勉力追逐、奔忙。结拍三句“听沧浪一曲，渔人歌罢，对夕阳暮”，借日暮江上传唱的渔歌，发抒心中隐逸情怀。“沧浪一曲”，典出《楚辞・渔父》：“渔父莞尔而笑，鼓枻而去。乃歌曰：‘沧浪之水清兮，可以濯吾缨；沧浪之水浊兮，可以濯吾足。’”既然功名不成，倒无妨学学江上渔父，在夕阳下唱着沧浪曲，一任江水清浊，逍遥自在地生活。

词人于中统元年(1260)被当时宣抚东平的姚枢辟为评议官，从此走上宦途。此词正是他入仕前一年的一段真实经历，倾吐了由积极入世转而想消极退隐的心曲。词人巧妙地从渡河历险和功名受挫的相似点寻觅命篇的契机，诠释人生，宣泄内心的痛楚和苦闷，语意双关，饶富意味。而悲切心由旷达语出之，尤觉清浑超逸。观察词人的一生，己未年恰巧是他人生的转折。此后他官运亨达，官至翰林学士、知制诰，自然不会有天地逆旅、功名无子、艰危辛苦之戚。因而，词人正如此词词序所言，“经事之后，重有所惜”，缅思这段生活体验，别有一种珍惜

的情怀，难怪他要命笔书怀，深情地追记当年。（吉明周）

鹧鸪天　　魏　初

室人降日，以此奉寄

去岁今辰却到家，今年相望又天涯。一春心事闲无处，两鬓秋霜细有华。　山接水，水明霞，满林残照见归鸦。几时收拾田园了，儿女团圉夜煮茶？

作此词时，魏青崖先生正在宦游的路上。

有道是“吃皇粮，走四方”，既给皇帝老儿当差，自然就“悲欢离合一杯酒，南北东西万里程”。然而，人心都是肉长的，常年在外，哪有不想家、不想妻子儿女的呢？尤其是在某些特定的日子，比如说太太的生日。

而这一天正是魏太太的生日！

这可是个比春节比元宵比端午比中秋比重阳比除夕比一切顶顶重要的节日还要重要的日子！做先生的一定得有所表示，拿出实际行动来证明自己深深地爱着她，正在苦苦地念着她。

如果是在电信和社会服务业高度发达的今天就好了。魏先生满可以给太太拍它一封礼仪电报，并让专靠丘比特发财的公司派人送上一束鲜花外加一盒五彩缤纷且镶有“生日快乐”四个奶油大字的蛋糕——哇，好温馨，好浪漫，好有情调吔！

可惜那是公元十三世纪，魏先生只好写信了。虽然荒郊野外一时半会儿未必找得着捎信的人，但不妨先写了备着。然而在这样一个特殊的日子，写信未免太平淡了！魏先生是词人，而且是位感情深挚、细腻的词人，“天生我材必有用”，此时不“用”，更待何时？于是我们的文学史上便有了这一首情真意切、明白而家常的小词。

“去岁今辰却到家，今年相望又天涯”，未说“今年”，先忆“去岁”，这是因为去年的今天很快乐，也很难得——词人恰好赶在太太过生日的时候回到了家。何以知道它难得？因为此前此后若干年里的今天，词人都不在家。何以知道此前此后若干年里的今天，词人都不在家？因为他明明白白地告诉我们：今年相望“又”天涯。这个“又”字是要重读的，别看它只是个极普通的虚字，却已把“去岁”之前若干年里“今辰”的“天涯”“相望”都隐含在内了。这叫作“加倍法”。本来，“去岁今辰到家”与“今年相望天涯”对举，哀乐参半，不过是一对一打平；但次句加了这个“又”字，就变成了“去岁今辰到家”和“历年相望天涯”的比较，会少离多，寡不敌众，词的基调由此一锤定音，愁苦而低沉了。极吃重的地方极不吃力地用了一个极寻常的字，可谓举重若轻！

“一春心事闲无处，两鬓秋霜细有华”，《鹧鸪天》调的格律和仄起而首句入韵的七言律诗很相近，因而填此调的词人往往把三、四两句写成对仗，本篇也是这样作的。这一联对仗，平易而洗练，流利而浑成，很见功力。以上句第二字“春”对下句第三字“秋”，是错位对；但错得好，给人以错落有致的感觉。两句看似平列，其实却是因果关系：由于“一春”都在想“心事”，没有一刻空闲，所以“两鬓”已有些花白，像是点点“秋霜”。“心事”指什么？联系上下文来看，当是想家，想归隐田园，想安享家庭生活的天伦之乐。念兹在兹的亲情日日萦绕在心头，挥之不去，催人易老，鬓发哪能不斑白呢？当然，这毕竟不是深哀巨痛，还用不着“白发三千丈，缘愁似个长”般的夸张，因此他只老老实实地说“两鬓秋霜细有华”。但语气虽然平淡，却很耐读，好像低度的醇酒，入口并不浓烈，然而细斟缓酌，饮之既久，也一样醉人。

“山接水，水明霞，满林残照见归鸦”，上片四句全是叙事，过片乘着换头的机会，捎带着换了一副笔墨，就旅途景物略事点染，于是便有峰回路转之妙。山水相缪，余霞成绮，落日把树林烧得通红……这迷人的景象值得为唐李商隐诗下一转语：虽是近黄昏，夕阳无限好！然而大煞风景的是残照的逆光中竟现出了点点“归鸦”影！可见再迷人的景色在游子眼里也会成为思家情结的膨化剂。鸦而曰“归”，一“归”字大可玩味。“鸦”能“归”，人反而不能“归”，竟是人不如鸦了，岂不可怜可悯可哀可叹？这种物与人之间的“反衬法”，在古诗词中早就层出不穷，这里的“满林残照见归鸦”自然算不得新发明，但它是在摹写旅途风光之际很自然地带出来的，又与上文“山接水，水明霞”的恬适相反相成，共同营造了一段聊骋望以消忧、反触目而更愁的沉郁顿挫，故仍有它独特的审美情趣。

“何时收拾田园了，儿女团圞夜煮茶”，上文已用鸦之“归”暗点了人之不得“归”，然而人虽一时不得“归”，心却在向往着那一天。于是便顺理成章地逗出了最后的这两句——也是全词最精彩、最高潮的两句。虽然“何时”能“归”还不确定，但只要有了这份心，“归”期也就不远了。魏先生是做官的人，官人多有官人的“归”法——封妻荫子、衣锦荣归；拿刮来的地皮大起宅院，广置田产；挟浩荡之皇恩吆五喝六，横行乡里。难得他魏先生是个好官、清官，志趣竟与别个官人迥然不同——他盼望的是过普通百姓的生活：白天亲自拾掇田园，晚上阖家围炉欢聚。自食其力，共乐天伦，仅此而已！平民意识，常人姿态，所以亲切动人，这是第一大好处。小令篇幅有限，不可能事无巨细，一一铺陈。高明的作者往往用最简洁的笔触去勾勒最典型的场景、最重要的情节、最关键的人物，并留下一些空白，让读者凭借自己的生活积累来补充。“儿女团圞夜煮茶”七字，正是这一创作法则的绝佳体现！只写“儿女团圞”，而为人父者、为人母者连同他们为人父母的乐趣，虽不言却已尽言了。读到此句，我们仿佛看见：当缀着星光的夜幔笼罩住四野的时辰，在魏先生的寒舍里，孩子们团团围在他身边，闹着嚷着要他讲故事；而魏太太则笑吟吟地陪坐在一旁作针线活儿；灶膛中燃烧着的松枝不时发出噼啪的响声，火舌舔着陶壶，壶嘴里喷出一缕缕茶香……不，壶嘴里喷出的不只是茶香，更有家的温馨！中国人说：“金窝银窝，不如自己家的草窝。”此心此理可是不分国籍、世界“大同”的。一语传神，而能使人人心旌摇曳，这又是一大好处。

写到这里，当代的摩登女士们要噘嘴了：“这可是写给太太过生日的词啊，怎么写到末了也没有一句亲热的话呢？真没劲儿！”话也说的是。不过，表达爱意的方法很多，因时而异，因人而异，并没有什么一成不变的模式。比较起来，中国古代的文化人似乎更喜欢含蓄。对此，太太们都习惯了。她们有足够的敏感从温婉中捕捉到火辣。故而笔者敢于断言：魏太太收到这首小词一定十分欣慰。他记着她的生日呢！念着她和孩子们呢！盼着早日回家团圆，永远不再和她分离了呢！——还有什么生日礼物能比这更让她开心呢？（钟振振）

清平乐　卢挚

行郡歙城寒食日伤逝有作

年时寒食，直到清明日。草草杯盘聊自适，不管家徒四壁。　今年寒食无家，东风恨满天涯。早是海棠睡去，莫教醉了梨花。

古代寒食日在清明前一天或二天，相传是为纪念介子推被火烧死而定的日子，以后与清明一起，成了人们怀念祭祀祖宗或亲人亡灵的时节。这首词便是作者在歙城（今安徽歙县）寒食日为怀念亡妻而作，其意绪上承晋代潘岳的《悼亡诗》。

词用前后对比相形的手法，道出有家和无家的深刻感受，平实中自有无限哀怨。上片从往年寒食、清明日落笔，那时尽管家境贫寒，可是每到寒食、清明，总还是有简陋的酒菜可供自适。"草草杯盘"与"家徒四壁"相应，在此背后，正有一个既善操持家庭生计、又能体贴丈夫的贤妻在那里张罗。其中"草草杯盘"语出宋王安石《示长安君》诗"草草杯盘供笑语，昏昏灯火话平生"，"家徒四壁"则用《汉书·司马相如传》"家徒四壁立"语，谓四壁空空，并无家财积蓄。作者在此于点出时节之后，仅用短短两句追忆写实，使人在贫寒平淡中感到一种朴实的满足、无言的温馨，而这一切全是因为有家的缘故。

下片折入"今年寒食"，同时突出强调"无家"的巨大变化，以及对此的深刻感受。作者写心中的哀思和怨恨，用了一个非常贴切的比喻，那就是东风满天涯，说无家的悲苦和死别的憾恨，正像寒食、清明时的东风那样，吹遍了天涯。换句话说，这时所见所闻的一切，无不供愁献恨，使他想起了往日有家的所有好处，想起了那个曾与他相濡以沫的妻子。词的最后两句极力渲染丧妻后的凄苦和孤独，妙在用海棠和梨花加以烘托映衬，情深处让人潸然泪下。"海棠睡去"用《太真外传》记唐明皇笑贵妃醉酒未醒如"海棠睡未足"语，恋花惜春，情韵幽深。这里"早是"和"莫教"递进，包含两层意思：首先是说妻子去世后已无人为伴，过节只能一人独对海棠梨花；其次是时已夜深，连海棠也悄然睡去，剩下的只有惨白的梨花了，如果再让它也醉了，自己岂不是更加冷清和形影孤单了吗？情意之幽苦令人难以为怀。

此词好处在于抓住寒食、清明这样一个祭祀、追念亡灵的日子，从前有后无的强烈对比中突出对家的留恋和追怀，从而不言伤逝而伤逝之情蕴藉凄婉，深致悠思感人肺腑。（曹明纲）

临江仙　张弘范

忆旧

千古武陵溪上路，桃花流水潺潺。可怜仙契剩浓欢。黄鹂惊梦破，青鸟唤春还。　回首旧游浑不见，苍烟一片荒山。玉人何处倚阑干？紫箫明月底，翠袖暮云寒。

一个戎马倥偬的武将，在征战途中经过湖南武陵，不禁面对眼前的桃花流水想起了昔日的相好，写下这首幽怨缠绵的情词，也可称得上是千古词坛上的一件风流韵事了。

湖南武陵溪的最初出名，全因晋代大诗人陶渊明写了一首著名的《桃花源诗》，并附记一篇。但在记中，武陵溪只是一处以桃花流水著称的仙境，与男欢女爱并无瓜葛。后来南朝宋宗室刘义庆作《幽明录》，记汉明帝时刘晨、阮肇入浙江天台山采药迷路，在有桃树和溪流的山中遇见两个美貌的仙女，四人相与成欢，十日后求去，人间已历七世。大约到了唐代，人们已将二事牵合，如王涣有《惆怅诗》曰："晨肇重来路已迷，碧桃花谢武陵溪。"同时也有人用以为暗示与歌妓舞女相好的故实的，此词即是一例。

行军途经有着千古奇闻的武陵溪，望着眼前依然是桃花缤纷、流水潺潺的美丽景色，词人不禁触景生情，由传说中刘、阮的艳遇，想到那些容貌可人的仙侣来了。"剩浓欢"由前"千古"而来，可如今她们又能在哪里呢？对景怅然，思绪联翩，词人设想她们在人间偷食禁果后，或许是让她们的欢情在被黄鹂惊破之后，被由西王母派来的青鸟唤回仙界去了。上片以武陵溪所见桃花流水的实景和充满惋惜的幻想交织在一起，色彩斑斓，情调浪漫。

下片前两句由幻想折回现实。词人放眼看去，旧日男欢女爱的游迹已荡然无存，有的只是笼罩在灰暗云烟中的一片荒山。透过这种表面意象，人们能清楚地感受到充溢其间的好景不再的无限惆怅。以下"玉人"三句接上片后半段，仍从仙女一方措意，进一步展开想象，说她们在梦被惊破、身被唤回之后，心中仍惦记挂念着旧日的情侣，这时不知正在什么地方倚着栏杆，在如水的月光下吹着幽怨的紫箫，而寒冷的暮云在翠袖间飘荡。

如果不对整首词作有所寄托的猜测，那么它也绝对是一首传写仙凡男女相恋的绝妙好词；但别有隐示的可能既然存在，就更能反映出一介武夫"无情未必真豪杰"的幽怨情怀。也许正因为此，清代词论家陈廷焯才对此下了"从古大英雄必非无情者，吾于仲畴（弘范字）益信"（《词则》）的评语。（曹明纲）

水调歌头　　姚　燧

买田天生门外

买地近隍壑，十顷展平澜。相如漫说云梦，八九可胸蟠。已具扁舟放鹤，又且观鱼知乐，何忍利投竿。却恐避地下，鸥鹭怨盟寒。　　屋茨茅，蹊种竹，畹滋兰。天生此所宜著，素发飒垂冠。手苦弯弓难合，惟有招麾毛颖，筋力尚桓桓。携我二三子，日往将诗坛。

姚燧是有元一代的文章宗匠，其文"闳肆该恰，豪而不宕，刚而不厉，舂容盛大，有西汉风"（《元诗选》）。作词为其余事，雅善写景抒怀。今人夏承焘谓其"以文章雄于一代，作为小词亦姿态横逸”(《金元明清词选》),其实其长调亦有可观,这首作于晚年致仕后的《水调歌头》就可以作为代表。

词首二句写词人在天生门(所在不详)外新买了一块栖居之地,那儿靠近城外护城壕边(“隍”,没有水的护城壕;“壑”,深沟),那儿有十顷碧波,波平如镜。接下去二句用汉司马相如《子虚赋》之典。《子虚赋》虚构楚国使者子虚出使齐国,向齐王夸耀楚国七泽中“特其小小者”的云梦泽即已“方九百里”,娱游射猎,其乐无穷;齐国的乌有先生闻之,深不直其言,乃称齐王出行,“傍徨乎海外,吞若云梦者八九于其胸中,曾不蒂芥”。“漫说”,休说。词人之意,谓此处虽仅“十顷平澜”,然寄心于此,襟抱开朗,“胸蟠”“方九百里”的云梦泽八个九个也不在话下。看来,这里正是词人理想中的泛舟归隐之地,这里有“放鹤”、“观鱼”之趣,可得养生之道,即使是贪鄙之人在此也不忍为了一点蝇头微利而挥竿垂钓。“扁舟放鹤”,用宋林逋事。沈括《梦溪笔谈》云:“林逋隐居孤山,常畜两鹤,纵之则飞入云霄,盘旋久之,复入笼内。逋常泛小艇,游西湖诸寺。有客至,则一童子出应门,延客坐,为开笼放鹤,良久,逋必棹小舟返。盖常以鹤飞为验也。”“观鱼知乐”,用《庄子》典。《庄子·秋水》云:“庄子与惠子游于濠梁之上,庄子曰:‘鯈鱼出游从容,是鱼乐也。’惠子曰:‘子非鱼,安知鱼之乐?’庄子曰:‘子非我,安知我不知鱼之乐?’”然此地虽佳,宅心仁厚的词人欣喜之余,却又不免生出些许遗憾。因为他原来的居处尽管佳胜不如现今置买的田地,但也有鸥鸟忘机相伴,若一朝弃之而去,心中亦有未安。只是他移居之地在“十顷展平澜”的湖畔,自不乏鸥鸟与之共处,那么也就不算背却“凡我同盟鸥鹭,今日既盟之后,来往莫相猜”(辛弃疾《水调歌头·盟鸥》)的旧盟。上片以此“却恐”二句一顿一折,正为下片跌出新意预留地步。

下片换头三句,或以为取意于辛弃疾《沁园春·带湖新居将成》一词。按辛词云:“东冈更葺茅斋,好都把、轩窗临水开。要小舟行钓,先应种柳,疏篱护竹,莫碍观梅。秋菊堪餐,春兰可佩,留待先生手自栽。”观姚词之“茨茅(用茅草盖屋)”、“种竹”、“滋兰(培植兰草)”,全在辛词范围之中,可证此论不虚。然而此种手法,亦非稼轩首创。按《楚辞·九歌·湘夫人》云:“筑室兮水中,葺之兮荷盖。荪壁兮紫坛,匊(播)芳椒兮成堂。桂栋兮兰撩,辛夷楣兮药房。罔(网)薜荔兮为帷,擗蕙櫋兮既张。”辛词、姚词之法,实皆滥觞于此。“畹滋兰”更是径用《楚辞·离骚》“余既滋兰之九畹兮,又树蕙之百亩”,一沿以香草美人喻君子贤人之旧轨。“屋茨茅”则取“不慕荣宦,身安茅茨”(袁宏《后汉纪·桓帝纪下》)之意,有富贵于我如浮云之概。“蹊(蹊径)种竹”又以推尊直节堂堂的翠竹来祖示词人自己“何可一日无此君”(《晋书·王徽之传》)的襟怀。此地既有鱼鹭逍遥之逸趣,又有兰竹高洁之雅韵,自宜托身养老,任他白发满头干枯欲落,帽戴不稳歪斜倒垂,天付云水居,我意总悠然。“飒”,衰落、衰老,用如杜甫《夔府书怀》诗“白首飒凄其”。不过老来体质渐弱,精力不济,要如苏轼《江城子》词所说的那样,“老夫聊发少年狂”,“会挽雕弓如满月”,自然会萌生“手苦”、“难合”之感。但是,雅尚林下之风的文人即便只有挥挥毛笔的力气,若吐属豪放,当也可称雄健了。带一些志同道合的友人,自任诗坛盟主,天天结社联吟,正见出词人的神旺气足。“招麾”,招之而来,挥之而去,此谓书写得心应手。“毛颖”,毛笔,因韩愈《毛颖传》得名。“桓桓”,雄壮威猛,语出《尚书·牧誓》“尚桓桓,如虎如貔,如熊如罴”。“二三子”,语出《论语·八佾》,此暗用江淹《杂体诗》“眷我二三子,辞义丽金雘”与韩愈《山石》诗“嗟哉吾党二三子,安得至老不更归”句义。“将诗坛”,谓统领诗坛;将,带兵。

词人三岁而孤，年三十八始为秦王府文学，此后官运亨通，七十岁后官至秩从一品的翰林学士承旨。早年的不顺，历仕世祖、成宗、武宗三朝三十余年官场炎凉的体验，使他颇多感慨，其《醉高歌》词曾有“人生幻化如泡影，几个临危自省”之叹。但他一生并没有受到严重的打击，故其《浪淘沙》词又有“桃花初也笑春风，及到披离将谢日，颜色逾红”之语。此阕《水调歌头》以豁达旷放之笔写避世之浊保己之清的情致，正与稼轩词有相通处。（庞　坚）

摸鱼儿　姚云文

艮岳

渺人间、蓬瀛何许，一朝飞入梁苑。辋川梯洞层瑰出，带取鬼愁龙怨。穷游宴，谈笑里，金风吹折桃花扇。翠华天远。怅莎沼粘萤，锦屏烟合，草露泣苍藓。　　东华梦，好在牙樯瑀辇。画图历历曾见。落红万点孤臣泪，斜日牛羊春晚。摩双眼，看尘世，鳌宫又报鲸波浅。吟鞘拍断。便乞与娲皇，化成精卫，填不尽遗憾。

词题中的“艮岳”，是宋代修建的一座以假山为主的苑囿，故址在河南开封城内东北隅。《宋史·地理志》载：“万岁山艮岳，政和七年(1117)始于上清宝箓宫之东作万岁山。……宣和四年(1122)，徽宗自为《艮岳记》，以为山在国之艮，故名艮岳。……自政和讫靖康积累十余年，四方花竹奇石，悉聚于斯。楼台亭馆，虽略如前所记，而月增日益，殆不可以数计。……徽宗晚岁患苑囿之众，国力不能支，数有厌恶语。由是得稍止。及金人再至，围城日久，钦宗命取山禽水鸟十余万，尽投之汴河，听其所之。拆屋为薪，凿石为炮，伐竹为笓篱；又取大鹿数百千头杀之以啗卫士。”这首词通过对艮岳这座皇帝御花园的富丽华美和宋徽宗奢侈糜烂生活的细腻描写，抒发了作者对北宋灭亡这出历史悲剧的深沉感慨，表现了对历史、人生的深刻反思，同时也寄寓着对封建帝王的几分嘲讽。

上片通过对艮岳昔日的灿烂辉煌和今日的荒寂冷清两种景象的鲜明对比，揭示封建帝王为图个人安逸享乐给人民和国家带来的深重灾难。开头二句，即着力描摹这座豪华园囿的不凡气势。“蓬瀛”，即蓬莱和瀛洲，相传是神仙居住的海上奇山。“梁苑”，西汉梁孝王修筑的东苑，故址在河南开封东南。一个“渺”字劈空而来，以俯瞰视角极状其雄伟壮观；继之又以“飞来”二字极摹其突兀耸拔的气势，笔力沉雄，动静相谐。以下“辋川”二句，极言艮岳之瑰丽繁富。“辋川”，即辋谷水，在今陕西省蓝田县南。唐诗人王维曾在此置别业，与裴迪等赋诗酬唱为乐。“梯洞层瑰”，指阶梯状排列的宫室等建筑如层层美玉堆垒，整齐漂亮。这些人间的宫室令鬼神见了愁、蛟龙见了怨，都惜自己的居处远逊于其辉煌精美，赞叹其结构的复杂巧妙和景致的丰富多变。“穷游宴”三字，是对徽宗奢华无度生活的精辟概括，其蕴含的丰富内涵，无法用文字表述。接着笔锋陡转，以“谈笑里”开头，用调侃的声口揭示帝王生活带来的内忧外患。“金风”，秋风。“桃花扇”，指美女所持的绘有桃花的扇子，宋晏幾道《鹧鸪天》词：“舞低杨柳楼心月，歌尽桃花扇底风。”无情的秋风吹折了桃花纨扇，宣布了一代王朝的终结，最终导致了一幕触目惊心的悲剧——“翠华天远”！“翠华”，天子仪仗中以翠羽妆饰的旗帜或车盖，这里代指徽宗、钦宗。“天远”，指徽宗、钦宗被金兵掳执北去。此句直截了当地指出徽宗修建艮岳、自酿恶果的结局，颇有胆识，亦有深刻的批判意义。接着三句，以一个“怅”字为基调，发抒作者对眼前破败凋零景象的感慨：可叹原来的太液池已无清波，长着一丛丛莎草，落满了被污泥粘住的萤火虫，曾是画屏一样叠翠堆绣的假山烟气缭绕，遮蔽了残石断岩，露珠像是荒草泣出的泪滴，点缀在青绿的苔藓上。所有的景物，都在诉说着兴亡的历史。借景抒情，真切感人。

下片咏怀，表达作者对北宋王朝灭亡悲剧的反思，寄寓家国之思。换头三句借往日所观之图画，表达对昔时风流岁月的追忆和留恋。“东华梦”，指眷恋宋朝之梦，盖北宋宫城东门曰东华门。“牙樯”，用象牙装饰的桅杆。“琱辇”，玉饰的车子。“落红”二句，谓满地的落花，就像是孤臣孽子的眼泪；夕阳黯淡，春意阑珊，风吹草低见牛羊。此处以景寓情，以景之无情衬托人之多情，同时也流露出物是人非的凄凉意味。“摩双眼”三句，由吊古转到伤今。“鳌宫”，指禁中宫殿。因宫殿陛石刻有巨鳌，故称。“鲸波浅”，海水变浅，谓沧桑巨变。《神仙传》：“麻姑自说云：‘接待以来，已见东海三为桑田，向到蓬莱，水又浅于往者会时略半也，岂将复还为陵陆乎？’”此处暗用此典。“摩”“看”二字，见出作者对人世灾祸的深切悲悯。“吟鞘拍断”更是唱出一代臣民复国无望的苦闷和憾恨。“吟鞘”，指好剑。《拾遗记》：“（颛顼）有曳影之剑，腾空而舒，若四方有兵，此剑则飞起指其方，则剋伐；未用之时，常于匣里如龙虎之吟。”作者把自己比为吟啸的宝剑，悲叹只能在鞘中任人拍断，而不能施展抱负，为国出力。结拍三句，更是以不可遏抑的笔势，使无穷的遗恨绵绵流出。“娲皇”，即上古三皇之一的女娲，传说她“一日中七十变”（郭璞注《山海经》）。“精卫”，神话中的一种鸟。《山海经·北山经》载：“是炎帝之少女名曰女娃，女娃游于东海，溺而不返，故为精卫，常衔西山之木石，以堙于东海。”这里以神话传说，言自己即使乞求女娲将自身变为填海不息的精卫鸟，也填不尽人间恨海。结尾悲愤苍凉，低徊无限，感人至深。

姚云文虽在入元后继续出仕，但家国兴亡之感在其作品中屡有流露。这首词借景抒怀，吊古伤今，情感饱满，格调老苍，不愧宋元之际感慨兴亡之佳作。清陈廷焯《云韶集》评曰：“字字奇警呜咽，句句锤炼无渣滓。尘世沧桑，可胜浩叹。”（孙京荣）

木兰花慢　梁　曾

西湖送春

问花花不语，为谁落，为谁开？算春色三分，半随流水，半入尘埃。人生能几欢笑？但相逢、尊酒莫相催。千古幕天席地，一春翠绕珠围。　彩云回首暗高台，烟树渺吟怀。拚一醉留春，留春不住，醉里春归。西楼半帘斜日，怪衔春、燕子却飞来。一枕青楼好梦，又教风雨惊回。

春景之美好，也并非只有文士才能感受，但春去的惋惜，却似乎只有文人感觉得更为深切。梁曾算得是位洒脱的词人了，当他在风光旖旎的西湖畔"送春"时，也终究难以为之释怀。

你看此词起句，便颇带几分痴态："问花花不语，为谁落，为谁开？"花开花落，本是天地间之常理：草木无知，又何能回答花儿开落之"为谁"！然而，似锦的繁花，岂非正是春来的璀璨笑容？它们的凋落，不又将牵带走春天的美好踪影？由此看词人的问语，似乎可笑，却分明表现着他对春之命运的深深关切。可谓问得婉妙，问得关情。此处虽从欧阳修《蝶恋花》词"泪眼问花花不语"化出，但"为谁落，为谁开"的寻根究底更见出词人眷恋春天的执着情愫。想到绚丽的春色，终将随繁花的凋落而逝去，词人又怎能不为之叹息！"算春色三分"以下，又化用苏轼《水龙吟·次韵章质夫杨花韵》"春色三分，二分尘土，一分流水"的名句，描写落花缤纷"半随流水，半入尘埃"的黯然之景，展出了春之脚步匆匆归去的广大虚境。令你感到，一个怎样美好的世界，正在飘坠无际的花影中消逝。将春天来比人生，人生中美好的时日，不也与春天一样稍纵即逝？词人由此慨然而呼："人生能几欢笑？但相逢、尊酒莫相催。"人生中既然难得有几回春花般的欢笑，则美景之相逢，自当开怀痛饮，又何须因其短暂而牵心挂怀？词人毕竟生性旷达，只此数语，便将湖畔送春的惋惜和无奈，在尊酒啸傲中挥之而尽。最妙的还是歇拍二句："千古幕天席地，一春翠绕珠围"——以天为幕，以地为席，在翠绿的春草和珠光般春花的环绕中把酒送春，真是放浪不拘、潇洒之至！又以"一春"之短暂，巧对"千古"之绵邈，则短暂的放情，亦可消解绵邈的憾意，一春的欢笑，自能照耀悠悠千古了！

词人正是这样，在西湖畔的花草丛中纵酒啸吟，全不觉彩云之归、暮霭之起。过片的"彩云回首暗高台，烟树渺吟怀"之句，正于蓦然回首中，展出送春西湖的一派苍茫暮景。这暮景之幽渺，不同时暗示着一个璀璨明丽的春日之终结？词人此刻大抵也已醉眼蒙眬了罢，当他蓦然警觉春日正随傍晚的霞彩消隐时，又不禁情急而呼："拚一醉留春，留春不住，醉里春归"！为留春住而愿以醉酒相"拚"（同"拚"），这情状已就醉态可掬；春未留住而人已先醉，又何有"春归"之懊恼和惆怅？沈雄《古今词话》称此数句"陡健圆转"，可与陆游、黄庭坚送春之语共传；吴衡照《莲子居词话》甚至认为，此数语远较山谷、碧山（王沂孙）诸人之句"洒脱有致"。大抵正是被其吐语之奇健、传情摹态之活脱征服了罢？至于词人自己，此刻似早已醉倒在湖畔，全不知那醉中狂语足可独步古今。蒙眬中只觉得已卧身"西楼"，正懒洋洋地照着"半帘"红火火的"斜日"。令他奇怪的是：那教人依恋的三春，似乎并没有在西湖醉酒中悄然逝去。帘影悠悠，它分明又在衔泥筑窝的燕声呢喃中归来！这奇境在结拍前的涌现，妙在伴有词人"怪"讶之思的流转，而变得似真似幻。由此在结拍中点明"一枕青楼好梦，又教风雨惊回"，便不仅不显得突兀，而更生一重梦回影消，愣怔独对"风雨"满帘的不尽怅惘。所谓"飘风骤雨，不可终朝；促管繁弦，绝无余蕴"（陈廷焯《白雨斋词话》），此词之收结，正于西楼春回的悠悠幻梦，在风雨惊破中一发而收，而留有了怅然不尽的余蕴。

自来的"送春"词，大多悲惋伤哀，很少有奇警恣肆之作。梁曾此词却放浪洒脱，充满惜春留春的逸兴奇思："问花"开落之痴情，化为"幕天席地"的"尊酒"放怀；"拚醉"留春之狂态，续以"西楼"春回的奇特清梦——将一片送春情意，抒写得如此洒落清奇，堪称在千古送春词中又开一新境。难怪清徐釚在《词苑丛谈》中也不免掩卷而叹："观此词，孰云元人诗余不如宋哉！"（潘啸龙）

点绛唇　刘敏中

人至承以二绝句见贶，清简幽深，情意都尽，披阅讽咏，如接芝宇，感慰可胜言哉。辄有小词，录奉一笑，且以寄企响之意云。刘敏中上

短梦惊回，北窗一阵芭蕉雨。雨声还住，斜日明高树。　起望行云，送雨前山去。山如雾，断虹犹怒，直入山深处。

这首小词见于《程雪楼文集》，唐圭璋先生据以收入《全金元词》。朱彝尊《词综》录入此首，题为"寄程雪楼"，而无小序。结合这两个版本来考察，可知词是为酬赠程雪楼所作。程雪楼即程钜夫，其为人忠亮鲠直，乃为有元一代名臣。刘敏中亦以清廉正直著称，平生"身不怀币，口不论钱；义不苟进，进必有所匡救……每以时事为忧，或郁而弗申，则戚形于色，中夜叹息，至泪湿枕席"(《元史·刘敏中传》)。至元年间，权臣桑哥秉政，法令苛急，身为监察御史的刘敏中劾其奸邪，因不报而愤然辞职还乡；程钜夫时以侍御史行御史台事，亦入朝上疏请罢"言利之官"，险遭杀戮。刘敏中与程钜夫显然是同道，故而二人有诗词唱和。小序记叙了写作此词的本事：程雪楼派人送两首绝句与刘敏中，刘读罢感慨系之，遂有此词以"寄企响之意"，即表达对程雪楼的仰慕向往之情。

这首小词寓情于景，纯用景语以表现思友怀人的情思。通篇写景，而又处处关情，自然凑泊，情韵悠然，鲜明地体现出刘敏中诗词"不藻缋而华，不雕琢而工"的艺术特色。

词人以清简之笔，从时间的流逝、空间的转换、天气的变化来展现夏日黄昏时刻的特有景色，极尽大自然阴晴雨晦的变化之美。首二句"短梦惊回，北窗一阵芭蕉雨"，用倒笔写惊梦之原因，笔势突兀。"短梦惊回"寥寥四字惟妙惟肖地刻画出主人公好梦被惊的惋惜神情。本词没有正面描绘梦境，但从"承以二绝句见贶，清简幽深，情意都尽，披阅讽咏，如接芝宇"的小序中，可知梦境大约与友人相关。"芝宇"用唐人故实，元德秀字紫芝，房琯见之叹息曰："见紫芝眉宇，使人名利之心都尽。"古人书信因以"芝宇"为颂友的敬辞。刘敏中巧妙地借用此典故，表达了对程雪楼的赞美之情，也许在梦中，词人正与朋友"把酒话桑麻"(孟浩然《过故人庄》)呢！将词人从"短梦惊回"的是"北窗一阵芭蕉雨"。一阵急雨，敲打芭蕉，既写出夏日之雨骤来骤至的特点，也写出词人因梦被惊回的懊恼。由此，词人就自然地转入景物的描写。"雨声还住，斜日明高树"，两句点明时间是黄昏，同时也写出了雨后复斜阳的天气变化，"斜日明高树"，着一"明"字，使整个画面变得明朗而清新。

下片主要写骤雨乍晴后的光景。"起望行云，送雨前山去"，写夏日行云送雨的特殊景象。"起望"二字，连写两个动作，景中有人。"行云""送雨前山去"，是远望之景。在作者的笔下，"行云"已变为有情之物，一"送"字，饶有情致，它承上片"雨声还住"意脉，把夏日黄昏阵雨后的景象写得自然妩媚，真切动人。结拍"山如雾，断虹犹怒，直入山深处"，以浓墨重彩创造了情景相融的境界。"山如雾"，化实为虚，渲染出迷蒙的背景。在这迷蒙的背景上诗人大笔勾勒出"犹怒"的"断虹"，仍然是用拟人笔法，天边彩虹飞腾，绚丽夺目，词人对朋友的"企响之

意”随着这美丽的彩虹，“直入山深处”，送到朋友的心田。即景即情，与小序相互照应，词情摇曳，可谓善写景者。（徐安琪）

蝶恋花　刘敏中

又次前韵

帘底青灯帘外雨。酒醒更阑，寂寞情何许？肠断南园回首处，月明花影闲朱户。　听彻楼头三叠鼓。题遍云笺，总是伤心句。咫尺巫山无路去，浪凭青鸟丁宁语。

这是一首与表兄聚而又别的哀情深切之作。词人另有一首《南乡子》，曾叙其聚别原委曰：“鹏举兄致仕，寓家松江。今年秋，独舟至历下（今山东济南市南），顾予绣江野亭（刘敏中在家乡的别墅）。忆兄往年由南中（云南贵州一带）赴调北上，过绣江，宿娜山，予会焉。时有诗云：‘南北分飞十五年，归来相见各华颠（指白头）。只应又作明朝别，酒醉更阑不肯眠。’诘旦（次日晨），兄别去，距今又二十寒暑，悲喜恍惚，乃情何如？”

词题“又次前韵”者，表兄离去后有词相赠，词人已有“次韵答魏鹏举”一首；今意兴未尽，故又以原调原韵作词再答。此外，词人还有《渔家傲·饯表兄魏鹏举归华亭寓居》相赠，与上举《南乡子》，计已四首。可见这次与表兄之聚别，在词人心中激起的感慨有多深长！

此年大抵正当武宗至大年间（1308—1311），刘敏中已六十六七，或许还在山东宣慰使任上。表兄千里来访之日，正逢秋雨绵绵。阔别二十年后的意外相聚，令词人感到连这秋雨似也分外有情，故曾满心喜悦地吟成了“五日祥风十日雨，国泰年丰，天也应相许”之句（《蝶恋花·次韵答魏鹏举》）。但当表兄又匆匆离去，纵然有“柳丝千百丈”，也“缠联”不住他回归东吴的“万里船”时（《南乡子》），词人又不免老泪纵横了。此词起调“帘底青灯帘外雨，酒醒更阑，寂寞情何许”，恰正强烈地渲染出了词人心头所经历的情感变化：表兄去了，就是这窗帘外的秋雨，也不再殷切含情！在别后醉饮的深夜醒来，只剩下孤清的词人，独对黯淡的灯影，本已寂寞伤情，又何堪再听这茫茫一片的幽切雨声？所谓“以我观物，故物皆著我之色彩”（王国维《人间词话》），此刻的烛灯和夜雨，恍惚间不都在为表兄的离去而呜咽堕泪？至于表兄，想必也在天涯相隔的松江牵怀着我罢，当此更深夜阑之际，或许也正独伫于寓居的“南园”，回首凝望着北天而潸然泪下？“肠断南园回首处，月明花影闲朱户”二句，忽然转换时空，展现表兄在天涯回首中的断肠景象，正是对诗家“悬拟”手法的妙用。由于空间的遥远相隔，两地之晴阴亦自不同：一边是风窗雨帘，一边则是“月明花影”。以明丽衬哀凉，愈觉两位雪发霜鬓的老人，在更深夜阑中的千里相忆欷歔可叹！

上片歇拍所化生的虚境，就这样伴着词人，沉入雨声淅沥的不尽牵思之中。但过片处陡然敲响的三更鼓声，又将词人从如梦如幻的静寂中惊回。当表兄到来之日，词人聆听着“城市箫笙村社鼓”的一派喜乐，曾那样忘形地高吟“何碍狂夫，醉里闲诗句”。但是现在，当他再次沾墨挥毫之时，却“题遍云笺，总是伤心句”了。这二句纯为情语，但联系上片的青灯帘雨和惊破过片的楼鼓三叠，便觉得这二句，实表现着殊为凄切的“情中景”：那是怎样一位寂寞伤情的老人，在幽清的灯下含泪挥毫；那是怎样一种暮年悲怀，正与鼓声雨影一起，向沉沉夜天弥漫！此刻，他是否又记起了与表兄聚会时的相约之语？当时，词人的心境是舒畅的，所以对离别后的展望也旷达而自信：“明日南山携酒去，共君一笑云间(指表兄所居松江华亭)语。”而今表兄早已远居松江，自己呢，却还依旧滞留在仕宦途中，又能等到什么时候，才能实践这“南山携酒”之约？想到这践约之难于实现，词人不禁悲从中来，终于在结拍处，化作了“咫尺巫山无路去，浪凭青鸟丁宁语”的悲怆叹息。“巫山”原指神仙居处之境，此处则用来比拟词人所深心向往的归隐之所。所谓“神欲逍遥心欲散。咫尺幽栖，回首云霄远”(《蝶恋花·寄文卿良友》)，表兄那样的“巫山”幽栖之境就是近在“咫尺”，牵羁于仕途的词人，也找不到一条可去之路，徒然凭借偶来的信使(青鸟，神话传说中西王母的信使)，捎带去几句叮咛之语。这实在是人生中的莫大悲哀呵！

史载刘敏中此后又“召为翰林学士承旨”，不久“以疾还乡里”，于延祐五年(1318)辞世。那么，这位垂暮老人，在此后的岁月中，终于未能“携酒”南山，以实现与表兄的“一笑”之约。人生中弥足珍惜的亲情，就这样生生隔断于天涯牵思之中！这种许多世代人们曾经体验过的哀伤，在这首答赠之作中，正被词人所创造的雨窗衔悲、月明断肠的凄婉词境“触着”了。它之能够激起类似处境中读者的强烈共鸣，也就毫不奇怪了。(潘啸龙)

清平乐　刘因

饮山亭留宿

山翁醉也，欲返黄茅舍。醉里忽闻留我者，说道群花未谢。　脱巾就挂松龛，觉来酒兴方酣。欲借白云为笔，淋漓洒遍晴岚。

刘因豪放飘逸，也真率清狂，况周颐称他为“元之苏文忠(东坡)”，其实他有时更像隐中之陶渊明。

比如此词之起调，在山亭中喝醉了酒，倘是东坡，就不免要把酒问月、起舞弄影了，他却连声呼唤：“山翁醉也，欲还黄茅舍。”这就颇带几分陶渊明“我醉欲眠，卿且去”之风。只是刘因并未因醉逐客，倒还记得该走的是“山翁”自己，而且也未忘记他所居卧的，不该是这山亭，而是“黄茅舍”。其似醉非醉、真率不拘如此，读来颇耐人寻味。

“醉里忽闻留我者，说道群花未谢。”“忽闻”二字，使词情顿时出现了跌宕。既然是饮在山亭，则谁也不是这里的主人，饮过就散，又何有留客者在？现在忽闻有人“留我”，怎不觉得意外？至于留我者是谁，本已醉眼蒙眬、人影恍惚，又何能辨认清楚？这里用一“闻”字，正说明视觉已不太灵便，耳朵倒还警觉着。

最有韵致的是“留我”的理由。倘说是怕“我”醉酒无力、路途不便，词人也许会大声吟哦

“老子气犹豪”以示抗议了。现在偏说是“群花未谢”，这理论真是又雅逸、又可爱！“花”而称“群”，可见亭外曾有缤纷如云的山花相映。倘若人也醉了，花也歇了，则物我尽兴，自可各自归去。现在花均“未谢”，词人又怎舍得就此分手？当年苏东坡不就有“只恐夜深花睡去，故烧高烛照红妆”的雅兴，那么群花尚在而我竟匆匆离去，岂非有负于花之盛情？由此反观醉里之“留我者”，真不愧为怀抱高致的词人之同调了。

从过片的“脱巾就挂松龛”看，词人是终于敌不过“群花”的诱惑而留下了。“龛”本指容盛之器或供佛之阁，并非挂衣之具。但词人既在醉中，观赏山花也还须等到天亮，故就脱下头巾，随意往松龛一“挂”（管它能不能挂），便已颓然而卧了。“脱巾就挂”描摹其急于鼾睡的醉态，情景如在目前。“觉来酒兴方酣”，则已是旭照山亭的翌日。昨夕已醉得可以，醒来又有了浓浓的“酒兴”，这正是曾经戏称“太行一千年一青，才遇先生醉眼醒”的刘因本色。只是作词毕竟不同于记叙，这其中当还跳脱了许多情事：同宿者怎样唤醒词人，晨色中的山花又怎样烂漫照眼，以及词人怎样逸兴遄飞、倚栏大呼“快上酒来”，其种种率真清狂之态，俱可于“酒兴方酣”四字想见。

到了结拍之处，词人大抵又已醉眼乜斜了罢？陶渊明《归去来兮辞》写其醉后，喜“倚南窗以寄傲”。刘因此刻“倚”处虽非南窗，望中却一定也有那“无心以出岫”的白云，飘忽在青山碧峰之间。于是词人趁着酒兴，突生奇想，吟出了“欲借白云为笔，淋漓洒遍晴岚”。将“白云”想象成毛笔，实在是词人醉中独有的创造。不过当它在聚散飘忽中，有时也确如白色的笔毫，挥洒过青碧的天空。至于“晴岚”，本是晴日山间的雾气，也与词人无关。但词人却偏要说它是自己借白云之笔，沾濡水气，在半空挥洒而成的！这想象无疑也带几分醉态，却又如此葱茏、清新。令你感到，那旭日升处的山林，淋淋漓漓，滴翠流青，也真如刚被词人笔走龙蛇，晕润过一番似的。

陈师道曾称：“渊明不为诗，写其胸中之妙尔。”（《后山诗话》）刘因此词亦正如此。词中所述，无非是醉宿山亭、赏景朝晨之事，并无奇峰异壑跃现其间。然而却于“群花未谢”中发其逸兴、借云为笔中抒其妙思，令读者顿觉兴味盎然而意移神驰。这大抵正与词人情性之真率、胸次之洒脱有关，故能“发真趣于偶尔，寄至味于澹然”（谢榛《四溟诗话》评陶渊明语）罢？（潘啸龙）

人月圆　刘　因

自从谢病修花史，天意不容闲。今年新授，平章风月，检校云山。

门前报道，麯生来谒，子墨相看。老子正尔，天张翠幕，山拥云鬟。

元至元二十八年（1291），朝廷征召刘因为集贤学士，但他借口自己“素有羸疾”（《元史》本传），固辞不就，后终获允。本词当作于此事之后。作为隐士，刘因过着萧散闲适的生活。但此词却不写其“闲”，而大写其“忙”。而通过这个“忙”字，恰恰表现了他置身于社会政治之外的隐居生涯是很闲雅高逸，轻松洒脱的。

词的开头两句,用笔就不同一般。照理说,因为体弱多病,辞谢做官以后,应该是清闲无事的,但作者在写法上却着意于表现“忙”字。而且要“忙”的事是老天的安排,不得推辞。所忙的就是“修花史”,即吟咏、评说花草,它完全是文人清雅高洁的事情。显然,这是作者故弄笔墨,却更能写出其“闲”,并表现出作者的逸趣和疏放的性格。“今年新授,平章风月,检校云山”,这几句更加推进一层:现在我就更“忙”了,今年老天爷任命我更重要的工作。“平章”,官名,在元代相当于宰相之职。“检校”,是正员外的加官。在我国古代,修史是垂鉴后世的大事,平章、检校,则是肩负治国的重任。但是,词人的修史是“修花史”,而他所“平章”“检校”的则是“风月”“云山”,管领大自然清风明月山川云烟。特别要弄清楚的是,作者是在拒绝了朝廷命官之后,欣然接受“天意”的安排、上苍的“新授”的,而且故意将它写得如此庄重、严肃,接受这些事情就像接受朝廷的命官一样,更巧妙、深致地表达了词人喜爱自然,徜徉云山,过自由自在的隐居生活的闲情逸趣。总之,词的上片以调侃的口吻,表达作者鄙夷做官,不屑于功名利禄,而要过恬适疏放的隐逸生活的强烈愿望。宋朱敦儒《鹧鸪天·西都作》云:“我是清都山水郎,天教懒慢与疏狂。曾批给雨支风券,累上留云借月章。”刘因此词在构思和情调上,显然受其影响。

下片,自然地过渡到写“新授”之后的情景。“麯生”,指酒。唐郑启《开天传信记》载:一次众客来访叶法善,大家都很想喝酒,忽然有人叩门直入,自称麯生,叶法善以剑击之,头颅化为瓶盖,而尸体化为一瓶酒,大家开怀畅饮,叶法善说:“麯生风味,不可忘也。”“子墨”,即墨。汉扬雄《长杨赋序》说作赋是用笔、墨完成的,所以在赋中假托他们为两个人,笔叫作“翰林主人”,墨称为“子墨客卿”。下片开头三句意思是说:我刚刚到任升堂,就听到门前衙役报告,麯生前来谒见,子墨也来拜访。作者选用这两个颇有趣味性的典故,表面好像是写“做官”的忙碌,来访者络绎不绝,实际上是写自己谢绝朝廷命官以后与世隔绝,只与酒和笔墨打交道的隐逸生活,进一步显现了诙谐的情趣。最后三句写麯生、子墨二人进来后所看到的情景。我办公的官署原来是这样的:高远的苍穹四垂即是翠色的帘幕,簇拥的青山恰似侍婢秀美的发髻。在这样一个幕天席地的大自然里,我已经兀然酣醉于其中了。“老子”,老人自称,此是作者自指。作者高旷疏放、狷介清狂的隐士形象至此跃然纸上。晚清词人况周颐称赞这类词作“寓骚雅于冲夷,足秾郁于平淡,读之如饮醇醪,如鉴古锦。涵泳而玩索之,于性灵怀抱,胥有裨益”(《蕙风词话》),所论是很中肯的。(王锡九)

渡江云　吴　澄

和揭浩斋送春

名园花正好,娇红殢白,百态竞春妆。笑痕添酒晕,丰脸凝脂,谁与试铅霜?诗朋酒伴,趁此日、流转风光。儘夜游、不妨秉烛,未觉是疏狂。　茫茫。一年一度,烂熳离披,似长江去浪。但要教、啼莺语燕,不怨卢郎。问春春道何曾去,任蜂蝶、飞过东墙。君看取,年年潘令河阳①。

注 ① 潘令河阳：据《晋书》载，潘岳为河阳令，满县皆栽桃花。则此句之意，亦可作“年年春天桃花之盛一如潘岳任河阳令之时”解。但笔者以为，直接以任河阳令时的潘岳风华喻比春天，似更确切，也更有思致。

挨过了一冬的枯寒沉寂，突然面对春来的莺语花光，生命便仿佛又被重新照亮了似的，谁都不免会欣喜异常。吴澄是一位淡漠名位的经学家，但当与“诗朋酒伴”一起，吟赏名园，徜徉于池苑花丛之间时，似乎也失去了平日的庄肃和矜持。

“名园花正好，娇红殢白，百态竞春妆”，开口即欣然而呼名园花好，正带着一份执卷书斋所不曾有的惊喜。“娇”为窈窕、柔美，“殢”则有逗留、引逗之意。以人之情态赋予红、白之花，便使眼底群芳刹那间生气流动，正如衣裙缤纷的少女，在春色似镜里梳妆竞美，带有说不尽的风情。如果说，这一笔将花拟人还是总写，接着的“笑痕添酒晕，丰脸凝脂”，就简直是近景“特写”了：你看这花儿红丽，正似刚啜过酒的女孩，嫣然一笑间满颊红晕；而那璀璨的白花，则又似才搽过香脂，丰腴的颜面愈加显得清润芳洁！于是连词人也仿佛陶醉了，叹赏间不禁痴然追询：这美人的“铅霜”（脂粉），又是谁替你们搽敷？花儿何曾施过什么脂粉，词人的发问未免唐突。但正是这唐突一问，已见得词人此刻有多忘形！

忘形的其实又何止词人：这群花竞艳的春光，不还迷醉了无数的“诗朋酒伴”，在亭榭、在池苑，吟赏啸傲，留连低回，全忘了时光之流逝？“诗朋酒伴”数语，突然从所赏之花转向赏花之人，词境由此在更大的空间展开。“趁此日，流转风光”，又似是描述，又像是赏花人把盏吟咏间的相告之语，将一派纵情赏春的忘形之态，传写得热烈而又逼真。受了这种景象的感染，连词人也按抑不住心情之激荡，不禁高声吟诵道：“儘夜游，不妨秉烛，未觉是疏狂！”《古诗十九首》之十五云：“昼短苦夜长，何不秉烛游。”有如此美好的风光，尽可以放情“流转”！就是白日将尽，无妨再秉烛“夜游”，谁能说这便是疏脱、轻狂？这当然只是词人（包括他的“诗朋酒伴”）的自我感觉而已，在读者眼中，这班呼叫着要秉烛夜游的朋友，是确乎“疏狂”得可以了！

到了过拍之处，大抵已酒酣兴尽。“赏春”的奇情，也因此交织了几分“送春”的惋叹：“茫茫。一年一度，烂熳离披，似长江去浪。”俗语说“日中则昃”。春光最繁盛之季，往往也是它的消歇最迅疾之时。眼看着姹紫嫣红的百花烂熳一片，转眼间便又将落红缤纷、满目茫茫！句中以“离披（花片散乱貌）”紧接“烂熳”，再喻以“长江去浪”，顿将春去花落景象，表现得黯然惊心，并带有了江浪东去般的声势和力度。也许正因为春光短暂，才更值得人们看重和珍惜。流啭于这美好春色中的“啼莺语燕”，倘若不能得到知音的赏听，岂不辜负了它们的一片好音？词人由此大声叮咛朋侣：“但要教、啼莺语燕，不怨卢郎！”据《后汉书》记，汉末学者卢植师事马融，马融常列美人“歌舞于前”，卢植却“侍讲数年，未尝一眄”。而今词人却反用此典，将一片惜春之情，赋予连美人也不屑“一眄”的“卢郎”，去含笑聆听“啼莺语燕”的倾诉，则春光纵然短暂，莺燕又有何怨？

对春归的惋叹，就这样被深情的叮咛化解。当朋侣们都在谈论“送春”话题的时候，我们的词人，却对宇宙、人生有了更深一层的体悟。“问春春道何曾去？任蜂蝶、飞过东墙”，这便是词人在沉思间作出的惊人回答。别以为繁花将尽，成群的蜂蝶都匆匆飞离花苑，春天就会一去不返。其实，春天又何曾归去？以蜂蝶纷纷飞过东墙的“春归”景象，反衬“春道何曾去”的断然回答，这是词人最出人意料的一笔。它令人疑惑，却更发人深思。然后含笑推出“君看取，年年潘令河阳”的结拍，读者便茅塞顿开，不禁要拍案叫绝了。“潘令”即西晋著名诗人潘岳，史载潘岳“美姿仪”，少年时“常挟弹出洛阳道”，遇见的女子都为他的丰采倾倒，以至“皆连手萦绕”，投赠水果给他。他担任河阳县令时，才二十七岁，正是人生中最美好的年华。此句正以潘岳喻比春天，自豪地告诉人们：春去春来，它又何曾真就离开过我们？它的俊美，它的容采，不年年都像才任河阳令的潘岳一样，含笑玉立、飘洒多情么？

吴澄这首词题为“和揭浩斋送春”，当是一首“送春”为题的和韵之作。“揭浩斋”即揭傒斯（“浩斋”为揭氏室名），吴澄与揭氏曾同在翰林院供职，故有此游园唱和之作。前人称“寿词多俗，和韵易拘”。此词则俊逸洒脱，在立意上也突破了“送春”词常见的衰飒哀伤之格，而表现了一种旷达乐观的哲理体悟，颇能给人以启迪。结拍以风华照人的潘岳，喻比晴丽多姿的春天，更觉思致超妙，笔端有灵气浮漾。难怪此词一出，即“流传一时”（王弈清《历代词话》），而揭氏的原作反很少有人知晓了。（潘啸龙）

蝶恋花　赵孟頫

侬是江南游冶子。乌帽青鞋，行乐东风里。落尽杨花春满地，萋萋芳草愁千里。　扶上兰舟人欲醉。日暮青山，相映双蛾翠。万顷湖光歌扇底，一声催下相思泪。

上录《蝶恋花》是赵孟頫在宋亡之后写的一首春游词。词中虽云“行乐”，但细绎全篇却并无欢乐之情，反见一片深浓愁恨，其中显然别有寄托。清人沈雄《古今词话·词评下》引邵复斋语云：“公以承平王孙而遭世变，黍离之悲，有不能忘情者，故长短句得骚人之遗。”此词寄托的正是一种“黍离之悲”，即故国之思，同时也寓有一种华年虚度的伤感。词中叙事、写景、抒情交错而下，化用前人诗句也浑然天成，如自己出，因而饶有流动自然之美。

起唱直叙春游情事：“侬是江南游冶子，乌帽青鞋，行乐东风里。”言语虽然豪纵，心情却甚凄苦。“游冶子”犹言浪荡子。“乌帽青鞋”是山野之人的服饰。杜甫《奉先刘少府新画山水障歌》云：“若耶溪，云门寺，吾独胡为在泥滓，青鞋布袜从此始。”又陆游《东阳道中》诗云：“风吹乌帽送轻寒，雨点春衫作醉斑。”语既出此，意亦近之。词人本是赵宋王孙，如今却在浪迹江湖，心中怎能没有感慨？所以自称为“行乐东风里”的“游冶子”，乃是百无聊赖的自嘲自笑，其中隐含着一种难言之痛。

续拍描绘眼前光景：“落尽杨花春满地，萋萋芳草愁千里。”杨花都已落尽，桃李当更无花，明明是春已去，却还说“春满地”，可见惜春之意极痴，在春已难寻之时，仍将满地杨花看作春的存在。如此婉言“落尽杨花春满地”，比直说“落尽杨花春已去”更觉伤心。屈原《离骚》有句云：“惟草木之零落兮，恐美人之迟暮。”这里也隐寓着同样的感慨。“萋萋芳草”语出汉代淮南小山《招隐士》：“王孙游兮不归，春草生兮萋萋。”词人用此，亦寄寓着王孙流落的悲哀。以草喻愁，古来多有。如南唐李煜《清平乐》词云：“离恨恰如春草，更行更远还生。”这里也是一样。芳草萋萋，一望无际，正如愁思的茫远，所以说“愁千里”。

重起转写游湖情景：“扶上兰舟人欲醉，日暮青山，相映双蛾翠。”“兰舟”即木兰舟，南朝任昉《述异记》言浔阳江七里洲有鲁般造木兰舟，故用为船的美称。“双蛾”即双眉，因女子之眉细长弯曲，有如蚕蛾的触须，故美称为蛾眉。“扶上兰舟人欲醉”上承“行乐”一语，谓被人扶上游船时已有醉意，可见此前“行乐”颇为恣肆。“日暮青山，相映双蛾翠”则描写船上所见之景。远处的青山在落日余晖中色浓如黛，与船上歌女的翠眉遥相映衬，更觉山美人美。但与“日暮”连在一起，又微微透露出一种“美人迟暮”的忧伤。情融景中，耐人寻味。

结拍翻出心中悲感：“万顷湖光歌扇底，一声催下相思泪。”“歌扇”是歌舞女郎用来传情饰态的彩扇。“相思泪”本指苦思情侣之泪，借指怆怀故国之泪。万顷湖光都展现在歌扇之下，景象十分瑰丽壮阔。一声歌起便催落相思之泪，情绪又异常凄苦悲凉。这样以清歌美景托出愁恨哀伤，尤见情思厚重，意境深远，言辞有尽而韵味无穷。（罗忠族）

念奴娇　鲜于枢

八咏楼

长溪西注，似延平双剑，千年初合。溪上千峰明紫翠，放出群龙头角。潇洒云林，微茫烟草，极目春洲阔。城高楼迥，恍然身在寥廓。　我来阴雨兼旬，滩声怒起，日日东风恶。须待青天明月夜，一试严维佳作。风景不殊，溪山信美，处处堪行乐。休文何事，年年多病如削？

古人登楼之作，自汉末王粲作有《登楼赋》抒写“虽信美而非吾土兮，曾何足以少留”的思乡之情以来，大多展转相承。不是披露忧谗畏讥的愁绪，便是寄寓离乡背井的孤苦。此词则一反常态，只从溪山风景入手，突出“处处堪行乐”的人生达观，于立意故作翻案文章，自然显得高卓不群。

八咏楼即坐落于东阳（今浙江金华）城西的玄畅楼，因南朝著名诗人沈约曾作《八咏诗》而成为历代文人登临、吟诵的胜地。这无疑得益于登斯楼便可饱览“群山之秀，两川贯其下，平林旷野，景物万态”（宋韩元吉《极目亭序》）的自然风光，而且也与沈约的文坛盛名和登楼佳作有关。

此词上片，即从登楼所见的溪山景物落笔，对东阳一带的山川景色作了形象而又生动的描绘，使人有身历目及之感。起首三句，先以“延平双剑，千年初合”的比喻，写出东阳江（今金华江）由南自永康县、东自义乌县二水相汇而成的状况。据《晋书·张华传》载，雷焕于丰城狱基掘得龙泉、太阿两剑，以一剑赠张华，自留一剑。后张华遇事被诛，其剑亦失，而雷焕子雷华持剑过延平津（在今福建南平），剑于腰间忽跃入水中。令人求之，只见水中有两龙，剑已失。由于延平津由建溪和富屯溪相合而成，与东阳江有相似之处，又由于延平津相传为晋代龙泉、太阿两神剑始分终合之地，作者在此用以为喻就显得十分贴切，妙在信手拈来，形神两得。接着作者的视点由溪水转向山峰，“放出群龙头角”又是一个形象的描写：“群龙头角”已有千峰森然突兀的峥嵘之状，复加“放出”两字，更觉气势飞动，彼此竞相争胜的形态宛然在目。在对水势山形作了生动的形容后，作者的眼光又投向了平林旷野：纵目望去，只见云浮林莽，烟笼溪草，一片辽阔苍茫。这段文字层层描述，总体上给人以景象阔大的俯视感觉，由此烘托出登楼纵目的视角高度，突现"恍然身在寥廓"的心理感受。这就从一个特定的侧面，体现出八咏楼的突兀高耸，有"气压江城十四州"（宋李清照《题八咏楼》）的气势。

下片在写景的基础上抒发情怀。过片欲扬先抑，说自己本为慕名而来，想在风和日丽的春天尽情欣赏东阳一带的水光山色，不料却偏偏遇到了连旬的阴雨，天天东风劲吹，滩头涛声阵阵轰鸣。按理说，一般的游览者往往会大失所望，兴味索然，甚至"登斯楼也，则有去国怀乡，忧谗畏讥，满目萧然，感极而悲者矣"（宋范仲淹《岳阳楼记》）。作者却不然，他心中始终憧憬、惦念着唐诗人严维笔下那种"明月双溪水，清风八咏楼"（《送人入金华》）的良辰美景，因此并不急于离去而要耐心等待天气转好。因为在他看来，不管在哪里，美丽的溪水山峦都有迷人的风光景物足以令人留恋，给人欢愉，完全不必因其"虽信美而非吾土"而自寻烦恼。"风景不殊"用《世说新语·言语》载过江士人感叹语，强调古今登楼者所对山景水貌都一样；"溪山信美"语本王粲《登楼赋》，取其赞美之意而用之；"处处堪行乐"是一种达观的人生感悟，体现出人与自然的和谐相融，为全词作意的根结。结拍两句更在此基础上带出对沈约当年为什么会"百日数旬，革带常应移孔；以手握臂，率计月小半分"（沈约自述，见《梁书》本传）的困惑不解，既切合八咏楼因沈约诗而得名，又从反面见意，突出面对如此溪山不应再有任何人生烦恼。当然，这只是作者的词人之笔，事实上沈约当年说这番话时人早已不在东阳了。作者在此仅是借事取意，其机杼正与赵孟頫《东阳八咏楼》诗所谓"如此山川良不恶，休文（沈约字）何事不胜衣"如出一辙。因此我们读此词所能感受和体味的，不仅是八咏楼的高旷、东阳溪山的秀美，更是作者不为眼前景物所囿始终乐观豁达的情怀，两者相得益彰，足以启迪后人。（曹明纲）

鹧鸪天　　冯子振

赠珠帘秀

凭倚东风远映楼，流莺窥面燕低头。虾须瘦影纤纤织，龟背香纹细细浮。　　红雾敛，彩云收，海霞为带月为钩。夜来卷尽西山雨，不着人间半点愁。

这是作者写给著名女艺人珠帘秀的一首小词。据《青楼集》记载，珠帘秀原姓朱，排行第四，演技独步当时，驾头、花旦、软末泥等，悉造工妙，在杂剧界享有盛誉，后辈多以"朱娘娘"称之。她与元代诸曲家过从甚密，关汉卿、胡祗遹、卢挚、王恽等都对她深为推重，有词曲相赠。冯子振与她也有交情，这首小词就对她作了深深的赞美。

元人题赠珠帘秀的词曲作品，多从其艺名的字面意义入手，通过描写珠帘的华美来誉扬其本人的姿色才艺。如胡祗遹[双调]《沉醉东风·赠妓朱帘秀》小令云："锦织江边翠竹，绒穿海上明珠。月淡时，风清处，都隔断落红尘土。一片闲云任卷舒，挂尽朝云暮雨。"关汉卿[南吕]《一枝花·赠朱帘秀》套数首两句云："轻裁虾万须，巧织珠千串。"冯子振的这首词，采用的表现手法正与之相同。

首句"凭倚东风远映楼"，点明珠帘秀青楼女子的身份居处。其省略的主语就是珠帘，说的是珠帘高挂，任凭东风轻轻吹拂，帘子上缀着的珍珠光芒闪耀，映射楼阁，远远地就能看见。虽是写珠帘的晶莹，但女主人公明艳动人的形象已呼之欲出。次句"流莺窥面燕低头"，上下互文见义，即"流莺、燕窥面低头"，意为娇柔的黄莺紫燕飞来，在珠帘前窥探，见了珠帘的华美都低头折服。这也就是乔吉《杜牧之诗酒扬州梦》杂剧第一折《鹊踏枝》曲中"花比他不风流，玉比他不温柔；端的是莺也销魂，燕也含羞"之意。歇拍两句"虾须瘦影纤纤织，龟背香纹细细浮"，"虾须"是帘子的别称，唐陆畅《帘》诗即有"劳将素手卷虾须，琼室流光更缀珠"之句，因帘子常制成冕旒状，如虾类的长须丝丝下垂，故称；"龟背香纹"谓焚香之烟似乌龟背部硬壳上的花纹。两句意为珠帘上的珠串似虾须纤纤织就，香炉中袅出的缕缕轻烟从帘间细细浮出。或解为上句写女主人公在织帘，其清瘦的身影浮现帘间，下句写女主人公在烹茶，用唐刘兼《从弟舍人惠茶》诗"龟背起纹轻炙处，云头翻液乍烹时"之典；似较穿凿，因为细审全词，应是通篇咏帘，以帘隐喻女主人公，而人物形象并不直接出现于文本中。

下片由日间所见之帘写到晚上所见之帘，意象从唐王勃《滕王阁诗》"珠帘暮卷西山雨"变化发挥而来。"红雾敛，彩云收"，值得注意的是"红""彩"两字，色泽鲜艳丰润，切合所赠女子的姝丽身姿。两短句从正面描绘珠帘宕出一笔，将视线拉远，写黄昏天边的叆叇云雾渐渐散去，为下文预留地步。此种实中有虚的笔墨，使全篇不粘不滞，甚有灵动之感，读来不可轻轻放过。"海霞为带月为钩"，谓珠帘以海上晚霞作系带，以空中弯月为挂钩，由前两短句顺水推舟，自然引出，毫不费力。结拍两句"夜来卷尽西山雨，不着人间半点愁"，前一句看似全袭王诗，其实仍有变化，关键在那个"尽"字上，有此一字，方能接上末句。盖此处之"雨"，乃凡尘之象征，卷而使尽，帘中人自然不再带有任何人间愁烦。末句可注意处有三端：一是用"半点愁"而不用"一点愁"，意味更隽永，风致更潇洒；二是王勃《滕王阁诗》"珠帘暮卷西山雨"的意象，原是为"阁中帝子今何在？槛外长江空自流"的感慨张目，蕴含的情感是悲凉的，但此处"夜来卷尽西山雨"所逗出的，却是"不着"愁绪的仙子的雍容娴雅情致，这就对所赠对象作了高度的赞扬；三是结尾既返虚入浑，摇曳飘逸，又不与珠帘之性质功用脱节，咏物咏人，打成一片，极有美感。

据《青楼集》说，冯子振写此词，因"朱背微偻"，"故以帘钩寓意"。此说可供参考。不过帘钩本是珠帘整体的一个次要部分，咏帘而以帘喻人本不必刻意以之与背弯相联系。且背弯并非雅态，本篇既意在称赏而不在嘲谑，窃恐词人正不肯措意于此。（李占鹏）

木兰花慢　吴　存

春兴

问东君识我，应怪我，鬓将华。甚破帽蹇驴，清明无酒，寒食无家。东风绿芜千里，怕登楼、归思渺天涯。烟外一双燕子，雨中半树梨花。　　日长孤馆小窗纱，新火试团茶。想明月湾头，家家笋蕨，井井桑麻。年华不饶倦客，早青梅如豆柳藏鸦。欲逐梦魂归去，客窗一夜鸣蛙。

吴存做过小学官，不久就退隐归家了。他喜欢也善于写春，有《点绛唇·春梦》、《踏莎行·春日连雨》、《浣溪沙·春闺送别》等词作，还有就是这首《木兰花慢·春兴》。

春又来了，"宠柳娇花寒食近，种种恼人天气"（李清照《念奴娇》）。寒食节气是在清明前一二天，这一日一般有风雨，过后万物生长，天气皆清净明洁，所以谓之清明。是春最盛时，但转瞬又将是暮春落花时节，春又要去了。清明寒食，是最动诗兴的节候，风景宜人，民间人们多春游踏青。词人在这个时节里，有些什么感触呢？他在词里说假如司春之神东君认得我，应该要惊怪我的鬓发已星星点点斑白了。一介穷书生，客居异乡，穷困潦倒，每日里戴着破旧的儒冠，骑着那匹瘦弱不堪的老跛驴，辛苦奔波，过的是"无花无酒过清明"（王禹偁《清明》）的日子。寒食这一日风俗是禁火而食，本已无钱沽酒，此日也只能胡乱吃些干粮冷食。而远客孤居，不能归家团聚，更添几多寂寞，几多凄凉。东风绵软，吹绿了芳草千里，这时节，最怕登楼倚栏，归思郁积。天涯渺渺茫茫，故乡更在天涯外。归不去，不如不登楼，少添些伤心。春日天气，忽雨忽晴，满城淡烟疏雨。只见燕子在寒烟之外双双对对地归来，濛濛细雨中一树梨花洗得只剩半树，纷纷坠落如雪。宋晏殊《破阵子》云"燕子来时新社，梨花落后清明"，果然。春日白昼渐长，长长的白昼，最易惹起闲愁。"可堪孤馆闭春寒"（秦观《踏莎行·郴州旅舍》），所幸旅舍窗纱前一番小坐，正可"且将新火试新茶"（苏轼《望江南·超然台作》），打点消磨此一段闲愁。寒食禁火，节后另取新火，所谓"梨花榆火催寒食"（周邦彦《兰陵王·柳》）；而当时人讲究饮茶，如何汲水烹煎，如何做成龙团，都有流行的方式。只是羁旅难堪，夜晚明月当空时，思乡之情终是不能排遣。想起月光下家乡的小河水流弯弯处，一定是春事繁忙，家家采笋采蕨，便于井水灌溉的地方都种了桑麻。渐渐春事将尽，他倍觉时光催人老。青梅已结实如豆，绿柳已繁枝藏鸦，"今春看又过，何日是归年"（杜甫《绝句二首》其二）！对此光景，词人不禁倦游之意更盛，思归之心更切。但客愁无寐夜，魂梦亦难归，只好听着窗外群蛙自由自在地欢鸣，发一声叹息，滴几点涕泪。

词中塑造了一个落拓江湖的自我形象，对春来春去哀乐随物的惆怅和对浪迹他乡不能自主的愁怨，二层意思合在一处，有很强的兴发感动力。（吴　晶）

念奴娇　朱晞颜

倦怀无据，凭危阑极目，寒江斜注。吴楚风烟遥入望，独识登临真趣。晚日帆樯，秋风钟梵，倚遍楼东柱。兴来携手，与君更上高处。　　隐约一水中分，金鳌戴甲，力与蛟龙拒。拟访临幕清夜鹤，谁解坡仙神遇？断壁悬秋，惊涛溯月，总是无声句。胜游如扫，大江依旧东去。

这是一首登临抒怀之作，词气豪迈，境界开阔，颇有些苏轼《赤壁怀古》的遗风，虽然其意境之浑化尚逊于东坡公，但词中所体现出的雄健气势和乐观精神，亦足可使读者为之一振。

上片写与朋友日间登高远眺时所见的长江景象。首句“倦怀无据”直道登临缘起，“无据”即无来由之意，可见作者登临是为了排解心中说不出来由的抑郁颓丧之感。“凭危阑”后六句为登临所见。“危阑”，非常高的亭台栏杆。“极目”，放眼向最远处眺望。“吴楚”，指江南一带，上古时期属吴国和楚国领地。“钟梵”，即梵钟，佛寺中的钟声。在这几句里，作品先写远望中的大江形势，词人居高临下，看到那浩浩江水斜穿大地，其流势迅猛，如同喷注一般。其中“注”字写江水之势颇为传神。“寒”字表明时在秋天。接着作者的视线投向大江两岸的吴楚大地，这里虽只有“风烟”二字，却准确地道出了遥望时所特有的壮阔浑茫的景色。如此大好江山，自然会使登临者心胸顿然开朗，故作品写其“独识登临真趣”。随后两句又将目光收回到江面之上，先写夕照下的帆影，之后写佛寺中传来的钟声。钟声袅袅，整个画卷立刻生出无限生气，雄壮的大江也由此增添了几分柔和之感。“倚遍”写作者留连不舍之意，也是从侧面烘托江色之美。顺此意脉，引出了歇拍二句：“兴来携手，与君更上高处。”唐王之涣《登鹳雀楼》诗云：“欲穷千里目，更上一层楼。”本词所写“更上高处”也正是要去欣赏远处更美妙的景观。这样也为下片的描写埋下了伏线。

下片继续写夜间登临所见的大江景象。开始三句描绘月光下的江流。因为是在夜晚，所见已与日间不同，白天可清楚地看到江水迅疾如注；而此时则只望见“一水”将苍茫大地划分成了两半，由“隐约”一词见其朦胧模糊之状。虽看不到了大江白天的流势，但其一分大地的气概，也丝毫不减其雄壮的姿态。接下来近写江面。“金鳌”，传说中大海里的神龟。“蛟龙”，传说中江海中的龙。此处作者想象那江面上波光闪烁的情景是金鳌与蛟龙在展开搏斗。引入这两种传说中以凶猛、庞大和神异为特点的动物，无疑使浩瀚迅猛的长江更显出了它恢宏的气势，同时也为夜色笼罩下的大江增添了一层神秘的色彩。写到此，作者很自然想起了苏东坡在《游金山寺》诗里所写的夜游长江所看到的奇观。（其诗曰：“江心有炬似火明，飞焰照山栖乌惊。怅然归卧心莫识，非鬼非人竟何物？”）看到此时江中奇异的景象，作者感觉自己似乎也亲历了东坡公的神遇，于是便设想去向那飞临帘幕的夜鹤寻求解释，鹤在古人看来是一种神异之鸟，故称仙鹤，它大概应该知道这是怎么回事吧。词中没有作答，只是写道“断壁悬秋，惊涛溯月，总是无声句”。“断壁悬秋”，谓悬挂在峭壁上的树木呈现出一派秋天的萧瑟气氛。“惊涛溯月”，谓冲天的巨浪涌向空中的明月。这满山秋意和一江惊涛似乎在用无辞的话语向人们讲诉着什么。“无声句”一方面照应前面访鹤解疑之意，暗示这仙鹤也没有能够说出答案；另一方面又表明自己已经从自然造化之中得到了某种启示，于是他感到顿然了悟，一扫愁情，所以他写道：“胜游如扫，大江依旧东去。”“胜游”，即美好的游赏。此处“扫”字用得颇为独到，十分形象地写出了作者此刻“倦怀”全释、烦恼尽消的畅快心境，同时在篇章上与词首遥相呼应，此时“大江依旧东去”，而作者却已进入了一个新的精神境界。（赵维江）

十六字令　周玉晨

眠，月影穿窗白玉钱。无人弄，移过枕函边。

这是一首十分别致的小词。《十六字令》的形式在词调中显得很特别，只有十六个字，其短小为词中之最，在这样短小的篇幅里表现出完整、生动的意境是很不容易的。而周玉晨这首作品做到了，并且其内容与表现也都有许多独特之处。

首句“眠”字突入，沉重有力，涵盖全篇。“眠”实为未眠、失眠，下文对“月影”的凝视和联想全由此一“眠”字引起。次句描写洒落在地上的“月影”，造境新颖而传神。李白《静夜思》是写月影的名篇，其中月影被“疑是地上霜”，而在周玉晨的词里月影则被当成了“白玉钱”，有人认为二者有异曲同工之妙，当不为过。明月的光影在两篇作品中的形象不同，但都写得恰切真实。李白诗中的月光是没有遮拦地倾泻在地上的，是一片白光，故有了“地上霜”之疑；周玉晨词里的月影是透过窗外树枝的间隙而投射到地上的，呈现为一片斑驳陆离的光点，故好似撒落的一枚枚铮亮的铜钱。月影在李诗和周词中形象的不同，应与二者所传达的情思意趣不同相关。如“霜”的月光，表现的是诗人身在异乡的孤冷之感；那似“钱”的月影，又包含了词人怎样的情趣呢？在读完全词后，我们便会逐渐体会到个中意味。

第三句中的“弄”意为“弄钱”，即耍钱，是古代的一种游戏。后两句写月影在屋内的移动，继续以钱作喻，说没有人耍弄它，它却移到了自己的枕头边。钱，是生活的必需之物，由此也造成了社会中的贫富贵贱，人们对它是又爱又恨，于是在文学作品中便有一些穷书生来嘲弄它，拿它打趣。如宋杨万里曾写一首题为《戏笔》的小诗：“野菊黄苔各铸钱，金黄铜绿两争妍。天公支与穷诗客，只买清愁不买田。”杨诗将野花比作钱币，嘲讽社会的不公；周词以钱比月影，并写它如何自动地来到身边，其中是否也包含了对其穷困处境的自我解嘲？我们虽然不清楚作者真实的写作意图，但根据文本提供的艺术空间，是完全可以作如此解释的。（赵维江）

浣溪沙　张玉娘

秋夜

玉影无尘雁影来，绕庭荒砌乱蛩哀。凉窥珠箔梦初回。　压枕离愁飞不去，西风疑负菊花开。起看清秋月满台。

深秋，长夜，一个闺中少妇倚楼怅望。她看到，月轮皎洁如玉纤尘不染，在天穹高处洒下清辉，留一团亮影；大雁排成雁阵群飞而至，在天幕中间印上人字，掠两道暗影。她听到，围绕庭院中长满野草的台阶，蟋蟀发出悲哀杂乱的鸣叫声。她觉得，秋夜凉意真盛，自己竟被透过珠帘的寒气惊醒了好梦。念梦中与恋人欢聚的情景还历历如在目前，她忍不住叹息道：白天捱不过相思之苦，想想夜里总可以借睡眠缓解一下了吧？谁知睡着也是离愁满枕。西风萧瑟凄紧，菊花独自开放，春日之风催花，秋日之风怕只是摧花，我所思念的人儿啊，早些归来吧，不要像西风辜负菊花那样，辜负我的一番深情。全词意境就是这样深婉凄美，读来令人低回不已。

细玩篇章的脉络结构，我们发现，词情词意的婉转起伏，同语句的曲折倒错有着很大关系。按通常语序，应是：写受凉梦回的第三句为首句，写离愁难除、西风负菊的第四、五句为下面的两句，然后再是起看秋月与描写月影、雁影和乱蛩哀音的下片三句。作者自己的处理方法，使读者一开始受凄清景物的感染而渐生悲凉之意，接下去再体味作者所倾诉的伤离念别相思之情，就更增一分同情与怜悯。从每一句看，用笔也很周到。首句“玉影”“雁影”两用“影”字，用法却有变化，“玉影”是比喻义，指明月，“雁影”则是实写，且“玉影”之静与“雁影”之动亦有对比。“玉影无尘”，暗有妾心清皎如明月之意，“雁影来”则有引人从候鸟来联想到所思之人不来的作用。次句写蛩鸣而前缀一“乱”字后系一“哀”字，情感倾向已十分鲜明。而所鸣之地又在“荒砌”，即荒凉的台阶下，其音必更令人横生凄苦之情。再加上“绕庭”二字所渲染的空间幽深感，那种情调竟低回掩抑至极。第三句“凉窥”谓凉意从珠帘中透入，似人贴面窥探，笔墨新颖别致，可称警策，见出作者功夫的老到。“梦初回”三字，意味亦甚隽永，所梦为何，读者不难猜得却又无法详知，故有迷离惝恍之效。第四句写离愁用“压枕”“飞不去”形容之，又是妙笔生花之语。“压”字谓其愁之重，“枕”字暗示晚上愁思令人耿耿不寐，选“飞”而不选“除”“消”之类意较质直的动词，愈空灵愈深厚，又不仅炼字工妙而已。第五句用比兴语亦甚浑化，幽怨之情如见。“西风”可解为代表所思之人，“菊花”则可解为自指，西风负菊花，显然是说远行的恋人有负闺中痴女子，没有如期归来。“西风”“菊花”都有时间性，故可如此解释。而作者用“疑”字表达不那么肯定的语气，既见出相思女子不愿往坏处想的心理，亦见出其性情之真淳。至于末句“起看”云云，与首句前后呼应，将应该先说的话放在最后，以倒挽之势出之，语气转平而悲凉反深，大有一唱三叹、情何以堪的神韵。

作为一个受文化教育远较男子艰难的历史时代的女性词人，能写出这样的佳作，实在不容易。尤其是元代，像张玉娘这样的女词人几乎绝无仅有，因此，我们更应给予她足够高的评价。（李占鹏）

烛影摇红　　袁　易

春日雨中

日日春阴，瑞香亭下寒成阵。凤靴频误踏青时，寂寞墙阴径。翠被堆床未整，睡初酣、风篁唤醒。几多心绪，鹊语难凭，灯花无准。　　得酒浇愁，旧愁不去添新病。吴绫题满断肠词，歌罢何人听？宝篆香消昼永，袅余烟、萧萧鬓影。出门长啸，白鹭双飞，清江千顷。

江南历代多隐士，而吴地尤多，如著名的“三高”范蠡、张翰、陆龟蒙，人们曾立“三高祠”以祀之。元代苏州袁易，也是个著名的遗民隐士。他一生不求仕进，居于吴淞、太湖之间，筑室名静春，藏书万卷，以读书自娱。堂外左江右湖，每日与鸥鹭相伴，学渔父扣舷高歌，人望而知其为世外高人。后更棹舟载笔，游于江湖。

词开篇便写江南春来天气，轻寒恻恻，更兼“无边丝雨细如愁”（秦观《浣溪沙》），一个“阴”

字，一个“寒”字，便定下了全词的基调。有着精美轻软的凤靴却屡屡误了踏青春游之期，寂寞的墙阴小径，无人徜徉。况周颐《蕙风词话》：“袁静春《烛影摇红》云：‘凤钗频误踏青期，寂寞墙阴冷。’下句略不刷色，却境静而有韵。”的确如此。翠色罗被堆积在床上未整理，夜来无眠，早晨正自睡得香甜，风敲竹子，似有人推着门户，疑是故人来访，唤醒了梦中人。主人公心绪依然纷乱，忽悲忽喜，觉得昨夜喜鹊的叫声、灯花的明灭似乎在对自己报喜，是吉兆，但想想又觉得不是很笃定。

有酒且饮欲浇重愁，却不料原有的愁闷未去，新的心事又袭上心来。这愁，非干病酒，也不是悲春。搦管在吴地出产的珍贵的白绫上写满忧伤的词篇，题罢低声吟唱，身边无人，又有谁来聆听？苦闷无聊难耐中，燃起盘香，那香是形如篆书的，弯弯曲曲，看缭绕的香烟袅袅升起，燃香数刻，来消磨光阴。秦观《减字木兰花》有云“欲见回肠，断尽金炉小篆香”，而词中人柔肠百转，思绪万千，也正如香烟袅袅不尽。香不觉已经点完了，却觉得春日迟迟，渐渐长了的白昼似乎漫无止境。慢慢地香烟也已经消散尽了，黯然神伤中，惊觉自己已年华老去，不觉感慨万千。捺下憾恨愁肠百结千回，强打精神走出门去，一声长啸，只见眼前一亮，豁然开朗，白鹭蓝天青山绿水，色彩鲜明亮丽。结拍荡开一笔，摆脱绸缪宛转之度，语势振起，所谓“断句旁入他意，最为警策”（宋陈长方《步里客谈》评杜诗语）是也，其效果堪与黄庭坚《王允道送水仙花五十枝欣然会心为之作咏》诗末以“坐对真成被花恼，出门一笑大江横”作结相媲美。

张炎词宗师姜夔，崇尚清空骚雅，袁易以其隐逸生活中对春情的感触入词，确实颇得“清空”之三昧，登堂而近于入室了。（吴　晶）

百字令　张可久

春日湖上

扣舷惊笑，想当年行乐，绿朝红暮。曲院题诗，人去远、别换一番歌舞。鸥占凉波，莺巢小树，船阁鸳鸯浦。画桥疏柳，风流不似张绪。　闲问苏小楼前，夕阳花外，归燕曾来否？古井香泉秋菊冷，坡后神仙何许？醉眼观天，狂歌喝月，夜唤西林渡。穿云笛响，背人老鹤飞去。

张可久一生大半在杭州度过，其早年所成散曲集《今乐府》《苏堤渔唱》等多以本地风光为抒写内容。元顺帝至正九年（1349）他自昆山幕僚引退后，再度回到杭州，隐居以终。从本篇“当年行乐”“人去远、别换一番歌舞”等语，可推知此词当作于这一时期。

这首词写杭州西湖春景，全凭感受游走，颇有一种“意识流”的风味。词人先从西湖本身落笔，却不直接绘写眼中景色，而是以引起的感想代替。“绿朝红暮”四字，令人联想起春日湖上的朝朝清游、夜夜笙歌，涵意隽永。接着是西湖十景之一的曲院，同样也是以昔衬今，尽管当年一同游赏吟诗的故人已经远去，但眼前歌舞风流的景象依然无异于往昔。再接着是苏堤六桥，这里是西湖绝佳的观景点，但见鸥鸟在湖面上翔止，黄莺在岸树上栖息，近堤的水浦边野鸭嬉戏，碇泊着三三两两的小船。只是在词人的感受中，桥边的杨柳似乎风致不足。“风流不似张绪”，用南朝齐武帝植蜀柳于灵和殿前，赏叹“此杨柳风流可爱，似张绪当年时”的典故，事见《南史·张绪传》。

下片先转入孤山。孤山相传建有南齐苏小小的坟墓，“苏小楼”，是对这位名妓遗迹的怀念。夕阳下春花年年开放，但前时的燕子可曾归来？这一问，隐见了美人妆楼已面目全非的现实。“古井香泉秋菊冷”，“古井”指金沙井，“香泉”指六一泉，俱是孤山一带的名胜。但全句却是就孤山的代表人物林逋而言，因苏轼《书林逋诗后》有“不然配食水仙王，一盏寒泉荐秋菊”的名句。林逋曾配祀于水仙王庙，后人常因此引为孤山的典故，如宋人高翥《拜和靖墓》：“荐菊泉清涵竹影，种梅地冷带苔痕。”词中的“坡后神仙”即指林逋，“何许”即何处（“许”通所），全句流露出前贤已去、风流往矣的感慨。词人以醉饮狂歌的清狂抵御悲怅，最后将词笔转向孤山以北的西林渡。西林渡亦名西泠渡，是当时由西湖导向北山的通道口。其时天暮月上，静夜中生出一阵穿云裂石的笛声，惊起了扑翅飞腾的老鹤。姑不究“笛响”是何人所为，渡口这凄清的一笔，自传达了词人孤寂的感受。

全词意象固然飘忽灵活，脉络却不失分明。起首“扣舷”显示置身船中，紧扣“湖上”的题面；以下由“船阁（搁）鸳鸯浦”的登岸，而“夕阳”，而“夜唤”，展开了“春日”的游程，结尾“西林渡”的地名，则标志了同西湖的分手。词作中不时插入的回忆和联想，更是缩接了时间和空间，使词人行乐与感伤的对立感情实现了和谐的统一。清江顺诒有云：“词要放得开，最忌步步相逢；又要收得回，最忌行行愈远。必如天上人间、去来无迹方妙。”（《词学集成》）本篇可谓是“放得开”“收得回”的一则范作。（史良昭）

念奴娇　　张　埜

题钓台

钓台千尺，问谁曾占断，一江新绿？试拜先生眉宇看，何地可容荣辱？遥想当年，故人邂逅，以足加其腹。书生常事，可怜惊骇流俗。　　应恨惹起虚名，平生正坐，误识刘文叔。笑杀君房痴到底，燕雀焉知鸿鹄。万叠云山，一丝烟雨，比得三公禄。高风千古，冷香聊荐秋菊。君房，侯霸字也。子陵有勗君房书

此词吟咏东汉严光隐居垂钓的钓台，故址在今浙江桐庐县富春山上，下临富春江，是有名的山水胜地。严光字子陵，少时与光武帝刘秀同游学。刘秀即位后，严光却隐姓埋名。后虽被光武帝召至京城，但坚决不接受官职，退隐回乡，长期耕钓于富春江上。此词系作者游赏钓台所作，他抚迹生慨，敬仰、怀念严光，所以，全词完全以一种仰慕的感情，赞美严光的高士风范。

“钓台千尺，问谁曾占断，一江新绿”，钓台是一座建在富春山上的高台。“千尺”，极言其

高峻壮伟。“新绿”，形容景色的秀美。登上高台，词人由眼前的秀丽景象，思接千载，自然地写到严子陵，但没有直接明点，而是采用问句方式：谁曾在这里占据美丽的风光？题目是“钓台”，不点也是自明的。这样写，表明作者陷入了对过去的回忆之中，既饱含着深厚的感情，也唤起了读者的注意。显然，这三句以钓台的高峻壮观，台前山水的清丽秀美，托出了当年严子陵在这里垂钓时优游自得、恬静萧散的高人形象。“试拜先生眉宇看，何地可容荣辱”，这两句应是作者在钓台上的厅堂里拜谒严子陵画像时的感受。严子陵的形象眉目清朗，气宇不凡，正显示了他是一位不慕荣利、宠辱皆忘的高士，也使拜见他的人深受感染，一切名利之心顿时消失。下文紧承上面的意脉拈出最能体现严子陵高士风范的一件事来写：“遥想当年，故人邂逅，以足加其腹。书生常事，可怜惊骇流俗。”《后汉书·严光传》记载：光武帝诏严光入宫，畅叙友情，“相对累日”，“因共偃卧，光以足加帝腹上。明日，太史奏客星犯御座甚急。帝笑曰：‘朕与严子陵共卧耳。’”严子陵与光武帝虽是旧时朋友，但今天却有君臣的巨大差别，而严子陵却不把帝王之尊放在眼里，仍与过去一样，以朋友看待光武帝，与他同床共眠时，竟然把脚放在他的肚子上。这是何等的高人风范。严光对此视作一件平常的小事，却使世俗的人们感到惊诧不已。作者用“可怜”二字，表达了对“流俗”的鄙视。就这样，词的上片，通过描写钓台的环境景色，仰慕高人的风概名节，以及对其具体事迹的评赞，对严光狷介清高的人格作了形象的揭示和高度的赞扬。

下片另翻新意。“应恨惹起虚名，平生正坐，误识刘文叔”，文叔，光武帝刘秀字。严子陵脱略势利，只希望潇洒江湖，自由地过日子，却因为他少时与刘秀同游学，致使他后来多次被刘秀征聘，让很多人知道了他，浪得“虚名”；所以他对此没有丝毫的高兴，却认为这是“惹起”麻烦的起因，感到认识刘秀简直是他平生的一个错误。“应恨”二字告诉我们，这是作者的猜度，但无疑是符合严子陵的性格和精神世界的。这与一般的势利之徒形成了巨大的反差。唯其如此，严光高洁耿介的品质更加彰明昭著，令人无限景仰。“笑杀君房痴到底，燕雀焉知鸿鹄”，前句仍用严光事。“君房”，侯霸字。侯霸在东汉初曾任尚书令、司徒，封关内侯。晋皇甫谧《高士传》载：侯霸曾派遣侯子道奉书谒严光，严光在床上箕踞抱膝读书，并说：“君房素。”子道说：“位已鼎足，不痴也。”严光说：“卿言不痴，是非痴语也！天子征我三乃来，人主尚不见，当见人臣乎？”词以揶揄的口吻说，侯霸简直太痴了，让人觉得好笑。这是为什么呢？紧接着下句化用《史记·陈涉世家》“燕雀安知鸿鹄之志”语申足其意。那些飞得很低很近的燕雀，怎能理解翱翔于高空中的鸿鹄的志向呢。皇帝的征聘我都不接受，难道会接受你侯霸所给的名利？显然，这是以“燕雀”和“鸿鹄”分别指喻侯霸和严光，对品质雅洁的高士给予了热烈的颂扬，而对追名逐利的世俗之辈作了无情的嘲讽。作为一位迥异于常人的高士，严光有他自己的价值观和生活目标。“万叠云山，一丝烟雨，比得三公禄”，“三公”，指司徒、司空、太尉，是大臣中名位极显者，而徜徉于“万叠云山，一丝烟雨”中，尽情享受大自然的赐予，过着潇洒闲雅的生活的隐士，比起俸禄虽然丰厚，却要上希圣旨，下合流俗的三公来，却要更加轻松愉快、自由恬适。最后，词人以“高风千古，冷香聊荐秋菊”来总结全词。前一句是对严光的直接赞美，后一句则用秋菊沁人心脾的清幽香气来比喻其高洁的情操，表现出作者对高人的道德品行的崇敬仰慕之情。如此写来，词的境界提高了，余韵无穷，深耐咀嚼。

此词的最大特色在于扣住历史人物的荦荦大端来进行题咏赞美，具有比较浓厚的唱叹的韵味，是一篇充满抒情性的佳作。（王锡九）

水龙吟　张 埜

酹辛稼轩墓，在分水岭下

岭头一片青山，可能埋得凌云气？遐方异域，当年滴尽，英雄清泪。星斗撑肠，云烟盈纸，纵横游戏。漫人间留得，阳春白雪，千载下，无人继。
不见戟门华第，见萧萧、竹枯松悴。问谁料理，带湖烟景，瓢泉风味？万里中原，不堪回首，人生如寄。且临风高唱，逍遥旧曲，为先生酹。

这是一首凭吊南宋伟大爱国词人辛弃疾的词作。词的内容十分丰满，即使抹去标题，人们凭着内中“带湖烟景，瓢泉风味”这样特征性极强的句子，以及对英雄壮志难酬的感慨和对词杰凌厉纵横词风的歌颂，仍可清晰地辨出其所咏对象必为稼轩。作者于稼轩词嗜之甚酷，曾屡效其体，因此，他写稼轩，就比常人更能造其神，得其髓。

词的上片从写景引出对辛弃疾的赞颂，但这种笔法与传统的比兴之法有别，是以赋法来展开的。起头两句“岭头一片青山，可能埋得凌云气”，用反问的句式写出辛墓所在的分水岭（在今江西铅山南）山色苍翠，英雄志士生前的凌云豪气如今并未绝灭，仍在润泽草木，孕育生机。肃然起敬的口气，充分表明词人对前贤的仰慕。下面几句，便转入对稼轩传奇般的一生的回忆与感慨。“遐方异域，当年滴尽，英雄清泪”，指辛弃疾在南归前与金军斗争的事迹。稼轩年少时生活于金占区，受其祖父教育，常怀故国之思，二十二岁那年便聚众二千人投耿京义军，任掌书记。绍兴三十二年(1162)正月奉表归宋，授承务郎。北归途中闻耿京为叛徒张安国所害，即率五十骑急驰归营，于五万军中将张安国缚归南宋斩首。从此正式成为南宋的官员。此处“遐方异域”，即指辛弃疾曾经战斗过的金占区诸地；“滴尽”英雄泪，即指其所在的义军主力因内贼破坏而告瓦解之恨。“星斗撑肠，云烟盈纸，纵横游戏”，写稼轩南归后常被投闲置散，不能实现恢复故土的理想，因此将一腔忠愤之气抒发到词这种原被视为小道的文体中，遂留下许多“大声鞺鞳，小声铿訇，横绝六合，扫空万古”（刘克庄《辛稼轩集序》）的杰作。“撑肠”云云，暗用苏轼“空肠得酒芒角出”（《郭祥正家醉画竹石壁上……》）的名句，表现稼轩不遇的愁闷；“星斗”、“云烟”，则见出他的刚毅坚定的心志和豪迈磊落的胸怀。“纵横游戏”，语含酸辛，词气“纵横”，仅能以为“游戏”，真是一代英雄志不能展的大悲哀啊！因此，歇拍“漫人间留得，阳春白雪，千载下，无人继”几句，便深致叹惋之意。稼轩的一腔忠愤之气化作慷慨激昂、沉郁顿挫的壮词，这壮词有如高雅的《阳春》、《白雪》之歌，后人恐怕是难以为继的。这里实有两层意思：一是赞颂稼轩词的造诣之高，为后人所难以企及；二是隐指南宋灭亡后，元朝的统治趋于稳固，像稼轩那样充满爱国情愫、坚持恢复志向的壮词已不复可见。这一点从下片的“万里中原，不堪回首”两句可以得到佐证。

下片仍从景物写起，借景寄情，承上片末“无人继”的感慨，在回忆稼轩的志行之后，抒发对稼轩的缅怀之情。换头用“不见……，（只）见……”的句式，颇有深致。古代高级官员府第门前列戟，故称“戟门”。此处言辛弃疾生前府第早已不复可见，只见满目枯萎的老竹和憔悴的古松,显得十分荒凉萧瑟。言外不胜今昔之感。下面"问谁"三句,是无疑之问。明知稼轩已逝,当年他所栖居的带湖与瓢泉没有人再为之照料管理,却仍作一问,看似无理,实则情词绵邈,意最深挚。如此,则曲直相济,浩荡之中甚见渟洄之妙。而"带湖"、"瓢泉"两个特征极强的地名,对读者接受这一凭吊稼轩的文本,也有着很重要的指示作用。这一问,对稼轩"志士凄凉闲处老"(陆游《病起》)、"却将万字平戎策,换得东家种树书"(辛弃疾《鹧鸪天·有客慨然谈功名……》)的悲凉是深有体味的,我们似乎不宜将"带湖烟景,瓢泉风味"仅仅看作对稼轩隐居生活的欣赏。这也可以从下面"万里中原,不堪回首"数语看出。千年之前,东晋祖逖北伐中原,曾击楫中流而誓曰:"逖不能清中原而复济者,有如大江!"但他的恢复之志终未实现。而百年之前,伟大的词人辛弃疾也是怀着"南共北,正分裂"(《贺新郎·用前韵送杜叔高》)的憾恨,怀着"看试手,补天裂"(《贺新郎·同父见和再用韵答之》)的心愿,离开人间的。作者想到这些,忍不住长叹"不堪回首"望中原——如今的天下哪里还有宋朝的一抔土啊!但作者并未深入致慨,马上就将词笔转到对"人生如寄"的无可奈何上来。苏轼著名的《念奴娇·赤壁怀古》词正是以"人生如梦(一作"如寄"),一尊还酹江月"收尾的,因此,结拍高歌酹酒也就顺理成章。而这也充分照应了"酹稼轩墓"的题面。"临风高唱,逍遥旧曲",唱的当是有"带湖烟景,瓢泉风味"的《水调歌头·盟鸥》一类歌词,这也就在表面上将词意由哀婉转到了旷达。而其内中蕴含的情致,则要复杂一些。我们可以想象作为一个汉人,作为一个稼轩词的爱好者,作者内心深处对宋朝的灭亡是有着惋惜之情的,但他既已在新朝为官,且其出生之地在河北邯郸,那儿早就不是宋朝的国土,因此,作者的情感不可能是宋遗民那样深切的黍离麦秀之怀或文天祥那样有"风雨如晦,鸡鸣不已"之意的愤激之思,叹"人生如寄",其意亦与苏轼《念奴娇》词慨"大江东去,浪淘尽、千古风流人物"相近。因此,虽然他也深知稼轩当年"滴尽""英雄清泪",但最终酹酒凭吊,唱的却是"逍遥"之曲。(李占鹏)

风入松　　虞　集

寄柯敬仲

画堂红袖倚清酣,华发不胜簪。几回晚直金銮殿,东风软、花里停骖。书诏许传宫烛,轻罗初试朝衫。　　御沟冰泮水挼蓝,飞燕语呢喃。重重帘幕寒犹在,凭谁寄、银字泥缄?为报先生归也,杏花春雨江南。

题中的柯敬仲即柯九思,字敬仲,号丹丘生,仙居(今属浙江)人,元代著名的文物鉴定家、画家和诗人。他曾与作者同受知于元文宗,在作者兼奎章阁侍读学士时任奎章阁鉴书博士。两人既为同僚,又情趣相投。后柯九思被谗罢官,流寓吴中,作者便以此词相赠,既追记旧谊,又聊示相慰之意。

上片回忆过去同在奎章阁任职,并受文宗知遇的美好情景。前两句是铺垫,就眼前事落笔,说自己与宴画堂,有红袖相伴劝觞,在酒意微酣时斜着身子,由头上发白稀疏已无法束簪顿生感叹。“几回”句以下追念往日在金銮殿(此指学士院)值夜为皇帝草拟诏书的情景。其中“几回”是强调多次,“花里停骖”烘托春夜美景,“许传宫烛”与“初试朝衫”都体现了皇帝的恩宠,在当时只有亲近之臣才能享受这种特殊的待遇。因此这一段叙述表面是记事,实际字里行间无不透露出对受文宗知遇之恩的感激之情;既是自忆经历,同时也饱含对有同样经历的友人的深切怀念。因为正是在这种境遇中,两人得以相识相知,并共结金兰之谊的。这是一种充满温馨和满足的美好回忆,令人难忘。

过片转写眼前景色,意脉直承入手两句。当春风再次吹融了皇宫护城河的层冰并荡漾起蓝蓝的春波,当飞燕又在檐前呢喃私语时,作者却与友人身处两地,要用书信来互致问候了。“挼”,意为揉搓,用在此处,显得非常贴切生动,将河水在春风的吹拂下微微波动泛映蓝光的景象传写得恰到好处。而以下透过“重重帘幕”使人犹感寒意的点示,既切“乍暖还寒”的早春气候特征,同时也含有作者在文宗去世后对处境艰难的隐忧。所以后面揭出寄词友人的本意,是在告诉他自己不久也将告归,与友人共赏“杏花春雨江南”的美景。这层意思其实从上片的“华发不胜簪”便已引发微逗,后又由下片的重帘阻隔、寒意犹在承接递进,最终明示“归也”,写得委婉含蓄,水到渠成,读来颇觉作者的曲衷深致。

至于结拍“杏花春雨江南”,更是元代词中盛传一时的名句。它把烟雨迷濛中娇艳的杏花作为江南美景的代表,可谓深得时地神韵,妙传景物情致。后来明代雷迅就取其成句作为《杏花春雨江南赋》,足见其魅力所在。而且此句用在词中,可以认为是一种人生变位的心理安慰,因为如果在退出仕途的晚年能隐居在如此美丽的江南,那无论对于友人还是对于作者自己来说,都无疑是一个极大的安慰。所以这一景语具有慰人慰己、相约江南再见的双重含意,用它来收结全词,不仅点醒寄意,醒人耳目,而且意味深长,风韵独具。(曹明纲)

沁园春　周　权

笑此山人,抛却白云,又来玉京。忆太华黄河,曾观钜丽;轻衫短帽,只恁飘零。鸥鹭洲边,杉萝溪上,尽可渔樵混姓名。瓶无粟,有西山芝熟,南涧芹生。　　底须役役劳形?但方寸、宽闲百念轻。况末路逢人,眼应多白;东风吹我,鬓已难青。酒浪翻杯,剑霜闪袖,磊块频浇未肯平。何妨去,借《相牛经》读,料理归耕。

周权一生未仕。《元诗选》小传载:“游京师,袁桷深重之,荐为馆职,弗就。”而从《元史类稿》的记载来看,“弗就”其实是未予照准。了解了这一背景,就更易理解作者在这首词作中的思想感情。

词起首即为自嘲:“笑此山人,抛却白云,又来玉京。”周权号此山,以处士(“山人”)闻名于时,赵孟頫《题周秀才此山堂》诗曾云:“青青云外山,炯炯松下石。顾此山中人,风神照松色。”“白云”是隐逸的象征,所谓“山中何所有,岭上多白云。但可自怡悦,不堪持寄君”(南朝梁陶弘景《答齐高帝问》);而“玉京”则是集中代表红尘富贵的京城。出山进京,自然是为了博取功名，这是古代士子所公认的人生价值所在。“又”字表明前来京师已非一度，而作者偏偏以“笑”字领起，其于出处进退上的矛盾心理，便在这三句中一览无余了。

照应这一“又”字，词人不禁感慨万千。他先是回忆起前度北上的经历：“忆太华黄河，曾观钜丽。”“太华黄河”是北国山河的代表，其壮丽的景色、雄闳的气势，具有征服人心的力量，为身历者所终生难忘，金元好问《黄华峪》“泰华王屋旧经过，自倚胸中胜概多。独欠太行高绝处，青天白日看山河”即是一证。词人以“曾观钜丽”作为前度赴京仅有的收获，说明他求仕的目的是失败了的。紧接着的“轻衫短帽，只恁飘零”的喟叹，就明白无误地揭示了这一点。怨艾中他不禁对此番的重作冯妇产生了悔意：故乡江南有的是鸥鹭游翔的小洲、杉萝密布的溪岸，以耕田食力为生，与樵夫渔子为友，又何必汲汲于投身官场谋求扬名？尽管“山人”的生活清贫，但也不至于有生计之虞。过拍三句中，“瓶无粟”用晋陶渊明《归去来兮辞序》“瓶无储粟”句；“西山芝”、“南涧芹”则是旧诗文中形容隐逸生活的习语。有陶渊明等这些前贤的榜样，自己“只恁飘零”、“又来玉京”的种种蠢动，岂不太可笑了么！

经过内心的一番反省，词人找到了人生的方向与自我慰藉的道路。下片即力求从苦闷中追求解脱：“底须役役劳形？但方寸、宽闲百念轻。”“底须”即何须；“役役”为劳顿貌，出《庄子·齐物论》“众人役役”和“终身役役而不见其成功”；又为钻营貌，如唐白居易《闭关》“回顾趋时者，役役尘壤间”。“劳形”即与自己身体过不去，唐刘禹锡《陋室铭》：“无丝竹之乱耳，无案牍之劳形。”《庄子·刻意》有“形劳而不休则弊”之语，劳碌不息、钻营奔走大可不必，只要心神宽闲，诸如功名利禄的种种杂念自然淡漠了。此时词人意识到自己的现实处境：正因为坎坷失路，所以在炎凉的世态中免不了屡遭白眼；年齿老大，岁月无情，再也无法实现年轻时的种种梦想。悲困之中，词人始而以饮酒使剑的清狂来维持自我尊严，作为对现实的反抗；只可叹“磊块频浇未肯平”，于是在无奈之下，作者最终索性对功名采取了放弃的退却态度：“何妨去，借《相牛经》读，料理归耕。”宋陆游《农居》：“频过斗鸡舍，问学《相牛经》。”词人与之机杼正同。这种偏激的反话，往往反映出失意士子郁积心间的强烈的悲愤。

全词以曲折的心理活动，反映了“又来玉京”的失望。这是一首舔舐作者个人伤口的作品，却同时典型地反映了封建社会广大下层知识分子的人生苦闷。（史良昭）

渔父　吴　镇

红叶村西夕照余，黄芦滩畔月痕初。轻拨棹，且归与，挂起渔竿不钓鱼。

清人沈雄《古今词话》引《柳塘词话》言及此词本事曰：“倪（瓒）字元镇，慕吴仲圭（镇）之为人，而从事于画法。仲圭《渔父词》：‘红叶村西日影余，黄芦滩畔月痕初。’为廛溪沈处士作也。元镇绘之为图，词亦淡洁。”

从楚辞《渔父》开始，古代文学作品中的渔父形象往往都是隐士的化身，柳宗元《渔翁》诗、张志和《渔歌子》词莫不如此，这首词也不例外。吴镇性情孤峭，中年一度杜门隐居，《渔父》词所表现的正是一种隐逸情趣。

“红叶村西夕照余，黄芦滩畔月痕初”，写傍晚时的情景，具有乡野特色。西边村头还残留着落日的余晖，东边滩畔已露出了一道月痕。“夕照余”“月痕初”，用词准确。词中巧用“红叶村”、“黄芦滩”两个地名组成对仗的句子，不仅对得非常工整，而且给人鲜明的色彩感。就在这傍晚时分，在这如画的美景中，渔父垂钓归来了。“轻拨棹”一句，以划桨动作的轻柔表现心情的轻松愉快。“且归与”一句一语双关，既表现了渔父结束一天劳动归家时的愉悦心情，更洋溢着归隐田园的乐趣。渔父过的是“日出而作，日入而息”的生活，一切都顺应自然，一切都无所用心。远离尘世的喧嚣，远离官场的争斗，在美丽的大自然中无拘无束地垂钓已经十分惬意了，而最后一句“挂起渔竿不钓鱼”，更显得悠闲自在，其乐无穷，也表明了此公并非真以捕鱼捉蟹为生计的普通渔父，而是一个隐于渔的高士。

这首词的写作明显地受了唐人张志和《渔歌子》(《渔父》)的影响。张词云：“西塞山前白鹭飞，桃花流水鳜鱼肥。青箬笠，绿蓑衣，斜风细雨不须归。”结尾以垂钓者乐而忘返表现隐者之趣，本词则以“挂起渔竿不钓鱼”直接表现垂钓结束后的轻松之感，二者有异曲同工之妙。清王奕清等撰《历代词话》引《名画记》也说吴词“其品之高妙何减张志和”。此外，本词首二句极雅致，结尾处却以口语出之，并没有使人产生不和谐的感觉，也反映了作者的高超艺术技巧。(梁德林)

木兰花慢　张　雨

和马昂夫

想桐君山水，正睡雨，听淋浪。记短棹曾经，烟郭晚渡，石磴飞梁。无端故人书尺，便梦中、颠倒我衣裳。此去钓台多少？小山丛桂秋香。　青苍秀色未渠央，台榭半消亡。拟招隐羊裘，寻盟鸥社，投老渔乡。何时扁舟到手？有一襟、风月待平章。输与浮丘仙伯，九皋声外苍茫。

本词为和马昂夫之作，原唱已佚。马昂夫，名超吾，号九皋，回鹘人，汉姓马，亦称薛昂夫、司马昂夫。曾官江西行中书省令史、池州路总管等，晚年辞官闲居杭州。从这首词的内容看，当作于马昂夫晚年闲居杭州时。

“想桐君山水，正睡雨，听淋浪”，写作者正听着屋外不停的雨声入眠，不由得想起了故乡的山山水水。张雨字伯雨，一字天雨，名与字中都有“雨”字。他似乎对雨中入眠的意境情有独钟，在一首《蝶恋花》词中也有“雨馆幽人朝睡美”的句子。“桐君”即桐君山，在今浙江桐庐东，离作者的故乡钱塘不远。“淋浪”指水不停地流下。“记短棹曾经，烟郭晚渡，石磴飞梁”，承首句回忆起曾经在故乡划着小舟，傍晚经过烟霭迷濛的渡口，看见岸边“石磴飞梁”的经历。正在作者梦绕情牵于故乡山水中的时候，突然听说老朋友来了信，连忙去接，慌乱中连衣裳都穿颠倒了：“无端故人书尺，便梦中、颠倒我衣裳。”《诗经·齐风·东方未明》：“东方未明，颠倒衣裳。颠之倒之，自公召之。”张雨借用《诗经》的语句幽默诙谐地描述了得到故人书信时的喜悦心情及狼狈相，也暗示着马昂夫书信的内容是“召”作者一道隐居。其实，作者也早有此意。

于是便询问:“此去钓台多少?小山丛桂秋香。”“钓台”指汉人严子陵隐居垂钓处,故址在今桐庐县富春山。“小山”指淮南小山,据说《楚辞·招隐士》为其所作,其中有“桂树丛生兮山之阿,偃蹇连蜷兮枝相缭”,“猨狖群啸兮虎豹嗥,攀援桂枝兮聊淹留”等句子,描写隐士的处所。词的上片写喜获故人书信时的情形,流露出强烈的归乡隐居之念。

过片继续写想象中“钓台”如今的情景:“青苍秀色未渠央,台榭半消亡。”桐庐山水如今仍充满青苍秀色,但许多历史遗迹已不复存在了。“未渠央”即“未遽央”,指没有很快消失。“拟招隐羊裘,寻盟鸥社,投老渔乡”,这三句复述马昂夫书信的内容。“羊裘”即汉代羊仲与裘仲二人,都是崇尚廉洁,不图名利者,人称“二仲”。汉赵岐《三辅决录》:“蒋诩字元卿,舍中三径,唯羊仲、裘仲从之游。二仲皆推廉逃名。”(《初学记》引)此处以蒋诩比马昂夫,以“羊裘”比喻像自己一样与马昂夫志同道合者。《列子·黄帝》载:“海上之人有好沤(鸥)鸟者,每旦之海上,从沤鸟游,沤鸟之至者百数而不止。其父曰:‘吾闻沤鸟皆从汝游,汝取来,吾玩之。’明日之海上,沤鸟舞而不下也。”后人常用“鸥盟”表示无意追名逐利,崇尚自然的人生态度。马昂夫希望能与张雨等二三知己一同隐居,这种想法与张雨不谋而合。于是,作者再次询问:“何时扁舟到手,有一襟、风月待平章?”暗用范蠡帮助越王勾践灭吴以后“乘扁舟浮于江湖”的典故,表达对隐逸生活的向往。“何时”二字,可看出这种心情之迫切。最后,作者表示了对马昂夫的景仰与羡慕:“输与浮丘仙伯,九皋声外苍茫。”“浮丘仙伯”即浮丘公,相传为古代仙人,此处指马昂夫。“九皋”句暗用《诗经·小雅·鹤鸣》“鹤鸣于九皋,声闻于野”句意(马昂夫号九皋)。总之下片表述愿意追随马昂夫隐居之意。

张雨二十余岁即出家当道士,曾进京朝觐,后又表示不希荣进。《四库全书总目》说张雨“诗文豪迈洒落,体格遒上”。这首词用了不少典故,表现作者追慕古人、崇尚隐逸的思想情趣,写得旷达洒脱,有苏辛一派遗风。(梁德林)

水龙吟　贯云石

咏扬州明月楼

晚来碧海风沉,满楼明月留人住。琼花香外,玉笙初响,修眉如妒。十二阑干,等闲隔断,人间风雨。望画桥檐影,紫芝尘暖,又唤起,登临趣。　回首西山南浦,问云物、为谁掀舞?关河如此,不须骑鹤,尽堪来去。月落潮平,小衾梦转,已非吾土。且从容对酒,龙香涴茧,写平山赋。

据《南濠诗话》载,明月楼为元时扬州富人赵氏所有。赵氏富而好客,曾邀人作春题,多未当其意。后赵孟頫过扬,赠以“春风阆苑三千客,明月扬州第一楼”之句,甚得其意。贯云石此作,亦赞明月楼景,堪与赵氏媲美。

楼以明月为名,自然以夜景为妙。词起笔即着“晚来”二字,张弓作势,直入主题。良夜风轻,高楼月皎,可谓良辰美景,清赏之人,岂能不留连忘返。“碧海”,指青天,天色蓝如海,故称。宋晁补之《洞仙歌·泗州中秋作》:“青烟幂处,碧海飞金镜。”这两句,从大处落笔,以一楼承接满天清风朗月，宏阔博大，富有气势。

接下来六句，三句一组，分别从歌舞、楼台两个方面描绘明月楼中美景。“琼花”三句，重在表现楼中歌舞盛况、歌女美貌。琼花为扬州名花，旧传扬州后土祠有琼花一枝，为唐人所植，宋人多以八仙花接木移植，成天下珍异植物。这里既以琼花暗示明月楼位于扬州，又以之喻指楼中美艳非凡的歌女。“修眉如妒”，语本屈原《离骚》“众女嫉予之蛾眉兮，谣诼谓予以善淫”，后借指美女。琼花能解语，玉笙调清泠，楼主之风流可知。“十二阑干”三句，刻画楼台之精巧玲珑。“十二”，言其曲折之多，宋张先《蝶恋花》词：“十二阑干，尽日珠帘卷。”曲曲阑干，将楼中人与喧嚣尘世隔开。“等闲”两字，透出富贵气象。这三句既写楼之幽深，又兼及楼主之雅趣。明写楼景而暗赞楼主，虚实相生，手法高妙。

歇拍处描绘楼周围美景，点出登楼之兴。“望”字既笼景入怀，又将抒情主人公托出，为后面词情的展开作铺垫。随即以“登”字相接，一“望”一“登”，作者为楼景所吸引，心驰意骋之态，了然眼前。值得注意的是，这里“又”字虚词妙用，不动声色地交待词人“登临”已然多次，其于楼中美景的赞赏之意，也因一“又”字得以增加，举重若轻，值得玩味。

过片写登楼所见，突出明月楼之高峻。“西山南浦”，化用唐王勃《滕王阁序》中赞美滕王阁的名句“画栋朝飞南浦云，珠帘暮卷西山雨”，言明月楼地势高峻，犹如滕王高阁。地势高，楼更高，楼外“云物掀舞”，可见此楼高出云表。“云物”，指云霭及天上的日月星辰，这里主要指云。夜风清冷，明月玲珑，轻云婀娜，置身楼头，是多么惬意啊！“为谁掀舞”一问，正有心旷神怡的无限快感。下面“关河”三句，再赞楼高云外，可供息仙隐道，暗寓作者萧然物外、自得天机的心志。盖凝心静虑，神游天地，自不须跨鹤来去，过露形迹也。“骑鹤”，典出南朝梁殷芸的《殷芸小说》：“有客相从，各言所志。或愿为扬州刺史，或愿多财，或愿骑鹤上升。其一人曰：‘腰缠十万贯，骑鹤上扬州。’欲兼三者。”这里翻用骑鹤扬州典，既见明月楼之高耸入云之状，又暗表楼主赵氏之富有，可谓一石二鸟。

“月落”三句，进而设想游人至此的情形。登楼徙倚，如对仙境，必将留连至于深夜，待到幽梦醒来，离去的时刻也就到了。“已非吾土”，用东汉王粲《登楼赋》“虽信美而非吾土兮，曾何足以少留”语典，意味自深。“月落潮平”，照应上片的“满楼明月”，寓时间推移之意，前后呼应，针脚绵密，意脉不断。最后三句，收笔笼意，仍见清赏之怀。“龙香”，一种名香；“涴茧”，此指涴茧制成的细绢。作者生性豪爽不羁，全词用一个“且”字勒住世事无常的感慨，以从容对酒、燃香申纸作赋收束，活画出其通脱豁达之态，宾主相得之意，也尽在其中。“写平山赋”句用欧阳修赋《朝中措》词咏平山堂典，表示自己也学欧公登楼纪游，从而绾合全篇。

全词紧扣明月楼来写，宛如一幅月夜清赏图。想晋庾亮当年南楼赏月，也未必过此。如此佳作，岂能不称楼主之意？（罗立刚）

满江红　许有壬

次汤碧山清溪

木落霜清，水底见、金陵城郭。都莫问、南朝兴废，人生哀乐。载酒时时寻伴侣，倚阑处处皆楼阁。对溪云、试放醉时狂，浑如昨。　沙洲外，轻鸥落。风帘下，扁舟泊。更寒波摇漾，绿蓑青箬。为向九原江总道，繁华何似今凉薄？怕素衣、京洛染缁尘，从新濯。

词题中之汤碧山，名弥昌，字师言，浏阳（今属湖南）人，碧山为其别号。今存《圭塘小稿》中所收诸词，与汤氏酬唱之作凡四首，都是题咏金陵的长调，考作者仕履，似作于至治二年(1322)，时作者在南京任江南台监察御史。此阕次汤氏韵的《满江红》，从故都金陵的兴亡联想到现实生活的哀乐，对功名富贵的无聊和自由人格的可贵表达了自己的深刻感受。"清溪"，即青溪，发源于南京钟山西南，逶迤九曲，流入秦淮河，今已湮没。

开头两句，即扣住词题，写青溪之水映照古城。"木落霜清"是深秋气象，意在以景物描绘交代时间。"金陵城郭"则直接揭出地点。两者笔分虚实，确定时地各有其功用。"水底见"云云，既暗有水中之月真幻难言之意，又暗有"六朝旧事随流水"（王安石《桂枝香》词）之意。故下面便道："都莫问、南朝兴废，人生哀乐。"城郭依然，人事全非，兴亡盛衰的历史，尽入渔樵闲话。异代之人追怀往古，凭吊遗迹，区分有道无道，悲又如何？喜又如何？改朝换代，成者为王败者为寇，直如"吹皱一池春水，干卿何事"（马令《南唐书》），说"都莫问"，不但是超脱之语，更是洞彻之语。历朝诸国此立彼灭，各派你争我夺，演绎出多少活剧；"人生哀乐"，尽在此中，则是不忍问、不堪问的。

"且置兴亡近酒缸"（王安石《金陵怀古》之一），忘掉怀古的沉重，与同伴登上高楼凭栏眺望，一赏山辉川媚的美景吧。"载酒"两句，便是此意。叠字词"时时""处处"刻意在时、地两方面表现呼友登览的逸兴雅情，流畅自如，有力地说明了词人的价值取向。不过，"寻"字背后也反映出词人内心的孤独寂寞，毕竟"楼阁"无处不在，而知心同气的朋友却并不是随随便便就能找到的。看他伫立楼头倚着栏杆又是怎样的心态呢？"对溪云、试放醉时狂，浑如昨"，也就是说，睥睨溪上风云，哪管它白衣苍狗百般变幻，姑且举杯痛饮，大醉方休，一如往日少年时之狂态可掬。"如昨"，实指不改变年轻时的纯朴真率，换用明代李贽的话说，即保持"童心"。"试放"云云，也有深意，因为平时总是处在情志受压抑、行止受束缚的境地，所以要释"放"其内心深处郁积的狂气；但能否做到亦未可知，遂加一"试"字。

上片由景到情，已抒怀抱；下片前半仍转到写景。清溪前的小洲上，点点沙鸥轻轻飞落，逍遥自在，迎风晃动的珠帘下，几叶扁舟系缆滩头。这里，"鸥"是身心自由的象征，词人内心已有盟鸥之意。按《列子·黄帝》云："海上之人有好沤（同"鸥"）鸟者，每旦之海上，从沤鸟游，沤鸟之至者百往而不止。其父曰：'吾闻沤鸟皆从汝游，汝取来，吾玩之。'明日之海上，沤鸟舞而不下也。"人无机心，则鸥鸟下来，词中轻鸥之"落"，亦当作如是观。"扁舟"的意象，也与退隐江湖有着对应关系。按张方《楚国先贤传》云："句践灭吴，谓范蠡曰：'吾将与子分国而有之。'蠡曰：'君行令，臣行意。'乃乘扁舟泛五湖，终不返。"此处扁舟尚"泊"，亦见词人的意愿仍未进入实践阶段。下面"更寒波摇漾，绿蓑青笠"，前一句化用元好问《颍亭留别》"寒波澹澹起"、"物态本闲暇"（按：前之"轻鸥落"，亦由此诗"白鸟悠悠下"句化出）；后一句化用张志和《渔歌子》"青箬笠，绿蓑衣，斜风细雨不须归"，与换头数句相同，都是以景见情，反映隐居之乐的笔墨。

清溪佳景的精华，至此已基本写尽，词人遂直接发出他的感慨："为向九原江总道，繁华何似今凉薄?”江总是南朝陈后主的宠臣，官至尚书令，与后主及众词臣纵情声色，以轻靡侧艳之诗赋相唱酬，导致陈朝政治衰乱，走向灭亡。词人在此要向在阴曹地府的江总问一声：为什么当初那么繁荣的“江南佳丽地，金陵帝王州”（谢朓《入朝曲》），如今却只能带给人们怀古的苍凉？他的意思显然不是嘲弄江总，也就是说他的思想并没有进入总结历史的层面，他只是借此表明富贵荣华全无意义，人生贵在抱朴守真，怡情适意。所以，结拍两句，便用陆机《为顾彦先赠妇》“京洛多风尘，素衣化为缁”的典故，说出了自己倦于游宦，意欲退隐的心声。怕白衣为黑尘所染而欲洗涤一番，也就是怕自己在官场中迷失本性，躲不开名缰利锁的桎梏，遂早作自戒自省之计。一结情见乎辞，婉而有味，与开头之苍凉景致各见其趣，自佳。（庞　坚）

水龙吟　许有壬

半生人海风波，谤书盈箧从文致。归来结构，且图跧伏，敢求华丽？朝暮娱人，水声山色，柳阴花气。笑彤闱紫闼，浮沉十载，更几载，成何事！　好是西成咫尺，秫田风、已飘香味。安排小瓮，从今不怕，邻翁酒贵。更筑诗坛，陪君游刃，周旋余地。但有人来问，金銮旧话，便昏昏醉。

这是一首隐逸词。在《圭塘小稿》中另有两首同调同韵之作，可以对读。作者通过归隐前后的对比描写，表达了“觉今是而昨非”的情感和心理。

上片叙述归隐的原因，多牢骚语。“半生人海风波，谤书盈箧从文致”，词一开头即开门见山，直接道出归隐的原因。宦海沉浮，遭谗见谤，仕途并非坦途。“谤书盈箧”典出《战国策·秦策二》：“魏文侯令乐羊将，攻中山，三年而拔之，乐羊反而语功，文侯示之谤书一箧。”史称有壬为官正道直行，遇国事无不尽言，顺帝至元初年“忌者益甚，有壬度不可留，遂归彰德”，开头两句即是指此。“从文致”即听从忌者的深文周纳，语虽超脱，实属无可奈何。这一心理在下面三句中表达得相当明显，“归来结构，且图跧伏，敢求华丽?”“结构”，指营造房舍。作者称回归故里只是找个能踡伏下来的“窝”，有容身之处而已，哪里还敢追求屋舍的“华丽”？不难看出，在这种低调处理的背后寄寓了作者的愤激之情。与官场形成鲜明对照的是故乡的田园：“朝暮娱人，水声山色，柳阴花气。”官场不能容人，但家乡的自然风光足以娱人，与山水花柳相伴，朝夕徜徉其间，可谓良辰美景赏心乐事四美俱并。接下来也就难怪作者会发出“笑彤闱紫闼，浮沉十载，更几载，成何事”的慨叹了。“彤闱紫闼”指作者任职的中书省官衙，有壬在此供职前后十年，官至中书左丞，如今当他回顾这一段经历时都付于一“笑”之中，这一“笑”意味深长，既是自嘲，更是嘲人，“浮沉十载”已是“谤书盈箧”，再这么混下去还有何意思，真是何苦来哉！其抑郁不平之气见诸笔端。上片叙“人海风波”，写“归来结构”，忆“浮沉十载”，章法一开一合，说尽了满腹牢骚。

下片描写归来后的生活，抒旷达情。归来后的生活如何？作者在另一首《水龙吟》中这样写道：“田园归去，除诗酒，浑无事。”饮酒赋诗成了田园生活的主要内容，其闲适自在自然是“彤闱紫闼”的宦海沉浮所无法相比的。下片便是在饮酒和赋诗上做文章。作者写饮酒不写饮酒本身，而是把酒作为媒介，着力渲染田园生活的乐趣，别开生面：“好是西成咫尺，秫田风，已飘香味。”“秫(shú)”是一种粘性高粱,为酿酒的原料,作者写“秫田”显然是联想到了不为五斗米折腰而归隐田园的陶渊明。陶渊明“性嗜酒”(《五柳先生传》),萧统在《陶渊明传》中说他任彭泽令时“公田悉令吏种秫,曰:‘吾常得醉于酒,足矣’。”作者写秫田飘香,已使人隐隐闻到了空气中醉人的酒味,在这样的氛围中,其怡然的心情是可想而知的。接下来他便“安排小瓮”用以贮酒,并声明“从今不怕,邻翁酒贵”,出语幽默,可见秫田丰收酿酒之多了。作者不正面写饮酒的场面和过程是因为“醉翁之意不在酒”,是要写出他归来后对于田园生活的陶醉和满足,手法巧妙。饮酒之后接着赋诗:“更筑诗坛,陪君游刃,周旋余地。”有酒有诗,这样就益发增添了田园生活的乐趣。“筑诗坛”,可见酒朋诗侣之众;作诗游刃有余,可见作者与朋友才情之高,酒以佐兴,诗以言志,流连诗酒,其乐融融,“人海风波”自然也就置诸脑后了。正缘于此,结拍写道:“但有人来问,金銮旧话,便昏昏醉。”“金銮”,唐朝宫中的殿名,后泛指大臣朝见皇帝的地方,为政治权力中心。田园生活如此闲适自在、情趣盎然,以至于对过去的官场生活作者已经没有一点兴趣提起,如果有人要问,他便昏昏大睡。“醉”与“睡”谐韵,这样写既回应上文饮酒的描写,又表现了作者对于官场的漠然,大有一种“惟酒是务,焉知其余”(刘伶《酒德颂》)的快意和洒脱,耐人寻味。

对于封建社会中的知识分子而言,官场和田园是对立的两极,代表了入世和出世两种不同的人生态度。得意时仕途高歌,壮志凌云;失意时归隐田园,饮酒谈诗,田园就成了他们仕途失意、宦海飘零后抚慰心灵创伤的“精神避难所”。事实上,对于古代文人来说,得意也好,失意也罢,田园始终是他们追求和谐、自由生活的具有象征意义的精神家园。对于此词亦应作如是观。(陈学广)

太常引　　李齐贤

暮行

栖鸦去尽远山青,看暝色、入林坰。灯火小于萤,人不见、苔扉半扃。
照鞍凉月,满衣白露,系马睡寒厅。今夜候明星,又何处、长亭短亭?

首句“栖鸦去尽远山青”,开门见山,紧扣题目写暮行所见。乌鸦在古典诗词中是常被用来表现黄昏特征的一种意象,有“昏鸦”、“暮鸦”之称。“栖鸦”都已经归巢了,行人却还在路上。这里以鸦衬人,写出了旅途的孤独寂寞。出现在行人视野中的只有远处青翠的山林,这是暮鸦归栖之处,却没有看到可以让人投宿的地方。“看暝色、入林坰”写出时间的推移。前句“远山青”说明能见度还较好,此句写暮色渐渐笼罩了树林,远山也渐渐看不清了,读者不难体会行人急于找到宿处的迫切心理。正在此时,突然看见了远处的灯火,尽管“小于萤”,也会使行人得到莫大的安慰,甚至感到了一丝温暖。然而,当他兴冲冲地赶到要住宿的地方,却“人不见、苔扉半扃”。这里静悄悄的,一个人也看不到,只看到半关着的门扇,上面长满了青苔,荒凉破败之极!看到这种景象,行人心中的失望可想而知。况周颐《蕙风词话》称“灯火小于萤"两句,"置之两宋名家词中,亦庶几无愧色",确是如此。这几句词不仅逼真地写出了"暮行"的过程,更暗示着行人由充满希望到深感失望的心理变化过程,达到了"状难写之景如在目前,含不尽之意见于言外"(欧阳修《六一诗话》引梅尧臣语)的效果。

虽然住宿的条件令行人深感失望,但也不得不将就着住下,下片遂写夜宿的情景。"照鞍凉月,满衣白露,系马睡寒厅",宿处是如此的简陋!"鞍""马"意象暗示着一天旅途的劳顿,现在本应好好休息,但是身披"满衣白露",看着"照鞍凉月",睡在"寒厅"之中,如何能够入眠?只好整夜都在等待天亮重新上路。"今夜候明星"("明星"指启明星)一句,包含无限凄凉酸楚。"又何处、长亭短亭?"想象着第二天又要踏上漫漫征程,不知旅途的情景是否会比今日好一些。

前人称"益斋词写景极工"(况周颐《蕙风词话》),这首词可为明证。作者以白描手法,将旅途中所见的黄昏景象,投宿时的荒凉处境写得如在眼前。而且,这首词不但景色描绘得很逼真,行人旅途的艰辛,心理的变化也同时得到了很好的表现。(梁德林)

水调歌头　李齐贤

过大散关

行尽碧溪曲,渐到乱山中。山中白日无色,虎啸谷生风。万仞崩崖叠嶂,千岁枯藤怪树,岚翠自濛濛。我马汗如雨,修径转层空。　　登绝顶,览元化,意难穷。群峰半落天外,灭没度秋鸿。男子平生大志,造物当年真巧,相对孰为雄?老去卧丘壑,说此诧儿童。

大散关又称散关、崤谷,在今陕西省宝鸡市西南大散岭上,为秦蜀往来要道,兵家必争之地,南宋时宋金曾以此关为西部边界。这首词当是李齐贤奉使川蜀时所作。

词一开头便紧扣题目中的"过"字,由行程进入大散关写起:"行尽碧溪曲,渐到乱山中。""乱山"二字写出了大散关所处的周围环境。由"碧溪曲"到"乱山中",路途越来越艰难。以下五句写行走于"乱山"中所见的景象。"山中白日无色,虎啸谷生风",从"色""声"两个方面表现大散关的雄奇险峻。山高林密,以至"白日无色",阴森幽暗;山谷幽深,虎啸生风,闻之令人胆战心惊。"万仞崩崖叠嶂,千岁枯藤怪树,岚翠自濛濛",对眼前所见景象作进一步描写,使人有亲临其境之感。"万仞"二句,对仗工整而有气势,极力夸张而不失真实。"崩""叠""枯""怪"四个形容词用得准确而生动。"岚翠自濛濛"一句,写山中云烟缭绕,浓翠欲滴,则使雄伟的景物平添了几分秀美。"我马汗如雨,修径转层空",笔法意境类似《诗经·周南·卷耳》"陟彼崔嵬,我马虺隤(tuí)",回应开头二句,继续写行程:长长的山路直入云霄,行进在这条山路上的马匹已汗如雨下。艰辛的程度可想而知。

"登绝顶,览元化,意难穷",过片承上启下,由叙事转入抒怀。作者登上山顶,仰观俯察,心潮起伏,难以平静。"元化"即"造化",指大自然的发展变化。然后继续描写在山顶上极目远眺,"览元化"所见的景象:"群峰半落天外,灭没度秋鸿。"远处的山峰好像落到天外去了,南飞的大雁不断从视野中消失。紧接着再表现“意难穷”中的“意”:“男子平生大志,造物当年真巧,相对孰为雄?”在大散关的历史上,曾留下过许多英雄的足迹:汉末曹操攻张鲁,曾自陈仓出散关至河池;蜀汉诸葛亮曾出散关围了陈仓;而宋人陆游中年入蜀任王炎幕僚时,曾与金兵在大散关一带对峙,后来写有“我曾从戎清渭侧,散关嵯峨下临贼”(《江北庄取米到作饭香甚有感》)的诗句,晚年还十分怀念这段“铁马秋风大散关”(《书愤》)的生活。作者十分仰慕这些古代英雄,希望能像他们一样干一番轰轰烈烈的事业。这种“平生大志”与眼前大自然的鬼斧神工相比较,哪一个更雄伟壮观呢?这一问问得很有气魄!“老去卧丘壑,说此诧儿童”,想象着自己晚年致仕身退,归隐山林后,向后辈述说今日的情怀,将会使听者惊诧不已。

李齐贤词继承苏东坡、元遗山一派,有不少清新洒脱、雄浑豪放之作,此为其中之一。作者将大散关的景物描绘得雄伟壮观,以之衬托“男子平生大志”,收到了很好的效果。(梁德林)

百字令　张　翥

芜城晚望

碧天向晚,远云开、疑是江南山色。渺渺孤鸿残照外,独上高城望极。鸡散台空,萤沉苑废,龙去沟无迹。英雄安在?千秋恨血凝碧。　我欲携酒重来,佛狸祠下,字暗苍苔石。社鼓神鸦浑不见,一片青青荞麦。夜月琼枝,春风水调,肯慰淹留客?翩然归去,天风扶下双舄①。

注 ① 双舄(xì):《后汉书·王乔传》:“王乔者,河东人也。显宗世为叶令。乔有神术,每月朔望,常自诣台朝。帝怪其来数而不见车骑,密令太史伺望之。言其临至,辄有双凫从东南飞来。于是候凫至,举罗张之,但得一只舄。”此处称“双舄”,盖合“双凫”“只舄”言之。舄,鞋。

广陵(故地在今江苏扬州江都)自西汉以来,就是东南地区的一个大都会。这座历史名城屡经兴废,历尽沧桑。南朝宋武帝大明三年(459)为镇压据城反叛的竟陵王刘诞,下令屠城,使多次承受了兵燹之劫的广陵再遭重创。诗人鲍照当时在亲眼目睹了全城一片残破的景象之后,写下了一篇令人触目惊心的《芜城赋》,广陵就这样有了“芜城”的别名。从鲍照作《芜城赋》到作者写此词,历史又过了数百年之久。期间朝代更替,社稷陵谷,不知又上演了多少出盛衰兴亡的人间悲剧。作者正是怀着这种无比沉痛的心情,写下了这首格调苍凉的登临怀古之作。

词既以“晚望”为题,其入手便将望中所见之景一一推出。首先是远天云色在傍晚时分变化开合,起伏连绵,望去就像是江南一带的峰峦重叠。在这个苍茫的大背景下,有一只孤雁在残阳的余映外隐隐约约地飞过,它与独上高城纵目远眺的作者在意象上相互映衬,彼此依托,形成了一个点示性极强的画面。接着作者把视野收回城中,所见只是一片“台空”“苑废”“沟无迹”的衰飒景象,而“鸡散”“萤沉”和“龙去”又分明带有昔日的繁华就此早已消歇的无限枨触。广陵城在经历了南北朝的长期衰败后,到了隋朝曾因帝王的垂青而重现繁荣。斗鸡台、放萤院和御沟水,都是那个时期城市兴盛和被称为“温柔乡”“销金窝”的标志,这些如今都已荡然无存,空空如也,怎么能不令人即景伤怀,感慨万千?历代昏庸荒淫的帝王既已化为朽骨,建功立业的英雄也已无处可寻,只有血化成碧的传说凝聚着千古之恨。词的这一段抒写,大有俯仰苍茫、眼空无物、感极而悲的意态,不禁使人因此想起鲍照曾在《芜城赋》中发出的"千龄兮万代,共尽兮何言"的浩叹。

下片补出"晚望"的来由及结果,意脉紧接上片的怀古余绪。佛狸是北魏太武帝拓跋焘的小名,佛狸祠原是他建在芜城附近瓜步山的行宫,后来成为乡人祭祀他的祠庙。而当作者带着酒重来这里时,见到的只是半埋在乱草丛中长满苍苔的碑石,上面的文字题刻已汗漫难辨,往日的行宫之地也只有一片青青的荠麦,更不用说当年为人称道一时的"社鼓神鸦"了。与上片怀古直出隋炀帝故事不同,作者在这里又巧妙自然地化用宋代辛弃疾《永遇乐》"可堪回首,佛狸祠下,一片神鸦社鼓"和姜夔《扬州慢》"过春风十里,尽荠麦青青"的词意,借"佛狸祠"的荒寂,来喻指金主完颜亮的率部南侵,寄寓广陵屡遭战祸后留下的黍离之悲,其形象和立意要比上片所言"台空"、"苑废"、"沟无迹"来得更具体。有了这样沉重的历史负荷和如此荒寂的现状,广陵即使再有为人称道的地方,又怎能挽留来往的过客呢?以下三句,先极赞风景可人,如"夜月"取意于唐徐凝《忆扬州》所谓"天下三分明月夜,二分无赖是扬州";"琼枝"则指扬州名产琼花,娇艳可爱;"春风"取意于唐人杜牧《赠别》名句"春风十里扬州路";"水调"则为隋炀帝开汴河时所制曲名。这些无疑都是广陵足以留人处,然而"肯慰"句对此一笔抹倒,意谓尽管如此,也不足以令其动心。由于前文的铺述已及,其梁园虽好不足久恋之因已显而易见。句中所用"淹留客",正与《元史》所言作者"薄游维扬,居久之"相合。但是到了作此词时,作者已不堪忍受芜城的过去和现在对于他的强烈刺激,其去意已决。所以结拍两句以双舄(典出《后汉书·王乔传》,多喻指县令)自状,表示要"翩然归去"。其心境恰与汉末王粲《登楼赋》所谓"虽信美而非吾土兮,曾何足以少留"相似,所不同的是他的词中怀古伤今的成分要比王粲浓烈得多。(曹明纲)

绮罗香　张　翥

雨后舟次洹上

燕子梁深,秋千院冷,半湿垂杨烟缕。怯试春衫,长恨踏青期阻。梅子后、余润留寒,藕花外、嫩凉消暑。渐惊他、秋老梧桐,萧萧金井断蛩暮。
薰篝须待被暖,催雪新词未稳,重寻笙谱。水阁云窗,总是惯曾听处。曾信有、客里关河,又怎禁、夜深风雨。一声声、滴在疏篷,做成情味苦。

题中"洹(huán)"指洹河,又名安阳河,在河南北部,流经安阳,入卫河。战国时,苏秦说六国会盟于此,以抗强秦。这是一个容易引发人们思古之幽情的地方。但作者经过时,恰值阴雨霏霏,被迫泊舟岸边,不仅未被引起怀古的意绪,反倒惹出悲秋的惆怅。

首三句写雨中所见。但"燕子梁深"二句,与其说是实写,毋宁说是虚拟,是想象之词。盖作者舟次河畔，即使看得见人家院落冷清，秋千空挂，也未必看得见燕子深栖梁间。然这个虚拟又十分合理入情，形象地传达出了雨中特有的寂静、凄清的况味。第三句则实写眼前所见：雨中垂杨半湿，丝丝枝条如缕缕青烟。“怯试春衫”二句，透露了当前的季节，那是初春前后，本就不怎么暖和，一场雨之后，人就更不敢去试春装了，尤可恨的是，踏青游玩的好日子，也将受阻。“试春衫”、“踏青”是春天来临的讯号，是人展示青春活力追求美的活动，雨却可恶地阻延了它的到来，无情地剥夺了这个机会，作者的情怀非“长恨”难以表达，而又怎一个“恨”字了得！以下九句，便顺此路线，叙写不同季节里，面对不同雨景，所产生的不同感受。

作者想到：青梅结子后，天气渐暖，雨无疑会留下寒意；莲藕着花时，雨会带来凉爽，驱除炎暑；秋风萧萧，雨水使梧桐树显得更加苍老、憔悴，井栏边，暮色苍茫中低吟着断断续续的蟋蟀；冬夜里，薰笼烘着被子，词人催促雪花降落的诗篇尚未咏就，雨打断了他的诗兴，只得去吹笙重寻那种感觉。临水的小阁里，窗户边，都是曾经惯听雨声的地方。这段文字，囊括春、夏、秋、冬四季，描写了各有特色的景物，极富诗情画意，又有较为浓郁的生活情味。然而，乍看之下，它们似乎游离题目之外，不相关联，而倘深加寻究，即可明白，词人是苦于眼前雨水的缠绵不尽，引发出联想：这雨已经阻误踏青郊游之期，如果就这样下着，莫非还要下到春末青梅结子、盛夏藕花飘香、秋日梧桐枯黄寒蛩吟暮不成？而词中，那雨似乎也真的就这么下着。且请仔细品味“余”、“外”、“渐”、“未”诸字，即可发现，这些字已经组成了一个完整、有序的时间链，前后呼应，从而绘就出一幅连续的四时听雨图。

应该说上面这幅图很美，作者脑海中的雨景颇富审美情调，可是，美也是相对的，一旦它与主体的利益产生冲突，也就谈不上美了。所谓的四时听雨，不过是眼前听雨的拉“长”；所谓的情调，也只是那“长恨”的延伸。故词的下文，作者不禁感叹：也曾清醒地知道这是在客中，这是异地的关河，不要有太多的奢望，可是，谁又能禁得住这深夜的风风雨雨，一声声，敲打着粗陋的船篷，敲打着为“客”者的神经，做成这般凄苦的情味！

清吴衡照《莲子居词话》言：“仲举（张翥字）《雨中舟次洹上》，……章法奇绝，从辛稼轩《贺新郎》（绿树听鹈鴂）化出。”指出它借鉴辛词的章法，是很有见地的，但未指出它的变化、创造。盖辛之《贺新郎》是排列种种别离情事，以渲染与弟相别的痛苦，其所用各事之间并无必然的联系，更不可能发生在同一个主体身上，而此词所写各事，不但有着时间的连续性，而且，完全可以加诸一人之身。更妙的是，那些煞有介事的听雨之事，都是作者联想出来的，可谓虚实相映。而此词风格特点则与姜白石相近，清陈廷焯《白雨斋词话》谓“此则刻意为白石，冲味微减，姿态却饶”，洵为知言。客里听雨，于作者固是“情味苦”，固是禁不起，而那境界、趣味，于读者的审美感受却是很美、很雅的。（彭国忠）

摸鱼儿　　张　翥

王季境湖亭，莲花中双头一枝，邀予同赏，而为人折去。季境怅然，请赋

问西湖、旧家儿女，香魂还又连理。多情欲赋双蕖怨，闲却满奁秋意。

娇旖旎，爱照影、红妆一样新梳洗。王孙正拟。唤翠袖轻歌，玉筝低按，凉夜为花醉。　　鸳鸯浦，凄断凌波梦里。空怜心苦丝脆。吴娃小艇应偷采，一道绿萍犹碎。君试记，还怕是、西风吹作行云起。阑干谩倚。便载酒重来，寻芳已晚，余恨渺烟水。

金末元初的元好问也写过一首著名的赋"双蕖怨"的《摸鱼儿》，词的缘起是一双青年恋人不堪社会压力，跳水而死，后池面竟长出并蒂莲花。遗山所作，有感而发，写得情意真切，哀艳动人；蜕岩此词，应邀而赋，实为酬唱之作，但词人却能借题发挥，因事寄情，也写得词婉意新，颇有深致。其情思之挚切虽略弱于遗山，但语境之婉曲细密或更胜之。由词中用语和意境看，蜕岩词明显受到了遗山词的影响，但又能蚕蜕自新，写出了自己的特色。《蕙风词话》在谈到这首词时曾评道："蜕翁笔能达出，新而不纤，虽浅语，却有深致。"还就其借鉴古人又能自出新境，称之为"金针之变"。这一点在作品中可清楚地看到。元遗山与张蜕岩为金元词二巨擘，其创作代表了金元词的最高成就，分别体现了当时词坛北、南体派的不同风范，这两首同调同题作品实堪称为《双蕖怨》之南北双璧。

遗山之作开篇写道："问莲根、有丝多少，莲心知为谁苦？双花脉脉娇相向，只是旧家儿女。"张词借元词起意，赋写"西湖"里的"连理"之花，仍然把"花"想象成是殉情而死的"旧家儿女"，但引入"香魂"一语却较元词直称花为人，又多了一层曲折，也多了一分艳美。"多情"二句写人对双蕖的怜爱。"奁"，是古代妇女梳妆用的镜匣，此处代指其中之镜，用来比喻如镜的湖面。"秋意"，指秋天的风物意趣。这里写多情的主人对连理花怜爱非常，为赋写诗篇竟然对满湖的秋色都未留意，以此见花的艳容丽质。

随后是莲花绰约风姿的正面描写，作品采用拟人的手法，将花视为一位娇艳的美女。"旖旎"，轻盈柔顺的样子。词人想象这位娇柔的花仙子，也像一般姑娘一样喜爱照镜子，梳洗打扮得是那般水灵清秀，一身鲜红的装束光艳照人。这里全是写人，可又是字字摹花，出水芙蓉的清新、娇柔、秀丽、红艳等特点，都体现在眼前这位娇女身上了。如此美艳的连理花，怎能不让惜香怜玉的才子怦然心动呢，于是"王孙正拟。唤翠袖轻歌，玉筝低按，凉夜为花醉"。"王孙"，指荷池的主人，"翠袖"，指歌女。这四句写主人打算举行歌宴，以赏莲花。为赏花要歌舞相伴，并且不惜一醉，这是何等的花痴啊！至此，主人公对花的赏爱之情已被推向了极点，从而为下片写失花的痛惜作好了充分的铺垫，同时也顺便点明了题序之意。

上片写完对莲花赏爱之意后，下片着意抒写花去香消的悲悼之情。"鸳鸯浦"，鸳鸯栖息的岸边。遗山《摸鱼儿》写恋人殉情道："天已许。甚不教、白头生死鸳鸯浦？"蜕岩词借遗山词句换头，点出莲花"为人折去"之事。"凌波"，形容女子走路时步履轻盈。这里仍拟花为人，以"凌波梦"称美人追求爱情的梦想，以"凄断"表美人之逝，暗示花已折去，由是莲花意象在美艳之上又顿添了一层悲凄的冷色。词人咏叹莲花，始终不即不离，于空灵处着笔，又时时与花相关联。"心苦丝脆"（莲心苦藕丝脆）既是莲花自身的特点，又是人间的爱情追求总是横遭摧折又总是坚贞执着的写照。

"吴娃"以下四句揣测并蒂莲花的去踪。"娃"，美女。词人首先宕开上文的悲凄之意，为莲花设想了一个并不残酷的归宿。他写道：应该是那些吴地的姑娘们驾着小舟偷偷将它采撷走了,你看,水中的绿萍间还有一道被划碎的痕迹呢。美丽姑娘们的"偷采",显然是因为此花太美了,太惹她们喜爱了。况周颐评此处曰:"并是真实情景,寓于忘言之顷、至静之中。非胸中无一点尘,未易领会得到。"(《蕙风词话》)本是生活中令人沮丧的真景实事,在词人的笔下,竟写得如此纤尘不染,一片空灵,实在令人惊异。莲花到了同样爱花的"吴娃"手里,似乎也使惜花人得到了些许宽慰,但词人却又马上陡转诗笔写道:"君试记,还怕是、西风吹作行云起。""试记",犹试想。更可能是乍起的"西风"摧折了莲花,夺走了她美丽的生命,"西风"在古诗词中向来是残暴势力的象征,连理之花最终难免厄运,词情也由此而再转悲凉。

词末四句抒写寻芳无着的悲哀与憾恨。"谩",犹言遍。遍倚阑干也寻不到双蕖的身影,于是便想到日后"载酒重来",然而即使来了,也为时"已晚",只能看到百花凋零后的一片萧瑟。最后,作品以写景煞尾,遥寄遗恨。"余恨",即遗恨。"渺",遥远。湖水的迷蒙渺远,也正是其迷惘悲凉和遗恨难消的心境之象征。作品结拍处与遗山词略似,元词云:"怕载酒重来,红衣半落,狼藉卧风雨。"张翥在此将"怕"字改为"便",语气由担心变为确定,使词中所表现的迟暮之感更为突出和强烈。这里的人生迟暮之感并非偶然之语,它是蜕岩词情感内容上一个十分重要的方面,在其作品里不管是抒情还是咏物,我们都可明显地感到他在人生旅途上倦乏、失望和叹老、伤晚的感怀,这实质上是词人悲剧性人生和他所处的那个动乱末世在其创作中的反映。(赵维江)

多丽　张翥

西湖泛舟夕归,施成大席上以"晚山青"为起句,各赋一词

晚山青,一川云树冥冥。正参差、烟凝紫翠,斜阳画出南屏。馆娃归、吴台游鹿,铜仙去、汉苑飞萤。怀古情多,凭高望极,且将尊酒慰飘零。自湖上、爱梅仙远,鹤梦几时醒?空留得、六桥疏柳,孤屿危亭。　待苏堤、歌声散尽,更须携妓西泠。藕花深、雨凉翡翠,菰蒲软、风弄蜻蜓。澄碧生秋,闹红驻景,采菱新唱最堪听。见一片、水天无际,渔火两三星。多情月,为人留照,未过前汀。

这首词写西湖登山临水之趣,文字清新流丽,画面风光旖旎,又不乏怀古的感叹、赏景的情韵,是一篇难得的佳作。题中"施成大"生平未详。

上片写登山所见。"晚山青"四句把西湖在夕阳映照下的四周山色点染得十分凝重,那高低错落的山形在昏晚的暮色中轮廓显得格外分明,它与近处的云树朦胧难辨形成了景物在空间的层次感,画面远近浓淡清晰,极富表现力。"馆娃归"两句借吴越、汉晋旧事抒写人世沧桑,表面与西湖无关,实则即景寓感,对南宋的最终灭亡、故都风物的杳不可寻深致感慨,目及心追,有令人不堪回首的悲哀。"馆娃"指春秋时吴王夫差为越国美女西施建筑的馆娃宫,原在苏州灵岩山;"铜仙"指汉武帝在长安所铸手承露盘的金铜仙人,到了魏明帝时,下令迁拆,

金铜仙人为之泣下。两事一见《吴越春秋》，一见《汉晋春秋》，作者在此牵入，目的自在怀古伤今，感叹南宋昔日的都城景象已荡然无存。所以“怀古”三句即以凭高望极时的“情多”，揭出“尊酒慰飘零”的伤今之意。正是这种家国的深创巨痛，使作者的目光最后投注在西湖中的孤山上。那里曾有以“梅妻鹤子”著称的宋代名士林逋，而如今也早已远去，梦不可追，留下的只有六桥边的疏柳、孤岛上的危亭。整个意象中充满了苍凉、迷茫的情韵，令人难以为怀。以上这些描写显然都是作者在“凭高望极”时的所见所感，在景物的铺陈上自有一种居高临下、尽收湖山于眼底的独特视角，而其移步换景、触处生感的表现手法，实与游记散文类似。

下片写临水所感。与上片专从大处落笔状景寄怀不同，作者在这里只就湖面泛舟所及近景细物措辞，写出泛舟西湖的最佳时机和无限乐趣。凡游西湖的人都知道，要尽情地领略西湖的迷人风光，在白天苏堤上的游人都散尽的入夜时分，是最明智的选择。词即以此切入，点出泛舟的时间是在傍晚，地点是在孤山的西泠桥。然后作者为人们描绘出一幅幅动人的画面：在藕花深处，雨丝为翡翠般的荷叶送来阵阵凉意；在菰蒲梢头，微风吹拂像是在逗弄想停下栖息的蜻蜓；在一片澄碧映衬下，红白交错的荷塘内，有采菱的新歌声声飘荡……那情景，那韵味，令人心醉神迷、流连忘返。而这时在更为广阔的湖面上，则另有一番清朗静谧的景象。暮色苍茫中，水天相连一望无际，几点渔火在水面上明灭闪烁，交织成神话仙境般的梦幻；那泻水铺银似的月光，也仿佛多情地为游人留着光亮，迟迟不愿越过前面的河滩。这一段文字描写西湖夜泛，如诗如画，非身临其境、深得其中三昧者决不能道来。它为传写西湖的美景，留下了千古不朽的神奇笔墨。

看来作者是西湖的知音，不登山峰难见湖山的壮美，不临湖水难知湖山的优美。词作正是在这种刚柔相济中突出了杭州西湖的风致神韵，使人无法不发出由衷的赞美。（曹明纲）

六州歌头　　张　翥

孤山寻梅

孤山岁晚，石老树查牙。逋仙去，谁为主？自疏花，破冰芽。乌帽骑驴处，近修竹，侵荒藓；知几度，踏残雪，趁晴霞？空谷佳人，独耐朝寒峭，翠袖笼纱。甚江南江北，相忆梦魂赊。水绕云遮，思无涯。　　又苔枝上，香痕沁，幺凤语，冻蜂衙。瀛屿月，偏来照，影横斜，瘦争些。好约寻芳客，问前度，那人家。重呼酒，摘琼朵，插鬓鸦。唤起春娇扶醉，休孤负、锦瑟年华。怕流芳不待，回首易风沙，吹断城笳。

“不受尘埃半点侵，竹篱茅舍自甘心。只因误识林和靖，惹得诗人说到今。”这是宋人王淇的《梅》诗。确实，自从林逋（字君复，私谥和靖先生）隐居西湖孤山、留下“梅妻鹤子”的佳话之后，“孤山寻梅”就一直成为宋元文人所钟爱的一个热门题目。而此首《六州歌头》，即是其中的一首名篇。

梅花不同于一般的春花秋卉，它的特点在于其耐寒、高洁和超尘拔俗。而孤山的梅花则因其与林和靖的大名紧紧联系在一起，故更带有深浓的古雅气息。张翥此词的上片，就扣住上述特色层层深入地描写他的"寻梅"过程。起首两句"孤山岁晚，石老树查牙"，便入手擒题，点明寻梅的时地风物，给人以寒冷和高古的"第一印象"。"查牙"，即"楂枒"，今通作杈丫，树枝交错杂出貌。以下则又反复渲染这两方面的感受：从寒冷方面来说，它写及早梅的"自(空自)疏花，破冰芽"，又写到寻梅时的"踏残雪"，还化用杜甫的诗意"天寒翠袖薄"(《佳人》)对梅花作出"独耐朝寒峭"的颂扬。从高古的方面来说，它用"逋仙去，谁为主"来为孤山的梅花显扬其"身世"，使人深觉此花非同凡花，它的"主人"竟是数百年前的高士林和靖；又用"近修竹，侵荒藓"的幽峭环境进一步来衬托梅花的高洁和寂寥。这样，通过反复多层的描写，就使开头给人的"第一印象"得到了强化和深化。而上述印象的获得与不断强化、深化的过程，实际也是词人"寻梅"的过程。所以阅读本词的上片，读者就犹如观摩一幅元人用水墨画成的"踏雪寻梅"的长卷：天寒地冻，石老树秃，一位头戴乌帽(平民服饰)、身跨瘦驴的诗人正在孤山的岩边小道和竹间幽径旁寻觅那残雪寒冰中绽开不久的早梅嫩葩……而词人对于梅花遭受冷遇的怜惜，对于梅花不畏冰雪的钦佩，对于梅花高雅贞洁品性的仰慕(为此他特借用了杜甫"空谷佳人"的比拟)，以及对于林和靖流风余韵的深情追怀，这种种的观感和联想则更在"画卷"以外凭借词人的直接抒情而得到亲切自然的表露。故此上片主要通过一个"寻"字写出了孤山之梅的"个性特色"以及词人自身的爱梅情怀和骚雅情趣。而其最后几句"甚江南江北，相忆梦魂赊。水绕云遮，思无涯"则更把他的思绪从眼前的孤山之梅扩展到江南江北云水迢迢的远方之梅，并将"寻"字转换成"忆"字而使其想象飞向更加辽阔的空间，使人深感作者对于梅花的魂萦梦牵与无限钟情。

下片则从"寻梅"转为"赏梅"，并对孤山之梅作出具体细致的描绘。"又苔枝上，香痕沁，幺凤语，冻蜂衙"四句，是用工笔画的笔法对梅花作精细刻画，意谓老梅枝长满青苔，嫩梅蕊露芽则淡如沁痕；梅树之上有幺凤(一种鸟，也叫桐花凤)鸣叫，梅花枝干则有冻蜂排列成行(衙，谓如排衙)。"瀛屿月，偏来照，影横斜，瘦争些"四句又转从白天写到晚间，描写孤山(瀛屿，瀛洲，传说中的海上神山之一)月夜梅影横斜、更觉清瘦的优姿雅态，越见此公赏梅兴趣之非浅。而从"好约寻芳客"以下，则更从梅花转为写人，写足了词人同三二知己和佳人娇女开宴赏梅、鬓边插梅的逸兴，显得何等的风流倜傥、雍容潇洒。不过，就在此时，词人忽又流露出"好花不长开，好景不长在"的伤感意绪，故从"休孤(辜)负、锦瑟年华"到结尾的"怕流芳不待，回首易风沙，吹断城笳"，词情就从雅逸而转为怊怅，令人深感作者对于梅花和自身生命的无限珍惜与眷恋。缘此，本词的意蕴更从"寻梅"和"赏梅"进一步拓展为"惜梅"和"惜时"，变得越加丰厚深沉。(杨海明)

小阑干　萨都剌

去年人在凤凰池，银烛夜弹丝。沉水香消，梨云梦暖，深院绣帘垂。

今年冷落江南夜，心事有谁知？杨柳风柔，海棠月澹，独自倚阑时。

这首词作于元宁宗至顺四年(1333)春,即作者由翰林国史院应奉出为江南诸道行御史台掾史的次年,时已六十一岁。调名《小阑干》,即《千秋岁》的别名。全词通过“去年”与“今年”的鲜明对比,抒写了词人对离开京城翰林院、远赴江南任职的不满和悲凉。

上片叙写去年在翰林院任职时,宾朋宴集、弦索消夜以及春夜静眠的情景。“凤凰池”,本为禁苑中池沼,魏晋南北朝时设中书省于禁苑,掌管机要,故称中书省为凤凰池。晋荀勗由中书监改守尚书令,有人祝贺他,他说:“夺我凤凰池,诸君何贺耶!”此处指翰林国史院。“银烛”,形容烛火通明,洁白如银。“弹丝”,指弹奏琴瑟等弦索乐器。开篇这两句是以追忆去年翰林院一次夜集宴乐的情景,来概写词人在京时高雅惬意的生活。“沉水香消”三句,进一步描绘翰林院值得怀念的春夜静眠的生活环境。“沉水”,即“沉香”,瑞香科植物,其木为著名的薰香料。据传木心会沉于水中,故称沉水香。“梨云梦”,化用唐代诗人王昌龄咏梅诗(一说是常建咏梨花诗)“落落漠漠路不分,梦中唤作梨花云”。词人怀着留恋之情追想,这里有清雅的香气,有静谧的环境,有美好的梦境,充分表现了以诗人词客的身份任职于翰林国史院的作者当时愉快平静的心境。

下片写出为江南掾史后独倚阑干、寂寞冷落的心情。过片“今年冷落江南夜,心事有谁知”两句,十分鲜明地对比出今日远离京城和家乡、远赴江南任职后冷落的情景和悲凉的心绪。江南不再有翰林院时的诗友词侣,不再有宾朋夜集、听琴赏乐的高雅生活,有的只是一个九品小官兀兀终日的繁琐杂事,有的只是一些心存戒心的刀笔小吏。这样的今昔对比,不免使词人增添了深深的惆怅与怨尤,而这样的“心事”又能对谁诉说呢?词人只能沉默,而沉默又加剧了词人内心的悲凉。结拍三句,先描画了江南特有的春夜美景:“杨柳风柔,海棠月澹。”在一片淡淡的月光下,轻柔的春风吹拂着杨柳的细条,送来了海棠的花香,迷濛宜人的景色十分美好。但这江南春夜的美景并不属于词人,于是他笔锋一转,以“独自倚阑时”作结,再次表现了无法排遣的寂寞怅恨之情。这种以美景写哀情的手法,正如王夫之《薑斋诗话》所云:“以乐景写哀,以哀景写乐,一倍增其哀乐。”

这首词的构思甚为巧妙,深受欧阳修《生查子·元夕》词的启发,采用了鲜明对比的写法,通过“今年”与“去年”、“冷”与“暖”、悲与欢的多重对比,深刻地表现了词人两种大为不同的心境,从中不难感受到词人对当政者无故将自己赶出翰林院的不满与悲凉。全词流丽俊逸,清新自然,隽永含蓄,情深意邈,故而前人评曰:“笔情何减宋人。”(张宗橚《词林纪事》引《词苑》)(张涤云)

满江红　萨都剌

金陵怀古

六代繁华,春去也、更无消息。空怅望、山川形胜,已非畴昔。王谢堂前双燕子,乌衣巷口曾相识。听夜深、寂寞打孤城,春潮急。　思往事,愁如织。怀故国,空陈迹。但荒烟衰草,乱鸦斜日。《玉树》歌残秋露冷,胭脂井坏寒螀泣。到如今、惟有蒋山青，秦淮碧。

咏史怀古，一直是古典诗词中的重要门类。就其内容而言，或是借古讽今，以历史来鉴戒现实；或是凭吊古迹，抒发个人的块垒不平；或是评论古人，表达自己对历史事件的看法……而本首《满江红》词则与上述情况有所差异，它所抒发的怀古情绪，几乎近似于一种“纯粹”而又混茫的历史兴亡的感叹。具体来说，它并不对具体的历史事件和历史人物作出评判褒贬，也不想借古讽今或借吊古而倾吐个人的愤懑，而只想抒写一种笼统而又深重的历史失落感，亦即：人生飘忽，江山永恒，而即令是人类曾经创造出的那点儿“繁华”业绩，在浩瀚流转的历史长河中也不过是过眼烟云而已。从这一点来看，它的主题思想即可用孟浩然的四句诗来概括：“人事有代谢，往来成古今。江山留胜迹，我辈复登临。”（《与诸子登岘首》）不过，它又不像孟诗那样说得比较平静和平淡，而是显得十分感慨淋漓和悲怆难禁。因此，萨都剌作为一个少数民族的作者，能避开对具体历史问题作出政治和道德的评判，而直探本源地抓住一个本质性的问题（人在历史长河中的飘忽短暂）来写，所以就使本词抒发的怀古情绪具有了更加深刻的品格，因而也越能激发人们心中的悲剧心理，并获得普遍和深切的共鸣。这就是本词之所以能在前贤已经写出许多“金陵怀古”的名篇之后仍能获得好评的原因之一。

而在另一方面，本词在写作技巧上也有其值得赞赏之处。这就是：词人极善于运用对比法和极善于调动读者学养中的历史文化积淀。从前者来说，它用今与古作对比，又用人事与山川作对比；两相比较，就充分显示了人间沧桑变幻之倏忽，又鲜明对照出了宇宙之永恒与人类活动之若过眼烟云。我们试看它的劈头三句“六代繁华，春去也、更无消息”，先对古与今的对比作了形象化的总提，既使人产生了六代（东吴、东晋、宋、齐、梁、陈均建都于金陵）繁华犹如春光易逝那般短暂的无限怅慨，同时又勾起了人们对于“前朝盛事”的油然缅怀——词人正是一面把读者的追古怀昔的好奇心逗起，一面却又把严酷的现实“端”在他们眼前。故而下文之中即言：你们不是向往六朝的金粉歌舞吗？可现今却只见“荒烟衰草”和“乱鸦斜日”；那象征淫靡的《玉树后庭花》艳曲早已绝响，而代表屈辱的那胭脂井（隋军破金陵，陈后主与宠妃张丽华等躲入此井，被擒）也只剩下一片荒圮颓垣供人凭吊。面对此种昔盛今衰的强烈反差，读者自然会与作者一齐发出如下的慨叹：“思往事，愁如织。怀故国，空陈迹。”故在今古对比方面，本词确实收到了引人欷歔生哀的艺术效果。而在人事与自然对比方面则作者的用笔更显冷峻。它先用“空怅望、山川形胜，已非畴昔”来作泛写（聪明一点的读者自可明白：“山川不为兴亡改”，千百年来的自然地貌，其实是很少变化的；故其“已非畴昔”实际是指枕奠于这块“金陵帝王州”上的人事面貌），底下又以乌衣巷口的燕子和石头城下的春潮依稀似昔来暗衬人间的沧桑变幻，末尾二句则用“到如今、惟有蒋山青，秦淮碧”的冷笔作一意味深长的结束，其中既含有对于“乱烘烘，你方唱罢我登场”的人间戏剧的嘲笑，又含有对于人生飘忽、宇宙永恒的无奈和慨叹。故在人事与山川对比方面，词人也写得十分出色。至于本词善于调动读者“历史文化积淀”的特色，则更是显而易见的。它在上片中，化用了人们熟悉的刘禹锡《乌衣巷》、《石头城》诗意，在下片中又采用了陈后主一盛一衰时的历史典故，这就使得读者心中贮存的历史文化信息一一跳将出来，从而帮助他们更快和更深地进入本词所构筑的悲剧氛围和怀古心境中去。这种手法对一般汉族词人来讲，并不稀罕；而出现在萨都剌词中（更兼他运用得如此恰到好处和浑然天成)，却显得十分的难能可贵。这或许可以见出时至元代，各族文人之间已经具有了相近相通的历史文化意识，同时也可见到历史悠久的前代文学对于后代作家的沾溉与滋养之功。(杨海明)

念奴娇　萨都剌

登石头城

石头城上，望天低吴楚，眼空无物。指点六朝形胜地，唯有青山如壁。蔽日旌旗，连云樯橹，白骨纷如雪。一江南北，消磨多少豪杰。　寂寞避暑离宫，东风辇路，芳草年年发。落日无人松径冷，鬼火高低明灭。歌舞尊前，繁华镜里，暗换青青发。伤心千古，秦淮一片明月。

石头城在金陵城西，依山为垣，俯瞰长江，昔人曾有“钟阜龙蟠，石城虎踞”之赞，素为古代文人墨客登临赋咏的名胜之地。而萨都剌的这首《念奴娇》词，步韵苏轼“赤壁怀古”词，大气包举，笔力雄健，足以与那石头城的雄伟山川相匹配，堪称千古名胜之地所产生的千古名作。

“石头城上，望天低吴楚，眼空无物”，起头第一韵三句便入手擒题，写足了登石头城俯视吴楚的苍莽气象，先给全词布设了开阔辽远的自然背景和抒情视野，称得上是大处落笔，气吞万里。

“指点六朝形胜地，唯有青山如壁”，这第二韵的两句，轻轻一挥就把六朝递相嬗连的史实和豪奢繁华的景象尽行勾销，而只让千年长存的青山峙立眼前。从中自然而然地流露出一股悠深的怀古情绪供人咀嚼和回味，不由读者不悄焉动容、哀感潜生。

第三韵“蔽日旌旗，连云樯橹，白骨纷如雪”则从现实转入想象，将读者拉回到历史中去，使他们如身临其境般地作一番“故国神游”。而其中心画面则又由上文的自然景观转为战争场面，其原因在于：突兀高峻的石头城曾是古往今来无数鏖战的旁观者、见证人，因此一旦登临此地，就势必联想到历史上在此发生过的激烈争战。但这些争战的结果又如何呢？却只留下了一片“白骨纷如雪”的惨状供人缅怀和凭吊！因此紧接一韵即用“一江南北，消磨多少豪杰”两句来抒发自己的无穷感慨，向人们提示：整部封建王朝的改朝换代历史，实际就是用英雄豪杰和无名将士的鲜血和生命写成的；而这部看起来有声有色、威武雄壮的人间戏剧，到头来也不过是虚空一场而已！在这两韵的五句之中，词人化用了苏轼《赤壁赋》和《赤壁词》的语意(“蔽日”三句化用“舳舻千里，旌旗蔽空……而今安在哉？”“一江”两句化用“江山如画，一时多少豪杰”)，但又比苏轼写得更加惨不忍睹和越发沉痛。行文至此，词人在刚登石头城时所萌动的豪情壮气既已被悲从中来的感慨欷歔所取代，而词情的基调也悄悄发生了由豪迈到沉郁的转变。

换头之后，词人即由上片的大处落笔改为细处着墨，使其怀古和吊古的情绪更向深细的方向延伸。“寂寞避暑离宫，东风辇路，芳草年年发”一韵，选择此地的典型事物来写：那六朝帝王曾用以避暑消夏的离宫,如今已经歌消舞歇,变得死样的沉寂;而那皇家辇车游经的御道,现在也早已荒废,只剩下乱纷纷的野草依旧在春风中年复一年地疯长。这就用“无声”的画面向人昭示:世上绝没有永盛不衰的万世基业,一切都将随着时间的流逝而逐渐衰亡消歇。从这种悲感出发,词人便进一步渲染周围环境的阴森:“落日无人松径冷,鬼火高低明灭。”这颇带鬼气的两句更使人对六朝往昔的繁华与眼前所见的荒凉残破产生了强烈的反差感,从而强化了词情的虚无主义成分和冷峻气氛。接下一韵,词人再由怀古而转为伤今,由为古人叹息而转为对自身嗟伤:“歌舞尊前,繁华镜里,暗换青青发。”意谓:自己同样也是历史上的一位匆匆过客,因此也就无法逃脱与古人相同的命运!“君不见高堂明镜悲白发,朝如青丝暮成雪”(李白《将进酒》),故而虽有美人醇酒作伴,青春的流逝却仍是无法抗拒的规律,这黑发变白的事实就是明证。词人处在这既悲古人又悲自身的深痛大哀之中,最后吐出了这样两句凄怆难禁的悲语:“伤心千古,秦淮一片明月。”这一韵的前一句对全词的悲情作了一个总括,而后一句则移情入景,让秦淮河(它与石头城同属金陵的名胜,所以写它实际上是回归题目)的滉漾明月来暗示和寄寓他那无可言状的复杂感情——其中既有“今人不见古时月,今月曾经照古人”(李白《把酒问月》)的怀古意绪,又有曲终人不见、唯有明月圆的吊古伤感,更有独酹江月情到深处是孤独的怅惘和凄绝,真可谓余味无穷而尽在虚处传神。(杨海明)

木兰花慢　萨都剌

彭城怀古

古徐州形胜,消磨尽,几英雄?想铁甲重瞳,乌骓汗血,王帐连空。楚歌八千兵散,料梦魂、应不到江东。空有黄河如带,乱山起伏如龙。　汉家陵阙动秋风,禾黍满关中。更戏马台荒,画眉人远,燕子楼空。人生百年如寄,且开怀、一饮尽千钟。回首荒城斜日,倚阑目送飞鸿。

彭城即徐州,以颛顼六世孙彭祖建大彭氏国于兹而得名。秦亡后,项羽自立为西楚霸王,即在此建都。徐州居东西要冲,为南北锁钥,历来是兵家必争之地。词作起首二句,即从“形胜”与“英雄”的消磨关系上,直接领起了“怀古”。词人在《念奴娇·登石头城》中,有“一江南北,消磨多少豪杰”语,此词则云“消磨尽,几英雄”,俱是将历史浓缩于触目惊心的兴废之中。

在对彭城历史的凭吊中,词人首先想到了项羽。项羽重瞳(眼中有两个眸子),这是古代大舜才有的奇容;他有爱马乌骓,神骏令人联想起汉西域所出汗如血色的大宛马;项羽声威盛时,领军四十万,兵帐蔽野连空。“想铁甲”三句,描绘了项羽金戈铁马、叱咤风云的骄人战绩,然而随之而来的“楚歌”两句,却接上了垓下兵败,“八千人渡江而西,无一人还”的悲惨结局,大起大落,令人感到历史盛衰无常的可怕。过拍两句又转回“形胜”:黄河(黄河旧时流经徐州)蜿蜒如衣带,群山起伏似蟠龙。旧时盟誓,有“使黄河如带,泰山如厉(砺)”语,“黄河如带”被视作国以永宁的保障。“乱山起伏如龙”一本作“乱山回互云龙”,“云龙”为徐州城外的名山。“形胜”不能改变项羽兵败身亡的命运，这就为作者“消磨英雄”的感叹增添了注脚。

换头“汉家”两句，写项羽的对手刘邦。刘邦崛起于彭城附近的沛县，曾在彭城数度与楚军作战而终于建立汉朝，定都关中。然而这位“英雄”而今安在？其帝业一样成了历史的陈迹。“汉家陵阙动（一本作“起”）秋风”，用李白《忆秦娥》“西风残照，汉家陵阙”意，更是化用杜牧《登乐游原》“看取汉家何事业？五陵无树起秋风”语。从楚汉相争、殊途同归的一笔，词人阐发了“消磨”二字中历史盛衰的内涵。

“彭城怀古”引起的感受不止于此，还更有人生意义的一面。以下三句，以一个“更”字，领出了“戏马台”“画眉人”“燕子楼”三项与彭城相关的掌故。戏马台为项羽观看兵马操演而依山建筑的土台，南朝宋武帝刘裕北伐前曾在此宴诸将。画眉人借汉张敞为其妻画眉的旧典，以姓氏切指唐武宁军（治徐州）节度使张愔，他曾为爱妾关盼盼建燕子楼。张愔于任所去世，关盼盼独守燕子楼十余年。三者之下，词人连用了“荒”“远”“空”的字样，显示了繁华事散、风流消歇的残酷现实，宣泄了人生空虚的感慨。这是作者所无法回避也不能解决的矛盾和痛苦，只能用感喟和纵饮的方法强作排遣。然而，“千钟”未必能够“开怀”，从“回首荒城斜日，倚阑目送飞鸿”的隽永结尾中，仍能体味出词人内心的层层波澜。

全词俯仰古今，苍凉悲壮，沉郁中不失遒劲，有苏轼、辛弃疾之风。它同作者另两首名作《满江红·金陵怀古》《念奴娇·登石头城》鼎立而三，体现了萨都剌豪放词雄浑劲健、兴寄高远的风格特色，代表了元代怀古词的最高成就。（史良昭）

菩萨蛮　宋　褧

丹阳道中

西风落日丹阳道，竹岗松阪相环抱。何处最多情？练湖秋水明。
驿城那惮远？佳句初开卷。寒雁任相呼，羁愁一点无。

这是一首写羁旅行役的词。“丹阳”在今江苏，而作者宋褧的家乡却在燕山脚下，他为何千里迢迢到江南来？据其身世来推测，最合理的答案似乎应该是——宦游。

中世纪的交通可真够落后的。陆路上走的多是疲马蹇驴，水道中漂的多是破帆陋船。在一般情况下，日行个百八十里就算是很不错的了，诸如“朝发轫于苍梧兮，夕吾至乎县圃”（屈原《离骚》）之类的神话，只存在于诗人浪漫的幻想中，现实生活里是绝对不会有的。平头百姓和小吏下僚们且无论矣，即便是相当级别的地方大员，“省长”也罢，“市长”也罢，远道赴任或管内巡察，也都只好一里路一里路地像蜗牛那样缓缓蠕动，怎比得上今人或登“波音”飞机穿云破雾，或驱“奔驰”轿车掣电驰风，如此的便捷痛快？注意到物质文明方面这样一个简单而明了的差异，我们就不必惊诧为什么古代诗词中的羁旅行役之作，大多情调低沉，情绪愁苦，充满着对于“行路难”的慨叹。

然而宋显夫先生的这首羁旅行役词却写得十分别致。别致在哪里？我们且一句句仔细读来。

“西风落日丹阳道”，起笔挑明季节、时辰和地点，而一“道”字可见词人正趱行在旅途上——隐然连人与事也一并交代了。短短七字而涵括“日记体”之五要素，笔墨何等经济！读此一句，我们很容易联想到元马致远笔下那“古道西风瘦马，夕阳西下”的凄凉况味，又很容易以为词人也将在下文发出“断肠人在天涯”的苍楚感喟。殊不料他第二句却运以迈往之笔，拓出清幽之境，怡然写道：“竹岗松阪相环抱。”那丹阳道上既时有竹岗、松阪钩连绞结，则道上之人亦即作者自也长在苍松、翠竹的拥护之中。松有高士之风，竹有君子之节，这两个意象在我国古代诗歌中往往是人格化了的，不仅仅为自然物。词人一路所逢迎的树木，想来何止百十种，其所以独举此松、竹二类以概其余，当然是郑重的选择。但看起来却不甚经意，只于写景之际顺手带出，全无用力的痕迹，具见笔致之冲和与安逸。此句写山，下二句转而写水：“何处最多情？练湖秋水明。”练湖，亦名练塘，在今江苏丹阳西北，地势较高，纳镇江长山诸水注入运河。是时“序属三秋”，“潦水尽而寒潭清”（王勃《滕王阁序》），故“秋水明”云云，于节令风物为写实。然而这两句的妙处还不在写实——她更是一个佳妙的比喻。古代文学作品中形容美人之目光顾盼，每以水波拟之。《文选》宋玉《神女赋》曰：“望余帷而延视兮，若流波之将澜。”唐李善注曰：“流波，目视貌。言举目延视，精若水波将成澜也。”而唐韦庄《秦妇吟》诗曰“西邻有女真仙子，一寸横波剪秋水”，已经以“秋水”为美人之眼波了。沿袭至今，乃有“望穿秋水”、“暗送秋波”之类的成语。这个比喻用之既熟，后人刻意出新，又倒过来把清澈的流水比作美人之目光，如宋王观《卜算子·送鲍浩然之浙东》词曰：“水是眼波横，山是眉峰聚。欲问行人去那边？眉眼盈盈处。”宋褧此词，“秋水”与前“多情”二字搭配，用法正与王观词同，俨然是将练湖之明波认作丽人之“美目盼兮”（《诗经·卫风·硕人》），似乎于我情有独钟了。如此措辞，不惟写活了山水，更写活了自己对于山水的爱赏，构思是十分聪敏的。

既然一路好山好水看之不足，那么，任它前面的道里如何迢递，也不觉其漫长。于是乃有下文：“驿城那惮远？佳句初开卷。”“佳句”者，好诗也。这里将初程所见到的青山秀水，比作刚刚开始展读的一卷好诗，下语着实新妙！夫丹青而模山范水者，谓之“山水画”；吟咏而品山题水者，谓之“山水诗”。山水之所以能够入画、入诗，是因为它们本身就蕴有诗情画意。因此，喻之如诗、如画，甚或直截了当地赞美它们是诗、是画，都无不可，都是富有文学意味的比况之辞。惟以画比拟山水乃老生之常谈，以诗比拟山水则较为罕见。常谈斯滥，罕见则警，避熟用生，所以为“新”。又，山水具有直观之形象，画图亦具有直观之形象，故以画比拟山水，可谓“形似”；而诗歌虽然是形象思维的产物，但作为其载体的文字符号，却无形象可观，故以诗比拟山水，盖着眼于二者所共有的韵致，重在“神似”。超乎象外，得其环中，遗貌取神，所以为“妙”。新而且妙若此，我们正不妨说：“佳句”一句，真佳句也！

既然一路山水如诗读之不尽，那么任它空中的征鸿如何哀号，也引不起共鸣。于是乃又有下文：“寒雁任相呼，羁愁一点无。”“雁”亦是古诗词中的常见意象，究其功用，大要有三：或作报秋之信号，或作传书之使者，或作旅愁之触媒。宋褧此词，显然是从这最后一种功用生发出来，却反其意而言之。悉心体味，词人此言并不见得那么“由衷”——真正无愁的人绝不会想到要郑重其事地来声明自己“无愁”，但看他咬钉嚼铁地说“羁愁一点无”，便可知他此时此地还是有“一点”“羁愁”耿耿于怀的。不过，他能够有意识地凭借自己对于自然山水之美的爱赏，去摒除常人所未能或免的羁旅之愁，毕竟展示了他那豪宕、豁达、开朗的性格特点。

要之，这首词好就好在一扫前人同题材作品之垂头丧气，而代之以矫首高歌，读后使人仿佛于"无边落木萧萧下"（杜甫《登高》）之际，突然看到了一树经霜红欲火的枫叶，眼前为之一亮，精神顿时振奋起来。这便是其独特的审美价值和美学意义了。（钟振振）

贺新郎　　宋　褧

徐复初池亭听雨轩，至治辛酉时，予将至湖南

银竹能宫羽。向荷盘、跳珠腷膊，花奴羯鼓。浏浏泠泠春泉逗，滴尽槽头香醑。爱徽处、遗音太古。暗度松篁时淅沥，恍吴娃、昵枕传私语。吾试听，有佳趣。　　主人未解离愁苦。对凉秋、芭蕉巨叶，梧桐高树。梦断罗裙天如漆，一寸乡心凄楚。点点是、寂寥情绪。明日孤舟成独往，更难堪，长夜潇湘浦。凭曲槛，且容与。

这是一首写听雨之感的词，作于元英宗至治元年辛酉（1321），时间远在作者贵显之前，抒发的感慨颇富江湖漂泊之恨。

词一开始便从听觉感受上切入，同时也不忘以视觉感受衬托之。且看作者是怎么写的：茫茫白雨如千万支银竹制成的利箭曳影而至，发出的声音恰似一支乐队按五声音阶演奏出抑扬顿挫的乐曲。珍珠般晶莹的雨点在片片荷叶上跳弹激溅，其繁音促节，犹如技艺高超的鼓手在挝鼓。"银竹"，比喻大雨，李白《宿虾湖》有"白雨映寒山，森森似银竹"句。"腷（bì）膊"，象声词，模拟各种击打声，韩愈、孟郊《斗鸡联句》有"腷膊战声喧"句，此指雨打荷叶发出的声音。"花奴"，唐玄宗时汝南王李琎的小名，他以善击羯鼓而闻名。南卓《羯鼓录》："上性俊迈，酷不好琴，……谓内官曰：'速召花奴将羯鼓来，为我解秽。'""羯鼓"，一种古击乐器，《羯鼓录》谓其制"如漆桶，下桶有小牙床承之，击用两杖"。作者用形象的比喻描写了滂沱大雨，使雨势显得很有跃动感，雨声显得也更美妙悦耳，令人神往。接下去作者又将天上洒落的雨水比作地上流动的泉水，并使清泉与用清泉酿造的醇酒联系起来，将雨滴比作榨酒槽头滴出的"香醑"（"醑"，酒也），其想象可谓丰富而超卓。"春泉"前加"浏浏泠泠"，仍是具有听觉效应的意象，"香醑"云云，也见出作者"斗酒诗百篇"的清狂文士气质。"爱徽处、遗音太古"，又用琴声来比喻雨声，妙在不是明喻，似乎雨声就是大自然的太古遗音，也就是说那是超越了技巧、超越了欲念的纯粹的音乐。这当然是作者自己的感受。但雨声是有变化的，这在上文已经有所表现，而"暗度松篁"两句则又把雨打在林子里再从枝梢滴下的声音（所谓"时淅沥"）描写为江南娇女枕上的柔声细语。一个"恍"字下在这里，自然是说这纯是作者的想象，但从"遗音太古"一下子跳到"昵枕传私语"，也可见他的形象思维实在是被雨声催发到了"精骛八极，神游万仞"（陆机《文赋》）的自由驰骋的境界。歇拍两短句"吾试听，有佳趣"，是上片的总结；确实，雨声不但给凝神谛听的作者带来了"佳趣"，也令通过作者的描绘而有所感受的读者体味了这种"佳趣"。

下片，作者的笔锋转向抒发其由听雨而生发的怀乡之情。换头"主人未解离愁苦"一句陡

转，初读会令人困惑，但细一想，不难发现正是上文“昵枕传私语”的联想暗中牵出了乡愁。他蓦然想到了远在家乡的妻子，不由地涌起深深的怀乡之情。其实作者的乡愁一直伴随着他，只是此时在雨声的刺激下一下子凸显出来而已。但主人徐氏却不会有这种感受，所以，这一句就更具有反衬的作用，使作者无人安慰的苦闷显得十分真切感人。“对凉秋”两句，则进一步在乡愁中掺入悲秋的惆怅，更令其幽忧之情变得沉重不堪。于是，他设想自己夜来定会梦归故乡与亲人团聚。“罗裙”自然是爱妻的装束，此代指爱妻。但“梦断”“天如漆”，显出他内心的阴郁并未有所消解。他遂用直陈的语气，直接倾诉了他的悲凉之意：“一寸乡心凄楚。”并且马上再加上一笔：“点点是、寂寥情绪。”也就是说，当感情蕴积到很大的深度、厚度之时，婉曲的表达（如前文借言主人不知“离愁苦”以言己之深感“离愁苦”）已经无法克服其内心的紧张，只有任感情之流作一次大倾泻才能使自己免受心灵的内伤。因此，我们当然不能说作者的直陈缺乏诗意；相反，我们更明白了他的孤寂。下面“明日”两句，仍是直陈，虽属悬想之辞，但此乃未然之必然，无法避免，情调也就格外苍凉；“更难堪”云云，几于长歌当哭。好在一番倾诉总算将乡愁的“能量”耗去了部分，作者得以稍微定一定神，于是，结拍“凭曲槛，且容与”的收束也就顺理成章地在笔下写出。但倚栏徘徊的人物形象，仍是有心事的人物形象。

这首词上片写雨，比喻生动，写得酣畅淋漓，趣味盎然；下片写听雨所引出的乡愁，纯用赋法，写得低徊掩抑，凄凉怊怅。两者的鲜明对照，使作者抒发的江湖漂泊之恨更显得恻恻动人。（单　芳）

台城路　钱　霖

次邵复孺韵

碧云深处遥天暮，经年雁书沉影。雨散梅魂，风醒草梦，还见春回乡井。花明柳暝。念贾箧香空，谢池诗冷。流水斜阳，旧家那是旧风景。　　怀思横泖雅趣，故人吟啸里，得意酬领。谱缀台城，缄传蒨水，肯把俊游重省。凭高倚迥。纵老兴犹浓，不堪驰骋。隔断相思，浦潮波万顷。

这是一首友人间的酬唱应和之作。邵亨贞，字复孺，先世淳安（今属浙江）人，徙居华亭（今上海松江），明洪武中官松江府训导。钱霖虽出家为道士，但与文士交往甚密，尤多与其弟钱应庚（南金）、邵亨贞等诗酒唱和，优游世间。邵亨贞原词题为《齐天乐·甲午七月望后，横泖客舍骤雨顿凉，秋声满树，小窗暮倚，四无人声，暝色凝烟，不胜凄黯。阖户呼镫著此，以纪旅思》，主要抒写羁旅之情。邵氏又有同调，题为《乙未春暮，钱素庵见和前韵，再歌以谢之》，钱应庚亦有应和之作，题为《寒食后雨轩独坐，次复孺韵》。由此可知，钱霖此词作于元至正十五年(1355)春。

词一开笔，即极表对老友的思念。离情别绪，奔涌而出。“深”“遥”二字，表现出两人虽相距甚远但一往情深，那蓝天白云下的绿树象征着友谊的长青。“经年”，几年。“雁书沉影”，谓没有书信往来。长时间没有互通音讯，猛然能读到老友新作，自感亲切非常，仿佛这眼前的暮春景色也变得富有生机，绿意盎然。春雨吹散了梅花的精魂，春风唤醒了小草的冬梦，春光将家乡又一次装点得花明柳暗，美丽迷人。雨打"散"春梅之"魂"，风吹"醒"春草之梦，似未经前人道过，颇有奇警之效。"花明柳暝"，自史达祖《双双燕》词"红楼归晚，看足柳昏花暝"夺胎而来，易昏、暝之同义并列为"明""暝"之两相对比，所谓"红酣绿暗"，刻画暮春景色，颇有神致。如此，景中含情，怀乡念旧之意呼之欲出。接着，作者笔势宕开，述说离别后的孤寂冷清。"贾簾"，一本作"贾阁"，指晋代贾充家的闺阁。《晋书・贾充传》载：贾充的女儿与韩寿私通，贾充有异香，一著人则历月不歇，贾女就将香偷来给韩寿。贾充闻到香味而察觉此事，就将女儿嫁给了韩寿。后常以此典表示男女倾情相恋，此则用以回忆往昔在故乡的儿女浓情。"谢池"，指南朝诗人谢灵运家的池塘。《南史・谢惠连传》云："族兄灵运嘉赏之，云：'每有篇章，对惠连辄得佳语。'尝于永嘉西堂思诗，竟日不就，忽梦见惠连，即得'池塘生春草'，大以为工。"后常以此典表示兄长思弟之情，此则用于怀念故友（年龄低于己者）。此处以香之"空"和诗之"冷"表达作者寂寞孤单的情怀和对挚友的思念。"流水"二句，则以无可奈何的口吻，抒发春秋代序、好景不再的惆怅和喟叹。

下片重点通过对往日愉快交往情景的追忆，进一步吟咏相思之苦痛。"横泖雅趣"，指作者与邵亨贞诗酒唱和的高雅情趣。"泖"，古湖名，分上泖、中泖、下泖，在今上海青浦西南、松江西和金山西北，近世多淤积无水。"酬领"，酬答，唱和。"吟啸"、"得意"等词展现出昔日的他们快乐放情、恬散适意的隐逸生活，回忆中透出对当年的愉快生活难以忘怀。"台城"，六朝时的禁城，故址在今南京。宋陈亮在《戊申再上孝宗皇帝书》中道："台城在钟阜之侧，其地居高临下，东环平冈以为固，西城石头以为重，带玄武湖以为险，拥秦淮、清溪以为阻。"邵亨贞以清溪为号，显然与此相关。"蒨水"，色泽鲜亮的河水。"俊游"，快意的游赏。"重省"更是带有回忆的情态，其中意味，颇耐寻思。然而如今，时过境迁，风光畹晚，即使能再故地重游，也只是空怀感慨而已。最后四句，作者自知年老体衰，虽有浓厚的游兴却无力寻胜探幽、登山涉川，那波涛汹涌的黄浦江潮水（"浦"，黄歇浦，即黄浦江），既扰乱着作者的思绪，又阻隔着两地相思。无奈之下，只能自我宽解，以诗笺来传达自己对好友的一片情意。

此词虽是朋友间的次韵唱和，少不了应景应时的套话，但在整体上，显得笔法灵动，使典精当，字句浅切与锻炼各见其妙，写景抒情皆自然流畅，清新明快，比起邵氏的原作及再和之作，要高出一筹，在元词中可推为佳作。（孙京荣）

江城子　倪　瓒

满城风雨近重阳，湿秋光，暗横塘。萧瑟汀蒲，岸柳送凄凉。亲旧登高前日梦，松菊径，也应荒。　　堪将何物比愁长？绿泱泱，绕秋江。流到天涯，盘屈九回肠。烟外青蘋飞白鸟，归路阻，思微茫。

九九重阳，秋高气爽，人们登高赏景、品菊饮酒，尤其是文人骚客们，更是相聚欢会、斗酒吟诗，留下了数量相当可观的咏秋杰作。其中唐代大诗人王维在《九月九日忆山东兄弟》一诗中咏唱的“独在异乡为异客，每逢佳节倍思亲”两句，尤其为人推重，堪称绝唱。元末诗人倪瓒长期流寓吴中，客居他乡，游子情怀屡屡诉诸笔端。这首词作于重阳佳节，表达了作者对故乡亲人的深切思念和独处异乡的悲愁之情。

起头二句，开门见山，直截了当地交待重阳节时的天气状况。重阳时分，本应秋高气清、金风劲吹，但是作者眼前却是另一番景象：阴云密布，风狂雨横，整座城市都笼罩在一片濛濛雨雾之中。沉闷而压抑的情境，顿使全词充满了一种低沉抑郁的情调。虽然这一句是用宋潘大临的成句，但仍有感人的力量。“秋光”，指秋日的风光景色。唐司空图《重阳山居》：“满目秋光还似镜，殷勤为我照衰颜。”“横塘”，古代的堤名，在今江苏苏州市吴中区、相城区西南。宋贺铸《青玉案》：“凌波不过横塘路，但目送、芳尘去。”唐人诗中的“秋光”是明媚的、亮洁的，宋人笔底的“横塘”是曾经与佳人邂逅的地方。但倪瓒在此却以“湿”“暗”二字锁定两意象，极摹秋色之昏濛、横塘之暗昧，进一步烘托风雨中重阳节的气象。以下“萧瑟”二句将镜头定格在横塘边上，展现出一幅凄惨冷清的画面：水边的蒲草在秋风中枯萎凋零，岸堤上黄叶飒飒的柳枝向人们倾诉着送别的凄凉。这里暗用折柳赠别之典，以景传情，抚今追昔，更增几分断肠之思、悲凉之意。作者回想往日与亲朋好友登高赏菊的欢乐情景，有如才做过的美梦一般。“松菊径”二句由陶渊明《归去来兮辞》中“三径就荒，松菊犹存”衍化而来，以想象揣测的语气来抒发作者对故乡风物的惦念关怀。同时以“梦”之美好反衬现实之悲切冷清，既使艺术表现空间得以拓广，又充实了词作的意蕴，给读者以广阔的想象余地。

下片重点抒情，表达作者的浓郁乡愁。作者先以设问自答将连绵不绝的愁情形象地比喻为碧绿无际的秋江之水。以水喻愁，在前代名家笔端屡有妙句，如南唐后主李煜《虞美人》词中“问君能有几多愁？恰似一江春水向东流”、北宋秦观《江城子》词中“便做春江都是泪，流不尽，许多愁”，皆喻愁之无穷无尽。而倪瓒笔下的愁情，不但如秋天的江水一样奔流不息，而且如九曲回肠、蜿蜒百转，一直流向海角天涯。尽管如此，想如江水一样流到故乡，回到亲人身旁，则是不可能的。作者只能抬眼凝视着远处自由出没于苇草中的白鸟，羡慕它们能够无忧无虑地飞翔嬉戏，而自己的归乡之路却被阻断，只能将无尽的乡愁寄托于茫茫苍穹中的白云。结句惆怅满怀，强自慰藉中流溢出一种无奈的感伤，体现出人不及物的深沉悲哀。

此词以重阳佳节来抒发作者心中的愁情，意象黯淡而不死寂，格调哀婉而不伤痛，语言质朴，用典自然，抒情流畅，颇符合倪瓒好洁喜静的个性和清逸淡雅的画风。而以淡洁之笔写深情，用诗情画意显相思，也显现出作者摆脱凡俗的艺术品格和精湛厚实的文学功力。（孙京荣）

青玉案　顾阿瑛

彦成以他故去，作此怀之

春寒恻恻春阴薄，整半月，春萧索。旭日朝来升屋角。树头幽鸟，对调新语，语罢双飞却。　红入花腮青入萼，尽不爽花期约。可恨狂风空做恶。晓来一阵，晚来一阵，难道都吹落。

词为怀友之作。题中的“彦成”，指当时诗人于立。于立，字彦成，号虚白子，南康（今属江西）人，有《会稽外史集》。顾嗣立《元诗选》谓其“幼明敏博学，通古今，善谈笑，学道会稽山中，得石室藏书。遂以诗酒放浪江湖间，长吟短咏，有二李风。……爱吴中山水清旷，因寓居之，以玉山草堂为行窝焉。铁崖谓其人如行云流水，无所凝滞，游方之外者也”。此“玉山草堂”即为顾阿瑛修筑，为供友人觞咏唱和之所。词以对春天景象的描绘，抒发了对挚友的关切和思念。

上片寓情于景，以景之萧索衬心情之空寂无聊。首句即极写初春寒意料峭、天色昏阴的景象。“侧侧”，寒冷的样子。唐韩偓《寒食夜》诗：“侧侧轻寒翦翦风，杏花飘雪小桃红。”“春阴”，犹春荫，春天里繁盛的花木，其后仅加一个“薄”字，作者便营造出一种沉重、抑郁的氛围，使之相异于春天明丽多彩的悦人美景，为下文的抒情蓄势，渲染情境。这种令人压抑、低沉冷寂的气候在时间上也持续甚久：“整半月，春萧索。”以致使春日也显得慵懒惫怠，困乏无力：“旭日朝来升屋角。”在此背景中勉强能使人感到有生机、活力的物象也是转瞬即逝：一对栖息在枝头的鸟，跳来跳去，发出幽雅悦耳的鸣叫，然后双双飞去，留下的又是寂静空旷。这里作者巧妙运用拟人的手法，以鸟之相依相伴、双栖双飞的快乐自由反衬自己孑然一身、独处空室的寂寞孤独，以动显静，以闹衬静，以有声写无声，收到了意在言外、含蕴无穷的艺术效果。

下片以责诘口吻，对景发难，进一步表达怀人念旧之情。“红入花腮”句，描绘春天鲜花怒放、争奇斗妍的美丽景色。“花腮”，形容美丽的面颊，这里指花瓣。作者明写花在春天应时开放，暗指好友大概也很快会与作者见面，而不会失约。可是，凶恶的狂风却对花肆意摧残，它早晨刮，晚上刮，难道要把世间的春花都吹落吗？作者明里写狂风摧花，实际上是怕友人忘记相会之期，以埋怨表相思之深，语调灵动活泼中透出沉郁厚重。作者与于立关系亲密非常，互相酬赠答谢之作，在其诗集中屡屡出现。《元人十种诗·玉山草堂集》有《辛卯中秋，沈自诚、琦龙门集于湖山楼，有怀于彦成，以“银汉无声转玉盘”分赋得“声”字》一诗，虽与本词不属同时之作，但从“不见山阴狂道士，相思只在越王城”的诗句看，二人的关系及感情确非寻常朋友可比。

这首词在艺术上借景抒情，以物言怀，感情真挚，语言朴实，用词也颇为生动工巧，有元散曲清逸流畅之韵味。况周颐《蕙风词话》评此词上片末四句是“眼前景物，涉笔成趣，犹在宋人范围之中”，评下片末四句是“即堕元词藩篱。再稍纤弱，即成曲矣”。然而这种手法恰恰是本词的特色所在。比较而言，陈廷焯《词则·别调集》谓此词“有劲直之气，可药元末纤弱一派”，似乎更贴切一些。（孙京荣）

明　　词

贺圣朝　谢应芳

马公振见访，以词留别，喜而和之

吴淞旧雨相邻住，喜复来今雨。那时因遇，十年艰险，剑头炊黍。如今相见，衰颜醉酒，似经霜红树。湖山佳处，登高望远，遍题诗去。

这是一首唱和词。词题中的马公振，即马麟，字公振，一字国瑞，江苏昆山人。自幼厉志读书，好文尚雅。元季避兵松江之南钟巷里，筑室凿池，有田园花木之趣。日诵经史，遇佳客往来，则觞咏不辍，与世泊如。杨维桢很器重他，称之为忘年友。马氏原词已佚。这首和词通过对二人久别重逢情景的细致描述，抒发了作者对友人的深切思念，表达了二人间真挚的友情。

词的上片，主要通过对十年前二人情投意合，相邻而居、共度危难的回忆，抒发对当时世态人情的感受，表达重逢后的喜悦欢快之情。“吴淞”，即今上海松江。“旧雨”“今雨”，谓老朋友、新朋友，典出唐杜甫《秋述》：“秋，杜子卧病长安旅次，多雨生鱼，青苔及榻，常时车马之客，旧，雨来，今，雨不来。”此言昔比邻而居为老友，今久别重逢似新朋。一个“喜”字，将欢会的感情尽情托出，有力地烘染了全词的氛围。一阵惊喜过后，开始互诉衷肠，勾起各自对往事的回忆和慨叹。“十年艰险”二句，极表宋元之际知识分子在瞬息万变、朝不保夕的恶劣社会环境中忍辱偷生、穷愁潦倒的悲惨遭遇。“剑头炊黍”，形容处境极为险恶。典出《世说新语·排调》：“桓南郡与殷荆州语次，因共作了语。……次复作危语。桓曰：‘矛头淅米剑头炊。’殷曰：‘百岁老翁攀枯枝。’”此处以往昔艰危生活的不堪回首，反衬今朝乱后重逢的欢乐喜悦。作者在另一首《满江红·送马公振》词中道：“把十年、湖海旧相知，从头说。”同样充满着对好友的关心和抚慰。今昔对比，苦乐相间，真诚深挚的友谊中饱含着对现实人生的深刻感悟和体味。

下片笔触从回味过去中宕开，极写今朝相见时的欢愉情形。十年后，经过岁月无情的摧折，二人都衰老了许多，加之酒酣沉醉、兴奋非常，那饱经沧桑的脸庞就像深秋红透的枫叶一样，虽显老迈之态，但依然豪气不减，昭示着一股蓬勃旺盛的精神和永不衰竭的活力。最后二人相约遍游名胜之地，登高望远，将好诗题遍锦绣山川，方觉不负此一身才艺。寥寥数语，即将避世隐居的文士优游林下、笑傲江湖的风度刻画得淋漓尽致。

此词格调老健，情致爽朗，境界开阔，语言浑朴，在元明之际词风萎靡不振的词坛，实属难得一见的妙品。况周颐《蕙风词话》评“如今相见，衰颜醉酒，似经霜红树”三句云：“衰老乱离之感，言之蕴藉乃尔，令人消魂欲绝。”正揭示出此词不作叹老嗟卑之语，风神高逸的特质。（孙京荣）

浪淘沙　梁　寅

夜雨

檐溜泻泉声，寒透疏棂。愁如百草雨中生。谁信在家翻似客，好梦先惊。　　花发恐飘零，只待朝晴。彩霞红日照山庭。曾约故人应到也，同听啼莺。

这首小令写“夜雨”，抒发了词人浓烈的惜花之情，情景交融，格调悠远。

首二句“檐溜泻泉声，寒透疏棂”，不蔓不枝破题而入，从“夜雨”写起。“泉声”可见雨势之大，“寒透”表明天气之寒。雨水顺着屋檐流下，如山泉泻地，哗哗作响，寒气透入稀疏的窗棂，四处弥漫。雨声喧闹，寒气逼人，词人不禁满怀愁绪，难以成眠，乃写下一句“愁如百草雨中生”。以草喻愁是我国古典诗词中常见的表现手法，在此之前不乏佳作，如贺铸《横塘路》(《青玉案》)“试问闲愁都几许？一川烟草，满城风絮，梅子黄时雨”以“烟草”等喻闲愁。此处以“百草”喻愁情并非因袭，一场春雨，催生百草，乃是自然中常见之景，词人的愁绪如百草在雨中萌生，妙在即景言情，情景相生，生动自然。接下来“谁信”二句继续写愁情以申足词意。夜雨滂沱，声声入耳，这一夜词人犹如作客旅店，睡不安枕，勉强入梦后，恍惚间又被惊醒。“谁信”，谓难以置信。“好梦”指什么，词人为何因雨而惊梦？这些都没有明说，从而为读者设置了一个悬念，耐人寻味。

换头“花发恐飘零，只待朝晴”二句承惊梦而来，一语破的，点明题旨。原来词人之所以会“愁如百草”“好梦先惊”，其原因就在于担心无情的夜雨使花儿凋谢，零落成泥。结果如何，只有等到天亮后才能知道。所以他急切地盼望黎明，盼望天色转晴。从“只待”二字中，可见词人这一夜是如何牵肠挂肚、魂牵梦萦的了。夜雨过后，景象如何呢？“彩霞红日照山庭”一句呈现出另一番光景，红日东升，霞光万道，灿烂的阳光洒满山庭，不用说，这时词人的心情肯定也会随之一亮，愁绪顿消了。值得注意的是，词人对于担心了一夜的花儿却只字不提，以不言言之，一笔晃过，花儿怎么样了，飘零了没有？令人深长思之，咀嚼不已。结句“曾约故人应到也，同听啼莺”，仍没有一字提及花儿，但有关花儿的内容尽在其中，含蕴丰厚。“曾约故人”进一步揭示了词人因雨生愁产生“花发恐飘零”的原因，先前他曾约友人来此原来是为了赏花，而一夜滂沱大雨，花儿飘零势在难免，题中应有之意已无须明说。既然花已凋零，不必伤情，愁亦无用，好在雨过天晴阳光灿烂，花儿谢了，还有“啼莺”，友人来了就和他一道欣赏黄莺在枝头悠扬婉转的鸣叫吧。结尾二句振起词意，笔法曲折，摇曳多姿，流露出一种类似于“行到水穷处，坐看云起时”(王维《终南别业》)的旷达、随意和萧散，含不尽之意见于言外，韵味无穷。

此词结构严密，层次井然，上片描写“夜雨”惊梦的愁情，下片交待愁情产生的原因，结句一笔宕开，另辟新境，如抽丝剥笋，层层深入，清晰地展示了词人情感流动变化的轨迹。而这一轨迹又与景物的转换相联结，景生情，情生景，巧妙自然，令人称道。清况周颐《蕙风词话》

云:“吾听风雨,吾览江山,常觉风雨江山外有万不得已者在。此万不得已者,即词心也。”读罢此词,我们不难把握住作者的“词心”,并深深为之感染。(陈学广)

小重山　　舒　頔

端午

碧艾香蒲处处忙。谁家儿共女,庆端阳?细缠五色臂丝长。空惆怅,谁复吊沅湘?　　往事莫论量。千年忠义气,日星光。《离骚》读罢总堪伤。无人解,树转午阴凉。

这是一首借吟咏节庆风俗而抒怀古思人之情的词作。作者以描写五月端午节的民情风俗为内容,抒发了对爱国志士屈原的怀念凭吊之情。

词一开头,即以浓郁的节日气象点题,渲染勾勒出一幅色彩鲜活的社会风俗画面。“碧艾”“香蒲”,指艾草与菖蒲。古代习俗,每年在五月五日端午节这一天,人们都要采摘艾草和香菖蒲,用艾草扎成草人,或用菖蒲叶,悬挂在门上,有的还用艾草、菖蒲泡酒,表示祛毒辟邪的意思。此句“忙”前着“处处”一词,节日的热闹气氛顿时呈现眼前,空气中也似乎弥漫着艾草、香蒲那特殊的浓烈气味。“谁家儿共女,庆端阳”,貌似不经意地随手拈出,但却极巧妙地既点出端阳佳节,又将笔触从宽广的面上转移到特定的点上。“细缠”句,则重点描述“儿共女”们在节日里的妆饰与喜悦。应劭《风俗通义》云:“五月五日,以五彩丝系臂,名长命缕或续命缕、辟兵缯、五色缕、朱索,辟兵及鬼,命人不病瘟。”通过孩子们臂缠五色丝线后喜气洋洋情态的刻画,进一步烘托节日之喜庆气氛。待这种欢快氛围被营造充分,作者笔力蓄势饱满后,笔锋陡转,写出“空惆怅”三字,使整个画面顿失亮色,随后又用一个问句引出端阳节这个古老节日的深远文化意蕴:“谁复吊沅湘?”“沅湘”,原指湖南境内的沅江和湘江,这里借指楚国诗人屈原。传说屈原在端午投汨罗江而死,后来在端午节举行的包粽子、赛龙舟等民俗活动都与这位爱国志士有关。作者在喜气洋溢的节日里,很自然地联想到了这位忠君爱国的诗人,使作品的内涵深化,并将历史与现实融合起来,开拓出宽阔的文化意义。

下片一以贯之,着重抒发作者对屈原的崇敬仰慕和悼念吊怀之情,历史的苍凉气息,扑面而来。过片一句沉重悲愤、不堪回首的慨叹,又勾起人们无限的遐思:“往事莫论量。”“论量”,犹思量。以下“千年忠义气”二语则以坚定凝重的口吻,极表作者对屈原崇高形象与伟大人格的赞誉与颂扬。这既是对屈原精神的精辟概括,而且更寄寓着作者对屈原一生报国无门、最终自沉明志悲剧结局的深深同情和哀悼。司马迁赞屈原“推此志也,虽与日月争光可也”(《史记·屈原贾生列传》)。至此,作者心中无法抑制的悲愤涌诸笔端:“《离骚》读罢总堪伤。”发自肺腑的喟叹,透露着作者对屈原及其作品的热爱与深思。但是,在端午节这个特殊的节日里,又有几个人能想到这位千秋忠义之士而去祭拜呢?这种英雄生前凄凉身后寂寞的状况,更令作者“惆怅”不尽。无奈之下,只有自我宽慰,以旷达之态处之:“无人解,树转午阴凉。”伟者逝矣，时光依旧，历史老人的脚步匆匆如故，作者只有坐在那随日光射角变化影子不断倾斜的树荫底，独自感慨嗟伤而已。怀古情热，恐怕也惟有一点显示蓬勃生机的绿荫之下的凉意，能让自己冷静下来。

此词运用历史与现实相互交错的表现手法，通过对端午节民俗活动的描绘，表达了对屈原的深沉怀念。全词色彩分明，画面明晰，抒情真挚，寄慨悲凉，语言浅易朴实，展现出了作者的思想情操和艺术功力。从他许多关心民生疾苦、反映百姓生活的诗作，也可看出作者不俗的个性和峻洁的人格。《元诗选》《贞素斋集》提要评其诗“盘桓苍古，不贵纤巧织纴之习”，此词也颇具这种特色。（孙京荣）

扫花游　邵亨贞

春晚次南金韵

柳花巷陌，悄不见铜驼，采香芳侣。画楼在否？几东风怨笛，凭阑日暮。一片闲情，尚绕斜阳锦树。黯无语。记花外马嘶，曾送人去。　　风景长暗度。奈好梦微茫，艳怀清苦。后期已误。剪烛花未卜，故人来处。水驿相逢，待说当年《恨赋》。寄愁与，凤城东、旧时行旅。

词题中之“南金”，即钱应庚，与其兄钱霖都是与作者同乡的知名文人，三人间诗词唱和最多。此首原唱已不可见，不过从和作来看，采取的是代女子立言的比兴手法，显然只是步用原韵以寄托怀抱而已。

“春晚”自然指春季的某个黄昏，但诗词中用上这样的题目，往往连带“春”也染上了一种“晚春”的色彩，表现的也多是春事畹晚、芳草迟暮的内容和情调，这正是中国文字富于暗示性和延展性的特色。本作也不例外。词中的女子来到曾经度过青春时代的京城（词中所谓“凤城”），巷陌依旧，但昔日生活中的侣伴早已各奔东西。“铜驼”用晋谚“铜驼陌上集少年”（见陆机《洛阳风土记》）典故，“采香芳侣”，既点出所代言的女子身份，又以采拾香草代表了女子踏青赏春、无忧无虑的少年生活。女子找到了熟悉的画楼，登楼倚栏，迎接她的是夕阳东风中传来的几处凄凉笛声。她进一步回想起了早年的一段失败了的恋情（“闲情”用陶潜《闲情赋》意，指男女风情），也记起了在此处与情人诀别送行的一幕。词作的上片尽管在春天的背景下展开，却是凄清冷寂，充满了失落与感伤。

下片纯写女子的感想。一年年时光不知不觉度过，尽管女子护持着昔日的情愫，但无情的现实却冷酷地葬送了希望，连“好梦”也那么吝啬。一个“长”字，一个“奈”字，诉出了她长日蒙受的心理煎熬。说好的约会没有兑现，也无从得知对方的行踪音讯，“剪烛花未卜，故人来处”，古人相传烛心余烬爆作花形，即意味着有行人归至之类的喜信，如杜甫即有“灯花何太喜”（《独酌成诗》）的诗句。而这里的“烛花”，不过是“好梦微茫”的又一印证。不仅如此，连女子本人也踏上了漂泊的人生旅程，所以下文会有“水驿相逢，待说当年《恨赋》”的联想。《恨赋》为江淹的名作，所谓“古人不称其情，皆饮恨而死”（《文选·恨赋》李善注），这里指的是蚀骨断肠的离情别恨。然而“待说”两字，却又表明这种相逢仍只是难以实现的梦想。于是女子只能自我抒发出内心的哀愁，凭空想象它们会为劳燕分飞的昔日旧侣们所收悉。苍凉的结尾，进一步显示了女子在春晚中的幽怨与无奈。

用闺情闺怨的比兴来借题发挥，是古代文人的常用手法。本词的不同之处，在于将女子“艳怀”中恋情的那部分内容淡化，让她抚今追昔的怀念对象扩大到“采香芳侣”的一切“故人”。这样处理，就更容易接近作者春晚唱和酬赠、思念友人的题旨。全词风调邈绵，清婉可诵。陶宗仪《南村辍耕录》谓作者词作“隽永清丽，颇有可观”，此作堪称一例。（史良昭）

兰陵王　邵亨贞

岁晚忆王彦强而作

暮天碧，长是登临望极。松江上、云冷雁稀，立尽斜阳耿相忆。凭阑起叹息。人隔，吴王故国。年华晚、烟水正深，难折梅花寄寒驿。　　东风旧游历。记草暗书帘，苔满吟屐。无情征旆催离席。嗟月堕寒影，夜移清漏，依稀曾向梦里识。恍疑见颜色。　　空惜，鬓毛白。恨莫趁金鞍，犹误尘迹。何时弭棹苏台侧？共漉酒纱帽，放歌瑶瑟。春来双燕，定到否，旧巷陌？

王彦强即王中立，字彦强，一字振之，松江人，以善绘花鸟名于时。他是词人的同乡兼好友，从这首怀人词中，可以见出两人间不同寻常的深挚友情。

全词三片。首片入题，铺写登临凭栏，怀望远方的友人。时间是岁暮的黄昏，地点是松江，而所思忆的对象王彦强则离开了这片故土，远在吴地之外。词人的心情，同眼中的景色紧相交融：“暮天碧”“斜阳”尽，更增苍凉沉重的意绪；“云冷雁稀”，既是岁晚的典型景象，又暗示着人去天涯、音书断绝的现实；“烟水正深”，令人如置身江上，同时又表现出词人“渺渺兮予怀”的一片怅惘。过拍“难折梅花寄寒驿”，运用南朝陆凯向长安范晔寄诗“折梅逢驿使，寄与陇头人，江南何所有，聊赠一枝春”的典故，而全句仍是本地风光，切合岁晚忆念友人的题旨。

中片展开回忆，追念了两人昔日的交往。回想东风吹拂的阳春，他们曾一同游学，于碧草环映的书房内谈文，在青苔铺满的小径上吟诗。所惜好景不长，命运终究驱使王彦强踏上了离乡的征途。两人分手以后，词人仍不时怀念着对方，“月堕寒影，夜移清漏”，极力表现出了感情之深长、相忆之悲苦，作词法中所谓“凡写迷离之况者，止须述景，……自言情无限”（贺裳《皱水轩词筌》），正是指此。词作以春日的清景衬垫“游历”，以月夜的凄境衬垫离情，营造出对比强烈的氛围，将题面的“忆”字渲染得淋漓尽致。“恍疑见颜色”化用杜甫《梦李白二首》“落月满屋梁，犹疑见颜色”成句，不仅照应了“依稀曾向梦里识”的梦寐以求，而且也点出了两人间音书久绝，已不知故人生死下落的沉重事实。

下片接入感想和期望。换头起“空惜，鬓毛白”等四句为词人自嗟。词人自伤老大，年衰力疲，又落魄失意，再无精力、条件去追随故人闯荡或寻访故人踪迹。他只能寄望于有朝一日友人能乘船回乡，两人再重续当年饮酒行歌的盛举。但希望并不等于现实。“春来双燕，定到否，旧巷陌?”“双燕”同时暗喻着人事。生活中的春燕年年飞回旧里，而词人连这一点也产生了动摇，说明他对故人回归重逢的可能性，实是充满着疑虑。全词以比兴语作结，含意哀婉，为“岁晚”之“忆”添上了浓重的悲剧色彩。

清邹祗谟《远志斋词衷》有云：“长篇须曲折三致意，而气自流贯乃得。”此词始终流贯着对友人情深意挚的思念，充分发挥了长调体制的特长，近人吴梅《词学通论》认为此篇与前一首《扫花游》“尤近梦窗（吴文英），殿步一朝，良无愧怍”，是否近梦窗姑且不论，“殿步一朝”则诚为笃论。（史良昭）

如梦令　刘　基

题画

草际斜阳红委，林表晴岚绿靡。何许一渔舟？摇动半江秋水。风起，风起，棹入白蘋花里。

这是一首题画小令。题画诗词一般容易受到所题之画内容的拘囿，但由于作者才性不同，在品画之时往往融入自己的审美情趣，从而使静态的画经过词人的再创作变得鲜活灵动，并获得感人至深的魅力。刘基这首词的佳处，正在于此。

“草际斜阳红委，林表晴岚绿靡”，这是一副对仗极工稳的对偶句，一开头就展现出一幅草衰木枯、红绿已逝、雾气飘浮、斜阳西下的苍凉秋色图，把读者带入了一个黯淡凄清的画境。而这个画境虽苍凉冷寂，在“草际”“林表”二词的点染之下，却显得极空阔疏朗。

接下来的“何许一渔舟？摇动半江秋水”，用一个疑问句，使小小的渔舟，在空阔苍茫的画面里凸显出来，并牢牢地吸引了读者的视线。小小渔舟，摇动着半江秋水，使得原本凄清的画面变得有几分灵动，几分生机。如此一静一动的相互映衬，使画中表现的内容更丰富多彩，在动与静的辩证有机组合中，使人对画家的绝妙构图不禁折服，同时我们也不难从刘基的这一题画词中，深刻感受到“诗中有画，画中有诗”的中国古代文学艺术相融相通的美妙情境。

结拍“风起，风起，棹入白蘋花里”，顺承前二句，继续描写渔舟的行程所至。随着阵阵秋风，船桨划进开满白色蘋花的水中，掀起的秋水涟漪在蘋花覆盖下应是别有一番风韵。正如唐代徐彦伯《采莲曲》诗“春歌弄明月，归棹落花前”一样，此处词笔点染出的情景虽有萧萧秋风，却显得颇为淡雅而恬静。身处这种情境，足可以将人间的荣辱淡忘。这样的结尾，给人留下了无限的想象空间。

全词虽寥寥七句，词境却由静入动，再由动入静，变化自如。此词所题之画是一幅秋色图。悲秋伤春，是中国古典文学中不衰的主题，然而在刘基笔下，这幅秋色图虽不乏苍凉凄清之意，却无悲哀愁苦之绪，在秋水涟漪的衬托下，这幅画的意境显得极为疏朗闲适，尽管最终归于宁静，却掩饰不住词人和画家高拔豁朗的气度。

“文以气为主”，诗词亦如此。透过这首短词，读者不难窥见一代开国功臣刘基的宽广胸臆，在他雄浑的词笔下，本应悲愁凄苦的秋景变得一派清朗而闲雅。应特别指出的是，刘基在明太祖洪武四年(1371)告老辞官还乡，因有感于自己疾恶太甚，未免会招致怨恨，而明太祖对开国功臣又颇多猜忌，所以他还乡后惟饮酒弈棋，口不言功，力求心境平和。这首题画小令对秋景的选择，大致也透露了他此时的心绪及审美情趣。(龙文玲　农作丰)

眼儿媚　　刘　基

烟草萋萋小楼西，云压雁声低。两行疏柳，一丝残照，数点鸦栖。
春山碧树秋重绿，人在武陵溪。无情明月，有情归梦，同到幽闺。

有词以来，春愁秋怨，以出自闺中女性口吻居多，要想跳出于众作，实在不是一件易事。这首《眼儿媚》立意并无新颖，是一首秋晚曲，也是一首闺怨曲，但它的落笔角度与方式却有些特别，犹如铺纸濡笔而作画，全词是以秋草秋树的深绿作底色渲染背景的。

首句即从草色落笔，将心伤神惘、低徊不已的相思幽怨揉入一派如烟似絮、粘连暮云的草色中，而“两行疏柳，一丝残照，数点鸦栖”，与烟草围绕中的小楼一角，都不过是这大块苍凉暗绿背景里的点缀与衬托。画面虽无人物，情绪已酝酿充分，人物亦呼之欲出。

下片仍然就绿色进一层渲染。王维诗云：“春草明年绿，王孙归不归？”(《山中送别》)——如今秋草也绿了，远行的人会不会归来呢？与这种痛苦难言、形影孑然的单相思对照，下面紧接的“人在武陵溪”一句是那样的冷酷无情：远行的人正如刘晨、阮肇那样沉湎在桃源仙境中(宋元词曲，文人往往借陶潜《桃花源记》武陵渔人的字面来表示刘、阮二人在天台的艳遇)，怎记得归来！正是这一句透露出思妇的深长幽怨，漫长的相思岁月里音讯皆无，怎不教人思而生疑，疑而转怨呢？空闺独守的苦闷，倚楼而望的惆怅，以及对冶游忘归的荡子爱恨并集的感情，都被这一句点破。可是，怨语也仅此一句，戛然而止，下面并没有继续数落。一般说来，封建时代的深闺妇女长期受“温柔敦厚”的礼教熏陶与束缚，表达情感的方式多是婉约而委曲的，不太可能作汹涌澎湃状，也很少一泻无余。她要诉说对薄幸人的嗔怪，却怨恨照人无寐、窥人相思的明月的“无情”；她要表白对对方的执着系念牵想，却不无羞涩地借指虚幻美好、堪慰相思的归梦的“有情”，这是一颗多么善良敏感的心灵，多么令人同情的柔弱美丽的形象。词中并没有出现人物的外貌描写，甚至没有直接抒情，而怨怀幽恨，盘寓其中，况周颐所谓“取神题外，设境意中”(《蕙风词话》)，约略近之。

明陈霆评曰：“‘云压雁声低’与‘春山碧树秋重绿’二语动人，或谓未经前人道破，以予所见，亦转换‘云开雁路长’与‘春草秋更绿’耳。”(《渚山堂词话》)陈氏拿来比较的“云路雁声长”是隋代王胄的名句，吟咏天高云淡，雁路悠长的秋景，情绪与声调都是疏阔开朗的；刘基虽然也是攫取“云”和“雁”二种事物入词，但着意刻画的是迷惘难排的情绪与氛围，声调低徊沉郁，与王胄之句字语虽近，用意则大不相同。至于“春草”云云，则是谢朓《酬王晋安》诗中之句：“春草秋更绿，王孙西未归。谁能久京洛，缁尘染素衣。”显然，谢朓也是向前人取来，“王孙游兮不归，春草生兮萋萋”（《楚辞·招隐士》），不就说的是远游与思归么！其实，“春山碧树秋重绿”是否从“春草秋更绿”转换而来，并不要紧，春草这一意象，经过历代无数诗人的运用，已较为固定地象喻为离情的缠绵和思归未归的隐痛。“更绿”和“重绿”，一字之差，当不可等闲视之。更绿，强调的是秋有甚于春，时光不我待，必得回去；重绿，又绿也，突出的是时间之流逝，过程之重复，细微之处，正有一丝伫盼中的无奈，空守小楼的女子心中并不敢有更多的奢望呀！转换一字，情绪境界便有刚柔幽显之分。

词的上片侧重于写景，下片侧重于达情，而从手法上说，这首词几乎全用写实白描，择字下语妥帖，画面犹如清婉无比的工笔小幅，情境尤见匀和，而浅易自然的表现风格更能使读者体味出词中的真挚深曲的感情。唐司空图《诗品·自然》所谓“俯拾即是，不取诸邻”，此词有之。（熊盛元）

水龙吟　刘　基

鸡鸣风雨潇潇，侧身天地无刘表。啼鹃迸泪，落花飘恨，断魂飞绕。月暗云霄，星沉烟水，角声清袅。问登楼王粲，镜中白发，今宵又，添多少？
极目乡关何处？渺青山、髻螺低小。几回好梦，随风归去，被渠遮了。宝瑟弦僵，玉笙指冷，冥鸿天杪。但侵阶莎草，满庭绿树，不知昏晓。

刘基在元代历任江西高安县丞、江浙儒学提举等职，因遭排挤，辞官归隐。元惠宗至正二十年（1360），刘基应朱元璋之请入金陵（今江苏南京），辅助其成就帝业，成为明代的开国功臣。此篇《水龙吟》作于元末天下大乱、作者尚未遇合朱元璋时。上片诉说未遇明主、难展长才的苦闷；下片通过写故园之思，进一步表现对前途的迷惘和对归宿的寻求。

上片开头两句总说，首句写环境、氛围，次句说个人处境。作者以天尚昏暗时鸡鸣四起、风雨交加的景象象征元末大动乱的政治形势，以世上无刘表式的礼贤下士的一方霸主慨叹自己怀才不遇、无处栖身的痛苦处境。“鸡鸣”句语本《诗经·郑风·风雨》：“风雨潇潇，鸡鸣胶胶。”旧说这是乱世思君子的诗。刘表，东汉末年人，于献帝时为荆州刺史，当时中原战乱，士民多往归附。词中以刘表指代礼贤下士的明主。“鸡鸣”句所写的虽是自然现象，却是动乱现实的象征。元末，张士诚、陈友谅、方国珍、朱元璋等群雄并起，元王朝已处于风雨飘摇之中。刘基希望有所作为，却未遇明主，因而深感苦恼，不禁曼声唱叹，感慨系之。

“啼鹃”三句写暮春景象及自己的感受。其时杜鹃鸣叫，落花飘零。词人闻啼鹃而迸泪，见落花而生恨。相传杜鹃是古代蜀王杜宇失国后所化，常悲鸣出血，鸣声如“不如归去”，故前人有句曰“杜宇声声不忍闻”（李重元《忆王孙·春词》）。闻“啼鹃”而至于“迸泪”，见“落花”而至于“飘恨”，这与杜甫当年身陷安史乱军占领的长安城中唱出的“感时花溅泪，恨别鸟惊心”（《春望》）颇为相似，也是时代动乱与身处逆境的客观情况在作者心灵上引起的强烈反应。借

“啼鹃”、“落花”诉说自己的主观感受,且以富于力度的动词“迸”与表示缓缓落下的动词“飘”,在生动形象地状物的同时,也极见出词人所受压抑之深与恨情之绵绵不绝。“断魂飞绕”更是一个直接抒情的句子,自诉在“无刘表”可依托的情况下内心苦闷,不断追寻而终归于进退失据的情状。

“月暗”以下七句,词人以作客他乡、登楼消忧的王粲自比。“月暗”、“星沉”写所见,“角声”写所闻。词人在楼头徙倚久之,直至晨光熹微。抬头看天,但见在烟水迷离的天幕上,月色渐暗,星光渐淡,同时听到了报晓的号角声,角音清亮,余音袅袅。“暗”字、“沉”字表动态,都有一个时间过程,暗寓词人长夜无眠这一事实。在一夜将尽时,词人不禁自问:今夜里又添了多少白发?王粲,东汉末年文学家,往依刘表十多年,不受重视。曾登上麦城(故城在今湖北当阳东南)城楼,作《登楼赋》,倾诉怀才不遇、宏图难展的苦闷。需要说明的是,词人在这里只是从怀才不遇的角度以王粲自况,并无贬抑刘表的意思,也就是说,与前面将刘表作为礼贤下士者的代表的说法并不矛盾。

下片紧承“登楼”意,先用八句写远望乡关、欲归不得的苦闷。这又分三层:“极目”二句说,放眼望去,目光被远方呈螺形发髻的青山挡住了——看不到故乡;“几回”三句说,做过几个好梦,梦中随风向故乡飞去,又被远方的青山隔断——梦中也回不了故乡;“宝瑟”三句说,转而想借助音乐寄写乡情,无奈天气太冷,瑟弦僵硬,手指也不听使唤,无法鼓瑟吹笙,只能目送飞鸿直到它在视野中消失,以此聊寄乡思。“被渠遮了”的“渠”是代词,相当于它,指青山。

结尾三句,从所写到的“阶”“庭”看来,此时词人已从楼上下来,正在庭院中、台阶前踯躅沉思。他见到的是长上了台阶的莎草以及长满庭院的绿树。“莎草”是一种多年生的草本植物,多生于湿地或沼泽中。“侵”字有长在不该长的地方的意思。莎草之得以“侵阶”,当是门庭冷落、人迹罕到所致。末句“不知昏晓”,在词中有写实与象征两重意思。从写实一面说,意谓浓荫遮蔽下的庭院显得很阴暗,以致分不清早晚;从象征一面说,也是时代动乱以及词人内心迷乱、困惑的象征。从结构上看,结尾这三句与篇首的“风雨”句遥相呼应。但“风雨”句是元末大动乱的政治形势的总体象征,是一种相对客观的评价,而篇末三句,尤其是末句,转而侧重于词人主观一面的感受,表现了词人在动乱的现实中经历了千回百折的寻寻觅觅之后,对于社会的出路与个人的前途仍然深感迷惘的情状。这种情况,一直要到朱元璋请他出山才告结束。

刘基的这首《水龙吟》堪称词中的《登楼赋》。处于画面主题位置上的抒情主人公“登楼王粲”,是作者本人;词中所写的,主要是在楼头的所见所闻所感,但也写到下楼以后的感受;全篇具有鲜明、强烈的主观感情色彩。这些,无不令人联想起王粲的《登楼赋》。在全篇具有鲜明、强烈的主观抒情色彩这一点上,此词与《登楼赋》也很相近,而词较赋似更为突出。如上片以“无刘表”的感慨为中心,诉说自己忧愁、感伤的情状——“迸泪”“飘恨”“断魂”;记述自己长夜无眠的见闻——见“月暗”“星沉”,闻“角声”;并以又添多少白发的自问极言忧伤令人老,以见“无刘表”的忧伤之深。下片转写乡情,所写眺望故乡、梦回故乡、借音乐怀念故乡,以及在无奈时的目送归鸿,也都无不以作者的感情为轴心展开。唯有全篇的结尾处,《登楼赋》为“夜参半而不寐兮,怅盘桓以反侧”,此词则为“但侵阶莎草,满庭绿树,不知昏晓”,词之于赋,相对较为含蓄些。(陈志明)

水龙吟　贝　琼

春思

楚天归雁千行，一书不寄相思苦。匆匆过了，踏青时节，更愁风雨。燕子黄昏，海棠春晓，几翻凄楚。问谁能为写，重重别恨，算除有，江淹赋。
尚记银屏翠箔，抱琵琶、夜调新谱。芳年易度，沈腰宽尽，白头如许。弱水三山，武陵一曲，重寻何处！奈无情杜宇，年年此日，到淮南路。

从整首词意来看，这篇作品似写作者年轻时的一段难忘的恋情。当时作者人在淮南，而所思之人则远在楚地武陵（今湖南常德）一带。

词以“春思”为题，起调“楚天”两句即开门见山予以点示。所谓“楚天归雁”，正是淮南春季所见之景。大雁是一种季节性迁移的候鸟，秋天由北方飞向南方，春天则由南方飞回北方，由此可知作词时正值春季。在古代传说中，雁的南来北往又能为人捎带书信（最早见载于《汉书·苏武传》，记武帝谎称在上林射雁，得苏武在匈奴系雁足之书）。现在雁过千行而“一书不寄”，自然逼出“相思苦”三字，而全词即因此层层铺写，步步展开。先是就眼前景物入手。“匆匆”有光阴倏忽之意，谓在不经意间已过了“踏青时节”。“踏青”是古代一个历史悠久的习俗，“踏青时节”一般是指三月三日上巳节。吴自牧《梦粱录》谓“三月三日上巳之辰，曲水流觞故事，起于晋时。唐朝赐宴曲江，倾都禊饮踏青，亦是此意”。过了上巳，春季开始进入晚期，这时天气冷暖变化加剧，多风多雨是其特点。对于心有所思的人来说，最容易引发无端的枨触，“更愁”两字就前“不寄”“匆匆”而深入推进，且与下文的“几翻凄楚”遥相呼应。以下“燕子黄昏”是一景，燕子双飞双宿，于黄昏时分呢喃于梁间，不免令人伤怀；“海棠春晓”又是一景，那娇艳的海棠花在春晨含露绽放，良辰美景无人共赏，自难免百感凄恻。“几翻”即几番，数次循环往复，愈见情不能堪。因为晨昏的对举，已包含了时间从日至夜的无限延续，情思的愈转愈深。对于这种铭心刻骨、无时不在的相思之苦，作者想要把它传写出来，无奈力不从心，难以表达。所以“问谁”几句，借用南朝文学家江淹的名作《别赋》，和盘托出了“黯然销魂者，唯别而已矣”的感叹，更突出了“谁能摹暂离之状，写永诀之情者乎”的悲哀。词的上片以景寓情，从“苦”字衍出“愁”“凄楚”和“重重别恨”，哀婉欲绝，催人泪下。

过片以“尚记”领起，补出当年情事，使被相思者从幕后隐现。读者至此，方见到一个曾在银屏翠帘间手抱琵琶款款而弹的红粉佳人，与作者在一起夜调新谱，情投意惬。尽管这只是一个极简洁的片段追记，其中却饱含了无限怀恋。按理词意应由此延续，进一步渲染两人相处的柔情蜜意，描绘彼此相别的缱绻难舍，可是作者却一笔打住，转而就别后的变化落墨，并以此反衬相处的难得和相别的痛苦。“芳年易度”就双方措意，深寓好景不再的苦涩；“沈腰”用《南史·沈约传》记沈约自谓“百日数旬，革带常应移孔”典，暗示“为伊消得人憔悴”（宋柳永《蝶恋花》）；“白头”印合“芳年易度”，写出时不我待、思念催老的景况。这两句从人的外形变化上回应上片所写"相思苦"的内心感受,妙在此击彼应,相得益彰,神形兼备。而"弱水"三句又拓开一笔,吐出胸际的无限惆怅。"弱水"在历代所指不一,此似用《十洲记》"凤麟洲在西海之中央,……四面有弱水绕之,鸿毛不浮,不可越也"之意;"三山"则指传说中的三座神山蓬莱、方壶、瀛洲,寓可望而不可即之叹;武陵则用晋陶渊明《桃花源记》载武陵人迷入桃花源,出后再寻而不可复得事;"一曲"应前"新谱",总在强调往事旧处不能"重寻",用典贴切自然,抒情凄楚哀婉,有万千愁绪不可自胜之慨。其中"武陵"表面用典使事,实际与起调"楚天"相应,暗示当年情事和如今恋人所在之处,并和结拍点出"淮南路"的作者所在之地对举。最后三句收结,仍以眼前春景出之。"杜宇"即杜鹃鸟,相传为古蜀帝死后亡灵所化,每年于暮春时啼鸣不止。作者奈其"无情",是因为它与伤春相思有关,使人年年此日听来倍觉伤感。这三句以情择景,写得凄迷动人,情切意苦。

词尚婉约,很适合抒写男女恋情,此词即充分利用了这一特点,融写景、记事、抒情于一体,比较集中地体现了明词言情之作的典型风格,也显示了作者细腻深曲的艺术技巧。(曹明纲)

清平乐　杨　基

狂歌醉舞,俯仰成今古。白发萧萧才几缕,听遍江南春雨。　归来茅屋三间,桃花流水潺潺。莫向窗前种竹,先生要看西山。

一个生性旷达的老人,在饱经了人间世故之后,决心要远离尘嚣,归居山林了。这首词,便是他这种心迹的剖露。

首句"狂歌醉舞"有两解:它既可理解为作者内心因有激愤郁忧急需宣泄而导致举止反常的形象描写,也可视为是对人世百态、醉生梦死现状的高度概括。然而不管是哪一种,其原因都在于"俯仰成今古",即感慨光阴倏忽、古今剧变。此句原本东晋名流王羲之所作《兰亭集序》中之语:"向之所欣,俯仰之间,已成陈迹。"这种感慨由于融入了对人生世道的深刻体验,因此具有很强的包容性,令人倍觉苍凉。"白发"句顺势而下,为自己年老的容貌画像,与前人杜甫《春望》"白头搔更短,浑欲不胜簪"、陆游《杂赋》"短发萧萧起自梳"等同一意绪,其叹老嗟衰之情跃然纸上。"听遍"句宕开,以"江南春雨"点明作者所归之地是江南吴中(今江苏苏州市区),所归之时是在细雨绵绵的春季。这里既含作者对祖上迁居地的熟悉和习以为常,同时也不乏老年人已阅尽人间春色的寓意。

过片"归来"两字点醒作意,是东晋名士陶渊明《归去来兮辞》的缩语。除了字面有回来之意外,还包含辞官归隐的内容。语言浅显,含意深刻,出落有自。"茅屋三间"和"桃花流水"共同点染出归居环境的简朴幽静。其中"桃花流水"在上承"江南春雨"以见家乡时令特色及美丽风光外,又借取陶渊明《桃花源记》的描写,突出所居的僻静和与世隔绝。所以在这两句景语的背后,自有其丰富的历史文化内涵,须予细细品味。词的最后两句连用两典:先是"种竹",用王徽之当年暂居他人宅地命人种竹,谓"何可一日无此君"之典;后是"看西山",用他曾说"西山朝来,致有爽气",婉拒上司桓冲请他出来相助之典(分见《世说新语》中的《任诞》和《简傲》)。作者的用意,显然并不是不要“种竹”,而是不要向窗前“种竹”,以至阻挡了他要朝夕远眺西山爽气的目光。换句话说,他是在强调从此不再受聘出山,而要在此长期隐居下去。这两句话似借童仆之口说出,却意味深长,是全词的主旨所在。

这首词以清新自然的语言,抒写了士人出处进退的人生感慨,体现了老人在看破人事沉浮、古今变幻后所特有的沉静和睿智。其笔墨闲淡,情怀幽深,对奔逐于名利、热衷于富贵的世人来说,确实足以唤醒沉迷,启迪愚钝。(曹明纲)

清平乐　杨　基

折柳

欺烟困雨,拂拂愁千缕。曾把腰肢羞舞女,赢得轻盈如许。　犹寒未暖时光,将昏渐晓池塘。记取春来杨柳,风流正在轻黄。

初春的杨柳,素以其柔嫩的枝条和淡黄的叶色,为历代诗人画家所咏叹传写。在这首词中,作者所要表现的,正是这种独特的风韵。

首句“欺烟困雨”是倒装,意思是为烟所欺,被雨所困,“欺”、“困”之炼字一如宋史达祖《绮罗香·咏春雨》“做冷欺花,将烟困柳”之精妙。正是在烟雨迷濛中,初春的柳枝开始舒展飘拂,千丝万缕都仿佛笼罩着一层深深的忧愁。词的前两句一开始便在人们面前,展现了一幅烟雨笼柳图,其意境空濛,在水染墨濡间传递出几分凄清、几多幽怨。接着“曾把”两句继续用拟人化的手法,将轻拂的柳条比作美人纤细柔软的腰肢,能使善舞的女子见了也羞愧弗如。唐代诗人韩偓曾把女子的细腰比作柳条,说“柳腰莲脸本忘情”(《频访卢秀才》);作者在此更翻进一层,以此愈见其“轻盈如许”,远胜过以细腰著称的舞女。上片虽只四句,却已刻画出春柳的绰约风姿,在“愁千缕”与“轻盈”的印合中,饱含无限怜意。

下片前两句点染嫩柳所处的环境。首先是季节气候,是在“犹寒未暖时光”,其有迎春报春之意不言而喻;其次是时间地点,是“将昏渐晓池塘”,那姿态身影的隐约纤丽宛然可见。尤其值得称道的是这两句中的“犹寒未暖”和“将昏渐晓”,把节令和时间表现得恰到好处,可称是最能传示嫩柳风韵的神来之笔,具有很高的美学欣赏价值。它与宋代诗人林逋以“疏影横斜水清浅,暗香浮动月黄昏”(《山园小梅》)来显示梅的韵味,有同工异曲之妙。历代形容柳姿神态的名句,此当为最佳者之一。最后“记取”两句在直出“杨柳”两字的同时,于灰色朦胧的背景中抹上一片“轻黄”的亮色,画龙点睛地揭出初春杨柳的无限风流,正在那嫩嫩的一层鹅黄。整个形象极富诗情画意,令人赞赏不已。

从全词来看,上片着重绘形,以拟人化手法再现柳条的轻盈可人;下片主要用环境从旁烘托,并赞其叶色的赏心悦目。合而观之,则初柳姿色兼备,神形俱出,堪称咏柳的上佳之作,是杨孟载词温雅纤丽的典型代表。(曹明纲)

念奴娇　高　启

自述

策勋万里，笑书生、骨相有谁曾许？壮志平生还自负，羞比纷纷儿女。酒发雄谈，剑增奇气，诗吐惊人语。风云无便，未容黄鹄轻举。　何事匹马尘埃，东西南北，十载犹羁旅？只恐陈登容易笑，负却故园鸡黍。笛里关山，樽前日月，回首空凝伫。吾今未老，不须清泪如雨。

高启是由元入明的著名诗人，这首词写于元末至正二十一年(1361)，作者时年二十五岁。高启是南北朝时北齐皇室的后裔，出生于江南水乡苏州。他自少即深为自己的北方血统而自豪，其《赠铜台李壮士》诗云："我祖昔都邺，神武为世雄。"而东南经济文化城市苏州，又为诗人文学的成长创造了最好的条件。然而诗人身居元末乱世，目睹政治腐败、官场污浊、天下大乱的局面，虽有济世大志，亦知无法伸展，加之其豪放不羁的性格，不愿受官场和世俗礼法的束缚，十八岁与吴淞江边青丘周氏完婚后，即隐居于此，自号青丘子。二十五岁时，嘉兴名相士薛月鉴至吴淞，特地前来拜访，并说高启"脑后骨已隆，眉间气初黄"，不会久隐山林，必将飞黄腾达。诗人当即写了一首《赠薛相士》，表示不愿出仕。然而薛相士的一番言语不能不触动其内心深处济世报国的志向。于是入世与出世的矛盾和选择在心底不断碰撞，由此而挥笔写下了这首"自述"胸怀的词作。

上片开篇，暗用东汉班超典故。据《后汉书》本传载，班超未发达之前，曾有一位相士替他相面，说他"燕颔虎颈，飞而食肉，此万里侯相也"，后果然立功西域，封为定远侯。词人借此自喻，并点出写作此词的缘起——相士相面。然而又不无遗憾地点出"有谁曾许"，充分表现了青年词人一方面如当年的班超一样胸怀大志，一方面又对当世无人认同自己的雄心奇才而不平。一个"笑"字，以旷达的胸襟自我解嘲，为不平之气平添了几分和缓的音色。"壮志平生"以下五句，用一个"还"字与前反接，抒写自己平生壮志，以及为此而自负的心情。"纷纷儿女"，指那些目光短浅、胸无大志的凡庸之辈，词人以之为羞，不与此辈为伍。"酒发雄谈，剑增奇气，诗吐惊人语"，生动有力地描述自我形象，对"壮志平生"作进一步的挥发与刻画。由此，一个志在报国、豪迈英爽、能文能武的青年形象，鲜明地呈现在我们面前。歇拍两句，笔锋陡转，点明不伸壮志、隐居不仕的原因。"黄鹄"，即"鸿鹄"，典出《史记·陈涉世家》"陈涉太息曰：'嗟乎！燕雀安知鸿鹄之志哉！'"后用以喻指志向远大之人。词人为何收敛雄心、隐居青丘呢？因"风云无便"！这四字与"未容黄鹄轻举"相呼应，虽较为笼统，但也能使人意识到政治时世方面的原因。苏州地区当时正处于张士诚统治下，诗人清醒地看到张氏政权的黑暗面，以及割据江浙一隅、难以自保的现状，因而明智地双翼不举、韬光养晦。然而胸中的壮志并未消歇，心中常常充满着大志不伸的苦闷与遗憾，而今经薛相士骨相之说的触动，似火上浇油，这种痛苦愈加强烈。于是下片转向倾吐心灵的苦闷了。

开头三句，词人以否定性的自问句概写自少年名世以来至今十年间的行踪与处境。高启十六岁前后居苏州北郭，十八岁完婚后隐于青丘。廿一岁时，张士诚占领苏州，其重臣饶介爱重词人才华延为上客，常出入饶介幕中，与诗友饮酒赋诗，豪纵自乐。两年后出游吴、越，曾来到张士诚、朱元璋、方国珍和元朝军队混战争夺的杭州、绍兴一带，目睹了战乱带给人民的巨大苦难，对张士诚的地方割据政权愈加失去了信心。因而他无法找到能够安身立命的入仕之途，仍然只是人生道路上的一个过客。“羁旅”，即是此意。一个“犹”字，将由此而带来的遗憾凸显而出。

中间五句，用前人之典，极写内心的矛盾与困惑。先用三国时人陈登之故事。据《三国志·魏书》本传所载，陈登字元龙，身为湖海之士，多豪气，忧国忘家，有救世之意，名重天下。一日，只知求田问舍、言无可采的许汜去见他，他久不相与语，自上大床卧，使许汜卧下床，以示对许汜的不屑与嘲笑。高启用此，表示自己的志趣气概与元龙相同。不过要嗤笑那些碌碌无为、只知经营个人安乐窝的世俗之徒是容易的（这也正是上片“羞比纷纷儿女”之意）；但走陈元龙那样的入世之路，又恐怕辜负了自由自在的乡间隐居生活。“故园鸡黍”，兼用《论语·微子》“（荷篠丈人）止子路宿，杀鸡为黍而食之”典实和孟浩然《过故人庄》诗意，突出了田园生活的美好安逸。因而，是面对“笛里关山”，还是面对“樽前日月”，词人处于两难境地，内心充满了苦闷，只得“回首空凝伫”。此处“笛里关山”，用陆游《关山月》“笛里谁知壮士心”诗意，指关心国事、忧国忧民、干一番大事业的心意；“樽前日月”，则指安居林下、饮酒自乐的生活。

结拍二句，收结全词，自慰自勉。词人经薛相士一番言语的触动，而念时光飞逝，一事无成，不禁黯然神伤，潸然泪下。然而身具豪气的词人终究比较洒脱，年纪也毕竟还轻，对未来仍抱着莫大的期待，因而用否定的语气自我慰藉：“吾今未老，不须清泪如雨。”这样，与上片的“壮志平生”相呼应，在伤感中依然洋溢着一股自勉向上的雄奇之气。（张涤云）

疏帘淡月　高　启

秋柳

残丝恨结。是弱舞初阑，困眠才歇。绿少黄多，错认早春时节。西风也送谁离别？断长条、似人攀折。谩思曾见，燕边分翠，马头吹雪。　君莫问、隋宫汉阙。总寒烟细雨，晓风残月。不带流莺，却带断蝉悲咽。老来肠绪应愁绝，江南横管吹切[1]。莫欺憔悴，明年依旧，万阴成列。

注　① “江南”句：横管指笛。乐府横吹曲有《折杨柳》词，音调悲苦，此因以照应残柳，衬托伤愁。

《诗经·小雅·采薇》有“昔我往矣，杨柳依依；今我来思，雨雪霏霏”句，状离别哀思，微婉缠绵，被称为千古绝唱；古人有折杨柳送别的习俗，取“柳”与“留”谐音。因此，在历代诗词中，柳几乎都伴陪着别离愁思出现。高启这首咏秋柳的词，虽不离传统，但处处关联“秋”字，以春柳为反衬，构思奇巧，语言质朴，在众多同题作品中别具一格。调名《疏帘淡月》，即《桂枝香》，因宋张辑词结拍为“露侵宿酒，疏帘淡月，照人无寐”，故得此别名。

词依咏物惯例，从形体外貌入手。为了切题，特地表出柳丝是“残丝”，犹如春柳方抽，恹恹罢舞，绿少黄多。妙在词人不直接点“秋柳”，而是通过与春柳的比照，格外形象地道出秋柳的特征。以下，词便从折柳送别的习俗切入，通过设问，说那短短的柳丝，莫不是也因人送别攀折，以致如此；陡起波澜，又回照“残丝”二字，使前后连成一片。然后，词进一步在春柳上做文章，点染春柳葱翠、双燕翩飞、柳絮如雪飘落马前这样繁复的景物，通过鲜明的对比，使词人对秋柳凋残的怜惜之情溢出词外，这就是评家通常所说的“烘云托月”法。

下半，转入抒情，仍然紧扣残柳，说当年隋宫汉阙的垂柳，如今都已在寒烟细雨、晓风残月中凋敝，那流莺穿梭的热闹繁华早已成了过去，如今必定是只剩下秋蝉在柳丛中嘶哑地鸣叫。这几句，是借柳流露情怀，感叹人生亦如秋柳，青春转眼消逝；切定秋柳，勾勒了一派冷寂凄凉的氛围。在吟咏中，又暗用柳永《雨霖铃》词“寒蝉凄切，对长亭晚，骤雨初歇……今宵酒醒何处，杨柳岸、晓风残月”成句与意境，密合词题，无迹无痕。最终，词人由残柳想到自己坎坷一生，忧从中来，不可断绝，转以达语，寄希望于未来。

全词上半写景，下半抒情，但情中有景，景中有情，回环胶合，将被咏主体秋柳讲深讲透，感情沉挚，充分达到了体物缘情的效果。在造语上，通过疑似、否定等手法，辅以旁衬、对比、句句点柳又句句不离“秋”字。词的格调低沉压抑，结合秋柳，抒发郁结在胸中的愁思，充分反映了词人所处的兵连祸结、动荡不安的时代下知识分子对现状的不满与担忧。末尾引人注目，词人忽作奋发语，希望有所作为。这正是高启渴望为时所用、希冀国家统一的心愿的反映，是他入明前一贯的思想，他在《念奴娇·自述》中也同样表示自己虽然流浪天涯、一事无成，但“吾今未老，不须清泪如雨”，失望而不绝望；所以一旦国家统一，他便喜悦地高歌“从今四海永为家，不用长江限南北”(《登金陵雨花台望大江》)。(李梦生)

木兰花慢　瞿　佑

金故宫太液池白莲

记前朝旧事，曾此地，会神仙。向鳷鹊桥头，花迎凤辇，浪捧龙船。繁华已成尘土，但一池、秋水浸长天。白鹭曾窥舞扇，青鸾惯递吟笺。　多情惟有旧时莲，照影夕阳边。甚冷艳幽香，浓涵晚露，澹抹昏烟。堪嗟后庭玉树，共幽兰、远向汝南迁。留得宫墙杨柳，一般憔悴风前。

瞿佑著有《剪灯新话》，是明朝文言小说的代表。亦工于诗词，多写闺情风月，绮艳柔靡。词有《余清词》《乐府遗音》，风格略似柳永，有世俗化倾向，田汝成《西湖余话》说：“瞿宗吉风情丽逸，著及乐府新词，多偎红倚翠之语，为时传诵。”

有元一代，特多咏史之作，这个风气延续到了明朝。瞿佑这首词写的是金中都(今北京)故宫里的太液池遗址里的白莲花。到了秋天，花容憔悴，在夕阳辉映下，不知是否还是当年灿烂开放的那一茎？词就从此写起。

白莲，你是否还记得前朝旧事，曾在此地见过那恍若神仙般的宫廷显贵、后宫嫔妃？就在那鳷(zhī)鹊桥头，繁花如锦，迎来了凤辇香车，而桥下的碧浪里，捧出了龙船数艘。这金人游览太液池的景象，几乎都仍历历在目。转眼间繁华已成了烟云尘土，唯见太液池一池的秋水共长天一色，这广大水域可是昔日宫中珍禽休憩栖息的地方，白鹭曾经偷窥宫里舞姬“舞低杨柳楼心月，歌尽桃花扇底风”（晏几道《鹧鸪天》）的舞姿。“青鸾”即青鸟，这位西王母的信使，专司传递音讯，它曾为人传递表达衷情的诗笺。现在这些有灵性的鸟儿都不见了，水中空空如也。

不变的只有当年的白色莲花依旧生长太液池水中，在夕阳之中，照影自怜，姿容冷艳，还散发着幽香，浓浓地蕴涵着冰冷的晚露，淡淡地涂抹着昏黄的烟雾，身影凄凉寂寞。最值得叹息感慨的是当年金朝宫廷里的一切奢华的生活都已成镜花水月、泡影闪电，转瞬都成一梦，让人不由想起《玉树后庭花》——那著名的亡国之音。陈后主曾作诗云：“玉树后庭花，花开不复久。”不料竟成歌谶。《隋遗录》记载说杨广梦中见陈后主，听张丽华唱《玉树后庭花》，一年后隋亡，也成谶语。陈后主、隋炀帝不及自哀，而后人哀之，如刘禹锡《台城》说“万户千门成野草，只缘一曲《后庭花》”，李商隐《隋宫》说“岂宜重问《后庭花》”，许浑《金陵怀古》说“玉树歌残王气终”。南朝旧曲，一切堪嗟，这白莲花不也是异代之玉树后庭花么？当初宫中苑里名贵的幽兰，都已迁了地方，不变的只有宫墙柳，它虽仍是年年春色，但树木花草也能感触世运消长，熏染了衰败的气息，这和白莲一般多情的柳树，也显出憔悴不堪之色，在风前摇曳。无情与有情，变与不变，令人有无尽感慨。词里只见花、鸟、树木，人呢？人在词之后。易代之际的铜驼荆棘之叹、黍离麦秀之悲，尽在不言中。

改朝换代之际，“忽一声，鼙鼓揭天来，繁华歇”（王清惠《满江红》）。金初定都会宁，后金主亮迁都燕京（改称中都），1215年，蒙古破金中都。前一年，金迁都汴梁。1233年，蒙古围汴京，次年，金灭。这故宫不但是一个王朝凄凉的背影，从明朝人眼里看去，还是宋、辽、金、元很多王朝重叠的背影。太液池和白莲是宋元之际词里常用的一个题目，如宋亡之际王清惠《满江红》说“太液芙蓉，浑不似，旧时颜色”，王沂孙《眉妩》说“太液池犹在，凄凉处，何人重赋清景”，等等。有大量的这类词作比照，再读瞿佑的这首词无疑会有更多的体会。（吴　晶）

苏武慢　　韩守益

江亭远眺

地涌岷峨，天开巫峡，江势西来百折。击楫中流，投鞭思济，多少昔时豪杰。鹤渚沙明，鸥滩雪净，小艇鸣榔初歇。喜凭阑、握手危亭，偏称诗心澄澈。　　还记取、王粲楼前，吕岩矶外，别样水光山色。烟霞仙馆，金碧浮图，尽属楚南奇绝。紫云箫待，绿醑杯停，咫尺良宵明月。拚高歌、一曲清词，偏彻冯夷宫阙。

这是一首临江宴饮词，写得气魄宏大，声情激越，很能反映作为一个仗义执言的谏官心怀天下的广阔胸襟。从词中所写多及湖北旧事和楚南风物来看，题中的“江亭”似在安徽长江北岸安庆，而词则作于作者贬官任安庆府判时。

壮观的景物往往能使人胸怀开阔，而开阔的胸怀又能更深入地体味和更形象地再现景物的壮观。这首词给人的感悟，正是这种物我相得的奇妙契合。

长江历来以雄浑壮阔、浩荡不息著称于世。此词落笔仅用三句，就把它几经曲折、汹涌西来的气势和盘托出，具有极强的震撼力。其写长江上游的崇山峻岭而以“岷峨”为代表曰“地涌”，写沿途急流险滩而以“巫峡”作标志曰“天开”，十分突出和形象地概括了群峰如涛遍地奔涌、众峡高耸鬼斧神工的奇特景象，从而更衬托出“江势”一句状绘百折西来、冲险折阻的神韵。面对如此壮观的自然景象，自然情不自禁会联想到那些与之相关的历代英豪。“击楫中流”是说晋元帝时豫州刺史祖逖在北伐渡江时拍打船桨，对天发誓“不能清中原而复济者，有如大江”(见《晋书·祖逖传》)，“投鞭思济”则是前秦苻坚在伐晋时不听石越的相劝，而自夸“投鞭于江，足断其流”(见《晋书·苻坚载记》)。这两件事都与眼前界隔南北的长江有关，作者在此提及并予感叹，自有其怅然难言的苦衷，而绝非一般空泛的聊发思古之幽情(下文将述及)。在概写了大江东去的形势和回顾了南北相争的历史风云之后，作者把目光投向了江边近景：这时天已临暮，鹤鸟栖息的水边沙石明丽，鸥鸟投宿的滩头风平浪静，小船上捕鱼的鸣榔声刚刚止歇，一切都是那么平静安宁。这种景物和氛围很快感染了远眺的作者，物我相得的舒适使他从怀古的慷慨激昂中走出，进入了一种尘虑尽洗的境界。“偏称”犹独称、正称；“澄澈”令人想起南朝齐谢朓的名句“澄江静如练”(《晚登三山还望京邑》)；“诗心”如此，难免会有超凡脱俗之想。

过片“还记取”又由惬意的观景跌入追忆。尽管为了不离“远眺”之意而特别点出“水光山色”，但“别样”两字已明显透出作者在此为什么要选择“王粲楼”和“吕岩矶”来作为“记取”内容所含的深意。由于王粲当年登当阳楼作《登楼赋》抒写乡愁是历来怀才不遇的熟典，吕洞宾虽属神仙中人仍不失高蹈出世之意，所以这可以看作是作者对于隐退避世也有所考虑的暗示。然而作者虽遭贬谪却不失用世之心，故有此“别样”的感觉也是很自然的。以下写烟霞缭绕的道观、金碧辉煌的佛寺，景中自含唐代诗人杜牧笔下“南朝四百八十寺，多少楼台烟雨中”(《江南春绝句》)的意境，但也是明太祖因做过和尚而在江南大造佛寺的写实，是作者身处明代在楚南地区所见的一个奇观。面对临江远眺中这些连接古今的景色，作者准备了紫云名箫和绿醑美酒，打算迎接近在咫尺的良宵明月。这又是上片“偏称诗心澄澈”的进一层延续。结拍“拚高歌”三句，表面是写对景畅饮抒怀，实际深含虽地处偏远，也要把自己的政见(“一曲清词”)上呈朝廷(“冯夷宫阙”)的决心。“冯夷”是传说中的水神，作者临江高歌而以其喻指皇城帝阙，很贴切自然。

这首词在写景尤其是传示长江的壮观气象方面自有独到之处，但以此为限则不免皮相之论。作为一个三为台谏、屡忤帝旨、几被锤击而死的正直官员，他在这里写下的正是可与长江百折不回相表里的意志品质，一种“处江湖之远，则忧其君”(宋范仲淹《岳阳楼记》)的精神风貌，舍此则难言其苦心孤诣，难得其精髓要义。(曹明纲)

卜算子　聂大年

杨柳小蛮腰，惯逐东风舞。学得琵琶出教坊，不是商人妇。　忙整玉搔头，春笋纤纤露。老却江南杜牧之，懒为秋娘赋。

聂大年是临川人，此地多才子，像汤显祖就是。夏承焘评曰："聂大年为明朝中叶制曲大家，《卜算子》一词穷极艳冶，气体虽不逮温韦，其腔调亦自婉美。"(《金元明清词选》)可见他是追步《花间》的。这首《卜算子》小令是他的名篇，文采华丽的词笔写了一个歌女的形象，同时也是自况。

这个女子有着白居易家伎小蛮似的杨柳细腰，"杨柳小蛮腰"化用白居易诗"樱桃樊素口，杨柳小蛮腰"，既点出她善于舞蹈，常常像柳絮杨花追逐东风般轻盈舞动，也点出她的身份地位，不是良家闺秀，而是个歌馆舞榭里的烟花女子。受出身所限制，她的命运也如无主的柳絮或桃花，或可以随风上青天，但更多时候是只能落地为泥，自己不可以把握。"身为下贱"，却"心比天高"，她在青楼楚馆里学得一手好技艺，不但舞美，乐器也色色拿手。"教坊"是唐代专业练习歌舞音乐的场所，这里指她出身之地。词里特别提出"琵琶"，是实指那女子的琵琶出色，也是继续用白乐天诗里的典故，白居易的名篇《琵琶行》写了一位擅长琵琶的歌女，年长色衰，无奈只好嫁作"商人妇"，这是词里的女子所最不愿的，所以词里反用白居易诗"老大嫁作商人妇"之意，说"学得琵琶出教坊，不是商人妇"。聂大年在短短的二十个字里，多处化用耳熟能详的典故，并借用前人名句入词，却显得生动活泼，并不死板生硬。

上片写了一个美丽多才的歌女的形象，特别凸显了她高傲的心气和不安分现状的心态。下片继续写这一女子顾影自怜、忽喜忽嗔的多变心理和寂寞芳心，她对自己的容貌行止十分注意，时时要加以修饰整理，她急忙地端正头上的玉搔头。"玉搔头"就是玉钗，用《西京杂记》的故事："(汉)武帝过李夫人，取玉簪搔头，自此后宫皆用玉。"这时她纤细的手指如春笋一般，就从袖子里露了出来，"春笋纤纤"，是指手指细嫩，这种姿势是很给人遐想的，就像笑不露齿和走路的样子代表一个女子的教养和身份。手指藏在袖中是一种矜持端庄，而露出手指，就像《古诗十九首》(青青河畔草)里写的"娥娥红粉妆，纤纤出素手"的昔日倡家女，是一种不安骚动的感觉。谢逸的《南歌子》说"夜静寒生春笋，理琵琶"，正是这双纤纤玉手，能弹出美妙的乐曲。但这纤瘦的手指，还有理妆的样子，都无端给人一种可怜的感觉。这女子急急地整理装束，卖弄技艺，无非是想努力给人一个好的印象，因为她知道她的一生的改变也许就靠这一些。写出的是怅惘迷茫、心有不足、若有所思的样子，表明她虽有美好的容貌和自傲的技艺，但对自己的前途还是没有信心和把握。词最后说到江南杜牧也已老去，疏懒不能再为《杜秋娘诗》了。杜牧诗中的杜秋娘是金陵女子，初为节度使李锜的妾，因美貌能歌入宫，得宠于皇帝，后放还，穷老无依。杜牧《杜秋娘诗》序里说："予过金陵，感其老且穷，因为之赋诗。"女子虽然年少时可以凭借美貌才华风光一时，但年华老去后命运终究是可怜不堪。杜秋娘唱《金缕曲》"劝君莫惜金缕衣，劝君惜取少年时"，就是一曲警世之音。词里这女子是聪明的,已隐约明白自己的命运,她不想流落到商人妇或杜秋娘的地步,但人如落花,不知未来怎样。

词人在词里惋叹怜惜,细腻体察并理解这女子的不幸,是“同是天涯沦落人”(白居易《琵琶行》)之感。诗词多以女子失意来比喻不得志的才子,这首词也可以说是才气横溢却做了一辈子闲官的词人的夫子自道,意蕴含蓄委婉不尽,读者不能以其为香艳之词便轻轻放过。(吴　晶)

浣溪沙　汤胤绩

燕垒雏空日正长,一川残雨映斜阳。鸬鹚晒翅满鱼梁。　榴叶拥花当北户,竹根抽笋出东墙。小庭孤坐懒衣裳。

这是一幅意象丰富和谐、色彩浓淡相宜的夏日水乡消闲图。它以词人驻足处为中心,由一组俯仰远近的散点式“蒙太奇”镜头构成。

一场夏雨过后,已是黄昏时分,天气变得凉爽宜人。词人步出庭院,只觉满目新景。举头但见燕窠已空,乳燕早就学会飞翔远去北方。眼下夏季的日色正长,若换在其他季节,恐怕这个时辰已是星月满天了。远望,只见斜阳映水,半江瑟瑟,鸬鹚鸟儿排满鱼梁,在暮色中拍弄翅膀。再转身回望,又一幅雨后景象展现在眼前:石榴树叶簇拥着红艳艳的花朵,当户怒放,分外妖娆,竹根抽出新笋,穿过东墙,亭亭玉立,生机盎然。简朴雅致的庭院中,有一位抱朴存真的逸士,正解衣独坐,带着从容恬澹的神情,欣赏着周遭的村野景致。而这位逸士,或许正是作者的自况。词上片中的“鱼梁”,为捕鱼的渔具,唐陆龟蒙曾有《鱼梁》诗云:“能编似云薄,横绝清川口。缺处欲随波,波中先置笱。”以土石筑堤横截水中,留一缺口,放入带支架的竹编围兜,拦流捕鱼。下片中的“懒衣裳”,衣裳用作动词,意为穿衣,加个“懒”字,则指不着衣衫,袒露上身纳凉。

全词细腻的观察,流动的画面,清丽的藻采,幽闲的情调,颇类本色当行的婉约词风。孰知作者汤胤绩是一位嫉恶如仇、英名赫然的武将。程敏政为其作传,曰:“胤绩为人轩豁倜傥,直欲起古豪杰与之友,视世之琐琐者,以为龌龊不足与语。好以气雄人,不问名位卑显,有不可意,奋然去不顾,或遂詈之,至其人面赤不少贷,甚有捶之者。”正因其狂放不羁,性情刚烈,故一生坎坷起伏,又曾坐事谪为平民。最后,带兵分守孤山堡,奋身战死:“丁亥(1467),虏入寇,主将闭城门不出兵,虏大掠子女而东。胤绩怒发上指,曰:‘死国,分也!’力疾起,戎服跨马,率麾下百余人,邀虏于境上,力战数十,众寡不敌,遂死山下,是第八月也。”

作者就是这样一位视岳飞为真正古名将的豪侠。同时,他又才具文武,工于诗词。然诗风和词风,却判然有别。其诗,豪迈奇倔,清王士禛论“古来武人能诗”者,曾举其名;今观其词如此阕《浣溪沙》,清润入格,本色当行,亦不愧作手。这既表明诗词体裁对艺术风格的制约性,也表明作家才情在艺术创造中的多种可能性。

最后,论及词人观察的细腻,下片“榴叶拥花”一语,决不可轻忽。石榴开花在春末夏初,浓密的榴叶，簇拥着红艳的榴花，分外耀眼；着一“拥”字，极为传神。正如况周颐《蕙风词话》所评：“‘拥’字炼，能写出榴花之精神。”（陈文忠）

昭君怨　马　洪

远路危峰斜照，瘦马尘衣风帽。此去向萧关？向长安？　便坐紫薇花底，只是黄粱梦里。三径易生苔，早归来。

此篇创作背景，徐伯龄《蟫精隽》载曰：“予内弟马浩澜，名洪，号鹤窗，杭之仁和人。善诗词，极工巧。尝题予姻家东溟许先生程远弟应和松竹双清扇景词…… 盖《多丽》调也。……又题东溟小景《昭君怨》……言有尽而意无穷，方是作者之词。”可知这是一首题画之作，其词旨则是告诫他人，功名路远，转瞬成幻，莫如抛却利禄，早归家园。

开首两句以生动传神之笔，刻画了为功名而奔波者艰辛落魄的情状。且看：功名之路，漫漫长途；高峰在眼，艰险难越；日暮天暝，斜阳残照；奔波之人，瘦马依依；溅泥扬沙，尘满青衫；迎风掩面，破帽攲斜。六个典型的意象，含不尽之意见于言外；同时又似无若有地化用了元马致远《天净沙·秋思》的意境，把天涯游子“古道西风瘦马”的断肠之情，融入其中。接着，连用两个“向”字，把山一程，水一程，险山恶水无尽头的情形，传达得淋漓尽致。“萧关”典出《汉书·武帝纪》：“（元封）四年冬十月，行幸雍，祠五畤。通回中道，遂北出萧关，历独鹿、鸣泽，自代而还，幸河东。”即汉武帝刘彻于元封四年(107)曾北出萧关。后世诗人常借“萧关北上”以咏帝王出行；这里则暗取“北上”之意。明代都城南京，故“长安”也当代指帝王阙、功名路之意。

如果说上片写道途之艰，那么下片则转写功名之幻。萧条书剑困埃尘，十年多少悲辛。然而，一旦功成名就，也只是梦幻一场；所谓“便坐紫薇花底，只是黄粱梦里”。唐代开元年间有“紫薇侍郎”，即中书侍郎，为正二品官。长庆元年，身为尚书主客郎中的白居易作《紫薇花》一绝：“丝纶阁下文书静，钟鼓楼中刻漏长。独坐黄昏谁是伴？紫薇花对紫微郎。”宝历元年，白居易任太子左庶子分司东都，又作《紫薇花》诗，有“紫薇花对紫微翁，名目虽同貌不同”之句。这两首诗都隐隐流露出诗人虽身为高官却深心寂寞又百无聊赖之情。“便坐紫薇花底，只是黄粱梦里”，正巧妙地化用了白氏诗意。既然官场不可久居，家园不可久废，莫如“早归来”！“三径”句，典出东汉赵岐《三辅决录》，略谓西汉末蒋诩告病隐居，园辟三径，唯与知交过从。后常用“三径”代指隐居者家园。不过陶渊明《归去来兮辞》“三径就荒，松菊犹存”，似指一般意义的家园而言。唐末伍唐珪《寒食日献郡守》诗“入门堪笑复堪怜，三径苔荒一钓船”，亦即指自己家园。此篇以“三径易生苔，早归来”作结，即表达了词人要人醒悟，莫恋虚空的功名，早归易荒的家园之意。全篇以“远路”起笔，以“归来”作结，前后呼应，自然圆成。

马洪一生，皓首韦布，与功名无涉。平生心力，化为辞章。其《花影集自序》自谓“四十余年，仅得百篇”。评家论其词，以“清丽”称许。就此篇《昭君怨》而言，尚有另一特色，即用典不隔，有化工之妙，虽不作笺释，也可领悟其意，堪称言有尽而意无穷的佳作。（陈文忠）

卜算子　蒋　冕

斜日坠荒山，云黑天垂暮。时见空中一雁来，冷入残芦去。　惊起却低飞，有意同谁语？啄尽枝头数点霜，还向空中举。

这是一首以孤雁为题材的咏物词。在日暮云阴的荒野上，一只孤独的寒雁从远方飞来，冷清清地栖入残败的芦苇丛里。时又惊起低飞，似欲向谁诉说心中的愁恨。但在如此荒凉的地方是无可告诉的，自然也找不到可以充饥的食物，于是只好啄食芦苇枝上的霜花，聊解远道飞行的饥渴，可见它的境况是多么艰辛了。然而它却并未因此消沉，而是在稍得休息之后又奋起高飞，表现出一种特别顽强的意志。

清代词论家刘熙载说："昔人咏古咏物，隐然只是咏怀，盖其中有我在也。"(《艺概》)这首词正是如此。据《明史·蒋冕传》记载："冕当正德之季，主昏政乱，持正不挠，有匡弼功。世宗初，朝政虽新，而上下扞格弥甚，冕守之不移。代(杨)廷和为首辅仅两阅月，卒龃龉以去，论者谓有古大臣风。"乃知词人立朝刚正，因而遭到邪恶势力的忌恨和排沮，其境况的危苦正似寒天孤雁，故作此词，一抒其久蕴于胸中的磊落不平之气。

这首词在艺术表现上极似苏轼谪居黄州时写的一首题作《黄州定慧院寓居作》的同调词。苏词云："缺月挂疏桐，漏断人初静。时见幽人独往来，缥缈孤鸿影。　惊起却回头，有恨无人省。拣尽寒枝不肯栖，寂寞沙洲冷。"两相对照，蒋词显然受了苏词的影响，但蒋词虽有借鉴而无抄袭，所以细辨起来仍与苏词有别。苏词起拍是写庭院近景，意象清疏而冷寂；蒋词起拍则是写荒野远景，意象黯淡而苍茫。苏词次韵先写幽人独自往来，再写孤鸿形影缥缈，使二者互相映衬，以渲染幽独气氛；蒋词次韵则径写一雁飞落寒空，而以"冷入残芦"况其孤苦。两词过片都写孤鸿惊起之后的情状，但苏词写它回头张望，似有所恨而无人理解；蒋词则写它贴地低飞，似欲觅谁一诉衷曲，意象亦不雷同。苏词结拍说孤鸿"拣尽寒枝不肯栖"，既见其操守的高洁，而结以"寂寞沙洲冷"的荒寂之景，又见其意绪的悲凉；蒋词结拍说孤鸿"啄尽枝头数点霜"，寓意亦与"拣尽寒枝不肯栖"相似，但结以"还向空中举"的飞动之象，则于困顿中别开生路，境界顿觉开阔。从上述比较中可以看出，将词虽是对苏词的审美继承，但又有自己的审美创造，所以仍有其不同于苏词的审美价值。从结末意象的高远来说，甚至可以说青出于蓝而胜于蓝了。(罗忠族)

一剪梅　唐　寅

雨打梨花深闭门，忘了青春，误了青春。　赏心乐事共谁论？花下销魂，月下销魂。　愁聚眉峰尽日颦，千点啼痕，万点啼痕。晓看天色暮看云，行也思君，坐也思君。

首句以景语带起全篇，用的是李重元《忆王孙》词中的成句，以写闺怨，恰似天成。雨打梨花，是暮春景色，濛濛细雨，满地落花，惨白愁绿，构成一派凄迷冷淡的氛围。“深闭门”，无人又有人，将门外的凄凉过渡到门内，把主人的身份与心情在若有若无中漫不经心地带出，使景语兼为情语，令人回味。深闭门的少妇，在这雨打梨花的萧瑟冷漠中，自然会产生寂寞、伤心，甚至对丈夫远行不归生出怨恨，于是词人代这少妇，娓娓将心思道出。“忘了”句以下，逐次深入。因为丈夫远出，闺中寂寥，本应感叹一年春事又过，但这里却说成是“忘了青春”，是加一倍写法；“青春”又指春天，更指年龄，语意双关。实际上，她又何曾能忘，岂不是“才下眉头，却上心头”(李清照《一剪梅》词)，更使人锥骨摧心地难受么？“赏心乐事共谁论”是明点，无人陪伴，无人可语，她自然只能默默地徘徊在花前月下，伤神感慨了。

上片，词已将少妇的心思写尽，但词人偏偏不收停，又转从旁观的角度对少妇进行刻画，说她整天愁眉不展，眼泪涟涟，苦苦思念着丈夫。“晓看天色暮看云”，含蓄委婉，曲折深邃。少妇盼望丈夫回来，久而久之，似乎丈夫真的已在途中，于是她不免又关心起天气来，惟恐丈夫旅途过于辛劳，更怕丈夫归程受风雨阻隔。这样妙逗，又把少妇的百结愁肠、一片痴心更加深刻地托出。

词作用语活泼，密合少妇缠绕于心的愁思给人以回味；在构思布局上又正说旁衬，写景述情，随意盘旋。前后片在内容上一以贯之，与传统的求变化的写法不同，所以陈廷焯《词则·闲情集》说：“此词颇工，但千愁万愁，一意分不出两层，亦小疵也。”实则陈廷焯以传统准则衡量所找出的不足之处，正是本词的特色。词多用叠字，仅抽换其中一字，紧紧围绕中心，使涵意不断深入，这样的写法，正是远承《诗经》中的重章叠句之法，中取乐府民歌《江南可采莲》的回环句式，近规宋李清照《一剪梅》词“才下眉头，却上心头”、蒋捷《一剪梅》词“风又飘飘，雨又潇潇”一类语调而成的变格，兼有散曲的风味，意虽重复而不嫌冗繁，是词人学古通变之作。(李梦生)

满江红　　文徵明

漠漠轻阴，正梅子、弄黄时节。最恼是，欲晴还雨，乍寒又热。燕子梨花都过也，小楼无那伤春别。傍阑干、欲语更沉吟，终难说。　　一点点，杨花雪。一片片，榆钱荚。渐西垣日隐，晚凉清绝。池面盈盈清浅水，柳梢澹澹黄昏月。是何人、吹彻玉参差，情凄切！

这首词主要是通过描写春去夏来的景象，来抒写伤春之情。

上片前四句着意描述了春末初夏黄梅季节的气候特征：天阴云漫，连日不开。这正是梅子变黄的季节啊！最让人苦恼的是，那似乎要放晴，但转眼又下雨的天气，还有那忽儿寒，忽儿热的气温。燕子归，梨花白，这已成为昨日春天的记忆了，我在小楼上，无可奈何地为春天的消逝而黯然神伤。“漠漠”，轻淡，弥漫也，“漠漠轻阴”描绘了黄梅时节阴晦不开的样子，同时何尝不是作者黯淡心情的折射呢？开篇头一句就给全词定下了感伤基调。“最恼是”以下两句,道出了作者最为此时烦恼的两个原因:一是变化无常的天气,一是春景不再的时节。这里的“欲”“还”“乍”“又”的搭配连用,造成了一种盘旋而又流畅的语势与声情,一吐胸中之烦气。“燕子”“梨花”为作者从春天里拈出的典型景物,轻盈翻飞的燕子,烂漫如雪的梨花,这些彰显着春天的活力的美好景物却“都过也”,这三字于看似不经意的轻轻一笔中,宕出无限痛惜,为下面的伤春蓄势铺垫。“无那”即无奈,在小楼上,词人无可奈何地为春天的消逝而伤感。就在此时,伤春之情又触动了词人的另一番情怀。他倚栏沉思,心事重重,欲说还休,其难言之隐,如开头所写的气候一样,令人捉摸不定。“欲”“更”“终”三字盘屈顿挫,与前面诉说春恨时的盘旋流畅相辅相成,在其抑扬吞吐之间,形成一种蕴藉婉曲之韵。

下片依然承接上片的意脉发展:点点杨花,随风飘飞,片片榆荚,悄然坠落,这无不显示春天已过。此处词意本于唐韩愈《晚春》一诗的“杨花榆荚无才思,惟解漫天作雪飞”。然后词人再重点写春末黄昏的景象:太阳渐渐从墙头隐去,让人感到晚上的清寒。“池面”两句属对工整,写景如画,以“盈盈”状水之清澈丰沛,用“澹澹”来写月色之柔和朦胧,水月相映,柳影婆娑。就在这样一个美丽凄迷的夜晚,不知从何处传来一阵如泣如诉、如怨如慕的玉箫声,让人听了肝肠为摧!此处词人借他人玉箫,抒自己幽情,将胸中的隐情一并泻出。

全词以写景为主,将气候景物变化与人物情绪的变化糅合在一起互为映衬。全词意象丰富秀雅,章法盘屈多变,抒情含蓄蕴藉,故陈廷焯《词则》赞其“芊绵宛约,得北宋遗意”。(陈　列)

满江红　文徵明

拂拭残碑,敕飞字、依稀堪读。慨当初、依飞何重,后来何酷。岂是功高身合死,可怜事去言难赎。最无端、堪恨又堪悲,风波狱。　　岂不念,疆圻蹙[①]。岂不念,徽钦辱[②]。念徽钦既返,此身何属。千载休谈南渡错,当时自怕中原复。笑区区、一桧亦何能,逢其欲。

注 ① 疆圻(qí):疆土。圻,界。　② 徽钦辱:指宋钦宗靖康二年(1127),金兵攻克北宋首都汴京,将宋徽宗与钦宗俘虏,押往北方。

《词统》卷十二载,夏侯桥沈润卿掘地,发掘出宋高宗赐岳飞手敕刻石,文徵明见后感慨万分,作了这首词。石上所刻诏书,不知是哪一通,高宗给岳飞的各次诏书,收岳珂所编《金陀粹编》,可参。文徵明作此词时,正值明朝权阉刘瑾用事,内乱外祸频仍的时代,他有感于时事,所以将满腔激情,借题岳飞事倾发出来,词调与岳飞著名作品《满江红》(怒发冲冠)相同,也有深意。

词承宋高宗敕赐碑起,由碑文生发,逐步深入。词人见到碑已字体模糊,文句仅依稀可辨,不禁想到岁月流逝,人世沧桑变化,想起当年宋高宗在敕文中对岳飞是何等赞赏倚重,没料到岳飞的结局是如此悲惨。“依飞何重,后来何酷”,语气铿锵,一扬一抑,对比鲜明;前以“慨”字领句,将无限怨愤不平,沉重道出。据史载,岳飞当时转战南北,宋高宗在地位没有巩固、南北对峙的形势没有确定时,对他十分器重,如绍兴四年(1134)十一月,援淮西二诏中就有“卿有忧国忧君之心,可即日引道,兼程前来。朕非卿到,终不安心”,“卿义勇之气,震怒无前……既见可乘之机，即为捣虚之计”等语；可是转眼之间，变化莫测，令人难解。所以词人以此二语作总束，可抵岳飞本传论断。以下，词就事论事，展开评论，指出岳飞并不是骄奢横肆之将，无功高震主之嫌，而宋高宗为了自己，忘却前言，任凭秦桧罗织，终于在绍兴十一年(1141)以“莫须有”的罪名，把岳飞杀害在临安大理寺的风波亭中。对此事实，词人以低沉哀婉的语句历历述来，不平之气，透腾纸外。

上片夹叙夹议，主要通过史实，引发人们对岳飞蒙冤受屈产生愤慨，从而追思罪恶产生的源头，所以下片过渡到对罪魁祸首的集中批判。因为词是由高宗敕碑引起，批判的矛头也就直接指向宋高宗。词人别出心裁，不用旁观者口气，而是直接站在岳飞的立场上，对宋高宗的心态穷本追源，猛批狠斥。词以反问句起，增加力度，说宋高宗作为皇帝，难道会不把国土沦丧、徽钦二宗被虏遭辱放在心上吗？应该说，岳飞力图恢复，“靖康耻，犹未雪，臣子恨，何时灭”这样的赤胆忠心，正是宋高宗梦寐以求的，何以恰恰相反呢？说到底，宋高宗怕的是岳飞北伐一旦成功，二帝南归，他的皇帝宝座就不稳了。因此，他不得不屈辱求和，不得不听凭秦桧诬陷岳飞，因为秦桧想做的事正与他不谋而合。这样一批斥，把宋高宗昏庸鄙劣的品格入木三分地揭示在光天化日之下，痛快淋漓，可谓替岳飞出了一大口怨气。

全词以敕碑引发，渐次深入，既对岳飞的遭遇表示了深刻的同情，又对宋高宗不以国家人民利益为重，残害忠良进行毫不留情地挞伐，语言犀利，正如《词统》所评：“激昂感慨，自具论古只眼。”元明以来，大多数咏岳飞的诗词，都强调岳飞的忠勇，指斥秦桧奸邪卖国与宋帝软弱苟且，坐观倾覆，自坏长城，如赵孟頫《岳鄂王墓》云：“南渡君臣轻社稷，中原父老望旌旗。英雄已死嗟何及，天下中分遂不支。”也有人见到秦桧所以敢冒天下之大不韪杀死岳飞，与高宗不无关系，如陶宗仪诗云：“逆桧阴图倾大业，昭陵无意问神州。偷安甫遂邦家志，饮痛甘忘父母仇。”但从来没有像文徵明这首词那样直接抓住要害，揭示出事件的本质，尤其是“念徽钦既返，此身何属”二句，鞭辟入里，不仅辛辣地诛挞了宋高宗丑恶的内心世界，也是数千年帝王争位夺权史中黑暗内幕的大曝光，读后令人拍案击节。因此，至今人们瞻仰岳飞祠墓，见到文徵明这首词的碑石，仍会为之激动不已。（李梦生）

如梦令(二首)　李梦阳

昨夜洞房春暖，烛尽琵琶声缓。闲步倚阑干，人在天涯近远。影转，影转，月压海棠枝软。

不信园林春早，一夜遍生芳草。说与小童知：“池上落红休扫。”休扫，休扫，花外斜阳更好。

李梦阳为明“前七子”的首领，倡导文必秦汉，诗必盛唐。《如梦令》二首，不见于其全集中。清人褚人获说：“李空同文章巨手，不屑小制。《客窗随笔》载《如梦令》二词云云。词亦风雅有致，惜本集不载。”(《坚瓠集》九集)清人王昶选其第一首入《明词综》。

第一首是一支相思曲。词中的抒情主人公是一位闺中少妇。她的夫君正出门在外。此词写她一夜间的相思之情。首句是相思曲的前奏，交待女主人公"出演"相思曲的时间、地点以及有关情况。"昨夜"说时间，"洞房"点地点，"春暖"说节令、气温。句中的"洞房"，并非指新婚夫妇的新房，"洞"有幽深之意，这里的"洞房"，意为深邃的内室，指少妇的里间卧房。此句与唐岑参《春梦》诗的首句"洞房昨夜春风起"相似，是有意沿袭还是偶然巧合，则不得而知。"春暖"二字是全篇之眼，特别值得玩味。这既是自然界的气温变化，也是女主人公的一种内心体验。看来她的丈夫是在去冬或更早时候离家的。转眼冬去春来，不知愁的闺中少妇，因为感受到了暖洋洋的春天的气息，春情突然在她心头萌动，由此引出了她为排遣相思而弹奏琵琶、独倚栏杆等情事。第二句说她弹了很长时间琵琶。"烛尽"，表示时间之长。"声缓"，节奏缓慢。因为是在琵琶声里说相思，不可能采用节促调急的曲子，何况又当一曲将终，节奏自然会变得愈加徐缓。二、三两句之间暗转，省略了少妇由室内走向楼头的过程。第三句写少妇先在楼头"闲步"，既而倚上了栏杆。"阑干"，即栏杆。以下几句均由"倚阑干"三字转出。"人在天涯近远"，是她在倚栏杆时的所思所想；"影转，影转，月压海棠枝软"，是她在倚栏杆时的所见所感。她挂念着已作天涯旅人的丈夫，不知他现在身在何处。凝望又长想，不觉明月西斜，这时只见月光下海棠盛开，颤巍巍的花枝似不胜重压。"压"字似受杜甫"黄四娘家花满蹊，千朵万朵压枝低"(《江畔独步寻花七绝句》之六)的启发，但杜甫是实写花朵重压花枝，李梦阳则是将月光映照下低垂的海棠花枝说成是月光重压的结果。这种别出心裁的"移花接木"，使此句获得了特有的韵味，也不禁令人联想起唐诗中巧用"压"字的名句："醉后不知天在水，满船清梦压星河。"(唐温如《题龙阳县青草湖》)末句写盛开的海棠，从结构上说，遥应篇首的"春暖"二字；从诗情上说，又蕴含有爱惜春光之意，与怀念远人的情思似断若连。全词感情细腻，抒情委婉，以景结情的收尾——"月压海棠枝软"的优美画面，更为全词平添了无限情韵。

第二首是李梦阳的遣兴之作。这是一篇富于生活情趣的词中小品。全词分三层，前二句为第一层，中二句为第二层，末三句为第三层。一层一转，逐层转出，而又层层相关。第一层写春天突然来到之出乎意料。从"不信"说到不能不信，昨夜尚不信，过了"一夜"，面对"遍生"的"芳草"却不能不信。"一夜"，见出时间之短，"遍"字见出春来之速，"一夜遍生芳草"如洪钟万钧，大声宣告春天已经大踏步到来的消息。第二层，转出"落红"，引出"小童"，词人的目光则由整个"园林"转而专注于其中一处——"池上"。词人吩咐小童，却不是让打扫落花，恰恰相反，而是叮咛"池上落红休扫"。第三层，转出"斜阳"，说明"休扫"的道理。说的似乎只是"花外斜阳"，而事实上，花瓣散落在芳草地上，"花外斜阳"也正斜照在池塘边红绿相映的芳草地上，"芳草""落红""池上""斜阳"，至此已自然地汇合在一起，组成了一幅单纯而又生趣盎然的《花外斜阳图》。从这首小词中，我们不难见出李梦阳的独特的审美情趣，不能不在心里说一声：他是热爱生活、富于生活情趣的。

李梦阳是一位生性桀骜的北国硬汉子。其诗文尤其是其诗作的风格，以雄豪见长。但李梦阳的为人也有其感情丰富细腻的另一面，因此他的作品自然也可以是婉曲深细的。其诗文俱在，足以证成此说，此不费辞。对于李梦阳这位一向被认为丈夫气有余而儿女情不足的作家而言，我们正不妨仿名人之语说："丈夫未必不多情。"《如梦令》二首的意义，不只是在于其本身是优秀的作品，还在于由此我们得以进一步较为全面地窥见作者李梦阳的个性及其作品风格的多样性。从李梦阳推论开去,我们还可以领悟到,自古迄今已有定评的文学史上的作家的个性及其作品风格的特点,其实也只是就其主导面来说的;作家个性及其作品风格并不是一个单色调的一览无余的平面,而是一个既主次分明而又多向度、多色调的立体。(陈志明)

蝶恋花 边 贡

留别吴白楼

亭外潮生人欲去。为怕秋声,不近芭蕉树。芳草碧云凝望处,何时重话巴山雨? 三板轻船频唤渡。秋水疏杨,欲折丝千缕。白雁横天江馆暮,醉中愁见吴山路。

这首词是作者与友人吴一鹏分别时的留赠之作。一鹏字南夫,号白楼,长洲(今江苏苏州)人,明孝宗弘治六年(1493)进士,世宗嘉靖时,官至南京吏部尚书,卒谥文端,有《吴文端集》,《明史》有传。词人比吴白楼年长十六岁,两人可谓忘年之交。

起句点明与白楼分别的具体地点。古代设长、短亭于水陆道边,亲友解袂分襟,每于亭中饯饮话别。"亭外潮生",谓航道中水已涨满,行人正好解缆发棹。由于"潮生",故"人欲去"。"人"是作者自己。开门见山,一起便切入题意。下文紧接着就写"欲去"时的心态——"为怕秋声",所以"不近芭蕉树"。古诗词中多藉"芭蕉"以言愁。唐李商隐《代赠》诗曰:"芭蕉不展丁香结,同向春风各自愁。"春日的芭蕉,叶心卷蹙,固然是离人愁绪的形象化比拟;而秋日的芭蕉,叶扇虽已尽展,却渐次枯黄薄脆,雨打风吹,飒飒作响,又何尝不搅人心境,令人顿生萧瑟之感?词人于深秋离别之际,生怕触景伤怀,故有此想。二句用笔和婉,言浅而情长。然而芭蕉之树尽可以远离,凄凉秋声尽可以不听,怎奈离人触目皆愁,牵惹离情的别种物象正多,铺天盖地,纷至沓来,又如何一一躲避得了?自从《楚辞·招隐士》之有"王孙游兮不归,春草生兮萋萋"的隽语以来,"芳草"便逐渐演变成为恨离的典型意象;自从梁代江淹《拟休上人怨别》诗之有"日暮碧云合,佳人殊未来"的名句以来,"碧云"也不断积淀着伤别的文化内容。发展下去,后人乃合二而一,以道离别之思。例如宋贺铸《减字浣溪沙》词之"碧云芳草恨年年"。如今词人"凝望"之处,惟见此"芳草碧云",则不必更言离愁而离愁自在其中了。这又是一种含蓄委婉的表达。接以"何时重话巴山雨"一问,用唐诗语典以道不知几时方能再与友人聚首叙旧的怅惘之情。李商隐诗曰:"君问归期未有期,巴山夜雨涨秋池。何当共剪西窗烛,却话巴山夜雨时。"此诗之题,或作《夜雨寄内》,或作《夜雨寄北》。若作前者,自是伉俪之思;若作后者,则亦可理解为友朋之思。此词显然是按这后一种理解来化用义山诗的。

过片词笔兜转,由想落天外的离人心绪折回到迫在眉睫的离别事态。"三板"即舢板,小木船也。"三板轻船频唤渡"云云,意同宋柳永《雨霖铃》词之所谓"方留恋处,兰舟催发"。一"频"字见出舟子等候已久,颇不耐烦。这也是反衬友朋依依惜别之情的侧笔。舟子再三"唤渡",任是千不忍离万不忍离,也不得不揖手相辞,互道一声"珍重"了。古代送别,有折柳赠行的风俗,故下文曰“秋水疏杨,欲折丝千缕”,后半妙在以柳丝之“丝”双关心思之“思”,一句可作两句读:既可以理解为友人欲尽折柳丝千缕,恨不能将我留住;也可以理解为友人方欲折柳赠别,而其思情已纷然千缕了。下片首句说舟子,二、三句说友人,最后两句仍回到自身:“白雁横天江馆暮,醉中愁见吴山路。”“白雁”,似雁而小,色白。南征的秋雁成群结队地横贯长天,而自己却将形单影只地踏上旅途,对比之下,平添出一重落寞惆怅。偏偏此时“江馆”(亦即上文之“亭”)又已被笼罩在苍茫暮色之中,加倍渲染,更增加多少荒冷悲凉!秋深日夕,而征途漫漫,“吴山”(泛指江南群山)之“路”,“见”即生“愁”,遑论踏上并一步步地去走完它?又,既言“醉中”,则离筵上之借酒浇愁,居然可知。而人已半醉,“愁”犹未解,则其“愁”之深,岂不具见?至此,词人与友人揖别之际难达难状的情态,淋漓而尽致了。

词中写离别的篇章,多叙情侣临歧之缠绵悱恻。本篇抒发友朋间的惜别之情,笔致清遒,又是一种面目。情深谊长,自能回肠荡气,其动人处,亦何减于儿女之沾巾!(钟振振)

踏莎行　陈　霆

晚景

流水孤村,荒城古道,槎牙老木乌鸢噪。夕阳倒影射疏林,江边一带芙蓉老。　　风暝寒烟,天低衰草,登楼望尽群峰小。欲将归信问行人,青山尽处行人少。

这首词是通过写秋天傍晚的荒凉景色来抒发沦落天涯的悲凉心情。宋柳永《玉蝴蝶》:“晚景萧疏,堪动宋玉悲凉。”作者在写这首词时,时在深秋,人在贬所(他因得罪当时炙手可热的宦官刘瑾而被贬安徽六安),可谓是时亦悲凉,人亦悲凉。

词的上片写秋日傍晚的景色:流水围绕着孤零零的村落,一座破败苍凉的古城前是一条萧条荒凉的古道。傍晚时分,槎枒参差的古木老树上,归巢的群鸦老鹰在聒噪不停,夕阳斜照穿过了萧疏的树林,在地上拉出了长长的影子,江边一带的枯荷在寒风中索索作响,一片萧瑟衰败的景象。上片主要用了宋秦观《满庭芳》“斜阳外,寒鸦万点,流水绕孤村”的词意,如唐李贺《江楼曲》“鲤鱼风起芙蓉老”诗意,其中“荒城古道”这一意象的增添,点出了作者当时所处之地,暗逗出贬臣的幽怨之情,使羁情中又添几分贬愁。“射”字下得尤为刻意,较秦观词更显苍劲凄厉。

下片写登楼所见及所感:登楼远眺,风摇夕烟,暮色渐起;天空寥廓低垂,与无垠的衰草密相连接。在楼上望去,连绵起伏的群山显得那么邈渺低小。我想向远方来的人打听我复归的消息,但在这外人罕到的荒山僻乡,连行人也难觅!过片二句用了秦观《满庭芳》“山抹微云,天连衰草”的词意,来承接上片所写晚景,过渡自然,然后再纵笔写由晚景引发的贬臣之情。结句“青山尽处行人少”,出于宋欧阳修《踏莎行》“平芜尽处是春山,行人更在春山外”,却又不囿于欧词,而能翻出新意。欧词是从思妇思游子的角度,言原野的尽头是春山,游子却在更远的春山之外,渺不可寻;而陈词则从游子思乡的角度,言游子在连行人都不到的青山尽处思乡，杳无音信，更倍觉孤独凄苦。这首词多处融化了前人的诗句，几乎是“无一字无来历”，但却自然浑成，一如心中流出，没有东拼西凑之感，这首先得益于作者以真情实景来熔铸前人诗意。特别是结句能在前人名句的基础上翻出新意，表现自己独特的感受，且情意深切，让人读至此眼睛一亮，始味出前面化用前人的词句诗意，非是作者无能，拾人牙慧，而是当时作者写的乃是千载游子贬臣最常见、又最伤感之景，触发的是万古迁客骚人最深沉、又最难以排遣的思乡之情，这里与其说是化用前人诗句，不如说是融会前人羁情，然后再独出机杼，在积淀的共鸣中表现此刻的独特感受。作者在《渚山堂词话》中说：“欧公有句云：‘平芜尽处是春山，行人更在春山外。’陈大声（铎）体之，作《蝶恋花》，落句云‘千里青山劳望眼，行人更比青山远。’虽面目稍更，而意句仍昔。然偷句之钝，何可避也，予向作《踏莎行》，末云：‘欲将归信问行人，青山尽处行人少。’或者谓其袭欧公。要之字语虽近，而用意则别。”这里的“字语虽近”和“用意则别”正表明了作者能在受前人诗意的启发下，又超越前人。（陈　列）

浣溪沙　　夏　言

春暮

庭院沉沉白日斜，绿阴满地又飞花。岑岑春梦绕天涯。　　帘幕受风低乳燕，池塘过雨急鸣蛙。酒醒明月照窗纱。

词的一开头，即紧扣题目“春暮”落笔，首句写日之将暮，次句写春之将暮。首句用“沉沉”状庭院之深深，用“斜”状夕阳之斜照，环境气氛压抑低沉，暮气十足；次句“绿阴满地”略扬，境界由晦暗一变为清新，但紧接着的“又飞花”再作跌宕，“绿阴满地”而落花又“飞”坠，笔意曲折顿挫，意态横生。春去夏来，绿肥红瘦，作者的惜春感流年之情，全在“又”字暗中逗出。“岑岑春梦绕天涯”，“岑岑”，昏昏沉沉，明刘基《蝶恋花》也曾以“春梦岑岑呼不起”写梦。宋秦观《浣溪沙》有“自在飞花轻似梦”之句，这里作者也将“飞花”连接着“春梦”，表现了飞花时节，梦似飞花。而“岑岑春梦绕天涯”则言梦魂恍惚，无拘无束，飘然若仙，随意天涯。作者遍绕天涯的梦魂要追寻什么呢？词人并不道破，也许正是这种说不明、道不清，恰好表现了暮春萦绕在词人心头的那种轻如云、淡如烟的隐隐惆怅。正是这种轻愁，引发了“春梦”，把人引入了一个如真如幻、如诗如画、美丽迷离、自由轻盈的艺术境界。

过片二句，进一步写春暮的景致。“低乳燕”“急鸣蛙”为“乳燕低”“蛙鸣急”的倒文。这两句选取了清新而富有生气的意象：就在词人春眠的帘幕下，刚出巢的新燕在迎风低翔；雨过后，窗外池塘的蛙声阵阵，犹如一组欢乐的生命奏鸣曲。这些在春天里成长起来的小生灵，现在正在享受生命，享受自由，活泼泼地生活着，全然不觉那正在梦中神游的词人。“酒醒明月照窗纱”，当风消雨歇，酒醒梦觉之时，已是明月当窗，银辉遍洒。从梦境又回到现实的词人，窗前独坐，一片凄清，不胜怅然。在下片，作者以自然界自由自在的生灵，来反衬人由梦返回的无奈，以喧闹和富有动感的自然界，来反衬人孤寂凄清的心境。

全词以时间为脉络，由“白日斜”至“明月照”一路写来，因“飞花”而有“春梦”，再因梦无所得而“醒”，笔势几作腾挪，境界也多有变换，但作者的感情始终含而不露，词意婉曲而词风闲淡，“不着一字，尽得风流”，故清陈廷焯《词则》认为此词“语意幽远”。（陈　列）

浣溪沙　陈　铎

波映横塘柳映桥，冷烟疏雨暗亭皋。春城风景胜江郊。　花蕊暗随蜂作蜜，溪云还伴鹤归巢。草堂新竹两三梢。

陈铎，字大声，是明代中叶著名的词曲家，况周颐盛推其词，以为“全明不能有二”。陈铎的词集名《草堂余意》，词人将《草堂诗余》中春景、夏景、秋景、冬景四个部分的词，皆依原韵和作了一首，分别题为春意、夏意、秋意、冬意。这些和韵之作署名却是原作者名，例如秦少游、苏东坡、周美成等，只有原书无署名者，才署名陈大声。这种编词体例非常奇特，可以说是从来都没有过的。这首词录自《草堂余意》卷上之“春意”，是和宋无名氏之词。原作为：“水涨鱼天拍柳桥，飞鸠拖雨过江皋。一番春信入东郊。　闲碾风团消短梦，近看燕子垒新巢。又移日影上花梢。”词人既和原韵，亦依原意，描写江南春景，画出一幅明媚清丽的江南春景图。通篇虽不见一情语，然荡漾着词人对春天和自然的热爱之情，以及对隐逸生活的钦羡之意。较之原作，此词似乎更具深厚之味，绵邈之情。

起句“波映横塘柳映桥”写景，“横塘”点明所咏之地，词人原籍为江苏下邳，后徙居南京，故此“横塘”当是南京市西南之横塘，其历史悠久，乃形胜之地。晋左思《吴都赋》云：“横塘查下，邑屋隆夸。”宋张敦颐《六朝事迹·江河门》则记载了它的形成：“吴大帝时，自江口沿淮筑堤，谓之横塘。”“柳”则点明节令，直贯“春城”。在“波”与“横塘”，“柳”与“桥”这两组名词中词人各插入一动词“映”字，两个动词连用，写出了横塘碧波荡漾，小桥杨柳飘拂的明媚春色，真切如画。精练准确的语言，不仅确切地表现了交融在一起的自然景色和词人的喜悦心情，也奠定了全词清新明朗的情调。次句“冷烟疏雨暗亭皋”是登高远眺时所见景色。“亭皋”即水边的平地，笼罩在冷烟疏雨之中，“暗”字写出了一片凄迷的烟景，透露出早春的寒气。两两相形，于是就有了第三句的赞叹：“春城风景胜江郊。”“春城”即首句所咏“横塘”一带，“江郊”即此句所写“亭皋”，前后绾合，自然地收束了上片，在对比中，一个“胜”字使春城景色生动鲜活地展现在我们面前，使我们对春城有了无限的憧憬。

承上意脉，下片则集中笔墨写春城景色。过片用工整的对句写眼前景物：“花蕊暗随蜂作蜜，溪云还伴鹤归巢。”词人以拟人化表现手法将“花蕊”和“溪云”人格化，因蜜蜂采花酿蜜，想象花蕊多情暗随蜜蜂去作蜜；由白鹤乘溪云而去，想象溪云有意送白鹤回巢。画面上的景物都是动态的，既写出了浓得化不开的春意，又富有浓郁的感情色彩，使我们感受到天气的融和与春景的灿烂。在这里，自然界的景物与词人微妙的感受极巧妙自然地结合在一起，可谓想落天外，新颖奇特，夏承焘等《金元明清词选》谓“‘花蕊’一联，自然流转”，的是中肯之语。结句悄然无声地闪出一个特写镜头，别出“草堂新竹两三梢”的新境界，这两三竿新竹，与“波映横塘柳映桥”相照应，是那么清新挺秀，生机蓬勃。而“竹”的意象在中华文化传统中的意义更让人产生丰富的联想，这里不但描绘了自然景色，也抒写了词人淡泊闲适的心情，是谓情融景中之语。如此“轻轻即收，不著议论，而并具微婉”（同上），自是意兴无穷。

这首小词所写的是一个极为常见的主题，但是却非常动人，它让我们置身于横塘温暖美丽的春景之中。吟咏再三，我们不得不佩服词人对生活真实的感受和敏锐的艺术洞察力、精到的语言表现力。（徐安琪）

转应曲　杨　慎

银烛，银烛，锦帐罗帏影独。离人无语消魂，细雨斜风掩门。门掩，门掩，数尽寒城漏点。

《转应曲》即《调笑令》，始见于唐代戴叔伦之作，又称《宫中调笑》，因其笔意回环、音调宛转而名。此词传写独守空房的少妇彻夜难眠，情辞哀婉凄苦。

词人手便以“银烛”两字相叠，重复中突出夜幕降临时烛光的明亮皎洁，一下子就将读者的注意力吸引了过去。当人们的目光聚焦后，作者又用犹如电影中常见的化入手法，由远而近慢慢地推出隐现在一点烛光后的华美帏帐，以及因烛光投射而映出的一个孤独的身影。整个画面转切自然，层次丰富，明暗相间。这在全词中还只是一种景物和背景描写，真正的主人公还没有正面出现，但已由“影独”予以点示，用悬念为下文留出余地。

以下“离人”果然直入，明示这是一个已与丈夫分别、独自居家的少妇，这可由前句所含直接推知。“无语消魂”是一个人物近镜特写，只见她一人含着无限的幽怨，默默无语地坐在那里，内心的种种复杂的感受却全在不言之中。这是从帐中身影转至人的神态、感受，层层推进，历历如转。后面“细雨”又从室内转向室外。作为通连内外空间之物的门已被掩上了，原想是用它来隔绝外面的细雨斜风，不让外界来进一步扰乱她的心境；不料即使如此，孤苦的少妇仍不能就此入睡。“门掩”依词律倒用“细雨斜风掩门”句末二字，并两句重叠，强调想方设法排除外界的干扰。结果如何？“数尽寒城漏点”，她还是一夜没合眼，以至于使用数数的催眠术仍无济于事，由此可见萦绕于心的忧思是多么的缠绵，那“消魂”的滋味又是多么的痛苦！

一首三十二字的小令，以仄、平、仄三次转韵，节奏迫促，回环往返，一意连属，堪称情景相得的佳作。其意境情韵直逼唐五代名家。（曹明纲）

浪淘沙　杨　慎

春梦似杨花，绕遍天涯。黄莺啼过绿窗纱。惊散香云飞不去，篆缕烟斜。　　油壁小香车，水渺云赊。青楼珠箔那人家。旧日罗巾今日泪，湿尽铅华。

嘉靖三年(1524),三十七岁的杨慎因悖世宗意愿受廷杖,被谪戍云南永昌卫,居滇三十余年,最终客死他乡。这首词即作于谪戍期间。据明人杨南金《升庵长短句序》云:"太史公谪居滇南,托兴于酒边,陶情于词曲,传咏于滇云,而溢流于夷徼。昔人云:吃井水处皆唱柳词;今也不吃井水处亦唱杨词矣。"透过这首凄婉低迷、意象秾丽、语词华美的词作,我们可以窥测作为一代学者的杨慎的内心世界,看到他文人性格的另一方面。

词的开头,即为读者展现出一幅缥缈朦胧的梦境般的图画,一股执着中带有凄惨的相思之情奔涌而至。"春梦",春天的梦,引申为相思梦。如唐沈佺期《杂诗》:"妾家临渭北,春梦著辽西。"温庭筠《菩萨蛮》:"春梦正关情,镜中蝉鬓轻。""杨花",即柳絮。苏轼《水龙吟・次韵章质夫杨花词》中有"梦随风万里,寻郎去处,又还被,莺呼起"、"细看来,不是杨花点点,是离人泪"之句。杨慎在此将前人的语境经过重新构思,组合成一幅新的图景,以"似"来极写相思成梦、魂牵梦萦的境况与情绪。"黄莺"一句也自前人诗词中脱胎而来。按唐金昌绪《春怨》诗云:"打起黄莺儿,莫教枝上啼。啼时惊妾梦,不得到辽西。"此句即取金诗诗意。而"啼过"二字,写出莺啼破人好梦之后却又不肯以其妙啭娱人解闷,竟飞投他处,则是作者赋予的新意。起拍以兼师众家之长而巧妙点化的艺术手法,表现出对青楼女子相思之苦的深切同情和理解,意境缠绵,情韵悠深。杨慎在《昭君怨》一词中又有"好梦是谁惊,一声莺"的佳句,与此"春梦"、"黄莺"之句可以比肩。"惊散香云"二句直写思妇所处的环境,展示其深居闺闱、养尊处优而百无聊赖的寂寞生活。思妇从梦境中惊醒过来,如幻如烟的情景仿佛还在她眼前浮现,如同那飞不去的香云和缭绕四处的缕缕斜烟。五代冯延巳《鹊踏枝》词云:"浓睡觉来莺乱语,惊残好梦无寻处。"而杨词使这种残梦迷情更具体、更生动。"篆缕",盘香的烟雾。"篆",盘香的喻称,因其形状如篆字之回环而得名。宋秦观《减字木兰花》词"欲见回肠,断尽金炉小篆香"的意境在此以含蓄的方式表达出来,可见作者学习古人早已摆脱刻意模仿的风气。

下片通过对往日欢乐时光的追忆回味,从被思念者的角度表现二人之间的深情厚意,抒发男女相思的苦痛情怀。"油壁"之"香车",古时妇女乘的一种豪华的车子,因车壁用桐油涂饰而得名。《玉台新咏》载《钱塘苏小歌》云:"妾乘油壁车,郎骑青骢马。何处结同心,西陵松柏下。""水渺云赊",词人想到过去的欢乐时光,已是像水一样渺茫、云一样遥远,只留下一段难忘的记忆。此处当是用宋晏殊《寓意》诗"油壁香车不再逢,峡云无迹任西东"典故。"青楼"一句,更是将这种两地之间刻骨铭心的思恋写得哀婉伤感、深切感人。"青楼",青漆涂饰的豪华楼房。"珠箔",即珠帘。唐李白《陌上赠美人》诗曰:"美人一笑褰珠箔,遥指红楼是妾家。"此处触景生情,睹物思人,"那人家"三字,饱含着无尽的怀恋、向往和回味。结拍二句,采用大胆的想象、夸张的手法,勾勒女主人公的思念情态,楚楚动人,生动逼真。"罗巾",丝织的手巾。"铅华",妇女化妆用的铅粉。唐温庭筠《菩萨蛮》云:"玉纤弹处真珠落,流多暗湿铅华薄。"旧日两情相悦时互赠的罗巾只能用来揩抹今日相思的泪水,即使这样也无法止住满面泪流,只能任其冲刷脸上的粉妆。以今昔对比来突出悲欢离合,"湿尽"二字凸显出思念之深切、情意之真挚。整首词在主人公泪流满面的酸楚情景中结束,留给人们的不仅仅是一种深深的遗憾和长长的叹息,还有那无尽的伤感和难言的无奈。

杨慎对六朝文极为推尊,并称赞唐初诗歌"风华情致,俱本六朝",从这首词来看,无论是在抒情、叙事、语言、格调等方面,都明显地带有六朝好用华辞丽藻的特色,同时受花间词派的影响亦深。所以清毛先舒评杨慎词“有沐兰浴芳、吐雪含英之妙”(《词辩坻》)，陈廷焯亦谓其词“小令合者有五代人遗意”(《白雨斋词话》)，此外化用前人名句而自然妙合，天衣无缝，亦为此词一大特点。(孙京荣)

望江南　王世贞

梦故乡作

无个事，湘枕睡初酣。青织晚潮萦似带，碧攒春树小于簪。遮莫是江南。

王世贞是明代后期文学复古运动的领袖，“其才情之宏富，笔调之纵横，盖于明无两焉”(叶向高《黄离草序》)。相对其宏富丰澹的诗文创作，其词在数量和质量上均难匹敌。但明人对其词甚为推许，汪道昆言其于“词则沾沾自喜，亦出人一头地”，李攀龙亦自愧于“小词弗逮也”(见《尧山堂外纪》)。世贞自己在《艺苑卮言》中认为：“故词须宛转绵丽，浅至儇俏，挟春月烟花于闺幨内奏之，一语之艳，令人魂绝，一字之工，令人色飞，乃为贵耳。至于慷慨磊落，纵横豪爽，抑亦其次，不作可耳。作则宁为大雅罪人，勿儒冠而胡服也。”而这首小词，正足以体现其对词的艺术理解和追求。

这是一首梦中怀念家园故乡的词，篇幅不长，但却真切细腻地传达出了作者对江南桑梓的梦绕魂牵，格调婉丽缠绵，颇富才情。

作者思念家乡，但开篇却只字不提，而是叙述在百无聊赖之余，只能以睡觉来消遣时光的一种孤寂、无奈的情绪，为引出思乡之“梦”张本蓄势，埋下伏笔。“无个事”，即无事可做。宋朱淑真《夏日游水阁》诗云：“独自凭栏无个事，水风凉处读文书。”“湘枕”，用湖南出产的丝绸制成的枕头。“睡初酣”三字，形象表达出作者内心思念家园而难以入眠的细腻心理；而一旦入睡，即刻进入“酣”的境界，又从另一侧面刻画出思乡之苦和情绪之纷繁杂乱。以下二句，即写梦境：一江潮水远涨天际，如同一条青色丝带一般缠绕拂动，缥缥缈缈；盛春的树木枝繁叶茂，树冠积聚成一片碧绿，远远望去比簪子还小。这两句的表现手法实脱胎于唐白居易《忆江南》(即《望江南》调)词之“日出江花红胜火，春来江水绿如蓝”之借景寄情，借江水烟树以表思念故乡之心，既妙手天然，浑化无迹，同时，以“青织”、“碧攒”的非常态组合来凸显动感，又精警新奇，锻炼有致。(按正常语序，两句当为：“晚潮织青萦似带，春树攒碧小于簪。”效果就相差很远)如此，就将梦中的江南美景写得如诗如画，令人神往。末尾，一句满怀希冀的猜测：“遮莫是江南。”字里行间透露出一丝客居他乡的落寞与孤独，对故乡风物那昼思夜想的神态，跃然纸上。“遮莫”，莫非、难道之意。语调之委婉，内心之忐忑，跌出对故乡的热恋与痴情，使得整首词情韵悠长，余味醇厚，给读者留下了巨大的想象和回味的艺术空间。

总的看来，这首小词写景生动，抒情真切，造境工巧，用词浅切，化典无痕，含蓄隽永，颇富神韵，充分展示出了作者非凡的艺术才华和厚实赡富的文学功力。(孙京荣)

浣溪沙　王世贞

春闷

窗外闲丝自在游，隔花山鸟弄钩辀。一庭芳草怨清幽。　　权把束书钩午梦，起沽村酒泼春愁。放教残日过墙头。

此词表现士大夫春日闲绪。散居村野，心自旷远，不料春景春色撩人意绪，遂兴起幽怀，悄然、悠然，似有若无，若明若暗之间，丝丝闲闷，化为淡淡春愁——不为闺情不因殢酒，只在有意无意间徘徊流动，难以明了……

"窗外"一句，或是游丝入户，或因悠然驻兴，无意之间，词人已为春景所缭绕，自在游丝，是春景更是心境；"闲"与"自在"，是物态更是心情。"隔花"一句，乃写透过游丝之所见。"弄"，禽鸟鸣啭，欧阳修《雨中独酌》之一："鸣禽时一弄，如与古人言。""钩(qú)辀(zhōu)"，象声词，鸟鸣声，如李致远《天净沙·初夏即事》云："迟迟清昼，竹深时唤钩辀。"山花掩映之下，凝神于此一动景，以山鸟"弄"得自在衬出词人萧散放逸情致的同时，也暗逗出情为景牵，思绪由寂趋动的变化。"一庭"句，思绪进而由动趋紊：春意迷蒙，芳草连天，本为驰情一游之佳景，然而萋萋芳草，又牵出王孙归思，隐然钩起超然物外之思。趋动之心，为清幽芳草所逗所滞，出入无由，不得不用"怨"字收绾。

整个上片，写景如画，窗框如画框，游丝、春花、山鸟、芳草，交织成一幅春日闲庭图，着色淡雅，布景匀称；蒙蒙游丝，幽幽芳草，更给画面增添了一种春日特有的朦胧美感。而且，从表现手法看，词人采用层深布景之法，由窗棂而游丝，而春花，而山鸟，而芳草，一路推将出去，将视线带向远方，既见春闷驰情之遥，亦启读者之遐想。

情丝已萌，怨怀已起，下片即从写景转而写意。"权把"一句，含义丰厚。首先，着一"权"字，见收敛上片紊乱意绪之意，乃词中过片处擒纵之法；其次，"束书"之举，又透出心为物牵、神驰书外的无奈；最后，"钩梦"之想，也是思绪不歇、淡愁难挥的权宜之计。由收思而敛怨而寄梦，情感意绪由实而虚，由真而幻，景迷蒙，意亦迷蒙，窗外之景化为华胥国景，弄人撩意却是一样。故有"沽酒"之举、"泼愁"之想。"起沽"一句，全由"权把"一句逼出，联系上片结尾，又成"怨——梦——酒——愁"层递发展的情感脉络。只是，这"春愁"来无所由，去亦无迹，故最后一句将"愁"怀落实到人生感慨处。"放教"即任教之意。残日过墙，正是逝者如斯之意。良时不永，岁月移人所催出的人生苦短之慨，融于游丝、芳草、午梦、村酒之中，化为一腔闷怀、丝丝闲怨、淡淡春愁，在残日过墙之后，更浓郁、更难排解……

全词演绎士子春日闲闷情怀，从闲散无绪起笔，以春愁满怀收束，妙在不着痕迹，言外见意，风神饱满。从整首词看，上片侧重写景，却于景中寓情，下片侧重抒怀，却能以情带景，既再现情感激荡的过程，又使全词布局严整，将"春闷"的题面做足做满，不失为一篇颇见功力的佳作。所可议者，下片"钩"、"泼"二字，有过于雕琢之嫌，于渲染无绪、疏散、闲逸之"闷"怀，不甚适合，久味自知。(罗立刚)

清江裂石　屠隆

西湖

淼淼重湖背郭斜，永日坐蒹葭。四面山青不断，楼阁外、乱水明霞。有画船锦缆载词客，金翘杂珮[①]，强半挟吴娃。水穷处、长林古寺，夏木绿阴遮。　回首望空明，白鸥隐隐飞来，带一片轻沙。把酒问西湖，今来古往，都不管兴亡，旧恨年华。且与君棹扁舟，听取哀弦急筑[②]，散发弄荷花。

注 ① 金翘杂珮：金翘即金钗，古时妇女发饰。杂珮指各色玉珮，古时妇女衣饰。 ② 哀弦急筑：音调悲哀的弦声和节奏急促的筑声，泛指美妙动人的音乐。筑，古击弦乐器，已失传，此为借用。

《清江裂石》为屠隆自度曲，句式参差而声调谐婉，足见词人精审音律。词中描写西湖夏日风光，抒发携侣同游感慨，亦笔随意到，灵动自然，允称一篇佳构。

“淼淼重湖背郭斜，永日坐蒹葭”，开篇二句化用杜甫《秋兴八首》之二“千家山郭静朝晖，日日江楼坐翠微”语意，点出西湖地貌及观赏心情。西湖在杭州城郭西偏，故曰“背郭斜”。白堤横贯湖中，将湖面分成两片，近郭者称里湖，远郭者称外湖，故曰“重湖”。湖面周长三十余里，远望烟波浩瀚，故曰“淼淼”。“蒹葭”是芦苇一类的水生植物，夏日青苍茂密，能给人一种清丽的美感。它又是一种能引发遐思的传统物象，《诗经·秦风·蒹葭》即借之起兴，抒写追求不获的迷惘与愁闷。“永日坐蒹葭”既流露了同杜甫“日日江楼坐翠微”一样的寂寞心情，又隐含着同《蒹葭》古诗一样的忧伤意绪。

“四面山青不断，楼阁外、乱水明霞”，次拍总括眼前山水。西湖周围群山环绕，又有许多亭台楼阁点缀其间，与缭乱的水光和鲜妍的霞彩交相辉映。如此绚丽多姿的景色，概括起来是很不容易的。但词人只用十四个字便生动地描绘出来了，既“状难写之景如在目前”(欧阳修《六一诗话》引梅尧臣论诗语)，又执简驭繁而不费气力。

“有画船锦缆载词客，金翘杂珮，强半挟吴娃”，三拍转写游湖士女。来来往往的画船锦缆，风神潇洒的文人雅士，服饰艳丽的越中少女，衣香鬓影，笑语欢歌，使明媚的湖光山色更添异彩。夏季游湖人物众盛，特写词客娇娃，既有以少总多的作用，也有映衬湖山之美的效果，是善于摄取典型的。

“水穷处、长林古寺，夏木绿阴遮”，四拍转写湖畔山林。水路已穷，离船上岸，眼前又别是一番光景：茂密的森林，古老的寺院，到处都被盛夏树木的绿阴遮掩着。词人只写出客观景象，并未说明主观感受，但读者自会从中体验到一种幽深静穆，如临仙境的怡悦。近代词论家沈泽棠《忏庵词话》说：“词有淡远取神，只描写景物，而情致自在言外，此为高手。”屠隆可说是这样的高手了。

上片许多景语，似乎已把西湖佳胜写尽，再难措笔了。但词人却巧妙地移形换步，又从回望的角度写出一幅新颖的画图：“回首望空明，白鸥隐隐飞来，带一片轻沙。”回头望去，空阔明净的天边隐隐飞来一群雪白的鸥鸟，轻抹在水边的沙滩也好像在随着飞鸥缓缓移动。清新淡雅而生气远出，真是化工之笔。“带”字尤为难得。沙滩原是静止的，但因鸥鸟由远而近地飞来，下面的沙滩也随着人们眺望鸥鸟的视线由远而近地出现，看起来就像是被鸥鸟带动的了。如此描写，不但非常逼真，而且分外生动。

接着，词人便顺景入情，泼墨抒写游湖感慨：“把酒问西湖，今来古往，都不管兴亡，旧恨年华”，表面上是责问西湖：为何长是这般悠闲自在，全不管人世间的兴亡成败，旧恨新愁，实际上是讽刺世人只顾宴安逸乐，从不关心国家的治乱安危。据《明史·文苑传》记载，屠隆为青浦（今属上海市）县令时，虽亦“时招名士饮酒赋诗”，且常于暇日外出游览，但却“于吏事不废”，以此“士民皆爱戴之”。后迁礼部主事，为小人所诋罢官归里，道过青浦，当地父老为他“敛田千亩”，请他迁居，但他不肯接受，只欢叙三日便辞去。可见他原是一个有责任心而且操守高洁的清官良吏，因而有此慨叹。

词人虽然清白，却不容于污浊的现实，所以心情非常郁闷，篇末数语便婉曲地表达了这样的心情：“且与君棹扁舟，听取哀弦急筑，散发弄荷花。”意谓世事既不可为，我只好同你（指同游的朋友）一起放浪形骸，逍遥物外了。李白在《宣州谢朓楼饯别校书叔云》一诗中曾说：“人生在世不称意，明朝散发弄扁舟。”屠隆化用了李白这两句诗的意思，但不似李白直说，更觉言辞含蓄，韵味深长。（罗忠族）

好事近　汤显祖

帘外雨丝丝，浅恨轻愁碎滴。玉骨近来添瘦，趁相思无力。　小虫机杼隐秋窗，黯淡烟纱碧。落尽红灰池面，又西风吹急。

汤显祖酷爱花间词，有汤评《花间集》传世，故其所作深受花间派词风影响，以和婉清丽见长。《好事近》一阕尤具此种特色。此词写闺中女子的愁恨，却不说明愁恨的具体内容，也不描写女子的服饰姿态，只以景物映衬心情，因而更见深美流婉之致。

“帘外雨丝丝，浅恨轻愁碎滴”，开篇化用温庭筠《更漏子》“梧桐树，三更雨，不道离情正苦。一叶叶，一声声，空阶滴到明”语意，亦借雨景衬托愁情，但温词明说“离情正苦”，汤词则只说“浅恨轻愁”，意思更加含蓄。“碎滴”二字尤为警动，令人想到那细碎的雨声，点点滴滴都滴在愁人心上，仿佛把心都滴碎了。

“玉骨近来添瘦，趁相思无力”，次拍点出听雨之人。虽用“玉骨”一词暗示其人为年轻女子，但并不说她如何美艳，只说她“近来添瘦”和“趁相思无力”（意为力弱不胜相思之苦），以见其思念所欢的缠绵长久，出语甚淡而含意甚深。

“小虫机杼隐秋窗，黯淡烟纱碧”，换头复化用唐刘方平《夜月》诗“虫声新透绿窗纱”句意，转写窗外虫声。“小虫”指蟋蟀。蟋蟀别名促织，故云“机杼”。《诗经·豳风·七月》说蟋蟀“七月在野，八月在宇，九月在户”，故云“隐秋窗”。窗上碧纱如烟如雾，窗外虫声如怨如诉，闺中女子的悲愁心绪，就从如此凄黯的氛围中透露出来了。

“落尽红灰池面，又西风吹急”，结拍仍以衰飒之景寄寓凄苦之情。“红灰”指花的碎片。

池苑秋深，浮花荡尽，故云“落尽红灰池面”。此时西风劲急，吹得池水剧烈动荡，愁人见之，自然也会心旌晃乱，更加迷惘。

统观全词，几乎句句都在写景，连那个“玉骨近来添瘦”的女子也成了景观的组成部分，但秋闺思妇的幽愁暗恨，却已涵蕴于所写景物之中，使人为之深深感动了。近代词论家况周颐说：“善言情者，但写景而情在其中。”(《蕙风词话》)词人虽生于况氏之前三百余年，在创作实践中却也已掌握了这样的艺术经验。(罗忠族)

霜天晓角　陈继儒

背水临山，门在松荫里。茅屋数间而已，土泥墙，窗糊纸。曲床木几，四面摊书史。若问主人谁姓，灌园者，陈仲子。　　不衫不履，短发垂双耳。携得钓竿筐筥，九寸鲈，一尺鲤。菱香酒美，醉倒芙蓉底。旁有儿童大笑，唤先生，看月起。

是真名士，故能真风流。看陈继儒在这首《霜天晓角》里写的自己的住所(大约是他中年后隐居小昆山之所)，便可悟到这一点。他的住所，“背水临山”，与山水为伴，确是雅人高致；“门在松荫里”，也没什么院门，松树的绿荫就是院，门就在绿荫里，如此以松为院，更可见主人的自然之趣和孤洁之志；“茅屋数间而已”，平平淡淡的几间茅屋，正是主人的平常之心的体现。

山、水、松、茅屋，其高雅已如上所说，但是，这还是古人(古之隐士名士)用过的道具，还算不得新鲜，新鲜的在茅屋里。古人虽也住草堂，但外面固然可以朴陋，堂内却须有些显示名士不凡身份与独特气质的物事，陶渊明再穷，不也有一张“素琴”吗？然而，陈继儒却没有。“土泥墙，窗糊纸，曲床木几，四面摊书史”，墙是用土泥(“泥”，涂)起来的，窗口是用纸糊上的，床是竹编的(“曲床”，竹床)，桌是木制的，一切都是那么“土”，那么与普通农家民居无异，除了茅屋里到处摊着的书籍可证明主人是位读书士子外，全无一点“名士”痕迹。那么，作者为何要津津乐道地列数这些东西呢？他想借此说明自己在此环境下悟到了什么呢？我们可看看他《晚香堂小品·花史题词》中的一段话：“吾家田舍在十字水外、数重花外，设土剉(瓦锅)、竹床及三教书，除见道人外，皆无益也。”这些文字颇可助我们理解本词。原来，在这些普通而平朴的东西里，隐含着一种“道”；这个“道”虽然难以确诂，但大约是指一种返璞归真、寓真趣于平实中的生活哲理，亦即陶渊明《饮酒》诗“此中有真意，欲辨已忘言”的“真意”。千百年来，真正的山人、处士，都以追求和体悟此“道”为毕生幸事，一旦得之，更无所求。当然，在附庸风雅的“名士”们看来，这些土玩意儿是不值一哂的、“无益”的；只有名人书画题跋在壁、尊爵器物满架，才是有益的——有益于提高他们的“名士”身价。

作者自是对这种“风雅”已了如指掌、不屑一顾，于是，他便以“见道人”的口吻淡淡地自报家门了：“若问主人谁姓，灌园者，陈仲子。”陈仲子是战国齐的高士，楚王聘他为相，他却携妻逃去，为人灌园。看来，作者对这位同姓的先贤景仰已久，此时脱口道出，已隐然以仲子后身自居了。既如此,那么与这位“陈仲子”为伴的,除了曲床木几,还能是什么呢?“灌园”之人,还要书画古器之类何用?

于是,在词的上片,我们便看到了一个人,他所住的环境,已泯灭了卖弄、矜持、标榜,一扫假名士的种种附庸风雅的酸气,纯然是一种平朴、古拙、自然的气象。接着,在词的下片,我们又看到这个人,他的衣食行迹,与这个环境是何等的妙合无垠。

“不衫不履”,他的衣衫是不整不齐的;“短发垂双耳”,他的头发剪得短短的,免了每日的洗沐之苦;这副模样,怎能与“衣冠中人”往来、怎能戴上头巾去干谒公卿呢?《虬髯客传》中以“不衫不履”形容李世民,是欲显其倜傥和豪放;而作者将其移来自拟,则透露出几分疏野清狂。

“携得钓竿筐筥(筥,圆竹筐)”,于是,这副模样他便只能去钓钓鱼、采采菱,过着自在、平常、“无益”的日子;但这正是他的所求,所以说来全无怨意,也看不到假名士在山中苦熬着等候征召的焦急相。他只是高高兴兴地烹好了钓来的“九寸鲈,一尺鲤”,煮好了采来的菱角,“菱香酒美”,在菱的清香中饮起酒来——只可惜,“予不饮酒,即饮未能胜一蕉叶”(陈继儒《媚幽阁文娱》),一会儿他就醉了,醉倒在芙蓉花下,菱的清香尚未去怀,莲的清香又悄然入怀了……

“落日欲没岘山西,倒著接䍦(lí)花下迷。襄阳小儿齐拍手,拦街争唱《白铜鞮》。旁人借问笑何事,笑杀山公醉似泥。”这是李白在《襄阳歌》中自述的醉后情景。见了醉鬼又笑又叫,大约是儿童的天性吧?所以,相距千载的李白与作者,都在醉倒花下时给儿童尽情“大笑”了一番。作者只有一个儿童在旁,声势是不及李白的;但李白也有逊色于他的,因为他身边不是无知的“襄阳小儿”,却是个知他心意的可爱小童。这小童一副憨态,见了醉鬼不免“大笑”,可他又知道先生最爱皎洁的月色,因此先生天黑前醉着,他不去唤,等月亮上来了,他便忘不了“唤先生,看月起”。在此环境下,只一小儿是解人,悲哀乎?否也。看作者在篇末这兴趣盎然的一笔,足见他全无悲哀,只有自得。也许,他也正是只愿让一儿童了解他的心意,因为儿童最具天趣,非成人俗物可比。

这首词,比起那些“要眇宜修”之作来,真是“不衫不履”的了,一无辞藻,二无隽语,“土”气扑人。然而,若使王国维来论此词,怕也不能不承认词中有“境界”——一种真名士胸中自然浑成的襟怀气象吧?(沈维藩)

柳梢青　孙承宗

铁马嘶云,金戈挥日,人在芳皋。阅尽空华,英雄著眼,恨满绨袍。漫猜蜃海楼高,且听个、松风海涛。试问东方,春华秋实,几个蟠桃?

英雄失路,也不免悲慨无奈。孙承宗在抗击清兵入侵的战斗中由于多方掣肘而出师不利,加上魏忠贤奸党的诬陷,不得不于天启五年(1625)力请罢官,十月得允,从此在家乡度过了四年的闲居生活。这首《柳梢青》词抒写了他在投闲置散中的愤懑和力求解脱的心情。

开头两句“铁马嘶云，金戈挥日”，追忆当年疆场鏖战的情景，有辛弃疾《永遇乐·京口北固亭怀古》词“想当年，金戈铁马，气吞万里如虎”之概。“挥日”典出《淮南子·览冥》：“鲁阳公与韩搆难，战酣，日暮，援戈而抇（挥）之，日为之返三舍。”春秋时楚国的鲁阳公在作战时嫌天色已晚，竟挥戈使太阳倒退九十里。词人化用此典正切其奋战不休之意。但紧接在这一鏖战场面之后的却是“人在芳皋”，这一反跌形成了一个巨大的心理落差，原本应该驰骋疆场的战将如今却徜徉于水边林下，那份无奈与怅恨尽在不言之中了。上片后半的词意即由此生发出来。词人回顾投身抗清以来的经历，不禁感叹“阅尽空华”。“空华”语出佛典，意谓虚幻之花，《圆觉经》云：“此无名者，非实有体，如梦中人，梦时非无，及至于醒，了无所得，如众空华，灭于虚空，不可言说。”在此国家的危急存亡之秋，词人曾在前方浴血奋战，全力撑持危局，而换来的却是敌人的长驱直入，难怪他要发出如此浩叹，竟至“恨满绨袍”。“绨”（tí），一种丝织物名，比较粗厚，“绨袍”，在此指战袍。《诗经·秦风·无衣》云：“岂曰无衣？与子同袍！王于兴师，修我戈矛，与子同仇。”此袍本应披挂于驰骋疆场的将士身上，而如今却同主人一样被抛掷闲置，它当然只能勾起主人的满腔怨愤了。

如果说词的上片为抒愤，那么下片则表现为对这种心境的超越。“漫猜蜃海楼高”一句将蓬莱、方丈、瀛洲之类的海上仙境一笔扫倒，“且听个、松风海涛”则以大自然的天籁作为心灵的慰藉与寄托。结拍化用东方朔的故事，从永恒宇宙的高度来俯视尘世的变迁，那么所有的变化也就显得微不足道了。《汉武故事》中曾记载侏儒在武帝面前指称东方朔：“西王母种桃，三千岁一为子。此儿不良也，已三过偷之矣。”（《艺文类聚》引）词人以对东方朔的诘问表达了人间的春华秋实相对于三千年一结果的蟠桃来说实在是太过渺小了。词人在此试图以此化解心中的愁闷怨愤，获得精神上的超越与解脱，而人们从中却能更深一层地感受到词人内心的不平。（黄宝华）

玉楼春　李日华

题《柳洲待别图》送刘跃如

轻暖轻寒无意绪，朝来几阵梨花雨。妆成独自倚阑干，暗数落红愁不语。　　杜宇一声人欲去，残云片片依沙渚。横塘十里柳烟浓，维舟正在烟深处。

这是一首题画词，同时也是一首送别词。伤别为中国古代诗词的一大传统题材，佳作迭出，不胜枚举，正因如此，如何使自己的诗词不落前人窠臼，也就成了文人骚客苦心思考的问题。此词的高明之处，也就在于巧妙地将词人与友人的别情跟所题之画意交融起来，通过画中的男女伤别情绪的生动刻画，来表达自己与友人刘跃如的离别之情，颇具新意。

词的上片，着重描写了画中女子的离愁别恨。“轻暖轻寒无意绪，朝来几阵梨花雨”，一开头即点染出了画面所呈现的季节：乍暖还寒、到处飘洒梨花雨的春季。春季本是繁花争艳、令人心旷神怡的时节，然而画中的这位女子却觉得“无意绪”，因为她的心上人将要离她远行。此情此景，那依依的春柳，似是无力举起的纤纤素手，那飘洒的梨花雨，恰如伤心难耐的离别泪水。“红窗寂寂无人语，暗淡梨花雨”，五代词人孙光宪《虞美人》中的这两句，正是那位女子未来的际遇。紧接着的“妆成独自倚阑干，暗数落红愁不语”二句，是那位女子“无意绪”的具体表现，常言道“女为悦己者容”，而画中的这位女子妆成之后却无人欣赏，其内心之失落不难想见。独自倚栏，暗数落花，这两个传神画面点出了她内心的孤寂与哀怨。而这片片飞逝的寂寞落红，不正是她自身遭遇的写照吗？至此，一个孤独无奈、黯然伤神的女子形象，已清晰地呈现了出来，让人在为《柳洲待别图》那高妙画境击节叹赏的同时，也不禁为词人那高超的书画鉴赏力和诗词表现力所折服。

下片顺承上片，进一步点明了女子之哀伤是因为伊人之将乘舟远去，并将画中的男女伤别跟自己和友人刘跃如的别绪有机融合起来。

“杜宇一声人欲去，残云片片依沙渚”二句，以有意味的景物描写揭示出了女主人公“愁不语”的原因，用笔高妙。在这里，词人不直接写画中人“执手相看泪眼”（柳永《雨霖铃》）的场景，而是以杜鹃催归暗示了离别在即，离别无奈，并再次点明了离别的时节；词人不直接叙写双方离别时如何依依不舍，而是以残云对沙洲的无限依恋，象征着别离人那份难割难舍的恋情，以无生命的自然景物来透视有生命的人物的内心世界，不仅使无生命的景物具有了情感的意味，而且能把难以具体描摹的人的情感形象生动地外化，深得以景传情之妙。结拍“横塘十里柳烟浓，维舟正在烟深处”，继续描写景物：在长满柳树的十里横塘，一只船正泊在柳烟深处整装待发。这两句一方面点明了“柳洲待别”的词题，另一方面也暗示了离别的不可避免。“横塘”为三国吴筑于建业（今南京）城南淮水南岸的河堤，为人家聚居之所，那里不知上演过多少出“多情自古伤离别”（同上）的活剧，此处当是泛指离别之地。结句的景物描写，除了进一步传达了画中人的别情外，还道出了人间离别悲剧的普遍性，从而自然而然地由画中情转到了词人送别友人的当时情，起到了一箭双雕的效果。

此词充分展露了词人工书善画，精于鉴赏，长于诗词的才华。词中将所题之图的意境栩栩如生地再现出来，在充分转达画中离愁的同时，更将这种他人的离愁与词人自己送别友人的惜别之情结合起来，不仅写活了画境，而且也巧妙地抒发了词人的深婉情愫，从而使此词包孕了两个层次的伤别情感内核，由此产生了与一般送别词不同的更丰富多彩的感人魅力。（龙文玲　农作丰）

临江仙　魏大中

钱唐怀古

霾没钱塘歌吹里，当年却是皇都。赵家轻掷兴强胡。江山如许大，不用一钱沽。　只有岳王泉下血，至今泛作西湖。可怜故事眼中无。但供侬醉后，囊句付奚奴。

钱塘即今之杭州市，历史上曾是赵家南宋王朝偏安江南、不思图强、竞尚奢靡的都城，所以吟咏此地的怀古诗词多为抒发一种哀其不幸、怒其不争的痛惜情感。魏大中此词亦不例外。

词以“霾没钱塘歌吹里，当年却是皇都”起势，“霾”，同埋。由眼前沸腾的西湖歌吹声中，词人不禁想起当年南宋小朝廷沉湎于歌舞的往昔：“山外青山楼外楼，西湖歌舞几时休！暖风薰得游人醉，直把杭州作汴州。”南宋诗人林升这首《题临安邸》诗所写，竟和词人眼前的所见所闻有如此惊人的相似，真令人既痛惜往事，又忧虑时局。如此今昔比照，不仅起势夺人，掷地有声，而且为全词的怀古慨今奠定了基调。

“赵家轻掷兴强胡”一句，则进一步揭示了南宋统治者耽于歌舞的恶果。自赵匡胤建立宋朝以来，边患连连，先是向辽与西夏输送岁币，后是被迫向金俯首称臣，最终被元军一举灭亡。其间虽不乏忠臣良将忧国忧民，但在只图苟且偷安、不思发愤图强的赵家帝王面前，却是英雄无用武之地。“轻掷”二字，写得生动传神，把宋代统治者只顾眼前享乐、不图江山永固的情状高度概括出来。“江山如许大，不用一钱沽”，“沽”，买，此一则极言“强胡”获得赵家江山之易，二则重申南宋统治者不爱江山爱歌舞的“轻掷”之状。字里行间，饱含着词人对南宋朝廷之腐朽荒淫、不恤民情的深刻批判，对时局的忧患也隐含其中。

过片“只有岳王泉下血，至今泛作西湖”，由昔而今，将对南宋衰亡旧事的追忆拉回对岳飞墓前之景的凭吊。岳飞精忠报国，正当他率岳家军欲直捣黄龙府时，却被奸臣秦桧所害，埋骨于西子湖畔。而今，他精忠报国的英雄事迹还广泛流播于民间，激励着不少仁人志士。在作者眼中，西湖的碧波仿佛是英雄的鲜血所化成，它似乎正满含悲愤，映照着纷乱喧闹的人间百态。这里血化湖水的比喻，远取《庄子》苌弘死后血化为碧的传说，近效关汉卿《单刀会》杂剧“鏖兵的江水犹然热，好教我情惨切，二十年流不尽的英雄血”。然而，精忠报国的英雄墓前，却仍是一片歌舞升平，在这里，多少人在纵情声色，什么忧国忧民，什么抵御外侮，统统都在沉醉中抛到了九霄云外，难怪词人要仰天长叹：“可怜故事眼中无！”作为一名耿直而有气节的东林党人，词人曾与杨涟等人力劾魏忠贤及其党徒，希望能重整朝纲，然而不但未能成功，反而被贬出京。此番来到杭州，南宋衰亡、岳飞冤死的旧事与朝中阉党擅权的现实不断交替呈现在眼前；他发出这样的长叹，不仅仅是对往事的感怀，更是对时局的隐忧。当时，努尔哈赤已统一女真各部，建立后金，并开始对明用兵，而明朝统治者只图眼前享乐、争权夺利，对女真政权的兴起无暇防备，心有余而力不足的词人，唯有长叹而已。其中“可怜”二字，饱含着几多焦虑，几多无奈。结句“但供侬醉后，囊句付奚奴”，是词人的自慰之辞。既然忧国忧民之策无处可施，那么，满腔的热忱只好化为醉后的词句，聊以抒发情怀而已。“侬”，我；“奚奴”即奴仆。唐李商隐《李贺小传》记李贺“恒从小奚奴，骑距驉(驴子)，背一古破锦囊，遇有所得，即书投囊中”，词中化用这一典故，无奈之意溢于言表。

此词由今写到昔，又由昔写到今，今昔变换绵密有致，从词人怀古慨今的感叹中，不难品味出词中流溢出的对时局危难的忧虑和无奈感，从而一个洞悉时事、忧心如焚的词人形象，也就自然而然地呈现在读者的面前。（龙文玲　农作丰）

拂霓裳　徐石麒

望中原，故宫锦树障烽烟。惊坐起，凉宵梦断蒋陵前。金人倾宝露，玉女绣苔钱。有谁能、醉鼓渐离弦？　西台哭罢，三户里识遗贤。敧皂帽，吹箫乞食总堪怜。英雄身未死，屠钓技常连。又何颜，许青门、瓜种故侯田。

明末清初有两徐石麒，一位是戏曲家，也是词人，字又陵，号坦庵，扬州人，清顺治、康熙间在世，有《坦庵词曲》六种，另一位便是这首《拂霓裳》的作者徐石麒，他在明崇祯时官刑部尚书，忤明思宗落职，南明福王时召拜吏部尚书，为权臣所制，乞归，清军下江南，他据守嘉兴，城陷自经。这首词作于徐氏殉节前不久，字里行间充满着痛怀故国的深切感情，忠愤之气真可上彻于天。

全词第一韵是一个三字短句："望中原。"当年杜甫遭遇离乱，深怀拳拳忠爱之情，曾写下"每依北斗望京华"（《秋兴八首》之二）的名句，作者之"望"正与其同意。这一望，看到了什么呢？他看到了北京正在遭受兵火的摧残。明皇宫中的奇花异木笼罩在烟尘之中，景象十分凄惨。这虽是他的想象，但却是最逼真地反映现实的想象。而下面"惊坐起，凉宵梦断蒋陵前"两句又告诉人们：前面的"望中原"是夜里做的一个梦，梦中所见的情景令作者感到无限悲愤，因此他便从梦境惊醒过来。"蒋陵"，三国吴大帝孙权的陵墓，因在蒋山南麓而得名，蒋山是今南京钟山的别名，萨都剌《满江红·金陵怀古》词所谓"蒋山青，秦淮碧"，即指此。其实，作者用"蒋陵"一词，另有寓意，盖明太祖朱元璋的孝陵便在南京钟山下，"梦断蒋陵前"便是梦断孝陵前也。"故宫"烽烟用直笔，"梦断蒋陵"便用曲笔，也见出作者尽管忠愤气填膺，但在艺术表现上仍是一丝不苟的。"惊坐起"一语令人想起元稹的名句"垂死病中惊坐起，暗风吹雨入寒窗"（《闻乐天授江州司马》），是极悲之语。梦是醒了，但"故宫"遭敌蹂躏的破败景象仍在心头挥之不去。"金人倾宝露"，宫中的金铜仙人承露盘翻倒了；"玉女绣苔钱"，原来每天洒扫干净整洁的庭除上长满了苔藓。"金人"，铜铸的人像，此指汉武帝时所制举掌托盘以承天露的金铜仙人，李贺《金铜仙人辞汉歌序》云："魏明帝青龙元年八月，诏宫官牵车西取汉孝武捧露盘仙人，欲立置前殿。宫官既拆盘，仙人临载，仍潸然泪下。"故常用作抒发兴亡之感的典故。"苔钱"，青苔点点皆呈圆形，如钱，故称。地满苔钱，当然很荒凉。如刘孝威《怨诗》即云："丹庭斜草径，素壁点苔钱。"满怀悲愤的作者此时真是怒发冲冠，遂呼出："有谁能、醉鼓渐离弦？"——有谁能像战国末酒酣击筑的高渐离那样，唱出一曲《易水歌》，为前去行刺秦王政的英雄荆轲送行呢？这里化用《史记·游侠列传》的典故，显然以暴秦喻指清军，体现出退敌救亡的强烈愿望。以高渐离（他后来行刺秦王也未遂被害）为念，似尚有"擒贼先擒王"，欲敌酋早毙之意。

词的下片主要述说抗争的不屈意志。"西台哭罢，三户里识遗贤"，用宋亡后遗民诗人谢翱登富春江西钓台哭祭文天祥的事典，以及《史记·项羽传》所记楚南公之言"楚虽三户，亡秦必楚"的语典，表示痛定思痛，应当团结、联络各阶层的人士共举义旗，开展抗清斗争。"三户"本指数量很少的人，此处则指坚持气节不肯屈服的人们。下面两句，他又说：虽然抗清斗争受到很大的挫折，但我决不愿做一个“吹箫乞食”的“堪怜”之人，歪戴“皂帽”，在世上苟且偷生。“吹箫乞食”，是春秋时伍子胥事。按《史记・范雎蔡泽列传》云：“伍子胥橐载而出昭关，夜行昼伏，至于陵水，无以糊其口，膝行蒲伏，稽首肉袒，鼓腹吹篪，乞食于吴市。”裴骃集解引徐广曰：“（篪）一作‘箫’。”词中是从字面意义上借用此典。“皂帽”，黑帽，最平常的服饰。作者绝不愿让自己意志消沉，因此，他宣称：“英雄身未死，屠钓技常连。”他认为在屠夫、钓者之中或许仍有潜伏的英雄豪杰，像秦末随刘邦起义的樊哙，便以屠狗为业，三国时的张飞，也曾干过杀猪的营生，而姜太公垂钓磻溪，后来更成就了辅佐武王讨灭商纣的伟业，因此，只要善于吸收人才，抗清斗争仍有希望取得胜利。最后，他认为此时此刻必须坚定自己的信念，决不能因敌人的强大而泄气，像“青门”种瓜那样甘心隐逸的事，目前是不宜效仿的。“又何颜”三字，用强烈的贬责语气否定不可取之事，表现出不屈不挠英勇斗争的凛然大义。按《三辅黄图》云：“长安城东，出南头第一门曰霸城门。民见门色青，名曰青城门，或曰青门。门外旧出佳瓜，广陵人召平为秦东陵侯，秦破为布衣，近在青门外。”结拍用青门故侯瓜之典，既有沧桑之感，更有非议隐世提倡积极斗争的命意，在相反的意义上活用典故，为此词生出强烈的兴发感动力。（庞　坚）

浣溪沙　施绍莘

愁卧寒冰六尺藤，懒添温水一枝瓶。乱鸡啼雨要天明。　　等得梦来仍梦别，甫能惊觉又残灯。西江别路绕围屏。

施绍莘，字子野。屡试不第的遭际和纵情诗酒的情趣决定其词作多以抒写个人情怀为内容。这首词写的是别离思念之情。

全词的中心是写“愁”，故而开篇明义，以一个“愁”字领起，以下无不紧扣中心使之得以突现。词中虽未明点出节令，但从前两句“愁卧寒冰六尺藤，懒添温水一枝瓶”，可推断大约是深秋或早冬，我们不妨借“何处合成愁，离人心上秋”之意，将其定为深秋。已被离愁折磨得百无聊赖的抒情主人公本想借昏昏沉沉的睡得以解脱和排遣，然而六尺藤床又冷如寒冰；原可给汤婆中换换热水以取暖，却又懒得去添。就这样，在辗转反侧、彻夜难眠的痛苦中好不容易熬到鸡啼天晓，可迎来的却又是一个阴雨绵绵的日子。真正是“秋风秋雨愁煞人”，苦不堪言了。抒写离愁别恨可算是古代诗文的一个永恒的题材，而且这别情又往往与“悲秋”联系在一起，此词也莫能例外。但值得注意的是，作者既未落墨于别时之情的抒发，也不着力于别后之景的刻画，而是将笔墨倾注于肌肤之感受，借突出冷感来渲染愁绪，表现出别有趣味的思致。

下片换头处以“等得梦来仍梦别，甫能惊觉又残灯”紧承上片，集中写梦。这“梦”，既可理解为因通宵未眠，天亮后昏然睡去所做之梦；又可理解为在漫漫长夜中不止一次的短暂的梦境。抒情主人公因思而等梦，希望在虚幻的梦境中摆脱愁思，但等来的梦，却仍是别离之梦、愁苦之梦。常言道：“日有所思，夜有所梦。”别离之悲、思念之苦是魂牵梦绕的。梦醒之后又是碧荧荧短檠灯，冷清清旧围屏，更显出孤独无依的境况。在西江别离时的情形总是一幕幕展现在眼前，斩之不断，挥之难去。第三句“西江别路绕围屏”，化用宋晏幾道《临江仙》中“酒醒长恨锦屏空，相寻梦里路，飞雨落花中”。虽写梦中，却着意于梦醒之后的凄清悲凉。这恰与五代词人韦庄的《女冠子》中“昨夜夜半，枕上分明梦见”，“觉来知是梦，不胜悲”相似。

从整篇词作看，语言浅近直白，却又浅近中有蕴藉，直白中有含蓄。艺术手法上以冷衬愁，以冷染思。其实这也正是作者一贯的追求。他自称“冷人”（沈士麟《花影集序》）以表示弃绝功名。其词作也多以“残灯”“孤灯”“空床”“风”“雨”等意象营造冷的氛围。如他的《浣溪沙·雨夜有怀》：“半是花声半雨声，夜分淅沥打窗楞，薄衾单枕一人听。　密约不明浑梦境，佳期多半待来生，凄凉情况似孤灯。”（刘书成）

望江南　徐　㶿

城上角，吹动薜萝烟。别意难忘灯下约，归期空向梦中传。消息杳如年。　孤馆客，今夕不成眠。万井寒砧敲夜月，数声黄叶坠秋天。人在碧云边。

“一样相思，两地离愁”，这两句话可以说是这首词的最好概括。此词分别从夫妻双方着笔，抒写了丈夫羁旅在外而引发的两地相思离愁。

丈夫远游他乡，闺中人在操持家务的同时，往往把对丈夫的思念、期盼其早日归来作为她精神生活的全部。词的上片，从闺中思妇入笔，抒写了她绵绵不尽的相思之情。“城上角，吹动薜萝烟”，黄昏城上的号角声声，吹动了攀援屋壁的薜荔和女萝。黄昏是万物归巢的时间，面对如《诗经·王风·君子于役》所说的“鸡栖于埘，日之夕矣，羊牛下来”的景象，闺中人难免会生发出“物犹如此，人何以堪”的思念和感慨。“薜荔”，又名兔丝，《古诗十九首·冉冉孤生竹》即以“与君为新婚，兔丝附女萝”之句表达丈夫别后，思妇孤独无依的思念之情。此词化用了这一诗意，把这看似寻常的景物，赋予了极不寻常的特定意义，因而饱含着女主人公几多依恋，几多哀愁！或许丈夫别前，曾与她在灯下定下了归还的日期，然而归期已至，伊人仍踪迹全无，这怎不令她魂牵梦萦。“归期空向梦中传”中的“空”字，形象传示出闺中人那不断盼归又不断失望的复杂心情。一次次在梦中仿佛见到了相见欢的一幕，醒来之后方知是黄粱一梦，如此，有多少次希望，就有多少次失望，思如流水，情何以堪！“消息杳如年”，本来离别之后，希望对方音信频传，但由于现实空间的阻隔，书信杳无，这更使得女主人公陷入无尽的离别相思之中。

下片从远在异乡的游子入手，抒写了他对家乡妻子的思念。“孤馆客”二句，平平道来，描写了男主人公客居他乡的孤独寂寞，以及为思念亲人夜不成寐的情状。“今夕”二字，说明在闺中人念远盼归之时，男主人公亦在远方望乡思念着她，夫妻之情深，相思之意切，皆浓缩在这二字之中。紧接着的“万井寒砧敲夜月，数声黄叶坠秋天”二句，是男主人公夜不成寐的所闻所见。“寒砧”，指寒秋的捣衣声。寒秋月夜捣衣声随处传来，这很自然令人记起李白“长安一片月，万户捣衣声”的著名诗句。那此起彼伏的捣衣声，使人不禁想起家乡的闺中人也正忙于为自己捣衣远寄。如果说，万井捣衣声是远处传来的特有“秋声”的话，那么，黄叶飘落声则是寂静窗前传来的特有“秋籁”，一远一近，一大一细，组合成一曲别具韵致的秋天协奏曲。秋节已至，人不能归，怎不令人心悲，令人神伤！末句“人在碧云边”，在全词结构中起到了回应上片的重要作用，是对“消息杳如年”的委婉解释。“碧云”，在此比喻远方，柳永《倾杯》词曾说：“最苦碧云信断，仙乡路杳，归雁难倩。”此处暗用柳词词意，将相对独立的上下两片融为一体，由此可见作者在词的结构艺术上独运的匠心。

此词写夫妇两地相思之情，真挚感人，在意境的创造上也颇为别致，尤其是下片的“寒砧敲夜月”“黄叶坠秋天”“人在碧云边”，给人以一种空灵摇曳之感。在语言上，词人又极注重用语的精确与音韵的清丽和谐。清代谢章铤《赌棋山庄词话》评此词“清脆可诵”，大概是就这些特色所作出的恰切评论。（龙文玲　农作丰）

踏莎行　沈宜修

君庸屡约归期无定，忽尔梦归，觉后不胜悲感，赋此寄情

粉箨初成，蔷薇欲褪，断肠池草年年恨。东风忽把梦吹来，醒时添得千重闷。　驿路迢迢，离情寸寸，双鱼几度无真信。不如休想再相逢，此生拚欲愁消尽。

“词言情”，爱情、友情、亲情，都是词的拿手题材。这首《踏莎行》，就是抒写手足之情的佳作。词题提到的“君庸”，即词人的弟弟、明代戏曲家沈自徵。自徵曾为国子监生，少年裘马，挥斥千金，在京师十年，遍察西北边塞，考究地理形势，多次为有关大臣出谋划策，筹划兵事。所以词题说他“屡约归期无定”。这就苦了闺中的姐姐，梦他念他，无奈离人久久不归，于是只得用文字来寄托思念、宣泄苦恼。而沈妻张倩倩也有《蝶恋花》词抒伤离念别之情，这两首才女之词实在是可以参照着一读。

阅序文，我们知道这首词是梦后之作。在梦中，词人与弟弟久别重逢。欣喜未已，梦醒，不禁悲从中来。上片着重写初醒后的所见所感。“粉箨”，指竹笋上一片片粉色的皮壳。“粉箨初成，蔷薇欲褪”，作者选择两样富含季节性特征的植物，用以表明春天的脚步又向我们走来。“断肠池草年年恨”，笋老了，花将凋零，那么“池草”该是一片生机吧？但草色照样给词人添愁惹恨，且这“恨”，还一年又一年地“绵绵无绝期”。池草年年生，弟弟年年说回却年年不回，怎不令人恼恨？这里暗暗化用了《楚辞·招隐士》“王孙游兮不归，春草生兮萋萋”的诗意。“东风忽把梦吹来，醒时添得千重闷”，那梦，像是由东风忽然给吹来的，真是奇特的想象。着一“忽”字看似梦来得突兀，其实是作者日夕萦怀所致。“千重”，落笔沉沉，让人读着也似有千斤之石压上心头之感。人，当他的某种理想得不到实现时，梦的发生就是在所难免的了。梦也许能给人带来一时的补偿，然一旦醒来，只会更形烦恼，因为梦跟现实的落差太大。这里表现的，正是人的这样一种生命状态。

下片是继“千重闷”之后的思想轨迹。“驿路迢迢”,驿路那么遥远,“离情寸寸”,离别之情让人柔肠寸断,这里以一个对句表现了两种情境:一个外在的世界,一个内心的状态,一长、一短,在这内与外、长与短的对比中,更显出离愁的深致。“双鱼几度无真信”,“双鱼”,指信函,典出汉乐府《饮马长城窟行》:“客从远方来,遗我双鲤鱼。呼儿烹鲤鱼,中有尺素书。”词人牵挂远游在外的胞弟,自然盼望他的来信。弟弟信中约了归期,却屡约屡爽,只能抱怨“双鱼”何以不带来“真信”了。这句是叙述,却饱含着抒情,是怨语,更显手足之情的真挚深切。最后两句“不如休想再相逢,此生拚欲愁消尽”耐人寻味。“拚”,今通写作拚,作不惜、豁出去解,女词人表示豁出去不想重逢之事,这样总能把思亲的愁苦消尽了吧!这是一种用反语来表情达意的手法,全词在这样的语境中结束,看似解脱,细品,则有更加深重的哀痛存焉!

词言情。但在浩浩词海中,常见的,写得好的,还多是爱情。写亲情感人之作并不多见,故而这首《踏莎行》,就显得弥足珍视了。(翁敏华　回达强)

蝶恋花　沈宜修

感怀

犹见寒梅枝上小。昨夜东风,又向庭前绕。梦破纱窗啼曙鸟,无端不断闲烦恼。　却恨疏帘帘外渺。愁里光阴,脉脉谁知道?心绪一砧空自捣,沿阶依旧生芳草。

这是一首表现“闺情”的作品。表现闺情是中国抒情文学、特别是诗词的一大主题。但在中国诗歌史上,闺情作品的写作者,却多是须眉之士。这种由男人代女子立言、学女子口吻的做法,当然给人以“隔靴搔痒”、装腔作势之感。由这个意义上看,中国文学史上留存不多的女性作家作品,以多情细腻的女性笔触展现女子自己的心理世界,就显得难能可贵。

多愁善感的沈宜修写的这首《蝶恋花》,堪称这类作品中的佼佼者。

上片由景及情。“犹见寒梅枝上小。昨夜东风,又向庭前绕。”首二句落笔生情。这两天游园,见梅花之朵,在寒风中尚未长大,尚未开足。不知不觉之中,东风又来了,昨夜前庭,已听见她巡回环绕的脚步声。这一句,一个“犹”字和一个“又”字对举,怪嗔时间的脚步走得太快了,不能不让人顿起光阴似箭之叹。“梦破纱窗啼曙鸟,无端不断闲烦恼”。在东风的脚步声中,又是一宿多梦,梦回无眠。“梦”字后面着一个“破”字,好!这个梦,肯定是美梦无疑。梦见什么了?是远离家门在外做官的丈夫回来了么?是回归到童年时代依偎在父母慈爱的怀抱中么?作者没有说,但“无端不断闲烦恼”句,已经透露了现实与梦境的落差,怨而不怒地显现出作者独居深闺的“闲烦恼”。“一种相思,两处闲愁”(李清照《一剪梅》),对于男人还好说,或忙于应试,或忙于做官,可是对于闺中女子,也许“闲愁”就是她们生活的全部!怎不叫她们再三再四地长叹:“独自怎生得黑?”(李清照《声声慢》)纱窗外的曙鸟啼破了好梦,欲再有梦至少要等下一个天黑,而这两黑“梦”之间,是漫长的难捱的白昼,是无端而起绵绵不断的闲愁。上片到此结束，但闺怨的情韵，却不绝如缕地缠绕在词人的笔端，也缠绕着读者的心。

下片由情再回到景。“却恨疏帘帘外渺。愁里光阴，脉脉谁知道?”二句是情语，其“恨”字、“愁”字和“脉脉”数字，直截了当地把自己的心境和盘托出。疏帘之外，是那条通往远方的路。夫君若是回转，会缘那条路而来的。如是，便每每站到帘儿跟前去。然而，误几回隔帘相望，透过疏帘映入眼帘的，总是那样渺渺茫茫的空路，怎不让人“恨”上心来，又把那“恨”转嫁给疏帘。光阴愁度，还无人诉说，这是怎样的一种景况！疏疏一帘间，脉脉不得语。作者明知道并不是疏帘间隔了她和丈夫，但是她无人好怨恨，只好委屈帘儿了。“心绪一砧空自捣，沿阶依旧生芳草”。自古以来，砧上捣衣捣练，已经成为男女相思相忆的象征，成为一种典故融入到歌诗词曲之中了。如杜甫的“宁辞捣衣倦，一寄塞垣深”(《捣衣》)，贺铸的“砧面莹，杵声齐，捣就征衣泪墨题。寄到玉关应万里，戍人犹在玉关西”(《捣练子》)。词人像这些诗歌中的女子一样，爱着那个远游之人，却只能以心作“砧”，在心里空自“捣衣”“捣练”不已，即便捣就了，也无处投寄，瞧那石阶一沿，依旧是芳草萋萋。那芳草如此侵占石阶，当然是缺少人走动的缘故。多么的荒凉冷落，如同我们女主人公的内心世界一样。这最后两句是全词的精华所在，表现了词人深深的无奈和忧郁，也显示了她高超过人的情感表达技巧。(翁敏华　回达强)

蝶恋花　张倩倩

丙寅寒夜，与宛君话君庸作

漠漠轻阴笼竹院。细雨无情，泪湿桃花面。落叶西风吹不断，长沟流尽残红片。　　千遍相思才夜半。又听楼前，叫过伤心雁。不恨天涯人去远，三生缘薄吹箫伴。

这是一首闺中思夫之作。词题中提到的“君庸”，是明代戏曲家沈自徵之字，本词作者的丈夫。“宛君”，沈宜修之字，与倩倩既为表姐妹，又是姑嫂关系。据钱谦益《列朝诗集小传》载，“倩倩小宛君四岁，明眸皓齿，说礼敦诗，皆上流女子也”。在丈夫外出求功名的岁月里，最苦的，莫过于枯守闺房的妻子。历来源源不断的闺怨之作，多半都是这一类寂寞难捱的女子的心曲。沈自徵后来归乡，遇举荐也辞而不就，躬耕田垄，原是可以写词作曲与才女夫人共娱的，可惜晚了，倩倩已经在三十四岁那年抑郁而死了！真不知丈夫归家后在读到妻子这首《蝶恋花》词时，心里作何感想！

一个寒冷的冬夜，江南的一座深宅，两个多愁善感的文学女子，在一处用吴侬软语唧唧哝哝地说着悄悄话。提及远在天涯海角的夫君，原本笼罩着竹院的“漠漠轻阴”，便也笼罩到心上来了，凄怨迷离。一个“笼”字，使人顿感压抑。紧接着，阴转雨，泪雨簌簌地淋湿了桃花一般的娇美面庞。是呵！面如桃花，只是那双欣赏怜惜的眼睛何在？凭谁问，“人面不知何处去，桃花依旧笑春风”?(崔护《题都城南庄》)“落叶西风吹不断，长沟流尽残红片”，又是秋天了。西风裹挟着落叶落花，在水沟里打旋。一年又将过去，夫君还未有归期。季节的推移更迭，给人带来红颜易逝之叹。难问此刻寸肠断成何等模样，惟有残红、碎绿、片片西风，才是它们的象征。这是上片。一个泪流满面的心有千千结的少妇人，正在细雨落叶西风的背景中，对我们兼泣兼诉，怎能不让人一掬同情之泪！

如果说上片将时间定格在白昼，那么下片，就投进了黑夜。独白相思的日子，真不是人过的，白昼还好，一入夜便度时如年，一千遍相思只消磨了半个夜晚，叫我如何打发这下半个夜、这接踵而来的明天、这无数个孤身只影的日日夜夜！“千遍”，极言其多，“才”，表现了时光难捱的痛苦。一个人静静地思念尚且不堪，更何况楼前又有孤雁飞过，它留下的哀鸣萦绕在词人的心头，令她伤心不已。“伤心雁”这一意象的选择，自有其深层的文化意味：雁是候鸟，它的有规律的迁徙，常常成为季节更替的标志，牵动文人骚客敏感的神经。而“鸿雁传书”的故事，更能引发游子、思妇的情感波澜。这两句描写词人辗转反侧夜不能寐的情景，凸显其相思之苦、思恋之切。最后两句是“不恨天涯人去远，三生缘薄吹箫伴”。这里用萧史、弄玉之典：秦穆公的女儿弄玉和吹箫人萧史因乐结缘，双双乘鸾飞升。而“三生”，即佛家所说的前生、今生、来生。如果夫妻有缘，来生还可再结合。整句的意思是：天涯人远远地离去了，我不敢恨，恨只恨自己红颜命薄、三生缘薄，不能够像弄玉萧史那样成双作对！读着这样凄婉清丽的词作，像是触摸到了三百多年前中国深闺妇人的心。张倩倩所存作品不多（钱谦益说她“作即弃去”），但于明末词坛有大功矣！因为她调教出另一个更有成就的女词人——叶小鸾。

沈宜修作《表妹张倩倩传》，云：“此阕则丙寅（明天启六年，即公元 1626 年）寒夜与余谈及君庸，相对泣作也。其才情如此，岂出李清照下？”说到李清照，自然想起她的思夫词“佳节又重阳，玉枕纱橱，半夜凉初透”（《醉花阴》），中国封建时代的女子，受束缚，受压制，毫无自由可言，无才还好，若是有才，那真是苦上加苦。嫁个丈夫，无爱的，自苦，若碰巧倒是有爱，却又每每生离死别，亦苦。她们用血泪与才智凝成作品，美则美矣，读着，却让人心痛。（翁敏华）

满江红　　王彦泓

眼角眉端，谁道是、便成抛散？怕向那、定情帘下，诉愁窗畔。几度卸装垂手望，无端梦觉低声唤。猛思量、此际正天涯，啼珠溅。　　欲寄语，加餐饭。难嘱咐，凭鱼雁。隔云山牵挽，寸心如线。善病每逢春月卧，长愁多向花前叹。况如今、憔悴已难堪，何曾惯。

《满江红》一调，有平韵和仄韵两体，王彦泓这首词属常见的仄韵体。因仄韵体《满江红》音节拗怒，声情激越，所以常被用来抒写激烈豪放的感情。而此词则继承了周邦彦开创的以此调写柔情的路子，摹拟一位闺中女子的口吻，抒写了这位女子的春日情愁。值得一提的是，此词在接受周词风格影响的同时，还灵活地化用了古乐府中的词句，颇具民歌风韵。

词的上片，着重描写女主人公苦盼情人的焦虑情态。开头“眼角眉端”二句，即把一位对镜自怜、满怀凄苦的女子形象展现在读者面前。由这位女子对自己眼眉的细心打量与“便成抛散”的哀怨，不难想见她的美丽姿容。“抛散”同“抛闪”，舍弃之意。元关汉卿《金线池》第四折有“担阁的男游别郡，抛闪的女怨深闺”之句，可以作为这位女子之所以如此思念心上人的注脚。正因情人在远游中充满了艰险和变数，才使得女主人公对他如此牵挂，对未来如此担忧。

接下来，“怕向那”二句，描写了女子害怕到曾与情人相依低语的“帘下”、“窗畔”的心理活动，细致入微地表达了她的相思愁苦。紧接着的“几度卸装”二句，进一步透露了女子急切的盼归之情。“几度卸装”这一行动细节，说明女子为迎接情人的到来，悉心打扮自己，却又一次次失望卸装。如此反复地不断希望，最终换来的却是不断失望，无疑使人更添焦虑和失落感。“垂手望”，暗用南朝乐府《西洲曲》“阑干十二曲，垂手明如玉”，极言女子的孤寂失落与无奈。醒时苦盼无着，朦胧睡眠中又恍惚那人就在眼前，不觉脱口低声呼唤，女子的一片痴情，在从苦思至幻觉的细节描写中表现得惟妙惟肖。这一写法，显然受到了南朝乐府《子夜歌》“想闻欢呼声，虚应空中喏”的影响。“猛思量”三句，是女子梦醒后对此时远行情人的猜测：在这露珠凝结的夜里，远在天涯飘零的他也正在思念自己吧。这不仅传神地描写了女子的思念之情，而且通过她设想对方也在思念自己，进一层地传达了自己的缱绻之情。这样的两头落笔的方式，使女子的思念之情加倍地表现出来。

词的下片，从女子与情人音信难通着笔，进一步描写了她绵绵无绝的痛苦相思。过片的“欲寄语”二句，乃承接上片末“猛思量”三句而来。“加餐饭”三字，在《古诗十九首》“行行重行行”一篇中本是女主人公自我宽慰的话语，此处用以遥寄远游的情人，使平常的嘱托语溢满了女子的无限惦念和体贴深情。紧接着的“难嘱咐”二句，词笔一转，虽欲寄语，却音信难通，这无疑更增添了痴情女子的苦楚。“鱼雁”是古代表达传送信息之意的象征性意象，此处着一“难”字，说明女子这一愿望的无法实现，因而只能像关汉卿《绯衣梦》第一折所说“我和你难凭鱼雁，我每日价枕冷衾寒”。下面的“隔云山牵挽”二句，是上句难凭鱼雁的结果。不尽的相思之情，仿佛感染了天地间的那云那山，然而，漂泊不定的云，怎会理解那寂寞的山的牵挽，到头来，这如线的缕缕不绝相思“寸心”，只有化为“一寸相思一寸灰”（李商隐《无题》）而已。

“善病每逢春月卧，长愁多向花前叹”，春月高悬、春花竞放，本应是有情人相依相偎享受良辰美景的时节，但女主人公却与情人各在天一涯，面对大好春景，只能是“善病”“长愁”，感受到的也只能是韶华易逝的伤春情绪。其中“每逢”、“多向”两个词，含蓄地说明了这种“善病”“长愁”不是一天两天的事，而是月复一月，年复一年，未有穷期的长恨。“年年岁岁花相似，岁岁年年人不同”（刘希夷《代悲白头翁》），更何况相思令人老，难怪结句说道：“况如今、憔悴已难堪，何曾惯。”音信阻隔之下的长久相思等待，使女子面容憔悴，心情郁闷，但她却不能使自己急切等待的心灵在岁月的流逝中变得平静，依然要苦苦相思守候。这种“衣带渐宽终不悔，为伊消得人憔悴”（柳永《蝶恋花》）的炽热情感，虽不至于能惊天地、泣鬼神，却也很动人心弦。这样的结尾，深情中含几分哀怨，结构上与词之开头相互呼应，获得了回环往复、韵味悠长的艺术效果。（龙文玲　农作丰）

金菊对芙蓉　刘　侗

华紫移枫，荷香在桂，又成一种风光。正轻寒气候，好整衣裳。几时送却堂前燕？计云程，故国烟茫。游人何事，独胜秋色，犹殢他乡。　空有回文锦句，尽听残白露，捱过重阳。任青楼赏遍，酒永歌长。千里平安慵启帙，都忘却，家在湖湘。芦蓼池塘，芙蓉亭沼，橘柚垣墙。

这是一首客旅恋内之作。作者刘侗字同人，麻城人，崇祯七年进士，除吴县知县，未就任即卒，可见是位羁旅多年的人。从这首词所抒之情看，也正是如此。

启篇三句，写客里风光。"华紫"即紫华，月季花的别名。月季与枫叶争艳，荷香共桂香而生，两个整齐的四字句，绘出一片特有的浓郁芬芳秋景。第三句用"风光"收束，奇偶相生，整饬之中透出灵动之气。其中"又"字颇有意味，将客旅情怀暗寓其中，却不露一丝痕迹。"正轻寒"两句，写觉轻寒而理衣裳，初看似无关痛痒，但那份敏感，却正是久寓他乡无人照料者所特有，故言外潜藏着一段别样沉痛。此两句已潜入旅思，却处理得伏脉不显，举重若轻，是欲擒故纵的手段。

"几时"三句，逗出归思乡恋。秋日气候的由暖变寒，引发其对春天气候由寒变暖时节的回忆，进而激起乡思归情。久寓他乡，终日奔走，不知倏忽之间，已然春秋代序，乳燕绕堂之景，已被枫桂荷香所替代。遽然发问，正是骤然惊心的心理反映。且燕子依节候而动的规律，自然使词人联想到自己的淹留他乡并心生悲慨了。这里用"云程"形容归程之遥，用"烟茫"概见归计之渺，已显出归思情切之状，只是一腔幽怨含茹其中，蓄势待发。歇拍三句，以"何事"绾结，将怨情尽行吐出，写自己对无端羁旅他乡，归计无着的生活的不尽怨恨。殢（tì），滞留。这三句以"他乡"、"游人"回护"故国"，以"秋色"呼应"风光"，将整个上片中所潜伏的怀归意脉挑明，写尽思乡倦游之情。

过片三句，将怀归之意凝于两地相思之情上。"空有"句，用晋窦滔妻苏蕙以五色丝织回文诗寄情典，见妻子哀婉相思之意。由于归计无着，爱妻的一番深情，只是枉然，自己也只能在百无聊赖、郁郁寡欢之中从白露到重阳，苦捱时光。听的或许是"蒹葭苍苍，白露为霜。所谓伊人，在水一方"（《诗经·秦风·蒹葭》）的古歌，吟着大约是"独在异乡为异客，每逢佳节倍思亲"（王维《九月九日忆山东兄弟》）的旧句，词人百感苍凉，神思恍惚。"听残"、"捱过"，语甚颓丧，其情之可悯，可以想象。

"任青楼"两句，更为沉郁。青楼征歌逐舞，本可忘忧，而词人却是在乡愁难解、离恨易增的情况下，想借青楼买醉买笑以消忧怀，故而结果反而是愁上加愁，恨外有恨。词人以"酒永歌长"概括身在青楼更加焦躁烦乱的心情，出人意表，却在情理之中，刻画彼时心境，堪称入木三分，洵非真得其中况味者不能道出。

"千里"句直至结拍，进一步刻画其难已的思念之情。费尽心机却不能使乡愁离恨稍有减缓的词人，只能是自己安慰自己：反正是千里平安，也就用不着写信相告了；反正是多年流浪，乡关何处都已忘却，也就用不着思归了。初看似乎词人已经释怀忘忧，实际上是于沉痛之中故作旷达语，将词情翻进一层：芦蓼、池塘、芙蓉、亭沼、橘柚、垣墙，哪一样不是故乡景物，哪一样不历历在目，哪一样不在记忆当中？！忘却家在湖湘，却对湖湘之景物如数家珍，正是词人情不能已处。正话反说，更见感情深挚。

整首词演绎思乡念家之情，写法上颇有特色：以他乡之景起，以故乡之景收，中间敷陈刻骨铭心的眷怀意绪;起笔处缘景生情,结尾处寓情于景,结构井然,感情发展的脉络清晰而自然,丝毫不给人做作之感。这恐怕也是此词潜气内敛,耐人咀嚼的原因所在吧。王世贞尝评作者之词"非纤宕者可比"(王昶《明词综》引),于此词可验。(罗立刚)

渔家傲(其一)　卢象升

搔首问天摩巨阙,平生有恨何时雪?天柱孤危疑欲折[①]!空有舌,悲来独洒忧时血。　画角一声天地裂,熊狐蠢动惊魂掣。绝影骄骢看并逐[②],真捷足,将军应取燕然勒[③]。

注 ① 天柱:支撑天的柱子。《神异经》:"昆仑之山有铜柱焉,其高入天,所谓天柱也。"《淮南子·天文》:"昔者共工与颛顼争为帝,怒而触不周之山,天柱折,地维绝。" ② 绝影:良马名。《三国志·魏书·武帝纪》注引晋王沈《魏书》:"公所乘马名绝影。"陈琳《武军赋》:"马则飞云绝景(影)。" ③ 燕然勒:《后汉书·窦宪传》载窦宪破北单于,"登燕然山,去塞三千余里,刻石勒功"而还。勒,镌刻。燕然山即今蒙古国境内的杭爱山。

卢安节《明大司马卢公年谱》载:"崇祯十年丁丑(1637),三十八岁,……九月,秋防靖,督兵还镇,道中次先贤范希文《渔家傲》词二首。"卢象升是明末朝廷所倚重的军事将领之一,进兵部侍郎,赐尚方剑。崇祯九年清兵入侵,他总督宣大山西。这首词作于清兵退后他督师还镇途中。此词慷慨悲壮,抒发满腔的忧国之情与报国之志,诚是饱蘸血泪、壮怀激烈的英雄之歌。

上片写忧国之情。词人生活在明朝末年,内部政治腐败,饥荒连年,民不堪命,义军蜂起;外部则清人崛起,觊觎中土,大军压境,国势日蹙,明王朝已处在覆亡的前夕。作为忠于明王朝的一员大臣,卢象升目睹危局,心中充满悲愤怨恨。首先他怨老天之不公,为何不佑护明朝而让它有倾覆之危,其实他是借"怨天"的形式表达对国事的忧念。人在遭遇怨愤不平时往往会追问到"天"这一最高的主宰,屈原有《天问》之作,有"吾令帝阍开关兮,倚阊阖而望予"(《离骚》)之叹,词人在此也像屈原那样叩天门而问天,追问其中的缘由。"天柱"一句极写明王朝之摇摇欲坠,忧国之心溢于言表。"空有舌"两句则自叹势孤力单,无回天之功。如果说上三句是"怨天",那么此二句则透出"尤人"之意,感叹其抗敌之略不为朝廷所理解采纳,反受大臣的掣肘。史载宰臣杨嗣昌与中官高起潜主和议,与象升持论不合,时时掣肘,象升名虽督天下兵,实不及二万,其悲愤至于独洒忧时血泪也就不难理解了。词人在此发出"空有舌"之叹也颇耐人寻味。在古人看来,舌头是他建言献谋以干人主的凭借。张仪受辱后,谓其妻曰:"视吾舌尚在否?"其妻笑曰:"舌在也。"仪曰:"足矣。"(《史记·张仪列传》)张良也说过:"今以三寸舌为帝者师,封万户,为列侯,此布衣之极,于良足矣。"(《史记·留侯世家》)而今象升自叹空有此舌,隐然有回天乏力,愧对古人之意。

下片翻进一层,明报国之志。过片承上申足国势艰危、社稷倾覆之意。句中所描述的是明末烽烟四起、山河破碎的景况,从此词的写作背景来考察,主要当是指清军之入寇中原。自清以武力犯边以来,国家的河山就陷入了分裂,清兵之横行令天下为之震惊。那么面对国事日非的处境,是不是只能坐以待毙或但求全身自保呢?词人的可贵处就在于知其不可为而为之。尽管他势单力薄,孤立无援,他还是要在困境中杀出一条血路,力撑危局。"绝影"句以下展现了一幅骏马奔驰，冲锋陷阵，克敌制胜，勒铭记功的英雄凯旋图景。尽管这只是想象中的一种景象，但词人表现出的那种矢志报国、一往无前的英雄气概确是感人至深的。结句切和范仲淹词的题旨。范仲淹在守边时所作的《渔家傲》词云："燕然未勒归无计。"卢象升翻而为"将军应取燕然勒"，志在必胜，词情昂扬，尤过范词。后来局势的发展虽未如词人所希望的那样，但他以自己的生命实践了报国之志，与洪承畴辈的觍颜事敌适成对照。

作为一首爱国主义的英雄壮歌，这首词由上片之抒忧国情怀翻进为下片之明报国雄心，前面的抑塞磊落为结拍之豪情勃发作了很好的铺垫。它远绍南宋初年爱国词人的豪放词风，在立意构思与意象上明显受张元幹《贺新郎·送胡邦衡待制赴新州》一词的影响。张词上片云："梦绕神州路。怅秋风、连营画角，故宫离黍。底事昆仑倾砥柱？九地黄流乱注。聚万落千村狐兔。天意从来高难问，况人情、老易悲难诉。"卢词中的问天、悲情，以及天柱、画角、熊狐诸意象，不难看出其与张元幹词的一脉相承。（黄宝华）

千秋岁引　夏允彝

丽谯

泽国微茫，海滨寥廓，万堞孤城逼天角。云外龙车碧树悬，霜前雁字当窗落。苧城花，秦山月，都萧索。　　刺史风流推琴鹤，暇日高吟倚轩阁。釃酒新亭几忘却。三泖沙明绕郡楼，九峰岚翠扶城郭。铜壶响，晓更催，宛如昨。

此词抒登览之怀，寓兴亡之慨。"丽谯"即壮丽的高楼。依词情推测，似是作于南明将亡之际，作者忧心国事，故登楼远眺，愁情满怀。

词一开始即切入题旨，略去登览经过，直接描绘登临所见阔大之景。"泽国"两句，互文见意，意境浑涵苍茫：海滨平铺，天海相接，以此为背景，虽是"万堞"之城，也显得渺小危弱，而呈逼仄孤危之势。"逼天角"三字，化静为动，摹画出登高所见远城之状，给人压抑之感，折射出词人对国势倾危的忧怀。

"云外"两句，视角由俯视苍茫大地，变为平视高远之景。"云外龙车"，指太阳，相传羲和驱六龙为太阳驾车。远方，西下的夕阳，就像悬挂在树梢上一样；楼外，南飞的大雁，当窗而落投林栖止。这两句写景，用远察树梢龙车、近观大雁沉落，衬出所登之楼的高出云表，而日薄西山、大雁霜林的暮景，又营造出萧条、落寞、衰飒、凄凉的气氛，与词开头所绘寥廓之景相互映衬，越发显现出词人内心的伤感。

歇拍处，以花、月的明艳，反衬黄昏的暗淡，进一步渲染出"萧索"的气氛。这里三个三字句连用，有点染之妙，且以短承长，笔势动荡摇曳，一字一顿，恰如其分地表现出词人置身苍茫寥廓且又高危之处，忧怀难已，悲情不胜的内心情状。

过片三句，词笔宕开，转写"刺史"（词人自称）的风流俊赏，将沉郁词情振起。"琴鹤"，本指为官清廉，唐郑谷有《赠富平李宰》诗云：“夫君清且贫，琴鹤最相亲。”这里引申指高雅出俗的情怀。“酾酒新亭”，用新亭泣泪典。《世说新语・言语》记：东晋初，过江士人每至暇日，常相邀至新亭饮宴。周顗中坐而叹曰：“风景不殊，正自有山河之异。”众人皆相视流涕，唯王导愀然变色曰：“当共戮力王室，克复神州，何至作楚囚相对！”这三句用暇日高吟、酾酒轩阁的举动，描画出词人的高情逸态，同时，风流俊赏之时，犹难忘怀国事，又见其心存天下之志。

“三泖”两句，是楼外黄昏之景。“三泖”，湖名，在今上海松江，有上泖、中泖、下泖，合称三泖。与上片“云中龙车”之景相比，此时已是夕阳山外了。暮霭渐浓，九峰烟岚渐拥城郭，只有三泖流水，倒映落日余晖，沙滩空明，如玉带绕楼——外明内暗，楼中暮色之浓，可想而知。这两句写黄昏之景，实明虚暗，明暗对照，将上片所绘萧索之景，涂抹得更显凄凉。

结尾三句，写暮夜所闻。置身云外高楼之中的词人，沉浸于深深的思虑之中，全然不觉时间的推移，倏忽已至夜深，当铜壶滴漏之声将他惊醒时，已是天色将晓。这末三句，不写其景而绘其声，以有声衬无声，恰似于无声处的惊雷，潜蕴着词人的无限伤感：试想，若不是心驰象外，别具怀抱，一心只为登楼赏玩者，如何会在漆黑的高楼中静处一夜而不觉！

词写登览所见所感，绘形、绘色、绘声，并将一腔忧怀融入其中，景为空旷阔远之景，色为冷艳凄楚之色，声为幽微断残之声，情则起伏多变，基调不离悲伤。形、色、声、情交相汇融，烘托出“落日楼头，断鸿声里，江南游子。把吴钩看了，阑干拍遍，无人会，登临意”（辛弃疾《水龙吟・登建康赏心亭》）的词人形象。那重重的暮色，岂不正是南明王朝日薄西山的象征？读史玩词，已经可以咀嚼出几分亡国之痛了。（罗立刚）

点绛唇　陈子龙

春日风雨有感

满眼韶华，东风惯是吹红去。几番烟雾，只有花难护。　梦里相思，故国王孙路。春无主。杜鹃啼处，泪染胭脂雨。

此词正如题中所示，是写“春日风雨有感”。“春日风雨”，是当时所处的环境、节候和气氛，而“有感”则是寄寓词人的感慨和情怀。词之起二句，先扬后抑。此时词人举目所见，是“满眼韶华”，一片春光。继而东风乍起，落红遍地。这一顿挫，表现了自然界的变化，从而也折射出时代的变化。陈子龙生当明清易代之际，对明王朝怀有深厚感情。在他看来，明代江山无限美好，正如满眼韶华。可是清兵南下，“扬州十日”“嘉定三屠”，犹如骤起狂风，将万紫千红摧残殆尽。在这里，词人用的是比兴手法，“韶华”（春光）和“红”（花），代表美好事物，代表他所热爱的明代江山和明代人民；而“东风”则是邪恶势力的象征，也隐喻清兵的南下。“东风”一词作贬义者，古已有之，如陆游《钗头凤》“东风恶，欢情薄”，此处只是移用于词人所憎恶的事物罢了。下面二句，以“几番”照应前面的“惯”字，说明东风之摧残百花非止一次，而是经常如此。“烟雾”二字，补足前句未及写出的“雨”字。春天的风雨连绵无尽，常常呈现烟雾迷濛的状态。在东风肆虐、烟雨茫茫的天气中，百卉凋残，一片凄凉，于是词人不禁发出由衷的慨叹："只有花难护。"前几句造足蓄势，至此词人的感情迸发而出，力抵千钧。在生活中，他奔走呼号，出生入死，力求挽救明朝的危亡，结果毫无效果。因此这一句正是反映了词人内心深处的亡国之痛。

下片宕开一笔，径写对明王朝的系念，但在词的意脉上仍与上片紧密相连。词人在白天看到风雨摧残的落花，到了晚上便自然联想到惨遭践踏的故国。"梦里相思"一句，为艳词中常语，然而此处用以表达爱国之情，却非常深刻而又贴切。"王孙"一词，通常被理解为贵族子弟，如《楚辞·招隐士》"王孙游兮不归，春草生兮萋萋"，但这里的本意却更接近杜甫《哀王孙》中所说的"可怜王孙泣路隅"。在清兵南下之际，朱明的宗室子弟，或流离道路，或辗转沟壑，唯有少数人如唐王朱聿键、鲁王朱以海等仍在企图反抗。此处作者对明代王孙魂牵梦萦，实际上是将复兴明代的希望寄托在他们身上。可是梦醒之后，依然风雨如磐，落红成阵。面对如此残酷的现实，他不得不发出"春无主"的哀叹。结二句进一步渲染出这种悲哀情绪，突出了国家将亡的忧思。句中的"杜鹃"，又名杜宇，相传是古蜀国的君主望帝之魂所化。它隐于西山，日夜悲啼，口吻常常出血。后人常用杜鹃啼血借指失国之痛。这里说"泪染胭脂雨"系由"啼血"转化而来，则杜鹃悲鸣时流出血泪，洒在飘飏落花的风雨中，红雨满天，景象壮丽而又悲惨。词人若非怀有深仇惨痛是写不出这样的句子的。用"胭脂"形容雨中落花，前人有杜甫的《曲江对雨》"林花着雨胭脂湿"；而用以兼喻泪水的有李煜的《乌夜啼》"胭脂泪，留人醉，几时重"。陈子龙则将这些故实融会贯通，自铸伟词，赋予新意，我们读来便觉有更深刻的意蕴和更强烈的美感。

陈子龙比较重视诗词的寄托，他曾说过他之作诗是为了"忧时托志"（《六子诗序》）。此词形式上虽"风流婉丽"，但词人借以"忧时托志"则与其诗作是一样的，我们阅读时须透过绮丽的表面，去体会深永的内涵。（徐培均）

画堂春　陈子龙

雨中杏花

轻阴池馆水平桥，一番弄雨花梢。微寒著处不胜娇，此际魂销。　忆昔青门堤外，粉香零乱朝朝。玉颜寂寞淡红飘，无那今宵。

崇祯八年（1633）春夏，词人居住在故里松江（今属上海）徐致远的别墅南园。这首咏物小词就是歌咏当年南园的杏花。

南园的景致无疑是幽美的，徐致远的兄长孚远曾有"沿堤秋桂丛，小桥春杏丽"（《南园读书楼》）、"南郭芳菲黄鸟鸣，杏花斜映野桥平"（《南园杏》）的诗句记之。平野的小桥，芳菲的春杏，宛然是南园一道独特的风景。"轻阴池馆水平桥，一番弄雨花梢"，词人自然由小桥、杏花入笔，展现南园的景致。春雨绵绵，给南园的池苑馆舍笼上了一层薄薄的阴翳；绿波荡漾的池塘，春水猛涨，水面几乎与桥面齐平。一番雨水洗礼，杏树梢头，俏花丽朵更显风采。"弄雨"

二字，写出了雨中杏花斗艳怒放的姿韵和昂然傲立的精神！然而，寒食时节，天气毕竟还有些微寒意，杏花却偏偏在此时开放。"微寒著处不胜娇"，处处春雨挟寒，虽说是"微寒"，但杏花娇娆柔媚，纵有千种风情，万般仪态，又如何消受得起呢？杏花动人情思，勾人魂魄，更叫人怜爱，令人感伤。"此际魂销"的慨叹，由赞美杏花的俏美娇艳，转而同情其遭逢寒雨侵袭，人情花貌，一笔两到。此时此刻，词人黯然销魂的情感波动，更多地倾泻在关注杏花的遭遇和命运上。

上片描绘眼前风物，过片切入对往事的追怀："忆昔青门堤外，粉香零乱朝朝。""青门"，汉长安城东南门，汉人送客常至青门外的霸桥，折柳赠别，后因以"青门"泛指游冶、送别的所在。往昔，那宾游繁闹的青门堤岸外，杏花整日供人玩赏，遭人采摘，花容残损，粉香零乱。杏花的命运何其悲惨！末两句折回现实，抒发感叹："玉颜寂寞淡红飘，无那今宵！""玉颜寂寞"，化用白居易《长恨歌》"玉容寂寞泪阑干，梨花一枝春带雨"语。不同的是，白诗将美人比作梨花，词人则将杏花比作佳人。眼前的杏花还不失绝代佳丽的丰韵，婀娜依旧，娇媚依旧，只是难禁风雨的袭击，淡红的花瓣无奈地在寂寞中飘零。在这春雨微寒的夜晚，真是花也无奈，人也无奈！一声"无那今宵"，多少凄楚，多少感伤！

这是一首咏物词，词中所咏的，是春雨微寒中的杏花。但吟味再三，雨中花间，总依稀晃动着一位佳人的倩影：她就是江南名妓柳如是。词人和柳氏同居在南园鸳鸯楼。两人相慕相恋，情深意笃，在园中留下了深深的情感印痕。然而，迫于陈妻张氏的竭力反对和词人的家境清贫，柳氏最后只得凄然离开词人，回到盛泽的居所。词人笔下的"雨中杏花"，就是他心中的情人柳如是：当年的卖笑生涯，留下了"青门堤外，粉香零乱朝朝"的记忆；如今，与词人同居，承受种种欢爱，却也遭遇无边的压力，仿佛"弄雨花梢"，"微寒著处不胜娇"。她以"寂寞"抗争，在无声中忍受巨大的精神摧残，任凭"玉颜""淡红飘"，让青春年华流逝。词人对柳氏的遭际黯然"魂销"，却也无可奈何，只能徒唤"无那"！显然，这首小词便是陈、柳这段情感历程的真实记录。其妙处就在以花拟人，亦花亦人，神韵天然，风味不尽。清王士禛评谓："嫣然欲绝！"（《陈忠裕全集》引）是夸杏花的风姿？是赞柳氏的风韵？还是叹词人的妙笔？似乎都有。（吉明周）

山花子　陈子龙

春恨

杨柳迷离晓雾中，杏花零落五更钟。寂寞景阳宫外月，照残红。　　蝶化彩衣金缕尽，虫衔画粉玉楼空。惟有无情双燕子，舞东风！

陈子龙的词婉丽风流，独具神韵，无论叙私情，还是言国事，都"以浓艳之笔，传凄婉之神"（陈廷焯《白雨斋词话》）。这首《山花子》词就是一首凄丽悲婉的佳作。词题为"春恨"，但非关春情，也非关春光，而是以眼前的春色为契机，发抒悲怀故国的一腔遗恨。

上片从残春的景象入笔，自然引发一脉凄婉的伤逝情愫。

“杨柳迷离晓雾中，杏花零落五更钟”，开篇两句，呈现了四种意象——弥漫的晓雾，迷离的杨柳，零落的杏花，凄清的钟声，酿造了一种残败清冷的氛围。这是残春的景象，令人恓惶惆怅。五更钟，用语本于李商隐《无题》“来是空言去绝踪，月斜楼上五更钟”。这里暗用宋朝灭亡的旧典。《宋史·五行志》载，宋初有“寒在五更头”的民谣，“五更”谐音“五庚”，预兆宋朝的国祚在第五个庚申之后终止。宋太祖立国于建隆元年庚申(960)，到理宗开庆元年(1259)正好为五个庚申。果然，二十年后，宋朝就宣告灭亡。如今，这五更的钟声响起，不啻如一声声家破国亡的丧音，敲打着词人忧伤的心灵。下面“寂寞景阳宫外月，照残红”两句，又以冷月、旧宫、残花三种意象，进一步渲染寂寞、凄凉的景况。“景阳宫”，即景阳殿，是南朝陈的宫殿，故址在今南京市北玄武湖畔。祯明三年(589)，隋军南下过江，攻占台城(故址在今南京市北玄武湖侧)，陈后主闻讯，即与妃子张丽华投景阳宫井藏匿，至夜，被隋军擒获。明朝和陈朝都建都南京。这里是用象征陈朝覆灭的景阳宫旧事影射明朝的亡国。曾经照彻陈朝景阳宫殿、目睹过陈后主投井被擒一幕的明月，如今宛如深邃明睿的见证人，冷峻地观照着明朝灭亡后的惨淡景象——暮春的红花在寂寞中纷纷凋残，意味颇为深长。

下片切入人事沧桑，抒写凭吊故国的感伤。

“蝶化彩衣金缕尽，虫衔画粉玉楼空”，过片两句承袭上片意脉，呈示一派亡国的衰败景象。《罗浮山志》载有葛洪成仙，遗衣化为彩蝶的故事。“蝶化彩衣金缕尽”用其事，意谓明朝的皇族贵胄死后，五彩的遗衣化作了蝴蝶，连金丝缕也销蚀殆尽，哪里还有什么帝王家的气象！昔日的皇宫，玉宇琼楼早已朽蚀一空，剥落的画粉飞飞扬扬，一片萧瑟悲凉！这虫蚀楼空的意象，不正是奸佞卖国的象征？“惟有无情双燕子，舞东风”，结拍两句，看似描绘燕舞东风的春景，实则以燕子的无情隐喻降清旧臣的无义，揭示出他们卖身求荣的丑恶嘴脸。他们恍如翩翩起舞的燕子春风得意，哪里还有什么亡国的悲恸！这两句含意隐曲，但透过言表，并不难感受到词人的义慨和愤懑。

清陈廷焯评此词说：“凄丽近南唐二主，词意亦哀以思矣！”(《白雨斋词话》)“凄丽”，指出这首词凄清婉丽的风格与南唐二主李璟、李煜相近；“哀以思”，则揭橥这首词的内蕴以哀恸悲思故国为指归。黍离麦秀之悲，家国身世之恨，久久翻腾在胸中，发而为词，便成哀婉清丽的绝唱。如果说，南唐后主李煜的“哀以思”，主要是哀悼失去的天堂，追思旧日的荣华富贵，那么，陈子龙的“哀以思”则更多的是哀痛故国的覆亡，沉思亡明的教训。一是亡国亡家的君主，一是图谋恢复的志士，显然，后者的作品更富思想的深度。清沈德潜谓：“大樽(陈子龙号)文高两汉，诗轶三唐，苍劲之色与节义相符者，乃《湘真》一集，风流婉丽如此！”(《古今词话·词评》)凄丽的外壳包蕴着哀以思的崇高节义，如此解读这首《山花子》词，方不辜负词人的苦心孤诣。(吉明周)

天仙子　陈子龙

春恨

古道棠梨寒恻恻，子规满路东风湿。留连好景为谁愁？归潮急，暮云碧，和雨和晴人不识。　　北望音书迷故国，一江春水无消息。强将此恨问花枝，嫣红积，莺如织，我泪未弹花泪滴。

陈子龙词婉约深沉，常有寄托。故陈寅恪云："卧子诗余中关涉春闺或闺阁之题目者颇多。……至于《柳梢青·春望》、《天仙子·春恨》之类，则名士民族兴亡之感，与儿女私情绝无关涉。"（《柳如是别传》）

这首词清陈廷焯《词则·别调集》云："感时之作，笔意凄凉。"那么陈子龙所感的是什么"时"呢？朱东润《陈子龙及其时代》一书指出："陈子龙的一生，大约可以分为三个阶段，从青年到三十岁，他是名士……从三十岁到现在（指崇祯十七年，即公元1644年），由于他接触到黄道周，他认清了对于国家的责任和国步的艰难，他不再是一般的名士了，他是志士，确实以国事为己任；待到这一年出任兵部给事中以后，他是战士。"从此词的内容来看，似应作于第二阶段即志士时期。唯其是志士，故"北望音书"，盼能得到北方传来胜利的消息；而消息未来，则引起他一腔"春恨"。

词之起首二句，便为明室的衰亡刻画了一个萧瑟凄凉的环境。在荒凉的古道上，棠梨在寒风中瑟缩。"棠梨"，一称甘棠，俗名野梨，春初开小白花。由此可见，词作于崇祯十七年左右的一个初春。"侧侧"，一作恻恻，形容薄寒。下句"子规满路"，将凄凉的气氛进一步渲染。"子规"，即杜鹃。相传古蜀帝杜宇，让国于开明，遂自亡去，化为子规。它鸣声凄厉，闻之使人伤感。此云"满路"，则子规凄苦的啼声铺天盖地，到处可闻，路人当此，情何以堪！值得注意的是"东风"一词，一般诗词中都作褒义，而湘真词则作别解。如《点绛唇·春日风雨有感》云："满眼韶华，东风惯是吹红去。"《忆秦娥·杨花》："轻狂无奈东风恶，蜂黄蝶粉同零落。"皆为贬义。当然此"东风"是比兴化的物象，它喻指的是南下的清兵。在这里，可见作者怀有"民族兴亡之感"。以下"留连好景为谁愁"，承上启下，带出"归潮急"三句，进一步用恶劣的天气比喻严峻的时势。"归潮急"，回应第二句"东风湿"，表示雨后春潮骤涨；"暮云碧"，表明天已傍晚，乌云笼罩：皆暗寓清兵压境，形势岌岌可危。而天气乍雨乍晴，变幻无常，又喻人们对形势的困惑不解。整个上片着重写景，着意渲染，营造成一种凄苦而又严峻的意境，中间以"留连"一个反问句点醒，唤起读者的沉思，用心可谓良苦。

下片着重抒情，在感情的流程中自然而然地带出景色。王国维《人间词话》云："一切景语皆情语也。"此可言上片。又云："境非独谓景物也，感情亦人心中之境界。"此可言下片。过片"北望音书迷故国，一江春水无消息"，即写词人心中之境界。由于他是志士，故"认清了对于国家的责任和国步的艰难"，而时时翘首瞻望清兵铁蹄下的"故国"；可是"一江春水"浩渺无边，阻挡了他的视线，也隔断了北来的消息。南唐李煜失国后赋《虞美人》词云："问君能有几多愁，恰似一江春水向东流。"子龙此句，似胎息于此，可见心中怀有多少愁恨。于是迸出"强将此恨问花枝"一句。此恨为何？家仇国恨也。在人世间，他的仇恨无人理解，曾说："予在言路不过五十日，章无虑三十余上，多触时之言，时人见嫉如仇。"（见自作《年谱》）于是他不得已而问花枝。可是花枝不语，只见落花阵阵，堆积满地。而黄莺也惊躁不安，在花枝间飞来飞去，像织布的梭子一样。这些景象，都是词人忧国忧时心灵的外化。结拍"我泪未弹花泪滴"，语本杜甫《春望》诗："感时花溅泪，恨别鸟惊心。"花鸟皆为自然界无知之物，此刻鸟为之惊飞，花为之滴泪，便突出了春恨——也就是家仇国恨——之深之切。古人填词，常用痴语、无理语，越是痴，越显得情深；越是无理，越是入妙。这种移情于物的手法，比之直抒胸臆，更富于境界，更易引起读者的想象，也更为感人。

婉约词自花间派以来，多写艳情，所谓“类不出乎绮怨”（刘熙载《艺概·词概》）；至南唐李煜出，始以之写亡国之痛。陈子龙词形式上借用花间派，而精神上却继承李煜。他用绮丽的语言，抒写时代所加于他的忧愤，意内言外，含蓄蕴藉，令人涵咏不尽，一唱而三叹。（徐培均）

江城子　陈子龙

病起春尽

一帘病枕五更钟，晓云空，卷残红。无情春色，去矣几时逢？添我千行清泪也，留不住，苦匆匆。　楚宫吴苑草茸茸，恋芳丛，绕游蜂。料得来年，相见画屏中。人自伤心花自笑，凭燕子，骂东风。

此词题为“病起春尽”，写诗人生了一场病，起来一看，景物改变，春天已经过去。于是联想到东晋诗人谢灵运名作《登池上楼》也写患病后登楼，看到节候改变而生感慨。不过谢灵运所见到的是“初景革绪风，新阳改故阴”的初春景象，这首词则写的是春色已去，无法挽留。词的上片写词人倚躺在病枕上，五更天将明时的钟声透过帘幕清晰地传来。卷起帘子一看，朝云飘散，天空十分明净，残余的春花已不存在，似被帘子卷起了。这样的写景，烘托了悲感的气氛，似乎从李后主《捣练子》词“深院静，小庭空，断续寒砧断续风，无奈夜长人不寐，数声和月到帘栊”中脱化出来，其意境是相似的。而“晓云空，卷残红”，则是出之非凡想象的描写。春色无情，说去就去，还会再回来吗？“去矣几时逢”，按说时序运转，来年又是春天，而如此一问，似乎春天已永远不再回来了。那么这里是否有所寓意呢？词人在词中，是每每将春天比喻朱明王朝的。他对春天的逝去，那么伤感、惋惜：“添我千行清泪也，留不住，苦匆匆。”这样的语言，似乎不是一般的伤春之辞。李后主《虞美人》词“流水落花春去也，天上人间”，也是借“春去也”寓国破家亡之痛的。

下片笔锋一转，遥想当年楚宫、吴苑也曾有过春天，那里也有茂密的青草，繁盛的鲜花，以及绕飞的游蜂。楚宫吴苑从来是作为亡国遗址供人凭吊的，这里或用来暗指南明小朝廷。当它存在时，招来了许多游蜂浪蝶——如阮大铖之流，然而春天将尽，到了来年只有在屏风上的图画中才能看到了。也就是说，明王朝的春天都成遗迹。想到这种结局，词人无比伤心。“人自伤心花自笑”，呼应上片“添我千行清泪也”，深寓了忧国的情怀。

最后两句“凭燕子，骂东风”是很新奇的结尾，对于春天的归去，古典诗词中一般都表达了一种无可奈何的心绪，而此处却表示了怨愤之情。在子龙词中“东风”往往是送走春天的祸首：“满眼韶华，东风惯是吹红去”（《点绛唇》）、“几处垂杨，不耐东风卷”（《醉落魄》）、“几阵东风，残月梨花碎”（《醉花阴》）、“夭桃红杏春将半，总被东风换”（《虞美人》）。是东风吹残了花草，是东风送走了春天，“几度东风人意恼”（《蝶恋花》），东风是恼人的，是应该受到斥责的，这样写不同一般。在这些词句中，是否都另有寓意，固然难说，但是“凭燕子，骂东风”，总让人感到有些特殊的含义。

用春天逝去抒写故国之思，或比喻国势阽危，在诗词中时时可见，如李后主以“春意阑珊”引发了亡国的哀痛；南宋署名德祐太学生的《百字令》以写春尽比喻国家衰亡，词中并且还有“真个恨杀东风”这样的句子，朱彝尊认为“东风”是指奸相贾似道。这首《江城子》中“东风”是否有所指，难以考证，然而全首词，尤其后半阕，写得“绵邈凄恻”（陈廷焯《白雨斋词话》），确如谭献所云“然则重光后身，惟卧子足以当之”（《复堂日记》）。说这首词充满像李后主一样的怨痛之情，当是无可怀疑的。（郭维森）

念奴娇　陈子龙

春雪咏兰

问天何意，到春深、千里龙山飞雪？解珮凌波人不见，漫说蕊珠宫阙。楚殿烟微，湘潭月冷，料得都攀折。嫣然幽谷，只愁又听啼鴂。　当日九畹光风，数茎清露，纤手分花叶。曾在多情怀袖里，一缕同心千结。玉腕香消，云鬟雾掩，空赠金跳脱。洛滨江上，寻芳再望佳节。

这首词约作于清顺治四年(1647)三月。作者继承《楚辞》香草美人的比兴手法，以雪代指险恶的时代环境，以兰代指坚贞的志士仁人，寄托了作者深深的爱国情愫。

词开头即化用南朝宋鲍照《学刘公幹体》诗“胡风吹朔雪，千里度龙山”句意，以问句领起。作者责问老天，为什么在春意正盛的时节千里迢迢送来北方寒山的飞雪？“春深”而有“飞雪”，反常且令人痛苦。这幕情景实际是隐喻明朝的美好河山竟遭受清军铁蹄蹂躏，作者对此痛心疾首，遂效屈原呵壁问天，仰天悲呼。下面两句，谓大雪漫空飞舞，解佩相赠的汉皋游女和凌波微步的洛水宓妃都不见踪影，更何况天界的仙宫宝阙。这里“解珮凌波”当喻指抗清的志士，“人不见”，则是说他们多遭不幸；“漫说蕊珠宫阙”，似言南明鲁王和隆武政权都不能挽狂澜于既倒。按：鲁监国元年(1646)清军抢渡钱塘江，浙东失守，鲁王逃亡海上，隆武三年(1646)清军入福建，隆武帝逃至汀州，为清将李成栋所杀，时间上与此处所言吻合。以上两韵，扣题中之“春雪”，下面便转入题中之“咏兰”。“楚殿”“湘潭”，所用地名令人联想到流放沅湘的战国楚伟大诗人屈原，他的《离骚》多有写到兰的句子，如“余既滋兰之九畹兮，又树蕙之百亩”、“时暧暧其将罢兮，结幽兰而延伫”等。“烟微”“月冷”都是凄迷之景，见出作者的惆怅悲苦。而幽兰皆遭“攀折”，就是他心怀恻怆的原因。联系史事，当时清平南大将军孔有德正进击湖南，而此前挚友夏允彝在江南抗清失利投水殉节，他作诗悼之，曾有“予为蕙兮子作兰”、“拊膺顿足摧心肝”（《七歌》之六）之句，可知此三句慨叹之意甚深。歇拍作者以空谷幽兰自拟，用《离骚》“恐鹈鴂之先鸣兮，使夫百草为之不芳”的典故，表达他的伤时之情。作者清顺治二年(1645)松江起义兵败后,曾一度隐居,此处"幽谷"云云,即指此。

下片换头回忆往事,"九畹"用上引《离骚》句意,"光风"用《招魂》"光风转蕙,氾崇兰些"句意,表现幽兰在佳人的"纤手"中流芬扬馥的情状,隐喻自己深受大明王朝的国恩。"数茎清露",象征着作者高洁的情操和忠贞的气节。这里将香草美人结合起来,比兴之义尤为精微。下面两句,进一步用"多情怀袖""同心千结"倾诉自己的忠爱缠绵意绪,"多情怀袖"承上文之"纤手","同心千结"承上文之"花叶"。这几句"当日""曾在"应是指崇祯朝之事,此后则"玉腕香消,云鬟雾掩,空赠金跳脱",也就是说他的报国之心不被理解,颇有明珠投暗之恨。"金跳脱",一种妇女戴的首饰。联系作者身世,他在南明弘光时数上疏指陈时政,均未受重视,遂辞职归家,这里的"空赠金跳脱"便不难索解,"空赠"两字,惋惜之意极浓,实在是感慨万端之语。而"香消""雾掩",也隐含对弘光时忠良遭斥、奸佞当道的批评之意。结拍两句,"洛滨江上",结构上遥应"解珮凌波",似指刚成立的南明永历政权,接受其领导的抗清义军有瞿式耜等部,据有两广、云贵、四川等地;"寻芳再望佳节",就是期望这一股抗清力量能够完成国家复兴的艰苦事业。因鲁王余部退兵海上,词中又有"江"字,这两句也可以理解为对鲁王政权仍抱有希望。不过,因鲁王所部主力张名振、张煌言溯长江克京口的一时之盛远在作者殉国后多年(此时他们也都归入永历帝麾下),写此词时鲁王政权正处低潮,而永历政权则方举义旗,更易令人对之寄予厚望,所以,说词的结尾是属望于永历帝,恐怕更合情理。后来李定国、郑成功等的几次大捷,也证明作者的期望是有道理的。

全词主要以兰自喻,个别地方喻抗清志士,另以美人或指忠臣义士,或指君王主上,都与楚辞美人香草之孤忠隐约之言一脉相承,意深情远,亦婉丽亦苍凉,堪称明词压卷杰作之一。关于此词的写作时间,陈寅恪《柳如是别传》云:"宋徵璧《含真堂集》六《予以病请假,戏摘幽兰缄寄大樽》云:'采采缄题寄所思,水晶帘幕弄芳姿……'寅恪案:此诗之作成,当在弘光元年二月丙寅即十三日,……今拾陈氏诗集,未发见有类似之作,唯《陈忠裕公集》二十诗余中有《念奴娇·春雪咏兰》一阕,虽未能确定其何时所赋,但必是与尚木(宋徵璧字)寄诗时相距不久之作,故疑是因宋氏之诗有所感念而成。"但玩子龙词意,情调与徵璧诗相去颇远,陈先生谓作于弘光元年(1645)二月的推测恐不能成立。(庞　坚)

蝶恋花　叶纨纨

尽日重帘垂不卷。庭院萧条,已是秋光半。一片闲愁难自遣,空怜镜里年华换。　寂寞香残门半掩。脉脉无端,往事思量遍。正是消魂肠欲断,数声新雁南楼晚。

叶纨纨,叶绍袁、沈宜修的长女。母女四人,均著名于明末文坛,实在是中国妇女文学史上的一大奇观。钱谦益《列朝诗集小传》记叶纨纨云:"字昭齐,其相端妍,金辉玉润。生三岁,能朗诵《长恨歌》,十三能诗。书法遒劲,有晋风。"当时人对她的评价之高,可见一斑。

叶纨纨的婚姻是不幸的。这一点,在她父亲的《自撰年谱》里有反映。婚事是她刚刚出生时就定下的，“初生之女，宝于夜光，即许字若思第三子，咸谓世执契雅，复谛潘杨，为一时美谈。讵知天壤之恨，自斯损玉也。”字里行间透露出这位当时年事已高的老父亲，对早年所为的深深后悔和内疚。

纨纨的词作共遗存四十八篇，由她父亲编入她的遗集《愁言》中。大致可分作两类，一类是未嫁时在闺中与姐妹唱和之作，洋溢着纯良欢乐的少女心气，另一类是出嫁后不幸生活的写照，充满着愁苦怨恨之情。这支《蝶恋花》，就是这样的“愁言”的代表作。词中的这位少妇是孤寂的。虽然整日价重帘不卷，也知道窗外已是中秋光景。秋风秋雨愁煞人，重帘还是不卷为好。即便不卷，弥漫在心头的一片闲愁，也难以消散，难以自遣，对着菱花镜里自己容貌的改换，深知人生之“秋”，已经过早地来到自己的“心”上——“心”上有“秋”，不正是个“愁”字么？

就这么终日生活在封闭的环境里，自怨自艾，长吁短叹。说封闭，也没有全然封闭。寂寞的门扇还半开半掩着，香烟袅袅地从那里飘散了出去。记忆的门扇也是这样半掩半开，无须引发，不是触景生情，脉脉流动的记忆长河，又将她带回到甜甜酸酸的往事之中。是三姐妹围定侍女随春，以“随春”为题各赋一词，以角胜负的欢快“往事”么？是小妹在临嫁之前突然辞世而去的悲怆“往事”么？独自枯守，莫道不消魂，往事前情滚滚涌来，尚支持不住，更那堪，南楼的夕照中，又传来几声新雁悲哀的叫声！怎不叫人柔肠寸断！

应当说，这首词作的艺术水准很高，所以民国中赵尊岳汇刻明词，评她的词是“有至理深情”，“幽惋骀荡，亦可登诸大匠之门庭者矣”。她的词，就是悲愁过人，如“浙江天、香老苹洲，征鸿不向愁时缺”（《锁寒窗》），“春晴楼前凭望，东风老去，不奈愁萦”（《玉蝴蝶》）等。这么个绢秀纤弱的小女子，实在是“载不动这许多愁”的。她自己嫁给赵田袁氏，结婚七年，没有过上一天幸福的日子，“悒悒不得志”（钱谦益《历朝诗集小传》）。幼妹小鸾将嫁，她写作《催妆诗》往贺，但愿妹妹不要像自己一样不幸，不料诗尚未发，讣告已至，全家最宠爱的小鸾就在婚前五天死了！这一打击，对她是致命的。“归哭妹过哀，发病而卒。昭齐皈心法门，日诵梵筴，精专自课。病亟，抗身危坐，念佛而逝，年二十有三。”（同前）读这一段文字，词人生命最后时刻的情景宛在眼前。由此可见，词人不是一个懦弱的女性，而是一个烈女子，有着自己执着的、至死不渝的信仰。

纨纨和小鸾先后死去，死在封建礼教最严密、对女性压制最酷烈的时代。幸好尚有“一叶（叶小纨）”活在世上，伤心之余，写出了《鸳鸯梦》一剧，替三姐妹发了一声反抗之音。这，已经是那个年代女子们能发出的最强音了。（翁敏华）

满江红　吴　易

和王昭仪

回首昭阳，千里外、愁云凝色。那堪忆、蛾眉初入，承恩瑶阙。画凤殷勤团扇底，当熊宛转金舆侧。叹帝城、烟景入悲笳，容华歇。　骊山恨，终难灭。青冢怨，何须说。对新斋清磬，暗沾襟血。苦竹春迷瑶瑟雨，衰兰秋老铜仙月。愿化为、彩石补完他，乾坤缺。

王昭仪，即王清惠，南宋末入宫为昭仪。才华过人，与同样供奉于宫廷的音乐家兼诗人汪元量相识且多有唱和。恭帝德祐二年(1276)正月，元军灭宋，占领临安，二人随被俘的宋宫室人员北上至元大都。三月，途经原北宋都城汴梁夷山驿站，王昭仪作《满江红》词题驿壁云："太液芙蓉，浑不似、旧时颜色。曾记得、春风雨露，玉楼金阙。名播兰馨妃后里，晕潮莲脸君王侧。忽一声、鼙鼓揭天来，繁华歇。　　龙虎散，风云灭。千古恨，凭谁说。对山河百二，泪盈襟血。驿馆夜惊尘土梦，宫车晓碾关山月。问姮娥、于我肯从容，同圆缺？"汪元量曾依韵奉和，此词后来传播中原，文天祥兵败被囚金陵时亦有和作。后世唱和者也不乏其人。此是其中之一。

开首"回首昭阳，千里外，愁云凝色"三句，写其眷恋故阙，前后顾盼不忍离别的依依情态。昭阳是汉宫名，此借指南宋宫阙。作者在这里是用汉代王昭君出塞典写王清惠辞别故国宫廷被俘北上的遭遇。"千里外"二句，展开的是凄恻辽远、愁云聚集、压抑沉痛的景象，一个"凝"字，状尽风雨如磐、压抑沉重的意象，可谓亡国之音哀以思。"那堪忆"以下五句，用今昔对比的手法写其初入宫掖承恩帝泽沐浴皇恩。"画凤殷勤团扇底，当熊宛转金舆侧"一联流美工丽，颇有西昆笔调。"画凤"喻其美，至于"殷勤团扇底"，取意如晏幾道《临江仙》"舞低杨柳楼心月，歌尽桃花扇底风"，写其殷勤侍奉帝王的情状。"当熊"用《汉书·外戚传下·孝元冯昭仪传》典："建昭中，上幸虎圈斗兽，后宫皆坐。熊佚出圈，攀槛欲上殿，左右贵人傅昭仪等皆惊走。冯婕妤直前当熊而立，左右格杀熊。上问：'人情惊惧，何故前当熊？'婕妤对曰：'猛兽得人而止，妾恐熊至御坐，故以身当之。'"后以"当熊"为嫔妃忠君爱君之典。以上数句，也是呼应王清惠原词中"曾记得"以下五句词意。紧接着一个"叹"字领起，再从回忆转入现实。"烟景入悲笳"形容临安帝城皇阙的繁华升平最终被战争风云所吞噬。烟景即烟花盛景，南宋末年风雨飘摇，但人们还是"山外青山楼外楼，西湖歌舞几时休。暖风熏得游人醉，直把杭州当汴州"(宋林升《题临安邸》)。这或许就是作者"烟景"的题外之意，"入"是个寻常字眼，前人诗句中用得好的例子有"黄河入海流"(唐王之涣《登鹳雀楼》)，"江春入旧年"(唐王湾《次北固山下》)等等，这里的入"字"含归属消融之意。笳是西北少数民族的军号，也称"胡笳"，其音悲凉浑厚，在古典诗词中常作为西北异族军队的象征。如"悲笳数声动，壮士惨不骄"(杜甫《后出塞五首》)。"烟花入悲笳"而不是"悲笳入烟花"，一个"入"字，写尽南宋朝廷苟安亡国，咎由自取。可谓朝代兴亡，荣衰更替，一字褒贬。最后以"荣华歇"一句收束上片，流露出深深的叹息与亡国之悲。

过片笔势宕开，从历史故事起兴。"骊山恨"用唐杨贵妃"蛾眉宛转马前死"，"此恨绵绵无绝期"(白居易《长恨歌》)的故事；"青冢怨"说的是王昭君客死北地后，其冤魂不散，以致他人坟头草皆黄而她独青。在历代文人士大夫看来，她们都是朝廷政治的牺牲品，而王清惠虽不及她俩有名，但因为宫廷成员的身份，她也成了蒙古军队的战利品而被俘北上，其冤屈和怨恨同杨贵妃和王昭君有共同之处。"新斋清磬，暗沾襟血"，是说王昭仪出家为女道士后，心中仍不忘故国，胸中遗恨如杜鹃泣血。"新斋清磬"表明王昭仪新的身份。据说王清惠入元后，挽发髻为道，号冲华，后客死北地。苦竹二句，是一联工整的对仗和景物排比。“黄芦苦竹绕宅生”（唐白居易《琵琶行》），“楚客欲听瑶瑟怨，潇湘深夜月明时”（唐刘禹锡《潇湘神》），作者化用前人诗句描绘凄苦悲伤的亡国岁月。“衰兰句”用唐李贺《金铜仙人辞汉歌》“空将汉月出宫门，忆君清泪如铅水。衰兰送客咸阳道，天若有情天亦老”。该诗叙魏明帝诏迁汉孝武捧露盘金铜仙人至魏宫殿，宫官拆盘时，铜仙人“乃潸然泪下。”这是山河易主孤臣悲伤的常用典故。这两句，对应王昭仪原作，意境或更深厚蕴藉。最后三句：“愿化为、彩石补完他，乾坤缺。”犹如低回悲伤的哀乐，突然迸发出裂帛穿云的变徵之音！词人在他的另一篇中也曾表达过相似的意愿：“待借取，女娲木石，衔血去填河”（《满庭芳·七月八日作》）比之王清惠词末三句请求嫦娥带她远离人寰飞升到广寒月宫，吴易这首词的结拍则壮怀激烈，充满视死如归的精神。虽知其不可而为之，如精卫填海，女娲补天。但仍坚持“我以我血荐轩辕”（鲁迅语）的爱国热忱，其格调意境已突破亡国之音哀以思的窠臼，化为“人生自古谁无死，留取丹心照汗青”（宋文天祥《过伶仃洋》）的凌云情怀与浩然正气。

作者是明崇祯十六年(1643)进士。南明弘光朝授兵部主事，后入史可法幕。曾募兵屯上海松江长白荡。南明鲁王监国，封长兴伯。坚持抗清，兵败被执，不屈就义。年仅三十六岁。生于明清易代之际，因戮力抗清最后殉节的吴易，这首和王昭仪的《满江红》，其写作的动机旨归，应该是非常明白了。至于其借宫女后妃的遭遇，运用历史典故，以今昔对比的手法感叹红颜薄命，乃是历代宫怨作品的传统路子。读者大可以得鱼忘筌，着眼于知人论世，在历史兴亡，朝代陵替之中体会其杀身成仁舍生取义的高风亮节。（祝振玉）

踏莎行　叶小鸾

闺情

昨夜疏风，今朝细雨，做成满地和烟絮。花开若使不须春，年年何必春来住？　楼外莺飞，帘前燕乳，东君漫把韶光与。未知春去已多时，向人犹作愁春语。

叶小鸾是叶家三姐妹中最小、而文才又是最好的一个。据说她四岁即能诵《离骚》，十岁就能写诗，可惜早卒，死于十七岁将嫁之时。其母沈宜修编辑了她的遗稿，名之曰《返生香》，中有长短句九十首，是她各类体裁中写得最多、运用得最为得心应手的一种。

这首《踏莎行》题作“闺情”，是一首伤春之作。

少女的心，总是与春系挂在一起。昨晚刮了一夜疏狂的风，今天一早，又是满天的细雨绵绵，风雨合作或谓“合谋”，把这样的一篇“作品”摊开在步出闺门的少女眼前：一地的迷蒙得如烟似梦的飞絮，“垂垂欲下，依前被、风扶起”（章楶《水龙吟》）。看着眼前如此狼藉的景象，少女的心里充满了关于“春”的疑问：这个“春”，到底是为什么来的？不就是因为“花”、因为催放鲜花而来的么？如果花儿自有能力随时开放，想开就开，那么，又何必劳烦春君年复一年地来回奔忙？

听楼外有黄莺儿飞过的声息，帘前的燕巢里，老燕子正在铺饲它们的小宝宝，那一只只嫩生生的乳燕，正跃跃欲试地颤动它们的小翅膀。东君，这位太阳公公，倒也慷慨，漫不经心地，将美好的时光付与人间，或许该埋怨他老人家过于慷慨了，竟将时光的车轮推动得飞一般的快，蓦然惊觉：原来今春又早已是去远的了，而奴家竟不知，还在跟人说什么为春忧愁的话，哎呀！真让人难为情！

伤春、惜花，简直历来就是女儿家的专利。早在小鸾之前的五百多年，中国出了个最伟大的女词人李清照，她写过一首《如梦令》曰："昨夜雨疏风骤，浓睡不消残酒。试问卷帘人，却道海棠依旧。知否知否？应是绿肥红瘦。"小鸾肯定是读过清照这篇佳作的，而且是"用心"读的。故而待她自己在这里"伤春"时，也从"昨夜"的"疏风"伤起。清照尚未跨出闺门，已将一篇伤春的说话写得题无剩义。小鸾却是想步出香闺来着，她想冒着细雨，去看看一夜一朝的风雨到底将春"伤"到什么地步。可惜，待她推开窗去，映入她眼帘的，却连"瘦红"都没有，有的只是满地的和烟柳絮，怎不叫她顿生满腹的怨愁要向人诉说，而她身边却没有个"卷帘人"可以跟她对话，她只能跟鸟说话、跟春说话、跟自己说话。她问春是干什么来的？发一通"愁春语"，这才想起"春去已多时"，嘲笑自己情痴得实在太过分了。

陈廷焯《白雨斋词话》云："闺秀工为词者，前则李易安，后则徐湘苹（徐灿）。明末叶小鸾，较深于朱淑真，可为李、徐之亚。"注意到了小鸾词与易安词的继承关系，指出了叶小鸾在女性词史上的不可忽视的地位。（翁敏华）

蝶恋花　叶小鸾

立秋

屈指西风秋已到。薄簟单衾，顿觉凉生早。疏雨数声敲叶小，小亭残暑浑如扫。　流水年华容易老。秋月春花，总是知多少？准备夜深新梦好，露虫又欲啼衰草。

小鸾十岁那年，才从舅父家回来，一个秋夜，父亲欲考考她的才学，命她对对。父亲出的上句是"桂寒清露湿"，她脱口而出对道："枫冷乱红凋"。一语既出，父亲又惊又喜：不但对得工整，秋色秋景把握得准确细腻，且小小的年纪已懂得"悲秋"的感受了。这让父亲不得不对小女刮目相看。七年后，小鸾早夭，有人说其实这联对子就是"夭征"。

早起，迎面而来的西风，让人觉得与昨天的不同，屈指数来，噢！秋天已经来临，怪道昨晚寝卧，夏日用的薄席单被，已令人感到"半夜凉初透"。步出闺房，见庭院里的夏景，已在不知不觉中暗自换作了秋景。一两声稀疏的秋雨，敲打在叶片上，好一首"秋声赋"！窄小的亭子，前些天还是暑气袭人，炎热难耐，今天，西风一扫，秋雨一浇，残暑已不知去向。

上片四句，写出了"天凉好个秋"。西风是秋天的脚步声，而秋雨，直是秋意的添加剂！秋天来过小亭了，它已取代盘踞在那里数月之久的暑气，秋天也已渗进我们的闺房，夏日的用具看来也不得不换。上片主要写秋景，而其中一个“小”字，下得最为生动。可以有两种理解：雨声之“小”，或是秋叶之“小”。疏雨打叶声，那声息自然不会大。秋风中也长新叶，但却长不太大，南宋诗人杨万里曾写过一首《秋凉晚步》，说“秋气堪悲未必然，轻寒政是可人天。绿池落尽红蕖却，荷叶犹开最小钱”，写的，正是秋风中生出的新叶。故这“小”字，正是捕捉到了秋天的本质。且这一“小”字又与下一句头上的那一个“小”字，近近相觑着，有点像民歌小曲中的“顶针格”，更显出不拘一格的灵动。

秋天来了，一年很快又要过去。时间真像流水一般，岁月怎么这样容易老去？“秋月”知多少？“春花”知多少？人生总共能够经历几度春花、几度秋月？“准备夜深新梦好，露虫又欲啼衰草”，炎夏过去了，好歹能睡个好觉、做个好梦了，但好景不长，秋露中的鸣虫，又在蠢蠢欲动，要用它们嘶哑哀切的叫声在衰草中啼泣了。如此说来，冬天又不远了？敏感的少女的心上，又增添了几分伤感。

这首词的题目是“立秋”，写的也是初秋的景色和感受。如同词题所包容的含意一样，词作者的“悲秋”之感也是初起的，淡淡的。而淡淡的哀愁、淡淡的伤感往往能达到很高的美学境界。这大概就是所谓的“哀而不伤”吧！（翁敏华）

柳梢青　张煌言

锦样山河，何人坏了？雨瘴烟峦。故苑莺花，归家燕子，一例阑珊。　此身付与天顽，休更问、秦关汉关。白发镜中，青萍匣里，和泪相看。

张煌言生当明末家国危亡之际，在南明弘光朝覆亡后于家乡宁波起义抗清，奉鲁王监国，复联络郑成功以取南京，一时声势大振，给清军以重创。但随着永历帝在昆明殉难，郑成功、鲁王相继逝世，抗清大势已去，张煌言只得解散义师，退居小岛，后终被捕牺牲。从这首词所写的意境与所抒的情感来看，它很有可能作于兵败退隐之后。

明清易代，满人入主，对于广大的汉族人民，尤其是具有浓厚正统观念的士大夫来说，是一场令人痛心疾首的历史巨变。家国沦丧，宗庙倾覆，其根源何在？这是许多有识之士深思探究的一个问题。在血与火的战斗暂告结束之后，张煌言有可能反思这段沉痛的历史。词的开头三句就提出了这样一个发人深省的问题。但如此严肃的问题，词人是借咏春景揭示出来的，字面上写锦绣河山是谁使它们笼罩于烟雨雾瘴之中，实则是谴责统治者与奸佞之臣葬送了国家，玷污了大好河山。以下三句承上而描绘春景。“莺花”用南朝梁丘迟《与陈伯之书》中“暮春三月，江南草长，杂花生树，群莺乱飞”的意象，“燕子”则化用唐刘禹锡《乌衣巷》“旧时王谢堂前燕，飞入寻常百姓家”诗意。这些春天的意象以“故苑”、“旧家”饰之，就被赋予了兴亡离合之意，寄托了深沉的亡国之痛。无论是莺燕还是花草，在词人的眼中一概显出了阑珊的迹象，春天无可奈何地将走到它的尽头，这实际上是遭遇亡国之变的词人的内心视象，是投射着他的感伤意绪的一派春景。

下片由物及人，反思自身。“此身付与天顽”等于说自己生来就愚顽，只能由它去了，天生的秉性已无法改变。“休更问秦关汉关”表面上是对改朝换代置若罔闻，颇有桃花源中人“不知有汉，无论魏晋”的味道，其实正是表现了自己秉持忠节、不愿屈身事清的志向：随你江山易主，我自顽固自守，正如他在诗中所咏：“日月双悬于氏墓，乾坤半壁岳家祠”（《甲辰八月辞故里》），他要像于谦、岳飞那样以清节令名流芳后世。再仔细推敲，此句似更有深一层的意蕴。唐王昌龄曾有诗云：“秦时明月汉时关，万里长征人未还。但使龙城飞将在，不教胡马度阴山。”（《出塞》）“秦关汉关”实暗用此中诗意，汉代有“飞将军”李广一流人物能够抵御匈奴的入侵，而自己却无力改变清人入主的局面，“休更问”似当包含这层无奈之叹。如此，则最后三句的感叹才有所本。“白发镜中”原本乃叹老之词，而词人年未届知天命，不当称老，那么白发则是忧国劳瘁所致。杜甫《江上》诗云：“勋业频看镜，行藏独倚楼。时危思报主，衰谢不能休。”词人之对镜正是抒发壮志未遂而自己衰朽的感慨，但尽管如此，其既定的志向仍是之死靡它的。正因为此，他不能忘怀为之献身的事业，于是有了“青萍匣里，和泪相看”的举动。“青萍”，宝剑名，三国魏陈琳《答东阿王笺》：“秉青萍、干将之器。”看剑既有对往昔战斗岁月的追怀，也有对壮志未就的抱恨。辛稼轩就曾在词中赋“醉里挑灯看剑，梦回吹角连营”，但最终只能叹“可怜白发生”（《破阵子·为陈同甫赋壮词以寄》）。陆游则感叹：“胡未灭，鬓先秋，泪空流。此生谁料，心在天山，身老沧洲。”（《诉衷情》）张煌言显然与这些前贤心曲相通。他之摩挲宝剑，除了追怀与抱恨之外，未始没有对未来战斗生涯的向往，这报国之志的执着是他所说的“天顽”的又一重要内涵。

最后值得指出的是，作为一首抒发爱国情怀的作品，它切入主题的角度与抒情的风格却不同于一般的豪放词作。上片藉抒伤春意绪表亡国之痛，以云山烟雨、花草莺燕的意象比兴象征，含蓄深婉。下片以自伤之词明报国之志，正话反说，表面上以天性愚钝自嘲，表示要忘怀世变，进而叹老伤怀，其实正是披露其志节之忠贞，超脱旷达中透出执着与坚定。全词低回婉转，不作豪言壮语，更多地带有词体要眇宜修、幽约蕴藉的传统特色。英雄之言不一定非作大声鞺鞳之音不可，像岳飞的《小重山》不就是以深婉不迫之词道出了英雄的幽微心曲吗？它同样打动了千古的读者，具有不朽的魅力。（黄宝华）

婆罗门引　夏完淳

春尽夜

晚鸦飞去，一枝花影送黄昏。春归不阻重门。辞却江南三月，何处梦堪温？更阶前新绿，空锁芳尘。　随风曳云，不须兰棹朱轮。只有梧桐枝上，留得三分。多情皓魄，恐明宵、还照旧钗痕。登楼望，柳外销魂。

这首词题作“春尽夜”，为妇人惜春怨春之语。日落黄昏，晚鸦投林，余晖即将收尽，唯有“一枝花影”依稀可见。“送”字含脉脉惜别之情。“春归”三句，情致更深一层。一夕春晖收去，而整个春三月也即消逝，春之去意已决，纵有道道"重门"也难以将其阻拦。宋人诗有"春色满园关不住，一枝红杏出墙来"(叶绍翁《游园不值》)之句，说春来关不住，此则云"一枝花影送黄昏。春归不阻重门"，说春去关不住，情致何其哀婉。春归匆匆，意欲何为？莫非欲寻好梦？这是女主人的悬揣，"何处"是提出疑问，挑明了说，就是并无欢乐之梦可以重温，又何必辞别江南呢？仍是留春之语。而"何处"句，又可解为抒情主人公之自问自伤，嗟叹春已归去，而已有鸳梦亦何堪重温。但春执意要走，"阶前新绿"虽有勃勃生机，但也只能"空锁芳尘"，留不住坚决归去的春天，这可苦了闺中人了，她无伴无侣，只得凄然苦对一片伤心碧。至此，文情由惜春转为怨春。

下片继续写春之归去无留意，过渡处一气流贯，不着痕迹。"随风曳云"二句，写春之踪迹来去自由，随风带云，轻快之极，却不假不恋人间华美的物事如"兰棹朱轮"(代指船、车)等等，总见其无情。但偏偏在梧桐枝上留下三分春色，"碧梧栖老凤凰枝"(唐杜甫《秋兴》其八)，这可怜的三分芳意，也将片刻即逝，非但不足以慰藉人情，反而更惹人怅恨。春似有情而实无情，可恼也！以下文情又作一折，感谢明月(即"皓魄")"多情"，怜悯愁人，和她为伴，"明宵还照旧钗痕"。但又冠一"恐"字，将信将疑，也许"皓魄"和春一样，会将她抛撇。"望"字则点出所思在远方。末二句以写景作结，一片混茫，无限情思。

闺中人以春拟人，与春对话，丝丝缕缕，曲曲折折，抽绎出幽思深情。词人体情入微，唯至情之人，有此至情之词。这闺中人也许就是词人的爱妻钱秦篆，一位才女。小夫小妻，新婚不久，即天各一方。完淳从军抗清，生死难料，自然令秦篆牵肠挂肚，朝思暮想。而此词却出自完淳之笔，代妻抒怀，揣摩真切细微，非笃于伉俪之情者，孰能到此？从这个角度看，此篇与其说是思夫词，不如说是思妇词。(夏咸淳)

鱼游春水　夏完淳

春暮

离愁心上住，卷尽重帘推不去。帘前青草，又送一番愁绪。凤楼人远箫如梦，鸳锦诗成机不语。两地相思，半林烟树。　　犹忆那回去路，暗浴双鸥催晚渡。天涯几度书回，又逢春暮。流莺已为啼鹃妒，蝴蝶更禁丝雨误。十二时中，情怀无数。

这首词题作"春暮"，亦写闺愁。愁本无形迹可寻，而使之有形有迹，如人如物。它在"心上住"，不肯离开，"卷尽重帘"，放之出而不出，复"推"之去而不去，真是顽固无赖。愁的人格化，生动表现出闺中人为离愁所困扰而无可奈何的心理活动。时已春暮，"青草"殷勤，将春以慰愁人，殊不知这样反而勾起闺中人春将归去、美人迟暮的情思，使之又添"一番愁绪"。写情幽婉曲折。以下写愁绪的具体起因。"凤楼人远"用秦穆公时萧史、弄玉在凤台吹箫引凤，乘凤飞去的美丽神话传说；"人远""如梦"，是反用其意，彼有美满的姻缘，己则惟有离别的缺憾。

"鸳锦诗成",用晋苏蕙织锦为回文诗寄夫的事典;"机不语"谓停止织锦,不闻机声,一片寂静,相思更苦,所谓"此时无声胜有声"(唐白居易《琵琶行》)也。离人天各一方,企足遥望,视线为"烟树"所遮,只见一面,不见另一面,故曰"半林"。欲见而难见,似见而非见,其情愈苦,词人洵为写情妙手。

下片起始二句回忆别时情景。"晚"字点明时间,"催"字指出离别的匆促,"暗浴双鸥",雌雄戏水,反衬人不如鸟。七字写目前之景如画,而画笔难到。以下再拉回到目前情事。别来所思之人曾几度来书,差慰相思,但也增添了期盼,春即归去,却不见鱼雁;无信固然令人神伤,有信若间断,更增忧愁。"天涯"二句叙事平平,而寓幽微情思。接写暮春景致,而情也转急。"流莺"即黄莺,又名黄鹂、黄鸟、仓庚,鸣声滑亮悦耳。"啼鹃",即杜鹃,又名杜宇、子规,鸣声哀厉,自夜达旦,离别之人厌闻之。二鸟皆鸣于三四月间,而此刻杜鹃叫得正欢,触人凄楚,却稀闻黄鸟好音,这对独栖空房远思夫婿的少妇来说,真是不祥之兆。春天本是"留连戏蝶时时舞"(唐杜甫《江畔独步寻花》其六)的季节,可现在细雨霏霏,如丝如缕,蝴蝶双翅沾湿,扇扑不起。蝴蝶象征男女情爱,今为"丝雨"所误,也委实堪忧。此二句隐含前途黯淡、时局阽危的征象,夫妻相见殊难逆料,女主人心情愈加沉重,愁肠百结而终于不解。古人计时,划昼夜为十二等分,不言昼夜而标数字,犹言分分秒秒。"情怀"指怀念之情,与首句"离愁"暗接遥应。结句戛然而止,如弦绝帛裂,作者读者俱为之心碎矣。

此亦完淳揣想其妻秦篆闺思之词。二人伉俪情笃,于山河破碎风雨如晦中愈见深挚,又带悲剧的色彩。词的格调明秀清婉,幽细蕴藉,草木禽虫,事事物物,皆具情致,故写哀情也透发出一种活泼泼的天机,未尝刻意摹拟宋人,而有自家声调,得词家本色。(夏咸淳)

清　　词

菩萨蛮　　李　雯

忆未来人

蔷薇未洗胭脂雨，东风不合催人去。心事两朦胧，玉箫春梦中。　　斜阳芳草隔，满目伤心碧。不语问青山，青山响杜鹃。

李雯在明末中过举人，所以也算是从大明天子手中领受过"功名"的人；他少与陈子龙齐名，所以也算是有过响当当的朋友。然而，顺治二年(1645)清兵下江南，他就率先归顺，上北京做新朝的官去了，只可惜天不与寿，两年后便死去，官运也就不亨通了。我们不知道他的出仕清廷，是出于热衷利禄功名呢，还是有吴伟业式的不得已处，但这么早就背弃了明室，至少不能算是个很有民族气节的人。

吴伟业在明清易代的大局已定时被迫出仕，其心情是沉痛而自责的；那么，李雯在明朝还有小半壁江山之际仕清，他的心情又该如何呢？这首《菩萨蛮》，虽然色彩凝艳斑驳、出言扑朔迷离、词气闪烁不定，但细细察之，却颇能回答此问题。

词题"忆未来人"，便是本词第一个费解处。作者所忆是个"未来人"，那他就是"已来人"，他所"来"的和那人"未来"的是何处呢？虽然词中未交代，但我们如假定这个地点便是北京——清廷刚刚定都之处，恐怕是不会错的，因为下文可以逐步证明，也因为有"忆"字可以证明。言"忆"，可见这位"未来人"与作者是远隔一方，而且极可能音信不通，作者只知道他将来而未来，至于他为何而来，也不甚了然。否则，如作者与他相去甚近，只是偶尔失约未来，就不当用"忆"字。既如此，作者一生踪迹不出江南和京师二处，故他此时很可能已在京师，而那位还未来到的友人，则是他在江南的某个同学少年。

若果然如此，那么首二句"蔷薇未洗胭脂雨，东风不合催人去"便易解了。蔷薇遇雨，洗下大片胭脂色，残红狼藉，这当然是极煞风景的春尽景象；但可庆幸的是，如今蔷薇并未洗红，春天还在，春风也依然骀荡。既如此，作者猜想，若友人留连春景，东风是不该催他离去的吧？

此二句，看似是羡友人尚在沐浴春光，其实不然。因为这友人是将来而"未来"，说不定已在半途，只是未到京师而已。因此，这二句中，实含有深深的责备：东风不曾催你来，你为何自己要来？当然，如果不计附会之嫌再往深处探究，则因胭脂是红色，红者朱也，所以"蔷薇未洗"，更可解释为朱明王朝未亡，作者是责备友人故国未亡而亟归新朝。不过，因为李雯不是那种尚气节的人，词中有无此意也就难说了。

"心事两朦胧，玉箫春梦中"二句，似亦费解，但承上而下，也都易晓。前一句谓我不知友人心事，友人亦不知我心事，两相朦胧。但我固然不知友人此"来"，是自愿还是被迫；可我的那番心事，友人不知，我岂不自知？于是有了下一句——友人弃却江南春景，来京师峭寒之地，我呢，却在峭寒之中，进入了江南春梦；当然，身不能往而只能托之梦魂，深可恨也，故梦境之中，也仿佛有幽幽咽咽的箫声，在诉说着无名的怨恨……

上片通过作者与友人对江南春景的一背弃一向往，朦胧地道出了作者的思乡之情；到了下片，作者弃了友人，单说自己，其情感由思乡进而至思归，出语亦不再那么朦胧了。“斜阳芳草隔，满目伤心碧”，这也可说是梦醒后的极目远眺所见。惨淡无力的斜阳下，是一派连天的春草，似在证明此地也是春天。但是，作者却在芳草之后，加了一个“隔”字，极为有力，亦极为沉痛：这芳草，却隔断了我与江南故乡，它通向天涯，是一片长长的隔离带。这一字，下得奇警新颖；这个念头，也动得超群拔俗。由于芳草是“隔”，故满目所见，全是一派伤心惨目的碧凝之色。李白《菩萨蛮》云：“寒山一带伤心碧。”若联想到这一节，读者更可感到这北方的春草上，正生起一层寒气，渗入作者胸臆……

最后二句，便在伤心至极时，吐出了归思。“不语问青山”，不语而问，可见他在异族的控制下，口也开不得，只能用心声来问。此句亦至为沉痛。“青山响杜鹃”，因他一问，青山便以杜鹃声声的“不如归去”作答。至此，作者的归思，已和盘托出，我们在前文假定作者时在北京，在本句中似亦得到了证实。末句不写“啼杜鹃”，而用“响杜鹃”，也体现出作者炼字的功力——“响”字不但与“无语”相对应，且读来具有震荡之感，仿佛整个青山都为响声所震动；然则这响声使作者感受到的震撼如何，也就尽在不言中了。

现在，我们总算将这首难解之作大致解出了。这是一首因友人弃乡北上而引发出思乡感慨之作，其中可见到李雯的内心思想。如李雯，上溯得远些如北朝的庾信，他们都出仕异族，虽谈不上有何气节，却也不是彻底的昧却民族良心，故一旦机缘触发，便会忆旧朝、羡江湖、动归思。这是一种归附异族者在内心深处的典型的不合作心理，它虽非反抗，但也可能被异族视为归诚不足，引来大祸。因此，庾信的《拟咏怀》也好，本词也好，表达起来无一例外都是扑朔迷离、多设歧途以乱人耳目的。此种苦心，是我们所应体谅的；而其苦心所造就的一种诗词中的曲折朦胧、哀感顽艳之美，更是有其不可磨灭的价值的。

本篇的色彩语也很有特色，令人联想到李贺的诗。“胭脂”“碧”凝滞而浓重，不如“红”“绿”之活跃；“玉”“青”都是冷色调，带着寒气。这些，再加上“斜阳”“杜鹃”之类，遂给全篇蒙上凄迷惨恻的阴影，谭献的《箧中词》评本篇为“亡国之音”，就气氛而言是说对了。（沈维藩）

风流子　　李　雯

送春

谁教春去也？人间恨、何处问斜阳？见花褪残红，莺捎浓绿，思量往事，尘海茫茫。芳心谢，锦梭停旧织，麝月懒新妆。杜宇数声，觉余惊梦；碧阑三尺，空倚愁肠。　　东君抛人易，回头处、犹是昔日池塘。留下长杨紫陌，付与谁行？想《折柳》声中，吹来不尽；落花影里，舞去还香。难把一樽轻送，多少暄凉。

这是李雯甲申国变之后的作品。人生的际遇真是难以言说，有处世出于自己禀赋的志意怀抱的情况，可是也有行事遭遇外在环境操纵逼迫的情况。李雯正是一个才华横溢却遭际不幸的人。他陪父亲到京师，没多久李闯王占领北京，他的父亲就殉明死难了。李雯是"絮血行乞三四日，乃得版榇以敛"，他当时几乎饿死，却又不敢死，因为还没有尽到一个做儿子的责任，未把父亲的灵柩送回故乡。当时清廷有一些欣赏李雯才华的人把他推荐给满清的中枢内院。李雯之仕清是不得已的，他又是个感情很敏锐，而且很自责的人，所以其国变以后的作品一直写得非常悲哀痛苦。

《风流子》这首词一开头就是个疑问的句子，"谁教春去也"，短短的五个字，就有一种非常深刻曲折的意思。李后主的词"流水落花春去也，天上人间"（《浪淘沙》），写得感情奔腾汹涌，一泻无余。因为他是个比较任纵的帝王，没有约束节制自己的习惯。李雯却是个自我反省、压抑而又自责的人，同样是写亡国的悲痛，可是他与李后主表现得迥然不同。"谁教春去也？"是对命运发出的质疑。天下的事情有许多为什么，国家为什么有这样的下场？我李雯为什么有这样的遭遇？这种疑问的句子表示出来的，常常是一种悔恨、不平。正所谓诗词无理而妙，李词"春去也"已是一重悲哀，"谁叫春去也"，这是又一重更深的悲哀，如此美好的事物为什么转瞬即逝？没有谁能给出答案，更没有任何办法可以挽回。

"人间恨、何处问斜阳？"又是一个问句。人间到处都是悲恨，这一"人间恨"，既是紧扣"送春"的题目而发的现实中之送春伤春之恨，也是文物繁华尽皆破灭的亡国失家之恨，更是自己的失身之恨。李雯在去世的前一年给陈子龙的书信里说："三年契阔，千秋变常。失身以来，不敢复通故人书札者，知大义之已绝于君子也。"真是声声皆泪，人间为什么有这么多悲哀？为什么有这么多缺憾？这些人间恨事，你又能去问谁呢？屈原问天，李雯却要问斜阳。斜阳本身就是无常的，快要沉落的，它又能够回答你什么呢？因此开篇的两个问句，所表达的悲哀不只是字面上的，而是从内心里传达出的彻骨的无可奈何的伤痛。

"花褪残红，莺捎浓绿"，表面上当然是说落红缤纷，花朵凋零，黄莺在浓绿的枝头飞掠过去，完全是扣题而说的暮春风景。可是"落花"又是中国文化传统中的一个语言代码，花的零落代表了所有美好事物的凋零残败。李雯的故国不会再恢复了，与当年和他一起读书、作诗的陈子龙等人的交游，也不会再有了，那美好的少年时代，充满了理想和欢乐的时代，那些故人知交，都已是"花褪残红"，不再复返了。"小径红稀，芳郊绿遍"（晏殊《踏莎行》），春天的花落尽，树叶就显得更浓密繁多，俗话说莺燕争春，那莺燕是要在百花时节忙着享受春天，所以浓绿的枝头有不少的莺燕。这正如满朝的新贵，在朝廷易代之间做着自己的打算。改朝换代中，有多少人殉节死难了？又有多少人投降以争取高官厚禄？这是"花褪残红"与"莺捎浓绿"的对比，所以是令人"思量往事，尘海茫茫"，人间的尘世就如同沧海的波涛，变化无常不可追寻。

"芳心"，代表了一个人一切美好的理想和志意，从李雯的诗文集中，确实可以看到他是许身不凡的人，可现在是"芳心谢"，对李雯来说，那所有美好的理想都已失去了，自己没有脸面做任何的事情，抱任何的希望了。“锦梭”两句，表面是写女子的生活起居，织布梳妆。李雯把自己比成一个女子，本在编织一个美丽、珍贵的梦想，可是国破家亡，自己降志辱身，有了污点，就像华美珍贵的锦缎再也织不下去。“麝月”是将黄颜色的麝香在额间涂出新月的形状以做装饰，可是当一切理想志意消失，连生活的意义都没有了，再弄妆梳洗又有什么必要呢？这个女子懒得再装饰，她又能为谁装饰呢？这是两个工整的对句，“旧织”暗喻了李雯过去的美好的理想，“新妆”比喻迎合与奉承新朝，李雯之仕清是出于不得已，在他的内心并不想追求富贵，更不愿去曲媚迎合新朝。

“杜宇”即杜鹃，为送春之鸟，当它啼叫之时，春天也就走了。杜宇又是古蜀王名，号望帝，死而化鸟。作为一个带有丰富文化背景的语言代码，其含义可用李商隐《锦瑟》诗“望帝春心托杜鹃”一语概括之。杜鹃代表死去的皇帝，象征明朝的覆亡。而杜宇的啼声似“不如归去”，旧日的国家朝廷、朋友志意都已一去不复返，所以“不如归去”的叫声更徒添伤心，李雯又能回到哪里去呢？杜宇悲鸣，惊醒了他年少时代编织的美梦，而父死国变的发生也恍如一场噩梦，即所谓“觉余惊梦”。而“碧阑三尺，空倚愁肠”，“碧阑”是指碧玉雕成的栏杆。李商隐的《碧城》诗有句云：“碧城十二曲阑干。”李商隐说“碧城十二”，李雯说“碧阑三尺”，数目并不是用来计数的，“十二”和“三”都是代表多的意思。他说我靠在那曲折珍贵的玉栏杆上，这么美的“碧阑”，本是让人倚栏凭眺春天的美景的，可是春天已经走了，也就只剩下满腹的惆怅悲哀。

“东君”是春天的神，“东君不做繁华主”，是说春天的神不为万紫千红做主，没有保护它们，因此是“抛人易”，春天这么快地过去，这么容易就把我们抛弃了。这既是扣住题目来说的“送春”，又有引申出的旧日朝廷和生活对自己的抛弃。正有李后主“别时容易见时难”（同上）的感叹。

最能代表春天的，就是柳树，而柳树又往往长于池塘水边。王夫之《蝶恋花》曾说：“叶叶飘零都不管，回塘早似天涯远。”在中国的传统中，杨柳“拂水飘绵”的姿态才是最美的。所以说“回头处、犹是昔日池塘”。正所谓“风景不殊，正自有山河之异”（《晋书·周顗传》），京城还是往日之京城，李雯的故乡云间还是往日之云间，可是往日之人物文明却不再依旧了。“留下长杨紫陌，付与谁行？”“行”是一个表示受语宾语的词尾助词。暮春三月，当花落以后，树叶浓荫茂密，正是柳树长得茂盛的时候，这是承接上句“回头处、犹是昔日池塘”来说的。“留下”句，表面上写的就是因为东君这位春神轻易就不为春天做主了，那么留下高大的杨柳树和宽阔的道路要托付给谁呢？可是“紫陌”不是平常的路，它特指京城的道路，刘禹锡《看花》诗“紫陌红尘拂面来”句，指的就是当时的首都长安。而任何地方的高大柳树都可以叫做“长杨”，可是在中国文化传统中，“长杨”又指汉朝都城的一座宫殿“长杨宫”，扬雄有一篇《长杨赋》，写的就是长杨宫。因此“长杨紫陌”又代表了国家的都城。明朝不在了，它的首都交付给谁了呢？江山又交付给谁了呢？当然是归于新的统治者满清。无疑而问，沉痛至极。

“想《折柳》声中，吹来不尽”，笛曲中有一支曲子叫《折杨柳》，是用来表示离别、怀念的，所以李白《洛城闻笛》说：“此夜曲中闻《折柳》，何人不起故园情。”当无数的杨花被风吹落，春天也就越来越远了，当《折杨柳》的笛声响起，它带给人的是对故园、故国、故人的怀念，而这种怀念之情是道不尽、说不明的。杨花被吹落了，但李雯不直接说“落花”，因为“落花”是个实物，他说“落花影里”，正可见词这种文学体式的细致与微妙。杨花在落花飞舞的影子里飘落凋零了，可是与李雯另一首《浪淘沙·杨花》之“可惜章台新雨后，踏入沙间”相较，“舞去还香”一句，使杨花在飘零之前有一个振起，表明即使飘零也还要有一种舞动的姿态。李雯是玷辱了，是被踏入了沙间，可是他还有多少的感情志意并未完全消磨。

"难把一樽轻送，多少暄凉。"古人有饮酒送春的习俗，韩偓《惜花》诗说"临轩一盏悲春酒，明日池塘是绿阴"，一杯酒就把春天送走了。可是李雯呢？他能轻易地用一杯酒把明朝的春天送走，把过去的理想志意送走吗？李雯是自责的，他不能忘怀于自己的亏欠、玷辱，他有羞耻和惭愧。那么多的恩怨是非、悲欢冷暖，这其中的痛苦实在不是可以轻易就排遣的。

李雯作为"云间三子"之一，早期的作品被称为"春令"，继承着明词的男欢女爱、伤春怨别的遗风，可是甲申的国变，使其词风出现了转变，一种隐藏在内心最深处的哀婉感情在他的词中表现出来了。这首《风流子》词写得幽约怨悱，缠绵感人，可以说是李雯词的代表作之一。（叶嘉莹　舒　涓）

沁园春　吴伟业

观潮

八月奔涛，千尺崔嵬，砉然欲惊。似灵妃顾笑，神鱼进舞；冯夷击鼓，白马来迎。伍相鸱夷，钱王羽箭，怒气强于十万兵。峥嵘甚，讶雪山中断，银汉西倾。　　孤舟铁笛风清，待万里、乘槎问客星。叹鲸鲵未剪，戈船满岸；蟾蜍正吐，歌管倾城。狎浪儿童，横江士女，笑指渔翁一叶轻。谁知道？是观潮枚叟，论水庄生。

历来观潮之作，大都写得气势磅礴、慷慨淋漓。这是因为大自然的神奇伟力能使人浮想联翩、心潮激荡；更何况诗人骚客自己别具怀抱，最易引发胸中的无限感慨。吴伟业这首词，即集中体现了这种典型特色。

上片入手三句，直接点题，用概括精练的语言总写钱塘八月大潮的来势汹涌、撼人心魄。我们不难从一个"奔"字中去想象它由远而近的急速，从"千尺崔嵬"的形容中体会它崇山峻岭般的壮观，从"砉(huā)然欲惊"的感受中领悟它涤荡万物的威力。有了这样气吞山河的开头，作者接下去便运用一连串生动形象的比喻，来进一步描绘江潮的千变万化给人带来的种种丰富的联想，其间充满了神话和传说的奇谲色彩：美丽的洛神宓妃凌波微步，望着我嫣然而笑；神鱼腾空而起，翩然飞舞；河神冯夷敲着灵鼓，响声阵阵；素车白马成群结队，络绎而来。这些喻写分别糅入了曹植《洛神赋》和枚乘《七发》等有关内容，画面瑰丽恢宏，气势飞动。以下三句，又叠用两个与江潮有关的典故，突出渲染它的声威阵势。春秋时吴国丞相伍子胥辅助吴王夫差打败了越国，越王勾践请和，子胥极力劝谏，触怒夫差，被迫自杀，其尸盛入鸱夷（皮囊）丢入江中。相传他怒气难平，死后化为狂涛巨澜，日夜奔腾咆哮不已。五代十国时吴越王钱镠曾筑海堤以遏大潮，令人造三千羽箭、携五百强弩，射压潮头。作者把两者合在一起，目的在强调钱塘潮的浩荡声威，胜过当年的十万大军；同时也赋予江潮以千古不灭的灵魂、万世流传的神韵。在对潮水作了以上这些想象性的描绘后，词笔又收回，再次形容它的总体状貌。“峥嵘甚”上应“千尺崔嵬”；而“雪山中断”、“银汉西倾”，更显出景象的阔大，色彩的雄浑。上片全是写景，声色兼备，极富动感。

有了上文的铺垫，下片便折入对怀抱的抒写。观潮归来，词人驾一叶小舟，在风清月明之夜，吹起了铁制的笛子，把清越的音响播向水天之间。他兴犹未尽，甚至想象自己有一天能像古人那样乘着小木筏，上溯天河。据张华《博物志》载，有人常见每年八月海上有槎来，就登槎上达天河，遇见牛郎、织女，返回后问术士严君平，才知那天正有客星犯牵牛宿。词人在此用这个典故，除了与上片歇拍“银汉”呼应并引发遄飞的逸兴外，还巧妙地隐含着孔子所谓“道不行，乘桴浮于海”（《论语·公冶长》）的深刻含义。以下“叹”字再作转折，由想象回到现实。眼前一面是海波未靖（喻指战乱未平），战船排满了江岸；另一面却是圆月初上，整个杭州城到处歌舞升平。对此鲜明对比，词人尽管只作客观描写，但从领字的提携来看，这里显然蕴含着他对时局的忧患意识。按常理，作者本该顺势直抒胸臆；但他偏不落套，仍用侧笔，从弄潮儿童和观潮士女的眼中，写出自己的与众不同。“笑指”两字既富生活气息，又饱含深意。这又是一个对比，见出一般观众和别有怀抱者的显著不同。别人只是看热闹而已，他们又怎么知道身处明清易代之际、被迫出仕后即以病辞归者的复杂心态呢！此词约作于顺治十四年（1657）仲秋，正是词人因丁嗣母忧南还的第二年。所以词末两句以“观潮枚叟”（枚叟即枚乘，其《七发》中有观潮一段）和“论水庄生”（庄生即庄子，《庄子》一书中有《秋水》篇）自况，其实准确而含蓄地表露了他对明亡的同情和追思，同时也透示出随境而处的人生哲理。而这些深意，自然不是芸芸众生所能体会和理解的。明乎此，在“笑指”和“谁知道”的表面叙述中，显然深藏着“举世皆浊我独清，众人皆醉我独醒”（屈原《渔父》）的内涵。而这一玄机，也已由前句中的“渔翁”两字先行透露。

通过以上分析，我们不难看出，这首词题为“观潮”，内容却不仅仅局限于对钱塘江大潮的描写；它所传达的，实际上是明末清初存在于文人心中一段难以解开的情结。关于这一点，从南宋和清初诗家词人多有同类之作的事实中，可以得到印证。如稍后的诗人施闰章就作有一首《钱塘观潮》诗：“海色雨中开，涛飞江上台。声驱千骑疾，气卷万山来。绝岸愁倾覆，轻舟故溯回。鸱夷有遗恨，终古使人哀。”即是一例。（曹明纲）

贺新郎　吴伟业

病中有感

万事催华发。论龚生，天年竟夭，高名难没。吾病难将医药治，耿耿胸中热血。待洒向、西风残月。剖却心肝今置地，问华佗、解我肠千结？追往恨，倍凄咽。　　故人慷慨多奇节。为当年、沉吟不断，草间偷活。艾灸眉头瓜喷鼻，今日须难决绝。早患苦、重来千叠。脱屣妻孥非易事，竟一钱不值何须说。人世事，几完缺？

在吴伟业词中,这是最沉痛、最感人的一首,以致旧传此为词人临终绝笔。其实,据考证,此词作于清顺治十一年(1654),距词人之死尚有十八年。吴伟业为明末大名士,明亡,隐居故里。顺治十年被迫应召仕清,三年后,因母丧弃官归故里。“时穷节乃见,一一垂丹青”(文天祥《正气歌》),古人极重节义。因此,尽管词人仕清时间很短,但身仕二朝,名节已亏的痛苦却一直纠缠、折磨着他。他因此耿耿于怀,郁结在心,愧恨终生。以致临终时遗嘱家人用僧衣入殓,墓碑只题“诗人吴梅村之墓”。在本词中,词人对仕清一事进行了深刻忏悔和无情的自我解剖,悔恨之情抒发得淋漓尽致。

“万事催华发”,首句总领全篇,奠定了悲怆的基调:仕清之后,悲从中来,以致人间的万事万物都令人伤心。才过中年,白发骤生,大有未老先衰,死期将至之预兆。于是很自然地想到了西汉末年的龚胜。《汉书·龚胜传》载:龚胜西汉哀帝时官光禄大夫,王莽篡位后,龚胜坚拒王莽征召,不仕新朝,绝食而死,“死时七十九岁。有老父来悼,哭甚哀。既而曰:‘嗟乎,薰以香自烧,膏以明自消,龚生竟夭天年,非吾徒也。’遂趋而出,莫知其谁。”“天年”,自然寿数。龚生系自杀,故曰“夭”。词人引用此事,强调龚胜以高名死义,死得其所;而自己以高名失节,不死犹死,比死还惨。所以“吾病难将医药治”。显然这病非一般的躯体之病,其根源在心,暗示仕清一事已成心病。尽管胸中仍是满腔热血,一片忠心,但失志变节行为已不能为世人所鉴谅和宽恕,只有向着“西风残月”表明心迹了。但又唯恐西风无情,残月无义,于是现在索性剖开胸膛,掏出心肝,坦示众人面前。他要请问神医华佗,这样能否解开那千愁百结,拯救我于心病煎熬的苦海呢?可以想见,词写至此,作者已声泪俱下,肝肠寸断了。真是往事不堪回首,每次追忆只有倍增凄凉忧伤。上片一波三折,层层递进,最后凝聚成“往恨”二字。

下片逐层解剖“往恨”,换头三句先剖析自己优柔寡断,贪生怕死,作出屈节仕清的错误选择,有愧于故人。“故人”这里应指与词人同在复社、明亡时慷慨死节的志士仁人,如陈子龙、夏允彝等。“沉吟不断”,此处意为徘徊犹豫,不能下决心。“草间偷活”见《晋书·周顗传》,王敦叛逆,有人劝周顗躲避,周顗正色道:“吾备位大臣,朝廷丧败,宁可复草间求活,外投胡越耶?”“艾灸”三句是第二层,言心病由来已久,纵然千金妙方如今也难以治愈。当年所遭受的痛苦,现在又接踵而来。失节的痛苦撕心裂肺,耻辱将伴随终生,无法洗刷。“艾灸”句语出《隋书·麦铁杖传》:“辽东之役,(铁杖)请为前锋,顾谓医者吴景贤曰:‘大丈夫性命自有所在,岂能艾炷灸额,瓜蒂喷鼻,治黄不差,而卧死儿女手中乎?’”“脱屣”两句为第三层,坦白自己屈节仕清,委身新君的原因和结果:本为保全家庭,延续子嗣,终落得遭人唾骂,一钱不值的地步。史载吴伟业“性至孝,生际鼎革,有亲在不能不依违顾恋。俯仰身世,每自伤也”(《清史稿》本传)。可见词中所云乃实话实说。将心比心,在上有高堂、下有妻儿情况下,抛弃家庭并不是每个人都能做到的一件容易事。因此,在忠孝不能两全的情况下,儿女情长,顾小家而弃大家的行为不无可赦可谅之处。但词人却偏偏在稍作辩解申诉之后,即又严厉自责:“竟一钱不值何须说。”语意苍凉悲苦,自我否定说到了极点。“脱屣妻孥”典出《汉书·郊祀志》所载汉武帝语:“嗟乎,诚得如黄帝,吾视去妻子犹脱屣耳。”“屣”,鞋也。“一钱不值”出自《史记·魏其武安侯列传》中灌夫“生平毁程不识不直一钱”之语。结句“人世事,几完缺”,收束古今,总结人生:世事纷纭变幻莫测,在人生的紧要处如何迈出关键的一步,做“高名难没”的“完”人,抑或“一钱不值”的“缺”人,这完全取决于自己的选择。“几完缺”,多少是完美的,多少是残缺的,感叹之中,深有愧悔之意。词人再一次责备自己选择错误,大恨难消,真是痛心疾首,哀感顽艳，令人不能卒读。陈廷焯评此词："悲感万端，自怨自艾，千载下读其词，思其人，悲其志，固与牧斋(钱谦益)不同，亦与芝麓(龚鼎孳)辈有别。"又云："其高处有令人不可捉摸者，此亦身世之感使然。"(《白雨斋词话》)诚为知音之言，一语中的。(何林晖)

鹧鸪天　周茂源

夏雨生寒

夜雨空阶滴到明，香篝拨火熨桃笙。残莺啼起无聊赖，晓镜看来太瘦生。　人似雁，屋如萍。江城水涨白鼍鸣。冲泥细马猩红罽，五月披裘半老兵。

词题为"夏雨生寒"，夏季本是一个炎热的季节，以"寒"来形容夏雨，是人的内在情绪感受投射在外在的客观环境中，心寒才感到夏雨亦寒。词中描绘夏夜听雨与晨起看雨的情景，用以渲染羁旅的落寞凄凉。词人周茂源为江南华亭(今上海松江)人，早入几社，与夏允彝、陈子龙等游。入清后，中顺治六年(1649)进士，官刑部主事，晋郎中，出为处州知府。晚年治夏允彝父子之丧，厚恤其女及嗣孙。从词中所写"半老兵"来看，此词为他的后期之作，"寒"不仅为羁旅之愁，更蕴含着易代之际汉族士人复杂的心情。

上片首句"夜雨空阶滴到明"，写词人一夜凄苦无眠，听夜雨潇潇，直到天明。这里化用温庭筠词"梧桐树，三更雨，不道离情正苦。一叶叶，一声声，空阶滴到明"(《更漏子》)，温词表现的是为伤离而愁苦的闺中人，在秋夜雨中，彻夜不眠的情景。而周词借用来写夏雨，把温词那种对雨伤情、孤苦难眠的氛围移用过来。接下"香篝拨火熨桃笙"一句，选取了一个细节写雨夜的落寞寒凉，拨动香笼残火，用来熨热寒凉的竹席。"拨火"，扣题中"寒"字，竹席的寒凉或许可以用"拨火"熨热，而心中的寒意又怎能靠"拨火"祛除呢？"篝"，竹笼，"香篝"，即熏笼，古人用来焚香熏衣被的。"桃笙"，竹席，"桃"指桃枝竹。左思《吴都赋》："桃笙象簟。"刘逵注："桃笙，桃枝簟也。吴人谓簟为笙。""香篝"、"桃笙"，言明居处环境的幽雅，雨夜焚香，凉席独偎，反衬词人内心的不宁静。他在想些什么呢，词中没有说出。接下"残莺啼起无聊赖"一句，写一夜未眠，清晨又被残莺啼起，百无聊赖。"残莺"暗示季节已是春去夏来，即词最后一句点明的"五月"，"残"又是词人的伤感投射到黄莺的啼叫中，人的心情不好，婉啭的黄莺更添愁忧。"唤起"，是说黄莺惊扰伤感之人。上片结句"晓镜看来太瘦生"，写自己起来后对镜一看，发现自己变得很瘦。"太瘦生"，"生"为语助词。(传)唐李白诗"借问何来太瘦生？总为从前作诗苦"(《戏杜甫》)，嘲戏杜甫为写诗而变得很瘦。而词人何以"太瘦"？自是夏雨觉寒的他，有着坎坷的身世，不能不憔悴而至消瘦。

下片"人似雁，屋如萍"二句，写出了因夜来夏雨，清晨水涨的特定景象：人在遍地雨水中行走，远望去如同雁一样起伏不定；房屋四周深积雨水，如同浮萍在水中漂流。这两句除了状写风雨之大外，喻示着词人的风雨人生：人似雁，雁归人不归，心中蕴积思乡之情；屋如萍，没有根基，感叹自己漂泊无依。这回答了上片自己“太瘦”的原因。第二句“江城水涨白鼍鸣”，渲染江城水势的浩瀚。“水涨”二字，回应上片的“夜雨空阶滴到明”。“鼍”，即扬子鳄，天欲雨则鸣。唐张籍《白鼍鸣诗》云：“天欲雨，有东风，南溪白鼍鸣窟中。”结拍“冲泥细马猩红罽，五月披裘半老兵”两句，描写了这样一幅画面：在夏五月的雨天，一个披裘衣的半老兵，牵着一匹披着红色罽的骏马，踏泥而行。“细马”，骏马。“冲泥”，踏泥而行，不避风雨。“罽(jì)”，一种毛织品，此指马身上披着的障泥一类东西。“五月披裘”，五月夏天还披着裘衣，明言天气之寒冷，扣题中“寒”字，实则用典，表明自己归隐之意。据汉王充《论衡・书虚》记载，春秋吴季子出游，见路有遗金，时当夏五月，见有披裘打柴的人，季子呼他拾金。打柴的人说：“吾当夏五月，披裘而薪，岂取金者哉。”后因以“披裘负薪”或“披裘”为高人隐逸之典。“半老兵”，为词人自己经历的写照。周茂源早年所从游的同乡夏允彝、陈子龙都是抗清志士，他则入清为官，曾出为处州知府。当时兵戈如麻，出没其地，茂源供张师旅，招集流亡。词中以“半老兵”作结，感慨深沉。（龙向洋　萧华荣）

满江红　曹　溶

钱塘观潮

浪涌蓬莱，高飞撼、宋家宫阙。谁荡激、灵胥一怒，惹冠冲发？点点征帆都卸了，海门急鼓声初发。似万群、风马骤银鞍，争超越。　江妃笑，堆成雪。鲛人舞，圆如月。正危楼湍转，晚来愁绝。城上吴山遮不住，乱涛穿到严滩歇。是英雄、未死报仇心，秋时节。

钱塘江每年八月十五的大潮，是一种激荡人心的景观。自古来许多诗家曾以生花妙笔予以描写，名篇佳句不胜枚举。像唐人赵嘏的“一千里色中秋月，十万军声半夜潮”（《钱塘》残句）和宋人苏轼的“海上涛头一线来，楼前指顾雪成堆”（《望海楼晚景五绝》之一），状绘钱江潮的声色气势，均极雄壮奔迅之能事，令人过目难忘。清代，在曹溶之前，吴伟业也以《沁园春》的词调写过“观潮”题材，留下了“似灵妃顾笑，神鱼进舞；冯夷击鼓，白马来迎。伍相鸱夷，钱王羽箭，怒气强于十万兵。峥嵘甚、讶雪山中断，银汉西倾”这样的名句。

那么，曹溶的《钱塘观潮》又有什么独特的妙处呢？我们试从用典和描写两方面作一些分析。

描绘钱江大潮，似乎很难避免某些熟典。比较一下曹、吴之作，便不难看出伍子胥、江妃是二词都用到的，除此之外，吴词还堆砌了“神鱼”、“冯夷”、“钱王”等典故。这固然显示了作者的学问，也促使着读者的联想，但总不免有点浓得化不开之感。当然“怒气强于十万兵”和“峥嵘甚”三句是精彩的。

曹作也用了典故，而且所用还是伍子胥这个熟典，但他的用法却有特色。他不仅仅把伍子胥作为江潮的代名词，而且进一步“人化”江潮，赋予它以不屈的英雄的灵魂。开篇“浪涌蓬莱”三句直写大潮之后，马上推出“灵胥”的形象，作者的意图是将历千古而不衰的钱江大潮与忠勇耿直、不屈而死因而死不瞑目的伍子胥紧紧地联系起来，把江潮的汹涌，解释为“灵胥一怒，惹冠冲发”的结果（强调江潮的“怒气”，显然与上引吴伟业词有联系），这就为词的结句埋下了伏笔。词的中段对钱江潮进行了一番绘声绘色的描写，关于这段描写的妙处，下面再谈。这里仍然说作者对伍子胥这个典故的运用：到煞尾处，作者又一次请出伍子胥这位英雄，说那钱江潮之所以仿佛充满怒气，如万马奔腾、铺天盖地而来，不为别的，只因为它“是英雄、未死报仇心”。这就为“怒气”找到了更深刻、更有意义的精神内涵，把读者从一般的视觉惊奇提升到心灵和思想的震撼，从而升华了观潮的意义和境界。而从诗思而言，则是回应了前片“谁荡激”的提问，使词的结构更加有机而精整。同样是用典，曹溶对伍子胥之典用得很不简单，而是开掘较深，联想更丰，也就是用得比较充分，自然就收到更好的艺术效果。在这一点上，曹溶既汲取了前人的创作经验，又有所发展和创新。

现在来看这首词的中段对钱江大潮的描绘。从“点点征帆都卸了”到“乱涛穿到严滩歇”，贯穿前后两片，是词的中心部分。这里虽也偶涉典故，如“江妃笑”“鲛人泣”，但作者采用的主要艺术手段却是白描。他想象：当大潮从海上兴起，远远地向江口奔腾而来之时，江面上所有的船只都卷起了篷帆，靠在岸边，静候它的通过；只听到潮水之声如阵阵急鼓，从海门那里愈来愈逼近过来。不一会儿，大潮来到面前，作者写出了词中最精彩的句子：“似万群、风马骤银鞍，争超越。”比拟得既形象又贴切，而语言又是如此精粹而富于力度，可以说达到了壮美崇高的境界。过片的“江妃笑”四句，仍是对大潮的正面描写，但语调上有变化，突出了灵动和优美的意蕴，作为对前面描写的一种补充。江妃和鲛人都是出没水中的神话人物。“正危楼”二句，直叙自己在江边小楼观涛的感受，由此引申到“城上吴山”二句。吴山在杭州凤山门内，古时是吴越两国的界隔。所谓“城上吴山遮不住”，正与开篇所写的浪撼宋家宫阙相呼应（钱塘江潮在杭州附近，杭州是南宋故都，故曰“高飞撼、宋家宫阙”），都是渲染钱江潮的气势。然后，作者目光延送波涛远去，想象“乱涛”一直要奔流到富春江边的严子陵钓台才会平缓下来。就在这涛去波平之际，“是英雄、未死报仇心，秋时节”的高亢声音猛然奏响，词人的观潮感受和词的思想境界，在这个结句中被有力地推上了一个新的高峰。这个结句是一篇之警策。在全篇精彩状绘的基础上，最后以掷地作金石声的句子收煞，遂使全词大为增色。故清陈廷焯《白雨斋词话》评为：“沉雄悲壮，笔力千钧，读之起舞。”且曰：“竹垞（朱彝尊）和作，已非敌手，何论余子。”（董乃斌）

鹧鸪天　宋　琬

遣怀

咄咄书空唤奈何，自怜身世转蹉跎。长卿已倦秋风客[①]，坡老休嗔春梦婆[②]。　朝梵夹[③]，暮渔蓑，闲中岁月易消磨。谁言白发无根蒂？只为穷愁种得多。

注 ① 长卿：西汉司马相如字。秋风客：语出李贺《金铜仙人辞汉歌》，原指汉武帝，此处借用其字面含义，谓做官犹如秋风中的过客。 ② 春梦婆：相传苏东坡在海南岛谪中，有老妇谓其富贵如一场春梦，里人因而称此妇为春梦婆。③ 梵夹：此指佛经。佛经原写在贝叶上，用木板夹住，再串以绳，成为可翻读之书。

这是作者后期漂泊东南时所作。宋琬出仕以后，曾两次下狱，后一次是其族侄诬告他与于七（顺治末年在山东起兵的反清首领）有牵连，致使他全家下狱三年，受尽屈辱。后来他虽事白被释，却落得个“放归”的处分，未能恢复官职，也就是说，他的冤屈其实并未得到彻底昭雪。宋琬父宋应亨在明代颇著政声，为了不坠先人令誉，宋琬为官亦清勤自厉，多树惠政，由此被超擢为按察使。在如此宦途顺畅，正可施展身手以不负平生所学之际，忽然飞来奇祸，这番打击，比之寻常的蒙冤衔恨者当更为深重。此后，他流寓吴越长达八年，所作多嗟伤愁苦之音，本词即是其中较有代表性的一篇。

起首“咄咄书空”，是个常见典故：东晋朝廷起用名士殷浩以对抗权臣桓温，后殷北伐大败，朝廷迫于桓温之威，又罢废了殷浩。作为一个清谈家，殷浩对自己被政治权术如此迅速地上下播弄，实在是想不通，故回家后成天在空中比画“咄咄怪事”四字，以抒胸中郁气。“咄咄书空唤奈何，自怜身世转蹉跎”二句，便是以此典故领起，诉说了作者的三层心事：对自己忽擢升、忽下狱、忽出狱想不通，一也；上意如此，想不通也无可奈何，二也；虽然无奈，但日月蹉跎，身世漂泊，又不免自怜自伤，三也。因此，这二句，看上去是直抒愁悲，其实细细体味，仍有层递之意，可称一波三折。

再下二句，作者由直抒改为使事，词气便不平直。“长卿已倦秋风客”，借司马相如倦于宦游，表达自己的无意仕进，有心灰意懒之味。“坡老休嗔春梦婆”，令东坡不去责怪春梦婆，其实是感慨自己往昔的宦况不过一场春梦，回想不成滋味，词意在悲苦中又有彻悟的成分。这二句连同典故，不仅变化手法，而且含意亦较上二句为深。此外引古人自喻，既隐隐自重身份，也使自己的惨痛遭遇更生古今一辙之慨。

上片末句有彻悟之意，此意便暗渡到了过片。“朝梵夹，暮渔蓑，闲中岁月易消磨”，一天到晚，不是诵念佛经，平息心火，就是垂钓江湖，静以养志；这样消磨岁月，至少表面上是容易的、轻松的。不过，作者的愁苦其实并未消磨，这几句貌似轻快之笔，只是为了反衬下文的深沉切痛。同理，在上片“奈何”“自怜”“已倦”“休嗔”等愁苦之词联翩而发之后，这三句略舒词气，也只是为了让作者先吐一口气，往下好讲得更有力、更沉痛。

“谁言白发无根蒂？只为穷愁种得多”，二句一作反问，一答缘由，手法又变。这二句是至为沉痛、至为愁苦之言，但其引绪，又暗藏在上三句的貌似轻快之中：“闲中岁月易消磨。”岁月消磨了，头不也将转白了吗？故末二句，还当与前三句连读，才能更深体会作者的愁苦：谁说作者满头白发，是无根无蒂凭空长出的？非也，白发是有种的，那种子就是“穷愁”二字，它们密密地种在头顶，不停地生根发芽，把白发送上去。那么，再回头一想，“穷愁”又是从何而来的呢？当然，正是从那“闲中岁月”而来，是在消磨这份闲苦时结下的种子。如此看来，作者虽有彻悟，虽然诵经垂钓，但他的愁苦非但不因此而减，反而因此生得更多；词的题目叫“遣怀”，可作者的愁怀，却是实在难遣难排！

这首词很典型地体现了清初在异族统治下的士大夫的状况，作为读书士子，他们总希望学以致用、干一番事业，哪怕统治者是异族也罢。然而他们又不获完全信任，横遭飞祸亦不能申冤,甚至不能公然叫屈,唯有自叹时乖命蹇、在无奈中忍受无名的愁苦而已。从这首有愁不敢明言、显言的词中,我们可体会到清初士大夫所承受的心理高压。此词虽篇末有妙语,但全篇多议论,少形象,之所以不觉枯燥,乃是因为作者各句的写法、情绪各有不同,寓有较多变化之故,这也是我们在身世上同情作者的同时,在艺术上不能不留意的地方。(沈维藩)

蝶恋花　宋　琬

旅月怀人

月去疏帘才数尺。乌鹊惊飞,一片伤心白。万里故人关塞隔,南楼谁弄梅花笛?　　蟋蟀灯前欺病客。清影徘徊,欲睡何由得。墙角芭蕉风瑟瑟,亏伊遮掩窗儿黑。

词的好处,在于它能通过语句的错落安排、声韵的抑扬交替,营造一种氛围,传递一种情韵,让人在吟诵回味之余,往往不觉沉浸其中。这首词就有这个特点。

身在旅途,独自孤宿。入夜后一轮明月挂在空中,又大又亮,近得距离窗帘好像只有几尺。月光下,栖息的乌鹊受惊而飞,满地是一片霜雪似的惨白。上片前三句铺写景物,写实中融入了曹操《短歌行》"月明星稀,乌鹊南飞。绕树三匝,无枝可依"的意境,为全词的进一步展开作了很好的铺垫。随着词意的推进,我们便可发现在这深秋明月之夜,词人与乌鹊同样无法安寝,那惊飞的乌鹊只不过是抒写一种愁思的起兴而已。皎洁的月色之所以白得伤心,也是人的情感投射使然。接着两句揭出"怀人"主旨。所思故人远在万里之外,关塞阻隔,天各一方,相互之间信息难通。作者在此虽然没有点出所怀故人是谁,但从他的生平交游推测,很可能是指远谪边地的友人丁澎或姬义卿、孙启人等。故人一别,相见无期,有的更是生死永别,怎么不让人思绪萦怀?按《世说新语·容止》载:"庾太尉(亮)在武昌,秋夜气佳景清,使吏殷浩、王胡之之徒登南楼理咏,音调始遒,闻函道中有屐声甚厉,定是庾公。俄而率左右十许人步来,诸贤欲起避之。公徐云:'诸君少住,老子于此兴复不浅。'因便据胡床,与诸人咏谑,竟坐甚得任乐。"向秀《思旧赋序》云:"余与嵇康、吕安居止接近,其人并有不羁之才,……其后各以事见法,……余逝将西迈,经其旧庐。于时日薄虞渊,寒冰凄然。邻人有吹笛者,发声寥亮。追思曩昔游宴之好,感音而叹,故作赋云。"故这两句既虚中有实,又寄慨无端,写得清空凄婉,触绪纷沓。

过片转入室内近景描述。与帘外月色惊乌相应,灯前病客难安。入户的蟋蟀声声鸣叫,就像是在故意欺负有病的旅客,让他没有片刻的宁静。身处此境,你让他怎么入睡?迫不得已,他只能披衣起身,独自徘徊,顾影自怜。这时庭院墙角的芭蕉被风吹得瑟瑟作响,恰与笛声、蟋蟀声共同组成听觉上的共鸣,这本该引起作者更强烈的反应,然而末句"亏伊"云云出人意料地反而对此表示感激,这是什么原因呢?原来风吹芭蕉发出声响的同时,也移来了阴影,遮黑了被明月照亮的窗户,使视觉的触目惊心得以缓解,使自己能在封闭的环境中隔绝由景到情的媒介。前人评云:“感得芭蕉遮掩,为‘一片伤心白’也,细不可言。”(评点本《二乡亭词》引曹尔堪语)可见月下怀人之思已浓烈难释到了何种程度,以至稍有逃避的空间,亦觉欣慰。这又是从反面来衬托和渲染愁思的不可排遣。

以上只是对字面所作的理解,如果联系作者的身世遭遇来看,恐怕还会有更深一层的体会。据《清史稿》本传记载,顺治十八年(1661)登州于七反,宋琬的族子与他有宿怨,告他与于七通,于是被逮捕下狱,直到康熙三年(1664)才被释放。此词约作于第二年作者流寓吴越时,你想他怎么能不情怀凄楚,忧思难释?宋琬诗与施闰章齐名,有“南施北宋”之称,词也写得极有思致,这也是困厄者别有怀抱的缘故吧。(曹明纲)

满江红　金　堡

大风泊黄巢矶下

激浪输风,偏绝分、乘风破浪。滩声战、冰霜竞冷,雷霆失壮。鹿角狼头休地险,龙蟠虎踞无天相。问何人、唤汝作黄巢,真还谤?　雨欲退,云不放。海欲进,江不让。早堆垝一笑,万机俱丧。老去已忘行止计,病来莫算安危账。是铁衣着尽着僧衣,堪相傍。

唐末的黄巢,曾率领义军转战南北,先后渡过长江、黄河、湘江、北江等许多江河。黄巢矶当是他曾经渡过的一个险渡,故得此名。但是由于黄巢一生中经过的险渡很多,故现在已难以知道“黄巢矶”究在何处。黄巢,在封建时代中,当然是一个“逆贼”,而“黄巢矶”也就成为一个恶名。古人重名,所以当他们路经一些有“恶名”的地方时,往往会表示憎恶。传说“县名胜母而曾子不入,邑号朝歌而墨子回车”(《史记·鲁仲连邹阳列传》),对这种地方连经过都不愿意,更不用说作诗吟咏了。“黄巢矶”这样一个地方,谁愿意为它而动吟兴呢?然而世上本有非常之人,能作非常之诗,金堡就是一位非常之词人!他曾积极参加抗清斗争,后在南明永历政权中受党人倾轧,谪戍清浪卫。桂林失陷,遂绝世事,削发为僧,法名今释,号澹归。他坚持气节决不向清统治者屈服,实乃一位身披袈裟的奇士。当他路经黄巢矶时,其反应就不同流俗了。在他看来,此矶既是自然界的天险,又是历史上的古战场,面对着江中兼天的激浪和江边高耸的绝壁,思念起古代曾在此地叱咤风云的豪杰,不由得热血沸腾,奇情壮思奔涌而出。“激浪输风”、“滩声战、冰霜竞冷,雷霆失壮”,大风狂浪,挟带着愤怒的感情和不屈的斗志,这究竟是江面上的壮观,还是心海中的波澜呢?“鹿角狼头”用杜诗“鹿角真走险,狼头如跋胡”(《白帝城放船出瞿塘峡久居夔府将适江陵漂泊有诗》)之意,指山势险峻。“龙蟠虎踞”乃用诸葛亮语,指地形雄奇。如此险要之地,竟然说是“休地险”、“无天相”,意谓若无天时,则地险实不足恃。这是否指明代的江山终于亡于异族之手,虽有天险也无济于事呢?我们不能肯定,但诗人心头的愤懑之意却是可以感受到的。正因如此,诗人对天发问:把此地唤作“黄巢矶”,是真实还是诽谤?

下片由怀古转入抒情。风雨难止，江海相激，这种波谲云诡、变幻莫测的自然现象正是世事沧桑的象征。对于诗人这种曾经沧海的人来说，世事沧桑早已是司空见惯之事，纵然面对大风巨浪，又何足道哉！更何足惧哉！据说黄巢兵败之后，避难隐居于雪窦寺为僧，曾作诗云："三十年前草上飞，铁衣着尽着僧衣。天津桥上无人识，独倚危阑看落晖。"（原载陶谷《五代乱纪》）其实此诗是后人据元稹的《智度师》诗二首改写而成以嫁名于黄巢的，但是流传很广，词人也以之为黄巢诗。"铁衣着尽着僧衣"，这与他本人的经历是何等相似！"堪相傍"，这是说堪与"黄巢矶"相傍，还是说堪与黄巢相傍呢？这两种解读其实是一样的，因为这反正与黄巢这个人物有关。读到这里，我们才能给上片末句所提出的问题作出回答，诗人对黄巢是持肯定态度的，所以在他看来，把这个雄伟奇险的江矶称作黄巢矶，实在是名副其实的，这并不是诽谤。这种写法不但做到了前后的呼应，而且把当时不宜直接说出的意思蕴含在字里行间，相当巧妙。

最后，此词题作"大风泊黄巢矶下"，意即因大风不能行舟而停泊于此。首句中"偏绝分、乘风破浪"即从侧面写出此意；"绝分"，犹无缘。然而这显然又有人生壮志不得实现一层意思在内，而这与下片中故作淡泊，似乎已忘却乘风破浪之志的表白互为表里。这样，题目自身的本意与所寓之深层意蕴融合无痕，这也是我们读此词时应该注意的。（莫砺锋）

贺新凉　龚鼎孳

和曹实庵舍人赠柳叟敬亭

鹤发开元叟。也来看、荆高市上，卖浆屠狗。万里风霜吹短褐，游戏侯门趋走。卿与我、周旋良久。绿鬓旧颜今改尽，叹婆娑、人似桓公柳。空击碎，唾壶口。　　江东折戟沉沙后。过青溪、笛床烟月，泪珠盈斗。老矣耐烦如许事，且坐旗亭呼酒。判残腊、销磨红友。花压城南韦杜曲，问毬场、马弰还能否？斜日外，一回首。

这是一首和曹贞吉（号实庵，时官中书舍人）韵而赠柳敬亭之作。词的本事据毛大瀛《戏鸥居词话》引曹禾所言，是这样的："（柳敬亭）入都时，邀致接踵。一日过石林许曰：'薄技必得诸君子赠言以不朽。'家实庵首赠以二阕。合肥尚书（龚鼎孳）见之扇头，沉吟叹赏，即援笔和韵珂雪（曹贞吉）之词，一时称盛京邑。"据此，词当作于康熙六年（1667）秋，词人守制期满，由扬州回到北京之后。柳敬亭，明清之际著名的说唱表演艺术家，身世坎坷，富于传奇性。康熙四年，他以七十九岁高龄入京卖艺谋生，常借说书抒胸中之愤慨。词的上片描写柳敬亭的经历和性格，点出自己与柳氏关系。下片立足自己，抒旧地重游的现实心态，兼顾劝慰柳氏。和韵寄意，浑然一体，格调高雅，情真意远。"一时称盛京邑"当不是虚话。

词一起笔即突兀挺拔，"鹤发"三句连用典故和比喻，概括柳氏其人。"开元"，唐玄宗年号，此用元稹"白头宫女在，闲坐说玄宗"（《行宫》）诗意，来喻示柳氏为前朝遗民。"荆高"，战国末期燕国刺客荆轲、高渐离，“荆高市”指燕京，点出柳氏所在。“卖浆屠狗”，事见《史记·刺客列传》：“荆轲既至燕，爱燕之狗屠及善击筑者高渐离。”此指燕京普通市民中如荆、高那样的英雄。“也来看”三个字语言平淡，但含义十分深刻，揭示出柳氏此行目的是为了寻找侠义志士。因此，“开元叟”也就不同于平常的说书艺人了，作者与之交往结义，为之吟诵投赠，也就有不同一般的意义。词人造意炼字，可谓用心良苦。“万里”三句，进一步描写柳氏形象和个性，并交代两人的交往史。柳氏身穿粗布衣服，顶着风霜雨雪，为宁南侯左良玉出谋划策，忙忙碌碌。词人也曾在左氏军营任职，因此很早就认识柳氏，也经常与之打交道。柳氏善说书，有才志而性滑稽，所以作者戏谑之曰“游戏”、曰“趋走”、曰“周旋”。因人用语，诙谐生动。“绿鬓”四句，写柳氏旧貌虽改而壮志犹在。柳氏如今形容枯槁，憔悴潦倒，就连走路也似风前柳枝，摇摇晃晃。可贵的是尽管经历了国事巨变，沧海桑田，但豪情壮志依然不减当年。“桓公柳”典出《世说新语·言语》，晋桓温“见前为琅邪时种柳，皆已十围，慨然曰：‘木犹如此，人何以堪！’攀枝执条，泫然流泪。”“空击碎，唾壶口”典出《世说新语·豪爽》，王敦“每酒后，辄咏‘老骥伏枥，志在千里。烈士暮年，壮心未已’。以如意打唾壶，壶口尽缺。”这里连用了两个典故，前者描绘形体，后者刻画内心，不着痕迹，意境高远。

换头一句化用杜牧“折戟沉沙铁未消，自将磨洗认前朝”（《赤壁》）句意，写自己经历了由明入清的历史巨变，为下文抒发对明王朝的故国之思张目。“过青溪”二句，写词人在世变后重过南京青溪，想起过去笛声悠悠，烟月笼沙的秦淮绮丽风光，不禁老泪纵横，湿襟盈怀。悲切之情，给读者心灵强烈撞击。“青溪”，源出钟山，流入秦淮河，为南京名胜之一。“老矣”三句，故作豁达，对自己，也对柳氏劝慰：我们都老了，再也禁受不住那么多的伤心往事了，还是相邀到旗亭沽酒买醉，度过余下的时光吧。“旗亭”，古代号令集市的楼台，后常指酒楼。唐王昌龄、高适、王之涣曾有“旗亭画壁”的故事。“残腊”，暮年。“红友”，酒名，宋罗大经《鹤林玉露》：“苏轼南迁北归，至宜兴黄土村，当地人携酒来饷，曰‘此红友也。’”尽管词人作轻松之态，但内心还是不甘寂寞，欲有所作为的。“花压”两句即言现在又是繁花开满城南韦杜曲的时候了，你还能玩少年时的筑球、马射吗？问柳氏，也问自己，大有“廉颇老矣，尚能饭否”（辛弃疾《永遇乐·京口北固亭怀古》）之意。“韦杜曲”即韦曲与杜曲，是唐时长安两大繁华所在，为韦、杜两大族所居。“毬场”“马弰（shāo）”这里指筑球、马射，皆为古代百戏之一。结拍两句情景交融，意味深长。尤其是“一回首”三字在收束全词同时又张扬全词，无言思绪尽在其中，对读者而言，解犹未解，不如以不解解之。作为慢词，这首词在音乐旋律上高低起伏，张弛有序，很值得品味，先是起句一个紧拍，接二句一顿一缓。再两句平缓。到“绿鬓”二句，由紧而缓。上片末二句骤紧而显激烈。换头一句稍缓，后二句由缓趋紧，中有裂帛之声，旋律到高潮。“老矣”三句由紧趋缓。“花压”转紧，大有“水穷云起”之妙。结句缓而紧，紧而缓，留下一连串悠远深长的余韵。诚为众多寄赠吟咏柳敬亭诗词中的杰作。（何林晖）

贺新郎　彭孙贻

孤愤韩非说。恨茫茫、乾坤天地，避秦仇葛。江左夷吾谁底是？杨白花飞成雪。笑久矣、吾其被发。咫尺佛狸饮江水，犹寻常、乳燕巢梁月。弹不尽，雍门瑟。　　金樽到手休轻别。望滹沱、朔风不起，河冰难合。移得冬青三两树，谁辨六陵余骨？且莫道、先生痴绝。烧取咸阳三月火，也难销、方寸肝肠铁。发上指，眦双裂。

此词抒发遗民的孤愤之怀。词人生活在明清易代之际，王朝鼎革之时，亲见清军入关，神州陆沉，天下大乱自己却无力回天，作为一个有着强烈正统思想的封建文人，对这一历史巨变是很难接受的，所以词中饱含着慷慨激昂的反清情绪，对苟延残喘犹无励精图治之心的南明政权也表达了强烈的不满。其忠愤之怀，刚烈之心，良可嘉赏。

词一上来即用“孤愤”二字，坦陈胸臆，大义凛然。“韩非”，即韩非子，战国时韩国名公子，从学于荀卿，为人口吃，不善道说，而善著书。因见韩弱，发刑名之说以倡其学，《孤愤》即为其中一篇，《史记索隐》谓“孤愤，愤孤直不容于时也”。词人这里以韩非自比，抒发其蒿目时艰的郁闷情怀。但是，大厦既倒，国事已不可为，空有一腔孤愤之情，于事无补，只能作怀洁抱素、高尚其志之想。但是，清朝一统寰宇，溥天之下，莫非王土，率土之滨，莫非王臣。想作一避秦之人，犹不可得，惟留“恨”意满怀。“避秦”，用晋陶潜《桃花源记》所述避秦人居世外桃源之典。“仇葛”，似用晋葛洪事，“仇”音求，意为匹配，此指作伴，因葛洪号抱朴子，常在山中修炼神仙之术，故云。这几句词中，连用“愤”、“恨”两个感情色彩极浓的词，强烈地表达出作者的郁闷与痛苦。

下面“江左”两句，叹国无良臣辅弼，见其迷茫之怀。“江左夷吾”，指东晋丞相王导。东晋南渡立国，王导竭力辅佐，被呼为江左夷吾（管仲字夷吾，曾助齐桓公称霸诸侯）。词人感慨道：想寻如王导那样能戮力王室的大臣，又哪里找得到呢？举目望去，只有满眼杨花如雪片般纷乱飞舞，令人倍添惆怅。“杨白花”即柳絮，古时亦喻薄幸之人，明初高启《杨白花》诗即云：“杨白花，太轻薄。不向宫中飞，却度江南落。”此处似以“杨白花”喻指南明的佞臣。一问问得突兀，而以不答作答亦出人意料，那杨花漫天飞舞的意象，不正是国运飘摇的象征！词人内心的惆怅凄凉，仿佛也像那雪片般飘飞的杨花一样，在空中舞动不休。

接下来五句，表达对偏安不思进取者的强烈不满。从“江左”及“咫尺佛狸”等语判断，当时南明政权应该还存在，所以词人又将批判的矛头指向那群只图一己之私，胸无恢复大志者。“久矣”二句，用孔子赞管仲之典。《论语》中，孔子评价管仲的功绩，曾说“微管仲，吾其被发左衽矣”，即没有管仲就亡国灭种的意思。“佛狸”，是北魏太武帝拓跋焘小字，他在打败南朝宋王玄谟军之后，曾追击至长江北岸的瓜步山，在山上建立行宫。这里以佛狸喻指南侵的清军。词人用被发左衽和佛狸南进之典，说明国家民族正处于危急存亡的关头。与这种危急形势形成强烈反差的是，腐败的南明政权，仍沉酣于莺歌燕舞的逸乐之中。人心的可悲，国势的倾颓，词人只能用无奈的“笑”去面对。所以歇拍处用雍门鼓瑟作结，抒其孤臣孽子的悲愤。“雍门瑟”，用雍门周之典。刘向《说苑》载：齐人雍门周以琴见孟尝君。孟尝君说：“先生鼓琴亦能令文（孟尝君名）悲乎？”雍门周引琴而鼓，孟尝君为之涕泣增哀，下而就之曰：“先生之鼓琴，令文立若破国亡邑之人也。”词人用此典，无非是想对南明统治者提出忠告，借以激发他们的亡国之忧。

如果说上片重点是抒发作者的悲愤之情的话，那么下片重点则放在了刻画悲愤中的词人形象。过片“金樽”一句，借酒浇愁，乃不胜愁情时的愤激之态。“望滹沱”两句，用汉光武帝渡滹沱河典。《后汉书·王霸传》载：光武在蓟，为王朗所窘，“及至滹沱河，候吏还白河水流澌，无船，不可济。官属大惧。光武令霸往视之。霸恐惊众，欲且前，阻水，还即诡曰：‘冰坚可度。’官属皆喜”。等到光武等人到河边时，“河冰亦合，乃令霸护度，未毕数骑而冰解”。词人反用此典，说想以长江天堑为御敌之策，像光武渡河那样，人过冰解，是错打了算盘，因为“朔风”不会为无志者而起，失道之人，上天不佑。

无天堑可凭，无江左夷吾可依，有的是内忧，有的是外患，亡国也就成了必然的事。“移得”三句，痛陈亡国之忧，预先为南明政权唱起挽歌。南宋为元所灭，胡僧杨琏真伽盗毁宋帝后诸陵，得义士唐珏等人冒生命危险收殓残骨葬之，上植冬青树以志。词人在南明尚未亡国之时，即用此典，可见其痛心疾首。这里，词人改变语序，将“且莫道”一句后移，既是词调格律的要求，同时，又突出国破陵毁的可悲结局。

此后“烧取”三句，用项羽火烧秦宫室的典故，发出激愤之语。秦末天下大乱，项羽入关之后，焚毁秦宫，大火三月不灭。这本是极端失去理智的野蛮行为，词人却说，纵使像项羽那样一把火把偏安小朝廷的宫殿都烧个精光，也难解心头怒气。如此言语，非寻常书生所能道出，如此言语，亦唯有书生愤极无奈不受理性思维控制能道出。此时的词人“发上指，眦双裂”，俨然赳赳勇士矣。按《史记·项羽本纪》记刘邦部下将领樊哙在鸿门宴上为救刘邦，“瞋目视项王，头发上指，目眦尽裂”，此即用《史记》典。一介文弱书生，竟以鸿门宴上樊哙自喻，悲壮之气，扑面而来！这里用发指眦裂之典，亦取《梁书·邵陵王纶传》：“溥天，率土，忠臣愤慨，比屋罹祸，忠义奋发，无不抱甲负戈，冲冠裂眦”之意，用这样的形象收结全词，曲终犹作遏云之声，有震荡人心之效。

全词慷慨激越，大声鞺鞳，有金石之音，又能以杨花、乳燕之类婉约的意象穿插其间，于急流澎湃之中，见娟秀之景，顿宕作势，给人沉郁浑厚之感，豪壮而不染粗鄙，不失为豪放词中的上乘之作。（罗立刚）

桂枝香　余　怀

和王介甫

江山依旧，怪卷地西风，忽然吹透。只有上阳白发，江南红豆。繁华往事空流水，最飘零、酒狂诗瘦。六朝花鸟，五湖烟月，几人消受？　问千古英雄谁又？况伯业消沉，故园倾覆。四十余年，收拾舞衫歌袖。莫愁艇子桓伊笛，正落叶、乌啼时候。草堂人倦，画屏斜倚，盈盈清昼。

作者在四十九岁那一年，即康熙五年（1666）写了《四十九岁感遇》组词六首，有序云：“白香山云：‘四十九年身老日，一百五夜月明天’。苏子瞻云：‘嗟我与君皆丙子，四十九年穷不死'。余今年四十九，身既老矣，穷犹未死，追想生平，六朝如梦。每爱宋诸公词，倚而和之。聊进一杯，正山谷所云'坐来声喷霜竹'也。"其和词大多在原作者词集中未见，或系原作已佚，或系未步原韵。此阕《和王介甫》为第一首，所和为王安石同调金陵怀古词，原词首句为"登临送目"。

词人生逢明季，目睹故国沦亡，词的开头即对前明王朝如一阵西风被卷地而去，寄予无限感慨。白居易《上阳白发人》是描述唐朝宫女打入上阳冷宫，到老不得皇帝宠幸的新乐府诗。江南红豆，用唐王维《相思》"红豆生南国"、"此物最相思"诗意。这里用两个典故，慨叹当时明宫从江南选进多少青春少女，却到老不得皇帝临幸，又不能返家，只能空唱红豆相思之曲。以下六句主要写往日繁华似流水一般流逝，徒然令人怅惘。余怀才情艳发，晚年隐居吴门，徜徉支硎、灵岩间，征歌选曲有如少年。这里作者深感身世飘零，沦落江南，只赢得酒狂诗瘦之名。李白酒狂，贾岛诗瘦，这里借来指自己只能沉湎于诗酒之中而报国无门。那六朝花鸟、五湖烟月，更有几人去消受呢？六朝指建都于金陵的三国吴、东晋与南朝宋、齐、梁、陈，五湖指太湖及其附近的四湖，《吴越春秋》韦昭注："胥湖、蠡湖、洮湖、滆湖就太湖而五。"这里以中国历史上个性最张扬的时期之一——六朝，以及富饶华丽的地域空间——五湖来表达作者对昔日繁华的回忆。

下片以问句启首，自"况伯业消沉"引起故国沦亡之痛。"伯业"，《今词初集》作"霸业"，意同。"伯"与霸通，汉邹阳《狱中上书自明》："秦用戎人由余而伯中国。"作者回忆几十年来，在绮罗丛中、笙歌队里，"舞低杨柳楼心月，歌尽桃花扇底风"（晏幾道《鹧鸪天》），都是风流俊雅，可明亡之后一切都发生了变化。"莫愁艇子"本于宋周邦彦《西河·金陵怀古》词"莫愁艇子曾系"。莫愁是南朝一女子名，今南京市水西门外有莫愁湖。古乐府《莫愁乐》云："莫愁在何处？莫愁石城西。艇子打两桨，催送莫愁来。""桓伊笛"，用东晋桓伊故事，桓伊善吹笛，藏蔡邕柯亭笛，时称江左第一。此处化用唐杜牧《润州》诗"月明更想桓伊在，一笛闻吹出塞愁"句意，以莫愁与笛愁相对照，怨艾之情跃然纸上。"正落叶、乌啼时候"点明愁的季节、愁的氛围，也暗示当时萧瑟阴惨的时代背景。末尾三句是作者聊以自慰之词：还不如回到钟山草堂，倦倚画屏，消磨漫长而无所事事的白昼。这也是清统治者文化高压政策下不愿屈服的江南文人所能作出的唯一选择。

《桂枝香》词调始于王安石，王氏虽处北宋国力上升时期，但词却感叹历史兴亡，立意清新。余怀身际鼎革时期，和此调不仅有吊古之意，更有对故国倾覆之哀思在焉。（涂小马）

念奴娇　曹尔堪

送幼光还白门同仲驭二调（其一）

孤舟初发，正严霜似雪，布帆如纸。一派残云萦别恨，愁向青山隐几。晚圃黄花，小槽红酒，客路谁同醉？蒯缑黯淡，自将管乐为比。　遥念旅宿方寒，丹阳古道，老树酣青紫。戍鼓沉沉天未晓，残月模糊映水。白袷谭兵，青灯读《易》，漫洒英雄泪。啼乌成阵，石头城外潮起。

清沈雄《古今词话·词评下》引邹祗谟对曹尔堪词的评语曰："南溪诸词，能取眼前景物，随手位置，所制自成胜寄。如晏小山善写杯酒间一时意中事，当使莲、鸿、蘋、云别按红牙以歌之。"这首《念奴娇》词，就是一篇极善于择取眼前景物以营造抒情氛围的佳作。

这是一首借送别友人来宣泄文人才士不得志的牢骚情怀的词。题中的"幼光"为著名遗民诗人钱澄之的字，"白门"，指金陵城，即今江苏南京市。南朝刘宋时都城建康的西门称为白门(西方属金，金气白)，后遂用为金陵的别称。曹尔堪同题的词有两首，我们这里所选的是其中的第一首。词的开头三句"孤舟初发，正严霜似雪，布帆如纸"，描绘送别时寒冷凄清的场景，一开始就情景相生，喻示了作者与被送者双方的落寞悲伤的情怀。"孤舟"既是实景，又借以烘托出远行者的孤苦无依。严霜似雪，既显示天气的寒冷，也映衬出送行者与行者共有的凄凉心境。"布帆如纸"的描写，更是充满了主观化的抒情色彩，这一夸张之笔，适足以象征词中人物漂泊无定、命薄如纸的生存状态。接下来，"一派残云萦别恨，愁向青山隐几"，写景的笔触从眼前的码头霜岸、片帆孤舟伸向了青青的远山和飘浮着残云的天际，主客之间的离愁别恨也随之向辽远的时空延展开来，抒情境界变得阔大而幽深了。遥望迷茫的水面，设想着此去南京的漫长旅程，词人进一步为孤身远行的友人发愁："晚圃黄花，小槽红酒，客路谁同醉?"——时下正是晚秋九月，黄菊犯寒而开，高人雅士纷纷携壶登高，品酒赏菊，而你却孤舟远行，形影相吊，闷来饮酒，无人伴你共醉，那是多么难堪啊！读到这里，人们不禁会发问：钱幼光其人为什么要恓恓惶惶地独自返乡？于是词人在上片末回答说："蒯缑黯淡，自将管乐为比。""蒯缑"，语出《史记·孟尝君列传》："冯先生(谖)甚贫，犹有一剑耳，又蒯缑。弹其剑而歌曰：'长铗归来乎，食无鱼。'""蒯"是一种草，可以为绳。"缑"指把剑之处。"蒯缑"指剑的主人贫穷，剑把无物装饰，只能以蒯绳缠之。"管乐"，指春秋时齐相国管仲和战国时燕大将乐毅。三国时诸葛亮曾自比为管仲乐毅。这两句告诉人们：钱幼光自比管乐，有济世之志，但处此国变之际，不愿献媚新朝，便落到穷愁潦倒的境地，只好效冯谖打算束剑归去了！

词的下片，进一步抒写英雄失路的悲怀，哀友人亦以自哀。"还念"至"残月"五句，承上片"孤舟初发"和"客路谁同醉"而来，以想象之笔写友人归途的凄冷、寂寞和心境之迷茫苍凉。许多意象，皆具双重喻义。旅宿之"寒"，既指自然气候，亦喻旅人心境。戍鼓之沉沉，既可能是旅途中的实景，亦何尝不是暗喻旅人心境之不平静。"天未晓"可视为人之心情不开朗的象征；"残月模糊映水"的境界，更是凸显了失意者心事之浩茫迷乱。"白袷谭兵，青灯读《易》，漫洒英雄泪"三句，更从前面的以景衬人转入直接描写失路英雄的形象。"白袷"，古代普通百姓穿的白色夹衣，这里用以喻指友人的布衣遗民身份。这三句说友人有军事韬略，精通《易经》等儒家经典；可是国变后他坚持气节不愿仕清，也就无法施展其治国平天下的抱负和才能，于是他只好漫洒英雄失意之泪了。从以上一系列满含作者主观感情的描写和抒情中可以看出，这里不但是为友人而感伤，而且亦有词人自伤的成分。考察词人仕途多艰、且遭狱事罢归南方，优游田园以终余生的坎坷经历，我们完全可以断定，这"英雄泪"是兼指友人和词人自己，全篇对送别景与送别情的描写，实不过借他人杯酒浇自己胸中块垒而已！词的末二句"啼乌成阵，石头城外潮起"呼应题序中的"还白门"，以虚拟描写南京(石头城)的景物作结。这是以景结情，情仍含蕴于所写景物之中——想象中的石头城外的江潮，实即词人与友人此时起伏不平的心潮。

清初尤侗论曹尔堪词“品格在眉山（苏轼）渭南（陆游）之间”（《曹顾庵六十寿序》）。这就是说，曹词能屏除纤艳，做到清雄健举，清旷脱俗。此词即其一例。它虽写离愁别恨，却不流于低徊缠绵；虽牢骚满腹，却不至于粗犷叫嚣。笔力遒劲，潜气内转，笔势顿挫而饶清超峭拔之美，其艺术境界之雄浑高远是不待言的。（刘扬忠）

小重山　邓汉仪

金陵步芝麓韵

淮水横拖柳线柔，曾闻箫鼓夜，美人游。一从好事断香钩，西窗月，不肯照梳头。　苦雨更深秋，怎禁桐叶下、一更愁。寒潮依旧绕城流，无人处，私倚阅江楼。

“金陵”，南京古称，南明弘光元年（1645）乙酉五月，清兵继攻陷扬州之后，旋又渡江攻取南京。南京成为清廷镇压东南抗清义军的大本营，几经兵火，无复昔日的繁华。“芝麓”，作者之友龚鼎孳的别号，入清，再谪再起，历刑、兵、礼三部尚书。在其官刑部时，曾宛转为明遗民傅山、陶汝鼐、阎尔梅诸人开脱。艰难之际，善类或多赖其助，吴梅村谓其“倾囊橐以恤贫交，出气力以援知已”。因此当世贫士多往归之。芝麓在明亡后尝至金陵，有《小重山·重至金陵》词。作者此词步芝麓韵，是和作之一。

作者此词，起笔是从秦淮河写起：“淮水横拖柳线柔，曾闻箫鼓夜，美人游。”“淮水”，此指秦淮河，秦淮河本是南京胜游之地，在明代近三百年中，此地两岸垂杨掩映秦楼楚馆，每值初夜，华灯竞放，画舫如云。画船中载着娇娘名娃，骚人墨客。河上荡漾着桨声灯影，一派歌舞承平景象。谁知甲申、乙酉两次事变，顿使风云变色、江山换主，如今那秦淮之上，尽管轻柔的柳线依旧横拖在河水之上，但经兵燹摧残，这江南佳丽地已无复昔日的繁华。作者用淡淡的笔墨告诉人们：我曾听说在箫鼓欢奏的夜晚，这里曾是俊男倩女们冶游的所在，而今那些美人却不知归于何处了。言外之意，不胜叹惋。“美人”，既指秦淮的粉黛佳丽，也指那些风流名士。

“一从好事断香钩，西窗月，不肯照梳头”，三句承前，再致重来金陵的感慨。“好事断香钩”，隐喻乙酉（1645）五月南明弘光朝的覆亡。“香钩”，用《拾遗记》里的一个故事，那故事记载元凤二年（前79）汉武帝于淋池之南，起桂台以望气，“帝尝以季秋之月，泛舟钓于台下，以香金为钩，得白蛟长三丈，帝命大官为鲊”。作者以“香钩钓蛟”为好事，香钩已断，好事自然不复存在了。这比喻虽不太恰切，倒也委婉动听，弘光帝本是耽于逸乐，胸无大志的君主，在奸佞的迷惑下，曾以选美、征歌为务，导致宵小擅权，四镇跋扈，扬州不守，金陵瓦解，江山都断送了，什么好事也都幻灭了。那西窗的月亮，自然也不肯（或是不忍）再照旧人梳头了。“西窗月”两句，也别出心裁。月亮照到西窗，只有上弦在夜半之前，女子晚装梳头，是初夜才有的事，月亮不肯把她的清光来照临佳人的住处，因为一切都变了。“不肯照梳头”，也便成为凄清之句，而引人深思了。

下片，作者从重到南京的季节写起，并抒发自己因时季而引发的感受。“苦雨更深秋，怎禁桐叶下，一更愁”，时节是深秋，外面是潇潇苦雨，时间也一更天了。这三句既是季节带来的秋感，也表明在清初那样的年代，从前明过来一批文士的特殊感受。当时的情况是奏销案已经发生了，江南许多文士受到牵连；科场案也发生了，株连之众，刑罚之酷，使人不寒而栗。正如深秋的苦雨，打在梧桐树上一样，树叶纷纷坠落，剩下的只有寒枝病叶，在秋风秋雨中发出哀叹之声。作者虽未受两案波及，同样是忧心忡忡。词中的“一更愁”，虽因苦雨而惊秋，也是政治环境使之如此。再看看当时的金陵城，除了“寒潮依旧绕城流”之外，一切都无复旧观，刘禹锡《石头城》诗云：“山围故国周遭在，潮打空城寂寞回”。本是金陵怀古五题中的名句，后来曾被词家反复运用，如周邦彦《西河》：“怒涛寂寞打孤城，风樯遥度天际。”萨都刺《满江红》：“听夜深、寂寞打孤城，春潮急。”都是化用刘诗的例子。在作者当时，金陵正处于苍茫悲凉的气氛之中，只有那无尽的江潮，还在绕着孤城奔涌。“悲恨相续”（王安石《桂枝香》）的史实，又一次在金陵重演，作者身临其境，怎能不为之感叹。结拍“无人处，私倚阅江楼”，“无人处”，可见客舍之萧条，“倚楼”，是为了抒发愁思，而“无人”“私倚”，词气何等卑微？连抒吐愁思，也生怕人知，这比起同代词人如陈维崧《沁园春》“如今潮打孤城，只商女、船头月自明。叹一夜乌啼，落花有恨；五陵石马，流水无声”，或是顾贞观《金缕曲》“重来庾信哀难诉。是耶非、乌衣朱雀，旧时门户”，无论在词的骨格上还是意境上，显然是要差得多了。在作者是小心翼翼，唯恐文字贾祸；在读者却要感到其情可悯，其意可悲的了。然而作者毕竟是有故国之思的。他所私倚（或独倚）的是“阅江楼”，阅江楼自然不会在客舍之内，他也不会在深秋苦雨的一更天，外出登楼，只不过借此寄托怀思故国之意罢了。“阅江楼”，在明代是“有记无楼”，明太祖朱元璋在其晚年，曾有在南京城北的狮子山建筑此楼之意，并由当时著名文人宋濂作记，但此楼终明之世并未兴建。对此作者断无不知之理。再看宋濂《阅江楼记》开头云：“金陵为帝王之州，自六朝迄于南唐，类皆偏据一方，无以应山川之王气，逮我皇帝定鼎于兹，始足以当之。”作者“私倚”云云，无非是怀念故明之情，难以抑制，故作虚拟，表示即使有个“阅江楼”容得作者在苦雨残秋去“私倚”，那山川之间的王气，也已销尽，只好感叹“三百年间同晓梦，钟山何处有龙蟠”（李商隐《咏史》）了。（马祖熙）

水龙吟　徐之瑞

登瓜步江楼

怒涛千叠横江，是谁截断神鳌足？却思当日，风云叱咤，气吞巴蜀。江左夷吾，风流顿尽，神州谁复？但茫茫睹此，河山如故，悲何限，吞声哭。

正拟清游堪续，剩荒台、乱鸦残木。伤心莫话，南朝旧事，春波犹绿。鼎鼎华年，滔滔逝水，浮生何促！指三山缥缈，凌云东去，醉吹霜竹。

钱钟书指出：新传统里的批评家对于旧传统里的作品的认识，既有局外人的冷静超脱和高瞻远瞩，同时又不免有门外汉的“见林而不见树”的偏差。后人所谓“词至明而词亡”、“明三百年无一工词者”云云，便大有粗枝大叶未能体贴入微之嫌。试看明遗民徐之瑞此阕《水龙吟》，气势汹涌，感情澎湃，故国苍茫之感与个人郁塞之怀，交融流贯，置诸南宋辛派豪放词中，绝不逊色。西哲曰：愤怒出诗人；屈子曰：发愤以抒情。信然。

徐之瑞少习诗书，熟精《文选》，五言诗古致纷敷，近体效韩偓极其绮靡。入清不仕，亦明遗民之孤孽。此时徐氏正值当年，然一悲神州难复，二恨华年虚度，悲愤无限，发而为词，便成此阕苍茫沉郁的《水龙吟》。

“瓜步”，即瓜步山，在江苏六合东南。古时南临大江，山顶江楼可极目江天。南北朝时屡为兵家争夺要地。徐氏此篇，当在南明弘光朝既覆之后，登瓜步江楼，发兴亡之叹。

全词以发问开篇，奇峰突起，造成一种迷离苍茫之境。词人骋目远眺，只见怒涛掀天，叠浪横江，乃问炼五色石以补苍天，断神鳌足以立四极，此解危救难之事是何人所为？此问似令人颇感突兀，但将其视为问苍茫天地，何人力挽狂澜的叹呼，则此二句之思路，正清晰可辨。唐李白《留别宗十六璟》有“斩鳌翼娲皇，炼石补天维”之句，以称颂宗氏有济世之功。如今，词人登楼望江，问“是谁截断神鳌足”，既有无才补苍天之憾，也有无人救神州之恨。这难免不令人思古叹今。“却思当日，风云叱咤，气吞巴蜀”，回想当年西晋初，益州刺史王濬率水陆大军自巴蜀顺长江东下，直取吴都建业（今南京），迫吴主孙皓投降，那份英雄气概，真有“叱咤则风云变色”之势。然而世道沧桑，“江左夷吾，风流顿尽，神州谁复？”据《晋史·王导传》载：东晋初王导为丞相军谘祭酒，桓彝初过江，见朝廷微弱，忧惧不乐。往见导，极谈世事，还，谓周顗曰：“向见管夷吾，无复忧矣。”后来，周顗在新亭聚会时悲叹“风景不殊，正自有山河之异”，王导又以“当共戮力王室，克复神州，何至作楚囚相对”正色相勉。但他克复神州的愿望终未实现。如今，面对河山破碎，家国沦亡，无奈的一介书生，怎能不“悲何限，吞声哭”？再回味“怒涛千叠横江”之“怒”，可以说百感交集，心似怒涛。上片通过两次发问，把词人一腔故国苍茫之感，抒发得淋漓尽致。

下片由兴亡之恨，转而作人生之叹。故国兴亡，必然影响个人命运。杜甫当年，壮游天下，写下了“越女天下白，鉴湖五月凉。剡溪蕴秀异，欲罢不能忘”的深情之句，正是山川历眼前，英灵助文字。明崇祯九年（1636）中举人，国变之前，正年富力强，功名事业，本是前程似锦，故而“正拟清游堪续”；然而，国变之后，摆在他面前的却是“剩荒台、乱鸦残木”，万里神州，半化丘墟。词人登上瓜步江楼，遥望六朝故都，唯有满目伤心，更知清游难续，美好的人生理想被眼前的残山剩水击得粉碎。再想到“鼎鼎华年”，如“滔滔逝水”，浮生匆促，便由失望而至绝望，生发出学仙访道的出世之念。“三山”，指传说中的蓬莱、瀛洲、方丈三仙山。“霜竹”，指竹笛，宋黄庭坚《念奴娇》结拍“孙郎微笑，坐来声喷霜竹”，谓孙郎吹出清越的笛声，使词人陶醉。此词仿黄词将全篇结束在悠扬宛转的笛声之中，但所谓“醉吹霜竹”，纯然是借酒消愁，自我排遣，这里面已没有潇洒，没有倜傥，而只有凄凉，只有惆怅。虽然笔者以为在精神境界和审美情调上，此阕不及宋末元初刘辰翁之词，更不及南宋初辛弃疾之词，这与个人境界有关，

也当是时代风气使然，但尽管如此，本篇以其强烈而宛曲地表达的身世之感、家国之恨，当属明清之际遗民词之佳制。（陈文忠）

金明池 柳如是

有恨寒潮，无情残照，正是萧萧南浦。更吹起、霜条孤影，还记得、旧时飞絮。况晚来、烟浪迷离，见行客、特地瘦腰如舞。总一种凄凉，十分憔悴，尚有燕台佳句[①]。　　春日酿成秋日雨，念畴昔风流，暗伤如许。纵饶有、绕堤画舫，冷落尽、水云犹故。念从前、一点春风，几隔着重帘，眉儿愁苦。待约个梅魂，黄昏月淡，与伊深怜低语。

注 ① 燕台佳句：李商隐《梓州罢吟寄同舍》中有“长吟远下燕台去，惟有衣香染未销”两句，据说使其染“衣香”者是位叫柳枝的歌妓。

本词的作者柳如是，是明清之际心力过人的江南名妓，也是当时才力出众的女诗人。在年轻时代，她曾经与当时名诗人陈子龙有过一段极为投入、又因受窘于现实环境而结局惨苦的恋爱，这在她心中刻下了难以磨灭的伤痕，也使她对于自己憔悴寂寞的命运悲剧有了极深的体验。在带着复杂难言的幽怨与难舍之情与陈子龙分手之后，受激于陈子龙《上巳行》中“垂柳无人临古渡，娟娟独立寒塘路”的“古渡垂柳”意象，或者说受激于陈的知惜之情与对她“不作为”的态度，柳如是写下了这首托物寄兴的咏柳名篇。

全词亦柳亦人，一笔双绾。西风残照下、寂寞古渡头怀抱着春事回忆的“霜条孤影”意象，正是自怜、自爱而又对于悲凉身世有所参解的女词人自我意识的化身。词起韵虽是描绘寒柳的所处环境，以便为下文进一步抒情作好情境的铺垫，但“有恨”“无情”二语，却已移情于物，凸显了词人无比沉重的感情色彩。“寒潮”“残照”“萧萧南浦”的物象，渲染出的是极为暗淡、毫无生命热力的光景，暗示出词人自身的生命状态。接韵以“更”字领起，将寒柳意象巧妙加入。而寒柳一出场，就饱含着对于往事的记忆，令人想见盘结在“它”（她）心中今非昔比的无穷哀怨：今日是毫无生意的寂寞“霜条孤影”，往日也曾经做弄出漫天飞絮，占断暮春的风景，极一时之盛。三韵以一“况”字转折领起，接续前两韵中“残照”、“霜条孤影”的情境，敷写在这秋暮昏沉、烟浪迷离的暗淡光景中，枯萎了枝叶的憔悴寒柳，瘦腰如舞以迎送行人的可哀情状。这里的措语造境，极为凄婉哀怨，它不仅写出了萧萧寒水边寒柳迎风独舞的自然之态，更是写出了女词人自己对爱极意投入、而所爱不过是个偶尔经过的匆匆游子的那种难堪乃至怨怼；甚至进一步看，其中还有她因身为风尘女子而不得不如此殷勤款接那无情人的入骨凄凉。总之，这一韵，写出了词人难以言说的爱情无回应之怨和身世之感。歇拍词人遂直接以充满主观感情的笔墨，总结出寒柳的可悲命运：寒柳即使曾经有过让诗人痴恋其嫩枝冶叶，为它写下像李商隐的“燕台佳句”之诗的美好往昔，其命运的走势也只不过是“一种凄凉，十分憔悴”——永远的凄凉和完全的憔悴而已。

词上片通过寒柳意象所寄托着的生意寥落、情怀凄怨，已经达到极端，下片乃宕开一笔，转过一层，写词人对于自己的命运参悟、解缚和追求。与上片相同的是，这种情思仍然是因寒柳而寄意，不过不再写寒柳的“意象”，而转写寒柳的“意念”，这就使柳与人在精神上浑然一体；并且，词人依旧处在慨今念旧的恋恋难舍之中，表现出其对旧情的难忘和不得不忘旧情的痛苦。过片意脉不断，一笔总束上片之意，并引因果报应开启进一步抒情的门户，可谓运思巧妙而笔力千钧：春云秋雨，看似无关，而却难逃一个“酿”字；如果没有往日的越格风流，也将没有此日的深沉痛苦。命运就是这样在偶然中渗透了必然，怀有至深爱情的人，注定要承受寂寞的无情咬啮，词人的心中为此而怀着难以言传的无穷幽恨。接韵递进一层，以“绕堤画舫”隐喻喧腾的表面繁华，以“水云冷落”隐喻自己如行云流水漂泊不定、无所寄意的冷淡情怀——外境的热再也焐不热其内心的冷。或者说，对于这种被动接纳他者的生活，词人现在真是觉得倦了，无味了。一个“纵”字，更是将可能的繁华丽景提到最高处一笔否定，显示出那种成为盛极一时的名妓的境况，对她再也产生不了什么吸引力的最终结果。这也许是不久之后，柳如是就离开这个被动迎人的无聊之地，嫁与钱谦益为妾的心理背景吧？然而心理尽管疲惫，旧情却是宛然，因为所有的伤痛、所有的疲倦都是因它而来啊！所以在“念从前”一韵里，词人与寒柳一样，对于似乎隔着重重帘幕——已经遥不可及的过去——的春风一点，那春意初临时分柳叶乍露小眉、似含轻愁的好时光，那少女春怀时分的微妙情绪，依然有惆怅，有叹息，有苦味的怀旧情绪。遥远的往事，在回忆者的心头虽然激起了涟漪，但感受到命运凉意的寒柳，却终于能在千回百折的感情缠绕之后，将它们一把推开，在结尾处创意出奇，让自己的灵魂，邀约更冷落处的黄昏淡月中的梅魂，让它来做自己深怜互惜的知音。在这里，尽管经受了那么多世间风尘，词人对自己灵魂的出色清高仍旧有自信，所以她才会让这凄凉憔悴的寒柳去预约那清香瘦逸的梅魂，它们原是同气相求啊！结拍在一片萧条、万般幽怨的词境中，透出温馨清逸，真有洞天别开之妙。

本词作为一篇托物寄兴词，取象精当，寄意微妙，含思婉转，意脉伸缩自如，让人回味无穷，确实是不可多得的词中珍品。（邓红梅）

踏莎行　宋徵舆

春闺风雨

锦幄销香，翠屏生雾，妆成漫倚纱窗住。一双青雀到空庭，梅花自落无人处。　回首天涯，归期又误，罗衣不耐东风舞。垂杨枝上月华明，可怜独上银床去！

思妇念远是词中屡见不鲜的题材。这首《踏莎行》只从思妇闺中所见、心中所思着墨，不言苦而其苦自见，不言恨而其恨自见，不言怨而其怨自见，含蓄蕴藉，别具风致。

上片写闺中所见，景中寓情。

“锦幄销香，翠屏生雾，妆成漫倚纱窗住。”前三句展示闺中环境，一位慵散无聊的思妇形象呼之欲出。华美的帷帐，翠绿的屏风，蒙纱的窗户，环境高华优美。然而，帷帐空垂，薰香业已消尽，屏风蒙尘，薄雾宛然生成。她无心点燃新香，也无心拭去故尘，梳妆打扮之后，就漫不经心地倚靠在纱窗边，久久停留。“销香”、“生雾”，是长期懒于清洁的结果；“漫倚”，是内心百无聊赖的外现；一个“住”字，静中含动，刻画出思妇凝神专注的情态。

“一双青雀到空庭，梅花自落无人处。”接下去两句写倚窗所见，暗示思妇纷繁起伏的思绪。“青雀”即青鸟，用古代神话传说中青鸟为西王母传信的典故。李商隐《汉宫词》：“青雀西飞竟未回，君王长在集灵台。”一对青雀来到庭院，给思妇带来一阵惊喜，该不是爱情的信使预兆郎君来归？然而，庭院空寂无人，希望落空，这成双配对的青雀又使思妇徒增孤独寂寞的怅惘。梅花报春，它的凋落，又与春天的逝去相连。看着梅花独自在无人的角落悄然凋谢，一种怜芳惜香的情感油然而生。南朝梁简文帝萧纲《梅花赋》云：“春风吹梅畏落尽，贱妾因此敛娥眉。”梅花自行凋落，无人怜爱，无人观赏，岂非思妇自身命运的写照？几多哀愁，几多怜惜，几多慨叹，几多凄凉，都隐含句中。

下片写心中所思，情因景生。

“回首天涯，归期又误，罗衣不耐东风舞。”过片承接倚窗凝望，转入临风沉思，点醒伤离的主旨。“天涯”言相隔空间之远，“归期又误”言相别时间之久。思妇回头遥望天涯，想到准拟的归期又一次耽误，怎不悲从中来？料峭的春风劲吹，她久久企望，轻软的丝绸衣裳在风中飘拂，真感到寒意难当了。

“垂杨枝上月华明，可怜独上银床去！”结拍览月生情，直抒愁怀。明月的光华泻在垂杨枝上，思妇由明月易圆想到离人难聚，一种伤感的情怀喷薄而出：“可怜独上银床去！”郎君远在天涯，归期难卜，自己空床独守，怎不怅然大呼“可怜”？从妆成漫倚窗到月上垂杨枝，思妇心灰意懒，确实需要上床休息了，尽管是“独上银床”。

这首词清丽委婉，情深意挚地表达了闺中思妇的殷殷离情，深得南唐风致。试读南唐冯延巳《清平乐》词：“雨晴烟晚，绿水新池满。双燕飞来垂柳院，小阁画帘高卷。　黄昏独倚朱阑，西南新月眉弯。砌下落花风起，罗衣特地春寒。”两相比照，鸟雀，杨柳，庭院；明月，落花，罗衣，加上一个闺阁徙倚颙望之人，风物相似，意境相仿，情韵相近。清谭献《箧中词》评谓：“何减冯（延巳）、韦（庄）？”从词风、词意、词境把握这首词的内涵，是读出个中三昧的。（吉明周）

小重山　宋徵舆

春流半绕凤凰台，十年花月夜，泛金杯。玉箫呜咽画船开。清风起，移棹上秦淮。　客梦五更回，清砧迎塞雁，渡江来。景阳宫井断苍苔。无人处，秋雨落宫槐。

这首词的写作背景是在南京（古金陵）。首句的“凤凰台”，在南京南面，相传刘宋时，有三只凤凰翔集山间，文彩五色，鸣声谐和，时人起台于山，名之曰凤凰台。唐李白《登金陵凤凰台》云：“凤凰台上凤凰游，凤去台空江自流。”歇拍的“秦淮”，即秦淮河，西经南京城中，北入长江，为历代游赏佳处。下片的“景阳宫井”，又名胭脂井，为南朝陈景阳宫之井，故址在南京玄武湖畔。祯明三年(589)，隋兵南渡攻占台城(南京鸡鸣山南乾河沿北，为晋宋各朝中央政府和宫殿所在地)，陈后主与宠妃张丽华等藏身此井，至夜，终为隋兵所执，后人因称之为辱井。明乎这些地名及相关典故，我们就知道此词属于怀古一类作品。但细品全词，便可明白其意又不纯为怀古。词的上片，基本是叙事。首句说春江流水在凤凰台畔迤逦而去，二、三句则谓十年来花影月色下他都在斟金杯畅饮美酒，四至五句说游玩的画船上，箫声幽幽传出，当清风徐徐吹起时，画船驶入秦淮河。这里显然是自述十年来的经历。十年来，词人可谓饱览了这座古城的风光，体验了它的种种风流。不论是美好的花、月、夜，还是那精致的酒杯、华丽的游船，无不给人六朝繁华的印象；而汩汩流淌的春流，呜咽如泣的玉箫，还有那曾经被胭脂染红过的秦淮水，又将这繁华归于凄艳哀丽，使之具有一种悲美，也使词中所展现的风流游赏失却应有的轻快和流丽，仿佛有不得已、不得意的苦衷在内。

下片以写秋景为主。“清砧”，是对捶衣石的美称，词中指捣衣声。秋风来临，家家户户都在准备寒衣。“塞雁”，谓北方边地的大雁。秋天到了，塞雁便渡江南飞。“断苍苔”之“断”，有残存、残留之义。“宫槐”，宫中的槐树。盖周时宫廷外栽有三槐，三公朝天子时，面向三槐而立，后世遂奉为故实，相沿于宫中植槐。砧声与雁声是秋声中易于感人心者，也是富有代表性的声音，元代萨都剌《题扬州驿》诗云“寒砧万户月如水，塞雁一声霜满天”，此词则用一“迎”字，将二者沟通起来，赋予砧与雁以灵性。“景阳宫井”一句，属于视觉意象。所谓“景阳寒井人难到，长乐晨钟晓自知”(温庭筠《题望苑驿》)，这废弃的宫井，因长年无人探视，变得极其荒凉，只剩下苍苔如茵了。“无人处”云云，又作用于人的听觉，秋雨滴落在宫槐之上，四周无人，那情境同样是很寂寞很难耐的。而首句的似陈述、似抒情，实际是渲染夜深更静、客梦刚醒时那种凄苦、寂寞的情感状态，虽属心理活动，仍具有一定的可视性。

通观全词，上片以春天为背景，下片以秋景为主，各句的意象在时间上并不具有连贯性。词人选取最能代表作者十年客居生涯的典型事件，以及最能反映这十年间深刻感受的典型意象，大致按春、秋二季加以组合，从而在同类事件的追叙中，产生出令当事者感到乏味、无聊的“味外之味”；在类似意象的叠加中，累积着他的孤独和寂寞。尽管如此，春与秋毕竟相连，又能代表四季或一年，词中写了二者，等于写了一年；写了一年，而年年如此，又等于写了十年，这是很巧妙的 。更妙的是，上片的“清风”，不具明确季节属性，故章法上实有承上启下之效，而一个“移”字，不独使词笔“腾”上“挪”下，也将作者由春季一下子“移”进秋季，将我们由事件“移”入感受、意象之中。再者，若从深处探究，上片的欢乐，折射出一个时代的弊病，下片的悲慨则影射南明小朝廷的倾覆之悲，而前者是因，后者是果，前后相依而相对，正是作为怀古词所应有的意蕴。(彭国忠)

行香子　尤侗

春暮

紫陌金车，绿浦兰槎，共追寻、大地芳华。三分春色，分与谁家？有一分山，一分水，一分花。　　雨打檐牙，月落窗纱，恨韶光、转盼天涯。小庭寂寞，底事争哗？是一声莺，一声燕，一声鸦。

尤侗的词，在词史上被称为"才子之词"。其主要特点圆美灵巧，常常能给人以清新流转的感受。这首六十六字的抒情短调，长于运意，巧于安排，自然而生新地表现出作者送春、惜春的一份深情雅思，是典型的才子词。

词的上片，先写词人眼见春事将尽，赶紧出门郊游，赏玩春光。一上来"紫陌金车，绿浦兰槎，共追寻、大地芳华"三句，写郊游赏春，辞藻华丽，造境艳美。这是词中习见的以一个七字句托上两个四字对偶句的句法（下片换头处三句也是同样的句法）。"紫陌"二句，极写春游仪从排场之华美，上句为陆路之游，下句为水路之游。郊游者所乘的未必就是金车，下水时所坐的未必真是兰槎，这里无非是以词家述事造境时喜用的夸饰之笔，来显示春游者的华贵高雅、不同凡俗而已。在这组华美的对偶句之后单承以一个散句"共追寻、大地芳华"，则鲜明地突出了这场大事铺张的郊游的主要目的是：爱惜春光，去追寻那即将逝去的大地芳华。这种以单承双的"丫型"句法，顿使词情、词境摇曳生姿，呈现出开合动荡之美。以下"三分春色"至"一分花"五句，为上片的第二个层次。词人忽发巧思，将春色分为三分，自问自答，说是春色一分在山间，一分在水上，一分在花丛中，这就将春色满大地，春光浩荡无边的盛况生动地描绘出来了。将春色分为三分，本非尤侗的发明，前人早有这种构思，如苏轼咏杨花的《水龙吟》词云："春色三分，二分尘土，一分流水。"但苏词写的是对春光流逝的伤悼，尤侗这里袭其形而换其意，并灵巧地利用《行香子》上片末所要求的三字三叠句，造成一种复叠的层次美，将春色遍野的自然态势活脱脱地渲染出来了。

如果说，词的上片着意描写的，是白天出门寻春、赏春的盛况，所呈现的是一种热闹的、动态的春色美，那么下片则笔势陡跌，托出本篇抒情的主旨，通过夜晚归家后的失落感与寂寞感的描状，流露出好景不再、韶光已逝的伤感之情。换头三句"雨打檐牙，月落窗纱，恨韶光、转盼天涯"，句式与上片开头相同，但已经不是写春景之明媚，而是哀春光之骤然逝去。这里很含蓄地告诉人们：这个夜晚，天下起了不小的雨，雨点敲打着檐牙，也敲打着词人那颗爱春惜春的多情的心——既是暮春时节的潇潇黄昏雨，必然使得白天刚去游玩过的芳郊落红遍地，花事消歇！夜深了，雨停了，月亮出来了，可窗外的月儿此时照见的，已不是白天的春景，而是花残叶败的茫茫大地。此时要寻春光，怕只有跑到天边去吧……以下"小庭寂寞"至结尾共五句，进一步以深夜庭院的环境来映衬词人惜春悼春的空虚落寞之感。庭院这时本来像死一样静寂，却突然喧哗起来，侧耳细听，却原来是黄莺、紫燕、乌鸦被什么惊动了，各自发出了啼叫之声。这搅动了词人那颗正在遐思遥想、追寻春光的心，使他更为伤感，愈发觉得心潮不能平静了。就这样，本篇以景结情，余韵袅袅，耐人回味。从头到尾看来，此词以热闹的芳郊春景的描写开端，以风雨送春归后的冷寂场面的渲染作结，简洁而完整地表现了一天之中从赏春到送春的全过程。通篇不直抒感情，而以写景为主，景中含情，妥帖自然地在景物与生活环境的描绘中流露了惜春伤春之情，笔致极为空灵透脱，其境界有含蓄不尽之妙。（刘扬忠）

踏莎行　徐灿

芳草才芽，梨花未雨，春魂已作天涯絮。晶帘宛转为谁垂？金衣飞上樱桃树。　故国茫茫，扁舟何许？夕阳一片江流去。碧云犹叠旧山河，月痕休到深深处。

这是明清之际的才女徐灿随夫宦游京师时的作品。词以柔约芳菲的笔触，写其怆怀故国的悲情，感人至深。

这首词，上片即景叙情，情致委婉。词起端就显示出心灵的酿化，在宽笔叙景之中传递着一股哀怨莫名的感情。浅草萌绿，梨花皎皎，整个北国的春天刚刚开始着色，而女词人的心灵中却已经是漫天飞絮——那难以收拾的情感的弱絮。这里的用笔微妙无比，“芽”字名词动用，尖颖而又空灵；“未雨”是指梨花尚未经春雨的洗礼，还是指梨花还没有乱落如雨？发人遐思；“春魂作絮”的联想，也给人奇幻空灵之感。是什么促使她产生如此浓郁迷离的哀怨之情？接韵曲折地传递出她心中的苦味感怀：纵然自己在水晶帘后幽幽等待所爱者的知遇，他也是不知此情。这里的典故化用十分巧妙，词人化用的是李白《玉阶怨》中表现妇人空闺之怨的诗句：“却下水精帘，玲珑望秋月。”写自己等待的寂寞，“为谁”一问，尤见出其怅望怨抑的心态；接着又表明触目所见，只有帘外黄莺飞上樱桃树的景象。自打唐人金昌绪写下“打起黄莺儿，莫教枝上啼。啼时惊妾梦，不得到辽西”之后，黄莺在闺怨诗词里，就成了最为常用的一个抒情“道具”，词人在此借它写意，本有“俗套”之嫌，不过若细细体味，就会感受到，她之所以用唐明皇称呼黄莺鸟为“金衣公子”的典故而不直呼此鸟，似别有深意：“金衣”者，“公子”之谓也，人之谓也。于是，一方还在水晶帘后深情地等待，一方却早已如鸟般轻盈飞上别的枝头，这种鲜明对比令人心中惨痛。在明清易代之际，它不仅写出了词人的一己之悲，即与再仕新朝的丈夫在政治节操上的分歧，而且也写出了对她刺激甚深的易代风景，即一批明朝的旧臣，不顾“臣节”，不恋旧朝，却为了自己的利益纷纷仕清。这样的意思，妙在并不成为发露的政治批判，若有若无的含藏之中，词的滋味反而更耐回味。可见，曲笔写情胜过直笔。

下片明写自己的心意所向，词味深厚。过片直书胸怀，表明了词人的心灵选择，是在那“茫茫”的“故国”之中，做一个扁舟自远的世外人。这就无意中对于贪恋禄位的“金衣公子”们做出了否定。这里的“故国”一词具有双重意思：一是指她那处于烟水江南中的故乡，一是指已经破灭了的故明王朝。“茫茫”一词，写尽了她身不由己的感慨与茫然；“何许”一问，也显示了她因故国无地、无处可隐而生的伤痛感。在“夕阳一片江流去”的时空大背景下，因易代而生的哀愁和心绪微茫的惆怅，如泣如诉，如怨如慕，令人深深地感受到，这位操行清慎的才女所体验着的易代之痛、兴亡之感如江水一样平远渊深。这里“夕阳一片江流去”无疑是与李后主《虞美人》词“问君能有几多愁，恰似一江春水向东流”意义相近的语句。结拍于触景生情的感慨中，复掉头凝视，写自己于无可盼望中的盼望，无可坚守中的坚守。宋代遗民词人王沂孙曾经在《眉妩·新月》一词的结拍感慨道：“看云外山河，还老尽、桂花影。”徐灿翻用此典故，表明在那碧云遮覆的深处，还有一角河山是“旧山河”，是属于“故国”的，她祈求着，那照临人间的月痕，把所有的角落(也包括碧云外的旧山河)都不留余地地照亮吧！这里措意极隐微，明清易代之际，各地的抗清义士曾经彼伏此起地进行过军事上、政治上的反抗，星星之火，虽未燎原，但却给词人心中带来过隐隐的安慰和希望。这里对于“旧山河”的感情，就透露出了这一线信息。义士抗清的爝火，也点燃了包括词人在内的一代具有遗民情怀的人士的共同心火。

本词措意窈深而感情浓郁饱满，结构曲折而笔触灵动优雅，用典巧妙地表达了不便言说的心语，不愧为徐灿的代表之作。(邓红梅)

唐多令　　徐　灿

感怀

玉笛擫清秋，红蕉露未收。晚香残、莫倚危楼。寒月多情怜远客，长伴我，滞幽州。　　小苑入边愁，金戈满旧游。问五湖、那有扁舟？梦里江声和泪咽，频洒向，故园流。

徐灿之夫陈之遴明崇祯时中进士，伉俪之间情投意合，是他们一生中最幸福美满的时期。后陈父因事下狱死，陈之遴被崇祯帝下令“永不叙用”，境遇遂变。顺治二年(1645)降清后，陈之遴官运亨通，但徐灿却并不感到欢快。从此词的“滞幽州”、“金戈满旧游”判断，此词当作于顺治初陈之遴在京为官(古幽州治蓟县，在今天津市北)、江南抗清斗争烽火未熄之时。在中国文化传统中，抚弄乐器大抵和寻找知音有关。对于徐灿来说，明亡以后，最大的感受就是悲凉。不仅有国家的倾覆，而且有家庭的变迁；不仅有现实空间的无奈，而且有心理空间的阻隔。还有回忆中的怅惘和瞻念中的失望……所有这些，交织在一起，就化作一个在凄清的秋天独自吹笛的形象。

“擫”(yè)，以手指按。夜渐渐深了，红红的美人蕉上缀着几点露珠，显得有几分娇艳，也显得有几分凄寒。词人手执横笛，吹出了一首浓浓的思乡曲。本来，既然思乡，则登高适可望远，望远略可代归，如王粲《登楼赋》所说：“登兹楼以四望兮，聊暇日以销忧。”但词人却径直说：“莫倚危楼。”不愿登楼的原因，表面上是由于百花凋零，实则暗示故国沦亡，不堪登览，希望避免惹起由于无法克服的矛盾而引起的无奈的枨触。这一句，用南宋吴文英《唐多令》词“有明月，怕登楼”句意，而写得更为具体。于是，能够给词人带来慰藉的，就只有一轮明月了。这一轮明月虽然由于地处幽州(今北京一带)，而有几分寒气，但在故乡分明也能见到它，“隔千里兮共明月”(谢庄《月赋》)，见月也就聊复等于见故乡了。望月怀远，为古典诗词所习见，但词人身边分明有亲人，却有如此的孤独感，其中的深悲积怨就不言自明了。

可是，即使能够登高望远，又能够带来多少慰藉呢？词人在江南的繁华之地苏州有过一段幸福的生活，拙政园里的一草一木都带有她的欢笑。不过，那都是永远的过去了。杜甫《秋兴》中有“芙蓉小苑入边愁”之句，作者取其后五个字入词，不仅非常妥帖，而且符合主人公的心境。家乡的一切，都已化作边地的愁怀，即使能够回乡，又能怎么样呢？旧游之处，遍布金戈，哪里还是原来的模样？又哪里能够回去！不仅如此，即使想要过过隐居的生活，也已是不可能。范蠡助越灭吴后，携西施飘然远引，浪迹五湖，尚能找到隐居之地；李清照当金兵打进汴梁后，也还有江南的半壁江山可以寄迹。可是，现在天下已经全部为满人所占，又有哪一块地方是自由的呢？其实，清兵虽已入关，亦不至于无处可去。作者在这里所表示的，仍然不过是由于丈夫出处不慎，郁积心头的无可奈何之感。所以，唯有把这一腔情愫，寄之于梦了。这是真正的梦想，因为事实是回到家乡既已阻隔重重，而且处此状况也无颜再见故乡之人，那么，唯一还能带来几分慰藉的，也就是梦了。末三句从秦观《江城子》"便作春江都是泪，流不尽，许多愁"化来，但读来仍有新鲜的感受。（张宏生）

永遇乐　　徐　灿

舟中感旧

无恙桃花，依然燕子，春景多别。前度刘郎，重来江令，往事何堪说。逝水残阳，龙归剑杳，多少英雄泪血。千古恨、河山如许，豪华一瞬抛撇。
白玉楼前，黄金台畔，夜夜只留明月。休笑垂杨，而今金尽，秾李还消歇。世事流云，人生飞絮，都付断猿悲咽。西山在、愁容惨黛，如共人凄切。

这首词，题作"舟中感旧"，自为旅途中所写，而从词中"前度刘郎，重来江令"两句看，其所经、所往之地则为旧游之地。考徐灿约于明思宗崇祯初年嫁陈之遴（字彦升，号素庵）为继室。陈于崇祯十年（1637）以一甲二名成进士，授编修，曾与徐灿在北京城西隅一座颇饶花木之胜的寓所中过了两三年的留连花月、题云咏雪的生活。到崇祯十二年（1639），陈以父丧偕徐南归。在他们南归的几年内，大局急转直下。崇祯十七年（1644），清兵入关，攻破北京；次年，又大举南下，江南一带惨遭蹂躏。他们似曾过了一段流离的生活。不久，陈之遴竟失节降清，重到北京，出仕新朝。与陈伉俪情深的徐灿为此深感矛盾和痛苦，但生活在当时社会、当时家庭中，又不能不于陈在清廷任职后也偕子女赴京，距其崇祯年间的北京之行，约已十年。这首词与其另一首《满江红·将至京寄素庵》都是在这次再度赴京的舟中所写，可合参。《满江红》词中有"满眼河山牵旧恨，茫茫何处藏舟壑？记玉箫、金管振中流，今非昨"几句；这首词表达的也是这种河山牵恨、今已非昨的悲慨。

这是徐灿的名作之一。词语万端感慨，无限悲怆，正如谭献所评："外似悲壮，中实凄咽，欲言未言。"（《箧中词》）作者重临故地，抚今思昔，所牵动的旧恨新愁是纷至沓来，匪言可尽的。词的起调三句写景物，慨叹别来十年，桃花无恙，燕子依然，景犹是景，物犹是物，处处都勾起回忆和思量。接着，以"前度"两句，由写景物转入写人事。"前度刘郎"句与起句"无恙桃花"紧相绾合，化用刘禹锡诗"玄都观里桃千树"（《元和十年自朗州至京戏赠看花诸君子》）及"前度刘郎今又来"（《再游玄都观》）句意，慨叹世事之无常。"重来江令"句与"依然燕子"句暗相钩连，分别用刘禹锡诗"旧时王谢堂前燕，飞入寻常百姓家"（《金陵五题·乌衣巷》）及"南朝词臣北朝客，归来惟见秦淮碧”（《金陵五题·江令宅》）句意，借南朝兴废的历史寄寓对明室颠覆的哀悼。作为一首“感旧”词，这里用刘禹锡及江总典，以见人是“前度”，地是“重来”，而其所感之“旧”，既是个人的悲欢，也是国家的兴亡。下面“往事何堪说”一句中的“往事”，正是这身世之感与亡国之痛交织在一起的往事。这本是千头万绪、无从说起的。

上片词的后半进一步表达对明亡的悲恨。“逝水残阳”一句，描写舟中所见水上之景，也慨叹岁月如流，逝者如斯。“龙归剑杳，多少英雄泪血”两句，则对易代之际无数志业未酬、以身殉国的抗清英烈深致哀悼。其《满江红·感事》词“而今空有断肠碑，英雄业”两句所凭吊的对象，正与此相同。“龙归剑杳”，用张华、雷焕因斗牛之间常有紫气，于丰城（今江西丰城）掘得双剑，两人卒后，双剑合归延平津，化为双龙蟠萦水中的传说（见《晋书·张华传》），是以神剑之化去喻指为抗清而献身的英才烈士之已离人间。其歇拍两句“千古恨、河山如许，豪华一瞬抛撇”，则与上述《满江红·将至京寄素庵》“满眼河山牵旧恨”句所表达的感情相同，明白点出，其恨是河山今已变色的千古之恨。“豪华”云云，暗用萨都剌《满江红·金陵怀古》词中“六代豪华，春去也、更无消息”句意，以“一瞬”两字慨叹从北京城破、思宗自缢到南京陷落、南明倾覆，在时间上竟如此迅速。

换头三句写易代之后人才凋零殆尽。“白玉楼前，黄金台畔”两句，用天帝成白玉楼，召李贺为记（见李商隐《李贺小传》）及燕昭王筑台，置千金其上延揽天下贤士的传说与故事，而“夜夜只留明月”句则是上片所说“龙归剑杳”、豪华抛撇的凄凉写照。这三句与李白《苏台览古》诗“只今惟有西江月，曾照吴王宫里人”，刘禹锡《金陵五题·石头城》诗“淮水东边旧时月，夜深还过女墙来”等句的意境是相似的。接着，作者进一步以“休笑垂杨，而今金尽，秾李还消歇”三句，喻指战乱之余，疮痍满眼，一切扫地以尽。这也就是徐君宝妻《满庭芳》词所写的“一旦刀兵齐举”，“风卷落花愁”，“典章文物，扫地都休”。而这一切，只有归结为“世事流云，人生飞絮，都付断猿悲咽”三句。这里，以“流云”来比喻世事之变幻无常，以“飞絮”来比喻人生之漂泊无定，而由世事变幻带来的国族之痛、由人生漂泊带来的身家之恨，则只有付诸悲咽的哀猿啼声之中。

词的结拍两句中的“西山”，对作者而言，是触目伤心的。如前所述，作者在明亡前曾居北京城西隅；陈之遴为作者所写《拙政园诗余序》记述其夫妻在此寓居中常“闲登亭右小丘，望西山云物朝夕殊态”，而作者这次重到北京后所写《风流子·同素庵感旧》词中，则有“西山依然在，知何意、凭阑怕举双眸”之语。这里所写舟行将抵北京时望到的“西山”，正是在北京城西隅也可以望到的西郊群山。这“西山”，是个人悲欢的见证，也是历史兴亡的见证。山似有情；她似乎也经受不了这么沉重的打击而“愁容惨黛”，分担着人间的苦痛和悲哀。（陈邦炎）

更漏子　王夫之

本意

斜月横，疏星炯，不道秋宵真永。声缓缓，滴泠泠，双眸未易扃。　霜叶坠，幽虫絮，薄酒何曾得醉。天下事，少年心，分明点点深。

唐五代时,不少词家惯将词调当词题。清朱彝尊云:“花间体制,调即是题。如《女冠子》即咏女道士,《河渎神》即为送迎神曲,《虞美人》即咏虞姬是也。”(《词综·发凡》)这首词题为“本意”,即援用唐五代旧例,以词调《更漏子》为题。

《更漏子》词调,始用于唐温庭筠(见后蜀赵崇祚所编《花间集》),以歌咏长夜更漏、男欢女爱、别情离绪为特征。后世袭用者也大抵不越其樊篱。王夫之身当明清易代之际,矢志图谋恢复,深以“抱刘越石之孤忠,而命无从致”(《自题墓铭》)为憾,自不会沉湎于卿卿我我的柔情蜜意之中。因而,他以《更漏子》本意入词时,必然迥别于追摹花间词风的衮衮诸君。在这首词中,他抒情寄慨,劲气贯注,表达了一位志士仁人的心声。

“斜月横,疏星炯”,开篇两句从星空月色入笔,烘托环境氛围。西斜的明月,横挂在广袤的夜空;寥落的星辰,闪耀在漆黑的天幕:已是夜深人静的时分。“不道秋宵真永”,一声深沉的感叹,直逗露出词人彻夜不眠的情状。“不道”,言事出意料。词人怎么也没料到,这清秋的夜晚竟会这么漫长!不难体味,此时的他已充分领略了漫漫秋宵的难捱:从明月初升到月照中天又到斜月渐沉,他何曾有片刻入眠!“声缓缓,滴泠泠”,这长夜的更漏,一声声缓慢,一滴滴清泠,声声滴滴,敲打着无眠人的心。他何尝不想安然入睡,好好休息一下呢?只是“双眸未易扃”,这一双眼睛实在不容易像门窗那样关闭啊!一个“扃”字,把眼睛比拟成可以自由开关的门窗,可说平中出奇,匪夷所思。

过片仍从景色着墨,承接上片“秋宵”,描摹深秋的风物。“霜叶坠,幽虫絮”,抓住秋天的落叶和秋天的鸣虫,渲染秋的色彩和秋的韵律。霜叶飘坠,见出秋的凄凉和萧瑟;秋虫絮语,显示秋的静谧和枯燥。试想,树叶坠落这样细微的声响都听得清清晰晰,周遭环境的静幽就可想而知。这正是一个彻夜难眠之人的真切感受。他也曾想过对策——以酒求醉,以醉求眠,然而,“薄酒何曾得醉”,醉乡不到,梦乡难入。词人的彻夜不眠自是理所当然的了。那么,他究竟为什么会失眠呢?“天下事,少年心,分明点点深”,原来,词人时时刻刻萦念于怀的是天下兴亡的大事,这是他少年时代就立志要实现的夙愿。而且,这宏愿分明正伴随着点点更漏,愈来愈深。“分明点点深”,是更漏深沉,更是心事深广。忧怀天下,心系社稷,这是一位爱国志士的大悲大忧。这“事”,这“心”,挥不去,拂还来,怎一个“愁”字了得!难怪词人低回不已,久久不能入眠。

近人龙榆生评王夫之词云:“其词虽音律多疏,而芳悱缠绵,怆怀故国,风格遒上。……所谓伤心人别有怀抱,真屈子《离骚》之嗣响也!”(《近三百年名家词选》)词人标榜的“天下事”,即“怆怀故国”;他萦怀的“少年心”,即嗣响屈原的“楚骚心”。因而,这首吟咏本意的《更漏子》词便与一般批风抹露的艳词迥异,风骨遒劲,令人玩味不尽。(吉明周)

玉楼春　王夫之

白莲

娟娟片月涵秋影,低照银塘光不定。绿云冉冉粉初匀,玉露泠泠香自省。　荻花风起秋波冷,独拥檀心窥晓镜。他时欲与问归魂,水碧天空清夜永。

王夫之是一位著名的爱国词人。近代学者朱孝臧题其词集《潇湘怨词》云:“苍梧恨,竹泪已平沉。万古湘灵闻乐地,云山韶濩入凄音,字字楚骚心!”他的许多词作都涵有深长的故国之思,又往往托物寄兴,缠绵悱恻,非常感人,与屈子的《离骚》有异曲同工之美。《玉楼春·白莲》便是一首这样的好词。词人把自己的情志巧妙地寄托在白莲身上,通过多方面的摹绘渲染,极其完美地表现了他在明亡之后孤忠自守的高风亮节。

“娟娟片月涵秋影,低照银塘光不定”二句描写莲塘秋夜的清幽景色。天边悬挂着一片皎洁的新月,水中涵浸着一片皎洁的月影。月光斜照在银白色的池面上,荡漾着摇曳不定的清辉。词人只用淡笔轻轻一扫,便把读者带到了一个月光水色交相辉映的奇美境界。这是白莲所在的环境。环境如此清幽明秀,正好衬托出白莲的雅丽芳洁。

“绿云冉冉粉初匀,玉露泠泠香自省”二句描写白莲的清雅风姿。清风明月之中,绿云似的莲叶轻轻摆动,洁白的莲花亭亭玉立,好像美丽的少女刚刚抹上妆粉。夜深人静之时,晶莹的露水使她感到遍体清凉,她又好像在怡然地欣赏着自己的幽芳冷艳。这里既用“绿云”和“玉露”作映衬,又用初匀妆粉的少女作比喻,更加突出了白莲姿质的芳洁。“香自省”一语还含有绝世独立、孤芳自赏的深层意蕴。

“荻花风起秋波冷,独拥檀心窥晓镜”二句描写白莲的孤独情态。拂晓风起,荻花纷飞,秋水生寒,白莲独自抱着檀红花蕊低临湖面,好像美丽的少女正在对镜窥看自己的晓妆。风起波冷,景象已觉凄清;顾影独窥,心情更见孤寂。

“他时欲与问归魂,水碧天空清夜永”二句宕开一笔,转写对白莲命运的关心。眼前的白莲如此美好,却又如此孤独,怎禁得起秋风秋雨的摧残?词人不禁为白莲的命运忧虑起来,于是在词的结末两句说:我想探问,将来她的芳魂会归向何处?可谁能告诉我呢?眼前只有一池凄碧的水,一片空旷的天,一个清寂而漫长的夜啊!这里看似没有回答,其实已用“水碧”、“天空”、“清夜永”三种意象造成了一个凄清渺茫的境界,暗示出白莲将会消失得无影无踪,谁也找不到她的芳魂艳魄。以如此凄迷之景作结,更觉神余言外,发人深省。其中既有“淮南皓月冷千山,冥冥归去无人管”(姜夔《踏莎行·自沔东来……》)一样的悲凉,也有“虽萎绝其亦何伤兮,哀众芳之芜秽”(屈原《离骚》)一样的慷慨。白莲虽亦难免凋谢的命运,但她毕竟是高洁的啊!

清代词论家刘熙载说:“古人咏古咏物,隐然只是咏怀,盖其中有我在也。”(《艺概》)此词正是如此,显然白莲的芳洁和孤寂,即是词人自身的情性和境况的写照。王夫之生当明末,参加过抗清活动,失败后,隐居衡阳石船山,闭门著书以终,他高洁的一生不正像“出污泥而不染”的白莲么!这首词咏的是白莲,实际是作者自况,通篇无一字说到作者自己,而字字句句却都有他自己的影子和灵魂在浮动,表现了高超的艺术技巧。(罗忠族)

绮罗香　王夫之

读《邵康节遗事》:属纩之际①,闻户外人语,惊问所语云何,且曰:“我道复了幽州②。”声息如丝,俄顷逝矣。有感而作

流水平桥,一声杜宇,早怕洛阳春暮。杨柳梧桐,旧梦了无寻处。拚午

醉、日转花梢，又夜阑、风吹芳树。到更残、月落西峰，泠然蝴蝶忘归路。　　关心一丝别罣，欲挽银河水，仙槎遥渡。万里闲愁，长怨迷离烟雾。任老眼、月窟幽寻，更无人、花前低诉。君知否、雁字云沉，难写伤心句。

注 ① 属纩(kuàng)：古人临终前，置丝絮于口鼻，以测其气息有无。纩，丝棉絮。　② 幽州：此指后晋石敬瑭割让给契丹(辽)的"幽蓟十六州"。

简短的序言，重现了前贤邵雍(谥康节)临终时多么感人的一幕！然而他终竟带着"幽州未复"的遗恨，溘然而逝了。当六百年后的词人重读这段记事时，非但幽州未复，就连整个明王朝的江山，也已沦陷于异族的铁蹄之下，这怎不令词人为之同泣共悲？

其实邵雍的悲慨，并非只在弥留之际。早在十年以前，当他经过洛阳天津桥时，一声从未有过的杜鹃啼鸣(洛阳本无杜鹃)，就已让他竦然而惊。他当时有一句耸动遐迩的预言：十年后天下将乱。此词开篇"流水平桥"数语，描述的即是这段往事。杜鹃在传说中乃为蜀王"望帝"所化，而在自然界，它的啼鸣又预告着一个繁丽春天的结束。"一声杜宇，早怕洛阳春暮"，正以这不祥的啼鸣，表现邵雍的不安预感，词面上说的是"洛阳春暮"，象征义则是盛世将衰。但作词与作史毕竟有别，故下文仍从象征物入笔，展出那一派衰飒黯淡的春去景象："杨柳梧桐，旧梦了无寻处。"当春来的时候，杨柳轻飏，梧桐开满白花，岂非正如一个个清美飘逸的梦，展开在江岸、庭院？而今这一切都将在杜鹃声中消逝，你又从何处将它们寻回？史载邵雍"少时自雄其才，慷慨欲树功名"；徙洛阳后勤于治学，"岁时耕稼，仅给衣食"。他的嗜好，只在"晡时(午后日昃时)酌酒三四瓯，微醺即止，不及醉也"。词人便因此想象，在春去之时，他竟破了这一规矩："拚午醉、日转花梢，又夜阑、风吹芳树。"一位心忧天下的前贤，就这样从"午"至"夜"，企望拚"醉"也要将"春"留住。然而日影悠悠，很快就到了夜半，那美好的春天又何曾止步？句中以"日转花梢"、"风吹芳树"的画面转换，表现春光的逝去和群芳遭遇的摧折，笔底简直可闻主人公的惊叹之声。到了"更残"夜尽之时，连清亮的明月也消隐在"西峰"背后，天地间便再无春天的踪影，只留下迷失"归路"的蝴蝶，在黑暗中翩翩翻飞——这便是歇拍展现的黯然之境，也正是"杜宇"声中预感春去的主人公，终于不得不面对的衰飒世界！

春天去了，它究竟何日才能回返？词中的前贤即上片中的留春人，现在又成了苦苦追索的寻春者。"关心一丝别罣(同挂)"以下，即以充满奇情的想象，表现邵雍临终前对故国失地的牵挂：在一息尚存的弥留之际，他的神魂，还在天地之间驰骋。"欲挽银河水，仙槎遥渡"，他期望挽来天上的银河，像传说中的海边人一样，登槎直上九天，去寻找春之音讯。这是一次超越生死的寻觅，夜色茫茫，愁绪万里，只恨连九天之上也烟雾迷离！"万里闲愁，长怨迷离烟雾"二句，表现主人公带着无限哀愁，穿越天风迷雾的情景，词境幽渺而悲怆。现在，他终于突破烟云，升腾到了高悬仙界的"月窟"(即月亮)。这里是嫦娥、玉兔的家乡，有层层叠叠的琼楼玉宇，随砍随长的参天桂树。可叹的是，就连在这样的仙境，也依然难寻春之倩影——"任老眼、月窟幽寻，更无人、花前低诉"。纷纭的想象，借助瑰奇的神话传说，在这里创造了最凄美的一幕：这位命垂一线的老人，颤巍巍倚立在高高的广寒宫前，在他充满希冀的眼中，又哪有苦苦追寻的伊人？只有不解人世忧愁的花丛，依然凝情含笑在风中！所以，一样悲凉的词人，也不得不含泪相告："君知否、雁字云沉，难写伤心句。"——不但幽州早已失去，连你弥留时疆域尚广的故国，也已无可挽回于陆沉！此刻纵然有大雁肯给你捎带信息，又有谁忍心书写这世代相续的悲哀和伤情？

这首抒情之作，从表面上看，只是一首充满奇思的伤春词，实际上全从邵雍的本事化生，带着极为深切的寄托和悲慨。以"平桥"杜鹃之鸣，暗寓邵雍心忧天下的哀戚，则一派衰飒的春去之景，便处处透露着盛世不再、失地难收的凄凉；以"关心一丝别罣"，传写邵雍临终对幽州的牵念，则"遥渡"河汉的月宫"幽寻"，便字字蕴含着神州陆沉、悲思难诉的哀伤。寄情花蝶，托意仙境，墨光摇曳处，正有屈原《离骚》之笔意；感念前贤，异代同悲，词情流转处，亦有贾谊《吊屈原赋》之遗韵。夏承焘《金元明清词选》称叹此词"咏邵雍即所以自咏。缠绵悱恻，忠爱之遗，洵为词中独造之境"，确为方家有识之评。（潘啸龙）

沁园春　史惟圆

黄鹤楼

万里澄波，汉耶江耶？登临快哉。有晴云舒卷，层层楼迥；雄风披拂[1]，面面窗开。作赋祢生，题诗崔颢，占得人间几许才？都休问，怕苍茫吊古，触绪生哀。　仙踪一去难回。任几度、人民换劫灰[2]。看东连吴会，寒潮断岸；西邻巫峡，暮雨荒台。倚槛多时，凭阑竟日，玉笛何人又《落梅》？斜阳外，望凌空孤鹤，为我重来。

注 ① 雄风：宋玉《风赋》："夫风生于地，起于青蘋之末，……徜徉中庭，北上玉堂，跻于罗帷，经于洞房，乃得为大王之风也。故其风中人，……清清泠泠，愈病析酲，发明耳目，宁体便人，此所谓大王之雄风也。"此处活用该典，作劲风、烈风解。 ② 劫灰：《高僧传·竺法兰传》："又昔武帝穿昆明池底，得黑灰，以问东方朔。朔云：'不委，可问西域人。'后法兰既至，众人追以问之，兰云：'世界终尽，劫火洞晓，此灰是也。'"

登高望远以排遣胸中郁闷是中国古代怀才不遇的知识分子惯常的选择，而对于史惟圆这样一个从来就没有春风得意的际遇的阳羡派词人来说，其词中当然也就会有更多的悲凉落寞之感。正如陈维崧《蝶庵词序》中说到的那样，史惟圆和他早年都是"仰俯顾盼，亦思有所建立"的人，既如此，潦倒一生的苦痛自然令人不堪禁受，这种心灵的隐痛从这首《沁园春》词正可略见一斑。

临江而立的黄鹤楼承载着过多的文化积淀，到李白时已经有"眼前有景道不得"的感叹了，史惟圆如今填词抒怀，该是情动于中而不得已吧。词的起首几句云："万里澄波，汉耶江耶？登临快哉。有晴云舒卷，层层楼迥，雄风披拂，面面窗开。"黄鹤楼前，汉水汇入长江，一派烟波浩渺，面对水天一色的壮阔之景，豁眸可见白云时而舒展，时而卷裹，昂首可觉劲风阵阵迎面披拂，更有层层高楼可以穷极视野，面面宽窗可以移步换景，身临此境，岂不快哉！接下来话锋一转，"作赋祢生，题诗崔颢，占得人间几许才"，问作《鹦鹉赋》的祢衡、题《黄鹤楼》诗的崔颢有多少颖异之才，即景生情，感慨万端。祢衡气刚傲物，不容于世，击鼓骂曹，终遭横祸，被江夏太守黄祖所杀；崔颢虽诗才横溢，而今也是"昔人已乘黄鹤去，此地空余黄鹤楼"（《黄鹤楼》）。不论是怀才而殁的辞赋家，还是名声显赫的诗人，最终都随着大江东去而成为历史，因此，词人遂写下歇拍三句："都休问，怕苍茫吊古，触绪生哀。"说休问，却已经问了；怕触绪生哀，却已经伤心不已：祢衡纵死，犹能尽自己的真性情；崔颢虽逝，自有诗名流芳千古。而词人自己，虽才气过人，志在高远，终无施展才华，展示性情的空间，以至潦倒终身，无所作为，念之怎能无痛，怎能不恨！但是，从另一方面说，如果词人就此悲悲戚戚，凄凄哀哀，无休止地感叹一己的伤痛，整首词的境界就会逼仄而小气。史惟圆毕竟是阳羡词派中的一员健将，即便是小题材，也敢于"出大意义"，词的下片体现的境界不但令我们悯其遇，更令我们敬其志。

"仙踪一去难回。任几度、人民换劫灰"，换头词人借传说中仙鹤曾在此停留的故事，慨叹世事更迭、王朝兴替给人民带来的灾祸，隐然有元张养浩《山坡羊·潼关怀古》"兴，百姓苦；亡，百姓苦"的意味。胜者王侯败者贼，多少次生灵涂炭，让人心寒，最近一次残酷的厮杀即明清易代的战争词人应该还记忆犹新。可是"天地不仁，以万物为刍狗"（《老子》），"看东连吴会，寒潮断岸；西邻巫峡，暮雨荒台"，长江流过的地方，或是寒冷的江潮拍打着高高直立的江岸，或是暮雨浸润着凄清的荒芜的废台，哪里还能够寻觅到烽烟和劫灰的痕迹呢。只有词人"倚槛多时，凭阑竟日"，耳边仿佛还回响着李白当年与友人共赏的笛曲《落梅花》的旋律（李白《与史郎中钦听黄鹤楼上吹笛》："黄鹤楼中吹玉笛，江城五月落梅花。"）。一抹斜阳从窗口射入，照在孤独的词人身上，似乎在空气中增加了些许暖意，也给词人带来了希望；因此他挥笔写下："望凌空孤鹤，为我重来。"天空中遨游的仙鹤没有词人的陪伴该是孤独的，就如同词人没有仙鹤的陪伴是孤独的一样。词人望仙鹤重来，另有一层深意，就是希望它能够给人间带来祥瑞，从此世上太平，再也没有像词人一样怀才不遇的落魄者。

整首词将个人际遇融入人世沧桑，将眼前景融入想象的情境中，心潮起伏转化为词内在气势的跌宕，虽是个人情怀，却大有可观之处。（承剑芬）

醉花间　吴　绮

春闺

思时候，忆时候，时与春相凑。把酒祝东风，种出双红豆。　鸦啼门外柳，逐渐教人瘦。花影暗窗纱，最怕黄昏又。

春闺春愁，相思相恋，这是历代诗词的传统主题。倘若能把传统题材开拓出新意，写得不落俗套，这就见出作者的功力。吴绮是清初词人中"巧于言情"者（邹祗谟《远志斋词衷》），这首小词，似曾相识而又翻出新意，代人言情却能自然真切，难怪作者因这首词而成名，被当时人冠以"红豆词人"的雅号了。

作者下笔伊始，就在"出新"上着力。"思时候，忆时候，时与春相凑"，作者以重叠的方式反复强调那与美好春天相联系的"时候"，不仅起笔就突出表现了主人公强烈的相思情绪，而且使读者在未读下文之前就已经意识到，那肯定不是一个平常的"时候"。主人公为何苦苦"思""忆"那个"时候"呢？带着这个悬念，再读下面两句："把酒祝东风，种出双红豆。"给人一种豁然开朗的感觉，原来主人公"思""忆"的是一个多么温馨甜蜜的时候！主人公与心上人双双沐浴在和暖的春风中，举杯共祝爱情地久天长，并亲手共同种下爱情的象征——相思红豆。这样幸福欢乐的时候当然刻骨铭心，一辈子不能忘怀，当然令人心驰神往，值得苦苦思念追忆。这种重叠复沓、反复吟咏的手法，造成了先声夺人的艺术效果，给全诗营构了浓郁感人的相思氛围。特别是在爱情的象征"红豆"前着一"双"字，意思就翻进了好几层。红豆本身就是相思之物，是一层；眼前的红豆是与心上人共同栽种，又是一层；如今天遂人愿，物随心长，红豆居然长出连理双枝，再进一层；面对这撩拨人心的"双红豆"，自然想起昔日的成双成对，如今自己却落得形单影只，物是人非，情何以堪？又进一层。此物此景，怎能不勾引起对已逝去的美好"时候"的更多"思"和"忆"？因此"思时候，忆时候"的重叠反复便是主人公强烈相思情绪的自然流露，非反复强调不能尽情。作者"出新"的匠心也就在这重叠反复的吟咏、红豆成双的寓意中见出端倪。

靠思忆过去的美好时光而打发日子的女主人公现时的处境如何呢？作者在下片通过两组意蕴深厚的画面，传达出了个中信息。第一组画面是"鸦啼门外柳"。古人有折柳送行的习俗，读者可以想象出当年女主人公从门外柳树上折下柳枝与心上人依依惜别的动人画面。而如今柳树依然青翠，柳条依然婀娜，而折柳希望他能"留"下来的心上人却不见踪影，音讯渺然，只有一群被视为不祥之物的乌鸦在柳树上一阵乱聒，刺耳刺眼又刺心，怎能不"逐渐教人瘦"？第二组画面是"花影暗窗纱"。能够细致观察到映在窗纱上影影绰绰的花影，说明房中的幽静冷清和女主人公枯坐时间之久。那若有若无的花影，是不是预示着女主人公即将飘逝的青春呢？所以暗淡下去的岂止是窗纱，应该还有女主人公"最怕黄昏又"的心情。黄昏本是倦鸟入林、离人归家的时刻，所以独守黄昏的孤寂更令人无奈。宋代女词人李清照有"守着窗儿，独自怎生得黑。梧桐更兼细雨，到黄昏，点点滴滴。这次第，怎一个愁字了得"（《声声慢》）的名句，把黄昏时分倍感孤凄的心情描绘得入木三分。此刻作者笔下的女主人公应该与李清照有着相同的感受，但作者又不甘心让她仅仅与李清照相似，于是精心锤炼出了"又"字，这就比李清照词的意境更进了一步：年复一年、日复一日的盼望和失望，无法忍受而又不得不忍受的寂寞与愁怨，都从"又"字中传达出来。作者刻意求新的用心也从"又"字中再次表现出来，同时也奠定了自己在清代词坛的重要地位。（沈时蓉）

浪淘沙　沈　谦

春恨

弹泪湿流光，闷倚回廊，屏间金鸭袅余香。有限青春无限事，不要思量。　只是软心肠，蓦地悲伤，别时言语总荒唐。寒食清明都过了，难道端阳。

这首《浪淘沙·春恨》写的是婉约词常见题材——闺思，写一位女子盼望夫君归来，愁怀无处诉说的意绪。

当春光消逝，落红无数的时候，人们不免产生一缕怅惘的心绪。莺歌燕舞、姹紫嫣红的春光给人带来生活的欢乐和美的享受，也悄悄带走人的青春年华。这首词抒写闺中春愁，并未像传统的描写春恨的词那样，将闺中人置于春光明媚、风雨花飞的背景下，也不以秾丽香艳的词笔来描摹景物，而是别具一格，以白描的手法、蕴藉的笔触来刻画闺中人内心的离别之痛。你看那闺中少妇闷闷不乐地倚靠着回廊柱，默默地挥洒泪珠，那泪花闪闪如白光流动一样。屋内设有屏风，金鸭炉里散发出袅袅余香。闺中人凝视着缕缕轻烟，引发了无穷无尽的思绪。想着那大好春光已接近尾声，而自己的青春年华也随之悄悄流逝，春光有限，青春不再，满腹心事不知从何说起，正如词人另一首词中所写的那样，“闲愁闲闷谁知？”既然“有限青春无限事”，心事无限，“剪不断，理还乱”（李煜《相见欢》），那就“不要思量”，但是“不思量，自难忘”（苏轼《江城子》），挥不掉，也抹不去，真是苦不堪言。

词的下片集中笔力，直抒闺中少妇刻骨铭心的相思之情。你看她强忍满腹愁绪，想要不思量，却又无奈“只是软心肠”，始终牵肠挂肚，无法放下，“才下眉头，却上心头”（李清照《一剪梅》），想起那告别时的情景，徒惹得“蓦地悲伤”。本来她的夫君在分别时曾许下诺言，在寒食或清明时回家团聚，但现在却“寒食清明都过了”，百花凋谢，春天将尽，还见不到夫君踪影，难道还要等到端阳才能相见吗？这又不禁使闺中少妇感慨“别时言语总荒唐”，怨怪夫君不守信诺。此处表现的愤激情绪中蕴含着对夫君的深切爱恋。

这首词与南唐冯延巳《南乡子》在构思命意上有异曲同工之妙。二词均是写闺中女子的满怀愁绪。不过沈词写闺中人思远，而冯词是写少女怀春。二词均是从人物内心感情来刻画，言情深挚。但沈词是直抒胸臆，纯用白描，语言朴实；而冯词是借景生情，思深辞丽。沈词“弹泪湿流光”化用冯词“细雨湿流光”；“有限青春无限事”用冯词“烟锁凤楼无限事”。田同之《西圃词说》引沈谦论白描与修饰云：“白描不得近俗，修饰不可太文，生香真色，在离即之间，不特难知，亦难言。”沈谦此词可谓将其论词主张付诸了实践。（何春环）

江城子　毛先舒

暮江烟外是高楼，卷帘钩，望吴洲。远水遥峰，相对两悠悠。沧海月明都换泪，还道是，不曾愁。

被誉为“浙中三毛，东南文豪”之一的毛先舒，其词作亦措辞巧妙、思致新奇。因为有“不信我真如影瘦”“书来墨淡知伊瘦”“鹤背山腰同一瘦”之妙语，时人又戏称他为“毛三瘦”（见谢章铤《赌棋山庄词话》）。

毛氏之作多抒写闺情：或借咏物寄托（如《满江红·暮春柳》），或以梦思传写（如《兰陵王》），往往婉丽细腻，颇有动人之情。这首《江城子》则一洗铅华，纯于景中传情，表现女主人公的思愁，更觉情辞哀婉。

起句“暮江烟外是高楼”，如一幅渐渐推近的远镜头：暮色苍茫的钱塘江，云烟冉冉的江城，临江转出一座幽清的高楼，这便是女主人公的居处之所。画面不着一丝色彩，词境萧淡而清寂，正适合烘托思妇那无语的哀愁。“卷帘钩，望吴洲”则化作了一幅近景特写：低垂的帘幌终于缓缓卷起，步出一位沉默不语的思妇，正痴痴地凭栏远眺。句中对思妇的形貌，妙在无一字交代，便又将镜头，转向了她凝望中的远处——“吴洲”。今江苏东南、浙江东北地区古为吴郡，“吴洲”应该就是那一带的水洲。当此薄暮时分，女主人公偏生还要卷帘远望吴洲，可见那里正有她所关情的心上人在。倘若心上人离去不久，或即将归来，女主人公也就无须如此痴执，望过了白天，又望到这暮霭沉沉的黄昏了——这便是“望吴洲”一句包含的深意。现在镜头终于停止，“定格”在暮江高楼和“吴洲”之间，化作了“远水遥峰，相对两悠悠”的辽阔静境。说它是静境，只是就景物而言：遥远水洲上的峰影，固然沉默在暮霭之中；就是近处的钱塘江水，大抵也已波歇浪静，更无日间的动荡和喧嚣。但是女主人公的心境呢？远离的心上人久去不回，凭栏的时光总在望穿秋水中捱过，这相盼的焦虑和痛苦，又何有静歇之时！由此体会词境，在江楼与远峰的“悠悠”相对中，不仿佛可闻女主人公无声的呼喊之传响与沉默的伤情之沸涌？

以上展开的都是景物，对女主人公思情的传写，只在一“卷”一“望”之中，全由读者自己去体会。到了结拍之处，已是月上东天的夜分，词中却突然转换笔意，运用口语描摹，说了句令人惊奇的话：“沧海月明都换泪，还道是，不曾愁。”这结拍收得颇为蹊跷，从此句语气看，分明带有对话的特点，而且似在嘲笑自称“不曾愁”的女主人公。细细体会便可明白，此刻高楼上，固然还留着凝望“吴洲”的女主人公，身边则已多了位同伴，或许就是她的侍婢罢？“沧海月明”是时间上的一大跳跃：女主人公凭栏凝望之初，还是烟笼“暮江”的傍晚；现在则已有一轮明月，照耀在钱塘江东汇的“沧海”之上了。“都换泪”则是对女主人公此刻神情的暗示，她似乎一直在伤心流泪，从薄暮直流到月升。于是惊动了上楼探问的侍婢，还再三劝她不要再忧愁伤心，她的心上人定会很快归来。女主人公因此赶紧拭泪，并掩饰道：“我哪曾在为他忧愁伤心啦！”于是便有了这一句结拍：“这夜夜的月明沧海，不都是你用泪水换来？还说是不曾忧愁伤心呢！”盖为女婢体贴主人公的嘲戏之语。“沧海月明”一语，兼有白居易“月明人倚楼”、李商隐“沧海月明珠有泪”之意，但在化用上又有自己的创造：不说流泪流到沧海月明，而说沧海月明“都换泪”，则女主人公倚楼之久、泪流之多，已尽在其中。恍惚间只觉沧海之水亦由泪水化成，明润之月亦被它浸洗过似的。短短的结拍，不仅包含了主仆对答的如许情事，而且将各自的心理，包括唇吻音容都传写得曲尽其情，实在令人惊叹！

这样一首清婉隽永的小令，是完全可以令词人笑对群彦而无愧的了——毛先舒又岂止“三瘦”而已！（潘啸龙）

踏莎行　吴　骐

花堕红绡，柳飞香絮，流莺百啭催天曙。人言满院是春光，春光毕竟今何处？　悄语传来，新诗寄去，玉郎颠倒无情绪。相思总在不言中，何须更觅相思句。

满院春光，却叹“春光毕竟今何处”；情语相传，却哀怨“玉郎颠倒无情绪”。语句上的这种“吊诡”似乎在提示我们，这首看似抒写男女情思的作品，其真正的意蕴难免令人生疑，不可径直作简单理解，在其语言形象的背后，似乎还隐藏着更深沉的东西。

不错，吴骐在当时以写艳词著称，这首词表面上也艳味十足。但我们须知，他又是一位很有民族气节的人。他的家乡华亭（今上海松江）原就有浓厚的抗清氛围，出了几位壮烈殉国的著名抗清志士兼文人。如比他小九岁的少年诗人夏完淳，比他大十二岁的诗坛领袖陈子龙等。他们或兵败投江成仁，或被俘慷慨赴义。他本人曾以诗词受知于陈子龙，而陈子龙又是夏完淳的老师。在这些乡贤和忠烈的精神感召下，入清后他决意进取，多次拒绝清廷征召，遁迹山中，以诗词自娱，人称高士。明乎此，可以进而探讨此词假托女子相思抒发怀念故国之意的主旨。

这首词当写于作者的晚年，时已为康熙年间。所谓“春光”，既指节序上的，也指政治上的。节序上的春光自不待言，政治方面，经过清廷的多年经营，恩威并用，镇压与利诱兼举，文字狱与科举考试同步，社会秩序渐趋稳定，并露出几分“盛世”的光景。此时，便难免有些攀龙附凤的文人骚客出来歌功颂德，“满院是春光”便是他们的颂词。但词人的感受与他们完全不同，他笔下的女主人公哀怨地问：“春光毕竟今何处?”注意一个“今”字，其言外之意显然是：春光昔曾在，无奈“今”已逝。开头三句，便是春意阑珊的景象：落花纷纷，幻为一匹凄恻的红缎；柳絮飘飘，化作一片惨惨的愁云。这都是春光已残的明证。而流莺的哀唱，更明白无误地宣布：春光不再。“落花流水春去也”，春属于她的故国，不属于这个新朝！

能够理解她这种心情的，与她产生共鸣的，大概只有她的“玉郎”——这原是女子对其情人或丈夫的爱称，此处显然指与作者心心相印的挚友。作者与他平素常常诗词往还，互诉心曲，互道情愫，互相陈说着隐秘的愁恨与愿望，所以深知他眷怀故国的心思，所以借词中女主人公之口说出“玉郎颠倒无情绪”。“颠倒”者，恋思故国而神魂颠倒也。当此令人感怀的春天，当此“人言满院是春光”的颂扬声中，他深知，他的友人又有何可说，又有何敢说！反而不如沉默，不说的好。反正彼此的心情息息相通，对故国的“相思”深如沧海，又何必说出呢？心灵中一片永恒的愁绪，哪里还有作诗的“情绪”！

看起来是伤春，其实伤的是故国；看起来是男女相思，其实思的还是故国，这就是这首艳词的深层意蕴。这种艺术手法在古代是司空见惯的，即美人香草，比兴寄托，它使文学作品含蓄蕴藉，情韵悠长。吴骐原以此见长，沈谦说他的词“不纤不诡，不浅不深，生香真色，在离即之间”（沈雄《古今词话》引）。若即若离，似浅而深，正是此法可造成的艺术效果。（龙向洋 萧华荣）

浣溪沙（其六）　严绳孙

瘦损腰支不奈愁，扇欹灯背晚庭幽。不如眠去梦温柔。　昨夜凉风生玉砌，旧时明月在兰舟。一生真得几回眸！

严绳孙和词人纳兰性德、顾贞观友善，是清代梁溪词人群中一位重要作家，著有《秋水词》。

《秋水词》中颇多小令，风格清秀婉丽、俊逸淡雅，最得词论家的激赏。如厉鹗《论词绝句》云“闲情何碍写云蓝，淡处翻浓我未谙。独有藕渔工小令，不教贺老占江南”，就既指出他擅长小令，又道出了其词“淡处翻浓”的特色。

严氏曾写过一组描绘女性生活、体察并表现她们内心世界的小令《浣溪沙》，其中所写的女性是年轻多情、娇好可爱的，作者对她们形貌和心性的刻画，或以男性眼光观察，或借女儿口吻言说，都相当细腻生动，活泼可喜，看得出来作者在构思运笔之际充满了怜香惜玉的柔情。不过，这些女子的地位大约只在婢妾或妓女、外室之间，这从词中用以作比的古代女子大都是唐代的妓女（崔徽、谢秋娘、红儿），特别是从作者所用的语调和所流露的情感色彩，都可以看出。这组词共六首，本书选入的是其中最后一首。

这首词上片描写女主人公的无聊和慵懒。前二句白描，她的形象、处境和生存状态，已呼之欲出。而且暗示出，她之所以“瘦损腰支（肢）”，问题显然并不在于物质生活方面，而是因为“不奈”（受不了）精神的愁苦，是因为寂寞、孤独、缺乏温存和体贴。第三句“不如眠去梦温柔”，便既是对其愁闷原因的揭示，又是对她一种无奈的劝慰——当然，把这句理解为女主人公发自内心的叹息，也未尝不可。

下片仍写女主人公的思绪，从眼前的“昨夜凉风”到已逝去的“旧时明月”，包含着一个不短的时间过程，看似不动声色的叙述和回忆，其中却有深深的感慨。有了这些铺垫，结句的吐出，就既自然合理又韵味悠长了。“一生真得几回眸”，有两层意思。唐白居易《长恨歌》曾用“回眸一笑百媚生，六宫粉黛无颜色”来渲染杨玉环之美。词中这位女主人公当年的“回眸”一定也是很美、很得人们称赞的，可是，如今想来，这样令人难忘的“回眸”，这样美好的记忆，一生当中又能有几次呢？这是其一。另一层意思是说，人生苦短，像今天这样的“回眸”——回首往事，一辈子又能有几回呢？

有些诗词作品往往如此，它将人物朦胧的形貌、典型的动态和真切的心声告诉你（而且是有选择地告诉你），至于事情的背景和过程，却并不细说，或根本不说，它有意把这些留给读者去想象，从而使他们获得更多阅读的愉悦。这就像一位高明的画师只是画出了龙的一鳞半爪，却能够让观赏者仿佛看到龙的首尾全身和腾舞的雄姿一样。严绳孙的这首小词是否也有这个特点呢？值得我们细味一番。（董乃斌）

荷叶杯　毛奇龄

五月南塘水满，吹断，鲤鱼风。小娘停棹濯纤指，水底，见花红。

毛奇龄的小词富有南朝乐府风味，往往清新可诵，颇有思致。这首《荷叶杯》摄取农家少女停棹濯指的瞬间，展示江南水乡一帧生活小景，读来情趣盎然。

仲夏五月，江南水乡，清清的池塘涨满了水。紧吹多日的大风终于停息，塘中的鲤鱼也不像往昔那样时时跃出水面，泼剌剌地腾闹。风平浪静，一切都归于宁谧。这时，曼妙天真的少女划着小船，兴致勃勃地来到碧波粼粼的池塘。她停下船，放下桨，俯身伏在船帮上，纤细的手指伸进清澈的水中，轻轻地洗了起来。蓦地，她发现一种奇特的景象：明净的水底竟绽开了艳丽的红花！词笔戛然而止，却把疑窦留下：池塘洗手，怎么水底出现了红花？

其实，水中倒影往往会产生出人意表的幻象。唐李贺《绿章封事》就曾描写过溪女洗衣时的幻景："石榴花发满溪津，溪女洗花染白云。"溪边石榴花倒映在水中，溪女仿佛不是在浣纱洗衣，而是在洗濯水中的红石榴花；那石榴花叠映在水中白云的倒影上，又仿佛是染红了天空的白云。光影的折射，把处于不同空间的景物影映在同一平面，这就是幻影的由来。那么，少女洗手时，红润的纤指倒映在水底，不就像盛开的鲜花？可能读者初看会略嫌不足：何以只见少女的纤指，不见其全体？不过，再一寻思，纤指尚且美妍如花，又何况她的朱颜玉貌呢！这就是所谓窥一斑而见全豹。词人的妙笔，就在于以不言言之，让人思而得之。

这首词语言简省明净，却颇为耐人寻味。鲤鱼是古代诗词中常有的意象，总是和书信往来相关。唐元稹《贻蜀张校书元夫》诗云："劝君便是酬君爱，莫比寻常赠鲤鱼。"他的《苍溪县寄扬州兄弟》诗云："凭仗鲤鱼将远信，雁回时节到扬州。"前诗中"鲤鱼"，指书信，后诗中则指信使。不见鲤鱼，即隐指音信阻绝。如此便不难理解词中的这位少女，何以独自一人划船来到鲤鱼出没的池塘了。她是因久无意中人的音信，心中牵挂呀！或许，她正期盼"客从远方来，遗我双鲤鱼"（汉乐府《饮马长城窟行》）呢。那么，她的停棹洗指，理解为情窦初开的少女百无聊赖中的一种下意识动作，也许更接近词人所要表现的旨意。（吉明周）

南柯子　毛奇龄

淮西客舍得陈敬止书，有寄

驿馆吹芦叶，都亭舞柘枝[①]。相逢风雪满淮西。记得去时残烛、照征衣。　曲水东流浅，盘山北望迷。长安书远寄来稀。又是一年秋色、到天涯。

注 ① 柘(zhè)枝：即"柘枝舞"，起于唐代，传自西域，初为独舞，后又有双人舞，宋时为多人队舞。此或泛指。

世上最生死难忘的，是亲情或爱情。而在艰苦跋涉中，最能给人以慰勉的，恐怕就是友情了。

本词所涉及的"陈敬止"身世未详，从全词内容看，他当是与毛奇龄交往甚深的友人。友人从京城寄来一封书信，便使客寓淮西的词人激动不已。在满窗秋色的客舍，吟成了这首充满思情的小令。

上片从当年的相逢写起："驿馆吹芦叶，都亭舞柘枝。"当词人接读友人的书信时，那字字行行之间，便恍然有他的音容笑貌浮现，于是往日相逢时的欢乐景象，也便一幕幕展开在词人眼前：他们也曾在幽寂的客舍里，呜呜吹响芦笳，正如戍边的士卒，在吹奏中寄托悠邈的乡思；他们也曾在州府的"都亭"（城郭附近供人休息饯别的亭舍）中，观看艺人的"柘枝舞"，那优美的舞姿伴着帽铃声旋转，显得何其动人。这样的相逢，倘若是在春天，当然还应该点缀一片艳丽的桃花，晕染几树依依的翠柳。但他们的相逢却又别有风味，那正是"风雪满淮西"的冬日——词人接着的这一笔追补，便顿为上述景象，添加了清莹照人的"底色"——芦笳声声，原来是向着风窗雪影而吹，则芦笳之韵，岂不正可与雪花同飞？柘枝舞女，原来是在雪霁天晴中婆娑，则舞者之姿，岂不更见红装素裹之美？然而，这样美好的相聚毕竟太过短暂，当芦笳、舞影消歇之处，映照这一对友人的，便已是别离时的烛光："记得去时残烛、照征衣。"友人就要离去，词人又怎舍得轻易放行？句中的"残烛"正告诉读者：在友人离别的前夜，他们曾怎样高烧红烛，从夜分直叙到灯暗烛残。回忆中的相聚终于在离别中"定格"，最后浮现词人眼前的，就只有这"残烛"映照的友人上路身影了。词人在追忆这一切时，不仅全借助画面形象展开，而且一句一景，此伏彼起，刚说到"相逢"，又跳向"去时"，恰正巧妙地表现了忆念思绪的片段和飘忽的特点。

下片则续写友人离去后的思念："曲水东流浅，盘山北望迷。"词人与陈敬止的相聚本就在客中，友人这一离去，词人便愈加感到孤清。或许友人赴京之程先由水路东浮，而后经由天津直驰京师。于是在曲折东流的河岸，便常见词人独伫的背影，凝望着水上的白帆消隐于远天；或者登上淮西的城楼，远眺云烟凄迷的北方，念叨着友人是否已过蓟县西北的"盘山"（而"盘山"亦可解为盘曲绵延之山）？这二句依然运用画面展现的方式，以表现对友人的深切牵挂。但节奏显然滞缓了，而且都取静境，只觉有袅袅不绝的思绪，随清浅的河水流淌，而后化作一片云烟，飞向山影空濛的远方。在这样的牵念中，往还的书信便成了相互间最珍贵的赐予了。可惜的是山高路远，就连这慰藉思情的来信，也那样稀少！"长安书远寄来稀"一句，由眺望转向焦虑的期盼，用的是喟然叹息的"情语"，而词人徘徊驿站、坐立不安之身影，已宛然如在眼前，是为"情中景"。当这种焦虑的期盼，终于被意外的来信打破，远在京城的友人，终于写来慰问词人的千言万语，词人的欣喜又将如何？这喜讯在词中虽没有明言，但在词题中却已欣然告知："淮西客舍得陈敬止书"。看来只是简略的一语，而且几乎是不动声色，但有了词中对相聚相离景象的深情忆念，以及离去后焦虑牵挂的念叨，读者自可体会其间已包含了多少欣悦和慰藉！不过人的情感往往是奇妙的，高兴的时候可以放情大笑，但有时候又会喜极而泣。我们的词人大抵正属于后者。他在接读友人来书时，开初无疑是兴奋的，但读着读着，又不禁悲从中来，终于化作了结拍的凄然自语："又是一年秋色、到天涯。"友人的书信虽然令我欣喜，但分隔天涯的处境却依然如故。想不到我们在风雪初晴的冬天离别，这一别就已又近一年！在这秋色苍凉中读信，能不更生一重天涯分隔的伤悲？全词在幽幽的叹息中收结，词行间似还见两位千里相隔的友人，正遥遥相望于萧萧秋风……

这首词抒写思友之情，纯从与友人的聚别情景落墨，无一处用典，也无一句刻意求奇，而自有真挚动人的韵致。王国维曾称叹"北宋词多就景叙情，故珠圆玉润，四照玲珑"（《人间词话》），崇尚的正是这种真挚自然的词风。陈廷焯也以为，有些词家"第自写性情，不必求胜人，已成绝响。后人刻意争奇，愈趋愈下"（《白雨斋词话》）。毛奇龄此词浅易中蕴含真情，正有"珠圆玉润，四照玲珑"之妙。谭献《箧中词》赞之为"北宋句法"，可谓别具只眼。（潘啸龙）

点绛唇　陈维崧

夜宿临洺驿

晴髻离离，太行山势如蝌蚪。稗花盈亩，一寸霜皮厚。　赵魏燕韩，历历堪回首。悲风吼，临洺驿口，黄叶中原走。

这是一首纪游怀古词。“临洺驿”在今河北省永年县，古有临洺关，东临黄河，西望太行山，离邯郸市很近，这就是“古称多感慨悲歌之士”（韩愈《送董邵南游河北序》）的燕赵之地。战国以后的各个时代里，不知有多少失意之士，面对这块土地感慨万千、潸然泪下。陈子昂是一个，陈维崧也是一个。

一起写登览所见。作者以江南游子漫游北方，最为突出的感受是北地的早寒和景象的萧瑟，首二句当是傍晚斜日下远眺太行山的情景——峰峦攒聚，状如佛头上的螺髻；山脉蜿蜒，状如蝌蚪古文。地里庄稼已经收割，大片野生的稗子正在扬花，一片白茫茫的，如一层厚厚的霜皮，传达出逼人的寒意。几句粗笔点画，境界阔大而苍凉，正好向怀古之情过渡。

过片写登临怀古。就在作者脚下的这块土地上，曾经发生过多少诸如三家（韩、赵、魏）分晋、秦灭六国（齐、楚、赵、魏、燕、韩）的沧桑巨变、杀伐战争。同时也产生过多少诸如燕昭王、乐毅、廉颇、蔺相如一类的风云人物，演出过多少君臣契、将相和一类的历史活剧。然而一切都成了历史，眼前却是一片沉寂。“堪回首”三字，当作反诘语气读，即不堪回首。细味又并非历史岁月的不堪回首，而是历史与现实的对比令人觉得不堪回首。两句表达的是一种失落惆怅的情怀。“悲风吼”三句，则紧扣北地霜风，因其风向南，故云“黄叶中原走”。词人的怀古，似已通感于自然，一时“狂飙为我从天落”，令结拍极具神韵。词末的意境，使人联想起苏轼《念奴娇·赤壁怀古》的“人道是、三国周郎赤壁。乱石穿空，惊涛拍岸，卷起千堆雪”那样的写法。陈维崧喜欢运用这种通感自然的表现手法，且常用于词的结尾，另如《好事近》“话到英雄失路，忽凉风索索”，也很警策。

词中未提到任何具体的历史事件，也没有明言任何具体的历史鉴戒，内容相当含混，同时也就留下了很多想象的空间。作者出身于讲气节的文学世家，祖父陈于廷是明末东林党中坚人物，父亲陈贞慧是当时著名的四公子之一，以反对阉党而遭致迫害。明亡时，作者年届弱冠，入清后虽补诸生，但长期未得官职，游食四方，身世飘零。读者知人论世，从此词含混的历史感慨中，也能无误地辨认出一些怀才不遇，类似于陈子昂《登幽州台歌》那样的感喟。（周啸天）

好事近　陈维崧

夏日史蘧庵先生招饮，即用先生喜予归自吴阊过访原韵

分手柳花天，雪向晴窗飘落。转眼葵肌初绣，又红敧阑角。　别来世事一番新，只吾徒犹昨。话到英雄失路，忽凉风索索。

这年陈维崧从吴阊（苏州古城门名，代指苏州）回到家乡宜兴（今属江苏），当时流寓在那里的明代名将史可法的弟弟史可程（字蘧庵）十分高兴。两人经常来往，诗酒唱和。这首词便是其中的一首。

上片前两句从上次分手落笔，那是在杨柳堆烟的春日，飞雪似的柳絮纷纷扬扬，飘落在晴日的窗前。尽管是追忆以前分手时的自然风光，但古代折柳送别的风俗已令人由此想见两人依依不舍和思绪绵绵的情形。临别时的情景还历历在目，可转眼间已春去夏来，庭院中的蜀葵已开始像锦缎般地织出，又一次染红了雕栏的一角。过去有的论者把“葵”说成是葵花，把“红”说成是其他的红花，其实这是一种误解。将“葵”与“红”分指两种花显然有悖词理，这里的“葵肌”应指蜀葵，蜀葵又名一丈红，锦葵科，夏日开红花（也有紫、黄、白色）。以“肌”喻花，甚饶韵致。后两句同样用景物的改变，点明再次相聚的时间。

换头两句承上，先以“别来”两字带过前片的时间转换；然后用世事的翻新和吾辈的如故对举相比。其中自有一番深意。众所周知，陈、史二人同处明、清易代之际，一个是明亡不仕、以气节自许的名士（词当作于康熙十八年应博学鸿词科前），一个是流寓他乡、抗清名将的亲弟弟。他们在经历了改朝换代的历史剧变后，仍保持着以往不与新朝合作的坚定信念，可谓心心相印、难能可贵。因此这两句既是自嘲式的感慨，又是纪实性的互勉。末两句点出正题和要害。古人最看重立身之本，他们往往以建功立业为人生目标。现在两人都无功名可言，这对他们来说无疑是十分痛苦的。所以只要一接触这个话题，便不能不感到阵阵悲凉，以至于在炎热的夏天也会觉得有凉风索索吹来。“忽凉风索索”，在诉说到动情之处时猛然打住，以景语作结，余味曲包，言外实有无限感慨。

全词忆分手，记相见，有景有情，让人每读一过，总为之唏嘘不已。（曹明纲）

清平乐　陈维崧

夜饮友人别馆，听年少弹三弦（其二）

檐前雨罢，一阵凄凉话。城上老乌啼哑哑，街鼓已经三打。　　漫劳醉墨纱笼，且娱别院歌钟。怪底烛花怒裂，小楼吼起霜风。

这首《清平乐》本是组词中的一篇。这组词共三首，严格地限韵而作。按照词谱，《清平乐》全词八句，双调，上片四句用四仄韵，下片四句，转三平韵。这里陈维崧不但按此格律，而且三首的韵脚用字也完全相同。上片四韵字为“罢”“话”“哑”“打”，下片三韵字为“笼”“中”“风”。这样作词，限制更严，对于作者的要求自然也更高。但陈维崧学养深厚，才气充沛，所以做来自能游刃有余。

“檐前雨罢”是这组词的第二首，其前一首正面描写在友人别馆夜饮时听一位少年艺人弹奏三弦的情景。“别馆”，指正宅以外的居处。“三弦”，一种三根弦的弹拨乐器。在第一首中，作者写道：“夜香烧罢，桦烛通宵话。曲项檀槽声不哑，银甲凭伊掐打。　　只图漫捻轻笼，谁怜双袖龙钟。少日红筝北里，年来白发西风。”上片写了夜饮时“宵话”和“听三弦”等情节，下片由眼前少年艺人的弹奏，引起对往日“红筝北里”浪漫生涯的回想。而如今已是“双袖龙钟”“白发西风”，怎能不感慨万千。所谓“红筝北里”，比喻饮宴狎妓、听歌赏舞的生活。“北里”是唐代长安妓院集中的里坊，即用以代指秦楼楚馆。

在第一首的基础上，第二首便将思路延伸了开去。“檐前雨罢，一阵凄凉话”，仍是夜饮听曲时的情景。“一阵凄凉话”有双关意，既可以指少年艺人演奏的乐曲犹如凄凉的话语，也可以实指作者和主人在听曲之中、之后，以忆昔伤今为主要内容因而不免凄凉的对话。

诗词作品讲究含蓄凝练，点出“凄凉”二字，对于表达作者的心境已经足矣，其具体所指在前一首也已有所透露，所以就不必细说了。于是，接下去便荡开一笔，把读者的注意力引向小楼以外更为寥廓的空间，并让读者听到栖息在城头上的老鸦的哑哑啼声，听到时断时续已打了三遍的街鼓之声，由此也暗示，时间已经很晚，是三更时分了。

换头两句抒发感慨，再一次补足上文的“凄凉”。“醉墨纱笼”，用的是唐朝典故。据《唐摭言》说：王播少孤贫，未成名时，借居于扬州惠昭寺木兰院攻读，每日随僧斋食。时间长了，引起僧人厌恶，便改为用罢斋饭才敲钟。等王播闻钟赶来，早已饭尽人散。二十年后王播做了大官，出镇扬州，特意再到木兰院访旧，发现自己当年所做的诗，都已被僧人们用碧纱笼护起来。于是他又写了两首绝句记述僧人们的前倨后恭，其中一首云：“上堂已了各西东，惭愧阇黎饭后钟。二十年来尘扑面，如今始得碧纱笼。”陈维崧借用这个典故，并不是要讽刺什么人，只是说自己的作品（“醉墨”）谬得人们喜爱重视，就像王播发迹后旧作被碧纱笼护一般。“漫劳”云云，是一句谦辞，犹谓本身并没有那么好，却让人徒劳偏爱了。这里紧接下句“且娱别院歌钟”，则是说：自己的作品漫得好评，这并无多大意思，还不如在朋友的别馆听听歌钟乐曲来得好。这两句传达给读者的是那么一点及时行乐的思想。当然，作者并不是真的不看重自己的创作，他这样写，只是为了强调在朋友的别馆听年少弹三弦的快乐，和由此引出的一点儿凄凉之感。这里所表达的感情很复杂，不是简单的快乐，也不是纯粹的凄凉，是一种快乐的凄凉，或者是凄凉的快乐。

作者情感活动的复杂，也充分地表现在结尾两句之中。“怪底烛花怒裂，小楼吼起霜风！”“底”的意思是“何”或“为何”，“怪底烛花怒裂”是说：很奇怪，那烛花为什么会猛烈地爆裂开来呢？针对这个现象，作者本可以做出很多设想和回答，不同的设想和回答就表现着不同的心胸和艺术情趣。陈维崧选择了这样一个答案：是因为小楼突然吼起了霜风！“霜风”，直解是带霜的寒冷的风。寒风猛地刮起，引起烛花爆裂，这是完全可能的。但如果仅仅这样看，诗意似乎不足。若论寓意，则这里的霜风乍吼应是与人有关的行为，便既可解释为少年艺人弹奏三弦的肃杀乐声，又不妨解释为是词人不甘老去、不甘无所作为的豪迈心声。我们不能断定词人真就是这样想的，但却不妨作这样的理解，如此则词的思想意味较为淳厚丰富。

也许我们还可以从这组词的第三首找到一点这样理解的根据，第三首中有这样两句：“欲击唾壶声尽哑，可惜孤城浪打。”敲击唾壶，是东晋大将军王敦的故事。他常在酒后咏曹操“老骥伏枥”、“壮心不已”的诗句，并用玉如意敲击唾壶为节，久之，壶口尽缺。“欲击唾壶”，意味着陈维崧也有“唾壶空击悲歌缺”的慷慨悲凉之意。上文的“霜风”在诗词中也是可以用以比喻这种志向的。这样，我们把“小楼吼起霜风”解释为在友人别馆的小楼上，作者因听曲而激起埋藏心底的壮志，犹如刮起一阵霜风，就不是无根的猜测和引申了。

总之，这组词，尤其是本书选入的第二首，既有细腻婉曲的一面，又保持了迦陵词雄浑豪壮的一贯特色，是《湖海楼词》中有代表性的作品。（董乃斌）

南乡子　陈维崧

邢州道上作

秋色冷并刀，一派酸风卷怒涛。并马三河年少客，粗豪，皂栎林中醉射雕。　残酒忆荆高，燕赵悲歌事未消。忆昨车声寒易水，今朝，慷慨还过豫让桥。

此词作于康熙七年戊申(1668)深秋，作者由北京南行赴中州途中。邢州，今河北邢台市，地处邯郸之北，易县之南。

全词结构鲜明，上片写邢州道中的自然风貌和所见之人物气概。下片抒发由此而产生的慷慨磊落的怀古之情。

上片开头两句"秋色冷并刀，一派酸风卷怒涛"，展示了秋色之冷峭。"并刀"指并州(今太原)所产的锋利刀剪。"酸风"指深秋令人酸目的冷风，语出唐李贺《金铜仙人辞汉歌》"魏官牵车指千里，关东酸风射眸子"。作者面对秋色之荒凉，秋风之凄紧，以感如触体之并刀、感如席卷之怒涛为喻，深示南行途中那种萧索意绪，但他并未沮丧消沉，相反这种不平静的状态，正激发出他昂扬的意气。

就在这样的环境中，作者看到了一批英武矫健的人物，他们在酸风劲吹的情况下，毫无畏惧。他们这些"三河年少客"，并马驰骋在皂栎林间，表现出醉后射雕的豪情，这不由地也鼓动了作者心中的壮气。词句中的"三河"，指邢州一带地方，在汉代以河内、河南、河东三郡为三河，邢州属于三河地区。作者在同时南行的许多人中，特意欣赏这些年少人的豪举，欣赏他们这股英锐之气，可谓"情有所钟"。尽管作者此时已进入中年，而且在离开北京之时，心情非常郁塞，境遇也十分困顿，在留别龚鼎孳的词中，就有"酒则数行，食而三叹，断尽西风烈士肠"(《沁园春·赠别芝麓先生》)之语，又有"白雁横天如箭叫，叫尽古今豪杰，都只被、江山磨灭"(《贺新郎·秋夜呈芝麓先生》)之叹。而在此时，面对这批年轻人，也不禁赞为"粗豪"，使自家胸中的块垒为之消减。词中"皂栎林中醉射雕"，还运用了两个典故。"皂栎林"语出杜甫《壮游诗》"呼鹰皂栎林，逐兽云林冈"。"皂栎林"本齐地，因北方多皂栎树，所以此处则是泛指。"射雕"，用北朝斛律光事。《北史·斛律光传》载："光从文襄(高欢)于洹桥校猎，云表见一大鸟，射之正中其颈，形如车轮，旋转而下，丞相属邢子高叹曰：'此射雕手也。'"射雕手，本指豪杰，此处用得也很自然。整个上片，表现作者在旅途中，并没有感到凄凉萧瑟，相反地因三河年少的豪举，更激励了自己勇迈直前的豪情。

下片由邢州深秋的自然风光和年少骑马射雕的情景，引入对邢州一带历史人物的追忆。"残酒忆荆高，燕赵悲歌事未消"，邢州在战国时期，是属于燕赵的旧地，出现过许多为后世传颂的英杰。唐代文豪韩愈，在其《送董邵南序》文中，曾有"燕赵古称多感慨悲歌之士"之句。他们的事迹，可歌可泣；他们的为人，卓荦峥嵘，千载之下，使人感奋。因而下片便转而怀古。"荆高"，指荆轲、高渐离。荆轲是燕太子丹的门客，高渐离是荆轲的好友。荆轲出使秦国谋刺秦王,高渐离作助手,《史记·刺客列传》有如下的记载:“太子及宾客知其事者,皆白衣冠送之至易水之上。既祖取道,高渐离击筑,荆轲和而歌,为变徵之音,士皆垂泪涕泣。又前而为歌曰:‘风萧萧兮易水寒,壮士一去兮不复还。’”荆轲至秦,刺秦王未成被杀,高渐离为替荆轲报仇,自盲双目,怀筑入秦,得间,以铅置筑中,击秦王不中,被害。荆高事迹,载入史册,长期为世人讴歌传诵,故词人以“事未消”称之。更由“事未消”引出与邢州有关的另一位豪杰豫让:“忆昨车声寒易水,今朝,慷慨还过豫让桥。”豫让是春秋末年晋国上卿智伯的家臣,智伯被赵襄子诛杀,豫让一心为智伯报仇,曾漆身为疠,吞炭为哑,谋刺赵襄子,尝曰:“昔范中行氏以众人待我,我故以众人报之;智伯以国士遇我,我故以国士报之。”两为襄子所获,襄子初释之,继获时,豫让求得襄子之衣击之,致报仇之意毕,遂自杀。事详《史记·豫让传》。邢州之南,邯郸之北有豫让桥。作者时正南行,故云:“慷慨还过豫让桥。”词人对荆、高、豫让,表现出深度的崇敬与感激之情。“车声寒易水”,化用唐骆宾王《于易水送人一绝》“昔时人已没,今日水犹寒”,“寒”字自带有感伤成分。而以“慷慨”两字写过豫让桥之心态,也是对豫让始终不移的复仇心理之赞叹,在精神上展示自己不断抗争的勇气和信念。

大凡吊古怀古之作,大多寄寓着作者自己借古伤今的意向。陈维崧在少年时代,深受其父师的影响,他的父亲陈贞慧,是复社四公子之一,明亡以后,闭居土室不入城市者十二年,始终不忘故国。他的老师陈子龙、吴应箕,友人夏完淳,都为抗清而殉国。他身经国家的巨变,在精神上所造成的伤痛,虽已逐渐平复,但在心灵深处的意识则是不可泯灭的。因此,他在漂泊中道经邢州——这古代多感慨悲歌之士的燕赵旧地,不由地忆起荆、高、豫让等人,流露出感伤其遭遇,而又敬慕其义烈的心情,是可以理解的。

从这首词的艺术本身而言,也具有深沉而激昂的魅力,所以陈廷焯《白雨斋词话》对此词上片评为“骨力雄劲”,对下片则评为“不著议论,自令读者怦怦心动”。在令词中能尽情倾吐,波澜壮阔,自是杰作。(马祖熙)

醉落魄　陈维崧

咏鹰

寒山几堵,风低削碎中原路。秋空一碧无今古。醉袒貂裘,略记寻呼处。　男儿身手和谁赌?老来猛气还轩举。人间多少闲狐兔?月黑沙黄,此际偏思汝!

自古以来,古典诗歌中常有托物咏怀之作。不过到了唐宋词中,其所咏写的物类却有了明显的“萎缩”,它们大都集中于风花雪月、蛩蝉梅柳之类比较纤柔的事物,而较少咏写鸷鸟猛兽之类雄刚的事物。借用杜甫的诗来说即是:“或看翡翠兰苕上,未掣鲸鱼碧海中”(《戏为六绝句》),因此就显出儿女情多而阳刚气少的明显不足和缺憾。从这一角度来看,则陈维崧的这首咏鹰词就大有“填补空白”的意义,它使读者在咏物词中重新享受到嗾犬呼鹰的阳刚之美，并由此而获得了警懦立顽的精神震撼。

上片首三句一上来就显得笔势凌厉。它虽非正面写鹰，却句句都不离鹰之凶猛疾迅的性情和雄姿，真可谓皮毛落尽而精神独存。它们实际是写：在那壁立千仞的寒山之巅，苍鹰兀然木立，傲睥四周；忽然，它劈空下击，掠地疾飞，其气流简直削碎了原野上的草木和石块；而待它衔住了猎物之后，却又冲霄而起，在那澄碧万里的秋空尽情翱翔。不过词人在此却有意省略了所写的主体，而大写其所栖息的环境和它上下搏击飞翔的侧面形象，这充分显示了作者构思的不同凡俗和运笔的矫健灵活。而此种生动而又精确的描绘，实与作者平昔的细致观察是分不开的。所以四、五两句就顺势写出了他青年时代乘醉出猎、走马呼鹰的生活经历。这"醉袒貂裘，略记寻呼处"的描写，大有苏轼"左牵黄，右擎苍。锦帽貂裘，千骑卷平冈"的"少年狂"(《江城子·密州出猎》)的意态和气概，同样写得意气风发、身手不凡。

下片头两句承接上片末两句的词意而发生转折。意谓：青年时代固然是豪情满怀、不可一世，可时近老年，却猛气犹存、不减当年("轩举"即轩昂之意)，仍有一番与人一赌身手的雄心壮志。但这两句虽以"壮语"出之，而其深层却又裹有怀才不遇和"老骥伏枥，志在千里"的意蕴在内。因此壮中有悲，使其词情显得更加丰富浑厚。紧接而下的三句则更将词境陡然推进，由咏物而变为言志："人间多少闲狐兔。月黑沙黄，此际偏思汝！"是的，在自然界的草莽丛林中，确然出没着狡猾的狐兔，而在"月黑沙黄"(比喻黑暗昏乱)的人间社会，又岂不同样存在着种种衣冠禽兽？这就同样需要有雄鹰一般的铁腕人物来收拾它们！因此"此际偏思汝"一句，就表现出作者嫉恶如仇、除奸惩恶的强烈愿望，同时也显露出词人自愿当此重任的刚肠热肚。前人咏鹰诗中曾经说过："何当击凡鸟，毛血洒平芜"(杜甫《画鹰》)，而陈维崧的这三句却比之显得更加"声色俱厉"(陈廷焯《白雨斋词话》)和措辞激烈。

总之，本词虽是咏鹰而实际却在赞美一种"雄鹰性格"和"雄鹰精神"。它的妙处在于咏物而不粘滞于物，并能从咏物中升华出英迈高远的情志来，故能成为咏物词中不可多得的佳构。(杨海明)

满江红　　陈维崧

秋日经信陵君祠

席帽聊萧，偶经过、信陵祠下。正满目、荒台败叶，东京客舍。九月惊风将落帽，半廊细雨时飘瓦。柏初红，偏向坏墙边，离披打。　　今古事，堪悲诧。身世恨，从牵惹。倘君而尚在，定怜余也。我讵不如毛薛辈，君宁甘与原尝亚？叹侯嬴、老泪苦无多，如铅泻。

古往今来，命运似乎总是喜欢和有才华的人开玩笑，在几次三番地捉弄他们之后，才给他们以施展的机会。而在此之前的长期磨难中，这些才子往往会自叹自艾，留下无数兴会标举的动人篇章。清代大词人陈维崧也不例外，他早年随父贞慧避居山村，不与新朝合作。三十岁后参加科举考试,但七试七黜,连举人也没考上。久困场屋使他牢骚满腹。这年(约在康熙七年,1668)他又赴京求仕,未果而归,途经河南开封,在凭吊那里的信陵祠时,感慨万分,写下了这首声情悲愤的词作。

起拍四字先为自己画像。“席帽”是一种用藤席编制的帽子,唐宋时士子出门时常带在身边。“聊萧”形容破旧,也见出人的失意潦倒。次句点题,交代所经地点。“偶”字以表面的不经意,反跌出内心的沉重和在意,因为他的拜谒古祠,绝非一时兴到之举,这完全可以从全词的抒写中看出。信陵君名无忌,是战国时魏昭王的少子,以好客重才著称于史。后人立祠纪念,也正因此。以下数句,均就眼前所见秋景落笔,营造出一种悲凉萧瑟的氛围,同时为下片的直抒胸臆铺垫蓄势。在秋日的寒风凄雨中,映入词人眼帘的是一片荒败破落的景象。其中“东京客舍”一笔两意,既由此点出自己的作客身份和地点,又揭示这里原来是信陵君当年礼贤下士、收养门人食客的场所。这样就更能引起人们对词人目前处境冷清和昔日门客如云的对比和联想,并由此生发无穷的感叹。“九月”句用典。东京名士孟嘉九月九日曾随桓温游龙山,被大风吹落帽子,自己不觉,桓温于是命孙盛作文嘲笑。词人在此用来曲笔写风,妙在不隔,并暗示出自己浮想联翩时的失神和狼狈。而坏墙边乌柏叶子刚刚变红,就已被风雨吹打得支离破碎,这一看似闲笔的景物定格,无疑也深寓着词人一言难尽的人生感慨,是他仕途屡遭挫折的生动写照。上片由“席帽聊萧”的人物形象,到“荒台败叶”的景物氛围,再到“细雨瓢瓦”的天气状况,层层渲染烘托,不能不令人深切感受传统悲秋题材的丰富内涵,以及词人当时当地的特殊情怀。诚如陈廷焯所言:“前半阕淡淡着笔,已如秋商扣林,哀湍泻壑。”(《词则·放歌集》)

换头两句总领,以古今人事的可以相通而悲,引出吊古伤今的情怀。古代贤人识才、爱才、重才,使怀才不遇的当代词人深感生不逢时,“身世恨”因此骤然而生。是啊,词人三十岁前适逢明、清易代的社会大动乱,出处为难,报国无门;三十岁后局势稳定,有心出仕,却屡挫场屋,眼看老之将至,来日无多,这怎能不令人抱恨终身!词人甚至发出假如信陵君还在,他一定会垂怜于我的哀叹。正是在这种“恨古人吾不见”的遗憾中,词人又退一步说,我即使不如毛公与薛公那样能为信陵君排忧解难(事见《史记·信陵君传》),相信信陵君待我也绝不会甘心在好客的平原君和孟尝君之下的。语辞真诚恳切,又不乏自负。其用世之意、不遇之悲,跃然纸上。在自信才识和忠心都不在毛、薛二公之下以后,他再次以魏国隐士侯嬴(曾受信陵君礼遇,后出谋击秦救赵,并以死相报)自比,用老泪无多、如铅自泻的情形,和盘托出内心的无比悲愤。“如铅泻”化用唐李贺“忆君清泪如铅水”(《金铜仙人辞汉歌》)句意,尤见沉痛。至此,全词吊古和伤今完全融合为一,难分彼此。这比一般同类之作已超出甚远,难怪前人曾在盛赞“倘君”四句“概当以慷,不嫌自负”的同时,要感叹其“如此吊古,可谓神交溟漠”(陈廷焯《白雨斋词话》)了。

关于历代才识之士不被重用的共同遭遇,唐代大作家韩愈曾写过一篇《杂说》,其中写道:“世有伯乐然后有千里马。千里马常有,而伯乐不常有;故虽有名马,只辱于奴隶人之手,骈死于槽枥之间,不以千里称也。”此词所写,正是这样一种情形和由此产生的千古之悲。词人直到康熙十八年(1679),也就是他去世前三年,才举博学鸿词,有了与修《明史》的机会,可算是不幸中的大幸了。(曹明纲)

贺新郎 陈维崧

秋夜呈芝麓先生

掷帽悲歌发。正倚幌、孤秋独眺，凤城双阙。一片玉河桥下水，宛转玲珑如雪。其上有、秦时明月。我在京华沦落久，恨吴盐、只点离人发。家何在？在天末。　　凭高对景心俱折。关情处、燕昭乐毅，一时人物。白雁横天如箭叫，叫尽古今豪杰。都只被、江山磨灭。明到无终山下去，拓弓弦、渴饮黄獐血。《长杨赋》，竟何益？

这是一首思乡抒怀词，作于词人四十四岁旅居京都时。题中的“芝麓”，系清初“江左三大家”之一龚鼎孳的号，时在朝廷任礼部尚书。

陈维崧一生大致经历三个阶段：明亡前为青少年时代，家门鼎盛，名扬乡里，被誉为“江左三凤凰”、“毗陵四才子”之一。明亡后为中年时代，先是随父隐居，父死后家道中落，浪游南北，旅食四方。康熙十八年(1679)起为晚年时期，以诸生身份举博学鸿词科，授翰林院检讨，与修《明史》。此词即作于词人困顿潦倒的中年时代，也是其一生中创作成就最高的时期。

上片写秋夜独眺，思乡怀家。起句“掷帽悲歌发”突兀而起，总领全章，将心中的悲愤一泻而出，先声夺人，为全词奠定了基调。陆游诗云：“卧痾畴敢安，起立掷吾帽。”作者用此而悲情更为强烈。词人何以如此？下文用一“正”字绾连，依次一一道来。先写孤秋夜中独眺凤阙的情景。“凤城双阙”，指朝廷所在的禁城。“凤城”，传说秦穆公之女弄玉，吹箫引来凤凰，降于秦国都城，后遂以“凤城”指称京都。“双阙”，指宫殿门前两旁供瞭望的高耸楼观，曹植《铜雀台赋》：“建高门之嵯峨兮，浮双阙乎太清。”词人此时虽已诗名传天下，但屡试不中，生活无着，抱着弹铗谋仕之想来京后，虽得到礼部尚书龚鼎孳等少数著名人物的赏识，但仕进之阶依然无望，故而夜眺凤阙，心中的悲怨之情油然而生。“孤秋独眺”四个字，既点明时令和词题，又渗透了自古以来悲秋的哀叹。再由“孤”字与“独”字的二重组合，强调了心境的哀凉与黯淡。“一片玉河”以下三句，着重写月，这也是点题，借月色表现夜景。词人的目光从凤阙移向玉河(亦称御河，源出玉泉山，流经宫禁出都城东，南入大通河)，但见秋夜的月光笼罩其上，波光荡漾，如皑皑白雪，晶莹玲珑。但景色虽好，心情却是无限悲凉。于是词人凝视明月，引发了悠悠怀古之情。“秦时明月”，截取唐王昌龄《出塞》诗“秦时明月汉时关”句，寄寓明月长存而人生短暂、景物依旧而朝代更替之意。由此，越加对自己生不逢时、怀才不遇而时光飞逝的境况愤懑不已。陈廷焯曾评曰：“插入吊古，极见精神。雄劲之气，横扫千军。”(《词则·放歌集》)“我在京华沦落久”两句，与前呼应，直接点出“掷帽悲歌发”的缘由。“沦落久”三字，不仅指在京蹉跎半年而无所获，亦指词人二十余年来的不遇于时。“吴盐”，即淮盐，以洁白著称，这里喻指白色。“只点离人发”，指自己白发满头。“离人”二字用得精巧，一方面写出了词人离家别亲、赴京谋职而落拓无成的失意，一方面又牵起了思家怀亲的离愁，从而自然巧妙地引出歇拍两句：“家何在？在天末。”“天末”，天尽头。当词人想到远在天边的家人，不禁痛上加痛，同时也真实地表现了念亲思乡的深情。不久，词人便离京返乡了。

下片写登高览景，借古抒怀。换头三句，先总写登高远眺，不但不能排遣失意和思乡之情，反而倍增悲苦，引发了复杂矛盾的心态。接着借古人燕昭王和乐毅，道出自己来京的初衷。燕昭王是战国时燕国的国君，为了振兴燕国，筑黄金台招纳天下贤士，士争趋之。乐毅至燕后，封为上将军，伐齐下七十余城，一时威震天下。词人以此表明来京原是想能像他们那样有一番君臣相得的风云际会，以一展自己胸中抱负。“白雁横天”以下三句，笔锋一转，由秋夜北方飞来的白雁发出如响箭声般的凄厉鸣叫，联想起候鸟年年飞来飞去，在这种不断的鸣叫声中，古往今来的无数豪杰一一被无情的岁月吞噬殆尽。言下之意，是说像燕昭王、乐毅这样的人物已不再有了，看来实现自己理想的美梦也只能破灭了。于是词人笔锋又一转：“明到无终山下去，拓弓弦、渴饮黄獐血。”表示不如归隐山林，射猎骋怀。“无终山”，一名翁同山，在天津蓟县北，是射猎之地。“黄獐血”，用《南史·曹景宗传》典故。景宗曾言：“我昔在乡里，骑快马如龙，与年少数十骑，拓弓弦作霹雳声，箭如饿鸱叫，平泽中逐獐，数肋射之，渴饮其血，饿食其肉。”结拍两句，借今论古，更见愤激。扬雄曾作《长杨》、《甘泉》、《羽猎》等赋为汉文帝歌功颂德，才华出众而仅任为郎，后历三朝终不得升迁。词人借古言今，喊出了“《长杨赋》，竟何益?”意即写诗作词哪怕再好，又有何用？这是针对当政者的愤激之辞，充分显示了词人愤懑不平的心情。以反问作结，更显得遒劲有力，使人惊心动魄。（张涤云）

贺新郎　陈维崧

赠苏昆生。苏，固始人，南曲为当今第一。曾与说书叟柳敬亭同客左宁南幕下，梅村先生为赋《楚两生行》

吴苑春如绣。笑野老、花颠酒恼，百无不有。沦落半生知己少，除却吹箫屠狗。算此外、谁欤吾友？忽听一声《河满子》，也非关、泪湿青衫透。是鹃血，凝罗袖。　　武昌万叠戈船吼。记当日、征帆一片，乱遮樊口。隐隐柁楼歌吹响，月下六军搔首。正乌鹊、南飞时候。今日华清风景换，剩凄凉、鹤发开元叟。我亦是，中年后。

这首词题为“赠苏昆生”，关于苏昆生及这首词的本事，吴伟业《楚两生行》诗序中有详尽的叙述：“苏州苏昆生，维扬柳敬亭，其地皆楚分也，而又客于楚。左宁南（宁南侯左良玉）驻武昌，柳以谈，苏以歌，为幸舍重客。宁南没于九江舟中，百万众皆奔溃。柳已先期东下，苏生痛哭削发入九华山，久，出从武林汪然明。然明亡，入吴中。”左良玉，明末大将，南明福王时镇守武昌，与权臣马士英、阮大铖不睦，弘光元年(1645)三月，驰檄具疏，声讨马士英七大罪状，举兵东下，以清君侧，自汉口至蕲州二百里间，战舰相接。四月初，过九江，突发重病呕血而死。良玉死后七日，所部东下，取湖口等地。黄斌卿、黄得功等与左军战，左军不敌，良玉子梦庚率余部降清。《楚两生行》，是吴伟业“梅村体”名篇，作于顺治十七年(1660)以后的数年中。陈维崧这首词，则已是康熙年代所作。

词写于苏州，上片写与苏昆生结交经过，下片转写左良玉事，而以故国的哀思贯穿其中。

“吴苑春如绣。笑野老、花颠酒恼，百无不有”，“吴苑”，指苏州，“野老”，杜甫《哀江头》有“少陵野老吞声哭”之句，这里是作者自称，“花颠酒恼”，为花而癫狂，为酒所困扰烦恼，“百无不有”，什么样的事都有。上片一开始，作者就以吴苑的锦绣春光，反衬出自己百无聊赖的情绪，一个“笑”字，自嘲神态，跃然纸上。接着感慨万千地叙写自己凄凉的漂泊生涯。“沦落半生知己少，除却吹箫屠狗。算此外、谁欤吾友”，除去了“吹箫屠狗”一流人物以外，算得上知己的已经无多。“吹箫”，用春秋时伍子胥故事。子胥父兄为楚平王所杀，子胥出奔，吹箫乞食于吴市。见《史记·范雎传》。“屠狗”，用战国时荆轲故事。《史记·刺客列传》载，荆轲至燕国，与燕之狗屠及善击筑者高渐离交厚。荆轲嗜酒，日与狗屠及高渐离饮于燕市。“忽听一声《河满子》，也非关、泪湿青衫透”，这两句异峰突起，从听歌着笔，直点苏昆生，有奇笔引奇人之妙。“何满子”，唐玄宗开元年间沧州的歌者，因犯死罪，临刑前进乐府词求赎死，仍不免刑。所唱的曲子，即名《何满子》，事见段安节《乐府杂录》。《何满子》，一名《河满子》，唐张祜《宫词》：“故国三千里，深宫二十年。一声《河满子》，双泪落君前。”这里即用张祜诗意，并暗示落泪的原因，引出下句。“泪湿青衫”，指白居易《琵琶行》“座中泣下谁最多？江州司马青衫湿”。但作者的泪与白居易的泪两者有明显的不同。白居易的“青衫湿”，是因为自感和弹琵琶的商妇“同是天涯沦落人”，从而引起了共鸣；而作者今日听到苏昆生的歌唱落泪，却是因南明覆灭的亡国之恨而引起。这里的“非关”二字，可谓沉重至极。“是鹃血，凝罗袖”，“鹃血”，传说古代蜀帝死后化为杜鹃，鹃血即杜鹃所啼之血。古代诗文中，常用此抒发悲愤之情。李山甫《闻子规啼》：“断肠思故国，啼血溅芳枝。”歇拍点明泪乃鹃血所凝，将无限的亡国之痛，深蕴其中，由此收束上片，转入下片。

“武昌万叠戈船吼”，下片换头突兀而起，直接写左良玉自武昌起兵顺长江东下的威武气势。“戈船”，古代战船的一种，船上树有戈矛。全句着一“吼”字，写出了战船沿江而下的声威。“记当日、征帆一片，乱遮樊口”，这里的“记”是个领字，值得注意的是，它不仅领起“当日”句以下，也倒领着前面的“武昌”句。这样写，使“战舰东下”的情景更显突出。“樊口”，在今湖北寿昌西北长江边。这两句写出了帆樯林立的壮观场面。一个“乱”字，将征帆高低错落、密密匝匝的景象形容得十分贴切。“隐隐柁楼歌吹响，月下六军搔首”，“柁(tuó)楼”，双层船的尾部；“六军”，周代天子有六军，见《周礼·夏官·司马》，后世用作军队的泛称。这两句意承上句，写苏昆生在左良玉军幕唱昆曲的情景：在万艘战船之中，隐隐传来柁楼上的歌声箫声，明月映照下，军士们听着歌声都禁不住搔首踌躇。“六军搔首”的动人细节，从侧面写出了苏昆生歌声的感人。“正乌鹊、南飞时候”，语出曹操《短歌行》：“月明星稀，乌鹊南飞。绕树三匝，何枝可依？”曹诗的大意是说乌鹊在寻找依托，但何处是它的托身之所呢？这里暗用此典，省去许多笔墨，暗示左良玉置国家命运于不顾，为了私怨举兵南下，引起南明内讧，让北方的清军渔翁得利，令江南陷于门户洞开的危境，实在不是理直气壮的正义之师，左良玉所部军士的心情，都有乌鹊绕树、无所依托之感。这两句，看似一般的写景笔墨，实则意蕴极深，十分重要，它点明了“六军搔首”的更深层的原因所在，又用以结束当年的回忆。“今日华清风景换，剩凄凉、鹤发开元叟”，两句急转直下，切入作者与苏昆生今日吴下的相遇，遥应开头。“华清”，宫名，在陕西临潼骊山，为唐玄宗、杨贵妃游宴之所，这里借指明朝宫阙。昔时的明朝宫阙，也正像唐玄宗当年的华清宫一样，今日已是景物全非，幸存下来的，只有白发飘萧的老翁苏昆生，好像唐代开元时代留下的老歌人。“鹤发开元叟”，用李洞《绣岭宫》诗“绣岭宫前鹤发翁，犹唱开元太平曲”句意。“鹤发”，白发，鹤羽洁白，故云；“开元”，唐玄宗李隆基年号。此处扣住苏昆生歌者身份，用典极为贴切。“我亦是，中年后”，全词最后，绾结到自己。古代以四十岁为中年，作者写此词时，年当在四十五六岁以后。按《世说新语》：“谢太傅（安）语王右军（羲之）曰：‘中年伤于哀乐，与亲友别，辄作数日恶。’王曰：‘年在桑榆，自然至此，正赖丝竹陶写，恒恐儿辈觉，损欣乐之趣。’”一结暗用此典，寄万千感慨于其中。

这首词，结构严密，笔力健拔，波澜壮阔，气象万千，用典浑化自如，一气包举，毫无堆砌的毛病，充分显示了作者的长技。陈廷焯《白雨斋词话》谓陈维崧词“沉雄俊爽，论其气魄，古今无敌手”，这首词可称是这类作品的代表。（钱学增）

渔家傲　张渊懿

东昌道中

野草凄凄经雨碧，远山一抹晴云积。午睡觉来愁似织。孤帆直，游丝绕梦飞无力。　　古渡人家烟水隔，乡心撩乱垂杨陌。鸿雁自南人自北。风萧瑟，荻花满地秋江白。

此词抒写的是旅途中的清秋之景和思乡之情。东昌为清东昌府（治今山东聊城），地处大运河中段，其南为济宁，其北为临清。此词正是作者乘船北上，在东昌道中写下的纪行之作。

“野草凄凄经雨碧，远山一抹晴云积”，开头两句写途中所见之景：苍苍茫茫的野草经过一场秋雨的冲洗，格外的青翠。雨后初霁，天色明净，远山顶上积有一抹如棉絮般的白云。这两句写景设色清雅，用笔轻淡，犹如一幅淡远的水墨画，从而为下面的抒情营造了凄清渺邈的意境氛围。

“午睡觉来愁似织”，“似织”一词，形象地表现了百感交织于心头时的情状。“孤帆直，游丝绕梦飞无力”，一“直”字，意为舟在行中，人在途中，而帆又因其“直”就更显其“孤”，羁愁自见。“游丝绕梦”则与上文的“织”呼应，写出了乡情如风中游丝，长长绕于心，轻轻萦于梦。“无力”则表出远离家乡时心烦意乱，既无奈，又无助的心情。

“古渡人家烟水隔，乡心撩乱垂杨陌”，隔着河上的烟霭水气，隐约可见河两岸的古渡江村。面对着眼前这幅如梦似幻的图画，作者忽然内心一颤，“村桥原树似吾乡”（王禹偁《村行》）呵！触景生情，想起此时已与家乡远隔重重山水，不由得乡情如那陌上的杨柳一样，参差撩乱。《诗经·小雅·采薇》“昔我往矣，杨柳依依”写戍卒回忆当年离家时的情景，用“杨柳依依”来表现离家时依恋的心情。此处一脉意承但又略有不同，“依依”为离家时的缠绵依恋，“撩乱”则是思家时的焦躁烦乱。正在这时，天空中传来声声鸿雁的鸣叫，这不禁使词人翘首仰望，“鸿雁自南人自北”，鸿雁从北方飞到南方，而作者却是从南方到北方，“自南”，“自北”虽是两个截然相反的目的地，但其性质是一样的：都是背井离乡的旅行。一种同病相怜的感慨，更深一层加重了其离乡的悲哀。但至结拍处，作者却将笔宕开写江上的秋景："风萧瑟，荻花满地秋江白。"在萧瑟的秋风中，如雪似絮的荻花开满了秋江两岸，一片苍茫凄迷的景象。

这首词的最大的特点是浓郁的诗情画意。首先在设色上采用青、白两种清冷淡雅的颜色作为基本色调，如青草与晴云，杨柳与荻花；再有是绘画的构图，近景与远景的层次感、细部与大部的关系、烘托与点染结合的手法，如青草与远山、孤帆与游丝、朦胧的烟水古渡人家、凄迷的荻花秋江，和撩乱的垂杨、自南的鸿雁等。另外，还有情、景、境的交错相融，无不很好地传达出作者在东昌道中的此景、此境和此情。（陈　列）

望远行　邹祗谟

蜀冈眺望怀古和阮亭韵

今年才过清明节，又见春风催暮。酒旗篱落，画舫笙歌，都傍销魂堤树。金刹斜阳，透得红霞一抹，望中绿莎如许。送韶华岁岁，江山烟雨。　相语，屈指兴亡多少，只柳影莺声无数。殿脚三千，桥头十五，断却隋皇归处。惟有醉翁几阕，髯公三过，妆点平山词赋。看骑鹤人来，吹箫人去。

"蜀冈"，在今江苏扬州市西北。"阮亭"，即作者友人王士禛的号。王士禛在担任扬州府通判期间（1660—1665）曾登高览景，写下《望远行·蜀冈眺望怀古》一词（今存于其词集《衍波词》中）。邹祗谟这首词，便是与王士禛同游蜀冈时步韵赓和之作。王士禛的原唱，景中见情，于描摹渲染扬州暮春凄迷的黄昏景色之中引出吊古之意，但只是泛泛发抒"不记离宫何处"和"忆自吴王僭窃，阿麼（指隋炀帝杨广）游幸，几度芜城堪赋"的感伤情绪，就收束了全篇。这首和词，虽亦沿原唱先写景后吊古的格式，却在发思古之幽情时着意营造新的意境，借以表达自己对历史人文变迁的独特感受。从艺术创新的角度看，此词是超过了原唱的。

词的上片先写登上蜀冈之顶所见的暮春晚景。开头二句，点明登临的时间是清明节之后的暮春季节，并以无情的东风送春归去所引发的慨叹，为全篇预设了一重感伤低徊的抒情氛围。接下来"酒旗"三句，写眼中所见的蜀冈近景。酒旗篱落、画舫笙歌，本为自在之物，但此时都化为词人主观化的抒情意象，因为这些眼前飘荡之景使他联想到时序的无情流逝和人事的频繁代谢，从而有"销魂"——黯然伤神之感。"金刹"三句，宕开一笔，由近景而写到远景：天边，佛寺在鲜红的晚霞映照下显得金碧耀眼；草木茂密，透露出大自然的勃勃生机。但，这远景虽美，也和刚才写到的近景一样，可惜都笼罩在烟雨暮色之中。天快黑了，美景即将隐去，怎不令人产生时序无情、韶光不再的深沉感喟！于是歇拍二句长叹曰："送韶华岁岁，江山烟雨。"

下片具体抒写吊古的情怀。换头的"相语，屈指兴亡多少，只柳影莺声无数"三句，紧接上片写景所生发的岁月流逝、物是人非之感，转入描写扬州的历史兴衰。扬州为历史名城，数千年来，此地频频成为帝王将相及各种风流人物上演历史悲剧、喜剧的大剧场。就中最煊赫的是那位亡国之君隋炀帝。当年他开凿运河，南下游赏淮南烟花美景，久居扬州，穷极奢侈，曾几何时，落得个身死国灭、游魂无归的下场！隋炀帝下扬州的故事中最为后人所艳称的，莫过于他当时从吴越地区选取民间美女年十五六者五百人（词中称“三千”，当为艺术夸张），为其锦帆龙舟拉纤的荒唐之举（拉纤女名曰“殿角女”）。此外，唐代诗人、号称“九华四俊”之一的张乔也曾在扬州吟风弄月，流连忘返，其《寄维扬故人》诗“月明记得相寻处，城锁东风十五桥”的名句向为人所称道。然而扬州发生过的这些事，恰如昨日之日不可留。词人选取这二事作为扬州兴衰的例子，并随笔评点隋炀帝，意在反衬下面三句：“惟有醉翁几阕，髯公三过，妆点平山词赋。”其意是说：隋帝盛极而亡，魂断扬州，遗臭千年，不足称道，唯有醉翁欧阳修、髯公苏东坡所作的诗词，为扬州增添了光彩（欧阳修记扬州平山堂《朝中措》词，有“手种堂前垂柳，别来几度春风”之句，苏东坡写平山堂的《西江月》词亦有“三过平山堂下，半生弹指声中”之语），堪称不朽。这里并不一般地哀叹历史的变迁，而是正反对比，鄙弃那些荒淫之徒，而肯定了历史精英们在扬州的人文创造，表现了词人的历史观与价值观。词的末二句“看骑鹤人来，吹箫人去”，是以两个与扬州相关的典故作结，延伸上面的吊古伤怀之意。殷芸《小说》云：“有客相从，各言所志。或愿为扬州刺史，或愿多资财，或愿骑鹤上升。其一人曰：‘腰缠十万贯，骑鹤上扬州’。欲兼三者。”这里用“骑鹤人”隐指跑到扬州城来追逐荣华富贵的那些俗客。“吹箫人”语出杜牧《寄扬州韩绰判官》诗中“二十四桥明月夜，玉人何处教吹箫”之句，这里借指像欧阳修、苏东坡那样的在扬州有过文艺活动的骚人墨客。词人的意思是：如今像欧、苏那样的风流人物已难寻觅，扬州城留下的多是一些追逐官位和财富的凡夫俗子！这里，词人站在高处审视扬州历史人文变迁，流露出一种冷峻和超脱的气度。（刘扬忠）

哨　遍　　董以宁

送孙无言从广陵归黄山

为问先生，且住为佳，何事成归计？却道是、十载趁萍踪，漫逍遥、蜉蝣天地。季主帘边，韩休市上，阅尽人间世。便功业萧曹，文章燕许，不过如斯而已。况他家、父子是和非，问商山、何与乃公事？白社遗民，黄冠故里，犹然迟矣。　　再莫羡、扬州佳丽，负了山灵誓。阁梅堤柳，当年几下芜城泪。绣瓦宫娥，银床宾客，只今名姓谁为记？天台可赋，苏门堪啸，奚必江东虎视？把芒鞋整顿，归来闲憩。向轩皇、铸鼎旧高台，饵丹砂、身名俱避。有时来往空庭，一二庄生老子。倘教他日，少微星耀，天上来征处士。好教童子护柴门，道先生、高眠未起。

词题中之“孙无言”即孙默，字无言，安徽休宁人，流寓广陵（今江苏扬州）。工诗词，有《留松阁集》。汪懋麟《孙处士墓志铭》载：“处士去休宁而来游于扬也，居一椽，从一奴，白衣青鞋，蔬食而水饮。乡人多大估，居积于扬，竞尚居室衣服、饮食伎乐，处士望而摇手闭目去。见通人大儒，即折节愿交，而于寒人畸士工文能诗或书画方伎有一长，必委曲称说，令其名著而伎售于时也然后快。"关于他从广陵归黄山事，孙枝蔚《送无言归黄山》诗序云："辛丑(1661)岁，无言游于广陵且十有余年焉。然后即归黄山老焉。"汪懋麟《孙处士墓志铭》则谓："而黄山去扬州非有千万里之遥也，竟谋归未得，亦当世贤人君子之贵，而处士卒不言，以穷老死。"他虽自辛丑岁年年宣称归黄山，但"谋归未得"，"以穷老死"，最终并未成行。此为词人当时赠行之作。

开头"为问先生，且住为佳，何事成归计"三句，以"为问"领起，对孙氏之"归计"存疑，委婉表示挽留之意。孙氏"折节愿交"通人大儒，乐于令有"一长"的寒人畸士"名著而伎售于时"，"四方知名及伎能之士多归之"。称之"先生"，极表敬重与钦慕。"且住为佳"，为孙氏计，也表露词人的愿望。这不仅是对其归隐的挽留，更是对其人格的褒扬。

"却道是"两句，承上"为问先生"，以转述孙氏"夫子自道"的口吻作答，展露孙氏的漂泊身世、非凡才华和归隐心迹。

"十载趁萍踪，漫逍遥、蜉蝣天地"两句概述流寓扬州的漂泊生涯，吐露十载萍踪的真切感受。"萍踪"，浮萍的踪迹，比喻行踪的漂泊不定。"逍遥"，此处解为彷徨，徘徊不定，《楚辞·离骚》："欲远集而无所止兮，聊浮游以逍遥。""蜉蝣"，虫名，幼虫生活在水中，成虫褐绿色，有四翅，寿命极短，《诗经》毛传谓其"朝生夕死"。十年来，漂泊，彷徨，如蜉蝣似的，朝不虑夕地漫游在天地之间，而生命竟在这无谓的生活中渐渐消逝。这，正是孙氏之所以思归黄山的原因所在。

"季主帘边，韩休市上，阅尽人间世"三句以汉代季主占卜、韩休卖药，比况孙氏隐于市的高行。"季主"，即汉代高士司马季主，楚人，通经术，游学长安，卖卜于东市。宋忠、贾谊造访他，矍然曰："窃观于世久矣，未有如先生。何居之卑而行之污耶？"季主大笑曰："贤者不与不肖者同列，故宁处卑以避众。公等喁喁者也，何知长者之道乎！"(《史记·日者传》)"韩休"，即东汉隐士韩康。汉赵岐《三辅决录》："韩康，字休伯，京兆霸陵人也。常游名山，采药卖于长安市中，口不二价者三十余年。时有女子买药于康，怒康守价，乃曰：'公是韩休伯邪，乃不二价乎？'康叹曰：'我欲避名，今区区女子皆知有我，何用药为？'遂遁入霸陵山中。博士公车连征不至。""帘边"，用季主占卜事。"市上"，用韩休卖药事。季主的"不与不肖者同列"，"宁处卑以避众"，韩休的"遁入霸陵山中"，"博士公车连征不至"，正所以映衬隐士的高尚风范。"阅尽人间世"，谓孙氏历尽沧桑，洞悉人世真谛。

"便功业萧曹，文章燕许，不过如斯而已"三句谓汉代萧曹的千秋功业，唐代燕许的绝世文章，并不值一提，喻称孙氏的政治才干和文学才华。"萧曹"，指汉初功臣萧何、曹参。汉高祖刘邦开国，任用功臣萧何为丞相，萧何死后，曹参继为相。"燕许"，指唐玄宗时燕国公张说和许国公苏颋，两人俱以文章著称，号称燕许大手笔。历史上著名的贤相、文豪，"不过如斯而已"，不足挂齿。此处贬抑前贤，旨在极力称许孙氏的非凡才能。

"况他家、父子是和非，问商山、何与乃公事"两句斥责秦汉之际商山四皓的假隐，逗露孙氏决意真隐的心曲。"商山"，指商山四皓。"父子是非"，指汉高祖刘邦欲废太子事。相传秦末东园公、绮里季、夏黄公、甪里先生四人为避秦乱，隐于商山(在今陕西商县东)中，年皆八十有余，须眉皓白，时称"商山四皓"。汉高祖征召，不应。后高祖欲废太子，吕后用留侯张良计，迎四皓，辅太子，遂使高祖辍废太子之议。四皓既有志于隐，又何必参与刘氏王朝的太子废立之事呢？一个"问"字，质疑四皓在出世与入世两者之间左右摇摆的态度，高标孙氏真心归隐的情志。

"白社遗民,黄冠故里,犹然迟矣"三句表达孙氏对归隐之晚的憾恨。"白社",在河南洛阳市东。晋葛洪《抱朴子内篇·杂应》:"洛阳有道士董威辇,常止白社中,了不食,陈子叙共守事之,从学道。"后称隐士所居为白社。"黄冠",道士之冠,后为道士的别称。以胜朝遗民身份求弃俗学道,本当称许,但从孙氏自身的角度看,则深有晚归之恨。"犹然迟矣",长叹一声,几多感喟,几多悲愤,几多悔恨!

"再莫羡、扬州佳丽,负了山灵誓",过片承上,以自我劝勉的方式,再致归隐之意。"佳丽",指美丽的风物。"山灵誓",指孙氏曾向山神表示十年归来的誓愿。邹祗谟《扬州慢·广陵送孙无言归黄山》有"向山灵寄语,十年清梦归来"语,即谓此。两句代孙氏立言,说再不能因为艳慕维扬的佳丽风物,背弃当年向山神许下的誓言。一个"再"字,突现孙氏对一再因故负誓深感悔责。

"阁梅堤柳,当年几下芜城泪",紧接着两句承"扬州佳丽"引出"芜城泪",由风物的观赏转向历史的沉思。"芜城",指扬州,南北朝时,北魏南侵,宋竟陵王刘诞叛乱,曾两度遭战争创伤,受到重大破坏,鲍照登城赋《芜城赋》,故称。"当年芜城泪",指"扬州十日"大屠杀事件。顺治二年(1645),清军南下,南明弘光朝兵部尚书史可法督师扬州,率全城军民坚守孤城,城破后,清军大肆屠杀十天。史可法被执,不屈死。"阁梅",语出杜甫《和裴迪登蜀州东亭送客逢早梅相忆见寄》"东阁官梅动诗兴,还如何逊在扬州"两句。"堤柳"指扬州邗沟河岸的隋堤柳。隋炀帝时沿通济河、邗沟河岸修筑御道,道旁植杨柳。如今,不应只知观赏阁梅隋柳,却淡忘了扬州几度沦为芜城的血泪历史。深邃的反思,写出了孙氏深沉的遗民意识。

"绣瓦宫娥,银床宾客,只今名姓谁为记",此三句仍以历史为镜,发抒今昔之慨。"绣瓦宫娥",指隋炀帝南巡至江都,宫娥无数,沉湎酒色,无意北归事。"银床宾客",指依附世家豪族的食客。当年豪奢的象征——绣瓦银床犹在,然而那些宫娥宾客何在呢?他们的名姓又有谁记得呢?以隋朝旧事影射明朝遗事,使人蓦然回首历史的变迁。

"天台可赋,苏门堪啸,奚必江东虎视",接下去三句再用问句,表示追慕古代高士的情操,表示对仕途荣华富贵的鄙弃。"天台",天台山,在今浙江天台县北。晋孙绰有《天台山赋》,描写天台景致,流露求仙思想,为其生平得意之作,曾对友人范启说:"卿试掷地,当作金石声也。""苏门",苏门山,在今河南辉县西北。《晋书·阮籍传》载:"籍尝于苏门山遇孙登,与商略终古以及栖神道导气之术。登皆不应,籍因长啸而退。至半岭,闻有声若鸾凤之音,响乎岩谷,乃登之啸也。""江东虎视",用江东三虎事。宋杨纮、王鼎、王绰三人曾提点江东刑狱,竞相揭露举发官吏隐罪,无所宽贷,所部官吏目为三虎。此指出仕为官。孙氏引孙绰、阮籍为同调,"可赋"掷地作金石声的赋,"堪啸"若鸾凤之音的长声,不愿在清廷为官,耀武扬威,表明其归隐的意趣。

"把芒鞋整顿,归来闲憩。向轩皇、铸鼎旧高台,饵丹砂、身名俱避。有时来往空庭,一二庄生老子",此六句具体描述归隐的动机、方式、去向和情境。"芒鞋",用芒茎外皮编织成的鞋,泛指草鞋。"轩皇",黄帝轩辕氏,相传他曾与容成子、浮丘公合丹于黄山。"铸鼎",指黄帝铸鼎,乘龙飞去事。"饵丹砂",服食金丹朱砂。"庄生",庄子,庄周。孙氏穿上草鞋回归黄山,服丹修炼,为的是逃身避名,求得心灵的彻底"闲憩",以期再无身心的疲倦和尘世的烦扰。有时,幽寂的庭院来一二位不速之客,也都是信奉老庄哲学的同道,相与畅叙归隐之趣,其乐何及!

"倘教他日,少微星耀,天上来征处士。好教童子护柴门,道先生、高眠未起",最后五句设想他日天子征召处士,而孙氏拒不应征的情景,是孙氏的心语,也是词人的祝祷。"少微",星座名，一名处士星，共四星，在太微垣西南。“少微星耀”，喻指贤士正当举用。《史记》张守节正义：“占以明大黄润，则贤士举；不明，反是。”“处士”，有才德而隐居不仕的人，此指孙氏。“先生高眠未起”，令人联想到《三国演义》第三十八回刘备三顾茅庐，延请诸葛亮出山事：“（刘备、关羽、张飞）三人来到庄前叩门，童子开门出问。玄德曰：‘有劳仙童转报：刘备专来拜见先生。’童子曰：‘今日先生虽在家，但今在草堂上昼寝未醒。’”然而诸葛亮高眠不起，意在考验求贤者的诚心，而此词言孙氏将高眠不起以拒天子征辟，则表现出他对仕宦之途的弃绝，意义完全不同。此种光风霁月的襟抱，最足令人钦敬。

这首送别词写得十分别致。全篇纯乎以被送者答问的口吻出之，仿佛是临别之际即席的告别辞。词中对十年萍踪的回顾，对萧曹燕许的评骘，对商山四皓的指斥，对回归白社的念盼，对负誓山灵的疚愧，对芜城史实的沉思，对天台苏门的钦羡，对归隐生活的悬想，对天子征辟的蔑视，无不切合孙氏的身份、思想和口吻。这样惟妙惟肖的代言，完全出于对友人的一片至纯至真的关爱、同情、理解和祝愿。全词虽有以文为词的倾向，但笔致洒脱，曲折传神，了无滞涩，可以追步辛弃疾同调之作。（吉明周）

桂殿秋　朱彝尊

思往事，渡江干，青蛾低映越山看。共眠一舸听秋雨，小簟轻衾各自寒。

这首词曾被清末民初的词学家况周颐激赏，在其《蕙风词话》中，曾记载云：“或问国初词人，当以谁氏为冠。再三审度，举金风亭长（朱彝尊）对。问佳构奚若，举《捣练子》云云。”（按《捣练子》即《桂殿秋》，而误引“小簟”为“小枕”）。如果按况氏所云，则此词简直成了一代清词的压卷之作，但况氏却并未能清楚说明其好处究竟在哪里。

这首小词应该跟朱氏与其妻妹冯寿常的爱情本事有着密切的关系。朱彝尊十七岁入赘到冯家，其妻妹冯寿常只有十岁。九年后冯氏出嫁，到了二十四岁她又回到娘家来住，在这时她才真的和朱彝尊有了爱情事件。但她在三十三岁就死去了。朱彝尊的词集《静志居琴趣》以及晚年编定的诗文集《曝书亭集》中的长诗《风怀二百韵》，都是在冯氏死去后才写的，在这些作品中均可见到朱氏对冯氏的感情之深厚和难忘。

朱氏和冯氏曾有几次同舟共载的机会，这在朱氏的诗词中曾留有不少有关的记述。从这些诗词中来看，朱氏之得与冯氏有同舟共载之机会，大约有这样几种情况：一次是朱氏入赘到冯家后不久，江南曾一度遭遇兵乱，朱氏与冯女全家避兵舟中，这是两人第一次同舟共载，当时冯女年纪虽方逾十龄，但其眉目必极为秀美，曾予朱氏以深刻印象，故其《风怀》诗于叙及兵乱中“连江驰羽檄，尽室隐村舠”之时，竟以生动之笔墨记述了冯女“推窗倚峭樯”时所露出的“蛾眉新出茧”的美丽。其次是朱氏入赘后曾与冯氏全家数度乘舟出游，而于途中登岸参拜佛寺时，两人曾被游人误认为夫妻，故其词有“众里分明并依拜”，及“尽说比肩人”与“赢得渡头人说，秋娘合配冬郎”等句，这些情景必然都曾给朱氏留下了不少美丽动心的回忆。其三则是朱氏移居梅里时，亦曾与冯女同舟共载。盖以江南水乡，其来往出入必多以舟船为重要交通工具，而朱氏与冯女之间，则平日因为有礼防之拘束，自然极少有能够公然相对共处之机会，但在乘舟外出时，则全家势必同处于一个篷舱之内，如此则朱氏与冯女遂得有较长的时间可以公然地相对共处，而两人之间的爱意滋长，也必与此种同舟相对之机会有着密切的关系。如其《鹊桥仙》"寒威不到小篷窗，渐坐近、越罗裙钗"，及《渔家傲》"一面船窗相并倚，看渌水，当时已露千金意"等词句，皆可为证。《桂殿秋》正是朱氏若干年后再回忆起当年自己与那个美丽的女子同舟共渡之往事所写的一首词。

丁绍仪《听秋声馆词话》曾把朱词与南宋史达祖的《燕归梁》做了比较，丁氏以为朱词"较梅溪词尤含意无尽"，此言的是。朱氏的爱情词虽然只是写爱情，并无言外的贤人君子的用心，但因其所写的是属于一种传统礼教所不容许的、不可公诸于世的隐秘恋情，因而在其内在之欲求与外在之局限的冲突矛盾中，有一种不得不自我强加敛抑的姿态，这使得他的爱情词写得很含蓄朦胧，容易给人以言外之联想。而且因为对这一爱情的珍惜与对冯女的尊重，使他的词写得比一般爱情词更珍贵、更庄严，有一种尊严和高贵的品质。何况这首词所表现的，除去一种尊严高贵之品质以外，似乎还蕴含有一种丰富的言外之潜能。

一般说来，一篇作品并不见得其中之每字每句都富含有感发之潜能，不过只要全篇中有一二处蕴含此种潜能，便已足可以使全篇为之振起。朱氏此词开端三句所写的"思往事，渡江干，青蛾低映越山看"，是说回忆起当年两人同舟共渡时，那个美丽的女子风姿绰约，她的黛眉在青山的映衬之下显得更为秀美。而朱氏这首词之所以得到那么多人的赏爱，足以引人产生感发之联想者，实在乃是因为此词有结尾的"共眠一舸听秋雨，小簟轻衾各自寒"两句。此二句若就其狭义者而言之，则其所写者自然乃是朱氏与冯女同舟共载之情事，写两人曾经共在一条船上，两个人都因相思不能成眠，可是却连诉说衷情的机会都没有。前句的"共眠一舸"四字，写所处的地点之相近，同时也暗示了在如此接近的"一舸"中，其主观的想要接近的内在愿望之强烈。而后句的"小簟轻衾各自寒"七字，则写外在的现实环境之约束所造成的难以逾越的隔绝之痛苦。而且前句之"听秋雨"三字所暗示的无眠的苦况，则又正是对开端"共眠"二字的强烈的反讽。是其所写者虽为现实之情事，但在其叙写中所暗含的反讽的张力，以及其在主观内在之愿望与客观外在之约束中所造成的强烈的对比，遂使其所写的个别事件，化生出了一种足以喻示整个人世之"天教心愿与身违"之共相的潜在的能力。何况这两句词中所使用的一些语汇，也都在语言学之联想轴中，具含有一种足以引生读者丰富联想的作用。即如"舸"字所提示的"船"的形象，在中国文化传统中，就有着一种喻象的语言代码作用。船的形象一般习惯给我们的联想就是一段生命的历程，一片生活的天地。所以我们俗语形容生活的苦难，就说"逆水行舟"，形容同心合力就说"同舟共济"，以舟船来喻示人生的种种处境。即使仅就词人作品中所写的舟船形象而言，如苏轼《临江仙》结尾之"小舟从此逝，江海寄余生"，便是以"小舟"之远逝，表现一种想要飘然远引的襟怀；而辛弃疾《沁园春》之"秋江上，看惊弦雁避，骇浪船回"，则是以"骇浪"中不能前进的船来表示一种对外在环境之迫害的忧惧。而朱词在"共眠一舸"之下所写的"听秋雨"的意象，就中国诗歌之传统而言，原来也有一种喻象的作用。秋雨中你有什么样的感觉？而听雨给了我们多少感受和联想？蒋捷《虞美人》词，曾有"少年听雨歌楼上""中年听雨客舟中""老年听雨僧庐下"的叙写，就是以"听雨"的形象，来喻示人生各种不同环境之经历和心情，而苏轼《定风波》之"莫听穿林打叶声"，则是以对"雨声"之无惧来表示他的潇洒，可见以"听雨"一词来喻示自己的感受与心境，含蕴是极其丰富的。

下句“小簟轻衾各自寒”，同样甚有感发之潜能。盖以“簟”为所卧之席，“衾”为所覆之被，下“簟”上“衾”正喻示了一个人生活在人世中的最基本的处境，也是最基本的所有。而曰“小簟”“轻衾”，“小”字之拘限，“轻”字之凉薄，二者相结合，遂使人感到了一种最为无助与无奈的境界，更继之以“各自寒”三字，则是在此种无助与无奈之中，对于外在凄寒之一种独力的忍受和承担。所以朱彝尊这两句词写得很妙。他写的是一个爱情事件，可是他这两句词给了我们极为丰富的人生体验和联想。如果把这首词的范围扩大，那就是在我们的国家或是我们的世界，我们是在一个屋檐下的，在一个天空下的，可以说都是“共眠一舸”，但我们每个人有每个人所经历的风雨，我能够为你做些什么？你又能为我做些什么？古人说：“善恶生死，父子不能有所相助。”一个人又能替另一个人分担些什么呢？只能是各自忍受承担自己的苦难和寒冷。所以此词的“共眠一舸听秋雨，小簟轻衾各自寒”两句，就作者之本意言之，虽或者只不过是对于旧情往事的一种现实的追忆而已，然而却因其在叙写中，于无意间所使用的语法结构和词汇，使他所写的文本产生了一种足以引人感发之联想的喻示的潜能。这正是朱氏此词于无意间所达致的一种妙处。（叶嘉莹　舒　涓）

忆少年　朱彝尊

飞花时节，垂杨巷陌，东风庭院。重帘尚如昔，但窥帘人远。　　叶底歌莺梁上燕，一声声、伴人幽怨。相思了无益，悔当初相见。

这是一首情词，选自朱彝尊的词集《静志居琴趣》。这一词集中的作品与作者最有名的一首长诗《风怀二百韵》，以及《戏效香奁体二十六韵》诗、词集《江湖载酒集》中的《桂殿秋》（思往事）等，都是讲述他年轻时的一段恋情的。诗词中的女主人公究竟是谁？一般认为是他的妻妹冯寿常（字静志），对此，冒广生的《小三吾亭词话》言之最凿，姚大荣的《风怀诗本事表微》论之最详。但也有人认为，此女子当是一青楼红粉。邓之诚即主此说，见其《骨董琐记》。姑且不论此女子的真实身份，有一点则是完全可以肯定的：她是朱彝尊真心喜爱并终身不忘的一位异性。否则，他不会如此连篇累牍反反复复地加以记叙、咏叹了。据说，他在晚年编定全集时，还曾宣称，宁可身后不得配享孔庙，也决不删去《风怀二百韵》。可见这位女子在他心目中据有何等重要的地位。这首《忆少年》，即是为此女子而作的。全词写他旧地重游、爱而不见的相思之苦。

上片重在写景叙事，可以分为前三句、后二句两个层次。“飞花时节，垂杨巷陌，东风庭院”，开头这三句交待自己重访旧地的时间、地点及道路情况。时间是在暮春时分，其时春风吹拂，柳絮飞舞。词人走过一条两旁种有垂柳的小路，来到了心上人居住过的庭院。后两句“重帘尚如昔，但窥帘人远”为另一层次。词人站在庭院里，只见一层层窗帘还像过去那样悬垂着，可是再也见不到那窥帘的女子了。上句用一“尚”字，下句着一“但”字，作大幅度转折，以见今昔反差之大，反映了词人失望之深。这两句，写实兼用典。《静志居琴趣》第一首《清平乐》说，那女子“一十二三年纪”，在第二首《四和香》中说她“才学避人帘半揭，也解秋波瞥”，看来这位情窦初开的少女，确曾有过揭开半边垂帘向外窥看这种情形。而词人曾经在她“帘半揭”“秋波瞥”的瞬间见过她一面，心灵受到过强烈的震撼。因而当他旧地重游，见到垂帘依旧而人已不在时，便生出无限感慨。从用典一面说，这两句暗用了古代一个很有名的典故。相传晋代的韩寿长得仪表堂堂，在尚书令贾充手下任职。每当聚会时，贾充的女儿贾午在内室透过格子窗窥看韩寿，心中生出爱慕之情，便主动与韩寿通情，终于结为夫妻。事见刘义庆《世说新语·惑溺》及《晋书·贾充传》。后世以此作为男女偷情的典故。晚唐诗人李商隐的“贾氏窥帘韩掾少”（《无题》）用的就是这一典故。此处朱彝尊自比韩寿，以“窥帘人”指自己的情人。说“窥帘人远”，则是根据具体情况对原典所作的引申发挥。

下片紧承“窥帘人远”的事实及由此引发的感慨着笔，进一步抒写自己失落的情怀。也分前后两个层次，先是借景抒情，然后是直接抒情。“叶底歌莺梁上燕，一声声、伴人幽怨”，以欢乐的莺声、燕语反衬自己的“幽怨”之情。正当词人站在庭院中，因“窥帘人远”而惘然若失时，忽然听到了林间传来的黄莺鸣叫声，见到了正在梁间呢喃的燕子。莺声燕语本是美好春色的组成部分，足可供人赏心悦目，但在感伤的词人听来，莺燕的啼鸣愈欢快，自己感受到的“幽怨”也就更为强烈、明显。“伴”字是句中之眼，是由景及情的一个关键字。说莺燕与人为伴，说莺燕的鸣叫似在宣告人的欢快，都可以领会，但若要说莺燕声“伴人幽怨”，就会感到难以索解了。这里的“伴”字是一种“陌生化”的用法，如果对“幽怨”之情没有特别强烈的切身体验，是不可能体会到此“伴”字的应用之妙的。下片的另一层次是作为结拍的最后两句——“相思了无益，悔当初相见”，直接抒情，收结全篇。与此前寓情于景的写法不同，这两句采用明白的语言，直接吐露自己的心声：相思是如此伤人，真后悔当初我们的相识相恋！“相思”句，语本李商隐的诗句“直道相思了无益”（《无题》）。这两句的命意，与南宋词人姜夔的“当初不合种相思”（《鹧鸪天·元夕有所梦》）不谋而合。真是人同此心，心同此情，虽历千百年而不易。一结虽作后悔语，却非浅薄语。词人之所以言“悔”，根本原因在于其爱之过深、思之太苦。“悔”是在其受尽感情煎熬之后的一种自我解脱的方法，骨子里正反映了他的沉痛。故陈廷焯论“相思”二句说：“情词凄绝，较耆卿（柳永）‘彼此空有相怜意，未有相怜计’更见沉痛。”（《词则》）

陈廷焯在评论朱彝尊的艳词时说：“艳词至竹垞（朱彝尊的号），扫尽绮罗香泽之态，纯以真气盘旋，情至者文亦至。前无古人，后无来者。”（同上）这虽是就朱彝尊艳词的总体说的，但也完全适用于对这首《忆少年》的评价。（陈志明）

卖花声　朱彝尊

雨花台

衰柳白门湾，潮打城还。小长干接大长干。歌板酒旗零落尽，剩有渔竿。　秋草六朝寒，花雨空坛。更无人处一凭阑。燕子斜阳来又去，如此江山！

本词是朱彝尊的代表作之一，其篇幅虽小而意蕴甚深，是一首言简意赅、余味无穷的小令佳作。

雨花台是南京城的名胜之地。作者登雨花台而怀古，一方面确实是在发思古之幽情，另一方面却又在暗暗借古而伤今。这是因为，朱彝尊生于明清易代之际，壮岁时曾经结客共图恢复明朝的事业，差点儿锒铛入狱；中年后虽入仕清朝，却仍怀有深厚的民族感情。因此当他在雨花台怀古赋词时，怎能忘掉此地曾是故国都城（明太祖开国建都于此，南明王朝的福王政权也在此建都并遭覆灭）的历史事实？何况，明代开国功臣徐达、常遇春等人的子孙也世代居此，可在改朝换代之后他们竟沦为城中的厮役贱奴！念此种种，词人自然要将怀古和伤今之情打成一片付于笔端了。我们正不可轻易被其怀古的外衣瞒过。

起首两句“衰柳白门湾，潮打城还”，暗用两个典故：“白门”指南京（南朝时人称此地都门是“白门三重门，竹篱穿不完”），“白门湾”即指聚宝门（今中华门）外离雨花台不远的秦淮河。该处多栽杨柳，故李白曾有“白门柳花满店香”（《金陵酒肆留别》，“白门”或作“风吹”）的诗句，可现今此地却只见一片寥落残柳，从中便透露出一股衰败萧瑟的亡国气氛。而“潮打城还”则化用刘禹锡“潮打空城寂寞回”（《石头城》）的诗意，越发加浓了那种物是人非的历史苍凉感。接言“小长干接大长干。歌板酒旗零落尽，剩有渔竿”，更从雨花台上鸟瞰秦淮河畔的景物（大、小长干皆为当地地名，今中华门下犹有长干桥），写出繁华销尽、满目凄凉的兵燹之后惨象。其妙处在于善选具有典型意义的意象来作尖锐对比。昔日的秦淮河边，多的是妓院酒楼，因用歌板和酒旗来象征其热闹繁华；而眼前的秦淮河，却游人绝迹，只有渔翁在此垂钓，故用渔竿来代指其荒凉。两相对比，则南京城所遭受的历史巨变之剧烈和惨酷，就尽在这无声的画面中得到沉痛而又含蓄的表露。

下片首两句补足题目：“秋草六朝寒，花雨空坛。”雨花台本因南朝梁武帝时云光法师在此讲经，上天为之感动而降花如雨的传说得名。但词人在补点题目时却把重心放在一个“空”字上，且用“六朝秋草”之荒寒作烘托，这就在怀古情绪中注入了更浓的“伤今”色彩。试想自六朝以来南京城那千余年的风流旖旎与富贵繁盛，至今却只剩下一片衰草和一个空坛让人凭吊缅怀，其悲如何，其痛如何，真是极难与局外人道其二三！因此词人只能“更无人处一凭阑”，在孤独中让自己的哀思随着“燕子斜阳来又去”而萦绕于登台所见的万里江山。这末三句，既暗用了李煜“独自莫凭阑，无限江山”（《浪淘沙》）的语意，又化用了刘禹锡“旧时王谢堂前燕，飞入寻常百姓家”（《乌衣巷》）的名句，而将其满腔家国兴亡之愁写得似隐似显、欲露不露，着实耐人寻味。

在写作方面，此词也显示出词人精湛的艺术功力和淳雅的艺术追求——全词化用前人诗句，浑如己出，又将每句都炼到足称警句的地步，光从这两方面的本领来看，就可见其一斑。（杨海明）

解佩令　朱彝尊

自题词集

十年磨剑，五陵结客，把平生、涕泪都飘尽。老去填词，一半是、空中传恨。几曾围、燕钗蝉鬓。　　不师秦七，不师黄九，倚新声、玉田差近。落拓江湖，且吩咐、歌筵红粉。料封侯、白头无分。

作者是浙派词人之祖，本篇是其词集的题词，包含了词人对自己生平和创作的总结。词一起由自述生平，说到填词缘起。“十年磨剑”用贾岛句，自谓昔时有建功立业的抱负；“五陵结客”用汉唐事，自谓昔时有广交豪杰的热情。然而，现实经历却并不像期望的那么顺利。“把平生、涕泪都抛尽”，意味着作者在事业和交友两个方面的失意。

按作者五十岁时举科博学鸿词，以布衣授翰林院检讨，入直南书房，曾参撰《明史》，后出典江南省试。六十三岁归里，专心致志于著述与创作。“老去填词”应当是就此而言。而词的内容，“一半是、空中传恨”，也就是打并入身世遭遇。然而，词体传统的表现手法，比诗更深曲，颇忌直抒胸臆，而比较喜欢借男女相思，来寄托政治际遇和感喟。北宋黄庭坚就曾为其艳歌小词自辩，谓非记实，而是“空中语”，即出于艺术虚构，别有寄寓。朱彝尊亦多艳词，亦有寄托，绝不同于达官贵人坐在女人堆里的写作。“几曾围、燕钗蝉鬓”，就是说他的词不能只作艳情来读。遥想唐代李商隐即有“一自高唐赋成后，楚天云雨尽堪疑”之叹，可见知音之难。所以朱彝尊要特别申明。当然，爱情词总会有的，而寄托同样是有的，读者须知人论事，“略可意会，不必穿凿求之”(陈廷焯《白雨斋词话》)。

过片从自述作词师承，再回到身世感慨。北宋词人中，秦观婉约，黄庭坚奇崛，而朱彝尊认为词要“淳雅”，忌“硬语”、“新腔”(《水村琴趣序》)，谓“词虽小技，有诗所难言者，委曲倚之于声，其辞愈微，而其旨益远。善言词者，假闺房儿女之言，通之于《离骚》、变雅之义，此尤不得志于时者所宜寄情焉耳。”(《红盐词序》)所以他奉姜夔、张炎为词坛正宗，走的是清空而有所寄托一路。最后，回到身世感慨，连连化用典故：“落拓江湖”，出杜牧《遣怀》“落魄江湖载酒行，楚腰纤细掌中轻”；“分付歌筵红粉”，与辛弃疾《水龙吟》“倩何人唤取，红巾翠袖，揾英雄泪”，用意相同；“料封侯、白头无分”，则化用《史记・李将军列传》李广“岂吾相不当侯耶”一句发牢骚的话自况，表达了一种事业落空，政治失意之慨。

以词序词，是以文为词的表现，也是对唐人论诗诗的一种发展，在一定程度上拓展了词体的内容。作者将身世感慨和作词主张，于六十六字中尽之，又不能不说是高度凝练。其间重要的一点，即得力于用典的自然浑成。(周啸天)

暗　香　朱彝尊

红豆

凝珠吹黍，似早梅乍萼，新桐初乳。莫是珊瑚，零落敲残石家树？记得南中旧事，金齿屐、小鬟蛮女。向两岸、树底盈盈，抬素手摘新雨。　延伫，碧云暮。休逗入茜裙，欲寻无处。唱歌归去，先向绿窗饲鹦鹉。惆怅檀郎路远，待寄与、相思犹阻。烛影下、开玉合，背人暗数。

红豆，又名相思豆，是豆科乔木红豆树的果实，形如豌豆而略扁，色彩殷红或半红半黑，产于南方，可做饰物，诗词中多用以象征爱情或相思。唐代诗人王维的《相思》“红豆生南国，春来发几枝？劝君多采撷，此物最相思"，就是这方面的一首代表作。朱彝尊的《暗香·红豆》，则是一首以红豆为对象的咏物词。

作为咏物词，首先自然应当切合对象本身。这种切合既可以通过形象的外观描写，也可以运用传统的有关典故，从多种不同的角度予以表现，同时力求做到不脱不粘，不即不离，不是此物而恰是此物。例如上片，起句"凝珠吹黍，似早梅乍萼，新桐初乳"，这里就有对红豆外形的描写，好像凝聚的露珠、滚圆的黍子以及新结的桐乳；而刚要开花的早梅，又不仅与红豆形状相似，而且具有了红豆的色彩。"莫是珊瑚"云云，则借用西晋巨富石崇敲碎珊瑚的故实，进一步形容红豆的颗粒晶莹；全句采取疑问的句式，更能收到若即若离、似是而非的艺术效果。特别是"记得南中旧事"以下，化用五代后蜀欧阳炯的一首《南乡子》词："路入南中，桄榔叶暗蓼花红。两岸人家新雨后，收红豆，树底纤纤抬素手。"作者兜了老半天的圈子，其实要说的也就是这里面的"红豆"两字。

但是，咏物词如果仅仅是客观冷静地描绘对象本身，那就必然会流于刻板，缺乏生气，并且还会限制作品的思想主题。因此，这首词在题咏红豆的同时，特意布置了一条少女思念情郎的暗线。刚才上片出现的这个"小鬟蛮女"，她在小河两岸，树底之下，抬素手收摘新雨洗过的红豆，原因就是心中有了一位情郎（欧词"桄榔"之"榔"谐音"郎"）。而如今红豆已摘，情郎路远，当此"日暮碧云合"（江淹《休上人怨别》）之际，她不由得长时间引颈翘望，独立期待。回到家里，这红豆又派不上真正的用场，最终只能一个人躲在幽暗的烛影中，打开玉合（"合"通"盒"），默默地细数。此情此景，恰如唐代韩偓《玉合》诗所描写的一样："罗囊绣两凤凰，玉合雕双鸂鶒。中有兰膏渍红豆，每回拈着长相忆。"如此一来，这首词既像是咏红豆，又像是在写一件爱情故事；而这个爱情，恰恰又是红豆本身的象征意义之所在，正可谓表里合一，天衣无缝。虽然这在朱彝尊的诸多咏物词中是一种惯常使用的手段，但要论自然贴切，恐怕少有能出这首词之右。就连词调"暗香"，在这里也未尝不存在某种相应的暗示。

"暗香"这个词调，最初为南宋词人姜夔所创，通常是全词九十七个字。然而朱彝尊这首词，经比较其上片歇拍的"抬素手摘新雨"多了一个"抬"字。因此，后世有些词学著作在选录这首词的时候，特地将这个"抬"字予以删却（此外个别分歧不计）。不过姜夔的原作，在这个位置事实上也存在版本的分歧，欲知其详，可参看今人夏承焘先生整理的《姜白石词编年笺校》。即如朱彝尊的另一首《暗香·初夏饮何侍御蕤音古藤书屋》，其句式也与上面这首词完全相同，可见他对姜夔这位词学偶像的这个词调，是有其版本上的依据的。近人陈世焜还进一步结合有关艺术分析说："一本删去'抬'字，殊属无理。慧心密意，曲折传出。"（《云韶集》卷十五）兹因学术界曾有人指摘过朱彝尊的这个问题，所以借此机会附加辨正，或许对读者也能有更多的帮助。（朱则杰）

高阳台　朱彝尊

吴江叶元礼，少日过流虹桥，有女子在楼上见而慕之，竟至病死。气方绝，适元礼复过其门，女之母以女临终之言告叶，叶入哭，女目始瞑。友人为作传，余纪以词

桥影流虹，湖光映雪，翠帘不卷春深。一寸横波，断肠人在楼阴。游丝

不系羊车住，倩何人、传语青禽？最难禁，倚遍雕阑，梦遍罗衾。　　重来已是朝云散，怅明珠珮冷，紫玉烟沉。前度桃花，依然开满江浔。钟情怕到相思路，盼长堤、草尽红心。动愁吟，碧落黄泉，两处难寻。

这首词，记叙了一个不寻常的爱情悲剧故事。这个故事，在现今的社会里，人们难以理解，也绝不会发生。但在婚姻不自由、男女授受不亲的封建旧社会里，则确有其事。词的上片，写痴情少女对过路青年文士一见钟情，竟至相思成疾，单恋殉情，落得个"魂归离恨天"的悲剧后果。下片写那位男士亦复钟情，重来故地，而伊人已死，只得对景伤情，悼念曾经爱慕过他的少女，而有"泪洒相思地"的悲痛。全词层次分明，结构严谨，深刻揭示了男女双方的内心世界，显示出特定的时代背景，引起后世读者为之扼腕嗟叹。

词的开头三句"桥影流虹，湖光映雪，翠帘不卷春深"，写故事发生地点和季节，生动地描绘了太湖之滨的江南景色。桥影宛若湖面上浮动着的一道虹彩，湖波翻卷，银光闪耀，似映出晶莹冰雪，近处的小楼上，翠帘不卷，当窗的少女，似乎在珍惜自己的青春，不忍心看着美好的芳春悠然逝去。就在此时，她偶尔看到出现于翠帘前的风度翩翩的青年，不禁引起了她怀春的心事。接着词人以"一寸横波，断肠人在楼阴"两句，展示她一见钟情，而又无从诉说的心态，她独处楼阴，心事无人理解，而又羞于表露，不免黯然伤神，低回肠断。"一寸横波"，形容少女含情的眼神，如秋波之流动。傅毅《舞赋》："眉连娟以增绕兮，目流睇而横波。"后来文人常用"横波"一词，表示佳人的美目流盼。然而这里揭示的，还只是这位少女初步的心态。下文两句乃作深层的展露。"游丝不系羊车住，倩何人、传语青禽"，"羊车"，用晋人卫玠故事，《晋书·卫玠传》载：卫玠美姿容，尝乘羊车入市，见者皆以为玉人；"青禽"，是神话中西王母的使者，即青鸟，后世多用作男女之间传情的信使。词人用这两个典故，表明这位少女陷身于不能自拔的眷恋，游丝既系不住那人所乘的车子，也无法请人用青禽为她传情表意。她的怅惘之情，只有埋藏在深沉的苦闷之中，内心世界无由吐露。"最难禁，倚遍雕阑，梦遍罗衾"，她最难忍受的是叶元礼离去之后，便是望穿双眼，日思夜梦，都见不到那人的影子，日复一日，长期的单恋，终至一病不起，魂归离恨之天。

下片写叶元礼重来，悼念曾经爱慕过他的痴情的少女。过片三句"重来已是朝云散，怅明珠珮冷，紫玉烟沉"，一连用了三个典故，进行比喻。"朝云"，用宋玉《高唐赋》巫山神女"朝为行云，暮为行雨，朝朝暮暮，阳台之下"故事，"朝云散"，比喻少女已死，如同朝云之顿然消散。"明珠珮冷"，用《列仙传》郑交甫典。郑交甫游于汉皋台下，见二女佩两珠，郑请以为赠，二女因与之，交甫置于怀中，超然而去，十步后循探之，珠已亡失，回顾二女，亦皆不见。"明珠珮冷"，表明少女之死，如同明珠珮之已冷，给人留下遗恨。"紫玉烟沉"，用干宝《搜神记》故事。吴王夫差小女名紫玉，悦童子韩重，私许为妻，不得成婚，因气结而死，重游学归，往玉墓哀吊，玉忽现形，赠重明珠，重欲抱之，玉如烟而没。这里比喻少女为情而死，如同紫玉一样，像一缕轻烟消逝了。词人用这三个故事表明元礼此番重来，正有如朝云之已散，明珠之珮已冷，紫玉之烟已沉没一样的凄然之感，其心情之沉痛，是无法用笔墨形容的。接着更以"前度桃花，依然开满江浔"两句，深示元礼重来，追忆往事，不胜物是人非的惆怅。这里化用了唐人崔护的故事，崔护《题都城南庄》诗云："去年今日此门中，人面桃花相映红。人面不知何处去，桃花依旧笑春风。”据唐孟棨《本事诗》记载，崔护游京城南郊，过一处庄院，因渴甚叩门求饮，有女子应声开门，容貌殊丽，与护茶浆，意甚眷眷，护既去，女子以目送之，若不胜其情者。隔了一年，崔护重来，有老媪告知此女已嫁，崔因怅怅而归。这个爱情故事，与元礼之偶为少女所爱慕，情节有类似之处，但结局不同，时地有异。词人用崔护的故事，旨在表明元礼甚为钟情，可叹的是元礼重来，那位痴情的女子，已因相思成疾而死，给叶元礼留下来的，则是难以忘怀的遗恨。紧接着下文写元礼重来沉重的心情：“钟情怕到相思路，盼长堤、草尽红心。”少女因心恋元礼竟至相思而死，元礼既为钟情之人，在内心里必然要留下难忘的伤痛，他对少女生前相思成疾之事，一无所知。此番重来，自然深感内疚，惟有盼望那长堤上的芳草，年年叶片都长出嫣红的丹心，借以回报少女的痴情，尽管这是不可能的事，然而在他，却不能不有此愿，“草尽红心”，典出唐沈亚之《异梦录》（谷神子《博异志》亦载此事）。王炎梦侍吴王，闻宫中出辇，言葬西施，吴王悲悼不已，召文士为赋挽诗，炎应教为诗曰：“满地红心草，三层碧玉阶。春风无处所，凄恨不胜怀。”词的最后，以“动愁吟，碧落黄泉，两处难寻”三句作结，表明叶元礼无限伤情，而有“上穷碧落下黄泉，两处茫茫皆不见”（白居易《长恨歌》）的吟叹。

全词独至之处，在于运用许多爱情故事，刻画男女双方的内心世界，女方痴情，男方钟情，从而增加人们的惋叹之情。

由于词中用典甚多，一般读者，难免隔阂，但在经过疏通解说之后，词的境界，便会悠然舒展，词的美感和魅力，也就呈现在读者的心目之中，而有缠绵尽致之叹。（马祖熙）

消 息 朱彝尊

度雁门关

千里重关，凭谁踏遍，雁衔芦处？乱水滹沱，层霄冰雪，鸟道连句注。画角吹愁，黄沙拂面，犹有行人来去。问长途、斜阳瘦马，又穿入离亭树。
猿臂将军，鸦儿节度，说尽英雄难据。窃国真王，论功醉尉，世事都如许！有限春衣，无多山店，酹酒徒成虚语！垂杨老，东风不管，雨丝烟絮。

词调《消息》，本名《永遇乐》，宋晁补之词用此名。“雁门关”，在今山西代县北部雁门山上，为长城要口之一，两山夹峙，形势雄壮，历来为重兵戍守的兵家必争之地。

康熙三年甲辰（1664）九月，作者北上大同，在山西按察司副司同乡先辈曹溶处为幕友。次年二月，随同曹溶西出雁门关。秋，再经雁门关至太原。这首词作于二月初过雁门关时。作者登关远眺，思接千载，神驰万里，感慨万千，写下了这首怀古伤今之作。

上片写登临所见。“千里重关，凭谁踏遍，雁衔芦处”，“雁衔芦”，崔豹《古今注》：“雁自河北渡江南，瘠瘦能高飞，不畏矰缴。江南沃饶，每至还河北，体肥不能高飞，恐为虞人所获，每衔芦数寸，以避矰缴。”《代州志》：“雁门山岭高峻，鸟飞不过。惟有一缺，雁来往向此中过，号雁门。山中多鹰。雁至此，皆相待两两随行，衔芦一枝，鹰惧芦，不敢促。”起句即以雁门山名的来历、往来者的稀少，开门见山，对雁门关的险峻雄奇，发出由衷的赞叹。一个问句，更显出古往今来度关者之不易，平添一分险峻。“乱水滹沱，层霄冰雪，鸟道连句注”，写远眺所见：滹沱河水横流奔泻，高山冰雪接天入云，险峻的鸟道将山河原野与雁门山连成一片。“滹沱”，河名，源于山西繁县，流经雁门东南，用一个“乱”字形容其水流之急，十分传神。“鸟道”，《华阳国志》：“鸟道四百里，以其险绝，兽犹无蹊，特上有飞鸟之道耳。”这里借用，写出山之高险。“句注”，地名，以山形句转，水势注流而名，见唐薛思渔《河东记》。句注山，即雁门山。“画角吹愁，黄沙拂面，犹有行人来去”，这三句由远及近，转写近处所见所闻：画角声声，隐含着无穷的愁苦，北风卷地，漫天黄沙拂面，就在这荒凉生悲之处，犹有行人往来其间。一个“犹”字，传出作者对边关行人来往跋涉之苦的感叹。“画角”，古代军乐器，以竹或铜为之，外加彩绘。“问长途、斜阳瘦马，又穿入离亭树”，“离亭”，即长亭短亭，指送别之地。这两句紧承“行人”，写行人行踪：来来往往的行人，身骑瘦马，经过长途跋涉，在夕阳余晖中，又穿入驿亭边的荒树丛中，消失得无影无踪。一个“问”字，以设问的口吻，寄寓了作者对旅人行程艰辛的悲悯。这段塞外风光的描写，作者选用了“斜阳”“瘦马”“离亭”等事物，景中含情，渗透了苍凉之气，为下片的怀古营造出凝重的环境氛围。

下片转入怀古。雁门关地当要冲，历来是征战杀伐之地，明末清初，又留下了不少与雁门有关的史迹，如今登临于斯，怀古之情油然而生。“猿臂将军，鸦儿节度，说尽英雄难据”，“猿臂将军”，是说西汉名将李广。《史记·李将军列传》载：“广为人长，猿臂。其善射亦天性也。”裴骃集解：“如淳曰：臂如猿通肩。”李广曾任雁门太守，以力战闻名，匈奴号为飞将军，皆惮之。来到雁门关，自然会想起他。“鸦儿节度”，指唐末藩镇李克用。《五代史·唐本纪》载：李克用少骁勇，军中号曰“李鸦儿”。他中和元年(881)任代州刺史、雁门以北行营节度，所以称“鸦儿节度”。“说尽英雄难据”，包括两重意思，一是说一世英雄，而今安在？因不单指前二人，所以称“说尽”。一是说这些所谓“英雄”，是否都算得英雄，还很难有可靠的凭据。“窃国真王，论功醉尉，世事都如许”，“窃国”，篡夺国家政权，语出《庄子·胠箧》：“彼窃钩者诛，窃国者为诸侯。”“真王”，对假王而言，典出《史记·淮阴侯列传》：“(韩信)使人言汉王曰：齐伪诈多变，反覆之国也，南边楚，不为假王以镇之，其势不定，愿为假王便。……汉王亦悟，因复骂曰：‘大丈夫定诸侯，即为真王耳，何以假为？’”“窃国真王”，紧承“鸦儿节度”句而来，“真王”原指李克用，李克用率沙陀兵击败黄巢军，被任命为河东节度使，唐昭宗封其为晋王，这里借古喻今，以李克用暗指吴三桂。三桂于明末为总兵镇守山海关。崇祯十七年(1644)，李自成自山西进军，占领太原等地。崇祯帝封三桂为平西伯，征三桂入卫。自成破京后，三桂乞师于清，引清军入关合击自成，破之，封定西王。事详《清史稿·吴三桂传》。吴三桂和李克用，相似之处至少有三点：第一，他们的事迹都与山西有关；第二，同为借异族兵镇压造反的农民军；第三，均受封藩王。所以作者在这里以“窃国真王”痛斥之。《庄子》书中的“窃国”之国，不过是诸侯之国，而吴三桂叛国降清，更算不上真王。“窃国”是正说，“真王”是反话。“论功醉尉”，意承“猿臂将军”而来，指李广。据《史记·李将军列传》载：李广一时大意被匈奴俘虏，逃脱后，被汉廷贬为庶人，“屏野居蓝田南山中射猎。尝夜从一骑出，从人田间饮，还至霸陵亭，霸陵尉醉，呵止广。广骑曰：‘故李将军。’尉曰：‘今将军尚不得夜行，何乃故也！’止广宿亭下。”后来，李广被重新起用，以前将军出击匈奴，迷失道而返。大将军使长吏急责广至幕府对簿，广乃自杀。这句用此二事，是说李广防卫边地，抗击匈奴有功，而论功不及反而受罚，醉尉也得以侮辱他。这里明指李广，也隐含着与雁门有关的明末山西总兵周遇吉死难之事。据《明史·周遇吉传》

载：明崇祯十五年（1642），周为山西总兵，李自成破太原，陷忻州，围代州，遇吉先在代州遏其北上，凭城固守，潜出兵奋击，会食尽援绝，退守宁武，自成踵至，遇吉力战，城陷被执死。这里似以李广之死与周遇吉之死类比，寄寓作者对周遇吉阵亡的悼念。作者把这一切全付与“世事都如许”的感叹之中。联系作者的家世，尤其是他入清以后落魄江湖的身世，借古伤今，自是不言而喻。“有限春衣，无多山店，酹酒徒成虚语。垂杨老，东风不管，雨丝烟絮”，最后六句，又回到本人行踪，回应开头。要想典衣买酒，却恨春衣已经无多，要想向山店沽酒，也恨山店太少，既然这些都难以办到，那么要向古人如鸦儿节度、猿臂将军等致祭也只能是一句空话！古柳已垂垂老矣，即便是东风吹拂，也难以让它吹起濛濛烟絮，焕发生机。全词在寂寞萧条的景色中作结，而余音袅袅，情意不绝。

登临怀古的题材，词中多见，而以有所寄托为胜。这首词，在对李广、李克用往事的追怀之中，隐寓对周遇吉、吴三桂等近人的褒贬，如果无此托意，单纯即景抒思古之幽情，词意便不深。就此而论，其属对工整，境界开阔，起伏跌宕，语无平衍，犹是余事。以陈维崧怀古之词与之相比，陈词豪壮而朱词沉郁，也有不同，值得细加品味。（钱学增）

永遇乐　董元恺

过虎牢关用辛稼轩韵

千古崤关，是英雄、战守纷争处。废垒寒沙，荒原宿草，精灵自来去。汜水滔滔，河流滚滚，日夜何曾少住！把当年、袁曹刘项，一样销沉龙虎。

有恨兴亡，无端成败，赢得横鞭指顾。西去荥阳，东来嵩渚，险设成皋路。风响鸣环，霜飞断镞，隐隐犹闻金鼓。惊心问、长陵抔土[1]，今犹在否？

注 ① 抔(póu)土：一捧土。抔，用双手捧。语出《史记·张释之冯唐列传》：“假令愚民取长陵一抔土，陛下何以加其法乎？”

这首词标明“用辛稼轩韵”。辛的原唱为《京口北固亭怀古》，以“千古江山”领起，是辛词中的大名篇，明杨慎《词品》以为“稼轩压卷之作非此词莫属”。辛的原唱以古慨今，董元恺这首《过虎牢关》则深寓逝者如斯、感慨兴亡之意。其沉郁慷慨，则与辛词相近。

作者为顺治十七年（1660）举人。他中举的第二年，清廷严令禁止拖欠钱粮，违禁官吏士绅，一律追究，江南巡抚朱国治列举欠粮士人一万三千五百余人，指为“抗粮”，尽行褫夺功名，枷责追比，史称“奏销案”。董元恺同样被革去举人，成了布衣。尤侗为元恺《苍梧词》所作序言说：“董子以兰陵公子，为名孝廉，忽遭诖误（受人牵连而被惩罚），侘傺不自得，于是西出秦关，东走粤峤……过咸阳吊祖龙（秦始皇）之陵，入乌江哭重瞳（项羽）之庙……则有兴亡如梦，慷慨余哀者矣。”“兴亡如梦，慷慨余哀”八字，正是这阕《永遇乐》的声情境界。

词题标明《过虎牢关》，起笔却说“千古崤关”。有的辞书说崤关在今陕西宝鸡附近，即大散关；而虎牢关却在今河南荥阳西北汜水镇西，两地迢遥，了不相涉。其实，“崤关”本有两处，一在陕西，另一在今河南洛宁北，与虎牢关相距仅一百多公里，词中所指是后者而不是前者。崤山分东西二崤，中有谷道，坂坡峻陡，向为军事要地。词中“汜水滔滔，河流滚滚”，说明虎牢关居崤关之东，靠近汜水黄河。词人此次游历所经，西起崤关，东下虎牢。词从“千古崤关”落笔，既切地望，又有居高临下之势。而且，从崤关迤逦而及虎牢，题目的“过”字既有着落，词中展示的画面才显得是一条线，一个面，而不仅仅限于崤关、虎牢两个点。

“千古崤关”之下紧承“是英雄、战守纷争处”。“千古”见时间之长，“战守纷争”见史事之纷繁杂沓。三句笼罩全篇，为下文的展开营造了苍莽雄浑的气象。以上都是鸟瞰。“废垒”以下六句，才是用粗线条具体描绘虎牢关一带景色。“废垒寒沙，荒原宿草，精灵自来去”三句，勾勒古战场遗迹：残破的战斗营垒到处可见，荒芜的原野长满了宿草，黄河岸边那令人望而心寒的寂寞沙滩，就好像有无数战死者的鬼魂（精灵）在那里游荡。近处汜水，日夜滔滔；远方黄河，浊浪滚滚，“日夜何曾少（稍）住”。“日夜”句是一个寄慨遥深的警句。逝者如斯，眼前流水；无穷往事，不尽兴亡。但是，这滔滔汩汩者，千古如此；而人间豪杰刘邦、项羽、袁绍、曹操，不论胜败，是龙是虎，一例消沉。词人面对这废垒寒沙，荒原宿草，滔滔汜水，滚滚长河，历史的沧桑与人事的兴亡一齐涌上心头，奔向毫端笔底。莽莽苍苍的气象，起伏不定的心潮，用“一样消沉龙虎”六字紧紧锁定，绾结上片。

上片主要缅怀历史，抒发感慨；下片换头处用“有恨兴亡，无端成败，赢得横鞭指顾”，转写今日之游，转承灵活。千百年来的英雄纷争，千万人的冤魂白骨，对于游斯地的我来说，只不过“赢得横鞭指顾”而已。“西去荥阳，东来嵩渚，险设成皋路”三句，写今日此间形胜。荥阳在今郑州市西，虎牢关附近；“嵩渚”是开封东南的小陉山。“险设成皋路”的“成皋”，春秋时名虎牢，后来改名成皋。这一句的意思是：虎牢关至今仍是出入三秦的战略要地。面对这战略要地，又一次勾起词人抚今追昔的联想：“风响鸣环，霜飞断镞，隐隐犹闻金鼓。”他听到风吹刀环作响，就仿佛又听到了当年战斗中短兵相接刀剑碰击的声音；看见霜花飞舞，仿佛又看见了当年战场上箭矢疾射的情景，隐隐约约中似乎听到了作战时指挥军队进退的击鼓鸣金的声音。这究竟是词人追怀往事而产生的幻想，还是预感潜藏着的来日大难？依笔者看，二者兼而有之。词的结拍说：“惊心问，长陵抔土，今犹在否？”长陵是汉高祖刘邦的坟墓，地在今陕西咸阳。自崤关至虎牢这一带曾是刘邦、项羽争天下的“战守纷争处”，那失败了的项羽，固然“身死东城，为天下笑”；胜利了的刘邦，不也一样葬身长陵吗？他的坟墓是否能长期保存，是不是已经被人盗发，谁又说得定？全词结在“长陵抔土，今犹在否”这深沉的一问上，永叹长吟，声情摇曳，更显示出这首词“兴亡如梦，慷慨余哀”的意境。（赖汉屏）

浣溪纱　屈大均

一片花含一片愁，愁随江水不东流。飞飞长傍景阳楼①。　六代只遗芳草在，三园空有乳莺留。白门容易白人头②。

注 ① 景阳楼：南朝景阳宫中之楼，南齐武帝置钟楼上，宫人闻钟声，早起装饰。　② 白门：南朝宋都建康城（今南京）西门，西方为金，金气白，故称白门。后遂称金陵为白门。

这是一首采用常见手法抒发沧桑之感的小词，但其意境之深远则远非一般作品可比。

花开花落，本是自然现象，并无情感可言。但在人的世界里，人与自然却常常交流沟通。"感时花溅泪"，是移情入景，"河上逢落花"，是触景生情。在人眼中看出来的东西，其实已无纯客观可言。王国维所谓的"无我之境"不过是相对而言。人要把看到的景物用诗来描写，那肯定是因为有所感动，一感动当然就有了"我"。每个人的阅历不同，心境不同，当然对不同景物的感受就不同。南京，在一腔热血为抗清复明而奔走的屈大均眼里，自然与占领南京的清兵所见会有天壤之别。尤其是南京这个城市，曾经作为六朝之都，后在明朝又成为朱元璋的开国都城，更是给人留下了太多太多的情感记忆。南京的一草一木都凝聚着历史，显得特别沉重。

好花零落的时节，特别容易引发伤感、勾起回忆。就是在这样的时候，屈大均来到南京，拜谒故国宫阙，写下了诸多诗词篇章，抒发其满腔悲愤。本词起句所谓"一片花含一片愁"，真是说得一点也不夸张。这饱含愁情的花，随着东流水流掉也就罢了，但是它偏偏却要飞傍积聚了太多的悲哀，让人难于面对的景阳楼。词人在写这两句的时候，肯定想到了唐许浑《金陵怀古》诗中的名句"玉树歌残王气终，景阳兵合戍楼空"，笔下充满了兴亡之感。消愁不得，反而使人添愁，词人在这里反用李煜《虞美人》词"问君能有几多愁，恰似一江春水向东流"句意，以翻进一层的手法，来强化愁情，达到了言简而情深的效果。

下片写故国依旧，而人事已非，所谓"雕梁玉砌应犹在，只是朱颜改"（李煜《虞美人》）。古往今来，这座历史名都不知换了多少主人，但是芳草依然青青，乳莺依然嘤嘤。只是如今的青青芳草、嘤嘤乳莺在词人的心里那是故国先帝的遗物，它们虽然不识人间愁滋味，但人去楼空，还有谁来怜惜！"六代"即六朝，"三园"则泛指六朝的诸多园囿。这里自然是借古言今。词人触景生情，按捺不住满腔悲愤，凝聚成最后一句："白门容易白人头。"语言质朴，近乎白描，但内涵却特别丰富。这别称为"白门"的南京城，曾上演过多少江山易主的活剧，念之怎不让人容易白头呢！借"白门"与"白头"都有一个"白"字做文章，说金陵故都往事令人愁生白发，表现一种历史的沧桑感与无奈感，真有淋漓尽致的艺术效果。全词就是这样用朴实无华的语言，单纯明晰的意象来包孕江山巨变的情感内涵，同时又显得含蓄从容，余味无穷。（马亚中）

鹊踏枝　屈大均

乍似榆钱飞片片，湿尽花烟，珠泪无人见。江水添将愁更满，茫茫直与长天远。　　已过清明风未转，妾处春寒，郎处春应暖。枉作金炉朱火断，水沉多日无香篆。

屈大均，明亡后长期奔走南北，间关绝徼，从事地下抗清活动。他的诗词作品大多是表现抗清复明这一主题，而且自认为是屈原的苗裔，故常效法屈原，擅长以香草美人的手法，表现其爱国忠君的思想。本词从词面上看，是写思妇怀人。那是春夏之交的绵绵雨季，整个空间被烟雨笼罩着，寂寞，沉闷，更增添几多浓浓的愁思。词人发唱惊庭，首先用夸张的比喻来描写雨之滂沱，"湿尽"两字写透了雨势。而在绵绵春雨下面，独处女子无尽的相思之愁，又有谁注意到了呢？在这灰蒙蒙的世界里，雨是明的，而泪是隐的。泪珠连着雨珠，交融在一起，有谁分得清哪是淡的，哪是咸的？词人把写雨与写泪结合起来，用写雨来强调垂泪者之孤凄，从而引起人们对垂泪女子相思之愁的重视。李后主《虞美人》词云："问君能有几多愁，恰似一江春水向东流。"而大均笔下的愁似乎更要胜出几分："江水添将愁更满，茫茫直与长天远。"雨水倾注江河，而相思之愁更比江水满，它随着茫茫的东流水，一直流到天的尽头。至此词人从正面描写了愁绪之广。

下片描写女子的希望和希望的破灭。清明过了，天气照例要暖起来，但是女子的处境依然凄清孤寒，她希望客处遥远南方的夫君能领略春暖花开的明媚风光，不致如自己那样无可奈何地置身于令人愁苦的地域，并且期待着他能早日归来，改变她的生活状况。她准备好了香炉，焚香以待，但不幸的是，现实太残酷了。无情的雨水打湿了"金炉"，"朱火"(红火)未燃，又何来"香篆"(缭绕如篆字的香烟)之消，那么郎之归期又何从谈起！女子的期待像雨水激起的水泡，转眼间就破灭了。而词写到这里，也就戛然而止，没有一点回旋的余地。这注定是一个悲剧。

然而在这古老的思妇怀人悲剧的背后，还似乎隐藏着词人更沉痛的悲愤。清兵已经占领了明室的大半江山，南明小朝廷退守南陲，苟延残喘，岌岌可危。尽管词人曾在江浙一带从事地下抗清活动，等待时机，光复明室，忠心可鉴日月，但无奈在腥风血雨之中，明王朝大势已去。词人期盼着明朝皇帝能够重回北京金銮殿，就像思妇期盼远游的夫君能够早日回家一样，但是"君问归期未有期"(唐李商隐《夜雨寄北》)，明朝皇帝是一去不复返了。在古代，夫妻关系与君臣关系相通，臣常以妾自比，所以，大均笔下的思妇怀人，寓含忠君爱国的情感是不足为奇的。而以艳情为体的词，也正好得到了一个升华的机会，这正是后来常州派词人最感兴趣的一种结尾。并且"朱火"之"朱"为明代国姓，"朱火断"是否还有借喻之意，亦未可知，读者正不妨自己去想象。(马亚中)

紫萸香慢　屈大均

送雁

恨沙蓬、偏随人转，更怜雾柳难青。问征鸿南向，几时暖、返龙庭？正有无边烟雪，与惊飙千里，送度长城。向并门少待，白首牧羝人。正海上、手携李卿。　　秋声，宿定还惊。愁里月、不分明。又哀笳四起，衣砧断续，终夜伤情。跨羊小儿争射，恁能到、白苹汀。儘长天、遍排人字，逆风飞去，毛羽随处飘零。书寄未成。

屈大均曾先后两次北上来到塞外，考察形势，联络抗清志士，谋划复明大计。本词或以为写于第二次塞上之行，即康熙五年(1666)秋冬之际。这时清王朝已经控制全国局势，只是在局部地区，如西北边地尚存零星抗清余焰，所谓："东市虽然琴散绝，西秦尚未筑声消。"(屈大均《答祁七苞孙》)这西秦筑声正是吸引词人北上的一个重要原因。然而美好的愿望并不能代替现实，大势所趋，靠一两个遗民已不可能大有作为，清统治者已越来越牢固地掌握了自己的政权。历史注定词人不可能干出一番惊天动地的壮举。亡国的哀痛，返日无功的叹息，撕绞着词人的心灵。望着大雁南飞，自然会想起他南方的朋友和同志，引发回归故乡的万千思绪。这首《送雁》正寄托了这样一种复杂的情感。

上片写本次行程。枯萎凋零的野草在风沙中四处飘飞，词人用一“恨”字把这本没有情感的景象与自己漂泊不定的行踪联系在一起，从而赋予它强烈的感情色彩。而塞上的柳树在肃杀的寒风之中也只有挣扎的份儿，什么时候才能重现南方的绿色呢？征鸿就要飞回南方，自然会引发词人的思乡之情。可是词人却把这思乡之情按捺在心里，反而问它什么时候再回塞上（“龙庭”，古代匈奴的王庭，词中泛指西北地区），好像词人就是边塞之地的人一样。这里固然表明了词人留守塞上，坚持抗清的决心，但这种内心深处情感上的去，与精神世界里在意志上的留所产生的冲突，并由此激起的巨大张力，正是词句打动人心的原因所在。眼下塞上空阔无边的大地上，北风呼啸，烟雪弥漫，征鸿将乘风南下。本来让大雁快快地飞回南方，就是送雁人的心愿，可是词人对大雁怀着无限的眷恋，他又不希望大雁那么快地就飞走了，他要让大雁再停一停，再看一看这身处异乡（“并门”，指雁门关）正“手携李卿”的“白首牧羝人”。这里既表明了词人的心志，并又一次引发出了去与留的张力，使读者产生心灵的震动。在情感的抒发上，此正所谓一步三回头也。作者用苏武、李陵的典故，自有深意。“白首牧羝人”，指苏武。据《汉书・苏武传》记载，他出使匈奴被扣，坚持气节，决不投降，匈奴将其流放到“北海（今俄罗斯贝加尔湖一带）上无人处，使牧羝（公羊），羝乳乃得归”，居十九年，经汉与匈奴努力交涉，终得放还，已是满头白发。“李卿”，即汉将李陵，曾率兵数千与匈奴大战，粮尽援绝，不得已降匈奴。苏武被扣后，他曾往见叙旧。苏武归汉，相传他曾作诗送别，有“携手上河梁，游子暮何之”句。这里“苏武”当是代指坚定不移地反抗清统治的作者自己，“李卿”则可能是借同姓者代指与作者同游的诗人李因笃。用典或重其实义或借其字面，十分灵活多变。

下片进一步抒发对大雁南飞的忧虑。秋风萧瑟，万木凋零。这对生命的摧残之声，真是让人“宿定还惊”。当然这秋声还不只是自然之声，里面分明有着清王朝对不屈志士的杀气。加上边地不绝如缕的哀远的笳音和阵阵捣练的砧声的刺激，又怎不让人“终夜伤情”！词人的忧患并不是杞人忧天，而是血淋淋的现实教训。有多少抗清志士，被清军搜捕，死于刀下。这天上南飞的大雁又能否躲避争勇斗狠、凶残成性的“跨羊小儿”的争射，平安地回到目的地呢？然而勇敢的征鸿似乎置生死于度外，它们还是那样排着人字，百折不挠地迎风向着既定目标飞去。“跨羊小儿”，原指匈奴人，《汉书・匈奴传》：“儿能跨羊引弓射鸟鼠。”此借指清军。“白苹汀”，指江南地区，柳恽《江南曲》：“汀洲采白苹，日暖江南春。”作者在此借咏雁抒发自己的家国之感，他笔下写出大雁的一次悲壮的飞翔，天上飘落它们片片摧损的羽毛，——也许它们没能躲避“跨羊小儿”的毒箭。而作者也终于没能让大雁向南方的朋友和同志带去他的千言万语。全词就结束于这样一种悲剧情景，令人扼腕长叹，难于自已。（马亚中）

生查子　彭孙遹

旅夜

薄醉不成乡，转觉春寒重。鸳枕有谁同？夜夜和愁共。　　梦好却如真,事往翻如梦。起立悄无言,残月生西弄。

客旅异乡,孤居独处,唯有醉乡、梦境可以遣闷消愁。这首《生查子》词即以一"醉"一"梦"描画游子的情感世界,抒发眷怀妻室的绵绵情思。

醉乡是诱惑人的。唐代文学家王绩的奇文《醉乡记》有过这样的描述:"醉之乡,去中国不知其几千里也。其土旷然无涯,无丘陵阪险;其气和平一揆,无晦明寒暑;其俗大同,无邑居聚落;其人甚精,无爱憎喜怒,吸风饮露,不食五谷;其寝于于,其行徐徐,与鸟兽鱼鳖杂处,不知有舟车器械之用。"醉乡,可以化去心中块垒,可以获得精神解脱,真是个绝妙的境界。难怪历代的骚人墨客都以游历醉乡为心灵寄托。

词的上片展示醉乡难觅的愁闷。客旅之夜,孤寂袭人,唯有把酒浇愁。然而,独饮无绪,小醉微醺,又岂能到达酣畅快意的醉乡?"薄醉不成乡",巧妙地将"醉乡"一词拆开,幽默的口吻抒写难言的苦涩,更具表述的力度。酒不成醉,转而求诸睡眠。但春寒料峭,长夜难熬,安眠又谈何容易?"春寒重",固然是天气寒冷,但心理上的忧愁苦闷,难道不是一种袭人的寒气?身寒更兼心寒,所以才更觉春寒之重。那么,词人究竟为何而求醉,又为何而觉寒呢?"鸳枕有谁同?"原来,他是思念远方的妻室,悲叹独眠的凄苦。这凄苦一直伴随词人,乃至"夜夜和愁共",每天夜晚唯有忧愁相伴。这才是最难最难忍受的啊!

下片吐露梦境导致的烦恼。"梦好却如真",梦中,词人的思绪自由翱翔,美好的愿望瞬时变成了美妙的真实。"却"字陡峭,内含意外的惊喜;"如"字平直,点醒实在的虚幻。"事往翻如梦",亲历的情事渐渐流逝,反而如梦境般虚渺空幻。"翻"字回折,微露岁月的无奈;"如"字信实,表现阅世的清醒。"梦……如……","……如梦",句式回环往复,内涵丰赡警策,把梦境与现实、虚幻与真实的辩证关系揭示得极其深刻而透彻。"起立悄无言,残月生西弄",梦醒时分,无边的思绪翻滚、蔓延,词人索性打消睡意,站起身来。周遭悄然无声,他默默伫立,凝望着一钩残月缓缓地从西边小巷的墙垣上空升起。斜月清辉,映照着无言的词人,似雕塑,似画图,此时无声胜有声。残月的意象,分明暗示离别的凄清惨淡,使人黯然神伤。

这首小词上片叙事,下片抒情,精警凝练。醉与醒,梦与真,交织融合,酣畅淋漓地倾吐了旅夜情思,把人间眷念之情描画得十分深切感人。谭献《箧中词》以"唐音"二字评之,不但道出了此词音韵上的特质,也指出了其意境上达到的境界。(吉明周)

柳梢青　彭孙遹

感事

何事沉吟?小窗斜日,立遍春阴。翠袖天寒,青衫人老,一样伤心。十年旧事重寻,回首处、山高水深。两点眉峰,半分腰带,憔悴而今!

男女间的情事,最凄清感人的,莫过于"一种相思,两处闲愁"(宋李清照《一剪梅》)。人间的千种离情、万般别绪，历来是文人笔下常写常新的不朽命题。清代彭孙遹的这首《柳梢青》词，以惊才绝艳的笔墨，抒写了自己对一位绝代佳人刻骨铭心的相思之情，情韵兼胜，洵为佳作。

“何事沉吟？”劈头自问，警醒有力，猛地攫住了人们的注意力。“小窗”，“斜日”，点明地点，营造一种静谧清雅的环境氛围。“立遍春阴”，盖指整个春天，极写驻足沉思之久。暮春时节，夕阳下，小窗前，词人独自一人，悄然伫立。入春以来，他日复一日，一直这么凝神地眺望远方。他久久地陷入沉思，究竟是为了什么呢？“翠袖天寒”，语出杜甫《佳人》诗“天寒翠袖薄，日暮倚修竹”，一位孤寂冷艳的佳人形象如在眼前。“青衫人老”，取白居易《琵琶行》“座中泣下谁最多？江州司马青衫湿”语意，一个泪湿青衫的词人自我形象跃然纸上。原来，一个在天边，“日暮倚修竹”；一个在窗前，泣下青衫湿。两地相思，一样伤心。难怪词人“立遍春阴”，沉吟不已！“寒”，固然指天气，但心理上的凄寒似乎更明显；“老”，自然有生理上的表征，但更多的则是精神遭受折磨的外现。

“十年旧事重寻”，过片飞越时空，将思绪切入十年前两人相处的往事。十年了，整整十年，过眼的情事不知有多少！其中有甜蜜，有酸楚，有苦涩，如今重新寻绎，怎不叫人心潮起伏，感慨万千！然而，回望天边，山岳高峻，遮挡了视线，江河深远，阻隔了道路。有情人天各一方，无由重逢，这是何等令人黯然神伤的憾事啊！“十年”，人生旅途中一段难以忘怀的记忆；“山高水深”，地理位置上一种难以逾越的障碍。自打分手以后，一直苦苦地相思，深深地煎熬。远方的佳人一定愁眉不展，黛眉锁成两点，如柳永《雪梅香》词所言“别后愁颜，镇敛眉峰”，而自己，就像梁朝的沈约那样，“百日数旬，革带常应移孔；以手握臂，率计月小半分”（《梁书·沈约传》），终年多病而瘦损腰肢。然而，“衣带渐宽终不悔，为伊消得人憔悴”（柳永《蝶恋花》），词人对而今的憔悴并无悔意。

这首词题为“感事”，当有一段真实的情事铭心，抑或是袭用香草美人的传统手法，发抒心中郁闷。但本事无考，不妨将它作为一首艳词来读。词中，天涯“翠袖”，窗前“青衫”，人相隔，心相连，两地相思，“一样伤心”；一个“两点眉峰”紧蹙，一个“半分腰带”渐宽，同样憔悴到而今。思致幽渺，神味绵远。难得的是利用时空切换，将两处离愁一并表现，相互映衬，相得益彰，更具感染力。神态的描摹细致入微，心情的刻画淋漓尽致，而总体表现则是纯用赋法不假比兴。谭献谓这首词“不嫌太尽”（《箧中词》），正是激赏词人这种语愈质直而情愈深婉的艺术表现。（吉明周）

留客住　曹贞吉

鹧鸪

瘴云苦。遍五溪、沙明水碧，声声不断，只劝行人休去。行人古今如织，正复何事关卿，频寄语？空祠废驿，便征衫湿尽，马蹄难驻。　　风更雨，一发中原，杳无望处。万里炎荒，遮莫摧残毛羽①。记否越王春殿，宫女如花，只今惟剩汝？子规声续，想江深月黑，低头臣甫。

注 ① 遮莫：犹今之尽管。李白《少年行》诗云："遮莫枝根长百丈，不如当代多还往。遮莫姻亲连帝城，不如当身自簪缨。"即此意。

这是一首咏物词。张炎《词源》中"咏物"一条云："诗难于咏物，词为尤难。体认稍真，则拘而不畅，模写差远，则晦而不明。要须收纵联密，用事合题。"此词咏鹧鸪，颇得张炎所说咏物妙处。

鹧鸪，俗谓其鸣声似"行不得也哥哥"。崔豹《古今注》谓："南山有鸟，名鹧鸪，自呼其名，常向日飞。畏霜露，早晚希出。"词开始四句，贯注而下，紧扣住鹧鸪生活的南方环境来写，由最引人感慨处落笔。"五溪"（湖南五陵一带）古为蛮夷所居，多湿热瘴疠之气，北人遇之多致病。词用沙明水碧，瘴云弥漫，与不断的鹧鸪之声，构成荒凉凄迷图景，中间着一"苦"字，奏响悲伤之调，涂上悲剧色彩，表面上写鹧鸪"苦"意，实则暗寓行人悲苦之情。

接下三句，由鹧鸪而及"行人"。一面是鹧鸪殷勤致意，一面是"行人"如织而来，似乎根本就没有把鹧鸪的叫声放在心上。词以怨语出之，既见鹧鸪之执著感人，又暗寓"行人"另有隐衷。歇拍三句，揭示"行人"的难言苦衷。祠空驿废，见投荒万里，前途茫茫之状；泪湿征衫，犹自马蹄不驻，见其情非得已的悲苦内心。词通过"行人"与鹧鸪看似难以沟通而实则其神相合的描写，将鹧鸪悲鸣与"行人"悲情绾结一起，赋予其特殊的意象内涵，咏鹧鸪而抒行人情怀。鹧鸪"劝"人，人呼之为"卿"，仿佛鹧鸪即是最早的"行人"，投荒念远之感，寓于其中。

下片潜气内转，将词情引向深入。沈义父《乐府指迷》中有"论咏物用事"一条，云："如咏物，须时时提调，觉不可晓，须用一两件事印证方可"。此词即得此法。上片一气贯注，全以意行，若再不提调，则大有张炎所谓"模写差远"之嫌。所以，过片处"风更雨"一抹而过，随即拈出苏轼诗境："杳杳天低鹘没处，青山一发是中原。"（《澄迈驿通潮阁》之二）以鹧鸪"常向日飞"之习性，见迁客孤忠之怀。接下来五句，时空交织，境界阔大，寄慨愈为遥深。"万里"两句，状空间之广阔无边。词人由鹧鸪栖身炎荒起兴，以其毛羽被摧，发"行人"难归之叹。"记否"三句，又从时间之悠远着眼，抒千古悲怀。词人借用李白《越中览古》"越王句践破吴归，义士还家尽锦衣。宫女如花满春殿，只今惟有鹧鸪飞"诗意，再次用事提调，将人生的悲苦引向历史的深层，见生命的短暂和繁华的不永，词意翻进，深情绵邈。末尾再用杜甫重古帝之魂而深拜杜鹃事，抒发词人对鹧鸪那种执著精神的眷恋与感佩。按杜甫《杜鹃》诗云："我昔游锦城，结庐锦水边。有竹一顷余，乔木上参天。杜鹃暮春至，哀哀叫其间。我见常再拜，重是古帝魂。"词人这里用一"想"字，将杜甫对杜鹃（即子规）的款款深情，移来表达他对鹧鸪的怜爱。与前二处使事不同，这里移咏子规之诗来赞鹧鸪，初看似乎离题；但是，鹧鸪之"行不得也哥哥"的叫声，与杜鹃啼血，其哀情苦心，正自神似！以杜鹃啼鸣收束，回应发端，正是此词针脚绵密之处。如此侧锋运笔，可以说是另一种"提调"的方式。

全词以深婉清远见胜。上片一意单行，造语清寒，抒情委婉；下片使事，注意以虚语呼唤，松和运笔，遂致圆转流美，意余于言。词人论作词使事之法曾云："离而得合，乃为大家，若优孟衣冠，天壤间只生古人已足，何用有我？"对照此词，洵非虚语。（罗立刚）

满庭芳　曹贞吉

和人潼关

太华垂旒，黄河喷雪，咸秦百二重城①。危楼千尺，刁斗静无声。落日红旗半卷，秋风急、牧马悲鸣。闲凭吊，兴亡满眼，衰草汉诸陵②。　泥丸封未得，渔阳鼙鼓，响入华清。早平安烽火，不到西京。自古王公设险，终难恃、带砺之形。何年月，铲平斥堠，如掌看春耕？

注 ① 百二：谓秦因险设固，足以以寡拒众。《史记·高祖本纪》有"秦形胜之国，带山河之险，悬隔二千里，持戟百万，秦得百二焉"的话。　② 汉诸陵：咸阳东有西汉诸帝五陵，即汉高祖长陵、惠帝安陵、景帝阳陵、武帝茂陵、昭帝平陵。

潼关险峻，倚山带河，自古即为兵家必争之地，踞此雄关，既可称王于关中，又能虎视中原，一逞君临天下之志。起首三句，选取西望的角度来写潼关之雄奇可踞：巍峨的华山，耸峙于潼关之后，犹如帝王冠冕上的垂旒一般；奔腾的黄河，日夜咆哮于其侧畔，喑呜叱咤，雪浪冲天。这两句写景，整饬之中透出壮浪排奡之气，一山一河，一静一动，一庄严肃穆，一纵横跳掷，烘托出潼关地势的险要。在这两句运足气势之后，再图画出作为战国末期鞭笞天下的西秦"重城"的潼关，交代带山河之险的潼关正是以咸阳为都的秦国所凭恃的一大险隘。虽只淡淡一句，其威严险固，可想而知。

接下来四句，是登上雄关之后凭眺所见。登上险关，满眼都是肃杀之景，满目皆为军旅之事。在落日、秋风映衬下，雄关莽然，透出肃杀之气；在塞马、危楼背景下，战旗猎猎，刁斗无声，更显得军备森严，静寂之中，透出杀机。歇拍三句，抒登览所感，见凭吊之意。加强武备，无非是为永保国祚。但是，险关之外，汉陵之上，却衰草纷披，在落日下另有一番凄凉。此以"兴亡满眼"统摄潼关雄壮而凄凉的暮秋景色，可谓摄魂手段，直揭凭吊本质。其中"闲"字用得极为活脱，于紧张气氛之中，透出松活之气，令词情也显得婉转有深致。

过片具体感慨安史之乱。"泥丸"句用典，按《东观汉记》载隗嚣将领王元曾说："请以一丸泥，为大王东封函谷关。"本喻函谷易守难攻，此反用其意，言潼关虽险，却不足恃，君不见安史乱起，潼关失守，长安沦陷。"华清"，即华清池，在临潼华清宫中，池贮温泉可浴，是当年玄宗和杨贵妃游乐之所。"早平安"两句，再作顿宕，展现雄关终破，西京（唐以长安为西京，洛阳为东京）被占的事实；逗出"平安"意绪，意在为词情的转换作铺垫。"自古"两句，再次强调山川险阻不可凭借。《史记·高祖功臣侯者年表》记当时封爵誓辞："使河如带，泰山若厉（砺）。国以永宁，爰及苗裔。"词人则在登览潼关之后，得出了一切天险人障，都是"终难恃"的结论。那么，如何才能国祚永保呢？词人在收煞处以殷切的愿望作了回答：铲去险关，使之平整如掌，撤去守军，还地与民，使百姓安居乐业，则天下太平，国运长久。这结尾处的"洗兵马"图景，与上片描绘的落日秋风、战马嘶鸣景象形成对照，呈呼应之势，是词人运笔细密处。

此词抒发登览的感慨，却很少用饱含感情色彩的词句，反而将深沉之思潜藏于冷峻笔墨中。特别是下片，"未得"二字概见凭险者之失落，"早"字更见无险可凭的无望，一肯定一否定;“自古”与“何年月”并峙对举,一断一疑,一擒一纵,两相映带,于失落、无望、期盼、热望之中潜蕴深沉感慨。如此处理,词情雄浑而不粗豪,内敛而不外露,寄慨于微茫之际,潜气内转,颇有顿挫之妙。王炜在《珂雪词序》中称曹氏词风:“肮脏磊落,雄浑苍茫,是其本色。而语多奇气,惝恍傲睨,有不可一世之意。至其珠圆玉润,迷离哀怨,于缠绵款至中自具潇洒出尘之致,绚烂极而平澹生,不事雕锼,俱成妙诣。”可谓得曹词三昧。(罗立刚)

水龙吟　曹贞吉

春日送客过慈仁寺感旧

寻常弹指声中,优昙偶现空王地。海棠著锦,丁香衣紫,霞烘细细。急管哀丝,青衫白袷[1],嬉春情味。叹秾华电掷,风流云散,容易下,中年泪。
身是金闺倦客,赋渭城、曾过萧寺。倡条冶叶,笑人岑寂,树犹如此。只有孤松,似曾扶我,当时沉醉。倩禅灯老衲,往来指点,说花容瘁。

注 ① 白袷(jiá):白夹衣。袷,同“夹”。

曹贞吉的词,在清初卓然大家。陈廷焯称赞他说:“曹升六(曹贞吉字)《珂雪词》,在国初诸老中,最为大雅。才力不逮朱、陈,而取径较正。国朝不乏词家,《四库》独收《珂雪》,良有以也。”(《白雨斋词话》)朱孝臧题其词集云:“脱尽词流艿泽习,相高秋气对南山,骎度《衍波》前。”(《忆江南·杂题我朝诸名家词集后》)认为他的词超过了同时代的王士禛。曹贞吉何以在词的领域里卓有成就?是因为他“宁为创,不为述,宁失之粗豪,不甘为描写”(曹禾语,引自康熙刻本《珂雪词》所附词话)。

这首《水龙吟》词是曹贞吉任礼部郎中时,某次送客经过慈仁寺,追怀旧时一段艳事,因而有感而作。慈仁寺,又名报国寺,在北京西南广安门内。“优昙”,无花果的一种,梵语义为瑞应,故又译作瑞祥花。“空王”,佛的尊称。“优昙偶现空王地”,乍看只不过点明慈仁寺而已,但细细品味“偶现”二字,则往事之难寻,离情之难挽,世事之无常以及“色不异空,空不异色,色即是空,空即是色(《心经》)”等感慨,都在其中。回头再看首句“寻常弹指声中”,该是多么深长的一声叹喟。佛家云“一弹指顷六十五刹那”(《翻译名义集·时分》),诗家亦有“平生多少事,弹指一时休”(唐司空图《偶书》)之句。旧地重游,旧事如云流烟散,欢聚时分竟是如此之短暂,教人情何以堪!尽管如此,当年的情事已刻骨铭心,拂之不去,挹之还来,眼前这寺中绚烂无比的海棠与丁香,不就是那“著锦”“衣紫”的伊人倩影么?静静聆听着远处的急管哀弦,细细品味着当年的“嬉春情味”,心中自然会有一种苦涩的甜蜜。然而,“怅卧青春白袷衣”(唐李商隐《春雨》)之翩翩少年,弹指之间,已至万感哀集之中年,备尝“江州司马青衫湿”(唐白居易《琵琶行》)的仕途酸辛,同是“嬉春”,今昔情味竟是千差万别,怎不教人再一次地伤痛于“秾华电掷,风流云散”!在心潮的回环往复中,作者以一掬热泪浸润了上片的忆旧内容。

过片笔致一转,先说自己对官宦生涯的厌倦(“金闺”,金马门的别名,汉武帝时的待诏之地，后代指官署），言外有失去姝丽，连做官也乏味之意，既写出自身境况，也仍然暗扣忆人。“赋渭城”，点明题中的“春日送客”，“渭城”，指王维《送元二使安西》那样的送别诗，因王诗有“渭城朝雨浥轻尘”之句，后世常称此诗为《渭城曲》；“曾过萧寺”，点明题中的“过慈仁寺”，着一“曾”字，可知时间已是回到官署之后。下面又回接上片，继续写寺中所见所感。青青枝叶，状以“倡”、“冶”二字，虽是化用李商隐“蜜房羽客类芳心，冶叶倡条遍相识”（《燕台四首》其一）之句，但却融入了作者的深沉感慨。它既暗示了伊人的歌伎身份，也不无红粉队里已无知己的怅叹。“树犹如此”，用《世说新语》所载东晋桓温“北征经金城，见前为琅邪时种柳，皆已十围，慨然曰：‘木犹如此，人何以堪！’攀枝执条，泫然流涕”之典，以抒年华老大之悲。“只有孤松”三句，化用辛弃疾“昨夜松边醉倒，问松我醉何如？只疑松动要来扶，以手推松曰去”（《西江月》）之句，笔力雄健，于“幽细锦丽”（朱彝尊称曹贞吉语，引自徐珂《清代词学概论》）中，见出“雄深苍稳”（陈维崧《贺新郎・题珂雪词》）之风。昔日沉醉，颇有玉山自倒的豪兴高致，如今呢？悲哀处正在于不能够淋漓沉醉。结拍紧承此意，拈出“禅灯老衲”这一枯涩形象，说明自己如今颓废，青春不再，即使伊人仍在，其“花容”月貌又岂能奈何岁月的销磨！唐人杜牧《题禅院》诗云：“觥船一棹百分空，十载青春不负公。今日鬓丝禅榻畔，茶烟轻飏落花风。”与此词结尾同一机杼。

这首词就立意说，并未超出宋人的词境，但在遣词造句上，却往往凿空翻新。如“海棠著锦”三句，将花与人合为一体，花耶？人耶？浑然莫辨。尤其是“霞烘细细”四字，既写出云蒸霞蔚、花团锦簇的场面，也状出了这一场面形成的缓缓过程，更为绝妙的是以此为媒介，烘托出伊人春花般的容颜，堪与李白“云想衣裳花想容”（《清平调》其一）后先媲美，充分显示了其“创而不述”的特点。就全篇的结构而言，开始只写寺中所见，至过片才点出“送客”，地点移至官署中，之后又折回寺中情景，时序颠倒，场景交错，乍读来不免迷离扑朔。其实，作者乃是以情感的流动为线索，虽说不合诗文成法，却完全符合生活实际。这种“离而得合”的结构方式，倒与西方现代派的所谓“意识流”写法有些不谋而合。（熊盛元）

蝶恋花　王士禛

和漱玉词

凉夜沉沉花漏冻。攲枕无眠，渐听荒鸡动。此际闲愁郎不共，月移窗罅春寒重。　忆共锦衾无半缝。郎似桐花，妾似桐花凤。往事迢迢徒入梦，银筝断续连珠弄。

这首《蝶恋花》题目叫“和漱玉词”，《漱玉集》是宋代女词人李清照的词集，所以王士禛这首词乃是对李清照词的隔代遥和，其实也就是借此为题，以女子口吻作词，代她抒发独处无郎的寂寞和对往事的美好回忆。这样的题材，在李清照写来，常有着亲切的生活感受甚至切肤之痛，而在王士禛，就只能是设身处地地假想和模拟了。

今存李清照词中有两首《蝶恋花》，其中一首是这样的："暖雨晴风初破冻。柳眼梅腮，已觉春心动。酒意诗情谁与共，泪融残粉花钿重。　乍试夹衫金缕缝。山枕斜欹，枕损钗头凤。独抱浓愁无好梦，夜阑犹剪灯花弄。"对照王士禛的和词，词牌同、韵脚同，题旨亦同，显然就是与李清照这一首唱和，而且是一种相当严格的唱和。

在春气开始萌动的深夜，一个独处闺中的女子，苦苦地思念着不在身边的爱人，回想着昔日两人诗酒与共的快乐时光，泪水打湿了脂粉，头上的凤钗也因在枕上辗转反侧而弄坏，满腹的愁思使她根本无法入睡，只有一盏孤灯陪伴着她，直到半夜她还不时起身来剪弄灯花。李清照这首《蝶恋花》的意境大致如此。作者把春天的气息渲染得很浓，"柳眼梅腮，已觉春心动"更是写景和写人双关，在这个万物昭苏的春天，又是一个青春年少的女子，孤独对她来说是多么可怕，多么残酷！当我们读到"独抱浓愁无好梦，夜阑犹剪灯花弄"的结句，从作者揭示的细节更深地探知人物的内心时，怎能不对她产生深深的同情？

应该说王士禛这首"和漱玉词"的《蝶恋花》在题旨、意境、感情倾向等基本方面，与李清照原作并无多大差异，不同的主要是所选用的意象和细节，然而这正是诗词作家在常见题材上能否出新和独创的关键，也正是王士禛用心和下功夫的地方。

李、王二词所写的情事都发生在春天，但李词渲染的是春暖花开，女子春心萌动，王词却强调早春的寒冷，一开始就是"凉夜沉沉花漏冻"，春夜之寒竟至于把滴水计时的雕花漏壶都冻住了，此时此刻她当然更需要爱人的温暖和呵护。

二词所写又都是深夜，女主人公都因独宿无法入睡而痛苦，这又是相同的。但刻画这痛苦的具体细节，二词却有很大不同。李词所写已如上述，王词的描画换了角度。它写这女子"欹枕无眠，渐觉荒鸡动"，这是说她已在静夜中苦熬了半宿，其间她经常竖起耳朵捕捉外界的声响，以至于远远的荒鸡一啼，她就听到了。"荒鸡"，不按时辰啼叫的鸡。接下去便写女子的心思和感觉："此际闲愁郎不共，月移窗罅春寒重。"这样需要爱人抚慰的时刻，你偏偏不在，只有月光透过窗缝照着孤单的我，岂不令人更感到春寒料峭！语气娇中含怨，而透露出强烈的渴念之情。

王词的下片主要是回忆，与李词的难忘"酒意诗情"不同，它怀念的是"忆共锦衾无半缝"，即同床共枕之乐。"郎似桐花，妾似桐花凤"，也是对往日生活情态的回忆。古来相传，凤凰品性高洁，非桐树不栖，非桐花不食，用桐花和栖止于桐树的凤凰比喻爱人和自己，既喻二人的情投意合，心心相印，也说明这种感情的高尚纯洁。这一连串的回忆，使词更富诗意，更为优美，成为王词最具独创性的段落。

然后是一个转折："往事迢迢徒入梦。"这是对李词"独抱浓愁无好梦"的回应——"无好梦"固然可悲，就是做个好梦，不也是徒然吗？归根到底，总是春夜悠长，孤处无眠而已。所以，王词、李词最后是殊途同归，一个是"夜阑犹剪灯花弄"，一个是"银筝断绝连珠弄"。据说《连珠弄》是一种乐曲的名字。"断绝"，有的版本作"断续"。如果按前者解释，是女子不再在银筝上弹奏乐曲；如果按后者解释，则是她在断续地弹奏着乐曲。两种解释很不相同，好在无论弹与不弹，都不妨理解为是这位女子心情不好的表现，与全词意义无根本矛盾。

前人评王士禛此词为"深于梁、陈"（谭献《箧中词》），意思是说它有宫体诗的味道，是一首"艳词"。从王词所提供的种种意象、细节来看，其女主人公确与李清照词中那位念念不忘"酒意诗情"的女子有所不同。但王词所写的女子究竟是什么身份，仅从词面还难以断定，对此就不必深究和猜测了。（董乃斌）

蝶恋花　王士禛

和少游

啼碎春花莺燕语。一片花飞，又是天将暮。欲乞放晴春不许，黄昏更下廉纤雨。　春去应知郎去处。好属春光，共向郎边去。毕竟春归人独住，淡烟芳草千重路。

王士禛序其词时曾追忆昔时填词的一段经历："向十许岁，学作长短句，不工，辄弃去。今夏楼居，效比邱休夏自恣，桐花苔影，绿入巾舄，墨卿毛子，兼省应酬。偶读《啸余谱》，辄拈笔填词，次第得三十首。易安《漱玉》一卷，藏之文笥，珍惜逾恒，乃依其原韵尽和之，大抵涪翁（黄庭坚）所谓空中语耳。"（《阮亭诗余自序》）这首《蝶恋花·和少游》，当亦是其时追摹两宋名家的清娱之作。

少游，即秦观，北宋婉约词派大家，其词委婉温雅，饶有余韵。王士禛对他极为景仰，乃至心摹手追，以原调原韵步和其《蝶恋花》"晓日窥轩双燕语"词。秦观原词云："晓日窥轩双燕语。似与佳人，共惜春将暮。屈指艳阳都几许，可无时霎闲风雨。　流水落花无问处。只有飞云，冉冉来还去。持酒劝云云且住，凭君碍断春归路。"抒写的是叹惜春暮，思念佳人的情愫：暮春，晓日，轩前。窥看着喃喃细语的双燕，勾起对往事的缅怀。他仿佛又回到当年，与佳人并肩共语，叹惋春的将逝。回首相聚的日子，那真是一片明媚晴朗的风光，甚至没有片刻的风雨。然而，这美好时光屈指又有几何？如今，落花早已随流水而去，无踪无影，无处问讯，只有空中飘飞的云彩悠悠来去。他忽发奇想，举杯邀云彩共饮，痴情地请它留步，想凭借它阻挡春天的归路。这首词思致奇婉，清丽动人，难怪撩起了王士禛唱和的诗情。

和词一改原唱怀想佳人的角度，而从对方着笔，模拟女子的口吻，委曲尽致地表现佳人思郎的情意。

"啼碎春花莺燕语。一片花飞，又是天将暮"，一起三句，描摹春残花碎的景象，将春花的凋落，归咎于莺燕的啼唱，似怪得无理，却又合乎情感的逻辑。唐人金昌绪《春怨》诗云："打起黄莺儿，莫教枝上啼。啼时惊妾梦，不得到辽西。"唐时闺中少妇就曾把怨气转嫁到枝上的啼莺，而今，这独守空房的闺妇，饱尝离愁别绪的痛楚，把春花的残碎怪罪于莺燕，也就不难理解了。况且，莺燕啼碎的又岂止是花？难道不包括闺妇一颗痛楚的心？一叶知秋，一片飞花又何尝不意味着春的流逝？何况，暮色又将降临！南宋女词人李清照面对秋的凄冷、夜的孤独，不是发出过"守着窗儿，独自怎生得黑"（《声声慢》）的叹息？一个"又"字，蕴含守盼的日子之多，见出闺怨之深。"欲乞放晴春不许，黄昏更下廉纤雨。"接着两句，以黄昏时的微雨衬映心中愁绪。"廉纤"，细小、些微。闺妇想乞求天公放晴，然而，春天不允许，黄昏时分竟又下起了蒙蒙细雨。这情景使人想起"梧桐更兼细雨，到黄昏、点点滴滴"（同上）的意境，直逼出"这次第，怎一个愁字了得"（同上）的怨叹。向春天乞晴，是怕风雨再无情地侵袭春花，一种惜花自怜的情致宛然如见。"春不许"三字，把希望寄托在春天的准许上，透出闺妇的天真、痴情；而一旦不获许，又将一腔的怨恨泼向春天，画出闺妇的委屈和无奈。这里将春天拟人化，婉约含情，读来别有一番韵味。

过片点醒闺怨："春去应知郎去处。好属春光，共向郎边去。""属"，通嘱，嘱托。闺妇怕听莺燕啼，怕见落花飞，怕到天将暮，只为一件事：春天离去，应该知道郎君的去处，她也好嘱托春光，带着自己一起飞到郎君那边去啊！异想天开的奢望，显然不能实现。但这份痴情，这份真意，谁又能不为之感慨，为之动容！然而，幻想归幻想，现实毕竟是残酷的。"毕竟春归人独住，淡烟芳草千重路"，这春，不仅是自然界的春天，而且是象征美好时光的人生春天。然而，这一切都已逝去，空房独守，这况味，又对谁去说？眼前，淡淡的烟霾笼盖满地芳草，天涯遥隔，何日能与郎君重逢？从幻想跌入现实，闺妇的心灵遭受了更重的创伤。

这首词上片写景，景中含情，莺燕啼，春花飞，黄昏雨，无不映衬闺妇凄寂的心境；下片抒情，情因景生，淡淡烟霾，凄凄芳草，重重道路，无不加重闺妇殷殷的思念。作为和作，以闺妇思郎君对原唱的游子念佳人，"极哀艳之深情，穷倩盼之逸趣"（唐允甲《衍波词序》），可谓铢两悉称。原唱以回忆往昔的韶华表现今日的留恋，将心愿寄寓在停云留春的奇思上；和作以现实的凄寂直白内心的痛苦，将希望寄托在随春寻郎的幻想中。一样的奇想，一样的丽辞，一样的思情，唱和之作臻此佳境，堪称合璧。（吉明周）

清波引　钱芳标

用白石韵

送君南浦，饮君酒、为君楚舞。柳眉几许，和烟向人妩。翠被那曾暖，又逐青丝吹去。劳劳亭外斜阳，是千古、断肠处！　珊鞭付与，板桥滑、骄马慢度。后期真否？倩霜雁传语。高唐梦回泪，一半荒台残雨。便算檗树莲心，辨来非苦。

这是一首抒写情人间惜别的词作。词一开头就直叙惜别之事"送君南浦"，这是一句中国古代诗词中经常出现的诗句，典出《楚辞·九歌·河伯》"子交手兮东行，送美人兮南浦"，其后江淹《别赋》中又有"春草碧色，春水渌波，送君南浦，伤如之何"之句，后来人们就常将"送君南浦"或"南浦"用作抒发感伤惜别之情的一种语言代码，并逐渐形成心理定式。此词一开始即借用此句，不仅达到了迅速入题的功效，而且还为全词定下了感伤的基调。

接下来的"饮君酒、为君楚舞"句，暗用《史记·留侯世家》"戚夫人泣，上（汉高祖）曰：'为我楚舞，我为若（你）楚歌。'"之典，继续叙写离别前的难舍难分。饯行时，深情的女主人公给即将远行的情人敬酒，并为他跳起了平时他最爱看的家乡舞蹈，千言万语，尽在这一"饮"一"舞"中。"柳眉几许，和烟向人妩"两句，表面看似乎是对离别时客观景色的描绘，实际上却是融情入景，隐含别意。"柳眉"既有指细长如眉的柳叶之意，同时也象征着女子细长秀美之眉；"柳眉"的"和烟向人妩"，是自然景致拟人化的传神写照，更是痴情女子对情人无限依恋而展现出的无限娇媚。而现实中，这一片痴情，这一番妩媚，换来的常常是离别的伤痛，“翠被那曾暖，又逐青丝吹去”，就是这样的一种伤痛。“青丝”原指马的缰绳，词中借指骑马远去的情人。“劳劳亭外斜阳，是千古、断肠处”，则是上承前二句词意所进行的抒情，“劳劳亭”原为三国吴所筑之亭，故址在今南京市西南，为行人饯别之处，此借指情人送别之地。唐李白曾有“天下伤心处，劳劳送客亭”（《劳劳亭》）的名句，对此种伤离惜别之情作了高度概括。对于一般朋友而言，离别尚且如此感伤，那么对于有情人来说，劳劳亭成为伤心断肠处，便不足为怪了。

词的下片从“珊鞭付与”到“倩霜雁传语”，具体描述了离别时千叮咛万嘱咐，“语已多，情未了”的情景。把“珊鞭”交给了情人，自然马上就要上路远行。“板桥滑、骄马慢度”，看似一句平常的叮咛，实际上是情人间情到深处所流露的无微不至的牵挂与关怀。“后期真否？倩霜雁传语”则说明了两人在离别前，曾有过相互的承诺和约定，而行将离别时，女主人公再度提起，问远行情人当初所许下的今后会面的诺言“真否”，并提醒他要请秋雁传语，多通音信。如此一再询问，不仅很好地表现了情人间离别的敏感悲伤心理，而且使词的情感节奏回环往复，缠绵动人。

词的最后四句，以今昔对比的形式，表现了离别的无限痛苦。“高唐梦回泪，一半荒台残雨”，引用了宋玉《高唐赋》的典实。《高唐赋·序》云：楚王游于高唐（战国时楚国台观名，在云梦泽中），梦见巫山神女，相会而去。词中用这一典实，表现了女主人公与情人曾经有过的欢乐时光，然而，这样的欢乐时光已经逝去，曾经给二人带来欢乐的地方已是“荒台残雨”。过去的欢乐，更能衬出今日的伤痛，这种痛苦，在女主人公看来，“便算檗树莲心，辨来非苦”。檗树之皮和莲子之心的味儿都是苦的，但比起女主人公的别离之苦，实在算不了什么！词就在这样的感叹中戛然作结，使情感的抒发推到了极致，达到了高潮。

尽管此词所表现的伤别题材是诗词中写烂写熟的题材，但从选择人所鲜用之词调及“用白石（宋姜夔号）韵”进行创作的胆识，可见钱芳标对自己的才气相当自负，否则，就不会敢于“戴着脚镣”去跳人们极少跳的如此高难度的“舞蹈”了。（龙文玲）

踏莎行　李良年

金陵

两岸洲平，三山翠俯，江豚吹雪东流去。故陵残阙总荒烟，斜阳鸦背分吴楚。　青雀钿缸，朱楼画鼓，冥冥一片杨花路。游人休吊六朝春，百年中有伤心处。

金陵（即今南京），是三国吴、东晋和南朝宋、齐、梁、陈六朝的古都，明初也建都于此，后永乐帝迁都北京，就将这里称为南京。自古以来，金陵的沧桑变迁，成了文人骚客怀古寄慨的不衰主题。作为出生明末眼见故国衰亡的一位词人，李良年来到金陵凭吊，自有一番深沉感慨。

词以描写金陵的春景发端。在春水涌涨之时，长江两岸的水洲看过去一片平缓，三山披着一身绿装，俯视江面，江豚也顺着江流乘东风鼓雪浪从容游去。这是南京所特有的景致。“三山”，在南京市西南的长江东岸，因有三峰而得名。“两岸洲平，三山翠俯”，这一景色显得很平静，其中的“俯”字，则赋予三山以人的行为动作，使这一静景又隐藏着几分的不平静；“江豚吹雪东流去”，又掀起了阵阵波澜。唐许浑《金陵怀古》诗云“石燕拂云晴亦雨，江豚吹浪夜还风”，此词也借江豚吹起如雪白浪，暗示着历史长河的奔流不息和风云变幻，这既是对南京现实景物的生动写照，同时也揭示了历史的发展是不以人的意志为转移的，为引出后面对历史残景的刻画起了承上启下的作用。“故陵残阙总荒烟，斜阳鸦背分吴楚”，是对眼前景物的描述，更是隐含着一种深沉故国之思的感慨，前代的陵墓石柱残断，荒烟弥漫，显得一派荒凉凄清；斜阳下落处，吴楚故地泾渭分明。面对眼前的荒凉残景，不能不勾起词人对这块土地上人间沧桑的凭吊和感伤，那刻着亡人姓氏官爵的残缺石柱，似在默默诉说着金陵曾有过的繁华，此情此景，怎不令人黯然伤神！

上片主要描写了金陵的景色，在看似平淡的描述中却涌动着一股浓浓的感伤。下片则重在追忆金陵往昔的繁华，借以抒发词人的故国之情。

“青雀钿釭(gāng)”三句，用昔日曾有的繁华，反衬出眼前景象之悲凉，充满着一种历史的沧桑感和人间无常的悲伤感。“青雀”，即青雀舫，一种华贵的游船；“钿釭”，嵌金玉的灯盏，釭，油灯；“朱楼”，富丽华美的楼阁；“画鼓”，施彩绘的鼓。这些充满富贵气的事物，在词人的匠心独运下组成了恰如电影的“蒙太奇”组合，共同体现了金陵曾经有过的繁华。然而，这一切的一切，却随着时间的飞逝而消失得无影无踪，此时此刻，呈现在词人面前的，是漫漫一片杨花。如此看来，人世间的荣华富贵，只是过眼烟云，最终都少不了“一场空”的结局。昔时的繁华，今日的荒凉，多少伤感，多少慨叹，多少无奈，都浓缩在这短短的三句中，都浸透在这强烈的对比中。结尾的两句“游人休吊六朝春，百年中有伤心处”，点出了作者凭吊金陵的目的：不是为六朝往事而感伤，而是慨叹故国的灭亡。金陵不仅是六朝古都，而且也是明朝的南都，“百年中有伤心处”，“百年”两字最引人注目，充分表达了对故国的怀念，抒发了对故国繁华的消逝感伤不已的情绪。

古人凭吊金陵，多是感慨六朝旧事，这首词则一反这一凭吊主题，直抒对明亡的怀念，体现出词人对故国的一片深情。整首词以写景为主，唯有结尾两句诉说了自己的衷情，初读似乎很平淡，然而细细品味，则能从平淡的描写中看到词人内心涌动的心潮，以春景衬悲情的传统诗词写法，在词人笔下也得到了较好体现，可谓是凭吊金陵词的一首佳作。陈廷焯曾评此词是“妙于淡处描写，情味最永”(《白雨斋词话》)，堪称知言。(龙文玲)

南乡子　顾贞观

捣衣

嘹唳夜鸿惊，叶满阶除欲二更。一派西风吹不断，秋声，中有深闺万里情。　片石冷于冰，两袖霜华旋欲凝。今夜戍楼归梦里，分明，纤手频呵带月迎。

捣衣，是指古代妇女将质地较硬挺的布帛放在砧石上用杵舂捣使其柔软，以方便缝制，后来也泛指捶洗衣裳。秋季是添衣的时节，秋月也是四季中最明亮的，故古人诗词中的捣衣一般都在秋天的月夜。古诗词中常以捣衣为题，表现闺妇思念征夫之情。著名的有李白《子夜吴歌·秋歌》："长安一片月，万户捣衣声。秋风吹不尽，总是玉关情。"本词在捣衣这个传统题材中，以常语常景，写出了深情深意，成为捣衣词的佳作。

词的上片主写"秋声"。在空间、时间上选取了几个典型的物象以求多方位、多角度地进行描写，着意于营造一种凄凄切切、栗烈萧杀的捣衣氛围：这里有受不住寒冷的鸿雁发出的尖厉哀鸣，有落叶索索的飘坠声，有夜半二更令人黯然销魂的更鼓声，有刺骨寒心的西北风声，以及连续不断的思妇捣衣声。在这些此起彼伏、此强彼弱的秋声中，唯有这捣衣声最刻骨铭心，最具震撼力。因为捣衣声"中有深闺万里情"。它在苦苦诉说闺妇对远在万里的亲人绵绵不断的相思之情。"万里情"三字贯穿全词，可谓秋声无处不在，闺情无处不有。其手法是以具有典型性的环境来烘托具有典型性的人物。不过这个具有典型性的人物的出现，开始的形象还是不清晰的。作者的镜头是在对大量景物扫描后，才由"深闺"引出"万里情"。但捣衣妇形象仍是一个虚景。到了下片换头处，镜头始落到捣衣妇，并定格在正在捣衣的两手，留下了一个特写："片石冷于冰，两袖霜华旋欲凝。""片石"即捣衣用的砧石，"霜华"此指月亮。砧石比冰还冷，这是触觉；而照在捣衣妇衣袖上的惨白的月光，似乎马上就要凝结成冰，这又是视觉。触觉和视觉汇聚成透骨之冷，直令人不寒而栗。而闺妇仍然在不停地捣衣……那种情怀，那种思念令人感动。也许真的是心有灵犀，远在万里的戍边人今夜的梦境中果然出现了故乡。你看，戍边人回到了家乡，来到了家门口。在皎洁的月光中，他还真真切切地看到闻讯出迎的闺妇，一边走，一边正不停地给冰冷的纤手呵气。这末三句的构思巧妙地运用"心已驰神到彼，诗从对面飞来"（浦起龙《读杜心解》）的技巧。为全词艺术精华之所在。这里，作者的镜头仿佛是追踪着闺妇的思绪，延伸到戍楼，摇到了戍边者身上。然后一个蒙太奇手法，幻化出梦境："今夜戍楼归梦里，分明，纤手频呵带月迎。"表面看，似乎是写戍边者之梦，实质上，立足点仍然是闺妇。因为渴望团圆之心是人类共同的，何况又是在月夜。于是闺妇以己推人，以妻心度夫心，设想其丈夫此时在戍楼是怎样的思念自己。在闺妇想象中，其丈夫思至极点，做起了思乡梦，甚至连妻子那种喜迎夫君归的娇姿柔态也想象好了。而且还偏偏把虚无的幻影说得十分肯定和确切。因此，与其说这是戍边人的梦回，还不如说是闺妇的祈愿，是闺妇从戍边人角度表现自己思念之情的。由闺妇捣衣相思，到戍边人梦回故乡，由单思以至互想，以至难辨彼此，深婉微至，精妙绝伦。词中写出了常情中的至情，把捣衣题材的传统意境深拓一层，一个娇弱而又坚强，辛苦而又忠贞的闺妇形象跃然纸上。

全词除"中有深闺万里情""今夜戍楼归梦里""分明"三句外，其余基本上是表现秋"冷"的。甚至在结句写人状态时，也不忘以"频呵"显冷，再作强调。于是在"冷"气重围之中，情之热也就更显突出，更显珍贵了。秋声凄厉，闺情凄苦，但闺妇征夫的柔情和真爱最终还是战胜寒冷，融化冰雪，夫妇在梦中相逢团圆。构思新巧，立意高远，以情融景，主旨鲜明，表现了很高的艺术技巧。（何林晖）

青玉案 顾贞观

天然一帧荆关画，谁打稿，斜阳下？历历水残山剩也！乱鸦千点，落鸿孤咽，中有渔樵话。　登临我亦悲秋者，向蔓草平原泪盈把。自古有情终不化。青娥冢上，东风野火，烧出鸳鸯瓦。

顾贞观是清康熙年间最重要的词人之一，曾与陈维崧、朱彝尊并称“三绝”，又是满族词人纳兰性德的好友，声名也相仿佛。他的词集名《弹指词》，其中最脍炙人口的作品，当然是以词代简远寄吴兆骞的两首《金缕曲》：“季子平安否？便归来，平生万事，那堪回首！……”“我亦飘零久。十年来，深恩负尽，死生师友。……”发自肺腑的慰问、泣尽继之以血的陈辞所表现出来的那种骨肉兄弟般的情谊和义气，世世代代曾经感动了多少读者。陈廷焯《白雨斋词话》把它们评为“千秋绝调”，可谓非常精到。

陈廷焯对顾贞观还有个总评，道是“顾华峰(顾贞观字)词，全以情胜，是高人一着处。至其用笔，亦甚圆朗，然不悟沉郁之妙，终非上乘”(同上)。我们不妨从本书所选的这些词，体会一下陈氏的评论，看他说得是否有理。

这里的一首《青玉案》，虽是写景之作，但因所写是北方风光，又因顾贞观有意追求瘦硬浑茫风格，所以与一般同类作品颇为异趣，呈现出一种情切词劲、明快有力的特色。

“天然一帧荆关画，谁打稿，斜阳下？”非常醒目的一连三句，用历史上最负盛名的五代时北方山水画派荆浩、关仝的作品来形容眼前的风景，用带着惊叹口吻的问语，告诉读者：他正行走在如画的、夕阳斜照的崇山峻岭之间。“荆关画”的根本特点在于能够逼真地描摹出北方关山的巍峨峭拔之势，具有一种庄严雄浑的美，这是他们严格师法造化的结果。现在顾贞观反过来用荆、关的画形容自然界的真山水，也可算是别出心裁。

在如此壮美的风景中登临徜徉，心情本应该是舒畅的。可是，接下去竟是一句极端伤感的喟叹：“历历水残山剩也!”这一声发自心灵深处的呼喊，整个儿把刚才愉快赞叹的情绪逆转过来。这一转似有万钧之力，又似一把尖刀直插当时读者的心胸，使每一个稍有民族意识的人不能不想到眼下舆图换稿、江山变色，全国都被异族统治的无情现实。

心情变了，目光也会变，看出去的景色，自然不能不带上悲凉的色彩。于是，“乱鸦千点”，似无可依之枝；“落鸿孤咽”，实为哀苦吞声。而在这残山剩水中的渔夫樵子们，又能说些什么呢?

如果说上片主要是写景，对于作者，我们还只是听到了他的感叹，而没有见到他的身影，那么下片，作者就出现在画面上了。“登临我亦悲秋者，向蔓草平原泪盈把”，随着一声悲怆的呼喊，一个面对祖国大地挥泪不止的士人形象，跃然纸上。这里的前一句，因为调动了语序，把“登临”置换到“我”的前面，造成了拗折的语势，因而给人的印象较深。

“自古有情终不化”，既是承上而来，进一步抒发心声，又对结句起了一种引领作用。君不见，王昭君长眠的青冢，一千多年来经历过多少次的东风野火，可是那冢上的草儿不是依旧青青，而且那些装饰坟冢的鸳鸯瓦，不也是越烧越明丽吗？这里将昭君墓称为“青娥冢”，又说冢上的鸳鸯瓦是东风野火所烧成，都是作者虚构假设的艺术处理，是一种诗人之言，为的是强调地证明他所说的“自古有情终不化”。或者也可以说，这是一种浪漫主义手法吧。然而，不知是不是因为这种表现手法比较直露和过于强烈，所以惹得陈廷焯给他下了个“不悟沉郁之妙，终非上乘”的评语？如果真是如此，那只是艺术观念和美学取向的差异，并无是非高下之分，是可以不予较真的。（董乃斌）

金缕曲　顾贞观

寄吴汉槎宁古塔，以词代书，丙辰冬寓京师千佛寺，冰雪中作（其一）

季子平安否？便归来、平生万事，那堪回首？行路悠悠谁慰藉？母老家贫子幼。记不起、从前杯酒。魑魅择人应见惯，总输他、覆雨翻云手。冰与雪，周旋久。　　泪痕莫滴牛衣透。数天涯、依然骨肉，几家能彀？比似红颜多命薄，更不如今还有。只绝塞、苦寒难受。廿载包胥承一诺[1]，盼乌头马角终相救[2]。置此札，君怀袖。

注 ① 包胥：即春秋楚人申包胥，初与伍子胥交好，后子胥欲覆楚以报父仇，包胥发誓必存楚。及子胥引吴兵攻克楚都，包胥入秦乞救，哭庭七日，终使秦出兵退吴。“廿载包胥承一诺”，言顾贞观以申包胥自比，在二十年内牢记援救吴兆骞的诺言。　② 乌头马角：相传战国燕太子丹质于秦，求归，秦王曰：“乌（鸦）头白，马生角，乃许耳。”太子丹长叹，而乌鸦变为白头，马亦生角。见《史记索隐》。

这是一个被前人再三慨叹为“良朋爱友”、“一时佳话”（袁枚《随园诗话》）、“使人增朋友之重，可以兴矣”（谭献《箧中词》）、“昔人交谊之重如此”（梁令娴《艺蘅馆词选》）的动人故事！

清顺治年间，诗人吴兆骞（字汉槎）因在科场案中受人诬陷，被流放至冰雪绝寒之地宁古塔（今黑龙江宁安），时年二十九岁。十七年后，他的童稚之交、本词作者顾贞观，入大学士明珠府中当教师，乘间为之求助于明珠之子、词人纳兰性德。但性德与兆骞并无交情，一时未允。康熙十五年丙辰（1676）冬，作者寓居北京千佛寺，于冰雪中感念良友的惨苦无告，为作《金缕曲》二首寄之以代书信。性德读过这字字血泪的两曲，泪下数行，道：“河梁生别之诗，山阳死友之传，得此而三！”当即担保援救兆骞。后经性德父子的营救，兆骞终于在五年之后获赎还乡。“绝塞生还吴季子，算眼前此外皆闲事”（性德词）、“金兰倘使无良友，关塞终当老健儿”（顾永诗），从此，作者悉力奔走以救穷途之友的故事，便广为人所咏叹，而作为故事中心的《金缕曲》二首，更成为至今传诵不衰的友谊名篇。

本词的特色，陈廷焯《白雨斋诗话》评曰：“华峰（作者字）《贺新郎》（《金缕曲》的本名）两阕，只如家常说话，而痛快淋漓，宛转反复，两人心迹，一一如见，虽非正声，亦千秋绝调也！”“二词纯以性情结撰而成，悲之深、慜之至，丁宁告戒，无一字不从肺腑流出，可以泣鬼神矣！”通读全词，诚如所言。不过，对于功力深厚的作者来说，“家常说话”、“纯以性情”绝非意味着可以信笔而书，而是仍需精于措辞、巧于构思，以求使友人得到最大程度的安慰——字面上的明白浅显，正是作者惨淡经营的结果。

词的首句先问平安，这是书信的常套，本词是以词代书，故先作常套语。然而，次句“便归来”三字，却看似平易而实为突兀，破空飞来，真不知作者如何想出。本来，此词的上片，全是为说兆骞的“平生万事，那堪回首”。这“万事”实在难以诉尽，作者姑且为举其大者：远行在外、无人慰藉，不堪回首者一；母老、家贫、子幼，从前杯酒论欢的朋友亦消散难忆，不堪回首者二；被那些魑魅魍魉般的小人诬陷了，却无从申冤、无从复仇，只能叹一声“应见惯”，哀一声“总输他”，不堪回首者三；日日与宁古塔的冰雪周旋，不堪回首者四。读者就算仅仅读到这些不堪回首，亦已足可感知作者对友人心思的体察之深，足可悟出作者与友人交情非比寻常；不料，作者还能在这千万重苦恨之上，更添上“便归来”三字，令读者的感知和领悟更深一层！有此三字，便可足见兆骞这十七年所受之苦，也将是终身之苦——不能归来自是终身之苦，便能归来，也是终身之苦，因为终身留下挥之不去的阴影！同时，有此三字，亦给了绝塞良朋以“归来”的希望，哪怕只是极模糊的假定也罢。所以，凭着这笼盖上片的“便归来”三字，作者与兆骞的相知和相交到了何等的程度，已是尽在不言中了；将此三字置于篇首，作者亦真可谓是巧于构思了。

下片首句“泪痕莫滴牛衣(乱麻编成之衣，典出《汉书·王章传》)透”，“透”字乃是精于措辞的典例。在上片中，作者直说到友人的极痛处，令他不能不放声一恸，泪滴牛衣。但是，倒尽满怀苦水，乃是为了重振精神，故牛衣不可无泪，亦不可浸透泪水——消沉绝望。哭过了，也该退一步、回头思量一番。天涯尽多戍子谪客，但兆骞有毅然出塞相伴的爱妻、有生于北地的儿女，如此能够骨肉完聚之家，天涯又有几何？此尽可自慰者。当年科场案发，有多少红颜少年为之丧生，下场更不如如今还生存着的兆骞，此又足可庆幸者。当然，绝塞之地是苦寒难当的，但有了这些自慰和庆幸，又如何不该顽强地生存下去呢？更何况，前头还有希望，还有立下“终相救”誓言的当今申包胥在奔走！所以，不用泪透牛衣了，还是把这“以词代书”的书札藏入牛衣的怀袖、耐心静候好音吧！

《金缕曲》的第一曲唱完了。上片是浅浅地给个“归来”的希望，却深深地捅到友人的最痛处；因为疼痛已无以复加，所以下片只得折回来寻找安慰、淡化疼痛，最后再把“归来”的希望放大：这个结构本身，也不能不说是很精巧的吧。(沈维藩)

金缕曲　顾贞观

寄吴汉槎宁古塔，以词代书，丙辰冬寓京师千佛寺，冰雪中作(其二)

我亦飘零久。十年来、深恩负尽，死生师友。宿昔齐名非忝窃，只看杜陵穷瘦，曾不减、夜郎僝僽。薄命长辞知己别，问人生、到此凄凉否？千万恨，为兄剖。　　兄生辛未吾丁丑。共些时、冰霜摧折，早衰蒲柳。词赋从今须少作，留取心魂相守。但愿得、河清人寿。归日急翻行戍稿，把空名、料理传身后。言不尽，观顿首。

《金缕曲》二首，以“季子平安否”为第一首开头，以“言不尽，观顿首”为第二首结尾，宛然是一封书信的格式。因此，这两首“以词代书”的词，实是一个整体，不可分割；虽然上一首重在写兆骞的苦恨，这一首重在写作者与良友的交情，各自似可独立成章，但其实这也只如一封信分几个段落层次而已，断不能说成是两封信。

所以，无上一首，便无这一首。本词的开首几句，正是从上一首的末尾几句中导出。那几句“廿载包胥承一诺，盼乌头马角终相救”，说得真可谓“慷慨悲凉”。其誓欲营救良友的决心，称得上是慷慨激昂、令人肃然起敬；然而这番营救要长达“廿载”，而且还是“乌头马角”般地渺茫，则又不能不使人顿感“悲凉之雾，遍被华林”了。究其故，即在于作者不过一书生而已，非有大力者；不然，若是一唾手即可救出兆骞，又何必如此悲慨？

因此，本词开头的“我亦飘零久”，本身已是发一长叹，再与“廿载”二句连读，更觉沉重。“飘零久”，指的是作者自清康熙五年(1666)中举人以来，几度奔走京师、漂泊异乡，而仕途上却了无寸进，到眼下还是寄人篱下。作者深恨自己中举后的十年里不能博取显位、施展大力以拯友人，却只是“飘零”、只能幻想“乌头马角”，这实在是辜负尽了兆骞这位“死生师友”(生死之交、半师半友)的深恩厚望！

然而，“飘零”只是作者所受苦处之一。苦处之二，乃是“消瘦”。作者少年词章与兆骞齐名，而且是铢两悉称的齐名；如今，他俩的憔悴消瘦，竟也是不相上下，犹如杜甫漂泊四方的颠沛，丝毫不减于李白流放夜郎的“僝僽”(折磨)。苦处之三，是作者妻子薄命告亡、知己远戍一方，身边竟无一人可语，“凄凉否”？这其实已不消问了。

就如同兆骞“平生万事，那堪回首”一样，作者也有上述三苦一类的“千万恨”要“为兄剖”。这两位生死之交，又是一对同病相怜的难兄难友。而作者作为一个病人，却抱病去救另一个病人，这正是他的人格的感人至深之处！

本词与第一首一样，上片发一大恸，下片收泪思量来日。兆骞生于明崇祯四年辛未(1631)，作者生于崇祯十年丁丑(1637)，两人年龄相仿，共同受过世事变迁的“冰霜摧折”，都成了“蒲柳之姿，望秋而落”的早衰者。“词赋从今须少作，留取心魂相守。但愿得、河清人寿”几句，或认为是作者劝勉兆骞之辞，其实从上文看，这是劝勉友人，更是作者自勉。怀着“飘零”、“穷瘦”、“凄凉”诸般苦恨的作者，也是亟需保养心神、不宜呕心沥血于词赋小技的。“俟河之清，人寿几何?”(《左传·襄公八年》引逸周诗)虽然这么说，但作者还是指望着与良友共享寿考，等待河清之日，哪怕那是“乌头马角”式的渺茫也罢。到了那一日，还需友人把戍边时的诗稿翻出整理，因为，文人总指望着身后之名，哪怕只是于己无补乃至有害的“空名”也罢。“归日”二句，作为书信的最后内容，是作者专留给友人的，写得似真有其事；作者的本意，大约是想让友人读到篇末、破涕为笑吧，哪怕他一笑之后马上悟到这是虚幻也罢。

陈廷焯所言的“宛转反复”、“丁宁告戒”，在本词里表现得尤为突出，亦益可证陈氏评说的确当。不过，两词不仅“宛转”，而且次序井然，层层相接、环环相扣，看似平常，却无一脱节语。这一点，已如笔者分说如上，而陈氏及诸家之评皆未提及，不可不谓之一憾。(沈维藩)

钓船笛　李　符

效朱希真《渔父词》(其十)

曾去钓江湖，腥浪粘天无际。浅岸平沙自好，算无如乡里。　从今只住鸭儿边，远或泛苕水。三十六陂秋到，宿万荷花里。

朱希真，即宋词人朱敦儒，他前后写有《好事近·渔父词》六首，咏唱逍遥湖山的闲适情趣。《钓船笛》即《好事近》的别称，但李符的词却并不仅如其自称乃普通的效仿，通篇从钓船、渔父落笔，而情思自出人意表。起句以一个阅历甚广的渔父的声口自述平生，谓已曾驾船钓于五湖四海。然后，以"钓江湖"的感慨统摄上片。"腥浪粘天"化用黄庭坚《四月末天气陡然如秋遂御裌衣游北沙亭观江涨》诗"震雷将雨度绝壑，远水粘天吞钓舟"，表明自己泛舟钓于五湖四海之时，因钓而不避其腥，也不能不闯荡于"粘天"巨浪之间。这充满了腥气的江湖之钓，是伴随着风险的令人心神不宁的生涯。在苦撑的间隙，也会遇到一片"浅岸平沙"。这是钓于"腥浪"的闲暇，是他"钓江湖"的小憩。"腥浪粘天无际"所展现的是渔父生涯的主要层面，而"浅岸平沙"则是粘天腥浪的参照系。它向词人昭示出作为渔父的人生与前途的另一个层面。在经历风涛之险后，他感叹"浅岸平沙"之美好，同时，他更联想到，生活中还有比江湖的"浅岸平沙"更令人向往的境地。"算无如乡里"，是其经历了"钓江湖"之后的人生审视。在"钓江湖"的吟咏中，作者以渔父自况，以隐约微渺的艺术方式，表现出对自己半生坎坷的幕府生涯的否定。

下片接前"无如乡里"句。他不再作"钓江湖"之举，而是要寻求比江湖中的"浅岸平沙"更合于自己人生理想的境遇。这就是他的家乡。"从今"句表现出他对最普通的乡间生活的向往。在经历过"腥浪粘天无际"的江湖垂钓之后，"鸭儿边"则意味着宁静、祥和的氛围。词人用"只住"二字表现出他的人生抉择。这一意象所蕴含的是生动亲切、适情悦性的审美情趣。"远或"句写他有时也会出行，但已不是在吞舟的巨浪间搏击、垂钓，而是悠闲地泛舟清流。结拍表现出词人对人生理想极境的追求。"鸭儿边"的依恋，"泛苕水"的闲适，都表现出世俗生活中的雅韵，是词人对家乡之美的重新品味。苕水，即苕溪，在今浙江境内。然而，这仅仅是家乡之美的寻常形态与体认，家乡之美的极境在于它的秋色。"三十六陂"句出于姜夔《惜红衣》。其词末云："问甚时同赋，三十六陂秋色？"作者化用白石词中典故，非常自然。这里的"三十六陂"泛指家乡湖湾池水之多。待家乡秋意正浓，水泽荷花开遍，他要眠于万朵荷花之间，尽情地领略这水色荷香，似乎借以补偿昔日因漂泊江湖而造成的对美好时光的忽略与怠慢。"宿万荷花里"，这超然物外的奇想，昭示出旷逸不群的心性、天机自得的趣味。而如此意境又是以平白如话的文字出之，短语长情，余音不尽，非他人道得出。陈廷焯称李符此词"别有感喟，于朱希真五篇外，自树一帜"（《白雨斋词话》），又道"回头是岸，热中人读之，冷水浇背"（《词则》），可谓的评。以轻快的笔墨表现深沉的意蕴，正是此词的特色。（许志刚）

大江东去　蒲松龄

寄王如水

天孙老矣，颠倒了、天下几多杰士？蕊宫榜放，直教那、抱玉卞和哭死。病鲤暴鳃，飞鸿铩羽，同吊寒江水。见时相对，将从何处说起？　每每顾影自悲，可怜骯髒骨，消磨如此。糊眼冬烘鬼梦时，憎命文章难恃。数卷残书，半窗寒烛，冷落荒斋里。未能免俗，亦云聊复尔耳。

读此词，不仅要了解作者的生平，而且最好能与作者的《聊斋志异》中《叶生》、《司文郎》等讽刺科举制度的小说结合起来阅读、比较。这样才能更好地理解作者为何对科举制度既如此刻骨仇恨、激烈抨击，又屡败屡考，直至七十一岁得贡生而始罢。词写于康熙十七年(1678)，蒲松龄又一次在济南乡试落第之后。王如水是作者的同乡朋友，当时他也未能考中。词的开头两句以悲愤领起，直斥主考官人老昏聩，埋没人才。“天孙”本指织女星。民间每年七夕，年轻妇女有向织女“乞巧”之传统。唐柳宗元曾借题发挥，写《乞巧文》向天孙乞求处世做官的诀窍。词人活用此意，以“天孙”代指主考官。“蕊宫”即蕊珠宫，此指考试放榜之地。“抱玉卞和”用《韩非子・和氏篇》的典故，比喻自己和王如水如美玉蒙尘，怀才不遇，伤心欲绝。“病鲤暴鳃”，据《辛氏三秦记》云，黄河龙门下游，有大鱼云集，跃过龙门者化为龙，跃不过者则点额暴鳃。“飞鸿铩羽”言鸿雁羽毛摧落，不能奋飞。此二句活用鲍照《拜侍郎上疏》“铩羽暴鳞，复见翻跃”句意，以鲤鱼和鸿雁比拟自己和王如水，两人科场失意，名落孙山，悲从中来，见时相对无言，只有默默地在寒江边凭吊自己悲惨的命运。上片以落第后的不满和郁闷结束。

下片继续悲愤难平之意，叹恨自己因求取科举功名而不得不低下高昂的头颅，一身傲骨如今竟然消磨殆尽。但为生活又不得不继续参加科考。“骯髒”，刚直倔强貌，汉赵壹《疾邪诗》之二：“伊优北堂上，骯髒倚门边。”不得误作污秽不洁解。伤心之余作者不由得又一次怒斥、痛呼：“糊眼冬烘鬼梦时，憎命文章难恃。”主考官都是迂腐的冬烘先生，他们品评文章的标准只有鬼才知道。纵然文才盖世，做文章也是天憎达命的事，又何足依恃！“冬烘”，嘲讽人糊涂迂腐。事见王定保《唐摭言》：唐朝郑薰主持考试，误以为颜标是鲁公颜真卿的后代，把他取为状元。故时人写诗嘲笑说：“主司头脑太冬烘，错认颜标作鲁公。”“憎命文章”，用杜甫《天末怀李白》“文章憎命达”句意。可是骂归骂，恨归恨，最后作者还是要面对现实，参加科考。以下五句，语意极为辛酸。言自己还是要手不释卷，孤影昏灯，在冷落寂寞的书斋里苦读冥思。因为自己还是红尘中人，尚不能超凡脱俗，姑且只能如此而已。末两句系借用晋阮咸的话。据《晋书・阮咸传》，民间以七月七日曝晒衣服。阮咸看到北邻阮家盛晒衣服，锦绮粲目，于是也持竿挂粗布短裤曝晒。人怪而问之，他回答道：“未能免俗，聊复尔耳。”词以此结束，既自慰，又慰人，兼顾词题“寄王如水”意。可谓满纸悲愤语，一腔辛酸泪。

这首词艺术上很有个性，词风有如散曲，笔锋随情绪而走。言辞辛辣，直言不讳，情绪激烈，鞭辟入里。悲愤之语发自内心，真情实感，处处显现，所思所想，可以捉摸。对了解作者的生活、思想和创作不失为一份重要的原始资料。(何林晖)

贺新郎　金人望

去西安

匹马轻衫发。最销魂、灞桥杨柳，秦关明月。回顾黄图连甲第，一片旌旗猎猎。压我在、百僚之末。手板倒持前且却，笑般般、终是书生怯。成底用？忙扪舌。　　霜风一阵遭蹄蹶。纵阳城、考当下下，事真咄咄。穷矣男儿方失路，又恨生无媚骨。把十丈、珊瑚敲折。百二关门天堑险，幸今朝、得解韝鹰绁。还饮我，黄獐血。

独骑一匹瘦马，身披一袭轻衫，他奔走在离开西安的道路上。词一开头，就是一个漂泊风尘的寒士形象。纵马前行中，他回想城东灞桥边杨柳依依，友人折柳送别的情景，口中念叨着"黯然销魂者，惟别而已矣"（江淹《别赋》）的千古名句，心中感叹着"秦时明月汉时关，万里长征人未还"（王昌龄《出塞》）那行役者千古不变的恓惶生涯。回头望去，刚离去的西安城中豪门显贵的宅第鳞次栉比，檐甍之上旌旗高插，在劲风中猎猎翻卷。啊，正是那些华丽的楼堂中无才更无德的达官贵人，翻手为云覆手为雨，将像我这样的才学卓荦之士压抑在芝麻绿豆官的位置上，不得一展抱负！——词人触景生情，不禁悲愤填膺。这几句中，"黄图"即帝都，此指西安，也就是汉唐时的帝都长安，骆宾王《同崔驸马晓初登楼思京》诗："白云乡思远，黄图归路难。""甲第"，甲等的住宅，即豪门显贵的府第，杜甫《醉时歌赠广文馆学士郑虔》："甲第纷纷厌粱肉，广文先生饭不足。"对着那些执掌权柄的显贵，限于"百僚之末"的卑微身份，词人也只能自"笑"没运气风风火火干一番事业，慨叹：我辈书生凭自己的真才实学就想建功遂志，恐怕很难啊！"手板"，古代官吏上朝或谒见上司时所执的笏，用于记事。手板本应正持，"倒持"手板，正写出词人惶惶然不知如何是好的困窘状。按：《世说新语·雅量》"桓公伏甲设馔"刘孝标注引《文章志》云："呼（谢）安及王（坦之），欲于坐杀之。王入失措，倒执手版，汗流沾衣。"此即用此典。"前且却"意为往前走走又往后退退，也鲜明地揭示出作为一个小官口将言而嗫嚅、足将进而趑趄的尴尬境地。有道是"百无一用是书生"，词人不说无用而以反问句问书生有什么用，语更酸楚。他明知世态炎凉令人恻怆，耿介的书生难有扬眉吐气之日，但说了等于白说，也就不愿多费口舌。"扪舌"，捏住舌头不使说话，典出《诗经·大雅·抑》："莫扪朕舌，言不可逝矣。"此处正话反说，前面加一个"忙"字，益见其内心之凄楚。

下片首句回绾词的开头，表面上写自己在秋风中马失前蹄几乎摔下马背，实则指词人人生道路的坎坷。下文即其所吐之不平之气。"阳城"，人名，唐北平人，字亢宗，进士及第后隐居不仕，后德宗拜为谏议大夫，有直声，出为道州刺史，爱民不能完税赋，观察使数责让之，乃自署其考曰："抚字心劳，催科政拙，考下下。"遂弃官去。古代官吏有考课之制考核其成绩，作为升迁谪免的依据。唐时由吏部考功郎中、员外郎掌管此事，最后由皇帝亲自裁定结果。"下下"乃考课九等中的最下一等，阳城是爱民的好官，竟只能考得"下下"，真是天大的怪事。"咄咄"，表示惊诧的叹词，《世说新语·黜免》："殷中军（浩）被废在信安，终日恒书空作字，……窃视，唯作'咄咄怪事'四字而已。"此即用此典，借古事以寄慨。一个"考当下下"的小官，除了怅恨"穷矣""失路"的命运之外，恐怕也只有怨责自己生来就没有逢迎谄谀的"媚骨"，不会降低人格去邀宠；词人这两句正话反说，苍凉之极。下面"把十丈、珊瑚敲折"，喻自己宁折不弯的刚强性格，则又是对上文"又恨生无媚骨"字面意义的反拨，从正面强调了自己守正不阿的意志。在词人看来，官场就像大地山河险如"天堑"的"百二"重关，他在这污浊的氛围中几欲窒息，"今朝"能够脱离这样的恶地，真有如"得解韝（gōu）鹰绁（xiè）"，岂非大"幸"。"百二"，谓百的翻倍，语出《史记·高祖本纪》："秦，形胜之国，带河山之险，县隔千里，持戟百万，秦得百二焉。"后用以形容地势险要。"韝"(gōu)，臂套，此用于架鹰；"绁"(xiè)，系鹰的绳索；此以鹰得解束缚高飞蓝天喻己之重获自由。结拍两句，遂以鹰之搏击长空，下击猎物刻意渲染自由之身的可贵；而饮"黄獐血"云云，仍见出他嫉恶如仇的血性。

金人望嗜稼轩词，其《瓜庐词》自序称："予年三十二弃帖括乞升斗，涉江越峤，携稼轩辛公词一卷为水行山宿伴。"他的词胆气豪壮，笔力遒劲，意境苍凉，善作不平之鸣，不愧为稼轩词风在新历史时期卓有成效的拓展，足可与阳羡词派陈维崧等相视而笑。此词写作时间不详，据其中内容可推测系他在陕西任低级地方官离职后所作。今人严迪昌《清词史》说他"是一个'三仕一令'，两遭'诖误'，一肚皮不合时宜的人"，读此词，正可想见其为人。（庞　坚）

贺新郎　蒋景祁

壬戌端午追和刘后村韵

榴蹙红巾吐。洒微凉、镂尘香雨，六街无暑。一样乡园女儿节，飞上燕钗茧虎。只极目、南空难渡。倚醉玉河桥上望[1]，淼银潢、几叠迎神鼓。鱼龙戏，杂猱舞。　　陡然魂礌浇如许。笑何为、受人杯炙，恋人釃酹。不尽王孙芳草怨，万事缈于铢黍。且说与、灵均毋怒。一卷《离骚》须痛饮，奈酒醒、又怕情怀苦。土花涩，苔钱古。

注 ① 玉河：发源于北京市西北玉泉山下，河水东南流，环绕紫禁城，注入大通河。又称御河，元时为金水河。

"处庙堂之高则忧其民，处江湖之远则忧其君"（范仲淹《岳阳楼记》），是古代志士仁人的人生境界，也是以屈原作为代表高洁品行的一种文化象征在中国人心目中的形象。端午节时，想起屈原，是很自然的事，然而一旦化为诗句，则会因抒情主人翁的遭际不同而显示出风格迥异的格调来。蒋景祁的这首作于康熙二十一年(1682)端午节的《贺新郎》词，是他中年时期的作品，此时，寄居京城的他深感明君不遇、功名难就的悲凉和苦痛，而身边所见所闻，蝇营狗苟者甚众，这与屈原当年"众人皆醉我独醒"的心境何其相似，这可以从他另一首词《齐天乐·端午雨》"试问而今，几番不是旧荆楚"、"对眼前风物，似续《骚》谱"的词句中清楚地看出。惟其如此，词人在端午时节就不会像寻常小儿女那样在嬉戏中得到心灵的慰藉。词人在词题中特地标明是追和南宋词人刘克庄（号后村居士）的词韵，也明确地传递给读者一个信息，即这首词在着意表现词人内心与南宋刘后村报国无门的相似心境，明乎此则词意更加清晰明了。

词开始数语，看似简单的时令交代，实际上也点明了作者身在异乡的怅惘：石榴吐红，细雨蒙蒙，整个京城还没有蒸腾起燥热的暑气。"一样乡园女儿节，飞上燕钗茧虎"，这是词人脑海里出现的故乡的端午节典型情景。"燕钗"，燕形之钗。"茧虎"，汉族民间端午节佩饰物，取新茧色黄者，彩笔描画或用色纸、艾叶剪贴成虎形，头尾须眉花纹具备，佩之以除毒驱邪。词人想着现在的乡园,该和昔日一样,配妆的燕钗、辟邪的茧虎早已成为女子们髻顶襟前的饰物了。“只极目、南空难渡”,词人恨不得身化飞鸟,遥渡南空,回到故乡,但他却只能“倚醉玉河桥上望”,想象邈远银河另一头的清辉下不知有多少迎接神灵下降的人们在端午节擂起赛神的响鼓、荡起竞技的龙舟、跳起娱神的傩舞。一个“醉”字,把端午之夜充满思乡之情的寂寞孤独的词人形象如电影中的摇出近景特写那样推到读者眼前,令读者对他的惆怅之怀感同身受。

如果说上片的情怀还只是限于一己的乡园之恋,那么下片的情怀则是欲说还休的家国之恨。“陡然磈磊浇如许”,换头一韵十分突兀。“磈磊”,同块垒,指心头郁积的愤懑与愁苦,“浇”,谓以酒浇之,借酒消之。简单地看问题,你会奇怪:虽说漂泊在外,思乡心切,终不至于有那么多块垒难平的悲慨,那么胸中一腔不平之气从何而来呢?“笑何为、受人杯炙,恋人臛醑”是第一层答案:依人作计,接受那些酒食之资,但求温饱,无所作为,对于才华早著而偃蹇不遇的词人来说怎能不引起无限郁闷。“杯炙”,酒肉,此可视为残杯冷炙之缩语,阳羡词派宗主陈维崧《念奴娇·延令季沧苇席上送周子俶计偕京师》词曾叹“愧我牢骚,借人杯炙”,《百字令·赠程令彰》词亦有“四十功名年未晚,且溷朱门杯炙”之句,可见一时寒士失意之恨。“臛”(chuò),肉羹,“醑”(xǔ),好酒,“臛醑”与“杯炙”同义,反复用之,且由“受”至“恋”,自恨之意弥深。第二层答案在于“不尽王孙芳草怨,万事缈于铢黍”。“王孙”、“芳草”语出淮南小山《招隐士》“王孙游兮不归,春草生兮萋萋”,“王孙芳草怨”,系用屈原《九章·思美人》“惜吾不及古人兮,吾谁与玩此芳草”句意,屈赋中的“美人”指楚之君王,此词既用屈赋句意,当是表现自己怀高才而不遇明主的悲怆。“铢”,一两的二十四分之一,“黍”,指一粒黄米,皆喻事物之微小。与不遇明主相比,世间万事都显得毫不足道,正因为如此,心中有着深痛的词人就和屈原当年的思想感情产生了强烈的共鸣。“且说与、灵均毋怒。一卷《离骚》须痛饮,奈酒醒、又怕情怀苦”,这几句词犹如劝解知心朋友的寻常话语,寄寓了词人内心如李白诗“举杯销愁愁更愁”那样的无奈窘境。千金买醉,终有一醒,这凄苦情怀若有人分担也许能稍稍缓解,可是,眼前所见,却是“土花涩,苔钱古”,——惟有粗糙的苔藓覆盖在这“幽栖地僻经过少”(杜甫《宾至》)的居所庭中,令人心头更添一份沉重。

蒋景祁作此词时已是中年,人到中年万事休的感受在前途渺茫时显得尤为强烈。虽在京华冠盖之地,却是江湖落魄之身;而身为一介布衣,又不乏济世之志,因此在理想与现实的冲突中,在小我与大我的对话中,词人对屈原的追思就蕴涵了更深一层的悲剧意识。(承剑芬)

鹧鸪天 孔尚任

院静厨寒睡起迟,秣陵人老看花时。城连晓雨枯陵树,江带春潮坏殿基。 伤往事,写新词,客愁乡梦乱如丝。不知烟水西村舍,燕子今年宿傍谁?

一部《桃花扇》传奇将南朝兴亡“系之桃花扇底”(《桃花扇本末》),使孔尚任得享盛名,与

《长生殿》传奇的作者洪昇并称“南洪北孔”。这首见于《桃花扇》的《鹧鸪天》词，抒家国兴亡之感，则使孔尚任在清代词坛堪与前代“暗伤亡国”的词家媲美。

此词载《桃花扇》第一出《听稗》，为剧中江南名士侯方域出场时所吟诵。按剧情规定，这出戏演“崇祯癸未(即明崇祯十六年，公元 1643 年)二月”事，时代背景设置在清兵压境、南明弘光朝形势危急之际。这就提供了理解这首词的关钥。

“院静厨寒睡起迟，秣陵人老看花时”，起笔两句酿造早春氛围，积淀着深沉的历史沧桑感。夜院静谧，纱帐寒峭，春睡迟起。亲历了南京的沧桑巨变之后，人也自觉衰老。早春二月，正是赏梅时节，但“春风吹梅畏落尽”(梁萧纲《梅花赋》)，看花人自然别有一番情怀。他既为梅花的傲寒绽放击节叹赏，又为梅花的临风凋零感慨忧伤，一种好景不长的悲哀笼罩心头。“静”、“寒”是环境的实录，更是心境的反映；“迟”、“老”是情态的描摹，更是精神的刻画。“秣陵人老”，点明目睹南京盛衰的历史见证人身份，有着凝重的政治和历史意蕴。

“城连晓雨枯陵树，江带春潮坏殿基”，三四两句以眼中景，写心中意，景中含情，立意深远。拂晓时分，细雨绵绵，飘洒在蜿蜒伸延的城垣上；钟山南麓，明太祖朱元璋的陵墓孝陵畔，高大的树木已经枯死；滔滔长江挟带着滚滚春潮，早已将明代宫殿的基石冲垮、毁坏。陵树枯，殿基坏，表明“金陵王气黯然收”(刘禹锡《西塞山怀古》)，昔日的繁华富贵已一去不复返。满目荒凉，哪里还有丝毫帝王旧都的气象？一种凭吊明王朝的哀伤悲楚之情溢于言表。

“伤往事，写新词，客愁乡梦乱如丝”，过片三句由景入情，发抒客中愁闷。“往事”、“新词”、“客愁”、“乡梦”，都可从《桃花扇》第一出《听稗》的一段生儒独白中找到诠释：“小生姓侯，名方域，表字朝宗，中州归德人也。夷门谱牒，梁苑冠裳。先祖太常，家父司徒，久树东林之帜；选诗云间，征文白下，新登复社之坛。早岁清词，吐出班香宋艳；中年浩气，流成苏海韩潮。人邻耀华之宫，偏宜赋酒；家近洛阳之县，不愿栽花。自去年壬午，南闱下第，便侨寓这莫愁湖畔。烽烟未靖，家信难通，不觉又是仲春时候。你看碧草粘天，谁是还乡之伴；黄尘匝地，独为避乱之人。”原来，往事不是别的，而是翻涌在他心中的家事、国事、天下事：清军进犯，烽火连天，自己南下应举落第，羁留他乡，有家难归，竟成了避乱之人。祖、父两辈是东林党人，自己又身为复社一员，一心报国是三代人的共同心志。因而，往事的感伤蕴含着深刻的政治内涵。风雨飘摇，家破国亡，他客居异地，难返故乡，怎不愁系故国，梦寻故里？这愁，这梦，纷乱如丝，真正是剪不断、理还乱啊！

“不知烟水西村舍，燕子今年宿傍谁？”结末两句以燕子的归宿比兴，抒写家国情思，寄慨遥深。烟水渺茫，故乡何在？那西村屋舍旁，年年飞来筑巢的燕子，如今看到山河破碎，物是人非，又将寄宿哪里？“旧时王谢堂前燕，飞入寻常百姓家。”(唐刘禹锡《乌衣巷》)燕子归巢的变迁往往寄兴着家国兴亡的微义。南宋张炎《高阳台》云：“当年燕子知何处？但苔深韦曲，草暗斜川。”金吴激《人月圆》云：“旧时王谢，堂前燕子，飞向谁家？”关注燕子，正是萦念社稷的命运。“国在哪里？家在哪里？君在哪里？父在哪里？”《桃花扇》第四十出《入道》中的这几句台词，恰是这末两句的最好注脚。

词人生于明亡之后，他苦心孤诣凡十载，于康熙三十八年(1699)写成《桃花扇》传奇，距明亡五十余年。他是要以南明覆亡的历史悲剧，来达到“不独使观者感慨涕零，亦可惩创人心，为末世之一救”(《桃花扇小引》)的目的。因而，借他人的酒杯，浇自己的块垒，乃是他创作的宗旨。剧中的这首词，就是词人藉以倾吐心声的杰作。词意哀婉蕴藉，富有艺术感染力，当时就激起人们的深切共鸣,从而超脱剧作本体而独立流播,博得广泛好评。雨中枯萎的陵树,江边冲坏的殿基,是故国沦亡的象征;烟水村舍畔无处宿傍的燕子,是无家可归的遗民的化身;客里愁思,梦中乡情,无不植根于对故国的殷切缅怀。谭献《箧中词》称其"哀于麦秀",陈廷焯《白雨斋词话》谓之"胜国之感,情文凄艳,较五代时鹿虔扆《临江仙》一阕所谓'烟月不知人世改,夜阑还照深宫。藕花相向野塘中。暗伤亡国,清露泣香红'者,可以媲美",都注意到了这首词深刻的政治内蕴和要眇的艺术表现。(吉明周)

贺新郎 查慎行

秋晚独上荆州城楼

飞过蛮天雨。背孤城、夕阳西下,大江东去。虎渡龙洲依然在,长是马嘶日暮。有独客、登楼怀古。豚犬英雄都不问,问成名、孺子今何处?秋太晚,散砧杵。　　山川洵美非吾土。向江陵、夹衣催换,一番寒暑。翠冷红酣微霜后,变了荆门烟树。且目送、边鸿南渡。隔岸残云流欲尽,指空蒙、下是衡阳路。愁浩浩,共谁语?

这首词当作于康熙十八年(1679)至二十二年(1683)间,作者偕其从兄查容客游楚地,遂有此作。本篇写词人在秋日的傍晚登上荆州城楼的所见所感。起句写景,也写出了自己登楼时的天气,秋雨刚过,江天净爽。恰在这样的条件下,词人独上城楼。接下来写登楼所见,进一步写荆州城楼四周的景色。"背孤城"三句写放眼四望中的荆州城。夕阳已经隐去,孤城陷入暮色中,惟有大江环绕着它,愈加显得空旷、苍凉。"虎渡"三句多涉及荆州地名与历史掌故。据袁山松《宜都山川记》云:"南崖有山名荆门,北对崖有山名虎牙,故曰荆门虎牙。"《南史·徐世谱传》云:"西魏攻荆门,世谱镇马头岸,据有龙洲。"又盛弘之《荆州记》曰:"刘备败于襄阳,南奔荆州。"这里以虎牙、龙洲、马头等地名连缀入篇,谓己日暮登楼,这些同历史事件和历史人物相关联之所尽在望中,那虎渡、龙洲仍历历在目,那称之为马头的征战之地,似乎还能听到古代英雄的战马的嘶鸣。作者先以自己视线所及为线索,以展望中的景物将读者的思绪引入雄关古城的氛围中,然后点出抒情主体,似乎暂时将视线收回到自身。但这仅仅是一个过渡句,使前面的写景转入到怀古抒情。"豚犬"句出自《三国志》裴松之注引《吴历》:(曹)"公见(孙权)舟船器仗军伍整肃,喟然叹曰:'生子当如孙仲谋。刘景升儿子若豚犬耳。'"孙权、刘表等皆与荆州历史相关,登楼怀古,这些前代名人自然地出入于词人思绪中。然而,作者的笔锋将这些人物轻轻带过。他们并不是作者所关注的人。此时,词人的情怀另有寄托。"孺子"指王粲。据《三国志》本传载,粲年幼便受到蔡邕的赏识,后居荆州,依刘表,其间作《登楼赋》。词人此刻登临,想到少年成名,也曾居此并有名赋传世的文人,深表敬服。然而,在荆州城楼,他四顾茫然,只感到清秋岁晚,只听到一派砧杵之声。在词人心中,那些政治、军事方面的人物都不屑一顾,只有骚客雅士令他向往,但却无法与他们交流。在耳畔砧杵频催的秋季，他感到孤独，他的内心充满了苦闷。

下片转为直接抒怀。“山川”句用王粲《登楼赋》中语。原文“虽信美而非吾土兮，曾何足以少留”，表现出王粲在荆州时的孤独处境和决心离去的强烈愿望。词人此时的心情同当日的王粲颇有相同之处。然而，他的漫漫游踪还远没停止。江陵是他即将去的地方。在这里，词人用衣服的更换，以表明时序的变幻、寒暑的交替和羁旅的艰难。词人已经在他乡浪游了很长的时间，虽然为苦闷、孤独所困扰，却仍然无法改变其处境。“翠冷”二句进一步写寒暑的变幻。经过秋霜之后，原来浓荫如烟的树林改变了颜色，树叶有的殷红，有的暗绿。一派肃杀的清秋景象。深秋岁晚是游子思亲怀归的时段，如《诗经・小雅・采薇》中，诗人唱出：“采薇采薇，薇亦作止。曰归曰归，岁亦莫（暮）止。”然而，词人虽有离开荆州的意图，却仍无法回到自己的家乡浙江海宁。“且目送”二句，写词人城头四望之时，在“翠冷红酣”的衬托下，雁阵飞过长天。词人目送着它们，也引起诸多遐想。“隔岸”三句承前之“目送”，雁行渐去渐远，唯见天际残云飘流殆尽。这又回应起句的“飞过蛮天雨”。雨刚刚下过，云也渐渐散去。词人远望间，指点着雁去的方向，在天水空蒙之处，是雁去之路，也是词人将要去的方向。这是无奈的指点，是思归而不得归的游踪所寄。在这样的怅然远望之际，直逼出结句：“愁浩浩，共谁语？”一种无法倾吐的愁绪在胸，令读者感受到他无可名状、无可解脱的烦恼。

此词以雨后、深秋、暮色、孤城、游子构成了深沉雄浑的意境，怀古中对比鲜明，豚犬、英雄与才华出众的孺子相对举，表明词人无意于功名利禄，而对“文章千古事”抱有特殊的偏爱。“翠冷红酣微霜后，变了荆门烟树”二句着色浓烈，且用以表现时序的变幻，有过人之处。（许志刚）

长相思　纳兰性德

山一程，水一程，身向榆关那畔行。夜深千帐灯。　　风一更，雪一更，聒碎乡心梦不成。故园无此声。

历来论纳兰性德的词，多推许其小令，对其长调，则评价不高。较有代表性的评论如谭献说：“容若（纳兰性德的字）长调多不协律，小令则格高韵远，极缠绵婉约之致，能使残唐坠绪绝而复续。”（《箧中词》）这样说，并不意味着纳兰性德的长调中无一佳作，但总的说来，其小令中的佳作更多，艺术成就更高，却是不争的事实。而在他众多的短篇佳什中，这首《长相思》则又卓然独立、自具特色。

这首小词作于康熙二十一年（1682）二月，作者身为一等侍卫扈从康熙皇帝北上盛京（今沈阳）祭扫祖墓、祭祀长白山途中。康熙帝因在上一年平定了长达九年的三藩之乱，心中很高兴，于上元节（农历正月十五）在华清宫召宴内阁翰林等，号为“升平嘉宴”。时过一月，又有此北上之行。此行目的，一方面为告慰祖先神灵，另一方面也是为了显示武威，安定民心。从此词中的“夜深千帐灯”以及同是作于此次北行期间的《如梦令》首句“万帐穹庐人醉”看来，此行浩浩荡荡，随行将士当不下数万人。此词的上片写行军与宿营，下片写深夜不寐时的乡情。

上片先用三句说行军："山一程，水一程，身向榆关那畔行。"队伍是从京城北京出发的，行军途中道路艰难，既要翻山越岭，也要涉水过河。"一程"二字的重复出现，见出跋山涉水旅程的漫长，同时意味着离开家乡正愈来愈远。第三句之"榆关"，即山海关；"那畔"，指山海关外。此句交代了行军队伍尚在关内，也交代了前进方向——山海关外。前结"夜深千帐灯"，说宿营。地点仍在关内，时间已是深夜。作者夜不能眠，直至"夜深"，走出营房，其时万籁俱寂，只见上千营帐都亮着过夜的马灯。此句客观上写出了康熙皇帝此次巡行的规模与气势。王国维在《人间词话》中对此句备极推崇。他说："'明月照积雪'，'大江流日夜'，'中天悬明月'，'长河落日圆'，此种境界，可谓千古壮观。求之于词，唯纳兰性德塞上之作如《长相思》之'夜深千帐灯'、《如梦令》之'万帐穹庐人醉，星影摇摇欲坠'差近之。"但这种摘句式的评论，难免失之于浅薄。"夜深千帐灯"是词人在不情不愿地"身向榆关那畔行"过程中，在长夜失眠情况下见到的野外宿营的情景，面对"千帐灯"出神的，是一位乡思浓重的词人。如果可以仿照下片的结尾再缀上一句，词人一定会即兴吟道：故园无此景！

下片从"夜深"二字衍出。前两句写所闻。词人躺在帐篷中，听得见外面狂风呼啸、飞雪扑打帐篷的声音。"一更"二字的重复出现，见出风雪肆虐，长夜不绝。后两句从风雪声引出。"聒碎"的主语是风雪声，"此声"指的也是风雪声。"聒"，指噪音嘈杂刺耳。风雪声不断传来，词人无法入睡，连做个回乡梦都办不到。不禁发出感慨：在故乡是绝不会有这种风雪声的！全篇的抒情，最后落到"乡心"与"故园"上。

纳兰性德从小受到十分良好的家庭教育，文才武略都很出众。选授侍卫之后，出入扈从，兢兢业业。前后十多次护卫康熙帝外出巡幸，深受康熙帝赏识，得到过康熙帝的许多赏赐(详见徐乾学为其所作《墓志铭》)。但在他内心深处，却是敝屣功名，"身在高门广厦，常有山泽鱼鸟之思"(韩菼所作《神道碑》)这种身与心的深刻矛盾，在这次扈从康熙北上过程中表现得十分明显，这首《长相思》，便是一个有力的证明。词的上片主要写"身"，下片主要写"心"。"身"在一步步远去，"心"却愈来愈执著于故园；"身"是奉命办事，欲罢不能，"心"是真情流露，魂牵梦萦。此词虽篇幅短小，所写的只是特定的一次行程，却不难从一滴水看世界，从中看出纳兰性德之为人，看出他深受身心矛盾的痛苦熬煎。他在三十一岁的壮盛之年患虚症而忽然凋亡(《墓志铭》谓其"七日不汗死")，当是与他长期受到身心矛盾的困扰、折磨分不开的。

此词的结构，大体上还是采用上景下情的习见格局。上片叙事写景，景中含情；下片抒情，同时带出相关的情事、景物。上下片的写法各有特色：上片说"身"，主要诉诸视觉，在空间上展开。随着"山一程""水一程"，空间在变换，词人距离故园正愈去愈远。而与此同时，时间也在推移，从白天直至"夜深"。下片说"心"，主要诉诸听觉，在时间上展开。伴着"风一更"、"雪一更"，时间在推移，词人对故园的思念也变得愈来愈强烈。而与此同时，空间也在变换，在词人的凝想中，既有现实中的风雪，也有梦魂难以到达的故园。总之，上下片既各有特色，又互相映照，彼此勾连，全词给人以一种整齐、对称的美感。

用语白描，也是此词的一大特色。"山""水""风""雪"等实词，都是直说景物，不用一字修饰。"身向榆关那畔行。夜深千帐灯"与"聒碎乡心梦不成。故园无此声"，也无不是以最朴素、自然的口语直言所见、所闻、所感。用语的白描，归根结底在于其体验的深刻；元好问所谓"豪华落尽见真淳"(《论诗三十首》之四)，俗话所说的"绚丽之极归于平淡"，说的正是这一道理。(陈志明)

浣溪沙　纳兰性德

身向云山那畔行，北风吹断马嘶声。深秋远塞若为情　　一抹晚烟荒戍垒，半竿斜日旧关城。古今幽恨几时平。

关于此词的创作背景，赵秀亭、冯统一在《饮水词笺校》中指出，词的首句从《长相思》"身向榆关那畔行"而出，只是《长相思》为纳兰性德于康熙二十一年春天随皇帝出榆关（山海关）时所作，而此首为当年八月至十二月赴梭龙侦查时所作。这一看法完全合理。从词中的内容来看，当时为深秋季节，词人所见之景与山海关一带的景观也基本相符。隋开皇三年在渝水边修筑渝关，又称"榆关"，后来成为东北重镇。明洪武十四年，徐达于旧榆关东六十里修建新关城，以其北倚燕山，南临渤海，故名"山海关"。整个山海关以关城为主体，附带多个小城，词中所言的"戍垒"即小城，关城、小城通过长城连缀起来，周围群山连绵，风景雄伟，词人称之为"云山"，是非常贴切的比喻。

在宋代，受当时国境的限制，像范仲淹《渔家傲》那样描绘边塞情景的词极少，这当然也与词本身柔婉的体性特征有关。纳兰性德才华横溢，当其亲身游览塞外之时，创作了不少边塞词，开拓了词的题材内容。这首词上片写自然景色：在如云般平缓起伏的连山中，北风呼啸，掩盖了部队的马嘶声，让人悲不自胜。"若为情"，与"何以为心""谁为心"同，诗中常见，表示一种感情让人内心难以忍受。下片着重于人文景观：关城与附近的小城在晚烟落照中尽显历史沧桑感。"晚烟"指秋冬季节的暮霭，"半竿斜日"言落日与地面距离仅半竿，这烘托了关城、小城的荒凉气氛。词人在其中融入了唐代边塞诗、怀古诗的那种阔大的场面与苍茫的历史感，体现出简古之风。唐代诗人，尤其是盛唐诗人，面对在秦汉六朝纷繁的历史变迁后留下来的遗迹，往往流露出天地悠悠的伤感，这是太平年代的归于平静的伤感。山海关是清军进入中原的标志性地点，在纳兰性德的时代，战乱刚平息，国家重归统一，这首词也包含了那种由巨变到平静的感叹。清代作为游牧民族建立的王朝，国境远至塞外，具有与盛唐时相似的时代精神，这也是纳兰性德能开拓词的题材内容，创作宋代罕见的边塞词的时代因素。然而雄浑少而悲慨深，风格不似盛唐。词中的语句"一抹晚烟，半竿斜日"，更与许浑《送杜秀才归桂林》诗之"两岸晚烟千里草，半帆斜日一江风"，风味相似。五代张泌《题华严寺木塔》诗曰："六街晴色动秋光，雨霁凭高只易伤。一曲晚烟浮渭水，半桥斜日照咸阳。休将世路悲尘事，莫指云山认故乡。回首汉宫楼阁暮，数声钟鼓自微茫。"在感情、意象、语句上与纳兰性德此词皆近，而简古要眇不及纳兰词，亦由此可知词境。（冯坚培）

浣溪沙　纳兰性德

谁念西风独自凉？萧萧黄叶闭疏窗。沉思往事立斜阳。　　被酒莫惊春睡重，赌书消得泼茶香。当时只道是寻常。

王国维在托名樊志厚作的《人间词乙稿序》中，称赏纳兰容若“其所为词，悲凉顽艳，独有得于意境之深，可谓豪杰之士，奋乎百世之下者矣”。王氏《人间词话》论词标举“境界说”，谓“内足以摅己而外足以感人者，意与境二者而已”，以王氏的词论观此词，不妨说，上片是境中生意，下片是意中见境，合而观之则达到了意与境合，浑化一体的程度。

词虽没有加标题，其实是可以补上“悼亡”一类题目的。全词所用词语十分素淡，没有什么华丽的藻饰，典故也只用了一个并不冷僻的常典。上片有“西风”、“黄叶”、“疏窗”、“斜阳”四般景物，下片则有“被酒”、“春睡”、“赌书”、“泼茶”四般情事，看似平平道来，语不惊人，但正如况周颐所评“酒中茶半，前事伶俜，皆梦痕耳”（《蕙风词话》），所谓“词心”即在这如梦似幻、怀旧感今的惆怅意绪中。再分开来解析词的每一句，可以发现上片的四般景物其实也都反映出词人的心理感受，也就是景中见情。第一句“西风”给人“凉”的感觉，对于词人而言，不耐这种“凉”既是生理上的反应，更是心理上的反应，“独自”两字在此充分表明失去了亲爱的生活伴侣，他身心两伤，深感孤寂，对节气物候的反应非常敏感。第二句“黄叶”前加“萧萧”两字，是“无边落木萧萧下”（杜甫《登高》）之景，“萧萧”乃象声词，在此如《古诗十九首》之十四“白杨多悲风，萧萧愁杀人”那样，深有悲凉愁苦之意，而“疏窗”前加着一“闭”字，则不但是要将窗外的萧瑟秋意封闭在屋外，更是要将自己的心灵封闭起来，不让它再在春花秋月的刺激下承受爱之失落的痛苦。第三句写在一片光色黯淡的“斜阳”中悄然独伫“沉思往事”，“立”字下得很耐人寻味，这个“立”字，其实深有“立尽斜阳”之意，见出“沉思往事”时的痴迷，而这种痴迷当然是同“斜阳”本身那与自然景观对应的文化意蕴密切相关的，也就是说，迟暮的日色，象征着词人衰飒的心境。

再看下片的四般情事，其实也就是两个连贯的场景。对过去日常生活中两情相洽之细节描述，承上片之“沉思往事”一语而出，以人物的行为表现他们之间的亲密关系，确如况周颐所说，是“工于写情”（《蕙风词话续编》）。“被酒”一句谓酒后头有些晕，沉沉睡去，就不要去惊扰他（也就是词人）的清梦，是从亡妻一边说自己，“莫惊”两字见出亡妻一片关心体贴的深情，“春睡”与上片的萧瑟秋意形成强烈的反差，有很浓厚的温馨感。“赌书”一句则反映了他们夫妻生活中情趣相投，互为知音的一面，这就尤为难得。“赌书”、“泼茶”，用宋赵明诚、李清照夫妇的典故，按李清照《金石录后序》曾记载：“余性偶强记，每饭罢，坐归来堂烹茶，指堆积书史，言某事在某书某卷第几叶第几行，以中否决胜负，为饮茶先后。中即举杯大笑，至茶倾覆怀中，反不得饮而起。”这里用“赌书”、“泼茶”之典，旨在强调伉俪相得的幸福美好，跟纳兰之妻卢氏是否真有极高的才学关系不大；因此，从立意上说，这个全词中惟一的典故用得还是贴切传神的。最后一句“当时只道是寻常”，谓往日平常不起眼之事，今日追思之，虽恍在昨日，但爱妻已魂归离恨天，自己形影相吊，惟余悲怆而已。从语言学的角度看，这一句其实是歇后修辞，后面省去了“今日追思痛满腔”之类的话，所以显得含蓄而隽永。生与死，决定已发生之事的常与奇，这样的逻辑关系，令简单的语句也充满了悲悯的情怀，具有最普遍的人性感染力。唐李商隐《锦瑟》诗末云：“此情可待成追忆，只是当时已惘然。”而此处则是：“此情纵可成追忆，只是于今自恻然。”语虽平淡，内中潜藏的愁苦却无以复加，“使读者哀乐不知所主，如听中宵梵呗”（顾贞观《通志堂词序》），感慨横生。

读此词，回头再想想什么是境，什么是意，就了然于胸了，对王国维评纳兰词的一段话，也会有更深切的理解。是耶非耶？读者当能自味。（胡邦彦）

菩萨蛮　纳兰性德

问君何事轻离别，一年能几团圆月？杨柳乍如丝，故园春尽时。　春归归不得，两桨松花隔。旧梦逐寒潮，啼鹃恨未消。

纳兰性德二十二岁中进士，随后当上了跟自己同样年轻的康熙皇帝的一等侍卫，在仕途可谓“春风得意马蹄疾”。然而，生长在显赫之家的他追求自由舒展的个性，对这显耀职位却没有多大兴趣。除了跟皇帝巡游江南之外，他几乎每次离开家庭，心里总是不痛快的。在家时间少，只能让万缕情丝，缠绕在断鸿零简里。因而，他的恨别词写得相当出色，这首描写思乡念家之情的《菩萨蛮》就是极具代表性的一首。

这首词写于康熙二十一年（1682）春，这一年三月康熙帝平定了三藩之乱，纳兰性德的父亲明珠被任为太子太傅，二十八岁的纳兰性德随驾东出山海关，到清朝发祥地巡视，并祭祀长白山。

第一句以设问的方式问自己：因为什么事轻易地与家人别离？明明清楚得很自己是跟皇帝南巡北狩，却反问自己为“何事”别妻离家，可知作者心中的苦闷与矛盾。一个“轻”字更见出作者对妻室家庭的重视与自身处境的无奈。第二句又问自己一年当中能有多少跟家里人团圆相聚的时光，对自己的处境表示感叹。第三、四句通过写景来写思乡的心情。这北国的杨柳枝刚刚长成丝绦般的柔条，家乡却应是三春过尽的时分了。

词的上片就这样因情写景，以景衬情，情景交融，把纳兰性德对家室的思念之情及对羁旅天涯生活的厌恨表达出来了，不事雕饰，而情思宛然。笔触有如行云流水，自然舒畅。

第五句上承“故园春尽时”，将“我”与“春”相比较，写家乡的春天都归去了，我却不能归家乡，再写自己的思归与不能归的无奈。第六句点明自己归不得的原因，是身在松花江上侍奉皇上巡视边疆。第七句写夜深人静时，作者的感情更加敏锐，往事涌入梦来，像寒流一般滚滚而至。第八句说自己像一只哀啼的杜鹃鸟，离情别恨无以消除，写出了诗人身在北疆十分孤寂的内心。

词的下片就这样直写胸臆，以故园归去的春天对比自己的不归，以不尽的寒潮反映自己的心潮，以含恨啼血的杜鹃象喻自己的怅恨，抒发自己对妻室故园的魂牵梦绕，把思归的悲苦心情和盘托出。

《纳兰词》有相当篇幅系思念家室之作。生活中的纳兰是十分爱恋自己的妻子的，在他的词作中也反复透露，他的心中、梦中只有妻子。他对妻子的爱情是那么深，不啻是贾宝玉式的“情种”，从这首《菩萨蛮》也可窥一斑。

纳兰性德认为“诗乃心声，性情之事也”，认为创作应该直抒性灵，毫无矫饰，应该像“流泉呜咽，行止随时；天籁噫嘘，洪纤应节”。这首《菩萨蛮》便充分地体现了纳兰词的艺术风格，任由真纯充沛的感情在笔端自然流露，在清新中带有一种凄婉哀怨之美，如张预所言“缠绵抒情”，具“沉幽骚屑之思，婉丽凄情之体”（《重刻纳兰性德词序》）。（萧宿荣）

蝶恋花　纳兰性德

辛苦最怜天上月。一昔如环，昔昔都成玦。若似月轮终皎洁，不辞冰雪为卿热。　无那尘缘容易绝。燕子依然，软踏帘钩说。唱罢秋坟愁未歇，春丛认取双栖蝶。

“爱情”两个字，人们常说：好辛苦！

这样的情感体验，到了纳兰性德笔下，获得了这样充满诗意的表述：“辛苦最怜天上月！”

不是吗？你看那天上的月亮，“一昔如环，昔昔都成玦”，只是一夜团圆如环，却夜夜都是残缺如玦，让人等团圆等得好辛苦，盼团圆盼得好辛苦！（“昔”，同夕；“玦”，有缺口的环形佩玉）

人间夫妇，往往如此。词人夫妇，更其如此。

“问君何事轻离别？一年能几团圆月？”（词人《菩萨蛮》）词人身为宫中一等侍卫，常要入值宫禁或随驾外出，所以尽管他与妻子卢氏结婚不久，伉俪情笃，但由于自己地位独特，身不由己，总是离别时多，团圆时少，夫妇二人都饱尝相思的煎熬。

而今，仅仅是婚后三年，卢氏仅仅是二十一岁芳龄，竟然离词人而去了，这更是留下了一个无法弥补的终生痛苦与遗憾！

特别是因为，卢氏与词人不仅仅是一般意义上的夫妻，更难得的是二人胸襟、志趣非常投合，为世所罕见。纳兰性德同年、平湖词人叶舒崇所撰《皇清纳腊氏卢氏墓志铭》云：“抗情尘表，则视若浮云；抚操闺中，则志存流水。于其殁也，悼亡之吟不少，知己之恨尤多。”足见纳兰性德与其亡妻深具的琴瑟音通的心谊。

在难以消释的痛苦中，词人心中的爱妻渐渐化作了天上一轮皎洁的明月。词人在《沁园春》（瞬息浮生）词序中写道：“丁巳重阳前三日，梦亡妇淡妆素服，执手哽咽，语多不能复记，但临别有云：‘衔恨愿为天上月，年年犹得向郎圆。’”

这是一个凄切的梦，也是一个美丽的梦。词人希望这个梦真的能够实现，希望妻子真的能像一轮明月，用温柔的、皎洁的光时时陪伴着自己。词人还想：纵是“高处不胜寒”（苏轼《水调歌头·丙辰中秋……》），我也一定不辞冰雪霜霰，用自己的身，自己的心，去温暖爱妻的身，爱妻的心。

人们不会忘记《世说新语》中这段凄恻动人的故事：“荀奉倩与妇至笃，冬月妇病热，乃出中庭自取冷，还以身熨之。妇亡，奉倩后少时亦卒。”荀奉倩即荀彧之子荀粲，其妻曹氏，为曹洪之女。荀粲因伤悼爱妻而亡，死时年仅二十九。荀粲和纳兰性德的感情经历说明，夫妇之间的冷暖本来就是相通的。不论是同在人间，还是已有幽明之隔。由此我们想到，纳兰性德将自己的词集名由《侧帽》改为《饮水》,虽是取《五灯会元》道明禅师答卢行者语"如鱼饮水,冷暖自知"语意,其情感内涵也应是多方面的吧。

尽管有美丽的梦,但那终归是梦。尘世因缘毕竟已经断绝,令人徒唤奈何。("无那",同无奈)

惟有堂前燕子,依然轻柔地踏着卷帘的钩子,呢喃絮语,仿佛在追忆这画堂深处昔日洋溢的那一段甜蜜与温馨……

"秋坟鬼唱鲍家诗,恨血千年土中碧。"(李贺《秋来》)泉下之人悲情不已,后死之人愁恨未歇。来年春日,那烂漫花丛中形影相随、双栖双飞的彩蝶,一定是词人与爱妻的精灵所化……(赵山林)

蝶恋花　纳兰性德

又到绿杨曾折处。不语垂鞭,踏遍清秋路。衰草连天无意绪,雁声远向萧关去。　　不恨天涯行役苦。只恨西风,吹梦成今古。明日客程还几许,沾衣况是新寒雨。

词人身为一等侍卫,常随侍康熙帝出巡。作为一个"以自然之眼观物,以自然之舌言情"(王国维《人间词话》)的敏感的词人,他并不因帝王的宠遇而在作品中矫饰自己的情感,常常直抒胸臆。此词即写负皇命行役在外,路过旧日与亲友分别的地方,而引起的惆怅之情。上片重在写景,下片重在抒情。然而又都是景中有情,情中有景。

起句写路过旧日与亲友分别的地方。古人有折杨柳枝赠别的风俗。"又到"点明重过旧地,"绿杨曾折"说明当年分别是在春夏之时,"曾折处"言明重过之处是与亲友分别的地方。过去离家,在这里折枝赠别;今番远征,又在这里折柳临歧。作者行至此处,往日分别的情景,自然涌上心头。一个"又"字,说明作者离家不止一次了。"又"与"曾"字相呼应,恰切地表达出诗人对不断行役的愁烦情绪。这是用吴文英《桃源忆故人》"潮带旧愁生暮,曾折垂杨处"词意。"不语垂鞭"一句,勾画出了作者沉浸在对往事的回忆之中,默默无言,无力地垂着马鞭,闷闷不乐,任马缓缓行走的形象。这里化用了温庭筠《晓别》"上阳宫里钟初动,不语垂鞭上柳堤"诗意。"踏遍清秋路",既点出这次重来旧地的季节是秋天,又写出徘徊故地的神态。出于对仕途的厌倦,诗人含愁赍恨地离开京城,陪伴皇帝出发。一路上,诗人无精打采,怅然若失。这两句有静有动,动静交织,把作者当时沉思神态惟妙惟肖地描绘出来了,真是诗情兼有画意。

第四、五句写眼前所见所闻。"衰草连天"是眼见实景,写衰败的秋草,直接天涯,恰似自己心中的离愁别恨,连绵不断,无边无际。"雁声远向"是耳闻,这大雁,鸣叫着朝着关塞远飞而去。这和征戍的人步入穷荒一模一样。所以,听到雁声嘎然长鸣,使人触景生情,添愁惹恨。放眼平芜,毫无意绪,抬头仰望,也是兴味索然。"衰草""雁声"均给人以凄凉肃杀之感,通过景物描写,表达了羁旅他乡的愁苦情怀。"无意绪"是作者看见眼前景物之后所产生的感受，表现了百无聊赖的心境，这三字是全词之眼，整首词的描写都围绕这三个字展开。“萧关”，古关名，故址在今宁夏固原东南，为自关中通向塞北的交通要冲。

下片，“不恨天涯行役苦。只恨西风，吹梦成今古”，由衰草连天，雁声远去，联想到自己行役天涯的苦楚。“不恨”二字是反语，“只恨”二句正道出了长期行役天涯之苦。由于行役天涯与亲友难以相聚，时光过得飞快，使往事如梦一般难再寻觅，这种生活，何时是尽头？“只恨西风”含蓄地写出了作者怅惘的情怀。“西风”，与“清秋”“衰草”“雁声”相联系。秋风起了，吹梦无踪，一瞬间，便觉年华飞逝，使人有今昔云泥之叹。“明月客程还几许”一句以设问句写出羁旅生涯的感慨，到明日离愁别绪又不知要添多少？结句“沾衣况是新寒雨”与首句呼应，写旧地重游，百感交集，更何况寒雨绵绵，沾衣惹袖，这客途秋恨，比刚刚离京时一定更深更浓了。

整首词，从折柳开始，以寒雨收束，暗用《诗经·小雅·采薇》“杨柳依依”、“雨雪霏霏”的诗意，结构完整。格调凄清宛转，充满忧愁伤感之情。词人善于通过景物表达情感，“衰草”“雁声”“西风”“寒雨”等事物组成一幅凄凉、苍茫、肃杀的画面，为作者所抒写的离情别绪起了很好的烘托作用。诗人的情绪，跌宕回环，凄婉曲折，而遣词构句，则似清泉注溪，流畅自然，真切感人，实是词中上品。（萧宿荣）

沁园春　纳兰性德

丁巳重阳前三日，梦亡妇淡妆素服，执手哽咽，语多不复能记，但临别有云：“衔恨愿为天上月，年年犹得向郎圆。”妇素未工诗，不知何以得此也？觉后感赋

瞬息浮生，薄命如斯，低徊怎忘？记绣榻闲时，并吹红雨；雕阑曲处，同倚斜阳。梦好难留，诗残莫续，赢得更深哭一场。遗容在，只灵飙一转，未许端详。　　重寻碧落茫茫，料短发、朝来定有霜。便人间天上，尘缘未断；春花秋叶，触绪还伤。欲结绸缪，翻惊摇落，减尽荀衣昨日香。真无奈！倚声声邻笛，谱出回肠。

纳兰性德肯定是古代悼亡词写得最好的词人之一。他的《通志堂词》中，题目标有悼亡的有七首。此外，虽未标明悼亡而词情实是悼念亡妇、追思旧情的尚有三、四十篇，这首《沁园春》是他的代表作之一。

此词写作背景在小序中已作了交代。所云“亡妇”，指其妻卢氏。卢氏是两广总督、兵部尚书、都察院右都御史卢兴祖的女儿，十八岁时嫁给纳兰性德，被封为淑人，二十一岁时去世，时为康熙十六年(1677)五月三十日。小序中的“丁巳”，即康熙十六年，也就是卢氏逝世这一年。妻子逝世不久，尸骨未寒，衾枕犹温，所以词人时时萦念，思多成梦。词之开头三句，以咏叹的笔法写出对卢氏的一往深情。“浮生”语出《庄子·刻意》：“其生若浮，其死若休。”古称红颜多薄命，如此美丽的娇妻，生命竟如此短促，因此词人不免低徊掩抑，难以忘怀。“记绣榻”

以下，以一去声“记”字作为领格字，领起两组偶句。这是回忆婚后的幸福生活。“红雨”，原指桃花，语本李贺《将进酒》诗：“桃花乱落如红雨。”也指落花，刘禹锡《百舌吟》诗：“花枝满空迷处所，摇动繁英坠红雨。”这里“并吹红雨”，是说夫妇二人坐在床上，一齐吹着飘飞的花瓣嬉戏，实际上是化用李煜《一斛珠》“绣床斜凭娇无那，烂嚼红茸，笑向檀郎吐”的词意。将“茸”改为“雨”，乃为平仄所限；而将一人吐红茸改为二人并吹红花，则进一步表现了夫唱妇随的深切情意，其中似带有某种程度的平等思想。“雕阑”二句，是说夫妇同赏黄昏景色。李煜《阮郎归》词云：“留连光景惜朱颜，黄昏独倚阑。”是写一女子惆怅自怜。此处谓“雕阑”“同倚”，则写出了一对鹣鹣蝶蝶形影不离的爱侣。以上关于生前的这段回忆，为下文所写的梦境作铺垫。

“梦好”至上片歇拍，是写梦醒之后。梦中情景，已见小序。这里的“梦好”是指梦中所见亡妇“淡妆素服，执手哽咽”，讲了许多情意殷殷的话。“诗残”是指“衔恨愿为天上月，年年犹得向郎圆”两个断句。“难留”，表现出重温旧梦的深情；“莫续”，反映了唱和难继的悔恨。更深人静，梦中醒来，面对凄凉的人生，纳兰再也不能抑制心头的痛苦，于是放声大哭。“遗容在，只灵飙一转，未许端详”三句，回笔再写梦境，看见了妻子，但神风一转，人又不见了，不得仔细端详。只留下深深的悲伤。

换头两句“重寻碧落茫茫，料短发、朝来定有霜”，紧接歇拍词意，写词人醒后欲重寻梦境，而茫茫碧落，无处可寻。此处语本白居易《长恨歌》：“上穷碧落下黄泉，两处茫茫皆不见。”“短发”，谓头发稀疏。此句与苏轼悼亡词《江城子》很相似。苏词云：“纵使相逢应不识，尘满面，鬓如霜。”苏轼是说自己历尽宦海风波，容颜已老。纳兰性德则说自己因为思念亡妻，经过一夜悲愁痛苦煎熬，料想明朝自己稀疏的短发上定会有点点白霜了。“便人间”以下四句，也是以一去声领格字领起两组偶句，似叹息，似深思，又似与亡妻诉说衷情：虽然我俩如今已经是人间天上，但是尘缘未尽啊，两情相思无有已时。每见春花秋叶，总要触发思念，也总要带来感伤。纳兰词中一再提到缘分。他另一首悼亡词《金缕曲》说：“还怕两人俱薄命，再缘悭、剩月零风里。”一会儿说“缘悭”，一会儿又说“尘缘未断”，可见他认为自己与卢氏的结合，常常受到命运的摆布。所以他恨自己“薄命”，也怜妻子的“薄命”。他们真是一对同命鸟！

“欲结绸缪，翻惊摇落，减尽荀衣昨日香”，恩爱的夫妻却不能白首偕老，这是人生最大的遗憾。纳兰痛苦地说：我本想与你永结连理，恩爱缠绵，不料你却像木叶飘然陨落，从此衣香减尽，绮梦成空了。东汉荀彧，曾守尚书令，坐处生香，世称“荀令香”。又《世说新语·惑溺》云，荀奉倩（名粲）与妇至笃，妇病亡，痛悼不已，岁余亦亡。这里二典合用，字面上用荀令衣香，而含义却用荀粲之痛悼亡妇，说明卢氏死后，纳兰自己亦生意顿减，日渐消瘦。结拍三句写词人在百无聊赖之中便来写这首悼亡词了，此时他耳边仿佛回荡着当年向秀经亡友嵇康山阳故居时所听到的邻人吹笛的声音，那是古来最悲哀、最凄凉的声音了，而自己现在谱写的也正是这种使人断肠的伤心曲啊！全篇至此，戛然而止，而余韵悠然，正如山阳笛曲，流入读者的肺腑。

这首词感情非常真挚，少年夫妻几年恩爱生活，使纳兰性德没法遗忘，娓娓道来，语浅情深，每一句都是发自肺腑的至情，都是不假虚饰的真话，催人泪下，感人至深。此词在艺术上充分运用慢词篇幅长、容量大的特点，在时空转换上备极灵动之妙。词人立足现实，追忆妻子生前，既将梦境与实境相比照，又使梦中与梦后相映衬。感情随着时空的转换，起伏跌宕，让感情充分抒发。回环往复，哀感顽艳，是纳兰词中的名作。（徐培均）

金缕曲　纳兰性德

赠梁汾

德也狂生耳。偶然间、缁尘京国，乌衣门第。有酒惟浇赵州土，谁会成生此意？不信道、遂成知己。青眼高歌俱未老，向尊前、拭尽英雄泪。君不见，月如水。　共君此夜须沉醉。且由他、蛾眉谣诼，古今同忌。身世悠悠何足问，冷笑置之而已！寻思起、从头翻悔。一日心期千劫在，后生缘、恐结他生里。然诺重，君须记。

本篇题为“赠梁汾”，梁汾是词人顾贞观的号。据载，顾贞观读了纳兰性德这首词后，也写了一首《金缕曲》，题为“酬容若见赠”，并在纳兰性德的原作后题辞云：“岁丙辰，容若年二十有二，乃一见即恨识余之晚。阅数日，填此曲为余题照。极感其意，而私讶他生再结语殊不祥，何意竟为乙丑五月之谶也。伤哉！”（按：纳兰性德卒于康熙二十四年乙丑五月）

由此可知，纳兰性德的这首《金缕曲》作于康熙十五年丙辰（1676）作者二十二岁时。这是一首“题照”词。所题之“照”，是顾梁汾的自画像。

本篇是纳兰性德与顾梁汾的订交之作。订交双方的情况，差异极大。顾梁汾比纳兰性德年长十八岁，这时已经四十岁。一个是正当血气方刚的年轻人，一个已是涉世已久、年已不惑的中年人，要建立“忘年交”的关系至为不易。并且两人之间身份、地位也十分悬殊。纳兰性德的父亲纳兰明珠是康熙朝的重臣，曾任武英殿大学士。纳兰性德作为明珠的长子，十八岁中举，二十二岁（即写作此词之年）赐进士出身，选授三等侍卫。而顾贞观于康熙五年（1666）中举后，只做过地位并不重要的内阁中书。因谗去官，后来在明珠家做家庭教师。其身份、地位是难以与纳兰性德同日而语的。那么，纳兰性德又是怎样看待两人之间的巨大差异，怎样去打消对方的顾虑，终于使彼此走到一起、成为莫逆的忘年之交的呢？试听他的心声：

“德也狂生耳”，是说：我纳兰性德这个人啊，是个性情疏狂的人。明明生于簪缨之族，长于富贵之家，接受过传统礼法的良好教育，当表明身份时，竟然一出口便以“狂生”自称。但这实在是其肺腑之言而非故作惊人之语。纳兰性德与历史上不少文人一样，在接受传统文化的熏陶时，既受到规行矩步、严守礼法一面的影响，也受到崇尚天真、行不由径的另一面的影响。他这样标榜自己是“狂生”，一方面表示了自己并不是一个拘守礼法、不近人情的迂腐文人，另一方面也可借此打消对方的顾虑，使友人不致因为身份、地位上的悬殊而不敢接近自己。

“偶然间、缁尘京国，乌衣门第”，接着的这两句是对自己实际境遇的说明。“缁尘京国”，语本陆机诗：“京洛多风尘，素衣化为缁。”（《为顾彦选赠妇二首》之一）“缁”，黑色。词人以常在京城风尘中奔走，指代自己在京城供职的身份——其时词人为宫廷三等侍卫。金陵（今南京）的乌衣巷，晋时为贵族王导、谢安等人的居处。此以“乌衣门第”指自己的贵族出身。作者以“偶然间”三字表明自己的这种地位、身份纯出于“偶然”，并非刻意追求所得，并没有丝毫可以骄人的地方。这就在自称“狂生”、拉近了彼此思想感情上的距离之后，又在如何看待自己的境遇这一问题上作低调处理，以消解彼此间因身份、地位的不同而可能产生的距离感。

"有酒惟浇赵州土,谁会成生此意",进一步表明:自己不仅不以身份、地位自骄、骄人,拒人于千里之外,而且还景慕战国时期广纳天下贤士的赵国平原君赵胜,渴望能够广结天下名士。"有酒"句用李贺《浩歌》成句,以酒浇地是古代祭奠的仪式。此句以祭奠平原君的浇酒仪式,表示对平原君为人的向往。但令他深为遗憾的是并没有人理解自己的这一片苦心。可见其内心的孤独。"成生",作者自称。他原名成德,避太子嫌名改名性德。

"不信道、遂成知己",由上"谁会成生此意"句转出。"不信道",有想不到、出乎意料之类意思。正当词人深有知音难逢的感慨时,想不到很快与顾贞观成了知己。所谓"遂成"并不是在多次交往之后方始订交,而是有在时间上迅速这一层意思,指第一次见面就成为知己。其中包含了词人的一份意外的惊喜。顾贞观在此词的后记中所说的"乃一见即恨识余之晚",可与此句并读。

"遂成知己"是总说两人关系,接着的"青眼高歌俱未老,向尊前、拭尽英雄泪。君不见,月如水"四句所记述的,则是他们初次相见、月夜共饮的难忘情景。"青眼",用三国魏诗人阮籍的典故。阮籍见俗士,对以白眼,嵇康携酒挟琴往访,则青眼相迎。后世所谓"青睐"、"垂青",均出于此。"青眼"句,化用杜甫诗句:"青眼高歌望吾子,眼中之人吾老矣。"(《短歌行》)前已指出两人年龄相差达十八岁之多,词人却只用了"俱未老"三字轻易地抹平了年龄上的差距。由"俱"字还可知"青眼高歌"四字也是包括两人说的:彼此都青睐对方,都为欣得知己而放声高歌。酒席上,两人边饮边谈,慷慨陈词,吐露心曲,英雄失路的悲怆,知己相聚的欢快,一齐化作泪雨奔涌而出。前结"君不见,月如水",是景语也是情语。词人在欣得知己、相与慷慨激昂一番之后,心情逐渐趋于平静,这时突然发现原来今夜的月色竟是如此美好,他几乎要脱口说出:"月白风清,如此良夜何!"(苏轼《后赤壁赋》)便转而叮嘱自己的朋友,别辜负了这样美好的一个月夜。

换头"共君此夜须沉醉",从上片"知己"、"向尊前"、"月如水"等相关词语转出。俗话说"酒逢知己千杯少",话也越说越多。"须"字传达出的是对友人殷殷的情意。作为一见如故的一对知交,交谈的内容自不免要接触到一些敏感的话题,从下文看来,他们谈到了顾贞观因谗去官之事以及纳兰性德的身世等话题。

"且由他、蛾眉谣诼,古今同忌"二句,是对顾的劝慰之词。顾贞观曾因谗去职,谈吐间难免会流露出对于谗毁之事的愤愤不平,故纳兰性德劝他不要把小人的诽谤放在心上。"蛾眉谣诼",意为美人遭谗毁。古之"美人",既可指美女,也可指贤者。此取后一义。屈原《离骚》"众女疾余之蛾眉兮,谣诼谓余以善淫"为此句之所本。"古今同忌",有两层意思:(蛾眉谣诼之事)古今不绝,并不鲜见;(此类事)历来被认为是坏事而为好人所忌讳。词人以"且由他"三字劝慰对方,希望眼前这位新交的好友能够超脱些,不要为遭人谗毁而苦恼。顾是在此前三年(康熙十二年,1673)因遭人谗毁而解官归田的。对于纳兰性德对他的理解、同情以及暗中的帮助他一直心存感激之情。他在答词《金缕曲》中说:"不是世人争欲杀,争(怎)显怜才真意!"

"身世悠悠何足问,冷笑置之而已!寻思起、从头翻悔"三句,是纳兰性德向顾贞观表明自己对"身世"的态度。"身世",指个人的经历与境遇,其中也包括了与生俱来的"乌衣门第"。"何足问",是不值得提起、不必在意的意思。交谈中,纳兰性德并不以自己的身世为荣,相反,抱着一种轻视、否定的态度。他告诉顾梁汾,自己显赫的家族与自己显贵的身份、地位,这些都是身外之物,与自己的关系不大,不值得提起。自己只是以冷笑对待罢了。思量起来,自己本不该出生在这样一个身世显赫的家庭里。这几句,与上片所说的"偶然间、缁尘京国,乌衣门第"的意思是一致的。纳兰性德之不慕虚荣,远离尘俗,似乎是一种与生俱来的天性。在写作此词的丙辰年,应殿试、赐进士出身后,"闭门扫轨,萧然若寒素。客或诣者,辄避匿。拥书数千卷,弹琴咏诗,自娱悦而已"(徐乾学所撰《墓志铭》)。

"一日心期千劫在,后生缘、恐结他生里"二句,是正面的订交之词。"心期",以心相许,指订交。"劫",佛教将世界毁灭一次又重新开始这样一个周期称为一劫。后世常用"千劫"、"万劫"表示无穷无尽的长时间。"后生缘",死后的缘分。"他生",佛家倡导前世、今世、来世三世轮回说,"他生"指再次投胎做人时。词人向好友表示,今日订交,乃是终生之交,而且希望来生再次成为知心朋友。

结拍"然诺重,君须记",紧承前两句的意思,表明自己言必信,行必果,一诺千金,决不会翻悔。出语刚断,态度坚决。对于纳兰性德一诺千金的表态,顾贞观深受感动。他在答词《金缕曲》中说:"惭愧王孙图报薄,只千金、当洒平生泪。"终于,两个年岁相差甚大,身份、地位悬殊的文人,因心灵相通而很快成为挚友。从此,他们亲密交往,同赋唱和,至死不渝,以实际行动实践了当年"一日心期千劫在"的庄严承诺。两人始终如一的交谊,成为文学史上传诵的一段佳话。

作为一首定交之作,此词最令人感动的是纳兰性德交友的取向,丝毫没有权势、功利的考虑,更不计年岁的差异或种族的不同——纳兰性德为满洲正黄旗人,顾梁汾为汉人——而是以思想感情是否投合作为唯一的取舍标准。纳兰性德在这首定交词中表现了蔑视功名富贵的高尚的精神境界,这确是难能可贵,弥足珍贵的。纳兰性德的交游情况,徐乾学在其所作的《墓志铭》中,说得更为具体:"君所交游者,皆一时俊异,于世所称落落难合者。若无锡严绳孙、顾贞观、秦松龄,宜兴陈维崧,慈谿姜宸英,尤所契厚。吴江吴兆骞久徙绝塞,君闻其才名,赎而还之。坎坷失职之士走京师,生馆死殡,于赀财无所计惜。"这样看来,纳兰性德结交的一时俊异并非个别例子。这样做,虽是他的个人行为,而从政治上说,对于团结文人学士,调和满汉矛盾,稳定清初的政治局面,客观上也起到了一定的积极作用。

此词采用与受赠对象面谈的第一人称口气,吐露心声,意到笔随,表现了流利而又豪宕的风格。用典与采用前人成句,也都是顺手拈来,自然融入以直抒为主、夹叙夹议的笔墨中。徐釚《词苑丛谈》对此词的评价是:"词旨嵚崎磊落,不啻坡老、稼轩。"也是就此词的总体风格说的,并指出了此词属于苏、辛豪放派一路。(陈志明)

谒金门　厉　鹗

七月既望湖上雨后作

凭画槛,雨洗秋浓人淡。隔水残霞明冉冉,小山三四点。　　艇子几时同泛?待折荷花临鉴。日日绿盘疏粉艳,西风无处减。

《谒金门》调填词的常法，是于起首的三字句开宗明义，或点现主旨，或交代背景，上片即据以生发；再由下片宕开波澜，给人以步步展开之感。此词也不例外，起句“凭画槛”三字，以水槛的处所应现“湖上”的题面，显示了全篇览景抒怀的走向，从而自然而然地过渡到“雨后”的题意。次句即极为洗练地予以接迎，“秋浓人淡”四字，是全篇的警策。它与作者在《玉漏迟·夜雨感怀》的名句“病与秋争”，可谓状抒秋感的双璧。这四字从外化的意象来说，表现了作者凭栏所见，无非是满目秋色，冷寂的秋意已抹去了湖上人物活动的影子；从内化的情愫来说，反映了词人意绪的悲凉、深沉，心境已经淡化到兀然不复自知的地步；从综合两者的词作风神来说，则目与心接，神（主观）与物（客观）已融合为一，奠定了全作孤寂清婉的基调。所以这里的“秋浓”、“人淡”，已然将“湖上雨后”的气象氛围、意境心情一网打尽，接下来的描写，不过是在总体印象上再作局部的点染和增饰而已。三、四两句，会使人联想起陆游“残霞明水面”（《秋晚》）、刘禹锡“秋景墙头数点山”（《秋日题窦员外崇德里新居》）之类的诗句，但词作并非由此翻出，因为这种种的秋日常景，本身就最易迎合“秋浓人淡”的先入之见。

至此，如若再继续铺排更多的眼前景物，也不能获得意象上新的突破，反而会产生蛇足之嫌。因而词人在秋感已然饱和的前提下，于下片转入了怀人。从词中也可看到，作者于雨后来到湖上“凭画槛”，自非无因，本意是来赶赴或缅怀一场未果的荡舟之约。“艇子几时同泛”一句值得注意。用“艇子”而不取常用的“画船”、“兰舟”之类，显然含有《古乐府》“艇子打双桨，催送莫愁来”的用意（李商隐《莫愁》“若是石城无艇子，莫愁还自有愁时”、周邦彦《西河》“莫愁艇子曾系”都强调过这种联系），也就是说，词人怀望的对象实是一名女子。于是，我们明白了“待折荷花临鉴”的联想与暗挑。词作中的“湖”指杭州西湖，七月十六（既望）至多只能算是初秋，而词人却一味感慨粉荷日残、西风不减，并在绿肥红瘦、秋风渐紧的萧条感中暗寓了年华渐老的忧伤，也就不令人奇怪了。而且，将这一心得去回味上片的“秋浓人淡”，又更可体会到这四字的窈曲与隽永。

词人是浙西词派的主要代表之一。浙西词以“婉约隐秀”著称，本篇可作为一则代表。清陈廷焯《白雨斋词话》说：“余最爱樊榭《谒金门·七月既望湖上雨后作》。……中有怨情，意味便厚。”将“怨情”拆作怨、情二层解，则陈氏此评颇中肯綮。（史良昭）

百字令　厉　鹗

月夜过七里滩，光景奇绝。歌此调，几令众山皆响

秋光今夜，向桐江、为写当年高躅。风露皆非人世有，自坐船头吹竹。万籁生山，一星在水，鹤梦疑重续。挐音遥去，西岩渔父初宿。　心忆汐社沉埋，清狂不见，使我形容独。寂寂冷萤三四点，穿过前湾茅屋。林净藏烟，峰危限月，帆影摇空绿。随风飘荡，白云还卧深谷。

富春江流经桐庐段称桐江。上游七里滩又名七里泷、七里濑，连亘七里，两岸众山夹峙，

水驰如箭,有"富春江小三峡"之称。江边严子陵钓台,双峰相对,称东、西台。东台为东汉严光隐居垂钓处;西台为南宋遗民诗人谢翱恸哭文天祥处,其与友朋聚会之所名汐社。作者于清康熙六十年(1721)舟过此地时,适逢秋夜,江上之星月、风露、桨声、帆影,岸上之烟林、危峰、萤火、茅屋,东、西钓台上令人千古仰止之严、谢的故址遗踪,融会成疑非人世的境界。此境界,如王国维在《清真先生遗事・尚论》中所云,其"呈于吾心而见于外物者,皆须臾之物",人之一生,难得一遇,作者得遇此境,心与物会,而其词风之清虚骚雅又正与此词境之清幽绝俗两相浃洽,遂"以此须臾之物,镌诸不朽之文字",不仅再现了当夜七里滩的光景,且使之得到升华。作者的心灵既与桐江的秋光月色及前贤的高风亮节相化合,而滓浊净扫;后者亦经作者的词思、词笔的筛滤,而愈益清幽澄净:两者交相作用,互为表里。其交织于词篇中的写景、咏古、抒怀是融合为一的。

就词的上片而言,当年严光之"高躅"(高人足迹)与作者"自坐船头吹竹"之心境、"风露皆非人世有"之感受、"鹤梦疑重续"之遐想,固一并融入今夜桐江的秋光之中;而"万籁"之"生山"、"一星"之"在水"、渔舟之"拏(ná,通桡)音遥去",一切外界的声光物色,又转而融入作者内心的悠悠怀古之思、渺渺遗世之情。"拏音"两句,合用《庄子・渔父》写孔子送别渔父时"不闻拏音而后敢乘"与柳宗元《渔翁》诗"渔翁夜傍西岩宿"句意。《庄子・渔父》以及《楚辞》的《渔父》篇中之渔父,自来被视为理想化的高人隐士;此处所写只闻桨声、未见其人的"渔父",既是夜江上应有之人物,也遥应"高躅"句,作为今夜钓台边严光之化身,而以此两句结束上片,更把词思、词境推入夜江深处,随渔舟之去而俱远。

就词的下片而言,其"汐社沉埋"之忆,心接古人,神交冥漠,由此而生发的"清狂不见,使我形容独"之叹,可与辛弃疾《贺新郎》词"不恨古人吾不见,恨古人、不见吾狂耳"两句合参,一表幽思,一抒豪情,似异其趣,而其世不我知的内心落寞之感,则初无二致。此落寞之感,以及当年谢翱与汐社之往事,固亦均融入今夜的秋江月色之中,而呈现于眼前的"冷萤"之"穿过前湾茅屋",以及"林净"之"藏烟"、"峰危"之"限(阻隔)月",又正与汐社之沉埋、我形之孤独是物我双会、情景两谐的。"林净""峰危"两句后的"帆影摇空绿"句,与上片"拏音遥去"句相应;但"拏音"句所写为渔父之舟,此写作者所乘之舟,而合"帆影"与"林净""峰危"之景,正是描述乘舟过两岸林木幽深、群峰夹峙的七里滩。句中的"摇空绿",字面上出《西洲曲》"海水摇空绿"句,意取柳宗元《渔翁》诗"欸乃一声山水绿",遥应上片"西岩"句,暗示作者之舟亦随彼作为隐者化身的"渔父"之舟而"遥去",从而引出结拍"随风飘荡,白云还卧深谷"两句,而白云深处固为隐者所居。此结拍实含张炎《八声甘州》词"载取白云归去"意。

此词的上片,情景俱清,下片则情景俱幽,合而成此疑"非人世有"的既清绝又幽绝之境界,在前人词中固极罕见,可称开拓词的美学领域之作。而词中,古与今、虚与实、明与暗、光与影、阒寂与声响的错综组合,动景与静景、江面景与岸上景的交互出现,以及字句之精练、声韵之清越,则均有助于使其"境界全出"(王国维《人间词话》)。(陈邦炎)

忆旧游　厉　鹗

辛丑九月既望,风日清霁,唤艇自西堰桥,沿秦亭、法华湾洄,以达于河渚。时秋芦作花,远近缟目，回望诸峰，苍然如出晴雪之上。庵以"秋雪"为名，不虚也，乃假僧榻，偃仰终日，唯闻棹声掠波往来，使人绝去尘俗营竞所在。向晚宿西溪田舍，以长短句纪之

溯溪流云去，树约风来，山剪秋眉。一片寻秋意，是凉花载雪，人在芦碕。楚天旧愁多少，飘作鬓边丝。正浦溆苍茫，闲随野色，行到禅扉。忘机。悄无语，坐雁底焚香，蛩外弦诗。又送萧萧响，尽平沙霜信，吹上僧衣。凭高一声弹指，天地入斜晖。已隔断尘喧，门前弄月渔艇归。

陈廷焯谓"厉樊榭词幽香冷艳，在清初词人中，别树一帜，可谓超然独绝者矣。"(《白雨斋词话》)大抵樊榭词风幽雅清逸，工于创造意境，于南宋词人中，风格与姜白石最为接近。白石词前，往往有小序，序文俊雅如其词，樊榭这首《忆旧游》，词前亦有小序，序文非常精美，一序一词，互相辉映，相得益彰。周济《宋四家词选》，以为"白石词序，苦与词复"，又谓"白石好为小序，序即是词，词仍是序，反覆再观，味同嚼蜡矣"。今观樊榭此词，序但言作词缘起，可见樊榭善学前人，转有出蓝之妙。

据词序，知此词为纪游之作，作于康熙六十年辛丑(1761)秋。作者家在杭州，此次清游地点，是杭州西溪。西溪在杭城西偏，地处灵隐山之西北。境甚清幽，每值秋季芦花绽放，一望弥白，故芦花有秋雪之称，西溪有秋雪庵，亦因此得名。从杭城至西溪，有小溪贯通，舟行约十八里，中间经过秦亭、法华诸山，水色山光极为幽美，溪清湾洄，蜿蜒其间，使游者尽得溪山清赏之趣。

词的上片纪行。"溯溪流云去，树约风来，山剪秋眉"三句，以"溯"字领起，写一路舟行时所见，天光云影下，树木在清风中枝条披拂，山峦如刚刚理成的黛眉。令人有秋色宜人，应接不暇之感。这三句中作者用"流"、"约"、"剪"三个动词，使溪水中伴舟而行的天光云影，树木因秋风吹拂而形成的摇摆之势，秋山呈现出的如眉黛初画之容，这些自然界客观存在的状态，一变而富于主观的情态，呈现出一片化机，有了各自的生命。以上是写水上舟行所见之清秋景物。然而作者此番来游的目的，是观赏西溪的芦花。因而在"一片寻秋意"以下四句转而专写芦花。表明寻秋之主意，是前来寻访西溪的芦花，前面所写的清秋风光，乃是衬托。"是凉花载雪，人在芦碕"，"凉花"，即指芦花。"芦碕(qí)"，指长遍芦苇的西溪堤岸。这秋水秋苇，凉花载雪的景象，组成的清凉境界，既与词人的秋心相融而为一，更引起词人伤秋的愁绪。"楚天旧愁多少，飘作鬓边丝"，芦花漫天引起词人的清愁，芦花飘动的清影，凉雪一样的风姿，仿佛也扑上了词人的双鬓，而使鬓丝也染上了一派白色的愁绪，词人身在一片芦雪丛中，自然也会感到满身秋雪了。而在这一时刻，舟船已临近禅寺，在浦溆苍茫，四野暮色的情况下，舍舟登陆，假榻于水边的僧寮，结束了这一游程。

下片写歇宿于僧寺所产生的秋感，这里的僧寺，也就是序文中提到的秋雪庵。西溪远离市廛，尘氛不到，地僻境幽，使词人顿然忘却人世的一切喧嚣。换头处便以"忘机，悄无语"领起，表明词人身栖野寺，消除了一切机心，静观冥想，领受幽静中的天然真趣。词人本具冲和、恬淡的性情，而周遭的环境，云水俱寒，清幽雅洁，更和词人情性志趣吻合。此时正宜"坐雁底焚香，蛩外弦诗"，尽量使自己所思所感和环境契合无间、在飞翔高空迁徙远方的雁群下焚香

默坐;在蟋蟀凄切的啼声外弹琴吟唱诗篇,使前面“一片寻秋意”的志趣,进一步得到深化;而“雁底焚香,蛩外弦诗”的意境,也只能产生于寂静的禅榻之中。如此寻秋,自非一般尘俗之士所能领会。词人用笔至此,更于无意中对秋雪庵这一幽寂的境界,作出更空灵的描绘:“又送萧萧响,尽平沙霜信,吹上僧衣。”芦苇在秋风中,常常发出萧瑟的声响,这声响在意象之中,又似在意象之外。秋风已劲,这声音昭示词人,它将带来平沙的霜信,更将凉意由西风吹上僧衣。这种想象,其笔意之高远,自可想见。而下文“凭高一声弹指,天地入斜晖”两句,更是超乎一般感觉之上,涵浑悠远,再不受环境约束,罩笼着物外之象、象外之音,其妙处可以意会,而不可以言传。结尾以“已隔断尘喧,门外弄月渔艇归”两句,总束全词,表明作者进入禅寺之时,正值黄昏,也是“天地入斜晖”之际,而此时已经月上东山,渔艇也载月归来,和词人一同享受这自然界的清趣了。

全词以寻秋起,以感秋作结,上片着重实写,下片虚实相间,而以“秋意”两字贯通全词,意境清远,空灵蕴藉,遣词命意,均非一般俗士所可企及。此可证樊榭堪称浙派词之大家。宜乎谭献《箧中词》评此词曰:“白石却步。”盖以白石为词,清超俊迈,樊榭不仅能步后尘,而高妙之处,白石亦当退避三舍也。(马祖熙)

齐天乐　厉　鹗

吴山望隔江霁雪

瘦筇如唤登临去,江平雪晴风小。湿粉楼台,酽寒城阙,不见春红飞到。微茫越峤。但半沍云根,半消沙草。为问鸥边,而今可有晋时棹?　清愁几番自遣,故人稀笑语,相忆多少。寂寂寥寥,朝朝暮暮,吟得梅花俱恼。将花插帽。向第一峰头,倚空长啸。忽展斜阳,玉龙天际绕。

厉樊榭(鹗)词风淡雅清隽,工于写景,其独到之笔,往往以空灵奇想,凝聚于所写的景物之中,超尘脱俗,令人击节赞赏。这首《齐天乐·吴山望隔江霁雪》,写登山所见之霁后雪景,是他的名篇之一。词从“望”字著笔,结尾仍收到“望”字,饶有余韵。

吴山,在杭州西湖东南,因春秋时期为吴国南界,故名。起笔“瘦筇如唤登临去,江平雪晴风小”,两句表明作者是持竹杖(瘦筇)出游,此时江面上波涛不兴,天已放晴,雪已停了,朔风也小了,“瘦筇”仿佛有意,唤起作者登山观赏雪后霁景的清兴。词句中着一“唤”字,便富有韵味,“瘦筇”且欲劝人登山,可见词人的清兴不浅。次韵“湿粉楼台”三句,写登山之后,但见远处楼台都盖上了一层积雪,好似涂上了一层“湿粉”。雪后寒气仍重,整个城阙被笼罩在寒气之中,尽管时令已是春天,但在此刻,全然看不见有“春红”飞来。表明这次下的是春雪,花树为春寒所逼,枝头上也压有积雪,所以看不到春花。接着以“微茫越峤”三句,写隔江的景色。远处的山岭,若隐若现,有的被冻结在云根里,有的则消失在天边的沙草中间。虽然积雪不深,因为人在高处远望,所以此刻那些丘陵山岭,在积雪的覆盖下,也无复崎岖的景象。接着作者纵目清江，顿生奇想："为问鸥边，而今可有晋时棹?"作者想到在当年下雪之际，曾经有人乘着扁舟，连夜访问友人，如今我要问一问水边的鸥鸟，不知可有人重泛轻舟，像当年晋人那样作雪夜访戴的雅举？词句中的"晋时棹"，用东晋人王徽之(字子猷)的故事。《世说新语·任诞》载："王子猷居山阴，夜大雪眠觉，开室命酌酒，……忽忆戴安道，时戴在剡(今嵊县)，即便夜乘小船就之，经宿方至，造门不前而返。人问其故，王曰：'吾本乘兴而行，兴尽而返，何必见戴。'"后来"晋时棹"被用为访友之词。作者试想，当年下雪，还有人在夜间乘舟访友，如今雪霁天晴，倘使念及友人，放舟往访，该是更方便的了。有此一问，令人神往，也增添了词的韵味。

下片紧承前意，从忆友着笔，在写霁景之后更作写情之笔。"清愁几番自遣"三句，是说我之登山观景，本为消愁自遣，然忆及天外故人，不能时相把晤，从前欢谈笑语之声，还在时萦怀抱，所以几番清游，情难自已。纳兰性德词云："遥知独听灯前雨，转忆同看雪后山"(《鹧鸪天·送梁汾南还》)，作者此时的心境也是如此。故人遥隔，如今虽独自在雪后登山，这相忆之情，又何能忘却？自己平时，也曾借清吟消愁，然而"寂寂寥寥，朝朝暮暮，吟得梅花俱恼"，表明自己虽爱吟诗，却总是不能消除对友人的思忆，宋杨万里诗云："无端却被梅花恼，特地吹香破梦飞"(《倦睡》)，苏轼也有"为爱君诗被花恼"(《和秦少游梅花诗》)之句。词人活用其意，谓自己之被梅花所恼，是因为长期寂处吟诗，而故人终未能见，此时正值梅花开放之期，故而有"吟得梅花俱恼"之叹。下文"将花插帽，向第一峰头，倚空长啸"三句，在极为抑郁的情况下，忽作惊人之笔。"将花插帽"中的"花"，是由前文"被花恼"的"花"字引出，未必真有其事，但词人确有此想。在这三句中，后两句是实写，前一句是虚拟，虚实相间，落响清扬，表明词人在性格和心态上有其高旷清远的一面。词人在欣赏霁景和怀思故人之余，却在吴山峰头，仰天长啸，于是这一片雪后江山，乃不觉全为词人所占有，词的意境，也由沉郁到高昂，使读者的精神也为之一振。"第一峰头"，语出金海陵王"立马吴山第一峰"，用在这里，颇有矫健之势。结拍"忽展斜阳，玉龙天际绕"，也是神采飞扬的笔墨，表明词人并不凝滞于事物之中，而有超然尘表之情。登临至此，忽见斜阳返照，而雪后的晴山，犹如玉龙之绕于天际，令人神思俱爽，顿失各种尘念，达到一个崭新的境界。

全词从霁雪清景写起，最后仍归结到雪景。在章法上井井有条，上片之"为问鸥边"、下片之"将花插帽"两处陡然转折，笔致清灵，如于平旷中陡现峰峦林壑之美，乃是全词精警之处，他人词笔不易到此妙境。(马祖熙)

沁园春　郑　燮

恨

花亦无知，月亦无聊，酒亦无灵。把夭桃斫断，煞他风景；鹦哥煮熟，佐我杯羹。焚砚烧书，椎琴裂画，毁尽文章抹尽名。荥阳郑，有慕歌家世，乞食风情。　单寒骨相难更，笑席帽青衫太瘦生。看蓬门秋草，年年破巷；疏窗细雨，夜夜孤灯。难道天公，还钳恨口，不许长吁一两声？颠狂甚，取乌丝百幅，细写凄清。

郑燮二十岁为秀才，四十岁中举人，四十四岁进士及第。这首《沁园春》，是他中举之前落魄时的作品。此篇以"恨"为题，抒写的是愤世嫉俗的感情。上片专写自己愤世嫉俗的狂态，下片转写自己穷困潦倒的处境以及决不与清政府钳制舆论的文化专制主义相妥协的"颠狂"个性。

上片以"花亦无知，月亦无聊，酒亦无灵"三个排比句开篇，词人长期积聚于心的抑塞不平之情，如大河决口，挟千钧之力，滚滚滔滔，喷涌而出。一句责备花，说自己面对的不是解语花，不能慰藉自己的痛苦感情；一句指斥月，说月无所事事，无所关心，不会倾听自己痛苦的心声；一句抨击酒，说酒已失去酒德，再也不能"三杯和万事，一醉解千愁"了。作者在《自遣》诗中说过："看月不妨人去尽，对花只恨酒来迟。"本来，花、月、酒都是自我遣兴、排解忧愁的好友良朋，而当词人受到恨情重压时，花、月、酒这些遣兴之物，通通失去了它们原来的作用。从诗人对花、月、酒的这些看似无理的责难声中，我们不难体会到作者内心有多么的痛苦。

为了发泄恨情，宣泄内心的痛苦，除了责难花、月、酒之外，郑燮还有惊世骇俗的举动："把夭桃斫断，煞他风景；鹦哥煮熟，佐我杯羹。焚砚烧书，椎琴裂画，毁尽文章抹尽名。"他要进行破坏。"把夭桃"四句，是要破坏装点生活的美好事物。"夭桃"，繁盛艳丽的桃花，这里指花儿盛开的桃树。他要砍断赏心悦目的桃树，破坏风景，宰杀消遣逗乐的鹦鹉，当下酒菜。"焚砚"三句，是要毁坏与仕途、艺术前途有重要关系的物品。"椎"，敲击。他要毁弃自己的书画、文章等作品，还要将砚、琴之类文具、乐器通通烧掉、砸坏。他的这些过激行为，表明他对周围环境与个人前途的彻底失望，也表明了他对世俗社会决不同流合污的决绝态度。

郑燮心中十分明白，自己的这些愤世嫉俗的举动，绝不是一般文人做得出来的。他说明自己这样做，是有家族传统的影响的。上片最后三句"荥阳郑，有慕歌家世，乞食风情"，说的就是这层意思。郑姓的郡望在荥阳，所以叫"荥阳郑"。后二句用唐人白行简的传奇《李娃传》中的男主人公荥阳生的典故。荥阳生赴长安赶考，爱上妓女李娃，"日会倡优侪类，狎戏游宴"——每天与歌舞杂耍人员凑在一起，征歌逐舞，吃喝游乐。后来，乐极哀来，流落街头，"以乞食为事"。郑燮每喜自称是荥阳生的后代，他在《道情十首》的开场白中，还说过"我先世元和公公"这样的话。"元和公公"，指元人石君宝的杂剧《李亚仙花酒曲江池》中的男主人公郑元和。石氏此剧系据《李娃传》改编。这正表现出作者对封建礼法的蔑视。

下片，先为自己写照："单寒骨相难更，笑席帽青衫太瘦生。""骨相"，古代相术的一种，通过观察人的骨骼、形貌推论人的命和性。"席帽青衫"，指贫寒文士的穿戴。这几句说，自己生就一副难以改变的孤单寒苦的骨相，头戴席帽，身着青衫，瘦骨伶仃，模样可笑。

接着说自己处境的困顿："看蓬门秋草，年年破巷；疏窗细雨，夜夜孤灯。""蓬门"，指代贫寒的居处。这几句说，自己常年蛰居于破巷之中，门前冷落车马稀，长满秋草；常常在雨湿窗棂的静夜里，独自伴着孤烛，形影相吊。

更有甚于生活上的贫困的，是精神上受到的压抑与摧残。词人不禁悲愤地喊出："难道天公，还钳恨口，不许长吁一两声？"清朝统治者为了压制汉族人的反抗，大兴文字狱。郑燮目睹的文字狱，即达十余次之多。他的朋友学者杭世骏，因条陈"朝廷用人，宜泯满汉之见"而被罢官。文字狱甚至殃及死者。他的同学书法家陆骖，即因文字狱而惨遭戮尸。他在得知这一消息后，为了远害全身，不得不从已刻好的《诗钞》书版上铲去十余首含有反抗情绪的诗作。正是在这样的背景下，他终于按捺不住悲愤的感情，对钳制恨口的"天公"提出了强烈的抗议。"钳"字前着一"还"字，表明这是"天公"在使自己骨相单寒、处境潦倒之外，在精神上对自己的又一迫害。"难道"三句揭示了恨情、恨态的根源，在一般的愤世嫉俗之中注入了更多的政治内容，将批判的矛头直接指向了清朝的最高统治者。同时，客观上也是为同时代众多生活在文化专制主义高压下的文人吐出了长期憋在内心深处的一口恶气。这几句是篇中最有思想深度，也是最见胆识的词句。

结拍"颠狂甚，取乌丝百幅，细写凄清"，语气转而变得舒缓，而在舒缓的语气中，更显出自己与现实决不妥协的坚定。"颠狂甚"，是世俗对自己的评价。词人接过这种说法，表明自己将一如既往，我行我素，不会改变自己以迎合世俗。他表示要用上百张用墨线打格子的"乌丝栏"纸，委曲详尽地记录下自己的凄苦而又清纯的感情。

综合上下片来看，对于此词最可留意的有两点。一是词中所写到的狂态狂情，无不打着作者郑燮鲜明的个性烙印（斫桃树、煮鹦鹉、焚砚烧书等做法，都是郑板桥式的），但在这种种狂态背后的愤世嫉俗的感情，却又非郑燮个人所独有。能够如此直率、大胆、无所顾忌地指斥清朝的最高统治者（所谓"天公"），这也是郑板桥式的，但其反对文化专制主义的思想，则又代表了广大文人以至普通老百姓的共同心声。

另一值得注意之点是此词相当充分地体现了郑燮所追求的沉着痛快的风格。郑燮在《潍县署中与舍弟第五书》中说："文章以沉着痛快为最。"这首作于中年的《沁园春·恨》，就是这样一篇"沉着痛快"的代表作。三个排比句组成的开篇，"把"字领起的两组对称的句子，连用的一组动作性极强的及物动词"斫""煮""焚""烧""椎""裂""毁""抹"，这一切，如疾风骤雨挟万钧之力呼啸而至，痛快淋漓。而"颠狂甚"三句的结尾，笔势转而舒缓，词作的冲击力，至此而化为一种持久的韧性，犹如陡然泻落的瀑流转而化为一片汪洋，又给人以一种沉郁、厚重而又持久的印象。（陈志明）

买陂塘　吴敬梓

癸丑二月，自全椒移家，寄居秦淮水亭。诸君子高宴，各赋"看新涨"二截见赠[①]。余既依韵和之，复为诗余二阕，以志感焉（二首）

少年时、青溪九曲，画船曾记游冶。绋缅维处闻箫管，多在柳堤月榭。朝复夜，费蜀锦吴绫，那惜缠头价。臣之壮也，似落魄相如，穷居仲蔚，寂寞守蓬舍。　　江南好，未免闲情沾惹。风光又近春社。茶铛药碓残书卷，移趁半江潮下。无广厦，听快拂花梢，燕子营巢话。香销烛灺[②]。看丁字帘边，团团寒玉，又向板桥挂。

石头城、寒潮来去，壮怀何处淘洗。酒旗飘飐神鸦散，休问猘儿狮子[③]。

南北史，有几许兴亡，转眼成虚垒。三山二水。想阅武堂前，临春阁畔，自古占佳丽。　　人间世，只有繁华易委。关情固自难已。偶然买宅秦淮岸，殊觉胜于乡里。饥欲死，也不管于时，似淅矛头米。身将隐矣。召阮籍嵇康，披襟箕踞，把酒共沉醉。

注 ① 截：绝句。 ② 烛炧(xiè)：烛灰，"炧"亦作"灺"。此谓烛燃尽成灰。 ③ 猘(zhì)：同"狾"，疯狗。

据词序，这两首《买陂塘》作于清雍正十一年(1733)吴敬梓由家乡全椒迁居江宁府(今江苏南京)时。吴敬梓出身于书香门第、科举世家，因此他原先也以科举为进身之途，十八岁时即考中秀才，但此后却连试不第，雍正七年(1729)二十九岁时应滁州科考(乡试的预备考试)，擢为第一，但到次年乡试时却名落孙山。这次落第给吴敬梓很大的打击，使他进一步认清了科举的腐败与不公。吴敬梓本是吴雯延之子，从小过继给堂伯吴霖起，二十三岁时，霖起去世，族中为抢夺遗产而争斗不休。吴敬梓原本就是个仗义疏财的世家子弟，加上家族内讧的刺激，他更是挥金如土，最终把家产挥霍殆尽，为族中乡里所侧目，阅尽了世态炎凉。终于在三十三岁时举家迁往南京，以变卖家产所得，在青溪与秦淮河的交汇处买得一处住宅。吴敬梓在青年时代就常往来于南京，他与南京的关系相当密切，生父早年流寓南京，寄居在清凉山下的丛霄道院读书直至去世。吴敬梓对这座六朝故都、金粉佳丽地一直心向往之，如今得遂所愿，"遂有终焉之志"(《移家赋》)。他在南京以文会友，广泛结交，并开始了那部讽刺文学的鸿篇巨构《儒林外史》的创作。这两首词揭开了他后半生在南京生活的序幕。

第一首词着重追忆其早年在南京的冶游生涯，继而叙及迁家南京、卜居秦淮。

吴敬梓早年在南京曾有过声色冶游的经历，这在旧时代的官宦士绅子弟中本是司空见惯之事。在秦淮河畔、青溪曲处留下过他青春浪漫的风流行迹，如今举家迁居于此，自然会追怀那段岁月。词从开头至"那惜缠头价"用铺叙笔法追述了这段生活：在九曲青溪之上，他曾坐着画船流连光景，又曾系舟于柳堤月榭，在丝竹弦管声中赏玩遣兴，没日没夜地沉醉于歌舞宴饮中，给妓女的赏赐每每一掷千金。"青溪"，三国吴赤乌四年(241)开凿之渠，源于钟山东南，入秦淮河。"绋(fú)缅(xǐ)"，大麻绳，此指系船的缆绳，《诗经·小雅·采菽》："泛泛杨舟，绋缅维之。""缠头"，指赠送歌女的财物，白居易《琵琶行》："五陵少年争缠头，一曲红绡不知数。""臣之壮也"以下跌入中年以后的困顿落魄，词情为之一转，强烈的反差中透出深沉的感喟。如前所述，由于他的豪迈疏财，不善治家，祖产为之荡尽，此处所写正是其生平的写照。他形容自己像西汉的司马相如，"家徒四壁立"(《汉书》本传)；又如东汉的张仲蔚，"常居穷素，所处蓬蒿没人，闭门养性，不治荣名"(皇甫谧《高士传》)。"臣之壮也"，语出《左传·僖公三十年》"(烛之武)辞曰：'臣之壮也，犹不如人；今老矣，无能为也。'"

词的下片转入迁居。"江南好，未免闲情沾惹"呼应上片所写的冶游生涯，也透露出他南迁的缘由。在临近春社(立春后第五个戊日)的时节，他携带着"茶铛药碓(煮茶舂药的器具)残书卷"，买舟东下，终于在秦淮河畔觅得了栖身之所。据考证，吴敬梓在南京的居处应在青溪与秦淮河交汇处的淮青桥。其《洞仙歌》称："我亦有、闲庭两三间，在笛步、青溪板桥西畔。"吴敬梓卜居的"秦淮水亭"原是南朝陈尚书令江总的旧宅遗址，这一带在南朝时为名门大家所居，沿及清代，仍是文人雅集之所。王士禛《秦淮杂诗》有云："青溪水木最清华，王谢乌衣六代夸。”这里不仅有水木林泉之胜，而且其深厚的历史文化积淀对文人雅士尤具吸引力。下片的写景正是展现了其居处的优雅景色，字里行间透出一片钟爱之情。“听快拂花梢”二句状燕子轻飞、相对呢喃，化用史达祖《双双燕·咏燕》词意：“还相雕梁藻井，又软语、商量不定。飘然快拂花梢，翠尾分开红影。”写燕子是由外而内，结拍则由内而外，从帘边的明月推想到它悬挂于板桥之上的清景。“丁字帘”，丁字形的卷帘，钱谦益《留题秦淮丁家水阁》：“夕阳凝望春如水，丁字帘前是六朝。”“板桥”，即板桥浦，在南京西南，《水经注·江水》：“水上南北结浮桥度水，故曰板桥浦。”全词在秦淮月色中结篇，与开篇之追怀旧游相呼应。“燕子营巢”实影射其卜居秦淮，如此结尾似在诉说其旧梦终圆的欣慰。

第二首词的视角又自不同。如果说第一首词是以个人命运变迁的线索串联起全篇的话，那么第二首词的视野更其广阔，它从抒写历史的兴亡之感入手，从而化解人世的盛衰荣辱，以退隐放旷为其人生归宿。

南京因其龙盘虎踞的地理形势、六朝故都的历史地位，历来是文人墨客咏史怀古、感慨兴亡的对象，篇咏之夥，真是不胜枚举。此词的上片也是借故都而抒今昔盛衰之感。词人由石头城兴起感怀，作为这座古城的象征，石头城凝聚了历史的沧桑，因而最能让人发思古之幽情。唐刘禹锡《石头城》诗云：“山围故国周遭在，潮打空城寂寞回。”石头城原本依山临江而建，长江从其山麓流过，故而诗人词客多藉江涛危城抒怀，此词石城寒潮的意象即从梦得诗中化出。“酒旗飘飏”乃典型的江南景色，正如杜牧所咏“千里莺啼绿映红，水村山郭酒旗风”（《江南春》）；“神鸦散”乃状神庙的香火冷落，与辛弃疾的“佛狸祠下，一片神鸦社鼓”的盛况适成对照。古人常为一些英雄豪杰立庙祭祀，“神鸦散”也就说明这些人物已渐被世人所遗忘，“休问猘儿狮子”正是写那些叱咤风云的豪杰之士已被历史的长河所淘汰，诚所谓“英雄一去豪华尽，惟有青山似洛中”（唐许浑《金陵怀古》）。“猘儿”，原指孙策，《三国志·吴书·孙策传》注引《吴历》谓曹操曾叹道“猘儿难与争锋也”，此指建立霸业的雄杰；无论他们在历史舞台上演出过怎样威武雄壮的活剧，一切的兴亡盛衰都转眼成空，他们留下的城垒楼台也只成了让人凭吊的陈迹。这种感慨化为了“三山二水”与“阅武”、“临春”的对比映照。李白《登金陵凤凰台》诗云：“三山半落青天外，二水中分白鹭洲。”“阅武堂”、“临春阁”都是南朝宫中的建筑，齐东昏侯曾于阅武堂建芳乐苑，陈后主则于光昭殿前起临春、结绮、望仙三阁，这些建筑均穷极侈丽，帝王后妃于此荒淫游乐。“佳丽”乃用谢朓《入朝曲》“江南佳丽地，金陵帝王州”句。统治者的殿阁楼台总是占佳山好水之地而建，但面对山水之长存，人与楼阁都要湮没于历史的尘埃中。这就是金陵故都留给人们的无穷感喟。

过片对上片的感慨兴亡作一挽结：繁华终将逝去，而人们的感慨总是不会停息。然后转入个人情怀的抒发。词人对能够卜居秦淮感到由衷的高兴，比起家乡的闭塞褊狭、族人的尔虞我诈，这里是一片新的天地，让他舒心快意，即使生活再艰难，哪怕饥饿欲死，他也觉得胜于困居乡里。他只想图个清静，再也不愿过问世事。“淅矛头米”典出《世说新语·排调》：桓玄与周围的人“作危语”（说出一连串形容危险情境的话），说：“矛头淅米剑头炊。”余嘉锡释为：“此不过言于战场中造饭，死生呼吸，所以为危也。”（《世说新语笺疏》）词的最后揭出了他的人生理想：他惟愿尚友古人，与阮籍、嵇康这样的放达之士为伍，放浪形骸之外，沉醉美酒之中，退隐自守。这种颓放的人生态度其实是他愤世嫉俗的另一种表现形式，事实上他不可能忘怀世事，超脱现实，《儒林外史》的写作就表明他那讽世济时之心从未泯灭。（黄宝华）

一萼红　史承谦

桃花夫人庙

楚江边，旧苔痕玉座，灵迹是何年？香冷虚坛，尘生宝靥[1]，千秋难释烦冤。指芳丛、飘残红泪，为一生、颜色误婵娟。恩怨前期，兴亡闲梦，回首凄然。　　似此伤心能几？叹诗人一例，轻薄流传。雨飒云昏，无言有恨，凭阑罢鼓神弦。更休题，章台何处，伴湘波、花木暗啼鹃。怊怅明珰翠羽，断础荒烟。

注 ① 靥(yè)：面颊上的酒窝，此代指息夫人庙中其神像的面容。

桃花夫人庙位于湖北武汉市黄陂区东。桃花夫人即春秋时息国国君的夫人息妫，据《左传·庄公十四年》记载，因蔡哀侯向楚文王称赞了息夫人的美貌，楚文王便灭息国并掳息夫人进了楚宫，后来息夫人虽在楚国生育二子，但始终未开口讲话。楚王追问其故，答曰："吾一妇人而事二夫，纵弗能死，其又奚言？"这一凄苦哀婉的故事，历来有许多文人骚客以各种心态谈论评议过，到了史承谦的时代，早已不是什么新鲜的话题，然而词人以自身独特的生活经历和人生感受重新品味息夫人的"无言有恨"也就有了一份特有的动人心弦处。

词的上片从写景切入，"楚江边，旧苔痕玉座，灵迹是何年"，写出词人所面对的桃花夫人庙已经历了多年的清冷，"旧苔痕"如此刺眼，早已遮蔽了"玉座"的灵光，以至于让人难辨年月。"春冷虚坛，尘生宝靥"递进一层，渲染桃花夫人庙为世人所淡忘的凄凉现实。"玉"、"宝"二字把词人对桃花夫人的深切同情甚至有点倾慕的情怀淡淡表出，于是便不难理解"千秋难释烦冤"的不仅仅是桃花夫人，更有许多和史承谦相类的人物与桃花夫人同病相怜，难释一生烦冤。"指芳丛、飘残红泪，为一生、颜色误婵娟"，由景及情，顺着桃花夫人塑像的手指，看到花丛中落红无数，料想那便是桃花夫人飘落的血泪，而所以落泪的原因，正是因美色而误了一生的凄惨命运。恩怨仿佛前期，兴亡犹如闲梦，回首这不堪回首的一切，怎不教人凄然泪垂呢？写到这里，好像该说的都已说完，咏史寄怀兼具，何以继之？

"似此伤心能几？"一个反问句引出词的下片，把词人强烈的抒发情感的欲望显露无遗。这个反问句同时表明的是：千百年来，吟咏桃花夫人之事的好事者很多，而真正体味出桃花夫人伤心程度的人却很少。"叹诗人一例，轻薄流传"，这是对前一句的阐释，"轻薄"二字态度鲜明，对历来以贞节为借口讥讽桃花夫人的轻率做法大不以为然。可似词人这般态度者又有几人？于是"雨飒云昏"的日子里桃花夫人自然只能"其又奚言"！"无言有恨"是词眼所在，既为咏史，也是寄怀，蕴藉深厚，正是读者须细察处。领会了这一点，"凭阑罢鼓神弦"几句的出现便不突兀。"凭阑"者只有词人，以下几句便由情入景，景中含情。"凭阑"所见已是"罢鼓神弦"，没有拜谒者也没有礼祭者，更不要问昔日辉煌的"章台"今在何处了。"神弦"，即《神弦歌》，古乐府《清商曲》之一部，为南朝时祭祀民间杂神的乐曲。"章台"即章华台，春秋时楚灵王所造，此处借指楚王宫室。"伴湘波、花木暗啼鹃"，用杜鹃啼血这一典故状桃花夫人的烦冤之深。结拍"怊怅明珰翠羽,断础荒烟",以历史人物"明珰(珠玉串成的耳饰)"、"翠羽(翠鸟羽毛做的饰物)"的华美服饰,反衬神庙如今础柱断残、荒烟掩映的不堪景象,对桃花夫人的凄惨遭际和千百年不为世人同情的境况寄予无限哀叹。

其实,词中所体现的对桃花夫人的无限同情,也是词人对自身境遇的深切感喟。史承谦虽然生活在所谓乾隆盛世,但一生高才不遇,命运坎坷,同时又领略了清统治者为箝制思想而大兴极为酷烈的文字狱所带来的种种惨剧,正是基于这一点,他对桃花夫人在强大的政治压力面前"无言有恨"的行为才会感同身受,也正因为如此,我们才能够理解词人不能接受杜牧"至竟息亡缘底事?可怜金谷坠楼人"(《题桃花夫人庙》)那样"轻薄"议论的原因。(戴元初　承剑芬)

凤凰台上忆吹箫　贺双卿

残灯词

已暗忘吹,欲明谁剔?向侬无焰如萤。听土阶寒雨,滴破三更。独自恹恹耿耿,难断处、也忒多情。香膏尽,芳心未冷,且伴双卿。　星星。渐微不动,还望你淹煎,有个花生。胜野塘风乱,摇曳鱼灯。辛苦秋蛾散后,人已病、病减何曾。相看久,朦胧成睡,睡去空惊。

灯火很少作为主题入词,这首残灯词通篇描绘微弱的灯火将暗还明的状态,除了需要细致的观察外,也少不了深挚的感情。

开头先写了残灯的"残":已经十分暗淡了,却无人吹灭,想要再明亮些,却也没有人来剔明。它早已没有火焰了,只如萤火虫般闪着微光。短短三句,残灯的无人在意、无人照料已经尽现纸上。而背景是一个凄寒的夜晚,雨点打在土阶上的声音更衬托出夜的静默,以及这静默的夜里,残灯与对着残灯的词人的寂寞。接下来词人的笔锋又转向残灯。它忽暗忽明(恹恹,精神萎靡状,喻灯光暗淡;耿耿,明亮)顽强地散发着那一点点光与热,而没有完全熄灭的样子,在词人看来是多情的:在油已燃尽的时候,那不曾冷却的微焰似在陪伴着词人。"且伴双卿"这种在词中自呼其名的写法几乎出现在词人的每一篇作品中:"镜里相看自惊,瘦亭亭。春容不是,秋容不是,可是双卿"(《湿罗衣》);"生受。新寒侵骨,病来还又。可是我双卿薄幸,撇你黄昏静后"(《二郎神》);"青遥。问天不应,看小小双卿,袅袅无聊"(《凤凰台上忆吹箫》)。这些频频出现的自称里面,其实蕴含着一种很深的温柔。在寂寞的人生里,自称也算是一种抵抗寂寞的挣扎。自称给自己营造出了一个他者,而借他者的眼注视自己,借他者的口呼唤自己,借他者的心疼惜自己,便是双卿词中的声气。

寂寞者都会喜欢心魂在天上观照自己的状态,到后来,不仅看到自身是"袅袅无聊"的可怜模样,甚至连万物都化作了自己。下片中词人借残灯自况之意便更为明显。如星光般微小的灯火渐渐不动了,词人却还是期望它能支撑下去,亮出灯花来。其实油灯将灭时往往会生出灯花，只是这种消逝前的美丽在人生里未必可得。残灯终究与河塘边在风里摇曳的渔灯相去不远。词人看着残灯渐渐熄灭时，自己也在这凄惶的处境里慢慢睡去。最后以“睡去空惊”作结，余下不尽的哀苦。这不能安睡的状态代表着什么，词人那样的人生里还有什么可不安，虽是言外之意，其中的无奈却都传递给了读者。

这首词没有哭嚎的激烈，但苦涩的滋味是鲜明表达了的。从贺双卿的经历看，她一生都非常寂寞。寂寞对于人来说不仅意味着闲时无人说话、闷时无人游嬉，也不仅意味着欢喜无人分享、悲哀无人分担，而且意味着自身的美好失去了意义。当生命寂寞到没有任何观众时，美好也成了一件没有什么意思的事。这才是寂寞最可怕的地方吧。自来状物都为抒情，而词人在这里除一般意义上的借物自比之外，几乎将残灯营造成了另一个自我。在词中，词人和已成为另一个自己的残灯“相看”着。当然，愁惨的生活没有改变，但她沉浮于生活里的样子仿佛有了映射的地方，发出的哭泣声也有了回应的对象，残灯也似词人生命的观众一般。

黄燮清评双卿词“如小儿女，哝哝絮絮，诉说家常，见见闻闻，思思想想，曲曲写来，头头是道。作者不自以为词，阅者亦忘其为词。而情真语质，直接《三百篇》之旨。岂非天籁，岂非奇才。乃其所遇之穷，为古今才媛所未有。每诵一过，不知涕之何从也。”(《国朝词综续编》)这段评论真抉出了双卿词的精髓。读她的作品，确如看小儿女说你说我。又据说这首残灯词是双卿劝丈夫不要赌博，被关在厨房里一夜而作成的，其中本凝聚着许多的绝望与委屈。而就其艺术表现而言，正应了黄燮清的评价，于平缓中引人泪下。(顾　伊)

台城路　过春山

登雷峰望宋胜景园故址

东风又入荒园畔，繁华已成尘土。太液芙蓉，未央杨柳，曾见当年歌舞。危阑漫抚。叹事逐飞云，梦随香雾。指点江山，斜阳一片下平楚。　悠悠此恨谁诉？想青磷断续，还过南浦。铁马凭江，香车碾月，忍读昭仪词句。凄凉几许？但山鬼吟秋，杜鹃啼雨。回首官斜，白杨深深语。

过春山只是清朝的一个小秀才，没做过官，地位卑微，但才情颇高，为浙派词后期的重要词人，近现代学者吴梅《词学通论》曾评曰：“论其品格，雅近樊榭。湘云词，聪秀在骨，咀嚼无厌。其人独立不倚，当时词坛，皆未尝附和，所谓不随风气者是也。”这首《台城路》慢词，融感慨于清逸萧散之中，如词论家陈廷焯所言，是“沐浴于南宋诸公而出之者”(《白雨斋词话》)，堪称“压卷之作”，不但厉鹗词集中难见此等深沉之作，即便与浙派初祖朱彝尊相比，也不遑多让。

词人游杭州，登西湖南岸夕照山上之雷峰，下瞰宋胜景园故址，有感于兴亡盛衰之事，因填此解。胜景园，据明田汝成《西湖游览志》记载，“在雷峰塔路口，高宗时别馆也。光宗时，慈福太后以赐韩侂胄，改名南园”。陆游《南园记》云：“其地实武林之东麓，而西湖之水汇于其下，天造地设，极湖山之美，……奇葩美木，争效于前，清流秀石，拱揖于外。飞观杰阁，虚堂广厦，上足以陈俎谷，下足以奏金石者莫不毕备。”此园在元代即已毁废，这里词人显然将其故址作为某种可以寄托自己思古幽情的象征物来凭吊一番。

词一开头就写出繁华已逝，旧园荒芜的景象，直接进入怀古的主题。句中“又入”两字耐人寻味，细味之，颇有东风虽然年年吹拂送来盎然春意，但此一废园却再难起死回生重现旧日繁荣的感慨。下面“太液芙蓉，未央杨柳，曾见当年歌舞”三句，追想当年胜景园中风光旖旎、盛极一时的情景，言外不胜今昔之感。“太液”，皇宫内苑中的太液池，“未央”，汉都长安的未央宫，此代指皇宫，胜景园本为皇家园林，故理所当然地可以用此类词语表现其风采；而这两句，其实是从白居易《长恨歌》“归来池苑皆依旧，太液芙蓉未央柳”两句化出，只是白诗言“依旧”，此言“曾见”，有即时性与历时性的不同，这也见出词人用典能够不为所拘，灵活变化。而“歌舞”与上文“繁华”上下相接，表现手法与萨都剌《念奴娇·登石头城》“歌舞尊前，繁华镜里，暗换青青发”相似，都起到突出当年之盛的作用，为抒发感慨作出了有力的铺垫。接着，词人用一个短句借特定的肢体语言表现了他“千古凭高对此，漫嗟荣辱”（王安石《桂枝香》）的感叹。而“叹事逐飞云，梦随香雾”两句，又直接以“叹”字领起，将前人“事如春梦了无痕”（苏轼《正月二十日与潘郭二生出郊寻春……》）之喻再拆成“事”与“梦”两部分，另作隐喻，其完整的语义可作如下的移译：感叹往事如同飞云远去杳不可寻，如同梦幻随香雾飘散无影。这里不言“事若飞云，梦如香雾”而言“事逐飞云，梦随香雾”，亦深婉，亦厚重，自佳。而“事”实际上隐喻为“云”“梦”“雾”，且有一层套叠结构（即“事”如“梦”，“梦”如“雾”），词心之细微，正可窥豹而见一斑。歇拍两句，有辛弃疾名作《摸鱼儿》词结拍“休去倚危阑，斜阳正在，烟柳断肠处”之意，“斜阳”作为有千百年文化积淀的象征性意象，在此弥漫着一种惆怅的情思。“平楚”，平林；窃意此处将日落平野与“指点江山”联系起来，似乎不单是吊古，更有伤今的意味在内，不敢说他已预见到百年后清朝的衰落，但像与之同时的黄景仁那样有着“忧患潜从物外知”（《癸巳除夕偶成》）的敏感与体验，则是可以想见的，他们都是落魄的寒士，对当时社会疮痍的了解无疑很深。

上片主要表达盛衰之感，下片进而抒发兴亡之恨。过片“悠悠”一句，为南宋兴亡之事一掬悲悯之泪，“谁诉”之问，问诸胜景园中逝者，也问诸今日登眺之人。但“谁诉”此处其实只是词人的代诉，出以问句，且加上“悠悠”两字，自有一种苍茫的历史沉重感。（而若联系词之结尾，则又可有其他的解释。）以下便“诉”兴亡之“恨”，想象南宋亡国时的那惨痛一幕。“青磷”，亦可作青燐，人和动物尸体腐烂后有机质分解，释放出的磷化氢夜间在荒野中自燃，就产生这种现象，古人不明其理，又常称之为鬼火。“南浦”，南边的水滨，此词初出《楚辞·九歌·河伯》“子交手兮东行，送美人兮南浦”，经南朝梁江淹在其《别赋》里用之，写下“春草碧色，春水碧波，送君南浦，伤如之何”的名句，遂更染上伤离惜别的色彩。这里的词境，实与萨都剌《念奴娇·登石头城》“落日无人松径里，鬼火高低明灭”相近，“青磷断续”与“鬼火高低明灭”难分高下，但“还过南浦”之凄恻悲怆，其感染力则胜过萨都剌句，读者仿佛看到在兵燹中丧生的无辜者虽化为一缕“青磷”，仍恋恋不舍地飘向那记录着绸缪缱绻之情的“南浦”。接下去的“铁马”三句，述“青磷”产生之因，写出宋元易代之际元军铁骑蹂躏、宋臣民流离失所的场面。“香车碾月”，用宋度宗昭仪王清惠事。南宋末年，元军陷临安，宋帝与后妃宫人被掳北上，王氏曾在驿馆壁上题《满江红》词，中有“驿馆夜惊尘土梦，宫车晓碾关山月”之语，其情悲不自胜，故词人要说“忍读昭仪词句”，“忍读”者，不忍读，何忍读也，语气十分沉痛。行文至此，非直抒哀感不能泄心中之恨，遂有“凄凉几许”这一叶韵短句，表现出作为历史的追怀者知道往事的结果并非命定但后人却无法将其改变的惆怅情思。而“但山鬼吟秋，杜鹃啼雨”，又以形象化的语言再将“凄凉”之意拓进一层，更隐隐透出几分独清独醒索解兴亡之理的思考。“山鬼”在此取字面意义，与《楚辞》中的神灵无涉，而写“杜鹃”则取其鸣声似“不如归去”的古老传说，“吟秋”“啼雨”，深有迷离惝恍之致。在这样的气氛下，结拍两句，遂化用推衍《古诗十九首》之十四“白杨多悲风，萧萧愁杀人”句意，以“回首”禅宫，“白杨”低语作结。“白杨”之“语”，承前之“吟”“啼”，组成诉诸听觉意象的语义链，虽未言所语为何，但读者自可知必是诉兴亡之恨，这又与换头“悠悠此恨谁诉”之问有了呼应。“宫”，这里指佛寺，即附近的净慈寺，它始建于五代，至今犹存，以之与已废的胜景园相对比，也是很有用心的。

以上逐句解析了全词，最后简单说一下其整体结构上的主要特点，词人以“抚”“叹”“指点”“想”“忍读”“回首”等动词(或词组)串联各段，形成一股意脉，应当说是做得很成功的。(庞　坚)

凄凉犯　赵文哲

芦花

沧江望远，微波外、芙蓉落尽秋片。野桥古渡，轻筠袅袅，露华零乱。西风乍卷，便鸥鹭、飞来不见。似当时、杨花满眼，人别灞陵岸。　　几度思持赠，回首天涯，白云空剪。夕阳自颤，叹丝丝、鬓边难辨。独立苍茫，问何事、频吹塞管？正凄凉，冷月宿处起断雁。

《凄凉犯》词调创自南宋姜夔，其自序云：“合肥巷陌皆种柳，秋风夕起骚骚然。予客居阖户，时闻马嘶，出城四顾，则荒烟野草，不胜凄黯，乃著此解。琴有《凄凉调》，假以为名。凡曲言犯者，谓以宫犯商、商犯宫之类。”交代了此词的创作缘起。而赵文哲此词，也是“不胜凄黯”之作，其艺术风格之“清虚骚雅”(王昶《昙华阁词序》)亦与白石词为近。

词为咏芦花之作，但开头两韵却先从荷花说起。“沧江望远，微波外、芙蓉落尽秋片”，水色深青的秋江上，荡漾的微波簸动着片片荷花的残瓣，景象自是十分萧索。“沧江”，泛指江流，江水呈青苍色，故称。“微波”，此指微小的波浪，但该词又可指女子的眼波，三国魏曹植《洛神赋》就有“托微波而通辞”之句，而赋中恰巧又有“远而望之，皎若太阳升朝霞；迫而察之，灼若芙蕖出渌波”之语，所以它予人的联想是比较丰富的，甚至我们还可以将之再与李璟《摊破浣溪沙》“菡萏香销翠叶残，西风愁起绿波间”联系起来，体会一下所谓的“众芳芜秽，美人迟暮之感”(王国维《人间词话》)。第三韵三句转写另一种植物竹子。与那荷花不同，这是秋冬不凋的长绿植物。“野桥古渡，轻筠袅袅，露华零乱”，野径旧桥头，古堤小渡口，绿竹的柔枝随风轻盈地摇曳，丛生的杂草上的经夜露水点点滚落。这三句，“野桥古渡”予人荒凉之感，但

"轻筠袅袅"则予人雅丽之感，而"露华零乱"又予人怅惘之感，盖诸种意象的组合，造成此迷离惝恍的视觉效果。"露华"，露水。"露华零乱"，似从《诗经·郑风·野有蔓草》"野有蔓草，零露漙兮"、"野有蔓草，零露瀼瀼"化出，而晋陆机《叹逝赋》又有"感秋华于衰木，瘁零露于丰草"之句，因此"露华零乱"的意象其情感色彩不言自明。（按："零露"之"零"一般作陨落解，与"零乱"之"零"作细碎不整者解不同，但在本文中这种差异不影响我们的解读。）并且，"零瀼"亦被后人用以指霜重露浓一类困扰游子的自然景象，如元范居中《金殿喜重重·秋思》套曲云"恨程途渺茫，更风波零瀼"即是，故此"露华零乱"也反映出词人的羁旅行役之思。下面两句，方才写到芦花，却又不是直写，而是虚写。"西风乍卷，便鸥鹭、飞来不见"，意谓西风吹来卷起大片脱茎的芦花，白茫茫无边无际，遮住了一角天宇，即便正有沙鸥水鹭飞起，它们白色的羽毛与白色的芦花杂糅一起，也会令人分辨不清。前人咏潮，有"望飞来、半空鸥鹭"之句，此以鸥鹭之白与芦花之白比并，用意之精微，似又过之。古代早就有鸥鹭忘机之典，若鸥鹭"飞来不见"，则欲求忘机之人心情如何，亦可想见。在此芦花迎空飘荡之际，词人神思恍惚，想到了当时离别京师的那一幕。"似当时、杨花满眼，人别灞陵岸"，他觉得面前的芦花就如那天京郊飞舞的杨花，那时惜别的心绪也像杨花一样纷乱。由芦花想到杨花，是类比联想。"人别灞陵岸"，化用东汉末王粲《七哀诗》"南登霸陵岸，回首望长安"句意，表达告别京师友人的惆怅情绪。"灞陵"，也叫霸陵，是汉文帝的陵墓，在今陕西西安市长安区东，此代指京郊。

下片换头语承上片末两句，写怀友之思。"几度思持赠，回首天涯，白云空剪"，反用南朝齐梁间隐士陶弘景《诏问山中何所有赋诗以答》"山中何所有，岭上多白云。只可自怡悦，不堪持寄君"，正用宋元之交词人张炎《八声甘州·辛卯岁沈尧道同余北归……》"载取白云归去，问谁留楚佩，弄影中洲？折芦花赠远，零落一身秋"，意蕴丰饶，深耐咀嚼。诗人之意，盖谓欲以芦花相赠，聊表思心，但长路漫漫，关山阻隔，又何尝能够送达，即便剪取天上的流云，恐怕也难传载悠悠思情。心有此念，词人的心怀便更为惆怅，遂发出一声悲叹。"夕阳自颤，叹丝丝、鬓边难辨"，谓落日余晖下几簇芦花粘上鬓边，与头上原有的丝丝白发相混，令人难以辨清何为芦花何为白发。显然，这是词人叹老嗟卑之语，体现出浓重的生命的悲剧意识。但长叹又有何益？这不，眼前之景已够令人恻怆的了，谁料不知哪儿又传来笳管的凄凉曲调，令人更添悲愁。"独立苍茫，问何事、频吹塞管"，"独立"两字写出主人公孑然一身痴痴凝伫的形象（他的另一首《台城路·秋草》词结拍也有"独立苍茫"之句，说明孤独寂寞之感，始终缠绕在其心头）；"问何事"问得充满酸涩，足见其内心与哀音强烈共鸣；"塞管"，本为塞外胡人乐器，后流传渐广，其音悲切，一名笳管，此处引入塞管之声，与咏芦花也有直接关系，因为它是以芦为首以竹为管制成的，而唐李益有"不知何处吹芦管，一夜征人尽望乡"（《夜上受降城闻笛》，"芦管"与塞管为同一类乐器）之句，因而词人之问实为思乡而发。然而，令人黯然神伤的景物在早已侘傺莫名的词人的视界中，仍继续出现。"正凄凉，冷月宿处起断雁"，他依稀看到远处凄清的月光下，失群的孤雁正被塞管的悲声惊起，从栖宿之地飞向夜空。细绎之，可知结拍与上两句实从南唐冯延巳《鹊踏枝》"回首西南看夜月，孤雁来时，塞管声呜咽"的词境翻出己意，将"凄凉"的情感推到了极致。

全词意象多白色之物，"芙蓉"可以是白莲，"露华"可以是白露，"鸥鹭"、"杨花"、团云、霜鬓、"冷月"，以至所咏的主体芦花，无一不白，而白色应五行之金，是代表秋日肃杀之气的颜色，所以词人连用白色意象自有深意。而这些白色意象大多是"轻"的东西，这也体现出词人面对自己感受到的哀愁的恓惶之态，行役之苦、乡土之愁、才命之恨，虽然不紧张刺激，但这种堪称“生命中不能承受之轻”（借用捷克作家米兰·昆德拉同名小说的译名）的无可奈何的情感，其苍凉，其要眇，恐怕是能最本质、最持久地感动人的。晚清陈廷焯选《云韶集》，激赏此阕，赞为“凄凉深秀，允推绝妙好词”，又称其“真可与竹垞分道扬镳”，所评自是不差；但谓赵文哲词“多不食烟火语”，则说得有些莫名其妙，若真不食人间烟火，又怎能写出此等感情丰富的“绝妙好词”！（庞　坚）

水调歌头　蒋士铨

舟次感成

偶为共命鸟①，都是可怜虫②。泪与秋河相似，点点注天东。十载楼中新妇，九载天涯夫婿，首已似飞蓬。年光愁病里，心绪别离中。　咏春蚕，疑夏雁，泣秋蛩。几见珠围翠绕，含笑坐东风。闻道十分消瘦，为我两番磨折，辛苦念梁鸿③。谁知千里夜，各对一灯红。

注 ① 共命鸟：佛经中所载雪山神鸟名，又译作命命鸟、生生鸟。宋法云编《翻译名义集·杂宝藏经》：“雪山有鸟，名为共命。一身二头，识神各异。共同报命，故曰命命。” ② 可怜虫：语出《乐府诗集·梁鼓角横吹曲·企喻歌辞》：“男儿可怜虫，出门怀死忧。尸丧狭谷中，白骨无人收。”又据《古今乐录》指为北朝苻融原作。 ③ 梁鸿：东汉扶风平陵（在今陕西兴平）人。娶同县孟光为妻，鱼水相得，每逢进膳，孟光必“举案齐眉”，二人后世遂被奉为夫妇关系的典范。

在作者《铜弦词》中，此篇居于“题空谷香传奇”的《满江红》与《贺新凉》二词之间，颇堪玩味。《空谷香》是蒋氏据顾瓒园妾姚姬事敷衍的剧本，其自序云：“海宁姚氏为南昌令尹顾君瓒园贤姬，事令尹十有四载，乾隆庚午（1750）冬诞一子，甫及晬（百日）而姬死，时年二十有九。予往吊之。令尹瘠而恸，……色沮声咽，予亦泫然不能去。”张三礼《序》载蒋氏创作之时，“若有不能遏抑者，洋洋浩浩，奔注笔端，乃一决而出焉”。可见姚姬事也确实感动了蒋氏。这首看来内容并不涉及顾姚的词，与“题空谷香传奇”两首同时创作，或许可以视为传奇创作的余波，但就蒋氏抒发内心情感而言，则信乎为体现主流之作。

此词作于乾隆十九年（1754）十月南归途中。蒋士铨于乾隆十年（1745）二月聘张氏，同年十一月完婚，此后经常在外求学、游历，与妻子相聚机会无多，连乾隆十七年（1752）十二月长子知廉出生的消息也是在旅途中得知的。词中“十载楼中新妇，九载天涯夫婿”，当为实情记录。

俄罗斯文豪托尔斯泰言“不幸的家庭各有各的不幸”，中国古代的婚姻（且不说爱情）亦复如是：既有焦仲卿与刘兰芝、陆游与唐婉纯因客观产生的不幸，也有蒋张这样兼有主观因素而造成的不幸。蒋氏婚后长期在外奔波，虽然出于当时儒士难以摆脱的无奈；然而，外出之频繁，离家之长久，与其仕途之追求似亦不无关系。此词起首二句“偶为共命鸟，都是可怜虫”是说合法有情却难以相聚，既以之开篇，又以之定下悲剧性的基调。上片则围绕“十载”、“九载”句而设，泪似“秋河（银河）”喻如牛郎织女天各一方，“首已似飞蓬”化用《诗经·卫风·伯兮》

"首如飞蓬"句，点出张氏独守中的憔悴，一切"愁病"，都源于"别离"。其中"新妇"一语，犹为沉痛，绝非漫不经心道出。结婚已经十载，妻子竟然长久独居，闺房犹如牢房，时光流逝，她的青春也被迅速无情地吞噬，而这正是由于自己外出奔波（尽管大半出于无奈）的必然结果。作者饱含沉痛写下此语，出自真诚的内疚与反思，却也是非有情丈夫不能为。

下片是作者内疚的继续与发展。与上片"新妇"相呼应的是"几见"二句。按理说，让妻子"珠围翠绕，含笑坐东风"是丈夫（特别是具有一定经济实力的丈夫）应尽的职责，而事实不然。全篇唯一一处可见的欢乐情景，其实是沉痛的衬托，冠以"几见"一语，沉重的内疚立即凸显，妻子长期委屈凄苦亦不言自明。蚕丝（谐音"思"）绵绵不断，雁行比翼并肩，蛩鸣缠绵哀怨，这些似乎都是与夫妇双方有关的描写，但只要稍加思考，即可知是侧重于女方的，因为男子尚有事业（即仕途）的追求，女子则只能以思念填补空虚，以幻想麻痹自己，最终仍然陷于愁病之中。对妻子的"消瘦"只能"闻道"，念及梁鸿，又是内疚不已。"谁知千里夜，各对一灯红"的别离思念愁苦画面，正是"共命"、"可怜"的真实写照，虽似信手白描，却是力透纸背之结。

如果硬要找出这首词中的乐观情绪，那只可能存在于下片起首"咏春蚕，疑夏雁，泣秋蛩"三句中。作者只要在第三句写"冬"，即可概括一年四季，可以写而没有写，虽然可用写作时秋天刚过（十月）来作解释，但还是以作者对自己的婚姻前景怀有乐观理解为宜。蒋氏此词是有感顾姚之事受到触动启发而作，姚姬已逝，无可挽回，而自己与张氏尚富于春秋，来日可追，冬日到家，夫妻别离告一段落，同时开始欢聚。也许蒋氏此时已在沉痛的内疚与反思中决心实现转折，转折点即选择于冬日到家之时，所以在词中只写已经过去的春夏秋，而把冬之转折留给未来。

谭献《箧中词》评蒋氏此篇云："生气远出，善学坡仙。"而其深深感人之处，乃在于真情的自然流露。（李祚唐）

金缕曲　洪亮吉

僮得前词，泣不忍去，复成此阕

暗里惊闻泣。一声声、无端惹我，青衫又湿。多病经旬谁得似？欲共候虫秋蛰。尔似燕、旧巢还入。典尽衣裘频拥絮，更同扶、瘦影当风立。浑不怕，霜华袭。　　八年侍我肩差及。笑囊空、新诗屡付，佣钱未给。费尔一杯村落酒，为我解除狂习。说月好、今宵初十。楼上三更云气净，看星辰如豆天如笠。吟正远，催归急。

与一般写景抒情或即事抒情的词不同，这是一首写法颇为别致的叙事词。为了便于了解此词所叙之事的来龙去脉和作者借此寄寓的特定感情，这里先介绍一下小序中所说的"前词"及此事的起因。

洪亮吉年轻时有一个贴身侍候的书童,名叫窥园。窥园跟随主人八年,尽心尽力,善解人意,主仆情谊很深。但窥园体弱多病,已难胜任主人的差遣。这一年秋天,洪亮吉科举考试名落孙山,窥园就辞别亮吉意欲归去。亮吉感念八年情谊,依依难舍,就填了一首《金缕曲》,沽酒唱词以送之。其词云:“衣薄还如纸。最凄凉、前宵毾㲪,今宵送尔。八载追随无别事,伤病伤离伤死。总误尔、朝饥饮水。苦访虫鱼摩篆籀,但论才、尔便成佳士。休更作,朱门使。　无家我共僧居寺。只萧萧、寒云丙舍,尚堪南指。入梦总从吾父母,醒处怕逢妻子。况薄命、久无人齿。明日出门谁念我?就飘蓬断梗商行止。尔去矣,泪流驶。”情真意挚,唏嘘之态毕现。窥园被词情感动,不忍离去。洪亮吉感激之余,再填《金缕曲》一首以记其事。

此词出于记实和抒写真情实感之需,通篇不事藻绘,基本不用典,而全出之以朴质无华的语言和清疏流畅的记叙。上片,描绘“懂得前词,泣不忍去”的动人情景和词人深受感动的过程。“暗里惊闻泣。一声声、无端惹我,青衫又湿”,开头三句,以听觉形象的描摹为主,叙写主仆二人分手之际依依不舍的凄凉情景。从那首送别窥园的“前词”中“今宵送尔”之句可知,这一台“主”送“仆”的别宴,是在黑夜举行的。这里用“暗里”呼应前词,表明书童去而复归的整个事件都是发生在这个凄凉之夜。一个“惊”字,活脱脱地表现出事态发展既出于意料之外、却又似在预期之中的复杂心理。“青衫”句暗用白居易《琵琶行》“座中泣下谁最多,江州司马青衫湿”,而又浑化无迹,使人不觉是用典,恰切地描绘出词人此时悲喜交集的情态。以下“多病”二句补叙主仆二人自主人落第以来多日贫病交加、有如秋蛰寒虫的惨状,更加浓了事件发生的悲凉气氛。“尔似”一句逆入,以比喻之笔写窥园去而复归,令词人感到欣慰。以下从“典尽”到上片末为叙事的第四个层次,写主仆二人同甘苦共患难的生活,实即暗示窥园之所以去而复回,是因为主仆之间情谊已深,几乎已成为一体,难以剖分。

词的下片,从头回忆八年来主仆相依为命的生活,充分地写出了这种已经消除了主、奴等级界限的人情美。词人饱含着一种近乎慈父的感情与书童叙旧,亲切地向他絮叨着:“八年来,你一直尽心尽力地侍候我这个穷书生,刚进我家门时你还是个小孩子,如今你已成年,个头长得差不多可以与我并肩而立了。可叹可笑的是,我囊空如洗,只会不断地写诗交给你收藏,却一直连佣工钱也没有付给你!但你丝毫没有因此而对我懈怠,你常常费心为我沽来村中酒,为我解除狂荡的坏习性。今夜我们要分手了,月亮却分外美好,原来已是月初十。楼上已打三更,天空云气洁净,放眼看去,稀疏的星斗如豆粒点缀在夜幕上,天宇覆盖地面犹如一个大斗笠。夜色多美好,你舍不得我,我更舍不得你,我正曼声长吟着送别你的词句,催你归去的声音却一阵急似一阵。”全篇以记事始,以记事终,目的却不单是记事,而是即事寄情,因而此词虽具叙事文学的特征,却兼有浓郁的抒情色彩,读来十分耐人寻味。

词是一种篇幅有限的长短句抒情诗,一般说来不太适宜于用来叙事。自宋代以来,为了多方面地表现生活的需要,少数词人尝试用词来写故事,或用联章体,或用单篇慢词,叙述一件事。但多属偶一为之。到了清代,随着词学的“中兴”,扩大词的表现功能成为众多词人的共同追求。词的空间容量得以扩展,乃至出现为数众多的以铺叙展衍为能事的叙事词,这是清词比之前代的一大进步。洪亮吉的这两首近乎联章的《金缕曲》,便是清词叙事艺术发展的一个实证。(刘扬忠)

月华清　吴锡麒

九月望夜，被酒归来，明月在窗，清寒特甚，新愁旧梦，枨触于怀，因赋此解

鸦影偎烟，蛩机絮月，月和人共归去。愁满青衫，怕有琵琶难诉。想玉阑、吹老苔花，枉间却、扇边眉妩。延伫，渐响余落叶，冷摇灯户。　不怨美人迟暮，怨水远山遥，梦来都阻。翠被香消，莫话青鸳前度。剩醉魂、一片迷离，绕不了、天涯红树。谁语？正高楼横笛，数声清苦。

由词前小序，可知此词作于农历九月十五日夜。词人酒后有感于月明秋寒所触发的“新愁旧梦”，乃援笔写就此词。

词的内容不离“情愁”二字。逝水流年，佳人却相约难期，故而愁绪满怀，情不能已。

上片起句“鸦影偎烟，蛩机絮月，月和人共归去”，既扣秋夜望月时分，又隐指所怀佳人。“鸦”字与他字连用，在旧诗词中多有与女性相关之意象。“鸦云”形容女子乌黑的头发，如宋汤恢《二郎神》“鸦云斜坠，暗尘侵镜”，“鸦髻”“鸦鬟”“鸦鬓”“鸦鬟”亦常用来描写女子的头发，这里“鸦影”二字既可指月夜鸦飞成阵之影，又可如“鸦云”之形容云鬓烟鬟，借指所怀之佳人，可谓一语双关。“鸦影”之后用一“偎”字，也以拟人化的手法非常传神地写出月夜薄雾朦胧之情景，引人想象。“蛩机”也系旧典，吴文英《六幺令・七夕》：“露蛩初响，机杼还催织。”“蛩”指蟋蟀，俗名懒妇，又名促织。“机”指织机。《易通系卦》：“蟋蟀之虫趣（促）妇女织绩女工。”秋夜蛩声唧唧，与女子织机的札札之声相应，愈觉清冷。其后又妙用一“絮”（腻的意思）字，将织机与明月相连，足见词人匠心。“蛩机”与“鸦影”连用，亦可见起句已暗含所思女子之意。九月望夜，清风明月，本当与佳人共度，无奈“月和人共归去”，无限悲凉，已不言自明。

月与人归，天地间仿佛只余下孤零零的词人，是故接下来说：“愁满青衫，怕有琵琶难诉。”“愁满青衫”，语意沉痛。前人写愁，用江水梅雨、白发三千，极写其致，吴氏似极平淡地说，但力量却不轻。“想玉阑、吹老苔花，枉间却、扇边眉妩”，写佳人所倚的玉栏犹在，而西风吹拂，苍苔渐厚，良辰空逝，往昔的“扇边眉妩”，已成枉然的思忆。

上片结尾几句以景作结：“延伫，渐响余落叶，冷摇灯户。”愁满青衫的无尽思绪，仿佛都融化在一片笛声、落叶、孤灯飘摇之中。是以景语代情语。

下片作者进一步渲染愁绪之深、思人之切。起句“不怨美人迟暮”，正语反用，是逆入，语气决绝而突兀。但与下文相连，则又见词人用意之妙：“怨水远山遥，梦来都阻。翠被香消，莫话青鸳前度。”不怨美人迟暮，只怨水远山遥，连思念佳人之梦都有阻碍，拥衾无语，忍忆往日两欢欣。这一顿挫，十分有力，也使得章法充满变化。“莫话”云云，亦是反语，实则正如周邦彦《尉迟杯・离恨》之“梦魂凝想鸳侣”，全是一片痴情系念。佳人已逝，美梦难成，故而唯有买醉。但借酒浇愁，也不甚济事：“剩醉魂、一片迷离，绕不了、天涯红树。”迷离中，唯听远处飘渺之声传来：“谁语？正高楼横笛，数声清苦。”“谁语”是问人，笛声而误为人语，见出醉中之态。“正高楼横笛，数声清苦”，又从醉中拉回到现实，表明无论梦境醉态，均未能消除愁绪。在章

法上，由不怨到怨，由梦阻到醉魂迷离，再到高楼横笛，数声清苦，千回百折，逼出结句。而“高楼横笛”暗用唐赵嘏《长安秋望》之“长笛一声人倚楼”，“数声清苦”学宋姜夔《点绛唇·丁未冬过吴淞作》之“数峰清苦”，也颇见出作者匠心。

与上片较注重字句的修饰不同，整个下片没有跌宕起伏的刻意经营，均为本色语，作者将重点放在对情愁的开掘上，通过层层铺写，曲曲道来，将情愁渲染得淋漓尽致。陈匪石《声执》云：“盖词之用笔，以曲为主。寥寥百字内外，多用直笔，将无回转之余地。必反面侧面，前路后路，浅深远近，起伏回环，无垂不缩，无往不复，始有尺幅千里之观，玩索无尽之味。”以吴氏此词而言，即体现出章法结构直中有曲的特点。

吴锡麒的诗被视为浙派后劲，词力追厉樊榭，能以萧疏骏利之笔，写出天然秀逸的词境。传说他的《有正味斋集》为艺林奉为圭臬，高丽使至，出饼金购之，可见其影响之远播。陈廷焯在《白雨斋词话》中称他善于用字，赞誉《月华清》一词“居然草窗（宋周密）”，从这首词来看，陈氏所论，并非虚誉。（孙　立）

丑奴儿慢　黄景仁

春日

日日登楼，一换一番春色。者似卷如流春日，谁道迟迟？一片野风吹草，草背白烟飞。颓墙左侧，小桃放了，没个人知。　徘徊花下，分明记得，三五年时。是何人、挑将竹泪，粘上空枝？请试低头，影儿憔悴浸春池。此间深处，是伊归路，莫惹相思。

词题取作“春日”，全篇也不乏记绘春日的景物和感受，是故今人选本多视本词为伤春、惜春之作，以致将词中“三五年时”、“影儿”、“伊”也解释为“春”字的拟人化表现。这未免失于皮相，其实此作与词人早年的恋爱经历有关。

词人十五岁时，于正月上元节拜望新迁回常州的姨母屠氏，初识了与自己同龄的表妹，从此便成了第三桥边表妹家的常客。两人互相爱慕，朝夕殷勤，甚而发展到偷尝禁果的地步。然而两年后因补博士弟子员，词人不得不赴宜兴就读，就在这一年中，表妹受聘出阁，嫁了一个根本与她没法般配的“驵侩”，致使词人在“忍见青蛾绝塞行”的痛苦之余，再也拂不去铭入心底的倩影。这场初恋悲剧及日后的思念，在词人《绮怀》、《感旧》、《别意》等作品中都有深情的示现。本词作于乾隆戊子(1768)，词人时年二十岁，以妻子临产而中止客游返回故里，借居第三桥，因而有了“日日登楼”的机会，再次沉入前尘旧影的忆念之中。

分析全词，可以证明这一点。上片数句，诚然以对春天的总体印象发端，但“一换一番春色”，在通常的游春者或会激发春色常新、美不胜收的感想，而词人的体会却大相径庭，直视为惆怅之原、伤感所本，足见他的“日日登楼”，本来就非为了赏春。《诗经·豳风·七月》有“春日迟迟”的说法，“迟迟”为日长之意，词人则加以反对，认为当是“似卷如流”；其实纵然春景

"一换一番",但坐实到每日登楼的那番所见,当不至于如席卷之速、水流之疾,可知"似卷如流",实是以今抚昔、追忆往日春情的感受。"一换一番"的结果,是春光老去,绿深红稀。"一片野风吹草,草背白烟飞","白烟飞"三字,生动地描绘出芜草丛生的衰飒景象。唯一的亮色是一株小桃,却开放在残垣败壁的一隅,这种冷寂惨淡的氛围恰恰与词人的心绪吻合。

想来这株小桃于词人当有特殊的纪念意义,令他徘徊流连,唤回了当年同表妹在此相会的记忆。《绮怀》诗之三"来从花底春寒峭",之十五"三五年时三五月,可怜杯酒不曾消",足证"三五年时"是实写而非喻义。他自然也联想起两人痛苦的诀别,回忆起她的泪容,所谓"遮莫临行念我频,竹枝留涴泪痕新"(《感旧》之三),词中"是何人、挑将竹泪,粘上空枝"正是由此而发。"挑"、"粘"二字是对这一旧情境的刻意描画,这两句显然不是"春日"的实际闻见。词人步过熟悉的小池(《虞美人·闺中初春》有证:"晚霞一抹影池塘,那有者般颜色作衣裳?"),如今早已人去池空,但当年双依双偎的景象仍历历在目。"影儿憔悴浸春池",池中映出的是自己的身形,又仿佛现出心上人的幻影,"憔悴"一词,人我两绾,成了这场爱情悲剧结局的沉痛写照。表妹终于从这条路上走远了,词人也在作此词的前一年成婚。唐李商隐《无题二首》之二末云:"直道相思了无益,未妨惆怅是清狂。"而词人在结句则径道"莫惹相思",其故作决绝之语,表面上看是出以忘情之笔,但实际效果却是使人从他的绝望无奈中,更感受到他骨子里的一往情深。

这首《丑奴儿慢》被张惠言《词选》定为黄仲则词的代表作,一时脍炙人口。清人丁嘉保有云:"重把先生词细读,一语难加评量。情百转、总成惆怅。古锦囊中心呕尽,算才名、不共愁魂葬。"(《金缕曲·读两当轩词题后》)了解了本词的寓意,令我们更生同感。(史良昭)

南　浦　　左　辅

夜寻琵琶亭

浔阳江上,恰三更、霜月共潮生。断岸高低向我,渔火一星星。何处离声刮起?拨琵琶、千载剩空亭。是江湖倦客,飘零商妇,于此荡精灵。
且自移船相近,绕回阑、百折觅愁魂。我是无家张俭,万里走江城。一例苍茫吊古,向荻花枫叶又伤心。只琵琶响断,鱼龙寂寞不曾醒。

琵琶亭在江西九江城西的江岸上,因白居易《琵琶行》诗境而建。宋刘攽《中山诗话》:"江州琵琶亭,前临江左,枕溢浦,地尤胜绝。""胜绝"代表着诗意,何况这里先天具有诗意的积淀,前来的人们能从重温白诗中产生自己的人生感受。本篇正是这诸多因素的结晶。

上片写夜寻。起句"浔阳江上",是点明地点,更是为了同《琵琶行》"浔阳江头夜送客"的起句呼应,建立诗意与词意的联系。次句点明时间,"三更霜月共潮生"昉于唐张若虚《春江花月夜》"海上明月共潮生"句,时地不同,而江潮波涌、水月交辉的景象感受则无不同。泛舟江中,遥望两岸地势起伏、渔火闪烁,两句中插入"向我"二字,静态便增加了动感,真实地传写出在随波低昂的舟中所得的视觉印象。霜夜三更，除了江声恐怕不再会有其他的响动，而词人却听到了“离声刮起”，根据《琵琶行》“醉不成欢惨将别”、“忽闻水上琵琶声”的诗境，可知“离声”就是指“水上琵琶声”。千载之后江面重闻，显然是作者因江上风声、潮声所引起的幻觉。词人也不否认这一点，但又固执地维持着这种错觉，将它指认为白居易(“江湖倦客”)、琵琶女(“飘零商妇”)精灵的再现。这就表明了作者早已神融心往于“琵琶亭”的目的地，传神地表现出了“夜寻”的虔诚与迫切心理。当然，从“空亭”二字的点出，也暗示目的地是越来越近了。

下片写登亭。“且自移船相近”，又有意用上了《琵琶行》“移船相近邀相见”的字面。泊舟入亭，绕栏徘徊，词人意绪愈难平静。“觅愁魂”三字，上应“荡精灵”，而“觅”字更将“夜寻琵琶亭”的题面伸引一步。盖琵琶亭并非作者寻觅的终极目标，其所追求者，是与千载之前诗人商妇的精神契合。换句话说，览胜是第二位的，怀古才是此行的主要目的。词人既与古人在心灵上契合无间，抚古悲今，自然联想到自身。词人自比张俭，张俭为东汉的清流人物，在朝中无以存身，长期亡命天涯。作者时为湖南巡抚，在政治上固无张俭的失意困危，但“万里走江城”的远离家乡，也确实会令人悲从中来。其实“无家张俭”，也就是《琵琶行》中“天涯沦落人”的别种说法，在琵琶亭这种特定的环境中，更容易产生自我认同之感。所叹同是“枫叶荻花秋瑟瑟”的时节，当年浔阳江头的琵琶声却成了绝响，“鱼龙寂寞秋江冷”(杜甫《秋兴八首》其四)，只徒然留给后人一种凭吊式的伤感。结末的四句，充满前不见昔贤、后不见知音的怅惘，为“夜寻”画上了一个沉重的句号。

全词身心投入，出入今古，寄托遥深。谭献《箧中词》评谓“濡染大笔，此道遂尊”，说出了它给读者心灵带来的巨大的震撼力。(史良昭)

摸鱼儿　杨芳灿

韩景图有句云：“归来坐深林，悟到秋生处。”心甚爱之，作此以寄

据胡床、深林独坐，微茫天色催暮。碧云几叶流无影，窣地感秋成悟。秋有语，道还叩骚人，识我家何处。君应不误。想篱豆花边，凉蝉声里，依约认前路。　凄凉意，不数庾诗江赋。天然空外琴趣。依依我亦悲秋者，忍掐檀槽遗谱。拚睡去，枕半榻明蟾，梦与秋同住。玲珑窗户。正露沁莲池，夜深人静，花气冷如雨。

这是一篇感秋之词。

词的上片，铺衍韩景图诗意境。“据胡床”，背倚交床。“胡床”，即交床，程大昌《演繁露·交床》：“今之交床，本自虏来，始名胡床，桓温下马据胡床取笛三弄是也。隋高祖意在忌胡，器物涉胡者，咸令改之，乃改交床。”“微茫天色”，谓黄昏时分。起五句是说独坐胡床，身处秋林，傍晚时分，天上几片彩云划过，蓦然领悟到了秋心究竟是什么。“碧云”，青云，常用以指暮云，如江淹《拟休上人怨别》“日暮碧云合，佳人殊未来”，贺铸《青玉案》“碧云冉冉蘅皋暮”。“窣

地”，一下子，韦庄《清平乐》：“云解有情花解语，窣地绣罗金缕。”下面是词人与秋的对话。秋说请问词人，您肯定知道我家在哪里，从何而生吧？词人说您的话当然不会错，您说得很有道理，风雅的文人怎会不知秋从何而来呢！我正是在竹篱野豆的花朵边，在高树晚蝉的鸣声中，悟出了秋的来历。“凉蝉”，秋蝉，蝉感秋而苦吟，命将终而声悲。

下片是词人对秋的感受。“凄凉意”，出自庾信《拟咏怀诗》之十一“摇落秋为气，凄凉多怨情”。换头二句，谓秋意凄凉，不下庾信的诗篇、江淹的辞赋所描述的状况。“庾诗”，即上引之诗；“江赋”，谓《恨赋》、《别赋》，有“春草暮兮秋风惊”、“值秋雁兮飞日，当白露兮下时”等句。“天然”，天赋。“空外”，天外。“琴趣”，词作，宋欧阳修词集名为《醉翁琴趣外编》。“伥伥”，无所适从状，《荀子・修身》“人无法则伥伥然”，注曰：“无所适貌，言不知所措履。”三句意为：秋意凄凉，秋容惨淡，秋气凛烈，其程度不在庾信诗、江淹赋所描摹之下，自然而然地，我也便是一个悲秋之人。“忍”，岂忍，不愿。“掐”，用手指轻按，此借指弹拨乐器。“檀槽”，紫檀木精制的弦槽；槽是琵琶等乐器上架弦的格子，李贺《感春》：“胡琴今日恨，急语向檀槽。”“遗谱”，前人遗留下来的曲谱。此句谓：我却不忍将这种悲怨写入词章中去。这一句是此词抒情的关键之笔，词中情感由此而转。“明蟾”，明月。“玲珑”，空明状。最后词人说：我便进入了梦乡，头枕半床月光，梦境和秋意融合一片，透过空明的窗户，正是露滴莲塘，夜深人静之时，秋的爽气、花的冷香沁人心脾。结尾是以静收篇，照应开头，完成感秋成悲到悟秋知命的过渡。

这阕《摸鱼儿》是妙趣横生的佳作。首先它一反前人一味悲秋的老调，另辟蹊径，在词作中将对秋的感悟与对生命的感悟打成一片。词题序言“心甚爱”韩的“归来坐深林，悟到秋生处”两句诗，但意思并不仅仅停留在对韩诗的隐括上，而是青出于蓝而胜于蓝，从秋之萧瑟中品出秋之静穆，感受自然与生命的终极回归。此情此景，为历代骚人所少有。杨词固多伤春悲秋之作，但摆脱这种常规，不为触物兴悲之情所困者，亦有所见，如“著意悲秋秋不语，何苦为秋憔悴？且领略、露花烟翠”（《贺新凉》）。这首词就是一篇“且领略、露花烟翠”的佳作。其次，这首词不拘泥于传统词章上下片叙事状物抒情达意的老路子，而是通篇描写人物的言语、情思、行为，以此表达对秋的全面感知、体味。词情抑扬有序，层层逼进，说出秋生于物，亦生于心，由物入心，复由心及物，秋意乃盛之理。——当然，这并非直直道来，仍须由读者诵其辞玩其味才能真正理解。今人严迪昌《清词史》云：“骚人悲秋，自古如此。可是，探觅秋来何处以及骚人之心何以通秋心，却少有人作此痴想，这自然是难以明言作答的。但愈是无理之问或本不必作此问的发问，有时恰好具有深契入理的妙趣。杨芳灿正是用这种深细的笔法来表现对‘秋’的感悟。”所析很有见地，今特略费笔墨迻录于此，以飨读者。（郭　锋）

相见欢　张惠言

年年负却花期，过春时。只合安排愁绪送春归。　梅花雪，梨花月，总相思。自是春来不觉去偏知。

人们常有这样的生活经验：美好的事物在你身边时，往往并不觉得十分珍贵；而当它一旦消失之后，你才会倍感其值得眷恋。本词所写，虽只是一腔惜春情怀，但若结合人生经验来读，则也可以从中引申出上述带有哲理性的意义。

词的上片感叹自己身在春天不知春，总是在忙忙碌碌或糊里糊涂中错过了大好的春光、辜负了烂漫的花季，一旦觉悟却时已晚矣，只好满怀愁绪地送春归去。这“年年负却花期”一句，是从千回万折中转出来的深情之语。它一言“年年”，二言“负却”，包含着无限的内疚和悔恨在内。而“只合安排愁绪送春归”一句，又用一“只合”表达了他的无可奈何和恋恋不舍之情。故而上片语虽短而情甚长，写出了词人对于青春虚掷的怨悔和自责。下片则进一步作事后的追惜和反省。“梅花雪，梨花月，总相思”是写自己对于春天的追惜：春的过程其实并不短暂，从梅花盛开如雪的时候她就悄然孕育，而到满地梨花月影的季节则更到了全盛时期，可自己当时却浑然不觉、毫不知惜，因此在发觉春归之后就激起了倍加深切的相思和叹息。由此，更进而通过反省悟出了一番人生哲理：“自是春来不觉去偏知。”——世间一切美好的事物岂不像春天的降临和消逝一样，只有在失去之后才让人猛省拥有的可贵。因而人们千万应当珍惜他们所把握住的每一段美好生命和每一件美好事物！这样的理解，或许会与词人的原意有出入，但既然张惠言本人一向倡导“比兴寄托”和“意内言外”的创作原则，而另一位常州词派的词论家谭献也曾提出过“作者之用心未必然，而读者之用心何必不然”的读词方法，那么我们对本词所作的哲理性阐述也就“虽不中，亦不远矣”。（杨海明）

水调歌头　张惠言

春日赋示杨生子掞（其三）

疏帘卷春晓，胡蝶忽飞来。游丝飞絮无绪，乱点碧云钗。肠断江南春思，粘著天涯残梦，剩有首重回。银蒜且深押，疏影任徘徊。　罗帷卷，明月入，似人开。一尊属月起舞，流影入谁怀？迎得一钩月到，送得三更月去，莺燕不相猜。但莫凭阑久，重露湿苍苔。

这是组词的第三首。张惠言这五首《水调歌头》，虽然都是以春日之感兴为主的作品，但其着笔之重点则每首颇有不同。第一首以春之兴象为主，而结之以“花外春来路，芳草不曾遮”，暗示了一种天心生意之可以长存的最高境界。第二首开端是对第一首结尾的一个反接，脱离了天心生意而写起了年命之无常与人心之慷慨，中间几经转折反思，而结之以“劝子且秉烛，为驻好春过”，仍归结到对天心生意之长存永在的一种勉励与追求。而第三首则又回返到天心生意所代表的春天之兴象中来了。

词的开端就以“疏帘卷春晓，胡蝶忽飞来”二句，张起了一片飞扬的意兴，而且每一词语都充满了“微言”的妙用。先说“春晓”二字，“春”是一年之始，“晓”是一日之始，仅此二意，便已充满了一片活泼的生机。而在“春晓”之上还有“疏帘卷”三字，则传达出了一种更为微妙的作用。以表示本就有可以相通之处的“疏”字为形容，加之“帘卷”的全面的开启，遂使内在的人心完全迎向了外在之“春晓”的美盛与光明。而也就在此“疏帘”乍卷之际，帘外的“春晓”遂化生出了一只美丽动人的“胡蝶”，舞动着翩然的双翅向人迎面飞来。“忽”字用得极妙，其所传达的一种“不期而然”的惊喜，就人而言自是意外，但若就春而言则又却正是天心生意一片气机自然地呈现。于是人心与春心之间遂产生了一片情意的撩动，便有了下面两句“游丝飞絮无绪，乱点碧云钗”的叙写。“游丝飞絮”既是春之撩动也是心之撩动。李商隐《燕台四首》的第一首写“春”，就曾有“絮乱丝繁天亦迷”之句，李氏用了一个“亦”字，遂将人意天心一同写入了此一片游丝飞絮的迷惘撩乱之中；而张氏则分两句来写：“乱点”二字的主语是前一句“游丝飞絮”所代表的天心生意，而其宾语则是“碧云钗”所代表的一位美丽的女子。“碧云钗”三字不仅可以使人联想到女子的美丽与高贵，而且“碧”之颜色可以给人一种“春草碧色”的青春与生命之想象，“云”之质地也可以给人一种“摇曳碧云斜”的飘渺与轻柔的想象。至于“乱点”二字，“乱”是承上句丝絮之繁乱而来，而“点”则是对于“碧云钗”而言，极写丝絮对于“碧云钗”的点缀与扑飞。从“疏帘”之“卷”起，“胡蝶”之飞来，直到撩乱的“丝絮”“乱点”到“碧云钗”上，春意对人心之撩动盖亦正有其及身触体之不可抗御者矣。那么当一个人的追寻爱情的春心被撩动起来之后，其追寻的结果又如何呢？于是作者接下来遂写了“肠断江南春思，粘著天涯残梦，剩有首重回”三句落空悲怨之词。“江南”二字可以使人生发浪漫多情的联想，可是多情的春心又将落到什么下场呢？李商隐的一首《无题》诗，就早曾写下了“春心莫共花争发，一寸相思一寸灰”的名句，那自然就无怪乎张惠言所写的“江南春思”也只落到了“肠断”的结果了。下面“粘著天涯残梦，剩有首重回”二句，则更进一步叙写“春思”已令人“肠断”后，好梦虽残而此情依旧的一份追怀与回忆。从“春思”到“天涯”，正写其追寻与漂泊之远，“残梦”则表现了梦虽已破而尚未全醒的一种痴迷的意境。“粘著”二字，似乎可以有多重含意。若承接上句“春思”来看，则此句固当指“春思”之粘着于“残梦”，虽“断肠”而未已；但若从更前面的引起“春思”的“游丝飞絮”来看，则张惠言选择了“粘著”二字，应当正是对“游丝飞絮”之性质的一个回应，昔周邦彦《玉楼春》词就曾写有“情似雨余粘地絮”之句。昔日飞扬之情思，遂只余下了粘满天涯而更复飞扬不起的一痕残梦，故结之曰“剩有首重回”。这正是对上片自“帘卷”以后所引起的“春思”只落到“肠断”之结果的一个总结的回忆。于是在此前一痛苦的回想之总结后，词人遂立下了不想再被外在的春色所撩乱的决心，说“银蒜且深押，疏影任徘徊”。“银蒜”是古代用以押帘之物，银制，其形如蒜。这一句正是对首句之“帘卷”的一个反接。帘卷之结果，是外在的春色所带给人之撩乱的“春思”，而“春思”的追寻则徒然使人肠断；故此句乃曰“银蒜且深押”，正是欲以银蒜押帘而使之不复开启之意。于是词人乃决心将一切撩乱人心的春色尽皆阻于帘外，而且一任飞花舞絮之疏影在帘外舞弄徘徊，不再为其所撩乱了，故曰“疏影任徘徊”也。

而下片张氏却又以“罗帷卷，明月入，似人开”三句，开始了又一次的追寻。但此次追寻的内容，却与上片有很大的不同。如前所述，上片所写的乃是外在之春色对人心的撩动；而此处所写的则是天上之明月对人心的开启。如果联系张惠言自身所具有之求学问道的修养，来对此词之意境一加推想，则上片所写的意境，似乎乃是人心对世上之繁华所引起的追寻与向往；而此处所写的意境，则似乎乃是一种对天心的妙悟。所以下面紧承以“一尊属月起舞，流影入谁怀”，作者乃将自己的情思，放在与天上之明月相等的高度，做了悬空的拟想。而此二句更可引起三个互为文本的联想，那就是李白的名诗《月下独酌》和苏轼的名词《水调歌头》，以及李商隐的《燕台四首》。李白诗中曾有"举杯邀明月"及"我舞影凌乱"之句;苏轼词用李白意,曾有"起舞弄清影"之句;李商隐诗则曾有"桂宫流影光难取"之句。而张氏这两句词,除去前人的句子给我们的联想外,却实在更有他自己所独具的一种取意。先说"一尊属月起舞"一句,"属月"是以杯属月,也就正是李白诗之"举杯邀明月"的意思。而在张氏词中则继承着前面的"明月入"所引发的天心的启悟而来,于是作者在此就把自己的心境提升到了一个与明月同其超远和光明的境地。更继之以"起舞",则正是显示了一种与明月为友的相得之乐。可是张氏却当下做了一个巧妙的转折,以明月为心写出了一份高寒无偶的寂寞之悲,故曰:"流影入谁怀?"昔李商隐《嫦娥》诗,曾有"嫦娥应悔偷灵药,碧海青天夜夜心"之句,设使明月有知,明月也一定愿意将自己投入一个相知相爱之人的怀抱中去,可是这个人又在何处呢?所以作者乃发出了"流影入谁怀"的慨叹,从表面上看,这自然是为明月而慨叹,但其实却也就正暗示了作者自己的慨叹。不过张惠言并未停留于此,而是笔锋一转,遂又写出了"迎得一钩月到,送得三更月去,莺燕不相猜"的另一层境地。由"迎得"到"送",这自然表现了一个时间的过程,而其所迎送的对象则是天上的明月,也就是说与天上的明月有了一番交往。而当一个人有了这种交往以后,纵然在尘世间没有一个可以相知相爱之人,其内心中也必然早已有了一种不假外求的自足境界,所以说"莺燕不相猜"。俗语说"莺燕争春",而作者既已展示了一种不假外求的自足境界,当然不会更有与"莺燕"争春的竞逐繁华之想,故曰"莺燕不相猜"也。而最后乃结之曰"但莫凭阑久,重露湿苍苔",这两句也可以给我们多重的联想,首先是李白《玉阶怨》一诗曾有"玉阶生白露,夜久侵罗袜"之句,写的是一个女子有所期待而终于落空的怨情,久立玉阶,乃至露湿罗袜。张词的"凭阑"当然也暗示了一种有所期待的情思。至于"重露"之"湿苍苔",当然也就暗示了"重露"之亦可以沾湿衣履。而由于"露"之可以沾湿衣履,遂又可以引起我们另一个联想,那就是《诗经·召南·行露》一篇所写之"厌浥行露,岂不夙夜,谓行多露"几句诗。"厌浥"二字所形容的正是行道上的露之浓重。诗中写一女子谓其岂不欲早夜而行,但却因"畏多露之沾濡而不敢"。而"露之沾濡"则喻示了一种外来的侵凌与玷污。张氏此二句词,从"凭阑"写到"露湿",而却在开端加上了"但莫"二字,正表示了一种警惕的语气。从表面意思看,其所警惕者固当指重露之沾濡,而从深一层的意思来看,则当然也可能有一份警惕杨生子掞不可以一心向外追寻以免自身会受到玷污的含意隐寓其中。而这当然也正是针对此词上片开端所写的帘"卷"、蝶"来"等种种外在的撩动,所做出的一个回应。如何在欲求知用的冀望,与"人不知而不愠"的"居易俟命"(《论语·学而》)的持守之间,找到一个平衡点,这应该正是儒家所追求的一种极为可贵的修养。(叶嘉莹　迟宝东)

木兰花慢　张惠言

杨花

儘飘零尽了,何人解,当花看?正风避重帘,雨回深幕,云护轻幡。寻他一春伴侣,只断红、相识夕阳间。未忍无声委地,将低重又飞还。　疏狂情性，算凄凉、耐得到春阑。便月地和梅，花天伴雪，合称清寒。收将十分春恨，做一天、愁影绕云山。看取青青池畔，泪痕点点凝斑。

这是一首咏杨花的词。古人咏杨花的词作很多，有名的如北宋章质夫的《水龙吟·杨花》词，可谓“曲尽杨花妙处”（魏庆之《诗人玉屑》）苏轼的和作《水龙吟·次韵章质夫杨花词》，在意境上远超过章词，体现出大手笔的绝代才情。南宋张炎称赞说：“东坡次章质夫杨花《水龙吟》韵，机锋相摩，起句便合让东坡出一头地，后片愈出愈奇，真是压倒今古。”（《词源》）王国维也认为：“东坡《水龙吟》咏杨花，和韵而似原唱。章质夫词，原唱而似和韵。才之不可强也如是。”（《人间词话》）

同题之作难度极大，以至连大诗人李白都不敢轻易下笔。他曾面对传诵于世的崔颢题黄鹤楼一诗，大加感叹说：“眼前有景道不得，崔颢题诗在上头。”欲拟之一较胜负，乃作《金陵登凤凰台诗》，遂为文坛添了一段佳话。咏杨花词早有先贤名作“在上头”，常州词派开山祖张惠言却迎难而上，所写这首同题词作，汲苏词神髓，妙手点化，缘情造端，自成新境，在词史上独树一帜，被谭献称为“撮两宋之菁英”（《箧中词》），是何等不易。

苏轼词开片“似花还似非花，也无人惜从教坠”，从杨花“似花”（形）与“似非花”（神）两方面对杨花遭遇发出感慨。张惠言此词上片发端“儘飘零尽了，何人解，当花看”在用意上较苏词翻进了一层，认定杨花是花，须当作花来看待，可惜的是它不为人理解，无人将它当作花来看待，任其飘落殆尽。一开篇即对杨花的悲惨命运遭际感慨不平。“正风避重帘，雨回深幕，云护轻幡”，三句以自然界中“风”、“雨”、“云”的种种景象来进一步衬托杨花“飘零”无依的悲凉凄苦。试看，风有“重帘”可以回避，雨有“深幕”可以遮挡，云有“轻幡”可以护佑。风、雨、云都寻觅到了可依偎呵护的“伴侣”，他们是幸运的。相比之下，孤零零的杨花是不幸的，“寻他一春伴侣，只断红、相识夕阳间”，杨花在整个春天里都寻觅不到可依偎的伴侣，最后在春光将尽、天色已晚之际，与残落的花朵邂逅相识——真是相见恨晚了。杨花注定是随风飘零垂落之物。在章质夫词中，杨花“傍珠帘散漫，垂垂欲下，依前被，风扶起”，显得那么疲软无力。在张词中，杨花却显示出不屈的意志和抗争的力量：“未忍无声委地，将低重又飞还。”杨花不甘愿无声无息地飘落于地，在将要坠地时又凝聚全力飞了回来。

下片更进一层写杨花的情性、品格与归宿。杨花漫天飞舞，无羁无绊，生就一种孤标脱俗的疏狂情性，虽一春孤单无伴，也耐得住寂寞凄凉，直至度过一春（一生）的尽头。杨花的疏狂情性是与世道格格不入的，但具有清白高洁品格的它，自能找到真正的知音：“便月地和梅，花天伴雪，合称清寒。”杨花与梅、雪堪称“清寒”伴侣。“梅”乃冰心铁骨之物，陆游《落梅》诗赞之为“花中气节最高坚”者。“雪”则是冰清玉洁、晶莹无瑕的大自然精灵。品格清寒的梅、雪历来形影相随，梅之寒香与雪之洁白二者相得益彰，是历代骚人墨客歌咏不尽的永恒题材。梅花“零落成泥碾作尘，只有香如故”（陆游《卜算子·咏梅》），雪花一旦消融也殒身大地。一生清寒的杨花，像梅花、雪花一样，终究也逃脱不了坠地消亡的命运。“收将十分春恨，做一天、愁影绕云山”，杨花便将满腔的怅恨，化作一天愁影缭绕于云山之际，何以能尽泄内心无限的愁与恨！最后的结局仍是无可奈何地“飘零尽了”，“无声委地”。结拍将杨花同时也是人（飘零坠地者）的生命、感情，凝成了青青池畔的点点泪斑：“看取青青池畔，泪痕点点凝斑。”热肠郁思，情韵无限。

张词结句虽是由苏词“细看来，不是杨花，点点是离人泪”点化而出，但同工异曲，韵味深长。苏词中杨花与思妇泪融为一体，杨花似泪，泪似杨花。且杨花落水化为浮萍，“一池萍碎”，似点点离人泪。张词中杨花即飘零者的泪珠洒遍了青青池畔，何止是“一池萍碎”。飘零者的泪，饱含着一个情性疏狂、品格清寒、久耐凄凉而终至沉沦坠地者的悲惨遭遇与无限憾恨，比之思妇的离人泪更具深厚感人的蕴涵。词中涌动着一位执意坚守节操、不甘沉沦、在逆境中自励自强的飘零者的情志。这是张惠言咏杨花词在用意、用笔、艺术造境上的创新之处。于此，我们方可领悟到常州词派“非寄托不入，专寄托不出”（周济《宋四家词选目录序论》）的创作特点，也明晓了这首咏杨花的同题词作，为什么与苏词一样受到人们激赏的原因。（吴翠芬）

水龙吟　张惠言

夜闻海涛声

梦魂快趁天风，琅然飞上三山顶。何人唤起，鱼龙叫破，一泓杯影。玉府清虚，琼楼寂历，高寒谁省？倩浮槎万里，寻侬归路，波声壮，侵山枕。　便有成连佳趣，理瑶丝，写他清冷。夜长无奈，愁深梦浅，不堪重听。料得明朝，山头应见，雪昏云醒。待扶桑净洗，冲融立马，看风帆稳！

这是一章梦魂畅想曲，又似一阕瑶琴幽怨调。通过夜闻涛声的感受与联想，隐约寄托怀抱，曲折传出作者的人生追求，笔调壮阔，感触深沉，在《茗柯词》中别具一格。

奔腾澎湃的海涛声，首先引发的是梦魂飞越的海天之旅。上片浮想联翩，驰骋“九万里风鹏正举”（李清照《渔家傲》）式的笔墨，神游宇宙，让梦想驾着天风，自由飞翔，扶摇直上，飞往那人们可望而不可即的缥缈仙山（三山，即东海中蓬莱、方丈、瀛洲三神山；琅然，形容灵山美石的异常光彩）。“快趁天风”，不止说明风的疾速，而且突出人的快意，如苏轼《百步洪》诗“险中得乐虽一快”之“快”。涛声随即又幻化成鱼龙吟啸之音。“何人唤起”三句，按此词谱式的节奏，一般分成三个短句，而从语意讽诵，则可读为“何人唤起鱼龙，叫破一泓杯影”。《水龙吟》本有《龙吟曲》的异名，龙吟声响彻沧溟，仿佛震荡着平静的海面。“一泓杯影”用李贺《梦天》“遥望齐州九点烟，一泓海水杯中泻”句意，写梦魂飞翔天外，俯眺大海，只似杯水一汪而已。接下去，词笔略略点染氛围，清虚寂寞中呈现一片高寒之境。这里翻用东坡《水调歌头》“我欲乘风归去，又恐琼楼玉宇，高处不胜寒”词意，而出以问句“高寒谁省”，实含有内心深藏的孤寂。“省”是体验、领会，此境不是常人所能体会，也非作者所能久驻；因此，词笔一转，用“浮槎”熟典，再叙写寻觅归程，回到人间。据《博物志》载：天河与海通，海渚有人曾乘槎（木筏）往返。“倩浮槎万里”以下，求浮槎，寻归路，意味着壮游奇境的结束。幻梦醒了，美好的空中楼阁消逝了，伴随自己的只有盈耳的涛声。“惟觉时之枕席，失向来之烟霞”，李白梦游天姥时也留下过这样的失落感。

下片开头,《水龙吟》引出《水仙操》,海涛声又幻作琴曲遐思,涉想成连故事。(成连,春秋时人,善鼓琴。吴竞《乐府古题要解》谓成连携弟子伯牙至东海蓬莱岛留宿,令其自悟艺境,伯牙四望无人,但闻海水汩没崩澌之声,怆然移情,援琴作歌,此曲相传即《水仙操》。)千载涛声依旧,而时移物换,人间何世,即便有成连那样的高手,对沧海云涛,抚瑶琴弦柱,寻绎清冷的佳趣,今夜却不堪重听了。词中"愁深梦浅",点出作者无端的心事、难抒的积郁,而其具体意蕴究属怀知音还是伤逝者、悲时局还是感身世,抑或兼而有之,后人已无从实指。作者所谓"幽约怨悱不能自言之情,低徊要眇,以喻其致"(《词选序》),大约即为此种欲说还休的千愁万感吧。下文再由漫漫长夜孤枕听涛拟想明朝"雪昏云醒"光景。东坡《蝶恋花》有"昏昏雪意云垂野"之句,这里说"雪昏云醒",着一"醒"字,厚积的云层似也通宵不倦地在酿着雪意,选字可谓新警,与史达祖《双双燕》"看足柳昏花暝"的名句正堪并传。云情雪意,通力营造沉寂、凝重的氛围,折射出人的心态。但是读下去却又不是一味清愁不断,词的最后出现了对未来的壮美憧憬,对光明的热切期待。路转峰回,作者业已自行解开了连环情结。"待净洗扶桑"三句,"扶桑",东方神树名,原为太阳升起之所(屈原《离骚》:"饮余马于咸池兮,总余辔乎扶桑。"),又兼有日初升的时间之义(《淮南子·天文训》:"日出于旸谷,浴于咸池,拂于扶桑,是谓晨明。")。词人笔下的"待净洗扶桑,冲融立马,看风帆稳",造语新奇,涵盖时空,扫尽阴霾,更新物象,隐寓的是"天容海色本澄清"(苏轼《六月二十日夜渡海》)的超旷胸襟,高咏的是从容立马看风帆的非凡气概。"冲融",本义为冲虚广大之状,句中通假作"从容"解。此种胸襟气概,此等朗吟健笔,本身即具美感,即饶魅力。谭献《复堂日记》以为"茗柯词真得风人之义,以比兴出之,非一览可尽",读本篇可以参照。

天风海涛之曲,中有凄断之音,曲终奏雅,境界还趋高远。回旋跌宕,余意难穷,幻笔幽怀,情思缥缈。洪波浩荡起龙吟,一首绝妙好词,为读者留得多少感发兴会的空间!(顾复生)

卖花声　郭　麐

秋水淡盈盈,秋雨初晴,月华洗出太分明。照见旧时人立处,曲曲围屏。　　风露浩无声,衣薄凉生。与谁人说此时情?帘幕几重窗几扇,说也零星。

《诗经·陈风·月出》云:"月出皎兮,佼人僚兮,舒窈纠兮。"明人焦竑以为这首古老的诗作,是中国文学"见月怀人"这一传统主题的原型(见《焦氏笔乘》)。且不论他的观点能否被所有的人接受,至少有一点可以肯定,即本词无疑符合这一模式。词的抒情主人公正是由月而起怀人之思,月照在"人"曾立之处,不见"人",便起思念。

词中所写时间当是秋夜,一场雨之后;地点是在室内。词人想象雨水将月亮洗得异常皎洁。这明媚的月光普照天下,又从绮窗泻进室内,照在那人曾经站立的地方,那人却已不见,只有曲曲的围屏沐浴着月光。读词至此,我们不禁满腹疑问:词中的这个"人"是谁?与抒情主人公是什么关系?为什么回忆中只有"立"这一个细节或情节?——这些疑问,作者不会告诉我们,而我们在词中恐怕也找不到明确的答案。因为词的下片,主人公主要是抒发强烈的怀念之情:外面风很大,露水浓重而又无声地滴落,自己衣衫薄薄,凉气袭身。但让他感到"凉"的,不只是这自然的秋寒,还因为他的情怀竟然无人可以一诉。此处的"谁人"所指范围要大些,未必定指所思之人,但也可包含所思之人在内。"帘幕几重窗几扇"云云,是说里面与外面阻隔重重,不但无人可说,就是说出来,也成为毫无意义了。读完全词,我们的疑问丝毫未减,反倒增加了:他的"此时情"究竟如何?为什么会"说也零星"?甚至进一步发问:这词作者与抒情主人公是否同一人?这首词是自抒其怀,还是代人"立言"?抒情主人公是"他"还是"她"?可以说,它是一首令人疑窦丛生的词。

但这并不妨碍我们把它当作一首好词来欣赏。我们可以设想抒情主人公就是作者,所怀者是一美丽女性,她与他本无瓜葛,因一特殊因缘,曾经在此一"立",以后的日子里,他便无限地思忆;或者他们是一对恋人,共同度过一段美好时光,她常常站在那"曲曲围屏"之前(是多愁的天性还是对将来不幸的预感使她愿在那被她想象为隔绝俗世的围屏前久久伫立)。后来他们被迫分离,每当看到明丽的月光,他便想起她的如月容貌;看到多情的明月照在旧地,便仿佛看到她曾经玉立的身姿。或者,竟可以想象这是一首悼亡之词,她已身赴月宫,化作月光,令他思念不已,以致将自己与外界隔离开来,一腔怀抱无人可诉。当然,我们也可以想象这是代言体词,词的抒情主人公其实是女子,她与所怀想的男子曾有一面之缘,月光下他"立"于彼处的身影每令她激动与思念不已,如今不知他身在何方,或是她心知其人身在何处,却双方不能会面,这使她感到无限的痛苦。

我们甚至可以什么也不想,什么也不做,只要去欣赏那一片由秋水、秋雨、秋月、秋露组成的近乎透明状态的词境,只要知道词中有人在怀念有人被怀念。而那境界中的秋水,与《庄子》笔下"泾流之大,两涘渚崖之间不辨牛马"的秋水不同,是浅淡素净的;那"盈盈",亦如《古诗十九首》中"盈盈一水间,脉脉不得语"的"盈盈"一般,含有晶莹、清澈之义。同时,也像古诗一样,秋水在词里不仅仅表季节、造意境,还象征着双方的阻隔不得相通。那情感,除了怀想之外,还暗含着一定的孤独、寂寞,没有知音者或相悦者的失意。为了这境、这情,词人不惜有所忽略。如果真像结尾所写的那样帘幕几重窗几扇,月光恐怕是难以照见围屏里的"旧时人立处"的。然而,一旦我们发现它的不确定性所带来的丰富内涵,所带给我们的自由解读、自由"创造"的余地,便会随同作者一起,"忽略"掉种种我们所认为没必要去过分拘泥的东西。(彭国忠)

念奴娇　严元照

红楼珠箔,护轻寒、四面垂垂不卷。鸳甃几番连夜雨,添了晓妆春倦。柳待摇波,梅还悭雪,未觉东风软。横塘路迥,踏春情绪先懒。　望极迢递春江,归帆何处,芳草和天远。欲寄天涯无好梦,梦与行云都断。鸾镜尘昏,兽炉香冷,憔悴无人管。西园花事,一年判付莺燕。

说到春天，大家都知道那是万物欣欣向荣的季节，绿树成荫，繁花似锦，总会引得游人赞叹不已。但此词描写的却是“乍暖还寒时候，最难将息”（宋李清照《声声慢》）的早春。

上片在外部气候和人物的内心感受两个方面都突出了一个“寒”字。开头“红楼珠箔，护轻寒、四面垂垂不卷”，写富贵人家的楼阁珠围翠绕，闺房周遭重重帘帷密遮。“红楼”，华美的楼房，旧常指富贵人家女子的住处，如宋王庭珪《点绛唇》词云：“花外红楼，当时青鬓颜如玉。”“珠箔”，珍珠缀成的或饰有珍珠的帘子。唐白居易《长恨歌》咏贵妃步出卧室曾写下“珠箔银屏迤逦开”这样的丽句，可知其为富贵人家所享用。因此，从此词的开头四字就可推测出词中抒情女主人公的身份是高贵的。在这早春时节，丝丝寒意透过华丽的珠帘侵入室内，“护轻寒”实为难御轻寒，一个“护”字耐人寻味，颇见出女主人公易受伤害的娇弱性格。任珠帘四垂不愿一卷，显然女主人公心情并不愉快。三句既是写景，又表述了人物的内心感受。这挥之不去的寒意实际上并不仅仅是生理上的感觉，更是其孤凄情怀的征验。连番阴雨的晦暝景象，自然令人更增倦意，她在深闺中便“懒起画蛾眉，弄妆梳洗迟”（唐温庭筠《菩萨蛮》）了。而雨洗“鸳甃”，使那井砖上烧结出的鸳鸯纹益发清晰可辨，自也令慵倚妆台隔帘闲看的女主人公怦然心动。“甃”，井壁，清段玉裁《说文解字注·瓦部》：“谓用砖为井垣也。”“鸳甃”，就是用带鸳鸯图案的砖块砌成的井壁，用在此处作引线，暗示读者女主人公想到鸳鸯时内心是否也有一种愿望或一丝牵挂呢？笔致含蓄，大有言外之意。下面续写她“晓妆”完成后痴望户外，看到柳枝刚刚冒出嫩芽，还未能在水波上袅娜地摇曳，傲骨凌寒的梅花正在绽放，只可惜缺一场大雪以显其美丽与高洁。“悭”，久缺之意，宋陆游《怀昔》诗：“泽国气候晚，仲冬雪犹悭。”“未觉东风软”句，上承词首，春风本是和煦的，可眼下一点也感受不到它的温暖轻柔，只觉丝丝寒意袭人。想去踏青，无奈天气是这样的风僝雨僽，想去的地方“横塘”又那样遥远，女主人公便觉慵懒无力，只好将踏春心愿搁起。“横塘”，古堤塘名，在今江苏苏州西南。宋贺铸《青玉案》词的名句“凌波不过横塘路，但目送、芳尘去”使横塘成为特定的表情意象，深有怀人之意。

从词的上片看，女主人公虽锦衣玉食，然而内心世界是孤独的。在慵倦中她有所期待，其情感含蓄朦胧但仍可揣度。

词的下片将视线拓展。极目远望，春江浩渺，与天相接，波面上归帆点点，不知将驶向何方，哪里又是它们的归宿？芳草萋萋，绵延不尽，一直伸向天边。想给远方的人儿寄去一点消息，然好梦难成，就像天上的行云，没有运行的轨迹。“迢递”、“远”同义，不惜辞费重言之，正见其心绪之烦乱。“归帆”两句，从宋柳永《八声甘州》词“误几回、天际识归舟”、南唐李煜《清平乐》词“离恨恰如春草，更行更远还生”生出，情思缱绻。女主人公满怀惆怅，无可奈何地将目光收回，但室内她看到的也是一片冷清落寞的景象，妆镜上满积尘埃，香炉里只剩灰烬。既然连室内物品都无心打理，那么西园的花花草草，她又有什么心思去照料呢？只好把它交给莺莺燕燕，由它们随意摆布去吧。结拍两句，与宋陈亮《水龙吟·春恨》词“恨芳菲世界，游人未赏，都付与、莺和燕”意境相似，惟严词哀婉处更胜陈词，虽就全篇格局而论严作尚逊于陈作。

此词通过细致入微的心理刻画，恰到好处地体现了抒情女主人公内心的幽怨，婉转绵丽，又自然清新，颇有易安词之遗风。（单　芳）

酹江月　　改　琦

石湖

玉虹横卧，放湖山、闲了春风词笔。花影吹笙无觅处，何况梅边吹笛。鹤涧烟消，马塍雨黯，怅触今犹昔。旧家亭馆，旧时鱼鸟相识。　还念谱出新声，蛾眉愁绝，醉把阑干拍。万顷清光流皓月，飞下一双鸂鶒。西望群峰，飘然引去，淼淼澄波白。人间天上，不知今夕何夕！

作者是一位著名的词人，更是一位著名的画家，因此他的写景之作能给人十分鲜明的视觉美感。这首通过写景抒发其飘然远举之雅逸情志的词作，就颇能代表他的词风。

石湖，在江苏苏州西南，介于吴县、吴江之间，风景优美。湖西南通太湖，相传为春秋战国之际越范蠡功成退隐入五湖之口。南宋大诗人范成大晚年隐居于此，号石湖居士。但此词主要内容并不是怀念范石湖，而是有感于南宋大词人姜白石之事。姜夔曾在宋光宗绍熙二年(1191)冬访石湖，在范成大那儿住了一个多月，曾写下著名的自度曲《暗香》《疏影》，深得范的赏爱，除夕归时有《过垂虹》、《除夜自石湖归苕溪》十首等诗，此词中的一些句子，就涉及姜白石所作的这几首诗词。

词开头两句“玉虹横卧，放湖山、闲了春风词笔”，即景抒情，谓昔贤风流既久已消歇，己之词笔亦当闲置。“玉虹”指附近吴江著名的垂虹桥，姜夔《除夜自石湖归苕溪》之一有“梅花竹里无人见，一夜吹香过石桥”之句，之七有“长桥寂寞春寒夜，只有诗人一舸归”之句，此词言及垂虹桥，当与姜诗有关。(另：“垂虹”也可能指《读史方舆纪要》中所说的石湖中“跨湖山”的行春桥)“放湖山、闲了春风词笔”，意思是“春风词笔闲放湖山”，语句显然远承姜白石《暗香》词“何逊而今渐老，都忘却、春风词笔”，白石以何逊自比，谦言己才力不逮，难赋梅花，此词则言己乏白石之才，不能写出“湖山”之美，故欲搁笔。下面“花影吹笙无觅处，何况梅边吹笛”两句，“花影吹笙”疑用白石《点绛唇》词“金谷人归，绿杨低扫吹笙道”句，兼取意于宋陈与义《临江仙》词“杏花疏影里，吹笛到天明”，“梅边吹笛”则显然出自白石《暗香》词“旧时月色，算几番照我，梅边吹笛”，谓自己来到石湖，但见花开依旧，却不闻笙笛之音，言外不胜今昔之感。“鹤涧烟消，马塍雨黯，怅触今犹昔”三句，遂直抒其怊怅之怀。“鹤涧”，在苏州虎丘，以清远道士养鹤于此而得名，此因姜夔曾数游苏州而用之，兼寓前贤早已鹤驾西去，再难睹其风采之意。“马塍”，在浙江余杭县西，宋代以产花著名，姜夔卒后葬此，范成大挽诗尝有“所幸小红方嫁了，不然啼损马塍花”之句。词中用此二地名，“烟消”乃实写，“雨黯”乃虚写，“怅触”两字，有低徊无限之态。以上两韵，一写听觉形象，一写视觉形象，说明石湖一带斗转星移所生之人文变迁。目睹风景不殊，恨往事之如“烟消”“雨黯”不可复追，乃兴物是人非之感，上片末两句遂吟出“旧家亭馆，旧时鱼鸟相识”。此处语句文字实际上有所省略，理解时后面得加上“今日众人不知”之类，意思才完整，也就是说言“旧”为表，言今为里。

下片换头处以“还念谱出新声”接上片“梅边吹笛”，想象当年姜夔《暗香》《疏影》两词写成付歌后“蛾眉愁绝”之状。姜词咏梅花，暗中实有自伤身世之意，故令歌者唱之，虽“音节谐婉”(《暗香》、《疏影》词小序)，但“翠尊易泣”“又却怨、玉龙哀曲”等语所包含的惆怅之情自令人生出悲凉之意，因此改琦所想象的“醉把阑干拍”的愁苦佳人形象，显然是十分合情入理的，而这当中正有作者本人与姜夔相近的身世之感。不过忆前贤“高躅”而感“清狂不见，使我形容独”(厉鹗《百字令・月夜过七里滩》)的一丝侘傺寂寞意绪(不会像家国兴亡之作那样浓烈)毕竟易于在美丽的湖光山色中消解，因此下面两句词人便回笔转入写景。“万顷清光流皓月，飞下一双瀏鶒”，石湖的森森碧波之上泛动着皎洁的月光，一对瀏(xī)鶒(chì)(一种羽色多紫，体形比鸳鸯大的水鸟)悠然飞翔天空，忽又收起双翼落到水面上，荡起阵阵涟漪，这是一幅多么优美的图画！曰“万顷”，语夸张而意要眇；曰“流皓月”，不但炼字功夫自有讲究，且“流”作为动词与下一句的动词“飞”构成的动态意象组合亦有以动写静之效，极善状湖山之美。对此佳景，词人便从前面的感伤之中缓过神来，忘却了那些尘世的烦恼，享受起这一顿自然风光的“大餐”。远望白云缭绕的“群峰”，近观银光闪烁的“澄波”，他竟油然而生“飘然引去”的学仙之想。此三句意象之缥缈，境界之邃远，真不下于前辈词人厉鹗《百字令・月夜过七里滩》之“万籁生山，一星在水，鹤梦疑重续”。最后，作者借用宋张孝祥《念奴娇・过洞庭》结拍“扣舷独啸，不知今夕何夕”的句式与字面，抒发将石湖美景视为“欲界之仙都”的心理感受，给人以无限遐想。

全词的感情基调由低到高，境界由“有我”到“无我”，抒情写景浑融无间，确是词人集子里数得着的佳作。改琦的词在清嘉、道年间有较高声誉，其词清空透逸，与浙派前辈巨擘厉鹗相近，虽格局较窄，然清润之处正不遑多让。读此词，当可知其词之造诣。(庞　坚)

酷相思　邓廷桢

寄怀少穆

百五佳期过也未？但笳吹，催千骑。看珠澥盈盈分两地。君住也，缘何意？侬去也，缘何意？　　召缓征和医并至，眼前病，肩头事。怕愁重如春担不起。侬去也，心应碎。君住也，心应碎。

邓廷桢自开府广州起，在四年半的两广总督任上，始终以抵制鸦片、肃清烟毒为己任。尤其在道光十九年(1839)林则徐钦差抵粤后，两人更是互相配合，整顿海防，厉行禁烟，共同经历了虎门销烟、驱逐义律、九龙炮战、穿鼻洋海战等斗争风雨，结下了深厚的情谊。这年十二月初一，道光帝忽然下诏实授林则徐两广总督，邓廷桢易督两江，十六日复改命为云贵总督，五天后又转调为闽浙总督。次年正月正式交卸履新，到任时已是公历1840年的3月间了。这首“寄怀少穆(林则徐字)”的词作就是此时在福州写的。

起首三句，所述的就是此番调离出粤的事实。“百五佳期过也未?”一问之中，寓有无限感慨。“百五佳期”指寒食节，《荆楚岁时记》:“去冬节一百五日……谓之寒食，禁火三日。”这一句按文意是自问。自疑寒食节过了没有,看起来不合情理,而实际上正是对下文中“催千骑”的一种怨怅。“千骑”是一方长官出行的侍从,笳鼓声中,身不由己,没想到这么快就被迫同友人告别。而这一句从“寄怀”的题面上说,又同时是对林则徐的询问。这设问也并非要求现成的答案,而是借寒食节“禁烟”的别义,暗示两人共同从事的禁烟大业。邓廷桢在词作中常用这样的手法,如他在虎门销烟后所作的《高阳台》中,就以“鸦度冥冥,花飞片片,春城何处轻烟”来隐喻这场胜利。对此林则徐当然是别有会心的。

下一句“看珠澥盈盈分两地”,一个“看”字诉出了作者对辞别战友的惆怅与留恋之情。“珠澥”即珠海,也即珠江出口处的海域。粤闽之间大致以武夷余脉隔界,词中不言山而言海,恐怕也别有深意。林则徐在《又和嶰筠(邓廷桢字)前辈》诗中,有“感公海水誓”句,自注:“公约誓曰:所不同心者,有如海。”珠海正是两人誓结同心、戮力报国的见证。“分两地”不是偶然发生的事件,而是人为蓄谋的结果。在林、邓查烟销烟、抗击英帝国主义挑衅的紧要关头,弛禁派大臣穆彰阿先是利用两江代理总督陈銮病故的时机,奏请调回林则徐复职两江未遂,又上疏调邓廷桢接替陈銮之职,目的就是要使禁烟运动功败垂成,卸除林则徐的膀臂,对此林、邓两人都早已心知肚明。所以上片后半的两个“缘何意”,与其说是发问,毋宁读作吁天,代表了作者悲愤的控诉与呐喊。

下片进一步表现了对朝廷的失望和对国事的忧虑。缓与和是春秋时秦国的良医。《左传·成公十年》:“(晋侯)求医于秦,秦伯使医缓为之。……医至,曰:‘疾不可为也,在肓之上,膏之下,攻之不可,达之不及。’”《左传·昭公元年》:“晋侯有疾……秦伯使医和视之。曰:‘疾不可为也,良臣将死,天命不佑。’”病入膏肓,再高明的良医也无能为力。国势窳弱,朝廷腐败,道光帝反复无常,投降派掣肘捣乱,诚所谓“疾不可为也”;而其时英国远征舰队已登程出发,沿海英军、烟匪虎视眈眈,蠢蠢欲动,御敌攘寇的重担又责无旁贷。艰困的处境,沉重的现实,使作者感慨万千,集中在一起的感受,便是“愁重如春担不起”。这真是写愁的名句,使读者对篇末的两处“心应碎”,产生了强烈的共鸣和扼腕之情。

谭献《箧中词续》评云:“三事大夫(国家重臣),忧生念乱,‘敦我’(逼我,出《诗经》‘王事敦我’)之叹,其心已馁(失望)。”揭出了本作以忧念国事驾凌离情别绪的特色。而篇中上下重复安排“君住也”“侬去也”,于去留双方又运用了相同的接句,显示了邓廷桢和林则徐风雨与共、心气相通的交谊。这首词不仅具有感人的艺术价值,而且还具有珍贵的史料价值。(史良昭)

垂杨 周济

立冬前七日闻蝉和叔安

秋怀渐远。听苍黄病柳,一声凄婉。曳入西风,可应还似秋前满?分明凝绝重低转,替人说、嫩凉池馆。被连番、青女无情,把露华偷剪。　　知否吟蛩乍缓?便户下床头,不成浓暖。漫立高枝,夕阳偏向疏林展。谁留鬓影谁纨扇?但赢得、琴丝题怨。宵来霜月孤行,魂易断。

叔安是作者的好友，两人颇多诗词唱和，但身世不详，待考。《垂杨》这个词调是南宋陈允平的自度曲，原是咏垂杨的，故取以为名。后来填此调者甚少，仅元代白朴一人，可以说是个僻调。周济的词，词旨大都比较隐晦难解，因为在创作上他有"宁晦无浅，宁涩无滑，宁生硬无甜熟"(蒋兆兰《词说序》)的偏向，因而有时就给读者造成莫测高深的迷障。

从题目看，这是一首咏蝉之作。《礼记》曰："仲夏之月蝉始鸣，孟秋之月寒蝉鸣。"立冬将至，时属季秋，而尚能闻蝉鸣，由此引起词人那敏感的神经的反射，于是作词抒怀。古来咏蝉诗词众多，多有所寓意，周济作为常州派词论家，是主张"词非寄托不入"的，这首《垂杨》应是有寄托之作。词中意象，多从宋末词人王沂孙咏蝉之作中化出，但又有所创新，立意则与之有异。

善作咏物词的人，往往所咏何物，在字面上偏不肯出现该物，以示手段的高超，此首也通篇不见一个"蝉"字。起端先虚笼一笔："秋怀渐远"，从主观写起。秋天是最易引人感伤的，正当词人面对秋景、满怀秋意时，忽听得"一声凄婉"，出自"苍黄病柳"之上。柳而曰"病"，曰"苍黄"(暗黄色)，极写其衰败病态之象。较之王沂孙咏蝉《齐天乐》词"年年翠阴庭树"，则蝉所居之地似乎更其危殆。那蝉声分明是由西风带来的，"曳入西风"，比王词"西窗过雨，怪瑶佩流空，玉筝调柱"之委婉，显得明豁许多，下面反托一句："可应还似秋前满？"则于直捷处又作曲折。"满"，饱满，这里指鸣声响亮。相比于盛夏时，西风中的蝉声怎能不"凄婉"呢？词人进而再形容蝉声，是"凝绝"、"低转"，时而呜咽欲断，时而轻若游丝，时断时续，若有若无，犹王词"乍咽凉柯，还移暗叶，重把离愁深诉"。它在诉说什么呢？词人为它作一设想，是在"替人说、嫩凉池馆"。"嫩凉"，初凉，晚唐诗人唐彦谦《咏葡萄》："西园晚霁浮嫩凉。"回想夏末秋初时，苑囿池馆的蝉声该是多么喧腾热闹，这是盛时，然而，如今这已成了一种美好回忆，衰时已经到来："被连番、青女无情，把露华偷剪。""青女"是传说中掌管霜雪的女神，《淮南子·天文训》："至秋之月，……青女乃出，以降霜雪。"古人认为蝉有饮露为生的习性，青女偷剪露华，霜雪降，露水尽，喻示着秋蝉的生存环境是更趋恶劣了。

下片以反诘起："知否吟蛩乍缓？"别出一境，由寒蝉联想及临秋的另一鸣虫——吟蛩(蟋蟀)。蟋蟀知秋，鸣声同样微弱、稀疏。"便户下床头，不成浓暖"是一倒装句，意谓在天气渐凉、暖意已消之时，蟋蟀便到处藏匿，不断寻觅自己的安身之地，由户外而入户内，再入人家卧床之下。此处用的是《诗经·豳风·七月》语意："七月在野，八月在宇，九月在户，十月蟋蟀入我床下。"与之成为对比的是，秋蝉却不知应时而变，"漫立高枝，夕阳偏向疏林展"。仍然无谓地据于高高的树枝之上，浑然不觉那秋天柳树已成"疏林"，加之太阳已经西下，斜阳烟柳，令人断肠！这里还是翻用王沂孙《齐天乐》"消得斜阳几度"句意。下面"谁留鬓影谁纨扇"发出二问，里面用了两个熟典。崔豹《古今注》："魏文帝宫人莫琼树始制蝉鬓，缥缈如蝉。"古代女子把鬓发梳成蝉翼似的样式，即蝉鬓。故王词有句"为谁娇鬓尚如许"。"鬓影"，可指代女子，古时用"衣香鬓影"来形容女子的美丽。《玉台新咏》载汉代班婕妤《怨诗》，其中以团扇为比，云："常恐秋节至，凉风夺炎热。弃捐箧笥中，恩情中道绝。"后世因借团扇被弃，喻女子失宠。此以鬓影难留，团扇被弃，比况盛时不能再来，极写其失意之状。剩下的，就只有绝望的哀鸣了："但赢得、琴丝题怨。""琴丝"，琴弦，指曲调。姜白石《齐天乐》咏蟋蟀词有"写入琴丝，一声声更苦"的句子，这里借用来形容蝉的哀怨鸣声，犹王词"余音更苦，甚独抱清商，顿成凄楚"之意。结句由白昼至深夜："宵来霜月孤行，魂易断。"到中宵时分，霜花重，月色凉，惟有这寒蝉，孤行于秋夜之中，其黯然魂断之心态，决然可知。“魂易断”，又借用了王词首句“一襟余恨宫魂断”句意。

周济对王沂孙的咏物词评价甚高：“碧山餍心切理，言近指远，声容调度，一一可循。”认为作有寄托之词，应以王沂孙为入门阶陛。又说：“咏物最争托意隶事处，以意贯串，浑化无痕，碧山胜场也。”（《介存斋论词杂著》）这首《垂杨》，显然是步趋碧山之作，词中句句扣住寒蝉的形象特征，不务刻画之精细，惟求神韵之妙似，词中之“蝉”既是自然物，又超越了自然物本身，可谓在“似”与“不似”之间。就其用思之深、运笔之巧（谭献《箧中词》评此词为“开阖动荡”）而言，确实能得碧山家法。但时代不同，所感则异，王沂孙是诉宋末遗民的亡国哀思，周济则是表清代寒士的落拓情怀。深秋之蝉，与盛夏无缘，却与衰败相伴，周济是生活在鸦片战争前夕的一介寒儒，凭借秋蝉这一形象，他既为那个江河日下的封建衰世写照，也为一己身世自我伤悼，当然也是为一代贫寒的知识分子发出绝望的哀鸣。（方智范）

渡江云　周　济

杨花

春风真解事，等闲吹遍，无数短长亭。一星星是恨，直送春归，替了落花声。凭阑极目，荡春波、万种春情。应笑人、春粮几许，便要数征程。　冥冥。车轮落日，散绮余霞，渐都迷幻景。问收向、红窗画箧，可算飘零？相逢只有浮云好，奈蓬莱东指，弱水盈盈。休更惜，秋风吹老莼羹。

这篇杨花词，“怨断之中，豪宕不减”（谭献《箧中词》评），以健笔壮语写柔情幽恨，显示了作者擅长的深微比兴与开阔手段，也示现了看似微不足道的点点杨花的独特存在方式与不可替代的生命价值。

起句写春风，便为杨花的出场有力地铺垫蓄势。“春风真解事，等闲吹遍，无数短长亭”，将宋人“春风不解禁杨花，濛濛乱扑行人面”（晏殊《踏莎行》）的名句，一笔掉转。谁说春风不懂事？作者郑重分明地断言，春风实在是解事知情的，在不经意之间，已经吹遍了人世的“无数短长亭”！短亭、长亭，指古代官路上的驿亭。“何处是归程，长亭更短亭”（李白《菩萨蛮》），这里的“无数短长亭”便暗示了芳草绿遍天涯的春之归路，自然引出下文的惜春别感。“一星星是恨”，扣合杨花飘落的繁密轻微之状，星星点点，已经饱含着伤春伤别的幽恨；紧接着，笔底翻出新意：“直送春归，替了落花声。”这就脱出凄然欲绝的感伤格调，写出杨花默默从事的一种奉献：它无计留春，却始终如一地伴春、送春，直送到千里万里的春归处；它是无声无息地谱写着的绵长春思，它是结束了风里落花声的最后一场花雨。“凭阑极目，荡春波、万种春情”，词人以自己的灵知与悟性，极目神驰，独赏杨花，看它漾起一片春潮，挟带着万种风情、五内缠绵，向着天边涌去。这首咏叹调跳荡有力的主旋律里所寄托的情愫，有惊奇、有赞赏、有怀恋、有叹惋，还要加上作者为杨花感到的一份自豪：“应笑人、春粮几许，便要数征程。”《庄子·逍遥游》谓世俗之人“适百里者宿舂粮”，短近途程也要隔宿舂粮捣粟，忙碌准备一番，杨花生命中的漫长征路、迥远历程，又岂是世人所能梦想、所可比拟！

不同于辞枝委地、残红狼藉的百卉千花，杨花的生命史是独特的。它迎接着自己的命运，飘零便是命运；它寻觅着自己的知音，浮云才是知音。词的下片，申足余意，转入杨花归宿的叹咏。先铺写自然环境，那是日暮途远的苍茫景象，迷离变幻，悲凉却自明丽，落日浑圆、余霞散绮的背景上，杨花继续飘荡。也许会偶然地随风散进红窗绣阁，被闺秀收向画箧、被妙手写入丹青（此暗用宋姜夔《疏影》咏梅笔意：“还教一片随波去，又却怨、玉龙哀曲。等恁时、重觅幽香，已入小窗横幅”），这样的收梢结局，能否算是走完了自己的飘零命运？疑问的语气，反映了对这种归宿的摒弃。“相逢只有浮云好，奈蓬莱东指，弱水盈盈”，只有那自由自在的浮云，方堪为侣，飞向东海上蓬莱神山，是另一种归程的抉择。看来这种向往也是渺茫的，《山海经》所载传说中的昆仑神山，不就被弱水环绕隔绝！那“弱水”连鸿毛也浮不起来，又如何能随心渡越？“相逢”三句，寓托着望洋兴叹的无奈，但却掩没不了语意中蕴含的“浮云柳絮无根蒂，天地阔远随飞扬”（韩愈《听颖师弹琴》）的那份情志。“豪宕不减”仍然是贯串前后的基调。“休更惜，秋风吹老莼羹”，借用张翰见秋风而思吴中菰菜莼羹事，是旁衬笔墨，其辞若有憾焉，对旧时文人欣赏的隐逸乡土的生活归宿表示了保留态度，构成了全词的含蓄尾声。春去秋来，转眼便到秋风萧瑟吹老江莼之时。“飞絮钟情独殿春”（陆游《暮春》），殿春的多情柳絮，纵使飘零沦落，也终强过徒被秋风吹老的莼菜，大可不必自怜弱质、自伤迟暮。

“春风真解事”，起句渐引，妙在笔未到而气已吞；“秋风吹老莼羹”，收句宕开，妙在言虽止而意无尽。而春风远飏的柳絮与秋风吹老的江莼，首尾相映，又恰好形成了比照鲜明的两重意象，令人回味，引人思索。“似花还似非花”（苏轼《水龙吟》）的无根无绊的微物，被词人谱入新篇，翻出妙意，写出活力，呈现独特的个性风貌。在历来咏絮的络绎名章里，这一阕《渡江云》，也许可算得情有独钟的殿军佳作了。（顾复生）

木兰花慢　董士锡

武林归舟中作

看斜阳一缕，刚送得，片帆归。正岸绕孤城，波回野渡，月暗闲堤。依稀是谁相忆？但轻魂、如梦逐烟飞。赢得双双泪眼，从教涴尽罗衣。　江南几日又天涯，谁与寄相思？怅夜夜霜花，空林开遍，也只侬知。安排十分秋色，便芳菲、总是别离时。惟有醉将醽醁，任他柔橹轻移。

古人写离情名句，莫过于唐代诗人李商隐的“相见时难别亦难”（《无题》）了，真是缠绵往复，哀怨无端。董士锡这首词，同样写离情，情感之缠绵差相仿佛，而情感的表现却不离题中“归舟”二字，情境自有其独胜之处。

题中之“武林”，即今杭州。“归舟”，当然是指乘船从他处返回杭州途中。与谁离别呢？

对象不详,但揣摩词意,似是一位居住在杭州的女子。两人相见不久,又复分手,于是词中的离情就显得一波三折,起伏跌宕了。

把握这首词的抒情脉络,要抓住上片的“刚”字,和下片的“又”字。先看上片开头:“看斜阳一缕,刚送得,片帆归。”词人于日落时分,回到杭州,而且时间短暂,故着一“刚”字。首三句作一总的交代。次三句写渡口环境:“正岸绕孤城,波回野渡,月暗闲堤。”城饰一“孤”字,渡饰一“野”字,堤饰一“闲”字,是词人着力皴染处。词人登岸在城郊外,所见是那么萧索,暗淡,苍凉,这预示着,这次相会将是短暂的,仓促的。“依稀是谁相忆”,不明写所忆之意中人,只说“但轻魂、如梦逐烟飞”,以“轻魂”一词代之,意味深长。“轻魂”者,应是梦中所思,令词人梦牵魂萦之人,但梦不能常做,梦中相见毕竟不能代替现实中的相见,故云“轻”,故云“如梦逐烟飞”。至此,词人已做足了相见前的文章,似乎预示着,这次见面不仅短暂、仓促,而且有点凄凉。词中正面写相见,只有两句:“赢得双双泪眼,从教涴尽罗衣。”这是借用苏轼悼亡名作《江城子》中“相顾无言,惟有泪千行”的意境,不过一是死别,一是生离而已。“涴”,沾濡之意。相见之难,尽在不言之中。

过变“江南几日又天涯”一句,转接突兀。上片歇拍所写双双泪眼相对的情景仿佛霎时定格,但又倏尔消逝,这正是词人所要写的相别之难,真所谓会少别多,乍会又别。“又”字与上片“刚”字呼唤相应,将镜头推出,直至天涯,何其有力地表达了词人的人生飘零之感!从此一别,相思难寄,“怅夜夜”以下三句,是词人凭空设想,体恤对方(“侬”,我)夜不成寐、难捱相思的情景。霜花开遍空林为秋冬时的奇景,宋沈括《梦溪笔谈》:“天圣中,青州盛冬浓霜,瓦屋皆成百花,大者如牡丹、芍药,细者海棠、萱草,皆有枝叶,气象若生。”故下面接“安排十分秋色”云云。如此秋日芳菲,却无法双双共赏,“便芳菲、总是别离时”,其中所表达的怨怼之心,与东坡《水调歌头》中秋词“不应有恨,何事长向别时圆”差堪比肩。末结“惟有醉将醽醁,任他柔橹轻移”,无非是借酒浇愁之意。“醽醁”,原指湖南酃湖水酿成的酒,《太平御览》引《湘州记》云:“衡阳县东南有酃湖,土人取此水以酿酒,其味醇美,每年尝献之。”在诗词中泛指美酒。如辛弃疾《满江红》:“休感慨,浇醽醁。人易老,欢难足。”而此愁又不离舟行的特定情境,“任他柔橹轻移”一句结得甚妙,仍缴还题面“舟中作”。其意境,颇似宋初诗人郑文宝《柳枝词》绝句:“亭亭画舸系春潭,直到行人酒半酣。不管烟波与风雨,载将离恨过江南。”亦似周邦彦《尉迟杯》词:“无情画舸,都不管、烟波隔南浦。等行人、醉拥重衾,载得离恨归去。”情调低沉感伤相近,用语却更其骚雅委婉,全以兴象风神取胜,这或许就是近人沈曾植论董士锡词所谓“应徽按柱,敛气循声”(《海日楼札丛》)之意吧。(方智范)

兰陵王　董士锡

江行

水声咽,中夜兰桡暗发。残春在,催暖送晴,九十韶光去偏急。垂杨手漫折,难结,轻帆一叶。离亭远归路渐迷,千里沧波楚天阔。　余寒乍消歇。剩雾锁花魂，风砭诗骨。茫茫江草连云湿。怅绿树莺老，碧阑蜂瘦，空留樯燕似诉别。向人共愁绝。　　重叠，浪堆雪。坐缥缈浮槎，烟外飞越。衔山一寸眉弯月，照枉渚疑镜，乱峰如发。扁舟独自，记旧梦，忍细说。

《兰陵王》词自宋周邦彦“柳阴直”一阕盛传于世以来，后人难乎为继。词分三叠，要善铺叙，不重复，开合动荡，浑化无迹，殊为不易。董士锡此词，可谓迎难而上，就其境界之阔大而言，容或有出蓝之誉。

首叠所写，也不过是一般的暮春离别之意。“水声咽，中夜兰桡暗发”，半夜兰舟出发，水声呜咽，时在春夏之交，“残春在，催暖送晴”，难免生出节序如流、人生易老的感叹，故云“九十韶光去偏急”。盖春天孟、仲、季三个月，合九十日。一“急”字下得有力。晚唐诗人杜荀鹤有句：“每岁春光九十日，一生年少几多时。”（《出关投孙侍御》）郑谷诗又云：“春风只有九十日。”（《自适》）可知“急”字用意，在于时光匆匆。“垂杨手漫折，难结”，一语双关。一层意，就离别说，谓离别本人生常事，如折柳送别则柳将不胜其折，此是反用熟典；另一层意，就伤春说，春去如此匆匆，则人力何可挽留？所以说“难结”。“轻帆”以下三句，写船行之速，归路渐远，惟见水天一色。首叠境界，在柳永、周邦彦等人离别词作中常见。

次叠写景传情，就以深细为其特色了。“余寒”句承上伤春意转入，写惜春情绪。“剩雾锁花魂，风砭诗骨”，是极工致、极骚雅之语句。“花魂”谓暮春之物，“诗骨”谓羁旅之人，物、人对举，相互映射，颇有深意。唐人郑元祐有句：“花魂迷春招不归。”（《花蝶谣》）董士锡以“雾锁”形容之，表惜花凋零之意更有韵味。孟郊有句：“诗骨耸东野。”（《戏赠无本》）被东坡以“郊寒岛瘦”相称的诗人，自称“诗骨”，词人借用来称己，俨然在读者面前推出一个瘦骨嶙峋、但又风骨凛然的寒士自我形象，表人生飘零之感更有高格调。以下连写“草湿”、“莺老”、“蜂瘦”、“燕诉”，所谓“以我观物，物皆著我之色彩”，二结用“向人共愁绝”一句总括之，则人之愁绝，伤如之何！

三叠推开，写江行所见宏观之景，可谓大笔濡染，气魄非凡。“重叠，浪堆雪”，勾勒有力；“坐缥缈浮槎，烟外飞越”，遐想奇特。这是写景吗？诚然，因为所写是眼见之实景，显出江上风高浪急。但是，这不也是因江行实感而催发的、词人急欲超越现实处境这一潜在心理的形象折现吗！是实，也是虚，是景语，也是情语，情景兼写，充满着艺术的张力。下面“衔山一寸眉弯月，照枉渚疑镜，乱峰如发”数句，写月之细，水之清，峰之乱，均逼真如画，“乱峰如发”更是造语生新出奇，使人有身临其境之感。当然，超然出世之想只不过是一刹那的幻觉，词人清醒的意识是“扁舟独自”，回到现实，种种“旧梦”萦脑，难以细说，也不必细说。这就是古人称道的“感慨全在虚处”，有意留出艺术空白，意在言外。

近人沈曾植最为推崇董士锡《齐物论斋词》，以为“其与白石（姜夔）不同者，白石有名句可标，晋卿（董士锡）无名句可标，其孤峭在此，不便摹拟亦在此”（《海日楼札丛》）。笔者则认为白石词“清虚骚雅，每于伊郁中饶蕴藉”（陈廷焯《白雨斋词话》），董晋卿庶几近之，然谓晋卿词无名句可标，就此词而言，则不尽然。

又词中“照枉渚疑镜”一句，“枉渚”究竟何指？一般认为是泛指水弯之处。北魏郦道元《水经注·穀水》：“瀑布或枉渚，声溜潺潺不断。”也有说者引《楚辞·九章·涉江》“朝发枉陼

(同渚)兮夕宿辰阳”,谓此处的“枉渚”当是实指。“枉”即枉水,是湖南常德附近注入沅江的支流。《水经注·沅水》云:“沅水又东历小湾,谓之枉渚。渚东里许,便得枉人山。”那么董士锡“江行”的具体地点就在湖南境内的沅江了。但就这首词的意境看,上片结句言“千里沧波楚天阔”,“楚天”一般指吴楚之地,且空间阔大,不像是在水流险急的沅湘之间。再者,考稽现存不多的有关董士锡的传记材料,他一生主要辗转于江、浙、皖等地,并没有履迹沅湘一带的记载,故“枉渚”还是作泛指理解为好。(方智范)

思佳客　周之琦

帕上新题间旧题,苦无佳句比红儿。生怜桃萼初开日,那信杨花有定时?　人悄悄,昼迟迟,殷勤好梦托蛛丝。绣帏金鸭薰香坐,说与春寒总未知。

《思佳客》即《鹧鸪天》的别名,不过本词作者选用这一别名,却未必是随意的。从词的第二句“比红儿”之语看(唐诗人罗虬曾作《比红儿诗》百首,赠给歌妓红儿),本词的女主人公乃是一名歌妓,所以“思佳客”这一调名,实是兼作了“思佳人”的词题。

词首二句交代女主人公身份、作者与她相识的缘由和别后的苦苦思念,区区十四字,笼括甚多,笔法十分轻妙。“帕”当为歌妓所赠的罗帕。当时歌妓向常见亲密的座上贵客赠帕留情,是属常事;作者周之琦青年成进士、入仕宦,又有文名,诚翩翩佳公子,能博取美人青睐,亦属意中。两人交往到如何亲密程度,作者虽未明言,但看他在分手之后于罗帕上反复题写思念她的诗句,直至帕上新诗旧句累累相间,自己还苦恨写得不够满意,则两人的关系,自是非同一般了。

“新题间旧题”已是别后,词的三、四句轻入倒叙别时,转接亦不迟滞。“生怜桃萼初开日”(“生”为语助词,无义)比较容易理解,谓这名歌妓当时还年轻、稚气、娇美,犹如含苞待放的一枝桃花,动人爱怜。至于“那信杨花有定时”,是说她的身世如杨花飘零、不能自主,还是说她的性情如水性杨花、爱过作者又别抱琵琶,那,就只能于下文索解了。

“求之不得,寤寐思服”(《诗经·周南·关雎》),在一个人声寂然、昼日迟迟、幽情凄凄的日子,作者做起了思念之梦。“殷勤好梦托蛛丝”,“殷勤”二字形容蜘蛛,来自辛弃疾《摸鱼儿》词“算只有殷勤,画檐蛛网,尽日惹飞絮”。蜘蛛是勤快的,故惟有托它才能迅速织出一个好梦,这梦境虽然像蛛网一样容易随风而散,但毕竟也像蛛网一样完整精美。

在梦中,作者与心上人果然相会了。然而,这果然是一个“好梦”吗?“绣帏金鸭薰香坐”,她所处的新环境,不再是风尘歌场,而是垂着锦绣的帘幕,金鸭炉里燃着名贵的香料。看来,她是到了一个富贵之家,成了权势人物的娇妾美姬。那么,她是身在心不在,她是被权势者强夺了去、而内心仍恋恋于作者的吗?看来不然,她不是在空房中惆怅徘徊、若有所失,而是“薰香”安“坐”,对这个环境满意得很。于是,尽管作者在梦中如何向她述说外面的“春寒”,如何表白自己在她的深宅大院外苦苦思恋,犹如在料峭“春寒”中瑟缩不已,她呢,却仍然是陶醉在香喷喷、暖洋洋的环境之中，摇头说“不知”。

至此，我们可以明白“那信杨花有定时”的确切含义了。那么，作者对她仍然如此寤寐思之，奇怪吗？非也。因为，她毕竟只是“生怜桃萼初开日”的少女，能脱风尘而得归宿，作为一个当时还属清寒士人的作者，对此还能说什么呢？既然无力为她脱籍赎身，那么，曾经有过这段美好往事，可以长作追忆回味，也就足够了！

此词有爱恋、有怨恨，而仍归于忠厚，爱而不狂、怨而不愤。谭献《箧中词》评为“唐人佳境，寄托遥深”，后一句虽然是常州词派动不动就谈“寄托”的积习不改，无足为信（从周之琦的生平看，他并非怀才不遇，不必以佳人喻君王，以抒其心曲），但它也可以从反面证明，本词中作者对他这位心爱的、却移情他人的歌妓的态度，是很有点忠臣对不察己衷的君王的“怨而不怒”、“温柔敦厚”的。至于前一句“唐人佳境”，那倒是正确的，别的不说，就是本词下片的作法，与温庭筠《菩萨蛮》的“水精帘里颇黎枕，暖香惹梦鸳鸯锦。江上柳如烟，雁飞残月天”，即十分相似，过渡到梦境中都是浑厚不露痕迹。（沈维藩）

踏莎行　周之琦

劝客清尊，催诗画鼓，酒痕不管衣襟污。玉笙谁与唱消魂？醉中只想瞢腾去。　绮席频邀，高轩惯驻，闷来却觅栖鸦语[①]。城头一角晋阳山[②]，怪他青到无人处。

注 ① 栖鸦语：谦辞，比喻稚嫩拙劣的文字。　② 晋阳：古邑名，在今山西太原市西南晋源镇。

清嘉庆十八年（1813），周之琦曾奉差赴山西。其《解连环》词序云：“癸酉秋奉使并门，行次恒山驿，晋豫分道处也。太行山翠，纷来邀客。”这首词当写于此番山西之行。

此词上片展现宴席间所见所闻所思。

“劝客清尊，催诗画鼓，酒痕不管衣襟污。”眼前清酒，耳畔画鼓，酒劝客，鼓催诗，好一幅热闹的文人雅集图！主客杯觥交错，尽欢极乐，击鼓赋诗，雅兴非浅。席间，彼此不拘形迹，纵情享受这人生乐趣。数巡过后，不胜酒力，难免酒沾衣襟，留下斑斑酒痕。然而，酒意正酣，诗情正浓，谁还在意区区酒痕呢！

“玉笙谁与唱消魂？醉中只想瞢腾去。”悠扬的曲调缓缓响起，那么优美，那么动听，谁能为词人唱上一支摄魄消魂的歌曲？酒醉了，置身醉乡，不想居庙堂之高而忧其君，也不想处江湖之远而忧其民，只想在迷迷糊糊、不清不醒中摆脱尘世烦嚣，远离人间浑浊。正话反说，自有一种警醒世俗的力量。

词的下片发抒山西之行的内心感受。

“绮席频邀，高轩惯驻，闷来却觅栖鸦语。”频繁地应邀出席盛美的酒宴，习惯于门前停驻显贵的高大车辆，然而心境却并不见佳。一个“闷”字道出了心底的苦楚。词人厌恶官场应酬，诗人的本色使他对诗歌情有独钟。闷来无以释怀，唯有赋诗填词，排遣心中块垒。一个“觅”字大有深意在焉：“觅”是词人的爱好，“觅”是词人的追求，“觅”是艺术创造，“觅”是精神寄托。

“城头一角晋阳山，怪他青到无人处。”秋高气爽，词人登临晋阳城头，遥望周遭群山叠翠，万般羁情离绪汇聚心中。啊，满目青山连绵不绝，一直伸向天边。这无穷无尽的翠色，勾起人们多少愁思！“遥知兄弟登高处，遍插茱萸少一人。”（王维《九月九日忆山东兄弟》）词人远在他乡，晋阳青碧的群山重峦没有赋予他诗意的美感，却给他平添无人作伴的寂寞和惆怅。这是他羁留山西、思念故乡的真情实感。难怪词人要嗔怪这“青到无人处”的秀美山色无端勾起他满腹的思乡意绪了。

这首词上片疏狂中蕴含怨抑，下片愁闷中呈示眷念，委婉地表述了深沉的羁情别绪。词人善于以乐景写哀：那劝客的清尊，催诗的画鼓和不管衣襟污酒痕的疏狂形象，何等高兴，何等敞怀！然而，这一切都加倍地突出了词人的悲哀，表现词人但愿长醉不愿醒的心迹和亟盼远离尘嚣而去的意愿。词人又善于以景语写情：那城头一角展示的晋阳郁郁葱葱的群山，触惹词人的离怀，他把一腔的怨怪投射在山景的苍翠上。悠悠离绪从无理却有情的怨怪中轻轻流出，更觉深挚动人。清黄燮清称周之琦的词“浑融深厚，语语藏锋”（《词综续编》），以此词观之，信然。（吉明周）

高阳台　林则徐

和嶰筠前辈

玉粟收余罂粟，一名苍玉粟，金丝种后吕宋烟草曰金丝醺，蕃航别有蛮烟。双管横陈，何人对拥无眠。不知呼吸成滋味，爱挑灯、夜永如年。最堪怜，是一泥丸，捐万缗钱。　　春雷欻破零丁穴，笑蜃楼气尽，无复灰燃。沙角台高，乱帆收向天边。浮槎漫许陪霓节，看澄波、似镜长圆。更应传，绝岛重洋，取次回舷。

这首词写于道光十九年（1839）九月间。

随着抗英禁烟斗争的一次次胜利，时任两广总督的邓廷桢（字嶰筠）欣喜之余，填《高阳台》词一首赠钦差大臣林则徐，以表庆贺。林则徐填《高阳台》和韵作答。词中直叙鸦片对国家造成的严重危害，反映虎门禁烟的伟大胜利，慷慨陈词，豪气勃发，足备词史。词题中称邓廷桢为“前辈”，是因为邓廷桢比林则徐早三科中进士入翰林院，同时也表现了林则徐对坚决禁烟抗英的邓廷桢的尊敬。

词的上片以具体确凿的事实，直陈“蛮烟”入境后对国人的严重毒害。

开篇三句道出鸦片烟的来源。“玉粟收余，金丝种后，蕃航别有蛮烟。”“玉粟”即罂粟，是制造鸦片的原料。“金丝”指吕宋烟，宋明时期传入我国。以上只是两种药用植物和经济植物，而如今英国商船载运入境的却是特别提炼出来供大众吸食的毒品——“蛮烟”。“双管横陈，何人对拥无眠？不知呼吸成滋味，爱挑灯、夜永如年”，“双管”指烟枪，嗜鸦片者对面而卧，一人一杆烟枪，挑灯抽吸彻夜不眠。“大烟鬼”们的丑态被描绘得淋漓尽致，令人切齿。“最堪怜，是一泥丸，捐万缗钱”，作者由叙述转为议论，痛陈吸鸦片对钱财的巨大耗费：一丸小小的烟膏，就需万缗银钱！此处极言鸦片不仅毒害了人民的身心，还使他们倾家荡产。林则徐曾在给皇帝的奏章中细算过因鸦片输入而流失的白银数额，其数目之巨令人震惊。“最堪怜”一句，确为作者痛心疾首之语。

下片叙写禁烟初捷，击退敌舰的喜悦，抒发对抗英斗争的必胜信念。

“春雷欻破零丁穴，笑蜃楼气尽，无复灰燃”，“欻（xū）”，忽然；“零丁穴”，指英商烟贩在零丁洋（在今广东珠江口外）上的巢穴。沙角炮台的大炮，捣毁了零丁洋上鸦片贩子的老巢，正义的炮声使敌船“蜃楼”沉灭，死灰难以复燃。三句气势磅礴，洋溢着一股英豪和大无畏的气概。“沙角台高，乱帆收向天边”，敌舰面对高高的沙角炮台，只得收帆远遁，逃往天边。“浮槎漫许陪霓节，看澄波、似镜长圆”，作者仿佛已经看到彻底驱逐侵略者，换来南疆海域风平浪息，碧澄如镜的一天，那将何等令人欣慰！“浮槎”，即竹筏，这里指舰船。“霓节”，玉帝的仪仗，此指帝王外巡的随从。此句林则徐想象自己在天下太平的一天，陪皇帝观赏海景。“更应传，绝岛重洋，取次回舷”，“绝岛重洋”，指英国本土，结拍以“更”字提起，再进一层，警告还想有所图谋的英国船舰，还是依次返航，回到你们自己遥远的故国孤岛去吧！

词人以政治家的眼光和气魄，通过直观的形象和强烈的情感倾注，真实而深刻地反映出中国近代令人羞耻而又异常壮烈的一段历史。“对拥无眠”的嗜烟者是病态中国的缩影，而实现中国自强的希望则存在于信念不摧的人们身上。此词是另一种意义上的“春雷”，它粉碎了自卑、委琐，召唤国人奋力抗争、求强，经过火与血的洗礼，换来真正属于中国的春天！（叶　辉）

踏莎行　沈传桂

春尽作

细绿迷鸦，疏红醉蝶，一腔愁倩啼莺说。东风吹泪过江城，黄昏细雨孤灯灭。　　中酒心情，嫩寒时节，踏青人又销魂别。碧烟如梦不开门，门前千点梨花雪。

春光易逝，人生苦短，乃是词人常咏常新的主题，但世殊事异，歌咏者的情怀也就异象纷呈。沈传桂的这首《踏莎行》虽也是为春尽而作，然而对物象的剪裁别具一格，读者可以从中获得一种清新幽远的美感。

词一开头便是两个春光将逝的代表性物象：细绿，疏红。虽然红绿相映，但已不是万紫千红展示万般生机，而是“绿肥红瘦”让人感怀。可是鸦蝶浑然不觉春尽之落寞，一“迷”一“醉”，几多欢娱。紧接着笔锋一转，“一腔愁倩啼莺说”，满腹愁肠请啼莺代为诉说，是因为鸦迷于细绿，蝶醉于疏红，皆不可与言愁，唯莺啼声声似解人意，代传愁绪庶几近情。读词至此，这满腔愁绪好像毫无来由，难道仅仅是因为春之将尽吗？并不尽然。“东风吹泪过江城”是移情也是比兴，春雨霏霏，恰恰似离人点点的泪水，在东风的吹拂下飘过江边，传至遥远的地方，那里正是词人心之所系。“黄昏细雨孤灯灭”，三种景象连缀，构成一幅凄苦惨淡的雨夜怀人图。至此，整个词的上片以景语形成无我之境，然而又时时有主体情绪的影子，真正是情景相通，物我为一。

词的下片直抒主体情怀，“中酒心情，嫩寒时节”，“中酒”者，酒醉后身体不爽之谓也。醉酒往往是为了遣愁，则此“中酒心情”正是身心皆病的状态。而时节处在虽是暮春却仍觉微寒的转折期，这份微寒便又给中酒心情加了一层凄凉。更何况“踏青人又销魂别”！踏青人是可以同怀视之的知己，还是心有灵犀的佳人，抑或是合而为一的红粉知己，不得而知，可知者是这踏青人在词人心目中无可替代的位置。“黯然销魂者，唯别而已矣”（江淹《别赋》），“销魂别”的悲凉意态较之“中酒心情”又深一层，于是即便有“碧烟如梦”（在平日那是令人痴迷的境界）也不愿开门，同时也不敢开门，因为“门前千点梨花雪”会让人心头更生几分寒意。梨花和雪之间在视觉上是有许多相通之处的，唐岑参《白雪歌送武判官归京》就曾用“忽如一夜春风来，千树万树梨花开”来比拟“胡天八月即飞雪”的塞外苦寒。然而此处词人以雪比梨花反其意而用之，将豪放转为凄婉，壮丽转为幽美，呈现出另一番清幽淡雅的画境。

整首词精心剪取暮春景物，让“景语”成“情语”，细腻生动地传递出词人春尽之时心无所寄的愁苦，而清幽的意象编排给人以愁苦之外的优美感受。黄燮清《国朝词综续编》引曾沂语云：“闰生（沈传桂字）词，如踏叶孤岭，落花空潭，口香莓苔，食冷烟火。”这首《踏莎行》可以作为代表。（戴元初）

减字木兰花　龚自珍

偶检丛纸中，得花瓣一包，纸背细书辛幼安“更能消、几番风雨”一阕，乃是京师悯忠寺海棠花，戊辰暮春所戏为也。泫然得句

人天无据，被侬留得香魂住。如梦如烟，枝上花开又十年。　十年千里，风痕雨点斓斑里。莫怪怜他，身世依然是落花。

一包旧藏的花瓣，触发了词人惆怅的诗思，这多么像俄罗斯诗人普希金的那首著名的《小花》！有一次普希金在书页中发现了一朵枯萎的小花，引起他许多“奇异的想象”，他猜度着：是什么人、在什么时候、为了什么原因摘下这朵小花？他现在在何处？是否也枯萎了，犹如这花朵？略有不同的是，龚自珍的这包花瓣用不着猜想，他分明记得，那是十年前在北京悯忠寺（即今法源寺）亲自拾取的。当时他年仅十七岁，也正是人生的花季。而收集这些花瓣的原因，是有感于辛弃疾的词句：“更能消、几番风雨，匆匆春又归去。惜春长怕花开早，更何况落红无数！”（《摸鱼儿》）也许他当时还忆起《红楼梦》中黛玉葬花的故事，与她那“花谢花飞飞满天，红销香断有谁怜”的感喟相共鸣？也许他当时珍藏这包落花，其实意在珍藏自己的青春？

这真是：伤心皆由怜花发，古今中外诗思同。

但此刻，当诗人重睹这十年前的枯蕊，却“泫然”流涕，难以自持，因为这花瓣联结着他的青春，象征着他自己十年来的遭际。所以在词中，咏花与咏人，咏物与咏己，简直难以分辨。“人天无据”，是什么神秘的力量在左右着万物的命运？当年自己出于一时的心血来潮，或者说出于稼轩词偶然的触发，为这些花瓣保留下一缕“香魂”，使它们免于化作污泥与尘埃。而自己呢？有谁能为自己保留下青春的影像？是谁在主宰着自己十年来的沉浮？十年后，千里外，往事真是“如梦如烟”。人生的风风雨雨，科场的蹭蹬失意，在心灵中留下多少伤痕。犹如这花瓣，虽仍然“斓斑”，文彩鲜明，却毕竟已经枯萎、干瘪。末尾“莫怪怜他，身世依然是落花”，将作者的心事和盘托出：不要奇怪我何以怜惜这包已经干枯的花瓣吧，因为我的身世同样也是落花呀！真是亦花亦人，即花即人，花、人一体了。

是的，这首词的情调是低沉的。但龚自珍毕竟是龚自珍，这位中国近代诗史的开山人物，这位呼唤变法图强的思想家，这位使梁启超、黄遵宪、柳亚子等低首膜拜的诗人，他的作品更多的是高亢酣畅的方面，如“叱起海红帘底月，四厢花影怒于潮”（《梦中作四截句》其二）的豪壮，如“落花不是无情物，化作春泥更护花”（《己亥杂诗》其五）的慷慨。这是读者应当注意的。（萧华荣）

鹊踏枝　龚自珍

过人家废园作

漠漠春芜春不住。藤刺牵衣，碍却行人路。偏是无情偏解舞，濛濛扑面皆飞絮。　绣院深沉谁是主？一朵孤花，墙角明如许。莫怨无人来折取，花开不合阳春暮。

龚自珍所处的时代，正是鸦片战争前夕，国家内忧外患均已隐然可见，而朝廷上依然文恬武嬉、群小播弄，全不识大厦将倾。作者当此局面，殷忧耿耿，触目皆愁。于是，一次寻常的“过人家废园”，在他的目中，也会产生出别一番滋味。

“漠漠春芜春不住”，起句即是一声深沉痛切的浩叹。此时正是残春，“春芜”，谓众芳芜秽、残红狼藉；“漠漠”，密布之状。这座废园，此时已是残花败草密密匝匝、遍地都是，显示着春天已将逝去，决然不会留住。这一句，是对废园总体氛围的描绘，自然，毋庸多解释，它也是对残破不堪的大清帝国的象征性描绘；废园的“春不住”，正是这个古老帝国江河日下、盛况不再的写照。

怀着这份苍凉、抑郁，作者步入废园时，他所注目的，自然是触动他心境的东西。“藤刺牵衣，碍却行人路”，首先是那可恶的藤刺，一根根延伸到当路，钩着牵着作者的衣袖，不放他畅快行走，恰似作者胸怀济世之志，却被达官贵人处处掣肘，将他抑于下僚，不容他畅所欲言。“偏是无情偏解舞，濛濛扑面皆飞絮”，接着是那些可厌的飞絮，它们本是“无情”之物（“无情”

为佛教语,指草木竹石之类,区别于人和鸟兽动物的“有情”),无知无识,全无肝肠,却自以为“解舞”(懂得舞蹈),在空中翩跹不已,得意洋洋。这些飞絮,又恰似满朝的碌碌百官,燕雀巢堂,还以为天下太平,他们个个目光如鼠,成天只知雍容揖让、歌舞美酒,瞒上欺下、蝇营狗苟,还欣欣然自以为得计。不但如此,这种“飞絮”还多得很,“濛濛”一片,“扑面”可遇,着实可厌。国家靠的是这班人,还有何指望!

换头“绣院深沉谁是主”,点醒题中“废园”二字,亦总括了上片的春芜、藤刺、飞絮产生之故,乃是这废弃的锦绣院落无人主理。一声“谁是主”的沉重疑问,亦是对古老帝国暮气沉沉、无人出声疾呼、无人领头革新的浩叹。紧接着,“一朵孤花,墙角明如许”,作者在一派衰败之中,忽然眼睛一亮,看到了一朵仍在艳丽开放的鲜花,它在漠漠春芜、濛濛飞絮中,显得是如此的明艳夺目,令人精神为之一振!

然而,此花虽“明”,却只是“孤花”一朵,又冷落于“墙角”,恰似作为衰世的独醒者的作者,既孤立无援,又屈身冷曹!于是,一瞬间的兴奋,随即又化作了哀婉的自伤:“莫怨无人来折取,花开不合阳春暮。”词至最后,一种怀才不遇、生不逢时的凄凉,作者已不想掩饰了,读之令人怆然泣下。

此词凡景皆情,凡花草皆人,字面上不露痕迹,只是写景、写花草,然一种悲凉愤懑之意,却处处可见可触,诚然是深得比兴妙旨的佳作。(沈维藩)

湘　月　龚自珍

壬申夏泛舟西湖,述怀有赋,时予别杭州盖十年矣

天风吹我,堕湖山一角,果然清丽。曾是东华生小客,回首苍茫天际。屠狗功名,雕龙文卷,岂是平生意?乡亲苏小,定应笑我非计。　　才见一抹斜阳,半堤香草,顿惹清愁起。罗袜音尘何处觅?渺渺予怀孤寄。怨去吹箫,狂来说剑,两样销魂味。两般春梦,橹声荡入云水。

壬申为清嘉庆十七年(1812),时作者二十一岁。是年,作者因随父出京赴徽州知府之任,回到了阔别十年的故乡杭州。这首词,即作于是夏游杭州西湖时。

常人写这类题材,大致是先叙湖上景致,然后因景抒情。而作者却不循常套,起笔不谈游湖,而先从身世感慨入手。首三句“天风吹我,堕湖山一角,果然清丽”,气势宏大,姿态超迈。作者不说自己出生杭州,却说自己是被天风吹落于此的。他是天上的谪仙,身在人间,神在天表,只不过西湖风光的清丽令他满意,他才不想返回天界。这三句,才写到作者的诞生,但却已将他的自命不凡、高视阔步、超凡绝俗之态写出,一种豪迈飞扬的气概,跃然纸上。有这三句定下基调,下面几句就看似惊人而实无足惊奇了。“曾是东华生小客,回首苍茫天际”,为什么他只是北京城(东华门,北京的代称)中一个客居的弱冠少年,却不说仕途不得志之苦、不抒少年意气,而像一位饱经沧桑的老人,在回首往事时有无限苍凉迷茫呢?就是因为他是谪仙,

胸襟广、目光远，所思者大。“屠狗功名，雕龙文卷，岂是平生意”，为什么像樊哙（西汉开国功臣，本是杀狗的屠夫）那样建功立业、像驺奭（战国齐人，因文辞华丽被人称为“雕龙奭”）那样立言传世，乃是无数古人毕生追求的目标，而他却说那些都不是他的平生之志呢？也因为他是谪仙，来到人间乃是为了大济苍生、重振乾坤。战场上的一刀一枪，书堆中的寻章摘句，他当然是夷然不屑的。不过，他这番心比天高的志向抱负，常人是不会懂得。“乡亲苏小，定应笑我非计”，就连坟地在西湖边的苏小小（南齐名妓，钱塘人，故作者称为“乡亲”）地下有知，也肯定会笑作者全然打错了算盘。阅尽人世的小小尚如此，其他人就更不必论了。

词至上片末尾，豪情已转为孤独之感。过片才写到游湖。“才见一抹斜阳，半堤香草，顿惹清愁起”，但他笔下的西湖，乃是与他心境相合拍的西湖，他满怀清愁，所以刚刚看到“一抹”（还不是一派）斜阳、“半堤”（还不是满堤）春草，这愁怀就顿时被惹逗起来了。斜阳芳草，自古都是伤心物，作者在此并未超越前人，但连用了“一抹”、“半堤”、“才见”、“顿惹”，词情便有无限含蓄，可谓化腐朽为神奇。接下“罗袜音尘何处觅？渺渺予怀孤寄”，前者用曹植《洛神赋》“罗袜生尘”之典，后者语本苏轼《前赤壁赋》“渺渺兮予怀，望美人兮天一方”之歌。既是泛舟湖上，自不免极目远望，但作者所望也不同凡俗，他望的是“美人”——理想的化身。然而，“何处觅”、“予怀孤寄”，他未能望到理想的归宿所在，满腔情怀亦不知何处吐泄。

词至此，已由豪迈而入孤独，由孤独而入忧愁，由忧愁而入怅惘。经此几番情感转折，终于唤出了全篇的名句：“怨去吹箫，狂来说剑，两样销魂味。”“怨”，是指他胸怀大志却无人领会、无处施展的怨愤；“狂”，是指他心中汹涌澎湃的狂潮，这狂潮中有高超的见识、有宏大的构想、有急切的愿望，包含之多，实难尽言。欲怨之去，就吹上一曲缠绵悠远的箫乐，让那怨愤随风飘逝；狂来奈何？就舞出一派熠熠生辉的剑光，让心潮在浩荡剑气中暂趋平伏。这一箫一剑，其中包蕴了作者多少失望和希望、痛苦和兴奋；抚起箫、挥起剑，这中间的滋味，真可令作者魂为之销！相形之下，功名、文名的“两般春梦”，简直算不得什么，就让它们随着橹声飘荡进云水之间去吧。

这首词全盘托出了少年龚自珍的雄心、抱负和自信、自负，是龚词的代表之作。其中核心的箫、剑二句，尤为后人所称道。有人说，这两者分别代表优美和壮美，而作者一身兼有之，实乃不世出之奇才。有人说，这两者代表了作者个性的两个方面，一深远，一宕落。这些说得都很正确，依笔者看，龚自珍一生的行事，亦可以“吹箫”、“说剑”括之。即使到了他的晚年，他虽然自称“少年击剑更吹箫，剑气箫心一例消”，似乎剑已涩、箫已折；其实，这仍然只是在“吹箫”而已。上引二句出自《己亥杂诗》，而他在同一组诗中大声疾呼的“我劝天公重抖擞，不拘一格降人才”，不依然是“说剑”的雄姿吗？（沈维藩）

陌上花　赵庆熺

西风画角，荒城吹上，满天霜气。远水斜阳，红到乱山无际。楼台一味销魂色，翠袖有人寒倚。料珠帘半卷，断愁如我，百端难理。　　向关河走马，飘零长剑，旧梦凄凉空记。便作黄花，瘦也问谁提起？年来多少无名泪，何处生绡缄寄？但青衫幅幅，啼痕印满，湖波不洗。

萧瑟秋风呼啸着，裹挟起军中号角凄厉的余音，吹到荒凉冷落的城堞上，带来弥漫于天地之间的寒气，令人心里更增几分“摇落秋为气，凄凉多怨情”（庾信《拟咏怀》之十一）的感慨。登上高楼眺望远方，但见一水迤逦奔流，群山参差耸峙，夕阳下浓浓的暮霞将它们都染成了一片殷红。那一片殷红无边无际，如血，如火，既映照着远处的山峦河川，也映照着近处的楼阁台榭，使倚栏凝视的翠袖佳人黯然销魂，情不能已。而“天寒翠袖薄”的佳人，其遭遇之凄凉正与普天下的寒士非常相似。这不，另一边楼中的男主人公，也在半卷的珠帘后徙倚徘徊，举目四瞩，触景生情，生出迟暮之感。一时间幽幽的悲愁袭上心来，千头万绪，难以理清。此时，他不由得想起了早年的一段往事。为谋衣食，他曾在远离家乡的古道上骑着瘦马载着橐囊踽踽而行，心中深怀书剑飘零的悲苦意绪。这一切如今回忆起来就如一场凄凉的梦，而这梦似乎总缠绕着自己，挥之不去——多少年来自己不仍是一个平头百姓吗！自己的命运难道就如明日黄花，只能是飘零不遇吗？这番落魄失意、郁郁不舒的情怀，还能向谁去倾诉呢？暗中洒落的伤心泪染上丝巾，封存起来，又有什么地方可以寄去拭净呢？丝巾抹不尽泣涕，件件青衫上满是痕印，即便倾湖中之秋水，又怎能轻易洗清！

这就是赵庆熺《陌上花》一词所营造的意境，既与崇尚辛弃疾一派的词人之慷慨悲壮不同，更与浙派之清空淳雅、常州派之低徊要眇有别，可视之为词中之性灵派，如今人严迪昌所云：“有愤激而未见苍老，然一个时代的清寒之士的情怀可以由此得见。”（《清词史》）赵庆熺与龚自珍同年出生，虽三十一岁就中进士，但以知县候选，竟家居二十年仍未授职，因此，他的心中充满郁闷，其词亦常作不平之鸣。这样的词，为浇胸中之块垒，自顾不上温柔敦厚，谭献选《箧中词》，嫌其“剽滑”，今天看来是有失公允的。即以此词论，感情之郁勃，技法之纯熟，格律之谨严，皆令人击节称赏，足与同时诸贤并美。

此词的结构是上片写景下片抒情，虽属老调，但情景交融、环环相扣、一片苍凉的表现过程却自有其独到之处。从用典上看，“翠袖有人寒倚”从杜甫《佳人》诗“天寒翠袖薄，日暮倚修竹”化出，但杜诗言倚竹，此则言倚楼，又非完全吻合，这就见出作者用典的灵活性。而杜诗中“幽居在空谷”的翠袖佳人形象，正易催发清寒之士的身世之感，她仿佛是一面镜子，从中可以看到男主人公自己的影子。因此，使用这一典故所产生的效果是非常出色的。再如上片“料珠帘半卷”与下片“便作黄花，瘦也问谁提起”，虽从李清照《醉花阴》词“帘卷西风，人比黄花瘦”翻出，但将出处之意象分成两部分拆开来用到词中，则是颇有新意的技法。而“瘦也问谁提起”出以问句，充满无可奈何的惆怅，又与“人比黄花瘦”的感叹有曲与直的不同，更切合本篇的词境，与下一韵“何处生绡缄寄”之问联在一起，又增几分凄苦的情味，令人读之满怀悲悯。词中之写景，有意多用动态的描绘，与词人躁动不安的心境相吻合。第一韵三句、第二韵两句是全词写景的重点，“吹上”、“红到”两个动词词组在句中起到了非常关键的作用。而过片“关河走马”的动态形象，是回忆二十岁出头时随叔祖赵铭宦游楚地的情景，点出了“飘零长剑”为全篇悲慨基调的主因，上承上片末两句的“断愁”“难理”，亦浑成妥帖，接应有序。说到句子的连接，不妨再谈一下上片第二、第三两韵间的过渡与下片第七、第八两韵间的过渡。从“红到乱山”到“销魂色”到“翠袖”，自然之景悄然不觉中接到人事，谁能说这不是妙笔！“生绡”用陈亮《水龙吟·春恨》“罗绶分香，翠绡封泪，几多幽怨”，“青衫”用白居易《琵琶行》“座中泣下谁最多？江州司马青衫湿”，“无名泪”与“啼痕印满”，一指悲苦之难言，一指悲苦之深切，叠套而重言之，更具感人的魅力。（庞　坚）

减字木兰花　项廷纪

春夜闻隔墙歌吹声

阑珊心绪，醉倚绿琴相伴住。一枕新愁，残夜花香月满楼。　繁笙脆管，吹得锦屏春梦远。只有垂杨，不放秋千影过墙。

这是一个温馨美好而又感伤无奈的残夜。长夜静静地流逝，快要“流尽”了，此时，花香经过彻夜的酝酿，已到了最芳馨最浓郁的时候，而明月虽已西斜，但词人所居的楼头，却依然清辉洒遍，这难道不是最温馨美好的夜晚么？此时，若得良朋佳侣，携手楼头，同浴香氛，共赏月华，人生的赏心乐事，又何以逾此？然而，景是如此之景，人却非如此之人。此时的词人，刚从春梦里醒来，他情绪低落，百无聊赖，一张绿绮琴倚在身边，却因醉意未消，无力拨弄，一枕的愁还氤氲于床头，那自然是一场春梦给他新添的愁云了。在如此美好的春夜里，他为何沉醉、为何心绪不快、为何愁恨萦梦，为何如此感伤无奈？

这首小词的上片，就为我们展现了一个如此充满疑问的场景。

过片“繁笙脆管，吹得锦屏春梦远”，似乎是个答案。“锦屏春梦”，这当然是一场好梦，虽然我们暂且还不知梦的内容，但这四字中流露出来的风流富贵气息，还是可以感知到的。然而，结合词题可知，当春夜将尽、词人春梦正甜之际，从隔墙邻宅却传来一片歌吹（歌唱和吹打）声，那繁密的笙乐、清脆的管乐，便如一阵风似地，顿时将一场好梦吹得无影无踪了。

于是词人情绪低落了，于是好梦既被悟到难以成真，词人又添了一枕新愁了——这似乎是很顺理成章的答案。

然而，奇怪的是，词人为何不对这惊醒自己好梦的歌吹声作一番抱怨，却反而来到楼头，眺看歌吹声所来的邻宅，叹息一声“只有垂杨，不放秋千影过墙”呢？他非但不抱怨邻宅送来歌吹声，而且还希望邻宅送来的东西越多越好；他所抱怨的，只是邻宅墙边那枝条万千的垂杨太茂密了，以至将那后园的秋千影子（夜残月西，月光本可投送秋千影过来）阻住不放，不让它随着笙管声一起来到墙的这边。

这就是本词的妙味所在。虽然词人说得如此朦胧、含蓄、幽渺，使人不忍凿破浑沌，但这层妙味不解开，词的鉴赏也不能完成。因此，笔者只能违背词人本愿，强作解人了——

最后二句中，“秋千”二字最引人注目。秋千与笙管彻夜一样，都是富贵人家的象征，而作者做的是富贵风流的“锦屏春梦”，然则他的梦境，与现实中的富贵邻家，有无可联系之处呢？此其一。其二，秋千是闺中的游戏，晚上的秋千影虽然不曾过墙，但白天少女们蹴秋千时的轻快笑声、天真娇语，却极易传过墙来。闻其声而不睹其人，词人能不白日劳思、夜来成梦？笙管吹散好梦，固然可恼，但念及笙管与白天的笑语来自同一方向，又怎能不变恼为怅，怅恨笙管之外无他物同时传来？

如此说来，“只有垂杨”二句，是景语，亦是情语，只不过它不像“多情却被无情恼”那么说得露骨，而是含蓄、沉着，但一旦被人悟出，其滋味倍觉深长。

这二句的妙味如能品到，则上片的种种，回顾起来也都非闲笔了。词人何以“醉”？自是渴欲见人而不能，只能为徒闻娇音而烦闷、而借酒浇愁。词人何以“倚绿琴”？自是有一片琴心而未敢唐突表露。词人何以言“花香月满楼”？当然是为如此良宵佳侣却咫尺天涯而惋恨。种种草蛇灰线，亦可证明此词在布局谨严的同时，并处处体现出含蓄的特征，非止后二句为然。含蓄不尽，乃是本词的风格特征。

对“秋千”的解说，自是笔者的猜测，并无实据，但有一个旁证，可为笔者一助。“只有”二句，显然是脱胎于北宋张先那有名的“三影”中的一影，即“那堪更被明月，隔墙送过秋千影”（《青门引》）。虽然作者是为不睹秋千影而伤神，张先是为睹影而伤神，但他们都实在是为秋千上的人不得而见伤神，这一点却是共同的。（沈维藩）

清平乐　项廷纪

池上纳凉

水天清话，院静人消夏。蜡炬风摇帘不下，竹影半墙如画。　醉来扶上桃笙，熟罗扇子凉轻。一霎荷塘过雨，明朝便是秋声。

这是一幅白描消夏图。不设辞藻，不施铅华，如生活本身一样平淡，却又极耐人寻味。

词的第一句，可能节自唐李商隐《水天闲话旧事》之诗题，“水天”可以理解为水边，但“天”字将空间充分地开放化，为纳凉和闲谈营造了自由、无拘无束的境界；“清话”，高雅不俗的言谈，此作“闲谈”解。院落就在水边（这从下文“荷塘”也可看出），静悄悄的，人坐在院里消夏。开头这两句，不但点明题旨，而且破题的“水”字，首先就将一阵宜人的凉意迎面送来，给人清爽的感觉，使整个词境不带一点烦闷、燥气。接着，“清”字、“静”字，又进一步使人的心绪安定下来，为纳凉活动设置了十分理想的空间场所。“蜡炬”二句，是对这个环境做简单而又具体的描绘：屋内有照明用的蜡炬，屋外种有竹子，还有庭院的围墙、门窗的帘子；凉风吹动帘子，把它掀得高高的，帘里的烛光便洒了出来，对面竹丛的影子被映在了墙上，宛如画上去的一样。一般说来，夏夜里的灯火是很容易令人产生烦躁感的，而词中的灯烛带来的却是一片可人的光明。原因就在于前面已经铺设了可以消除任何产生这种感觉因素的静谧处所，同时，又有帘、有风加以映衬；帘在人与光之间造成了一定的阻隔（尽管光还是漏了出来），风呢，带来了凉爽，又映出竹的婆娑身影（那也是有清凉感的），在墙上“绘”出一幅活动着的“墨竹图”，平添几分生意和情趣。

上片虽有“人”字，而人并未出现，下片才写纳凉的人；却又不直接写其外貌、言语，而是写其醉态。醉了，要别人扶上席子（桃笙是用桃枝竹编的凉席，吴地人谓簟为笙）来纳凉，还要摇着熟罗做的团扇，真是醉态可掬，也见出这环境、气氛、时间的相宜。正是在这样的境地下，风的“凉”、扇的“轻”，仿佛都有了质态，让人可触、可感。夜如水，如歌。一切都是那么温馨、恬美。也正是这种“静”，为词人创设了一种虚静的心理空间，所以，当池塘上空霎时飘过一阵急雨时，他便从雨声中“听”出秋天到来的脚步声。词作从开篇就有“话”、“摇”、“扶”等动词，但整个词境一直是静悄悄的，连纳凉的话语也不让人听到，荷塘雨声却打破了这片静谧；而“明朝便是秋声”一句，像是谁的轻轻的叹息，又像是深夜纳凉者的对语，或梦呓般的心灵独语，包含着无穷的感慨和惋惜。秋之为秋，在于它能枯花败叶，让人兴致冷落，让人情感萧条，故这一句中的哀怨，是从心里流淌出来的。有了这一句，纳凉的主题便得以深化，而不流于轻浅、俗套。当然，这感慨又必须很轻、很淡，不太着露痕迹，否则，与全词的基调便不相吻合。至于那醉的是不是词人自己，已无关宏旨；然不把醉者当做词人看似乎更加有趣，它可以有一种清醒着看人醉态的情趣，见落叶而知秋的智慧或睿哲，也与结尾处的发出感慨相一致。（彭国忠）

湘　月　项廷纪

壬午九月，避喧于南山之甘露院，就泉分茗，移枕看山，相羊浃旬，尘念都净。出院不百步，越小岭，即虎跑也。尝月夜独游，清寒特甚，赋《念奴娇》鬲指声一阕纪之

绳河一雁，带微云淡月，吹堕秋影。风约疏钟，似唤我、同醉寺桥烟景。黄叶声多，红尘梦断，中有檀栾径。空明积水，诗愁浩荡千顷。　　乘兴欲叩禅关，残萤几点，飐寒星不定。清夜湖山，肯付与、词客闲来消领？跨鹤天高，盟沤缘浅，心事塘蒲冷。朔风狂啸，满林宿鸟都醒。

此词作意，小序已言之甚详。序中“壬午”为道光二年（1822），“甘露院”即杭州广泽寺，在钱粮司岭南麓、大悲岭东北，而大悲岭南侧，即著名胜地虎跑所在。作者自言“避喧”，“相羊（盘桓）浃旬，尘念都净”，其用意实在于消解人生莫名的哀愁；但这种哀愁又是挥之不去，甚而是作者有意保留的，于是在这首词作中得以继续弥漫开来。鬲指声即隔指声，词曲术语，指两个字的字音在宫商乐律中相邻很近。详可参清方成培《香研居词麈·论鬲指声》。

词作伊始，即展示了“独游”所处的清旷境象。“绳河一雁”，“绳河”即银河，语本汉《纬书》：“天子圣明，则天河直如绳。”用“绳河”而不说银河、天河，更富于形象感，也更容易启人联想“一雁”的轨迹。由孤雁的飞堕，不仅带出了微云淡月的夜空全景，而且逼出了风急天高的秋意。由“吹”字引出了秋风，而此时的夜风又载送来虎跑寺隐约的钟声，召唤着词人越岭过涧，一尽游兴。秋风的副产品是满地的落叶，“黄叶声多”三句，展示了词人度林间、步竹径的行程。曲径通幽，如银的月光轻泻在前方的空地上。“空明积水”，用苏轼《记承天寺夜游》“庭下如积水空明”语，标志着已来到虎跑寺。这上片步步承接，有声有色，显示出文心的细密；而“唤我同醉”、“红尘梦断”、“诗愁浩荡千顷”等语，又不失时机地将自我感受穿插于其间，诚可

谓天衣无缝。

词人既达寺院殿前，却仍然守着夜色，看残萤明灭、寒星闪烁。这并不是因为敲不开殿门，而是无穷的感慨留住了他。夜深的湖山是那样地清美，但对多愁善感的词人来说，它只会唤起身世的惆怅，而带不来愉悦的领受。"肯付与"的一问，正显露了他愁绪满怀、摆脱不去的无奈。词人时年二十四岁，功名无着，怀才不遇，是所谓"跨鹤天高"("跨鹤"即登仙，此指遂青云之愿)；尚思用世，不甘蛰伏，是所谓"盟沤缘浅"("沤"即鸥，"盟沤"指隐居)。失意的遭际，绝望的情志，使他的心境犹如池边苍苍的野生菖蒲，透出一派荒寒之气。就在这时，朔风骤至，林木振动，惊起了宿鸟飞腾。结末的这一笔，将游境的凄清、心宇的悲凉，都推向了极致。

这首词无论于情于景，都足以撼动人的心灵。从景的一面说，天地湖山的种种布设纷至沓来，历历如绘，尤其是所营造的"清寒特甚"的夜游氛围，既涤人襟怀，又砭人肌骨；从情的一面说，由隐到显，由初行时"醉"、"梦"般的按抑到禅寺前的释放、回味、爆发，始终不脱一个"愁"字。而情与景的泯然融合，则产生了"六合之间，俯仰一人"的自我存在效果，从而将"独游"的题意表现得淋漓尽致。

词人在《忆云词甲稿自序》中曾云："生幼有愁癖，故其情艳而苦，其感于物也郁而深。"本词可为此自断作一佐证。(史良昭)

水龙吟　项廷纪

秋声

西风已是难听，如何又著芭蕉雨？泠泠暗起，澌澌渐紧，萧萧忽住。候馆疏砧，高城断鼓，和成凄楚。想亭皋木落，洞庭波远，浑不见，愁来处。
此际频惊倦旅。夜初长、归程梦阻。砌蛩自叹，边鸿自唳，剪灯谁语？莫更伤心，可怜秋到，无声更苦。满寒江剩有，黄芦万顷，卷离魂去。

这是一首写秋声的词，也是一首写离人愁绪的词。上片主要写秋声。古典文学中写秋声的作品早就有了，而自从宋欧阳修成功地写出了《秋声赋》之后，诗文中描写秋声的就更多了起来。这首词虽无多独创，但结构紧密，措辞巧妙，意境浑厚，自有它非常成功的地方。"西风已是难听"，西风是秋天的风，"难听"不是不好听，而是难以为听，让人不好受，受不了。西风已经"难听"，老天怎么还加上打在芭蕉上的雨声？那就更让人经受不住了。起首这两句就渲染了很浓的感情色彩。"泠泠暗起"等三句形容风雨声，用"泠泠""澌澌""萧萧"三组象声词，表现"暗起""渐紧""忽住"这样一个过程，对风雨作了动态的描写，写出了"秋声"在听觉上的变化。词人在旅途中，在旅舍的不眠之夜里，听到疏疏落落的砧声——这种捣洗衣服的声音最能引起思乡之情，高城上又传来断断续续的更鼓之声。这两种声音合在一起只能引发凄楚之情。写秋的最早的佳句，当推屈原《九歌·湘夫人》"嫋嫋兮秋风，洞庭波兮木叶下"，善于融情于景，令人怅惘不已。受其影响，南朝宋谢庄《月赋》有"洞庭始波，木叶微脱"，南朝梁柳恽

《捣衣诗》则有"亭皋木叶下，陇首秋云飞"等佳句。词人由此联想到"亭皋木落，洞庭波远"这种典型的秋天的苍茫景色。在这种弥漫着悲秋愁绪的景色中，词人写道："浑不见，愁来处。""愁"是一种感情，这里将之拟人化了，好像有来去的处所，但又浑然看不见"愁"所来之处，"愁"其实便存在于这悲凉的景色之中。这一句，尤其表现了作者的巧思。

下片主要抒写了作者的感受。倦游的旅人，当此秋声频传之际，不免惊心。夜开始变长了，但在睡梦中仍然欲归无路。阶下蟋蟀的悲唱，边塞飞来的鸿雁声声哀鸣，都是那么孤独、无奈。词人用了两个"自"字，传达了这种感受。这种种秋声，让人不能入睡。词人起来将灯芯剪亮，但是又有谁能与之共语呢？不要太伤心吧，如果秋天到了，却万籁无声，那不就更让人感到凄苦了。秋声是使人伤感的，在秋夜里孤独寂寞的心，如果失去了秋声的相伴，岂不更加凄苦！"可怜秋到，无声更苦"是翻进一层的想象，把孤独的悲感推向极致。万籁俱寂，还有什么呢？只剩下满寒江的万顷黄芦，萧条空寂，似要将离魂一并卷走。词上片歇拍与下片结拍，作者都发挥想象，渲染出令人想象不到的意境。这是项廷纪词的特色，也是他别有会心的地方。项氏自称："幼有愁癖，故其情艳而苦，其感于物也郁而深。"(《忆云词甲稿序》)看来他早年即追求感伤、唯美的词风，后来家庭屡遭变故，忧伤之情，更加深邃，也就更能感动读者了。(郭维森)

行香子　吴　藻

长夜迢迢，落叶萧萧，纸窗儿、不住风敲。茶温烟冷，炉暗香销。正小庭空，双扉掩，一灯挑。　愁也难抛，梦也难招，拥寒衾、睡也无聊。凄凉景况，齐作今宵。有漏声沉，铃声苦，雁声高。

清代闺秀词的代表作家之一吴藻是道光、咸丰年间杭州的女才子，她自幼喜爱文学艺术，能诗善词，亦工绘事，又曾作《乔影》剧，名动大江南北。可惜才高命薄，父亲是商人，将她嫁给同里富商黄某，终生郁郁寡欢。三十岁后，丈夫去世，她移居南湖，古城野水，与世隔绝，遂看破红尘，皈依佛门。"人为伤心才学佛"，吴藻亦伤心人也，伤心人作伤心词，词中自然非愁不言，唯愁是言了。清赵庆熺为吴藻《花帘词》题序云："花帘主人工愁者也，花帘主人之词善写愁者也。"此词写闺愁，共十六句六十六个字，可谓字字句句离不开一个愁字，又怎一个"愁字"儿了得！

词的上片铺写孤独凄凉的愁境，分三个层次。开头三句是第一个层次，写秋夜的漫长，以落叶的飘零和秋风的萧瑟为背景。"迢迢"言长，山长、水长、路长，都比不上长夜之长，长夜漫漫，无有尽头。落叶本是室外之景，主人公身在闺房，并非目睹，而是耳闻，"萧萧"二字既象其声，又状其形。秋风是无形的气象，通过纸窗的不时"瑟瑟"作响，用一个"敲"字落实，便如见其形，如闻其声。第二个层次，正面描写室内之景："茶"、"烟"、"炉"、"香"，简单的陈设表明生活的孤苦；"温"、"冷"、"暗"、"销"，以冷色写凄景，并暗示时间在缓慢地推移，进一步突出夜之漫长。第三个层次总写空闺独居孤眠不成之况，用一"正"字领起下面三个排比句："正小庭空，双扉掩，一灯挑。"室外之空庭、落叶，室内之炉、茶、香、烟，在昏暗晃动的灯影下，令人倍感寂寞，倍觉凄楚。

下片抒写孤独凄凉的愁绪，也分三个层次。打头即是一个“愁”字：“愁也难抛，梦也难招，拥寒衾、睡也无聊。”三句纯用口语，愁、梦、睡，概括了长夜不眠的全部活动，其中“愁”是核心。第二个层次“凄凉景况，齐作今宵”，有承上启下的作用。承上一结，从首句“长夜迢迢”，至前句“睡也无聊”即今宵之凄凉景况，至此，全词似已结束，其实不然，精彩的还在下文。最后一个层次，以“有”字领起，又是三个排比句：“有漏声沉，铃声苦，雁声高。”“漏”指古代滴水计时的漏壶，“漏声沉”，表明夜已深。“铃”指屋檐角下的风铃，风吹铃动，惊醒残梦，敲碎愁人之心。雁是候鸟，每到秋季，自北归南，鸣声哀凄，催人泪下。漏声、铃声、雁声，声声在耳，好一篇《秋声赋》尽在词人笔下！

吴藻的闺愁词与传统的相思离别之词不同，她不写人性和情爱，而是表现出对人性、人情、人世的绝望和冷漠，故能脱尽秾艳的脂粉气，纯用白描手法。关于这一点，与温庭筠闺愁《更漏子》(玉炉香)对照比较，便可明白。《行香子》这个词牌以四字句和三字句为主，中间虽有两个七字句，但句式仍为上三下四。四字句的优点是便于对偶，三字句可连成排比句，节奏感强。重言叠字更能体现长短句的音乐特性。词中“迢迢”、“萧萧”为叠字，下片三个“也”字、两个“难”字和三个“声”字连用，也发挥得很好。四字句中“茶温烟冷”与“炉暗香销”是对句，一句之中“茶温”对“烟冷”，“炉暗”对“香销”，语虽平常，却很工整。人称李易安能以寻常口语入词，音韵谐和，吴藻此词若置于《漱玉词 》中，似可乱真。(蒋哲伦)

早春怨　顾　春

春夜

杨柳风斜，黄昏人静，睡稳栖鸦。短烛烧残，长更坐尽，小篆添些。红楼不闭窗纱，被一缕、春痕暗遮。淡淡轻烟，溶溶院落，月在梨花。

况周颐《蕙风词话续编》云：“太清春《天游阁诗》写本，岁己丑，余得于厂肆地摊。词名《东海渔歌》，求之十年不可得，仅从沈善宝《闺秀词话》中得见五阕，录其四如左。”五阕而偏录其四，当是为他所深赏的，这首《早春怨》亦在四首之列，可谓已得前贤首肯矣。

此词写春夜的朦胧景色，温馨氛围，体现女词人细致入微的感受。其中并无春恨春怨，词气舒缓安详，当是在太清早期与夫君琴瑟相和、心境愉快时所作。上片六句，三句外景，三句内景，次序分明。外景是黄昏时分，家人都已入梦，噪鸦亦睡得稳稳实实，周遭一派宁谧，正宜于女词人仔细感受这番春夜。此时女词人的心情无丝毫不适，环境固当安静，而不该寂清。因此，外景在人静鸦稳之前，先领起以杨柳的风中斜摆，使杨柳的微动衬出这派至静、使杨柳依依作态的人情味和温柔感扰散这层寂清。女词人置景时的良工苦心，读者正不可忽之。内景三句，机轴亦复相同。为了仔细感受，女词人久久静坐，直至短烛一点点烧残、更次一个个报过，这都是必须的；但静坐不能被误以为枯坐、兀坐，所以女词人又往香炉里添些香(篆，原指香烟上盘，其形如篆字，此处代指香），也给自己所置的内景添了些动感和活气。当然，杨柳只可微斜而不可飞舞，香也是稍稍“添些”而非平添：动只是陪宾，静——静谧的景、静坐的人才是主，这中间的分寸，女词人把握得相当准确。由此，上片的一切，都显得和谐、妥帖，处于浑然一体的氛围中。

下片便展示了女词人所感受的春夜，因她处于如此宁谧和谐的环境，又是如此的默坐谛观，所以她感受到的春夜，也是独特而奇妙的。“红楼不闭窗纱”，她身处的朱楼因为她要感受春夜而纱窗未闭，这是读者可以预想得到的；但读者无论如何预想不到，在这至浅的“不闭窗纱”之后，紧接着的是精妙绝伦、韵味无限的“被一缕、春痕暗遮”！红楼的纱窗固然没有闭拢、没有掩住楼内的闺阁情态，但红楼也并非无遮无掩，一缕春痕遮住了它！将虚无缥缈的春痕感受为有形的“一缕”，且具有窗纱的效能（自然也有窗纱轻柔明净的质地），这真是奇想惊人！那么，这春痕真是女词人感受到的吗？请留意“暗遮”二字。春痕是暗暗地、不知不觉地遮掩红楼的，也就是说，它是女词人在久久的静坐中渐渐地感受到的，是女词人独特的感觉的产物。

然而，读者还将追问，“春痕”究竟是何物呢？“淡淡轻烟，溶溶院落，月在梨花”，这三句，本身是一个既朦胧又空明的优美夜景，似乎并未回答什么问题：红楼外，夜空中轻轻飘着淡淡的春晚的烟云；月华直泻而下，积满院落，望之溶溶如水，又洒满梨花枝头，使之灿灿若银。在这沁人心脾的美景中，已蕴含了令人神往的意境，它难道是被女词人用来回答问题的吗？然而，若再仔细思量，“春痕”既是“一缕”而又能浮动飘起、遮掩红楼，那么，若说它是以轻烟为质地、以月华为色泽、以梨花的香氛为气息的谐和物，庶几无误吧？

有人指出本词的末三句源出宋晏殊《无题》诗的“梨花院落溶溶月，柳絮池塘淡淡风”，这是不错，但是，若进而以为二者境界相同而对词境不着一语，那就大谬不然了。词借诗语，自古有之，未足据以谓词境沿袭诗境。晏幾道《临江仙》“落花人独立，微雨燕双飞”，甚至照录唐人诗句，论者犹以为其境迥胜唐人。如本词与晏诗，非但“淡淡轻烟”有别于“淡淡风”，而且晏诗左院落、右池塘，气象甚大，“有富贵气”（葛立方《韵语阳秋》），本词则是在一个小小院落中细做文章，格局较小。二者境界不同，正不当因字句相似而重诗轻词。王国维《人间词话》所言“诗之境阔，词之言长”，可为此问题作一判定。（沈维藩）

霓裳中序第一　姚　燮

故苑

江山易换局，昔苑今栖樵与牧。多少椒丹蕙绿，叹复道沉虹，香斜埋玉。舡棱一握，尽上摇、天半凉旭。无回辇，草深花谢，那忍问前躅？　乔木，荒鸦来宿。便掖殿、只游麋鹿。当年旌骑卫毂，想禁御秋拦，壸街春束。才人遭乱逐，苦卖唱、内家旧曲。陵台树，杜鹃哀魄，夜望紫烟哭。

姚燮作词，早年主“骚雅微婉”，其《疏影楼词自序》云：“词小道也，然韵不骚雅则俚，旨不微婉则直。过炼者气伤于辞,过疏者神浮于意,而叫嚣积习淫曼为工者,尤弗取。”中年以后之作,笔端常露悲凉之气,要清苍老辣得多。这首《续疏影楼词》中的咏“故苑”词,是其代表作之一,反映的是英法联军入寇北京,圆明园被毁的惨境。

词的一开头即点明题意,世事变换,昔日的皇家园林成了今天樵夫和牧者的栖息之地,沉重的历史感有如高山坠石,破空而来,给人以强烈的心灵震撼。词人这里并没有用“铜驼荆棘”、“金谷春草”等怀古词常见典故,而是通过对照,实写眼前之景,有着浓郁的历史兴亡感。以下即紧扣题意,铺叙形容“故苑”的兴亡。圆明园本是清宫廷避暑游览的胜地,始建于康熙四十八年(1709),经乾隆至道光朝继续营建,历时一百五十多年,耗费白银约二亿两。园地周围广达二十余里,半水半陆。园内建筑仿效国内和西洋名园,各具特色,有“万园之园”之称。1860年为英法联军焚毁,园内珍藏文物也被掳掠一空。词用“椒丹蕙绿”,以简驭繁,简括昔日“故苑”的繁华,而以一“叹”字领起今日“故苑”的荒凉。“复道”,是楼阁之间架空的有上下两重的通道,俗称天桥,其形状有如长虹卧波。“埋玉”,埋玉树的简称,语出《世说新语·伤逝》:“庾文康亡,何扬州临葬云:‘埋玉树著土中,使人情何能已已!’”本指人才的埋没,这里和“香斜”并用,可以理解为喻指美好事物的毁灭。昔日的繁华早已风流云散,从前帝王妃嫔出入的甬道已是花谢草深,清冷的月光下,只剩下横杂的断壁残垣无言诉说着历史兴亡的悲哀。因为废园的空旷,所以词人远望会产生“觚棱一握,尽上摇、天半凉旭”的错觉,这与孟浩然“野旷天低树”(《宿建德江》)、朱敦儒“插天翠柳,被何人、推上一轮明月”(《念奴娇》)的描写是同一道理。“觚棱”,宫阙上转角处成方棱的瓦脊,借指宫阙;“凉旭”,秋季初出的日光。经过这样一番铺叙形容之后,对帝辇不回此“草深花谢”之地,词人终于以一句充满悲凉之意的“那忍问前躅”的深沉感喟收束上片。“前躅”,前踪,故踪。

下片仍然通过今昔对比表达兴亡之感。感慨渐深,悲凉之气也更加浓郁。

“乔木,荒鸦来宿。便掖殿、只游麋鹿”,回护上片“昔苑今栖樵与牧”,显得沉痛异常。“便掖殿”,宫中旁殿,贵妃所居,此指圆明园中的便殿。“乔木”让人想起姜夔《扬州慢》“废池乔木,犹厌言兵”的黍离之悲,“麋鹿”又让人联想到吴王与伍子胥的典故。汉赵晔《吴越春秋》记载伍子胥劝谏吴王说:“今大王捐国家之福以饶无益之雠,弃忠臣之言而顺敌人之欲,臣必见越之灭吴,豸鹿游于姑苏之台,荆榛蔓于宫殿。”词人运用这些典故将兴亡之悲层层铺染。“当年”以下句转忆昔日皇家威仪。每当春暖花开之日,圆明园就格外热闹。“旄骑卫毂”,举着旄旄的骑士与担负警卫的车驾。仪仗华美,守卫森严,帝王妃嫔们薄衫春束,宴游终日,到处是一派繁华升平景象。词人极写当年盛景,更反衬出今日的荒凉。“才人遭乱逐,苦卖唱、内家旧曲”二句用南朝陈叔宝遗事。陈叔宝与宠臣作《玉树后庭花》曲,其音轻靡香艳,后国亡,此曲随宫人传唱民间,引发了历代许多文人的无数悲吟,如唐杜牧“商女不知亡国恨,隔江犹唱《后庭花》”(《泊秦淮》)、宋王安石“至今商女,时时犹唱,《后庭》遗曲”(《桂枝香》)。姚燮此句与杜牧等人诗句有异曲同工之妙,其悲慨之情也不减古人。

结拍用杜宇亡后化为子规的典故。古诗词中常见“杜宇之魄”、“杜鹃啼血”等字面,如晋左思《西都赋》“碧出苌弘之血,鸟生杜宇之魄”、唐武元衡《送柳侍御裴起居》“望乡台上秦人去,学射山中杜魄哀”等。“夜望紫烟哭”,深寄悲愤之情,令人读来百感凄凉,为之扼腕不已。“紫烟”,紫色瑞云,此指紫禁城上的云气,言下有讽谏之意,盖作者深恨圆明园惨遭兵燹,而紫禁城中却依旧是歌舞升平。如此作结,有极强的移情作用。(薛玉坤)

百字令　蒋敦复

经阮嗣宗墓下作

一堆黄土，劝卿休白眼，我来浇酒。痛哭平生才子泪，此泪除卿安有。我亦当年，最伤心者，肯落千秋后。风流尽矣，青山今日回首。　多少典午衣冠，禅文九锡，人世何鸡狗。党籍遗风《高士传》，玉骨棱棱不朽。龙性难驯，鸿飞已冥，以酒全其寿。茫茫万古，醉魂知尚醒否？

蒋敦复是道光、咸丰年间的著名词人，以行迹放诞怪异名闻江南，人称“怪虫”。虽幼年聪颖早有“神童”之誉，却五应乡试不售。其怀才不遇、不为世人所理解的遭遇铸就了他白眼世事、对抗封建纲常的叛逆性格。因此，当他经过同样以放诞叛逆著称的魏晋之际大诗人阮籍（字嗣宗）墓时，自然免不了要吊古伤今，生出许多感慨来。

词起首三句即气势不凡，给人戛戛独造、硬语盘空之感。词人以非常简约的四个字“一堆黄土”营造了一种萧索的怀古情境。“劝卿休白眼，我来浇酒”，下笔奇特，一个“劝”字，词人俨然以黄土中人的异代知己自居，表面上，词人是在“劝”人如何如何，但细察之便会体味出其间蕴含着极大的悲愤，是借“劝”人以浇自己胸中块垒。《世说新语》称阮籍能为青白眼，见凡俗之士，常以白眼对之，又说他胸中块垒须以酒浇之。反观词人，又何尝不是这样一位白眼世事、胸中郁结无限幽愤之气的“怪虫”呢？“痛哭”以下数句也全是知己口吻，悲愤而至“痛哭”，传达的是对先贤的哀悼和理解，更有对自己不见容于世的激愤。《魏氏春秋》称阮籍“常率意独驾，不由径路，车迹所穷，辄恸哭而反”，《晋纪》亦谓“籍母将死，与人围棋如故，对者求止，留与决赌。既而饮酒三斗，举声一号，吐血数升”，词中所谓“才子泪”或指阮籍以上行径，这样不合世俗纲常的举止世上几人能有，又有几人能够理解？词人联想起自身的遭遇，感愤之至，终于放笔直言，激越之情，一泻而出：“我亦当年，最伤心者，肯落千秋后。”明言自己的痛苦和继步嗣宗的心曲。歇拍“风流尽矣，青山今日回首”，一放一收，让人想到辛弃疾《永遇乐·京口北固亭怀古》“风流总被，雨打风吹去”和杨慎《临江仙·廿一史弹词秦汉开场词》“青山依旧在，几度夕阳红”的词境，跌宕顿挫之间，传达出的是沉重的历史兴亡之感，词情也由激愤转趋沉郁。词人仿佛从与先贤的神游中回到现实，眼前的“一堆黄土”让人觉得无奈而又悲哀，历史兴亡，身世蹭蹬，都化作了喟然一声长叹“风流尽矣”。从结构上看，这两句也非常巧妙，似住又未住，既有力地绾结了上片，又巧妙引出下片。

“多少典午衣冠，禅文九锡，人世何鸡狗”即紧承上片结句而作进一层的铺染。词人并没有停留于对历史兴亡作一般的感叹，而是荡开笔调，词情也再度勃发。“典”者司也，“午”者，十二相中属马，“典午”即司马官职的隐称；“禅”为禅让之禅，“九锡”是传说中古代帝王尊礼大臣所赐的九种器物。王莽篡汉建新朝时，曾先加九锡，汉献帝也曾赐曹操九锡，后来掌政大臣夺取政权，建立新王朝前，也都加九锡。故“典午衣冠，禅文九锡”可作两层含义来解。第一可指世人所醉心的高官厚爵、名号显位；第二则指历代王朝的更替兴亡。但这一切在词人眼里却只不过如“鸡狗”一般，不值一哂。清嘉道以还，鸦片逐渐渗入华夏之土，毒害愈演愈烈，随之而起的各种矛盾日益尖锐，清王朝的腐朽全面暴露，气数将尽。在这种形势下，民心愤激，士子悲慨。绝大多数知识分子心中都充满了迷惘和绝望，只有少数像蒋敦复这样特立独行的文人开始自觉不自觉地走向了封建法统的对立面。再联系太平天国时期，蒋敦复曾与王韬挟策干东王杨秀清一事，则“人世何鸡狗”一句便不能简单地理解为一般的愤世嫉俗之语。“党籍”以下几句又回到题意，继续颂咏阮籍。党籍指东汉党锢之祸中与宦官作斗争的正直党人，如范滂等人。《高士传》，晋皇甫谧著，专记高风亮节之士。“龙性难驯”化用颜延之《五君咏》“鸾翮有时铩，龙性谁能驯”句。颜诗本是咏嵇康的，词人则将之移用在阮籍身上，同样十分传神。“鸿飞已冥”，典出汉扬雄《法言》“治则见，乱则隐。鸿飞冥冥，弋人何篡焉”，鸿鸟飞入远空，距远形微，矰缴不及，比喻阮籍摆脱了羁害。“以酒全其寿”，指阮籍放浪佯狂，整日酣醉，总算解除了司马氏集团对他的疑心而得以终其天年。最后“茫茫万古，醉魂知尚醒否”两句，词境阔远，以问句作结，余味悠长，深含不尽之意。

这首吊古伤今之作在艺术上的最大特点是用笔收放自如，将纵还收。忽幽怨，忽激愤，忽纵肆，忽沉郁。纵肆时，如大刀阔斧，真情不加粉饰，沉郁处，又能意内言外，让人回想无穷。（薛玉坤）

百字令　陈　澧

夏日过七里泷，飞雨忽来，凉沁肌骨。推篷看山，新黛如沐，岚影入水，扁舟如行绿颇黎中。临流洗笔，赋成此阕，倘与樊榭老仙倚笛歌之，当令众山皆响也

江流千里，是山痕寸寸，染成浓碧。两岸画眉声不断，催送蒲帆风急。叠石皴烟，明波蘸树，小李将军笔。飞来山雨，满船凉翠吹入。　便欲舣棹芦花，渔翁借我，一领闲蓑笠。不为鲈香兼酒美，只爱岚光呼吸。野水投竿，高台啸月，何代无狂客？晚来新霁，一星云外犹湿。

七里泷，是富春江的一段，在浙江建德城东北七十二里处，起自建德梅城镇双塔凌云，止于桐庐严子陵钓台，江水清澈，两岸青山连绵，风光绝胜。清雍乾间著名词人厉鹗（即此词小序中之“樊榭老仙”）曾作《百字令·月夜过七里泷》词，清空淳雅，使人生发风露非人世之感。陈澧这首《百字令》，是他夏日过七里泷所作，抒写七里泷雨中舟行所见和感受，与厉词意境相异，艺术上各有千秋。

词的上片写江上所见旖旎风光。“江流千里，是山痕寸寸，染成浓碧”，富春江两岸青山，山是绿的，水也是绿的。开篇即紧抓住这个特色，以夸张之笔，描绘富春江千里江流，全让两岸青山染成了浓浓的碧绿色，一派青光，纸上皆绿。接着两句，接写舟行。“两岸画眉声不断，催送蒲帆风急”，“画眉”，鸟名，以眼圈有白纹一线如眉，故名，此鸟体态轻盈，色泽美丽，叫声悦耳，富春江上特别多；“蒲帆”，以蒲草编织成的船帆，七里扬帆，为七里泷著名景观。这两句

的构思显然脱胎于李白的诗句“两岸猿声啼不住，轻舟已过万重山”。但二者意趣迥异。李诗意在表现江流之急、行舟之速，以猿声相衬，烘托的是两岸荒山野岭的野趣，而陈澧这两句，却将七里泷“七里扬帆”的景观与画眉呖呖的啼鸣声交织在一起，有声有色，烘染的是秀丽的富春江山水，而作者身在舟中轻快愉悦的心情也跃然纸上。随着轻舟的前行，作者轻舒笔墨，勾画着两岸胜景。“叠石皴烟，明波蘸树，小李将军笔”，“小李将军”是唐代画家李昭道，邓椿《画继》：“李思训画着色山水，用金碧辉煌，为一家法。其子昭道变父之势，妙又过之，故时号曰大李将军、小李将军。”从来人们爱以画喻景，形容景色之美。作者在这里更进一层，以中国画的多种技法入词，用以表现七里泷两岸多姿多彩、各具风貌的胜景。两岸重重叠叠的山石树影，江上笼罩的云雾，简直就是小李将军蘸着江上明波皴染而成的精美画卷。就在此时，“飞来山雨，满船凉翠吹入”，这突如其来的夏日山雨，让作者的神来之笔，勾画得如诗如画。江上遇雨，满船皆绿，夏日遇雨，凉爽沁人。“凉翠”二字，不仅给人以视觉上的感受，还给人以触觉上的感受，确是将夏日江上的一场山雨写活了。

下片转写舟行的感受。“便欲舣棹芦花，渔翁借我，一领闲蓑笠”，在这样美好的景色里，作者禁不住就想要系舟停泊于芦花丛中，向渔翁借一领蓑衣、一顶笠帽。“不为鲈香兼酒美，只爱岚光呼吸”，“鲈香”“酒美”，都用了西晋张翰的故事。《世说新语・识鉴》：“张季鹰（翰）辟齐王东曹椽，在洛见秋风起，因思吴中菰菜羹、鲈鱼脍，曰：‘人生贵得适意尔，何能羁宦数千里以要名爵！’遂命驾便归。”又《世说新语・任诞》：“张季鹰纵任不拘，……或谓之曰：卿乃可纵适一时，独不为身后名邪？答曰：‘使我有身名后，不如即时一杯酒。’”鲈鱼、美酒，当然也产于富春江一带，这里既是写实，又暗用典故，表明了作者的心迹：作者意欲归隐，但和张翰等辈的雅兴截然不同，而全然是出于对自然风光的热爱。“野水投竿，高台啸月，何代无狂客”，“野水”，指桐江，严子陵垂钓处。严子陵，东汉时人，少时与刘秀同学，刘秀即帝位，遣使聘他，三反而后至京，授以谏议大夫官职，不受，归而耕钓于桐江之滨。“高台”，即严子陵钓台，在桐庐城西三十里富春山，山半有两磐石，一东一西，各高七十米，东为严子陵钓台，西台为宋末遗民谢翱吊文天祥恸哭啸歌之处。“狂客”，唐代诗人贺知章号四明狂客，这里作者用以借指历代狂放不羁的人。钓鱼台为七里泷的终止处，舟行至此，自然会想起严子陵、谢翱等历代名人，他们或漠视名利，或忧国忧民，为历来知识分子所仰慕。这里就眼前景物，用手边典故，意承上两句，进一步抒写归隐山林的期盼和向往。联系当时正值鸦片战争前后，国势危殆，“高台啸月”之中，也暗寄了忧国忧民的情怀。词末，归结到雨后景色：“晚上新霁，一星云外犹湿。”傍晚时分，雨过天晴，云层外露出了一颗明星，犹然是湿漉漉的。这里的“一星”，又指桐江边的客星山。《后汉书・严光传》载：光武帝刘秀召严光（子陵）至，“因共偃卧，光以足加帝腹上，明日太史奏客星犯御座甚急，帝笑曰：朕故人严子陵共卧耳”。山乃附会而名。厉鹗《百字令》词有“万籁生山，一星在水”语，即指此山。这里暗用此典，回应上句，遥念子陵，以景结情。杜甫《水会渡》诗：“迥眺积水化，始知众星干。”结尾两句，即翻用杜甫句意，从中化出，而神境悠远，韵味无穷，可见作者的天才学力，非常人所能至。

这首词上片写景，一片清光，纸上皆绿，无愧是小李将军画笔。下片抒情，胸襟高旷，透骨俱凉。煞拍仍归结到雨后景色，意味深远。厉鹗一首，已是崔颢题词在上，此阕乃几欲突过。（钱学增）

齐天乐　陈　澧

十八滩舟中夜雨

倦游谙尽江湖味，孤篷又眠秋雨。碎点飘灯，繁声落枕，乡梦更无寻处。幽蛩不语。只断苇荒芦，乱垂烟渚。一夜潇潇，恼人最是绕堤树。　清吟此时正苦。渐寒生竹簟，秋意如许。古驿疏更，危滩急溜，并作天涯离绪。归期又误。望庾岭模糊，湿云无数。镜里明朝，定添霜几缕。

十八滩为赣江在江西赣县、万安境内的河段，以急滩密布著称。着此一地名，已觉行路难之意，况复客舟夜雨，能不感慨万千！词作深刻地表现了这种特定处境中的客子愁怀。

上片因题起句，“倦游”、“江湖味”扣“十八滩”，“孤篷”扣“舟中”，“眠秋雨”扣“夜雨”；一个“尽”字、一个“又”字，则再现了题中所含雪上加霜的况味，同时也领起了全篇对“雨”的着力刻画。由于是“眠秋雨”，所以首先是船舱内的印象：但觉雨点声繁而势沉，击打船篷，如落枕上，灯火为之摇曳，旅人为之失眠。乡梦既已无法续成，词人的注意力便为舱外的夜雨所吸引。夜雨主宰了十八滩的旅程，前时两岸常可听到的蟋蟀幽鸣已为雨声替代，而滩边的芦苇、堤岸的丛树，则增添了风雨的变调，使之更觉荒凉凄冷。值得注意的是，在“一夜潇潇”的秋雨中，不可能辨识“断苇荒芦”、烟渚堤树之类的外部景物，词人的铺写，其实只是舟中听雨，由听觉产生的联想。但这种写法，却加倍渲染出了夜雨的氛围和效果，使人有身临其境之感。

下片继续宕开。“渐寒生竹簟”，一个“渐”字与“一夜潇潇”前后呼应，标志长夜的苦捱已近尾声；而“寒生竹簟”由听觉过渡到触觉，也暗示了“夜雨”形势的变化。身心交加的寒意使词人势必不能继续躺卧下去，于是起身推篷出望。此时已将拂晓，雨势已杀，但岸上古驿的残更，船过危滩的急流，都是“一夜潇潇”的雨意的延伸。它们唤起了“天涯离绪”，由归期又误的感慨，引出了词人回身南望粤中家乡的举动。而“庾岭模糊，湿云无数”的视界，又与前时的“夜雨”意脉相接。古人颇多一夜愁白头发的先例，于是词人想到：到了明朝揽镜相照，定然自己也免不了增添几许华发。这一结笔，正是对一夜煎熬的总结。

本词自“孤篷又眠秋雨”句后，再不出现“雨”字，而各句无不与“舟中夜雨”的题面相连，又无句不从旅愁中反映出乡思。大笔濡染，不粘不滞。作者曾手批《山中白云词》，对张炎“濡染有致”、“情景俱到”、“寄托遥深”的手法别有会心，此作亦全面表现了这种种特色。（史良昭）

卜算子　蒋春霖

燕子不曾来，小院阴阴雨。一角阑干聚落华，此是春归处。　弹泪别东风，把酒浇飞絮。化了浮萍也是愁，莫向天涯去。

这是一首惜春、送春词。在诗词中,惜春、送春是最常见的题材之一。从这一题材本身运思抒怀,一些作品每因韶华易逝而感到留春无计,因春去无迹而感到寻春无处。白居易《三月三十日题慈恩寺》诗"惆怅春归留不得,紫藤花下渐黄昏",欧阳修《蝶恋花》词"雨横风狂三月暮,门掩黄昏,无计留春住",如晦《卜算子·送春》词"有意送春归,无计留春住",陈子龙《江城子·病起春尽》词"无情春色,去矣几时逢?添我几行清泪也,留不住,苦匆匆",表达的都是留春无计的怅恨。邵雍《问春》诗"凡言归者必归家,为问春家在何处",秦观《如梦令》"池上春归何处?满目落花飞絮",龚自珍《如梦令》"紫黯红愁无绪,日暮春归甚处",贯云石《蟾宫曲·送春》"问东君何处天涯?……随柳絮吹归那答?趁游丝惹在谁家",表达的都是寻春无处的困惑,而其寻春仍是为了留春,正如黄庭坚《清平乐》词所说,"若有人知春去处,唤取归来同住"。同时,诗词中之写春归,往往借助于对落花与飞絮的描述,把无形迹可见的春归化作有形迹可见的物象。除前引秦观、龚自珍的《如梦令》外,另如秦观《千秋岁》词"春去也,飞红万点愁如海",曹贞吉《蝶恋花》词"万紫千红同逝水,几番风雨春归矣",都以落花作为春之归去的迹象;又如万俟咏《诉衷情·送春》词"送春滋味,念远情怀,分付杨花",以及前引贯云石"随柳絮吹归那答"之问,则以飞絮作为春之归去的载体,而徐灿《踏莎行》词中"春魂已作天涯絮"句更视飞絮为春之化身。蒋春霖的这首词则综合运用以上所举惜春、送春作品中这些习见的意象、境界、表达方式,而写得更深更曲,翻出新意。

词的上片,前两句写春归后的凄凉景象,后两句则回答了"春归何处"的疑问。作者以心中想念的"燕子"和眼前望见的"小院"、"阑干"、"阴雨"、"落华"组成春已归去的词境,托出黯淡哀怨的词情。这里展现的不是透露淡淡闲愁的欧阳修《采桑子》词所写的"垂下帘栊,双燕归来细雨中"或晏幾道《临江仙》词所写的"落花人独立,微雨燕双飞"之景。其写燕子,是给人以空虚失落之感的"不曾来"的燕子;写雨,是给人以压抑沉重之感的"小院"中的"阴阴雨";写落花,不是尚在空中飘舞之飞花,是使人倍感凄凉的被风吹聚到阑干一角的早已委落在地之花,而这一堆落花,在作者心目中竟是"春归处"。刘铉《蝶恋花·送春》词中"只道送春无送处,山花落得红成路"两句,似已指出春归之处,实则只说春是沿着花落之路而归去的;这"阑干"两句则把落花聚集之处看作春的最后归宿,看作春的埋葬之所,从而进一步、深一层地揭示了春之悲剧。广而言之,岂止春光之易逝如此、春归之可悲如此,世上一切美好事物也往往迅即消失,转眼成空,如白居易在《简简吟》中所说,"大都好物不坚牢,彩云易散琉璃脆",这本是无可奈何的人间憾事。这两句词实有其人事的象征意义,有其深广的哲理内涵。

在词的下片中,作者把自我的身世之恨与春的悲剧下场融合为一。前两句写告别"东风"的悲苦之怀、系心"飞絮"的眷恋之意。而对"东风"、对"飞絮"之如此情深者,究竟是归去之春的心,还是送春之人的情?这在作者的笔下是一而二、二而一的。后面"浮萍"两句紧承"飞絮"句,用杨花入水成浮萍的传说,把词意、词情转进一层。词是送春,写春之归去,但作者却并不写到春去而止,更从春的本身写到春的化身,从春的今生写到春的来生,再从化身写到化身的化身,从来生写到来生的来生,以见春的身世之倍加可怜、春的命运之倍加可哀。春魂之化作天涯絮,而飞絮又落水化作浮萍,这来世杨花转来世萍的三生命运,使辞别人间的春魂注定了要生生世世飘荡下去,其苦恨深愁是无穷无尽的。纵然作者在词的结拍处希冀其"莫向天涯去",而其终必流落天涯,是身不由己、无可奈何的结局。这下片的词意,似从前引万俟咏词"念远情怀,分付杨花"两句和贯云石曲"东君何处天涯"、"随柳絮吹归那答"两问,以及辛弃疾《摸鱼儿》词"春且住,见说道、天涯芳草无归路。怨春不语。算只有殷勤,画檐蛛网,尽日惹飞絮"的意境化出,但其辞则更苦,其情则更悲。

无论是一个多么常见的题材,只要作者融入了真我,注入了深情,自有其强烈的感染力。陈廷焯在《白雨斋词话》中指出,"鹿潭穷愁潦倒,抑郁以终,悲愤慷慨,一发于词",并举此首《卜算子》词云:"何其凄怨若此。"读此词,正可透过词境,看到其词中之我、词中之情。(陈邦炎)

柳梢青　蒋春霖

芳草闲门,清明过了,酒滞香尘。白楝花开,海棠花落,容易黄昏。

东风阵阵斜曛,任倚遍、红阑未温。一片春愁,渐吹渐起,恰似春云。

此词写春愁。古时寒食、清明时节是赏春的最佳日子,词中说"清明过了",隐有春光将尽的憾恨之意。门外是芳草侵阶,碧色连天,门内是一个闲人,真是"门前冷落车马稀"(苏轼语)。"芳草闲门"四字,写出多少的无情无绪!正因了情绪落寞,百无聊赖,于是再缀以"酒滞香尘"一句。此人因何而闲?为何滞酒?不须明说,也毋庸直言。"香尘"一词,说者多引晋孙绰《游天台山赋》"荡遗尘于旋流"句的李善注:"《中论》曰:六尘,色、声、香、味、触、法。""香尘"为佛家所说六尘之一,是鼻根之所接触。又有人引《拾遗记》,谓晋代豪富石崇将沉水香尘布于象床上,让人用足践之。此类解法,皆脱离词境,刻意求深,似深而反浅,其实,香尘就是落花时节的尘土,扣合暮春节候之词。柳永《满朝欢》:"巷陌乍晴,香尘染惹,垂杨芳草。"李清照《武陵春》:"风住尘香花已尽。"最为近似。明乎此,那么醉酒不醒是因时节而造成,在运笔上"暗度陈仓",乘势带出了后面三句:"白楝花开,海棠花落,容易黄昏。"白楝树于暮春开花,楝花风是古人所谓二十四番花信风的最后一番。《增修笺注草堂诗余》引《东皋杂录》:"江南自初春至初夏,五日一番风候,谓之花信风。梅花风最先,楝花风最后,凡二十四番,以为寒绝。"花开花落,本是寻常字面,一旦缀上"白楝"、"海棠",便带有岁月易逝之情绪色彩,故勒以一句"容易黄昏"。

歇拍"黄昏"二字,逗起换头句"东风阵阵斜曛"。东风漫吹,夕阳斜照,这是典型的黄昏景象,按理说,清明过后,春去夏来,天气渐暖,但词人置身在暮春黄昏中,流连徜徉,不仅未能感到温馨,反觉凉意侵袭,这当然是其主观的心境使然。"任倚遍、红阑未温","倚遍"者,反复徘徊也,"未温"者,心凉也,这恰是词人在黄昏时分的心理感受。暝色起愁,末三句最为警策:"一片春愁,渐吹渐起,恰似春云。"其实,词人之愁绪,从见芳草、闭闲门,逢清明、醉酒杯,伤花落、近黄昏,已逐渐积聚,逐渐层叠,膨胀,弥漫,但此种愁绪未必与明晰的思想相联系,未必有确定的情感指向,而是一种朦胧而迷离的心境意绪。春愁难以捉摸,而以"一片"称之,本已有隐喻的意思,"一片"是具象,由此生发出"渐吹渐起",是一种流动、飘浮的形态,结拍方才点明喻体"恰似春云",形容可谓极致。以春云喻愁,是词人整体情绪活动(包括心理上的潜在意识)发展所找到的最恰如其分的对象物,这一对象物不是存在于词的意境之外的,而是与全词所写暮春景象融为一体的,神韵何其妙曼,境界何其虚浑!这首词写寻常之景,而景中有人,人之愁情又不作刻意的表现，故就其境界而言，真如春云之舒卷自如，词人造语，几近天籁。谭献评此词，只以“自然”二字概之（《箧中词》），其实并非泛泛之语，值得我们细细品味。前人形容愁绪，有说愁如春水，如李后主；有说愁如海，如秦少游；有说愁如烟草、飞絮、黄梅雨，如贺方回；取象各有所胜，但就此词意境而言，非“春云”形容之不可。谭献云：“阅蒋鹿潭《水云楼词》，婉约深至，时造虚浑，要为第一流矣。”（《复堂日记》）王国维云：“《水云楼词》小令颇有境界”（《人间词话》），证之此词，绝非虚语。（方智范）

唐多令　蒋春霖

枫老树流丹，芦花吹又残。系扁舟、同倚朱阑，还似少年歌舞地，听落叶，忆长安。　　哀角起重关，霜深楚水寒。背西风、归雁声酸。一片石头城上月，浑怕照，旧江山。

吴梅认为蒋鹿潭词不专尚比兴，常直言本事，是“真实力量”。又称这首《唐多令》“精警雄秀，绝非局促姜、张范围者可能出此也”（《词学通论》）。确实，此词篇幅无多而境界苍凉，置之两宋词中，绝无愧色。

读这首词，感觉其沉郁悲深，雄浑精警，全得之于时空上的大跨度。上片从写景入手：“枫老树流丹，芦花吹又残。”枫丹芦白，是深秋景色，如唐白居易《琵琶行》诗起句“枫叶荻花秋瑟瑟”，这里借用，无非交代季节，但色彩瑰丽，与下一句“系扁舟、同倚朱阑”的温馨情调又相洽合。既云“扁舟”，则地近水边可明，上句“芦花”便有了着落，下面回忆往昔的生活场景也获得了起点。鹿潭早年生活于道光年间，时局尚称清平，翩翩少年，风流名士，尝有与佳人同游之乐。张尔田《蒋鹿潭遗事》说他用钱无度，“歌楼酒馆，随手散尽”；他与爱妾黄婉君甚为相得，每有新词，命婉君歌唱，自己吹箫，颇有南宋词人姜白石“小红低唱我吹箫”（《过垂虹桥》）的风韵，晚年因婉君不能安于贫贱，过吴江垂虹桥为婉君饮药而死。据说死后其子落拓淮上，得受鹿潭当年恩遇的扬州某名妓资助。可见他真是一个深于情的人，“同倚朱阑”是写其当年冶游的实情。“听落叶”而“忆长安”，用唐贾岛“秋风吹渭水，落叶满长安”（《忆江上吴处士》）句意。宋周邦彦也曾用入《齐天乐》词中：“渭水西风，长安落叶，空忆诗情宛转。”贾岛诗句本是表友朋间欢聚而又离别之意，鹿潭用在此处既切合眼前萧瑟秋景，又承“少年歌舞地”而下，回想当年欢场，已如烟似梦，言语中颇有自悔“少年不识愁滋味”（辛弃疾《丑奴儿·书博山道中壁》）的惆怅心情的流露；同时忆及早年满怀壮心，进北京（即“长安”所指）博取功名，却未能遂愿，又不免生出了老大无成的几许无奈。

下片思绪仍折回当前：“哀角起重关，霜深楚水寒。”渲染一派寒秋境界，号角曰“哀”，秋霜曰“深”，楚水曰“寒”，下字用语，斟酌锻炼。尤其“背西风、归雁声酸”一句甚有功力，雁声曰“酸”，当然是辛酸的意思。词人调动起读者的听觉、视觉和触觉，创造了异样出色的艺术效果。与上片的秋景相比，可见时过而境迁，情异而景亦随之而变，显得黯然失色了。此词写时局的险恶，写人心的动荡，写自己的殷忧，却不直言之，但又不用比兴寄托，却在号角的凄哀、雁声的辛酸中,甚至是夜霜的浓重、江水的寒冽中,传达出了那个兵燹遍地的年月特有的时代特征。有人将这首词的内容强牵扯到“忧国忧民”的主旨上去,未必是合乎词人本意的确解,然而,说他着重表现了对那个动荡时代的深切感应,我想是符合事实的。结拍仍以景传情:“一片石头城上月,浑怕照,旧江山。”化用唐刘禹锡《石头城》诗“淮水东边旧时月,夜深还照女墙来”句意,抒蒿目时艰之感。“石头城”明点南京,“旧江山”暗示南京已经陷落,考诸时局,当然词人指的是太平天国占领南京这一重大事件。上、下片将昔之盛时与今之衰时对照,将昔年北京之歌舞承平与如今南京之江山变色对照,在时间和空间的展开上,笔力如椽,境界苍凉,陈廷焯谓鹿潭词于南宋诸家中“尤近乐笑翁(张炎)”(《白雨斋词话》),大概是就其词的感事伤时而言;唐圭璋说其词格“峭拔像白石”(《蒋鹿潭评传》),恐是就其笔力而言,而境界之苍凉似又过之。(方智范)

木兰花慢　蒋春霖

江行晚过北固山

泊秦淮雨霁,又灯火,送归船。正树拥云昏,星垂野阔,暝色浮天。芦边,夜潮骤起,晕波心、月影荡江圆。梦醒谁歌楚些?泠泠霜激哀弦。
婵娟,不语对愁眠。往事恨难捐。看莽莽南徐,苍苍北固,如此山川。钩连,更无铁锁,任排空、樯橹自回旋。寂寞鱼龙睡稳,伤心付与秋烟。

这首词是蒋春霖《水云楼词》中的名篇。对它的写作时间和背景,今人或推测为“作者晚年南归,途经北固山有感而作”;或断定为作者“壮岁之作”,其时,“太平天国事发,南京已见烽火,但尚未为其所攻占”;近人吴徵铸在《晚清史词》一文中则谓其乃哀鸦片战争中镇江之为英军所攻破(见1942年2月《斯文》半月刊第2卷第7期)。对照原词,比较三说,似以吴说为胜。吴文写于抗日战争期间,文中还感慨遥深地指出:“国无海防,何言天堑?今日读‘钩连’二句,盖有同恸。”查英军侵入长江在清道光二十二年(1842),是年六月,攻入镇江,直抵南京,七月,迫清廷签订城下之盟——中英南京条约,八月,始退出长江。列强瓜分中国的一段屈辱历史,遂由此开始。依吴说,则此词反映的正是这一史实。

从词的结拍“秋烟”句看,其写作季节固与斯役发生的季节相符,而“莽莽南徐(即今镇江),苍苍北固(在镇江北长江边)”两句,则明白点出镇江,“更无铁锁”云云,更是江防废弛及英舰在江上横行无阻的写照。作者身丁清王朝走向没落之际,面对内忧外患迭起之势,本已心怀末世的悲哀,随时随地可触动山川依旧、国运已非的感慨,而此次江行之时正在英军入侵之后,途经之地适为英军入侵之处,眼前的江防门户今已洞开,望中的长江重镇竟曾失守,词情遂由此而激发,故词题中特地标出为过镇江之北固山而作,表明此为其心目之所注。但词在写法上盘旋蓄势,不是径从舟过北固山入题,而是遥从泊舟秦淮河写起。上片以浓墨重笔描写过北固山前的江行所见、舟中所闻,旨在为下片所将表达之过北固山时生发的悲慨烘托氛围、渲染场景，从而拓宽词境，加重词情。

词在起调处，以“泊秦淮雨霁”一句把读者引入词境。欲写江行，却写泊舟；未写北固，先写秦淮。此句前，供人想象的是雨中秦淮河上的旖旎风光；此句后，立即以“又灯火，送归船”二句转入江行的画面，而句中的“灯火”两字则点出词题中的“晚”。下面更以一个表示时间的“正”字领起六句景语，把此时进入视野的岸边景与江上景、天空景与地面景、远景与近景、动景与静景，尽收入词篇之中。此六句词，即眼前景色，融入杜甫诗“归云拥树失山村”（《返照》）、“星垂平野阔，月涌大江流”（《旅夜书怀》）及姜夔词“波心荡、冷月无声”（《扬州慢》）诸句意境，构成一卷景象万千的秋江夜行图。六句中，初曰“云昏”，继曰“星垂”，再曰“暝色浮天”，加之以“夜潮骤起”、“月影荡江”对江上的夜景句句点染，层层勾勒，境界因之全出。而在物象的组合上，在丛树与暮云间着一“拥”字，在繁星与平野间着一“垂”字，在暝色与长天间着一“浮”字，在月影与大江间着一“荡”字，也都是托出境界的点睛之笔。其“晕波心”句中的一个“圆”字，更被陈廷焯在《词则·大雅集》中赞为“警绝”。歇拍“梦醒”两句则从写舟外所见转而写舟内所闻，以“楚些（《楚辞》中《招魂》句尾语助用“些”不用“兮”，洪兴祖补注云：“凡禁咒句尾皆称些，乃楚人旧俗。”）”、“哀弦”显示入耳的音调之悲凉，对下片感时事而兴悲的愈转愈沉痛的词情，起了引发和过渡作用。

换头两句中，“婵娟”与上片中的“月影”相呼应，“愁眠”与上片中的“梦醒”相承接。此两句融合了上述姜夔“冷月无声”句及张继《枫桥夜泊》诗“江枫渔火对愁眠”句而自成意境。下面“往事”七句则自刘禹锡《西塞山怀古》诗“王濬楼船下益州，金陵王气黯然收。千寻铁锁沉江底，一片降幡出石头。人世几回伤往事，山形依旧枕寒流”等句化出，意在托历史往事以抒发其对时事的悲慨。作者之“往事恨难捐”者，非一己之事、身世之恨，而乃人世间兴衰之往事、清王朝没落之深恨。其所以“看莽莽南徐，苍苍北固”而发为“如此山川”之感叹，固因望中的南徐、北固在其过此前不久竟曾为外敌所攻占，正如萨都剌在《满江红·金陵怀古》词中所说，“空怅望、山川形胜，已非畴昔”了。其“钩连，更无铁锁，任排空、樯橹自回旋”云云，当然既非对江景的一般描写，也非对历史的一般回顾，而是有的放矢，以古喻今，指出：在腐朽无能的清廷统治下，面对列强坚利的炮舰，已无江防可言，只有任侵略军的舰艇在长江上激浪排空，自由回旋，终于陈兵南京城下，迫订了南京条约，而此条约之丧权辱国，与三国时吴末帝孙皓之“一片降幡出石头”只是五十步与百步之差而已。此三句词中，一个“更”字、一个“任”字，情见乎辞，感慨系之，字里行间潜藏了对当前时事的深切悲愤。最后，作者以“寂寞鱼龙睡稳，伤心付与秋烟”两句宕开词笔，结束全篇。上句出杜甫《秋兴八首》之四“鱼龙寂寞秋江冷”，既是写秋江深夜的景象之冷寂，再一次点词题中的“晚过”，也是以此一含有喻示性的意象，引人生发在此国难当头之际而清廷上下仍文恬武嬉、沉睡未醒的联想。下句则把前面所表达的“哀”“愁”“恨”再归结为“伤心”两字，而面对沉沉夜色、浩浩秋江，此一片“伤心”之情既匪言可罄，也无处陈说，只有将其付与夜幕中、江水上的迷濛缥缈的秋烟。此一结拍，思入杳茫，寄慨无穷，在篇外留下了袅袅不尽之音。

谭献在《箧中词》中赞此词云：“子山、子美，把臂入林。”意谓此词非一般写景抒怀的作品，乃具有词史意义的篇章，与庾信、杜甫的那些哀时感事、称为诗史之作是可以并传的。（陈邦炎）

台城路　　蒋春霖

易州寄高寄泉①

两年心上西窗雨，阑干背灯敲遍。雪拥惊沙，星寒大野，马足关河同贱。羁愁数点。问春去秋来，几多鸿雁？忘却华颠，昔时颜色梦中见。　青衫铅泪似洗，断笳明月里，凉夜吹怨。古石欹台，悲风咽筑②，酒罢哀歌难遣。飞花乱卷。对万树垂杨，故人青眼③。雾隐孤城，夕阳山外远。

注 ① 高寄泉：高继珩，字寄泉，迁安（今属河北）人。嘉庆二十三年（1818）举人。由河间大名教谕任广东盐场大使。善画，工墨兰。　② 筑：古击弦乐器。　③ 青眼：喻重视。魏晋之际阮籍对看重的人加以青眼，反之则加以白眼。

易州治所在今河北易县，位于易水北岸，临此使人易生荆轲慷慨悲歌、发车刺秦的联想。高继珩中举之年，蒋春霖刚好出生，二人乃忘年交；北地，友情，此词由此二者而生发，亦借此二者而贯穿，故写景必恢宏壮阔，抒情则兼含恭敬。

从词内“青衫铅泪似洗”一句看，当时作者应在两淮盐官任上；作者丁母忧弃官于咸丰七年丁巳（1857），此词创作之时当在此年之前咸丰二年（1852）之后。因官小职卑而产生的怨愤和屈辱，始终如黑云压顶，也就决定了此词虽然不乏豪迈雄壮之句（有的足称警句），最终却仍不能摆脱惆怅低沉的基调。

上片“马足关河同贱”，紧承描写北地极为壮观景色的“雪拥惊沙，星寒大野”二句之后，虽然极度怨愤有之，但也显露出充塞天地、气吞山河、傲视一切的雄浑豪迈，谭献《箧中词》评其为“千古”，至为的当。“雪拥”两句一合用韩愈《左迁至蓝关示侄孙湘》“雪拥蓝关马不前”、鲍照《芜城赋》“惊沙坐飞”，一从杜甫《旅夜书怀》“星垂平野阔”化出，气象苍莽，动人心魄。“羁愁数点”陡转低缓，是激扬后的叹息，是凌云壮志未能实现的失意与无奈。此数句之前的“西窗雨”化用“何当共剪西窗烛，却话巴山夜雨时”（李商隐《夜雨寄北》）句，之后的“问春去秋来”数句谓己与友人音讯阻绝，欲凭鸿雁与友人传递消息，但鸿雁几度来去，又何曾有传书之事？也只能在梦中与友人相会罢了。而“忘却华颠”一语，沉重中更显关切，营造出深深思念的氛围。词人在这种氛围中向友人倾诉的是自己壮志难酬的怨愤心情。

下片“古石欹台，悲风咽筑”二句，是说燕昭王的招贤台已沦为废墟，易水边高渐离击筑、荆轲悲歌似仍依稀可闻，也是紧扣易州地望而出。词人的怨愤还在继续：“青衫”怨官微（化用白居易《琵琶行》“座中谁人泣最多，江州司马青衫湿”），“铅泪”（出自李贺《金铜仙人辞汉歌》“空将汉月出宫门，忆君清泪如铅水”）言怨深，“吹怨”、“哀歌”则径直表露“哀”、“怨”之情。不过，词人在此频频写怨愤，却只是为了突出友情的力量：在似乎将被怨愤压倒之际，“对万树垂杨，故人青眼”二句一出，顿觉眼前一片光明，心中无限温暖，即只要有友人的理解与支持，怨愤、烦恼便会一扫而空。而由垂柳（即“垂杨”）形似青色眉眼的叶片，联想到老友以同道相许的青眼垂顾，意亦新奇。“雾隐孤城，夕阳山外远”的结句，字面意义虽然比较低迷，却也透露出对远方友人的怀念与期望，这位友人有似词人阴晦的感情世界中的一丝光明，也使这首词下片在悲观的基调中跳跃着一串乐观的音符：虽然自己身在迷“雾”笼罩的“孤城”，但凝眺“山外”那“夕阳”红映的远方，想到彼处正有知心朋友在牵念自己（一如自己在牵念他），则因之油然而生的心灵慰藉，终能消解羁旅的孤独。（李祚唐）

高阳台　边浴礼

柳发霜髡，苔衣雨坼，夕阳红上孤城。风翦云罗，昨宵偷放新晴。秋光不管人肠断，断肠人、翻爱秋清。小银塘，凋了残荷，荒了枯萍。　僧楼半角苍烟织，记香迷稚蝶，絮搅雏莺。一夜凉飔，阴阴换作虫声。临流悄向沙鸥说，算萧骚、谁更如卿？怅归途，枫叶芦花，无限飘零。

边袖石为词，于“秋”情有独钟。打开其《空青馆词》，咏秋的词章在在皆是。小题点明“秋”字者，即有《霜叶飞・秋林》、《琐窗寒・秋烟》、《翠楼吟・秋蝉》、《月华清・秋虫》等。他是深谙宋玉“悲哉秋之为气也”（《九辩》）之真意的，悲秋是他擅长的题材。这首叙写羁旅归愁的《高阳台》词，虽未以小题特为标出秋意，却是咏秋言悲的佳作。

“柳发霜髡，苔衣雨坼，夕阳红上孤城。风翦云罗，昨宵偷放新晴。”开篇五句展现黄昏独上孤城时所见的景色。残阳如血，染红了孤城的垣墙。连日霜打雨袭，柳叶落尽，苔藓龟裂，一派颓败景象。寻常秋景，在词人笔下，显得灵动而富情致。不称柳叶，而称“柳发”；不说霜打叶落，而说严霜剃尽了柳树的头发。不称苔藓，而称“苔衣”；不说雨淋苔裂，而说寒雨撕裂了苔藓的衣裳。不说夕阳照红了孤城，而说夕阳的红光爬上了城垣。诗意的想象极大地丰富了词境的表现。一个“孤”字，一笔两到，既明写城“孤”，又暗写人“孤”，词人心境的孤寂尽在不言之中。“风翦”两句逆挽一笔，交代秋晴乍临的出人意料。原来，昨夜秋风扫尽阴霾，才有了今日晴空的清朗。不言阴云，而言“云罗”，突出了阴云如罗网般密布；不说风吹云散，而说秋风剪破如网的阴霾。不说天晴的出乎意料，而说天公“偷放”秋晴。同样以拟人手法，增加了词中兴味。

“秋光不管人肠断，断肠人、翻爱秋清。小银塘，凋了残荷，荒了枯萍。”下面五句由秋光逗出秋情。“翻”，反而。秋光放晴，秋光中的词人却愁肠欲断。“人肠断”、“断肠人”，回环往复，融回文、顶针修辞为一体，造语精妙别致，愈见深婉悲切。但明净的秋光毕竟给他带来清新的感觉，这倒使他反而喜欢起秋光来了。“不管”两字，写得秋光富有人的情思，它是无情的，不管愁人肠断。“翻爱”两字，写出词人的心境，尽管“肠断”，却仍喜爱“秋清”：爱天宇的清朗、气息的清新和景色的清丽。词人拈出眼前池塘的一则荷凋萍荒的小景，补足“翻爱”和“秋清”意。“银塘”，形容池塘的清澈明净。连连霜侵雨袭，残败的荷花凋尽了，枯萎的萍草消失了，池塘显得更加清澄宜人。苏轼于荷尽时窥见一年的好景（其《赠刘景文》诗云“荷尽已无擎雨盖，菊残犹有傲霜枝。一年好景君须记，正是橙黄橘绿时”），词人于荷凋萍荒时感悟秋的清新，妙能化腐朽为神奇，可谓异曲同工。“凋了残荷，荒了枯萍”两句，唱叹有致，直有“红了樱桃，绿了芭蕉”（宋蒋捷《一剪梅》）的风韵。

“僧楼半角苍烟织，记香迷稚蝶，絮搅雏莺。一夜凉飔，阴阴换作虫声。”换头五句截取僧楼景观的变化，呈示秋意的骤降。“僧楼”，即寺院楼屋。“凉飔（sī）”，秋日的凉风。“阴阴”，犹隐隐。词人眺远处，茫茫烟霭遮掩了寺院的一隅。那里，曾经花香飘逸，迷得小蝴蝶久久萦绕；曾经柳絮飞舞，搅得小黄莺时时追逐。然而，一夜凉风骤起，这一切都消逝殆尽，花柳莺蝶换成了秋虫，隐隐传来声声鸣叫。词人于秋日的虫声颇有感慨。其《月华清·秋虫》词云：“露冷琼疏，烟迷钿砌，秋声直恁凄苦。乍咽还啼，似把旧愁频诉。”闻此声，能不勾起愁绪！眼中僧楼苍烟，心中花柳莺蝶，耳中阴阴虫声，不言愁，其愁自现。

“临流悄向沙鸥说，算萧骚、谁更如卿？怅归途，枫叶芦花，无限飘零。”这五句引沙鸥为同调，抒写羁旅归愁。词人来到溪流边，悄悄地对沙鸥说：要说萧瑟凄凉，谁还比得上你呢！杜甫《旅夜书怀》诗云：“飘飘何所似，天地一沙鸥。”词人正以沙鸥自况，不无揶揄地自我解嘲。此情此境，可与辛弃疾“拍手笑沙鸥，一身都是愁”（《菩萨蛮·金陵赏心亭为叶丞相赋》）相媲美，但一样的风趣，却折射出词人不同的性情与格调。结末以白居易《琵琶行》中“枫叶荻花秋瑟瑟”的意境，抒发归愁，揭示心中“无限飘零”的惆怅，语有尽而意无穷。

这首词抒写羁旅的凄清幽怨，颇具异于流俗的情性和意趣。词人的非凡想象力，使笔下富有生命力的风物无不染上迷离惝恍的主观色彩，令人产生强烈的共鸣。霜髡柳发，雨拆苔衣，风翦云罗，红上孤城，新晴偷放，香迷稚蝶，絮搅雏莺，悄向鸥说……凡此种种，炼字炼意，匪夷所思。更难能可贵的是，词人于“肠断”之际，透过残荷枯萍的衰飒发现“秋”之“清”意，“翻”而“爱”之，显出襟怀的高洁与清雅。谭献《箧中词》谓：“袖石方伯填词，刻意南宋，位置在草窗、玉田之间。”细味此词，不难窥见周密《高阳台》（宫粉雕质）和张炎《高阳台》（接叶巢莺）的风致。（林　笛）

水龙吟　周　闲

渡海

海门不限萍踪，危樯直驰东南去。怒涛卷雪，轻舟浮叶，乘风容与。浪叠千山，天横一发，鱼龙能舞。向船舷叩剑，舵楼酾酒，何人会，茫茫绪？　遥指虚无征路，望神州、琼烟霏雾。汪洋弱水，惊魂萦目，蓬莱犹故。绝岛扬尘，孤帆飘羽，重渊垂暮。且当杯散发，中流击楫，放斜阳渡。

清道光二十年（1840），中英鸦片战争爆发。英军在广州受挫后，两次入侵浙江定海，攻陷县城，知县姚怀祥、总兵葛云飞等先后殉国。当时，作者正佐幕前线，与议军务。此词即作于戎马倥偬之际，写渡海所见所感。依词意很可能是军事失利之后，渡海撤退时作。可贵的是，词人仍保持着高昂的斗志，词情甚为激越。

上片主要描写渡海所见。首二句交待行踪。作者游幕各地，多年漂泊，如今又亲历军阵，只身渡海，回想身世，不无感慨。所以在置身海口之时，平添许多萍踪不定之感，见扬帆直驰，生怨叹之意。二句之中，首句抒怀，次句叙事。“危樯”与“海门”呼应，“直驰”补足“不限”之意，“东南去”见证“萍踪”。情、事两见，彼此烘托。

“怒涛”六句，再现海景。海面上波涛汹涌，雪浪千叠，鱼龙潜舞。作者驾一叶轻舟，容与其间，豪情逸气四溢。这六句连用四字句，只写海涛，初看似有平铺直叙之感，实际上是分成两组，前三句记出海口之所见，“怒涛卷雪”，乃巨浪拍岸之景，“轻舟浮叶，乘风容与”，则是将轻舟在风中颠簸如水上浮叶这一幕情景，用变换语序的手法写出，“轻舟”四字且与“怒涛”四字形成对偶，句式非常整饬。“容与”，迟缓不前貌，《楚辞·九章·涉江》：“船容与而不进兮，淹回水而疑滞。”后三句所写则为船驶进大海以后的景象，海天茫茫，巨浪排山倒海而来，仿佛鱼龙在水中狂舞。第三句和第六句写浪涛，一以“怒”见其声威，一以“叠”状其气势。浪涛排天，越来越大，舟中的词人的感情，也变得壮怀激烈起来。此处不经意间已将词情转换的关捩设定。

歇拍四句，抒苍凉悲壮之情。惊涛骇浪之中，词人胸胆开张，登上舵楼开怀畅饮，立于船舷抚叩宝剑。船舵、宝剑、巨浪、烈酒，营造出一种慷慨激昂的气氛，共同烘托出词人的冲天豪气，而潜藏在这澎湃激情背后的深深的孤独与寂寞，也在不知不觉中悄然临近。那茫茫的意绪，是身世之感，是志业之叹，是时局之慨，还是国运之忧？没人会得，也许词人自己也很难说清，所以只以“茫茫”概括。经这四句，词情迅速地从极高昂的旋律跌入低沉的音调；词情的大起大落，很好地揭示了词人内心的汹涌思绪。

下片重在抒发感慨。过片紧承茫然意绪而下，“虚无”与“茫茫”呼应，“指”“望”与“叩”“酾”（shī）相连，进一步表现词人的惆怅与失意，词情更趋沉郁。遥指征路，只见茫茫神州，为重重烟雾所掩，笼罩于凄迷之中。这里，词人用烟雾迷濛的“茫茫”之景，委婉地表现出对清廷的战略战术的异议，但出语婉转，点到即止，颇得温厚之旨。

接着“汪洋”六句借景抒怀，表达词人对战事国运的忧虑之情。跟上片六个四字句一样，此处也分两组，前面三句借神话传说表达词人对国运不衰的殷切期望。“弱水”，相传为仙境周围的海水，不可浮物，以绝津筏。“蓬莱”，即传说中的海上仙山。晋葛洪《神仙传》记神女麻姑曾说：“接侍以来，已见东海三为桑田，向到蓬莱，水又浅于往者会时略半也，岂将复还为陵陆乎？”这里化用此典，以“蓬莱如故”，暗寓国运未变。但后面三句则又暗示出危局难支的事实。“绝岛扬尘”，乃沧海桑田之意，蕴神州陆沉之忧。“孤帆飘羽”，词人孤舟行海的凄凉感受，更是国家处于风雨飘摇之世的凄凉感受，这一句亦与上片之“轻舟浮叶”前后有呼应之势。“重渊垂暮”，更是充满危机感的忧国深情的直接表露。词情至此，已是低沉悲伤至极。结尾三句，收视敛心，刻画散发临杯、中流击楫的志士形象，在忧怀难释之时重振勇赴国难、兴我华夏的信心与意志，体现出词人强烈的爱国主义精神。

词以“孤愤”发调，激烈壮怀与沉郁悲情交错组织，彼此映发，如一首多声部的交响乐，淋漓尽致地将词人欲有所作为却无法有所作为时的复杂心情唱出，读毕全词，真有天风海雨扑面之感。（罗立刚）

长亭怨慢　谢章铤

登金山塔院

算三度、鸥边拚酒。一月垂天，万山窥牖。看剑哀歌，当年此际、同吾友。而今往矣，空折得、离亭柳。柳已绿成荫，欲齐上、江楼能否？　回首。那冯夷起舞，睒睒双眸如斗。腥臊海气，莫染却、蓬莱八九。问谁是、占住鳌头？真辜负、屠龙妙手。何日快澄清？烂醉骑鲸西走。

这是一首故地重游、怀友抒情之作。词人以前曾到过金山禅寺。今番重游，故人不能重聚，世事沧桑，感慨良多。起句不言曾游之事与人，而从三度与友闲居饮酒写起，意趣超然。"鸥边"指远离尘嚣。杜甫有"燕外晴丝卷，鸥边水叶开"之句。古诗中咏鸥鸟、鸥鹭颇多，其意象往往同隐逸闲适的情趣相连。本篇也是如此。词人忆及塔院旧游，未必真有鸥鸟在侧，只是借此意象以表达当年情事。并以"拚酒"言其尽兴之状。"一月"两句写当年饮酒时窗外的景色，月光皎洁，群山在塔院周围，离得很近，有如来窗前窥视。词人用"窥牖"两字将群山写成动态的意象，写成有意志、有行动之物。"看剑"三句为倒装句式。当年的此时，他们在一起饮酒，情之所至，"看剑哀歌"。"看剑"是壮怀激烈之举，辛弃疾《破阵子》有"醉里挑灯看剑"之句，抒发了报国无门之慨。词人与其好友枉怀雄心壮志，徒然看剑，在国事日败的情况下，却没有他们发挥才智的机遇。他们哀歌自己生不逢时，悲叹其壮志难酬。从对往事的吟咏中可以看出，他们是志趣相合的同调。这也是词人重游塔院而怀念他的主要原因。"而今"句笔锋一转，叹惋"拚酒"已成往事，再度聚首又难以预期。他徒唤奈何地问道："欲齐上、江楼能否？"在这样的词句中表现出作者的孤寂无助的心情，表现出对故友重逢、一吐心曲的强烈欲望。

下片大量地运用神话传说和典故以抒怀。"回首"三句接前面的"看剑哀歌"句，"冯夷"是传说中的河神，《楚辞·远游》："使湘灵鼓瑟兮，令海若舞冯夷。""冯夷起舞"借神话中的水神以言慷慨悲歌之举，"睒睒双眸如斗"正是表现出其内心的不平与起而抗争的精神。睒(shǎn)睒，眼眨巴貌。词人生活于清代后期的咸丰、同治、光绪朝，列强入侵，国家多事，爱国之士多有救国图强之举。在"冯夷起舞"的意象中似乎表现出词人对这些爱国志士的仰慕之情。"腥臊海气"比喻列强。这里以轻蔑的态度言之。"蓬莱"为传说中仙人所居之地，《列子》记载渤海以东大海中有仙山方壶、瀛洲、岱舆、蓬莱等，这里的"八九"是约略言之，且以押韵。蓬莱在中国文化中代表神仙，也代表高洁。词人责令腥臊的海气不要玷污蓬莱，表达出对列强入侵的谴责。"问谁是、占住鳌头"一句，则是对尸位素餐之掌权柄者排斥压制卓荦英才的谴责。俗语谓中状元为占鳌头，此处引申为占住高位要职。"屠龙妙手"，语出《庄子·列御寇》："朱泙漫学屠龙于支离益，单(殚)千金之家，三年技成，而无所用其巧。"词人慨叹有安邦定国之才的志士良臣，欲有所报效于国家，却不被重用，故曰"真辜负"。结拍两句，词人慨然而问朝廷何时能重整朝纲，国家何时能获得安宁；他真希望这一天能早日到来，那时他一定乘兴喝个酩酊大醉，像传说中李白骑鲸那样带着一片豪气溯江西上，把大江美景再饱览一番。"澄清"，谓肃清混乱局面，《后汉书·范滂传》："滂登车揽辔，慨然有澄清天下之志。""骑鲸"，早在汉扬雄《羽猎赋》中就有"乘巨鳞，骑京(鲸)鱼"之句，唐时俗传李白醉骑鲸鱼，溺死浔阳，后人多以之为表现潇洒豪放个性的典故。但诗人们一般都说骑鲸升天，如"骑鲸踏破赤城霞"(耶律楚材《西域从王君玉乞茶因其韵》之六)、"岂遂骑鲸向碧空"(张煌言《沈彤庵阁学舣舟南日山》)，或说骑鲸跨海，如陆游《长歌行》"醉入东海骑长鲸"、姚鼐《阜城作》"东海远骑鲸"，此云"骑鲸西走"，则是寄望"澄清"代表列强侵略势力的"腥臊海气"后，能畅游祖国大好河山，言"西走"，与

词题“金山”有关，盖谓由海入江溯流而上也。（许志刚）

金缕曲　　俞　樾

次女绣孙倚此咏落花，词意凄惋，有云“叹年华我亦愁中老”。余谓少年人不宜作此，因广其意，亦成一阕

花信匆匆度。算春来、瞢腾一醉，绿荫如许。万紫千红飘零尽，凭仗东风送去。更不问、埋香何处。却笑痴儿真痴绝，感年华、写出伤心句。春去也，那能驻？　　浮生大抵无非寓。漫流连、鸣鸠乳燕，落花飞絮。毕竟韶华何尝老，休道春归太遽。看岁岁、朱颜如故。我亦浮生蹉跎甚，坐花阴、未觉斜阳暮。凭彩笔，绾春住。

俞樾次女绣孙生于道光二十八年(1848)，十六岁时归嫁杭州许子原，光绪八年(1882)卒于夫家，年仅三十五岁，有《慧福楼幸草》存世。由本篇词序可以推知，她“咏落花，词意凄惋”的原倡当作于出阁前的这一二年间，其时俞樾四十三四岁。

绣孙词以落花为咏写对象，自难免多愁善感。父亲为了避免蹈其覆辙，在笔下将落花径作为已然之物而非观照之物。一春连同春前的一个月，有二十四番花信风，每五日都有新的花种吐放，当然也不断地制造着落花。如今这番番花信都已过去，朦胧一醉之间，百花凋尽，绿叶成荫的初夏已替代了春天。“花信匆匆度”数句，同李煜《相见欢》“林花谢了春红，太匆匆”的叹惋同一机杼，但态度截然有别，在这里是作为一种叙述、一种认可而出现的，目的在于以强调流光的飞驰，来说明眷恋春花的无谓。随后“万紫千红”的三句，回顾了春花的命运：一旦万紫千红的花朵枯萎，东风只负责把它们吹下枝头、送上一程，再不管残骸的归宿。这又是从自然的无情来说明世人多情的无益。这两方面合在一起，便是歇拍“春去也，那能驻”的结论之意。这是物理之常，痴儿若为之伤心，“叹年华、我亦愁中老”，确实是“痴绝”之举，值得父亲莞尔一笑的。

下片继而从人生的角度说理。“浮生大抵无非寓”，也就是通常所说的“人生如寄”。在这一前提下，不仅作为思想主体的人是暂时的，而且受观照的客体也处于“寓”的地位，所以眼前的“鸣鸠乳燕，落花飞絮”，即使去除了春愁的成分，也不值得过于较真。这是一层意思。退一步说，作为寓体的春景还有循环重复的一面，岁岁春天容颜如故，故不必叹息“春归太遽”。这是又一层意思。因此“蹉跎”也好，“斜阳暮”也好，只要视而不见或觉而不惊，一样不影响自我营造精神空间。“凭彩笔，绾春住”，自不必“叹年华”或“愁中老”。

以上的解说是就词论意，分析了作者的论点和论据。但如果凭此就将全篇读为一首说教的词作，那就是大大的误解了。事实上，作者对女儿的原作并不持反对立场，不过认为在她的年龄来说未免有“为赋新词强说愁”（辛弃疾《丑奴儿・书博山道中壁》）的意味，“少年人不宜作此”。他的“因广其意”，其实是借题发挥，乘这一机会来检阅和重申一下自己抵御春愁的感

受。词作对落花送春、年光飞逝的默认,以及不顾“春去也,那能驻”与“凭彩笔,绾春住”抵牾的强作达语,都说明了这一点。诗词素来是古代文人自慰自解、弥补人生缺陷的抗争武器,带有理想主义的性质,它们可以抵御痛苦的袭击,却无法对付现实存在的伤口。所以本篇字里行间实充满着深深的无奈与言外的感慨,是另一种意义上的“词意凄惋”。不从此层意义契入,恐怕只能读出平庸。(史良昭)

菩萨蛮　叶衍兰

甲午感事,与节庵同作(其一)

遥山黯淡春阴满,游丝飞遍梨花院。野草罥闲庭,红棠睡未醒。　华筵歌舞倦,帘外流莺唤。锦帐醉芙蓉,边书不启封。

《菩萨蛮·甲午感事,与节庵同作》共十首,此为其首篇。“节庵”即作者的友人、岭南著名诗人梁鼎芬,其时两人皆在家乡番禺。从题中的“同作”之意,可知这十首词为同时之作,属组词性质。再进一步考证,其第十首“卅年尽铸神州铁”叹嗟刘公岛战败、北洋舰队覆灭,为乙未正月事。而第六首“封狼天堑成飞渡”讽刺叶志超弃城逃跑,反为李鸿章保荐升官,而未言及次年四月叶被论罪伏诛,由这些迹象,可以推定这一组词实作于甲午(1894)的下年乙未(1895)春初。(梁鼎芬同作的《菩萨蛮》十首,起笔有“芳春如梦愁时节,惜花长是经年别”之语,可为佐证,坊间传抄本此题一作《光绪甲午年作》,不符合实情。)

如此看来,此词上片的白描,当首先得自于词人眼前的即景。小院闲庭,远山隐约,无言的春愁弥漫着整个空间。“遥山黯淡春阴满”,一句定下了低沉的基调;“梨花”、“红棠”之类春光的表征,被湮没在“游丝”、“野草”结构成的萧瑟意象之中;词中虽连用了“满”、“飞”、“罥”、“睡”的一系列动词,却仍使人摆脱不了一种死气沉沉的郁闷印象。

值得注意的是,上片的这四句虽是即景生发,对于“甲午感事”的词人来说,却并非是为现实写照,而是将其揆度和移植为前一年同期春事的背景,也可以说是为甲午年这一多事之秋的春季构现出一种时代氛围。在这一铺垫之下,于是就出现了下片的直奔主题。“华筵歌舞倦,帘外流莺啭”,推出了在这一氛围中达官贵人的另一角场面:纸醉金迷,歌舞升平,全然不顾“帘外”的现实和局势。这里“华筵”与上文“闲庭”形成了对比,产生突兀的效果,但两句仍是蓄势待发。直到最后再宕开一步,转出“边书不启封”的结尾时,读者才明白了词作者的锋芒所向。芙蓉帐是用芙蓉花染缯制成的帐子,为华美之物,此盖用白居易《长恨歌》“芙蓉帐暖度春宵”之意,而古时大官之幕府亦称芙蓉幕、芙蓉府,故作者讽刺的对象应是掌军政权柄者。而且这里“锦帐醉芙蓉”不但令人联想起“醉生梦死”的成语,“芙蓉”一词还令人联想到芙蓉膏(即鸦片),如此谴责的意味更为浓重。边书急递,危机四伏,而局中人置若罔闻,穷奢极欲一味贪欢,实令人触目惊心。

如前所述,此组《菩萨蛮》成于乙未年,而作者标题于“感事”前特意著出“甲午”,可知其意在以词说史。十首词实皆有本事，惟因词意深微，兼以年深日远，今已难一一确考。关于本篇的意指，前人或以为是讽刺时任直隶总督的叶志超，未详所据。然而除前文提到的第六首外，第二首“琅瑘钿瑟瑶池宴”中所云“泪眼望斜阳，关山别恨长”，明显是讥讽叶的受命（叶志超闻被命增援朝鲜，废寝食，托周馥代向李鸿章求免，李嗤云：“亦未必便战，何怯如是！”叶方无奈随军），作者鄙恶淮军系，似不会为叶一人花费如许笔墨；加上甲午春季的“边书”仅限于朝鲜半岛局势，与直隶总督似关系不大。所以笔者揣测此词矛头当更上一层，或与恭亲王奕䜣有关。甲午(1894)十月为西太后六十寿辰，奕䜣于春间即上疏奏请筹办庆典，旋获谕允，于是在京城掀起了一阵选歌征舞、醵金操办的狂潮。奕䜣在此前曾一度贬官赋闲，词上片或兼有影射之意亦未可知。无论这一揣测是否成立，从组词转喉触讳、“当时似有隐微”（冒广生语）的表现手法来看，其鞭挞上层统治者的用心是一目了然的。

组词通常须整体观读，方得知其章法抑扬之妙。但本首即使从中独立拈出，也是相当有艺术特色的。尤其是全篇不动声色，引而不发，至结尾方冷隽一转，图穷匕见，是古人所谓“神龙掉尾法”。这种处理，出人意料，也促人回味与联想。（史良昭）

永遇乐　周星誉

登丹凤楼望黄浦怀陈忠愍公，楼在沪城东北女墙上，宋淳熙间立

放眼东南，苍茫万感，奔赴阑底。斗大孤城，当年曾此，笳鼓屯千骑。劫灰飞尽，怒潮如雪，犹卷三军痛泪。满江头、阵云团黑，蛟龙敢啮残垒。
登临狂客，高歌散发，唤得英魂都起。天意倘教，欲平此虏，肯令将军死。只今回首，笙歌依旧，一片残山剩水。伤心处、青天无语，夕阳千里。

丹凤楼，原上海县县城东北角城楼，登楼可见黄浦江。陈忠愍公，即陈化成，字莲峰，福建同安人。道光二十二年(1842)，英国舰队犯吴淞，陈化成坚守西炮台，屡创敌舰，终因孤立无援，壮烈牺牲。谥忠愍。

十九世纪四十年代，是中华民族处境极为悲惨不幸的时期。英帝国主义发动鸦片战争，侵入中国领土，逼迫满清政府签订丧权辱国的不平等条约。中华民族所受的半殖民地的屈辱，由此开始。而与此同时，中国人民英勇抗击侵略者，谱写了无数可歌可泣的动人篇章。民族英雄陈化成便是当时抗击侵略者的杰出代表。这首词乃周星誉登丹凤楼缅怀陈化成而作。

陆上炮台对海中战舰，战斗场面相当壮阔，非登高之视野不足容。“放眼东南”一句，领起整个上片，其中有眼见的实景，如“孤城”“怒潮”“江头”“残垒”；更多的却是追忆以前战斗场面、充分发挥想象的产物。道光二十二年(1842)五月，陈化成以江南提督镇守吴淞西炮台，亲自上阵，击沉英舰七艘，并非出师不利，只是因当时两江总督牛鉴应为后援而临阵脱逃，致使陈化成孤军苦战，寡不敌众，以身殉国。炮台失守，上海、宝山随之沦陷。实景中的“孤”“怒”“残”已含感情色彩，追忆中的战斗场面则更饱含激情：“笳鼓屯千骑”表斗志之昂扬，“阵云团

黑”表战斗之激烈，“三军痛泪”表最终失败的沉痛；“蛟龙敢啮残垒”尤为悲壮，镇守炮台的将士已阵亡，他们的战斗精神和英雄气概却震慑了侵略者，使其望而却步。

下片中“只今回首，笙歌依旧，一片残山剩水”，与唐杜牧《泊秦淮》“商女不知亡国恨，隔江犹唱后庭花”有异曲同工之妙。只是，“令将军死”而不能“平此虏”的人，并不是因求生计而卖歌笑的商女，偏偏是那些对国家应该负责也必须负责的掌握军政的权要。联想起一年前（道光二十一年二月）在广东虎门炮台抗击英军的关天培，也是因身为钦差大臣的琦善拥兵不救而血染沙场，可见在当时腐败的清王朝，权要误国并不是个别现象。词人“高歌散发”，前虽以“狂客”引出，但并非高歌纵酒、散发（披散头发）癫狂取乐避祸，而是要“唤得英魂都起”，让他们看清自己为之献身的国土之上，居然还能“笙歌依旧”。此言何等愤怒，何等沉痛！结拍“伤心处、青天无语，夕阳千里”，对垂暮的清王朝的绝望一泻无遗，缓缓道来，鞭笞却极有力量。词人也是画家，从结语的设计可以看出其绘画的功力与底蕴。（李祚唐）

秋霁 张景祁

基隆秋感[①]

盘岛浮螺，痛万里胡尘，海上吹落。锁甲烟销，大旗云掩，燕巢自惊危幕[②]。乍闻唳鹤[③]，健儿罢唱从军乐。念卫霍[④]，谁是汉家图画壮麟阁[⑤]？
遥望故垒，毳帐凌霜，月华当天，空想横槊[⑥]。卷西风、寒鸦阵黑，青林凋尽怎栖托？归计未成情味恶。最断魂处，惟见莽莽神州，暮山衔照，数声哀角。

注 ① 基隆：地名，台湾北端港口城市。 ② 燕巢：南朝梁丘迟《与陈伯之书》：“鱼游于沸鼎之中，燕巢于危幕之上。” ③ 唳鹤：《晋书·谢玄传》载：前秦苻坚大军进击东晋，败于淝水，溃逃时“闻风声鹤唳，皆以为王师（晋军）已至”，为之心惊胆战。 ④ 卫霍：汉代名将卫青、霍去病。 ⑤ 麟阁：即麒麟阁，汉代绘画功臣图像之处。 ⑥ 横槊：谓威武不可一世。苏轼《前赤壁赋》写曹操挥军南下伐吴时，“酾酒临江，横槊赋诗”。

在光绪十年（1884）的中法海战中，清军曾击伤法国军舰两艘；法军进攻台湾基隆炮台时，清军曾将其击退，毙伤多人，并缴获大炮四门。清军不是毫无战斗力，但由于朝廷求和妥协，将领昏庸无能，致使福建水师在马尾遭到毁灭性的打击，基隆亦终告失守。其时张景祁宦游台湾，对此深感切肤之痛，《曲江秋·马江秋感》和此词都是直接针对上述事件而发。

台湾岛如水中“浮螺”，“万里胡尘”居然也“吹落”于此，亦即远在地球另一面的法国，居然对中国的神圣领土兵刃相加，词人未用“惊”表示惊奇，因为此前已经有过道光二十年（1840）爆发的第一次鸦片战争和咸丰六年（1856）爆发的第二次鸦片战争，见怪不怪了；而用一“痛”字，一则对侵略者，一而再、再而三的恶行表示痛恨，一则着重表现对国土沦陷、生灵涂炭的沉痛心情。侵略者并非战无不胜，中国军队也并非不堪一击，之所以落败，完全出于先自乱了手脚，吓破肝胆，“自惊”“乍闻”在两个用典句中，活画出清军指挥决策层不攻自乱、闻风丧胆的丑恶而可怜的嘴脸。批判的着重点在此，沉痛心情的根源也在此。上片可以说是由一个“痛”字贯穿，痛恨凶恶的侵略者，而对于国中居然有如此使堡垒从内部被攻破的蛀虫（而且是掌权决策的)，更是痛恨乃至愤怒。

作者是大陆(浙江钱塘)人，身在被侵略的台湾，徒有报国之志而无门，“空想横槊”。要回故乡，却又“归计未成情味恶”。报国无门，无法尽忠；有家难归，难以尽孝。旧所谓忠孝不能两全，尚可选取其一；词人此时竟至无可奈何的地步，于家于国，于公于私，一无可用之地，试想七尺男儿身临此境，“情味恶”是再也无法摆脱了。不能有所行动，想象总是可以的吧，然而，出现在脑海心头的，却又只是“西风”“寒鸦”“青林凋尽”，一片凄凉景象；清廷曾自夸“天朝无所不有”，但曾几何时，在列强侵略、权贵自我糟蹋下，“神州”虽依然“莽莽”，国土辽阔，却只见“暮山衔照”，只闻“数声哀角”，衰败没落，令人痛心，令人失望。

谭献评此篇云：“笳吹频惊，苍凉词史。”(《箧中词续》)“苍凉”一语，除通常的含义之外，也许还应当强调其在沉痛中失望、在失望中沉痛的忧国忧民的拳拳之心。(李祚唐)

水龙吟　黎庶蕃

浮海还吴

天风万古浪浪，火轮一发三千里。无边巨浸，混茫远接，太虚元气。日月双跳，鱼龙万变，空中游戏。听舟人喜报，烟台又近，青一发，余天际。　　浩瀚凌虚引睇，恣奇观、快逢新霁。蜃楼乍现，鲛宫半没，黑临无地。稊米一身，扶桑东望，渺焉如寄。问蓬莱何许？安期枣熟，拟浮槎逝。

作者为贵州遵义人，曾官两淮盐运大使。词作于至北京述职南还期间。两淮为吴地，作者由天津乘海轮还任，故词题为“浮海还吴”。词写海上航行所见奇异景象，运笔清新高迈，情景交融，而又空灵涵蕴，使读者深有身临其境之感。

“天风万古浪浪，火轮一发三千里”，天风浪浪，海水泱泱，从古以来，就是如此。“浪浪”，平声叠字词，流不止貌。在天风海涛中，火轮乘风破浪前进，“一发三千里”，极言其速。两起句破空而来，气象不凡，深见雄浑之致，在前人词中，可谓得未曾有。接着以“无边巨浸”等三句，写海上奇特景象。“巨浸”，大水。“太虚”，天空。海水一望无边，雄涛大浪，汹涌起伏，浑浑茫茫，直与上天元气相接，如此“巨浸”，真有吞天浴日之势，比之江上行舟，诚有小巫见大巫之叹，不可同日而语。不宁惟是，那海上的神奇变化，尤足惊人，作者以“日月双跳，鱼龙万变，空中游戏”将之抉示世人。在凌晨时刻，太阳从波涛中一跃升起，红光四射，使海水为之俱赤。在傍晚时分，大海中又涌起了黄色的大月亮，那月光在海水上浮动，送走海上迷茫的黄昏，也是江湖水之“浮光跃金，静影沉璧”(范仲淹《岳阳楼记》)所不能比拟的。在此混茫无际的大海之上，只有水族鱼龙，奔腾上下，不停息地在水中跃动、翔泳，天连水，水连天，它们就像在空中游戏一样，伴随着“日月双跳”，瞬息万变，不可捉摸。这种奇特的景象，也不是经常生活在陆地上的人，所可想象的。正当作者惊讶之际，却又听到舟人报喜之声，说此时航船已经过了蓬莱水域，而接近烟台了。作者纵目南天，果然见到青山如一缕人头上的发丝，隐隐约约地悬于天际，于是欣然命笔，以“青一发，余天际”，表示无比的喜悦。而“青一发”显然是化用苏轼《澄迈驿通潮阁》之“青山一发是中原”句。

下片承前，先写海上新霁之景：“浩瀚凌虚引睇，恣奇观、快逢新霁。”由烟台南行，轮船已进入黄海，浩瀚无边的海域，此时适逢新霁，作者放眼遥瞩，眼前呈现一派奇观。是怎样的奇观呢？作者以“蜃楼乍现”等三句，作具体的描绘。海市蜃楼，本是海上奇景，此种“蜃楼”，山东蓬莱、莱州一带，时常出现。“蛟宫”是传说中蛟龙居住的宫殿。作者对于蜃楼幻景，可能是亲见，或许他也认为这种幻景中的楼阁就是蛟宫。然而幻景的出现，刹那间便归于消失，云气蒸腾，眼前复呈现出一片黑色。“黑临无地”，正是蜃楼消失后的现象，很准确地写出海上变化之无常。以下写此行的感慨，以“稊米一身，扶桑东望，渺焉如寄”等三句，感叹人之一身和大海相比，就像一粒稊米，非常渺小。“东望扶桑，渺焉如寄”，更有人生如寄之叹。“扶桑”，是传说中的神木，相传“日出旸谷，拂于扶桑”，扶桑木的产地，在中国之东，因此称那里的国家，就叫扶桑。作者当时，现代地理知识已经为不少人所知晓，估计作者也不会全然无知，仍称“扶桑”，不过表示海域很大，借发感叹而已。

最后在饱览海上的神奇宏伟的景象以后，不由地产生一种遐想，在结拍“问蓬莱何许？安期枣熟，拟浮槎逝”三句中，引用三个传说的神话故事，并联成一义，把自己的思想，引向更远大更神秘的空间。“蓬莱”，传说中海上的仙山，长期以来，人们以蓬莱、方丈、瀛洲三岛，为海上神仙所居，这三山究在何处？古代的秦皇、汉武都曾寻找过这三山，但始终没有找到。“安期枣”，据《史记·封禅书》载，方士李少君言曾见海上仙人安期生，食巨枣如瓜，后来人们就称此枣为“安期枣”。“乘槎”，据张华《博物志》，说是天河通海，有人常见每年八月，海上有浮槎来，此人就乘槎直达天河，见到牛郎织女。这三个故事，都与大海有关，因此，作者把这三个故事联起来用，说：“试问这蓬莱三岛究在何处？倘若知道这仙岛的所在，那么，等到安期枣成熟的时候，不妨带些枣子，乘那海上的浮槎，去看个究竟，也可遂平生清游之愿的。”作者并不相信这类神话，所以在这三句中先用“问”字，后用“拟”字，语气并不肯定，用来结束全词，旨在对此次浮海南行，增添一些空灵的笔墨，对照前文，使人读后，得有余不尽之趣。（马祖熙）

相见欢　庄　棫

春愁直上遥山，绣帘闲。羸得蛾眉宫样月儿弯。　云和雨，烟和雾，一般般。可恨红尘遮得断人间。

庄棫是清咸丰、同治间与谭献齐名的词人。他特别善于以传统语境表现自己的特殊情感体验。本阕与下一阕《相见欢》就是这种空灵蕴藉、不落言诠的抒情佳作。

本词写美人爱情失意的幽怨，词气殊怨。上片以外写内，以美人形体语言来显示其内在情感。起韵“春愁”一语，并不是单纯指春天到来时的季节闲愁，而是沿用传统抒情语境，借指对爱情盼望而不可得的闲愁。“遥山”一语，也不是单纯指远山，而是同样借用传统抒情语境借喻美人那形同远山的美丽双眉。此韵中“直上”一语，力透纸背，显示了这种爱情失意所酿发的幽恨之深、之重。本句的意象构造，很显然受到了诸如“此情无计可消除，才下眉头，却上心头”（李清照《一剪梅》）的构思影响，是美人闺怨抒情传统的再现。接句以绣帘静静垂地的意象，显示出美人的幽闭、寂寞情怀。“羸得”一句，接“遥山”而来，继续通过美人的“眉语”来抒写她的幽恨。如新月般娟美的蛾眉，本来应是美丽的表现，而一个“羸得”，却有黛眉愁损的意思在内。“羸得”者，落得也，也就是因愁而落得如此之意。美人的自怜幽独之意，欣赏者的怜惜之情，都由这两字显现。

下片正面赋写她的幽怨情绪。但因为情绪本身是抽象的，难以被摹写，所以词人又采用了比喻的修辞手法，化无形为具象。同时，这里的比喻还是重叠复加的博喻：春愁如云如雨，如烟如雾，既难以收拾，又充满了她心灵的天地，布满了她身体的每一个毛孔。这样的博喻，看似平常，其实却十分贴切地揭示了闲愁的性质和状态。末句将隐性的、内指性的幽怨，化为显性的、外向性的“恨”，显示出感情的分量。她恨什么呢？她恨那隔断自己望眼的滚滚红尘，因为她所爱的人正在滚滚红尘之下，正迷失在“人间”的浮华里。从抒情的目的上看，她分明是对那个迷恋世俗浮华的游子或荡子心怀不满，是他把幽处深闺的美人抛在了脑后。但是，词人在此却写她只恨那隔人眼目的红尘，未写她对于追逐浮世繁华的“行人”本身是否怀有恨意。这是曲笔，是留笔。曲笔增加了抒情的深致，留笔增加了人们对于这个抒情空白的联想，也就是增加了回味的余地。进一层看，这样的写法，正来自以男子为创作主体的闺怨传统的启发。在那样的“温柔敦厚”诗教形成定势的抒情传统里，荡而不归的男子是不会被直接埋怨的，要怨就怨一些其他的东西，比如花啊鸟啊，在这里则是“红尘”。而在这幽怨的转移中，人们分明看到了抒情主人公不能掌握自己命运的悲凉，缘此作者的身世之感也隐然融汇于内。

《相见欢》的词调，节奏紧凑，适合一气呵成。本词在抒情气息上也有同样的效果。（邓红梅）

相见欢　庄　棫

深林几处啼鹃，梦如烟。直到梦难寻处倍缠绵。　　蝶自舞，莺自语，总凄然。明月空庭如水似华年。

此词与前一首“春愁直上遥山”内容略同，也是写美人“春愁”的有味之作。不过它表现的是暮春时分美人梦醒之后的缠绵与凄凉之感。

词上片写鹃啼惊梦、梦醒缠绵的情绪。起韵写深林里飘来的几声鹃啼，惊醒了因思念太久、太深而终于形诸梦寐的闺中人，好梦也就如一缕轻烟飘散无痕。这里不著一字诉遗憾，而做梦人深深的遗憾如可呼吸得到。在构思上，此处受到唐代诗人金昌绪《春怨》里“黄莺惊梦”的启发，而又更为巧妙。因为鹃啼声好像是在说“不如归去”，比起百啭莺啼，似乎有借鸟语传达要行人归来的意思。“直到”一句，写她梦醒之后的不甘和恋梦心情。梦已散如烟，无法寻觅，她犹悬浮在如梦的情绪里，更加如痴如醉地缠绵。这种特殊时分的特殊感受，有多少人感受过？而词人却能在此捕捉得绘声绘色。可惜梦中的美满遇合和梦醒后的痴迷与留恋，都不足以改变无情的现实，梦中的情景，反而增加了醒后的痛楚。

下片就以上片为对照，传写出她梦醒之后面对春光融融景象的悲凄之感。过片三个短句，联翩而下，却转折有致。在温暖的阳光下，彩蝶儿在快乐地飞舞，黄莺儿自怡地啭鸣，这美丽到极点的春天，却不能给予她半点安慰，她是一直处在凄凉的感受里，难以自拔。季节的美，因为与她的生命状态极不相融，倒成了残酷的对照。结拍一句，由日转到夜，将春夜明媚的月光作为传递感情的桥梁：春夜的月色如银白色的水，泻在美人幽居的空庭里；由这水样的月光，她想到了流水，想到了自己如水一样流逝不已的美丽的青春。青春年华的虚耗，就是生命的虚耗啊！这个除了思念与做梦，无事可做、无处寄情的深闺思妇，她的生命状态多么可悲啊！词人在此对于“水”的意象的运用特别巧妙。它不是原始的意象，却能自然地实现由月光意象到华年的抒情联想。

本词措语轻软明丽，抒情缠绵婉转，与上一阕一样，不愧是闺怨词的经典之作。（邓红梅）

凤凰台上忆吹箫　庄　棫

瓜渚烟消，芜城月冷，何年重与清游？对妆台明镜，欲说还羞。多少东风过了，云缥缈、何处勾留？都非旧，君还记否？吹梦西洲。　悠悠，芳辰转眼，谁料到而今，尽日楼头？念渡江人远，侬更添忧。天际音书久断，还望断、天际归舟。春回也，怎能教人，忘了闲愁？

庄棫的这首《凤凰台上忆吹箫》，抒写对昔日情侣的深心忆念。女主人公缠绵难尽的思绪，通过清空如话的笔调，缓缓地吐露，曲曲地倾诉，温婉沉挚，自成一格。

开篇先从忆旧游说起。“瓜渚”，即长江北岸的瓜洲；“芜城”，扬州城的别称，南朝鲍照有《芜城赋》。当日携手同游之处，如今在想象中已成荒烟冷月不堪回首的寂寞境地。“何年重与清游”，写出了久别的惆怅，也寄托着重逢的希冀。“对妆台明镜，欲说还羞”，则以含蓄的笔触，忆念着呼唤着往事中那一段欢娱、狂热的浪漫日子，然而生活中久久系恋的偏总是匆匆消逝。“多少东风过了”，东风岁岁还会吹绿江南，但那片飘渺的行云，却不知泊留天涯何处了。词句所示现的悱恻中怀、彷徨困境，可以联想《楚辞·九歌·湘君》“君不行兮夷犹，蹇谁留兮中洲”似的哀怨无端，而又以情托物，比兴深微，如怨如慕之情表述得更为具体可感。春光满目，人事全非。浑涵的问句是那么语重心长：“君还记否？吹梦西洲”。您还记得吗？还回忆起当初的乐事、往日的温馨，还想念到逝去的绮梦、而今的苦泪？词的上片，在这声情摇曳荡气回肠的问句中悄然歇拍。作者由南朝乐府《西洲曲》中随手拈来“南风知妾意，吹梦到西洲”，佳句天成，化用得恰到好处。

换头用“悠悠”二字承上启下，极自然，极浑厚。绾接上文“何年”“多少”，化入下句“转眼”“尽日”。这悠长的流水，是外界时光之流，是内心意识之流。流不尽的无名哀怨，主人公的心灵独白中只以“谁料到”三字轻轻点出。传统文化的温柔敦厚的那种情性，可是写足了。忆极添忧，怨而不怒。她日夕萦怀的不是自己长期饱受的精神折磨、生活苦难，她关心悬念的是对方的羁旅行踪、起居饮食，平安与否。接下去，更深一层表达望“音书”望“归舟”的盼念之切。音书长久收不到了，转而寄希望于行人的直接返回。但尽日楼头凝望，照常是信息杳然，归舟不至。这两句“天际音书久断，还望断、天际归舟”，叠字连绵，回环相接，“天际断”直到“断天际”，顿挫抑扬的音节，将主人公的满腔深恨、不尽余情，引向“怎能教人，忘了闲愁”的有力结句。

“百草千花羞看取，相思只有侬和汝”（《蝶恋花》四章之三），词人这种坚贞执着的情愫，在本篇得到了同样动人的表述。句式上，作者多用带有反诘意味的疑问句，温厚和平的倾诉语调自然寓含郁勃沉至的气格。词的通篇以问“何年重与”起，以问“怎能忘了”收，中间再组合“何处勾留”、“君还记否”、“谁料而今”三个问句，便觉百折千回，欲说还羞，几多心思，和盘托出。读者尽管大多从温庭筠《梦江南》、柳永《八声甘州》的名篇里，熟悉了“过尽千帆皆不是”、“误几回、天际识归舟”的心声，终日凝眸楼头独立的思妇身影也早就似曾相识，而庄棫的这一阕闺思，仍能以它意深辞浅思寒言温的鲜明形象，给人独特的感受。（顾复生）

台城路　翁同龢

登咸阳原

冷云颓日咸阳道，莽然更无秋草。白阁如螺，樊川似带，阅尽兴亡多少。倚风凭吊，有词客同来，冷吟闲啸。我自工愁，绿笺悔写旧时稿。　　天涯一樽醉倒，渭城春已怨，何况秋杪。官柳依然，碧柯何在，可许凤凰栖老？宦游倦了，吹绿鬓婆娑，年来渐缟。羞对秦川，北流波浩渺。

此词作于咸丰八年（1858），是年秋闱，翁同龢被任为陕西乡试副考官。试毕，旋奉命任陕西学政，视学各县。因车马劳顿，阅卷辛苦，加以足疾频发，更为思归京师。他在身心交瘁的境况下，勉强赴命，西行途中，目睹咸阳古迹，不禁感慨难已，写下了这首《台城路》。

上片写词人行进在古道上，触目所及的是西北莽原的萧条景象：寒云凝滞，残阳黯淡，草木皆衰颓。冬天降临咸阳原，自然使从小生长在江南水乡的词人倍感苍凉。首二句即以“冷”为底色着笔，定下了全词孤寂萧瑟的感情基调，“咸阳道”既是实写，又是化用李白《忆秦娥》词“咸阳古道音尘绝”的意境，并非泛泛之笔。放眼远眺，那“如螺”的是被称为鄠县圭峰三峰之一的白阁峰，而白阁之得名就因其“阴森”、“积雪弗融”（见钱谦益注杜甫《渼陂西南台》）；那“似带”的是长安正南秦岭之水樊川，唐杜牧曾留下过“依依故园樊川恨”（《柳》）的诗句。词人选取咸阳原所见的这两处远景，作为摹写对象，平淡中已寓有深意，即此山此水正是严酷历史的见证。山如螺的比喻最出名的是唐刘禹锡《过洞庭》“遥望洞庭山水翠，白银盘里一青螺”，水如带的比喻最出名的是唐韩愈《送桂州严大夫》“江作青罗带，山如碧玉簪”，但此处“白阁如螺，樊川似带”则予人以沉重之感。下接一句“阅尽兴亡多少”，词由浩茫的空间转向悠长的时间，秦汉晋唐，历代帝王俱成过眼烟云，咸阳陈迹似乎在向词人诉说着历史的沧桑。沿途的陵墓祠庙，曾引来多少骚人墨客凭吊。据翁同龢在《日记》中所述，他见到过王士禛、毕沅、林则徐等人的题咏。作为后来人，词人通过亲临咸阳原，真切地体味到一种历史的沉重感，相对于上述词客，翁深感此时此地的自己，尚远不足与之相匹，王士禛以户部侍郎祭告华山，毕沅以陕西巡抚久驻西安，林则徐遣戍伊犁途经陕西时，早已出任过湖广总督、两广总督。三人无论功业、学识、艺文均有建树，只可惜登临过这方山水的先贤们已先翁氏而去，不由得使词人"愁"从中来，顿生"悔写旧时稿"的心绪。词人的"愁"与"悔"受外界特定景物触发，饱含深沉的家国兴亡之感。其"愁"当在年盛而未能大展宏图，力挽季清颓势；其"悔"或悔辞章之事纯属小道，难以承当经国济世的历史使命。

下片首三句紧承上片，由外而内，由"愁"生"怨"。凭吊毕历史古迹，吟诵完前人题咏，身处"天涯"的词人唯有以酒浇愁，原因就在"秋杪"（秋末）的渭城在词人眼中已充满了万般怨情。渭城本是个送别诗中的伤心地，王维"西出阳关无故人"（《送元二使安西》）曾为多少浪迹天涯的文人倾吐出内心的哀怨，在"客舍青青柳色新"的春季尚且如此，更不用说秋冬之时给词人带来的心灵悸动了。词人用翻进一层的手法道出了与共事好友曾祖荫（曾为陕西乡试正考官）别后、只身在陕而又心系帝京的真切感受。咸阳原大道上的柳树还是老样子，而我却不以此为久"留"之地，词人借助杜甫《秋兴八首》其八"香稻啄余鹦鹉粒，碧梧栖老凤凰枝"句，传导出眷怀帝京、寻求君臣相契胜境的迫切心情。词用疑问句式，则表达了对梧无凤栖、贤士远君的深深忧虑。自顾宦游在外，身心已觉疲惫，词人满头乌发，近来渐染霜色，真是"绿鬓愁中改"（吴均《和萧洗马子显古意》）。但王命在身，唯有继续行进在视学道上，不得不"羞对秦川"（"秦川"，指今秦岭以北关中平原），眼看着滚滚渭河北流而去。渭河水流"波浩渺"，暗寓时光逝去，心力空耗。嗟老伤怀之情，溢于言表。

全词情随景出而显其哀伤，景因情露而愈能动人。词人运用时空迭现，虚实相间之法，使愁思怨情浑然交织于词句中，成为一有机整体。如果说上下片各有所侧重的话，那么上片重心落在家国之恨上，下片则以身世之感结穴。词中用典，也力求切时切地。只是在遣词造句的感情分量上，有稍过之嫌，表现出初登仕途的词人政治心态尚不够成熟。（张修龄）

蝶恋花（其一）　谭　献

楼外啼莺依碧树。一片天风，吹折柔条去。玉枕醒来追梦语，中门便是长亭路。　眼底芳春看已暮。罢了新妆，只是鸾羞舞。惨绿衣裳年几许，争禁秋风争禁雨！

谭献《蝶恋花》词共六章，成一组，当时在朋辈间颇得佳评，如其《复堂日记》记载："亡友刘履芬彦清《古红梅阁遗集》……集中《怀人绝句》论予诗词，激赏于《蝶恋花》六章。"陈廷焯《白雨斋词话》也说："仲修《蝶恋花》六章，美人香草，寓意甚远。"以下逐章评赏，而又语焉不详。玩第五章"花发江南年正少。红袖高楼，争抵还乡好"语意，此词当为谭献年轻时所作。庄棫曾为《复堂词》作序，内云："仲修年近三十，大江以南，兵甲未息，仲修不一见其所长，而家国身世之感，未能或释，触物有怀，盖风人之旨也。”所谓“兵甲未息”云云，显指当时太平天国与清军的不断交锋。至于其中有何“风人之旨”，如何“寓意甚远”，恐怕很难确指了。

就字面看，六章皆写男女离别相思之情，且皆以女子口吻道出。此处所析为第一章，写初别。词中女子以“啼莺”自比，以“碧树”、“柔条”喻夫君，“天风”无疑便暗指“兵甲未息”之类。时局杌陧，乱世儿女，凤飘鸾泊，劳燕分飞，而割不断情丝万缕。后世“忽然一阵无情棒，打得鸳鸯各一方”的歌词，写的也是同一种况味与意绪。人已远去，而在少妇梦中，仍夫妻厮守，款款软语，喁喁情话，犹如夙昔。醒来四顾茕茕，能不倍感凄切！不意闺门之外，竟成久别之地！

下片全写思妇独居空闺的哀感。前三句从自身写起。“鸾”是思妇自指，而今凤单鸾只，纵有新妆，又有什么心思穿着？纵有妙舞，又给谁人观赏？《诗经·卫风·伯兮》有云：“自伯之东，首如飞蓬。岂无膏沐，谁适为容！”向来坚贞纯情的女子，都是千古同心的。末二句从对方设想。“惨绿”者，淡绿、浅绿也。唐人张固《幽闲鼓吹》记载，户部侍郎潘孟阳曾在家中宴集宾朋，其母问“末座惨绿少年何人也”，并称其他年“必是有名卿相”，后人因称风度翩翩的青年男子为“绿衣少年”。这里所谓“惨绿衣裳”者，当指女主人公的夫君，他也正当年少，风度出众。但诚如宋词所叹，“惨绿愁红，憔悴都因一夜风”（张孝祥《减字木兰花》）。青春韶华又能经受几番岁月的风雨，夫妻恩爱的大好时光恐将在离别中消失殆尽。《白雨斋词话》评这二句为“幽愁忧思，极哀怨之致”。所谓“极哀怨”云云，大概也暗寓着谭献自己对仕途的感伤，他恐怕也是以“有名卿相”自许、自期的，而在此“兵甲未息”之世，前路茫茫，岁月空迁，又如何能够实现自己的抱负！

谭献属常州词派，在讲求“比兴寄托”之外，更进一步认为“义可相附，义即不深；喻可专指，喻即不广”，即词中的喻义不可专指一人一事，惝恍迷离，才能意味深长。他的这几首《蝶恋花》词，在男女离愁别绪之外，到底还隐含着怎样的“家国身世之感”和“风人之旨”，文献不足征，不敢妄加推测。好在谭献还教给我们一个读词的不二法门，叫做“作者之用心未必然，而读者之用心何必不然”（《复堂词话》），我们不妨即以其人之道，还解其人之词，见仁见智，各有会心而已。（萧华荣）

蝶恋花（其五）　　谭　献

庭院深深人悄悄。埋怨鹦哥，错报韦郎到①。压鬓钗梁金凤小，低头只是闲烦恼。　　花发江南年正少。红袖高楼，争抵还乡好？遮断行人西去道，轻躯愿化车前草。

注 ① 韦郎：指唐韦皋（745—805）。京兆万年人，官至剑南西川节度使，兼云南安抚使，封南康郡主。《云溪友议》有“玉箫化”一则故事，记韦皋早年游江夏，宿姜氏之馆，姜氏子荆宝有小青衣曰玉箫，遣之侍奉韦皋。两人日久生情，韦皋辞去之日，约数年后再来相会，“五年既不至，玉箫乃静祷于鹦鹉洲。又逾二年，暨八年春，玉箫叹曰：‘韦家郎君，一别七年，是不来耳！’遂绝食而殒”。

这首词是词人《蝶恋花》组词六首中的第五首，写出了一位深闺思妇对爱情忠贞不二的品格。

首句通过女子所居环境氛围的描写，烘托出女子内心深处的寂寞。且"庭院深深"使人很容易想到欧阳修那阕《蝶恋花》："庭院深深深几许？杨柳堆烟，帘幕无重数。玉勒雕鞍游冶处，楼高不见章台路。　雨横风狂三月暮。门掩黄昏、无计留春住。泪眼问花花不语，乱红飞过秋千去。"两首词在某些地方格调颇相似。二、三两句意趣横生，刻画闺中少女的情态栩栩如生，与敦煌词《鹊踏枝》"叵耐灵鹊多谩语，送喜何曾有凭据"两句有异曲同工之妙。盖寂寞越深，多情女子的情愫也越执着，才会"埋怨鹦哥，错报韦郎到"。"韦郎"，借指女子钟爱之情郎。虽说是鹦哥错报好消息，但鹦哥能言，都是人的调教，女子思情郎心切，肯定在鹦哥面前反复诉说，而鹦哥之错报亦即女子思念过甚而产生的一种幻觉。这两句通过女子与鹦哥之间的一个小镜头，摄出了女子相思入骨的心态、天真稚气的性情。第四句"压鬓钗梁金凤小"，以女子头饰金凤钗之精美暗示女子容貌之俏丽。第五句"低头只是闲烦恼"则写女子心态之沉重烦闷，这种精神上的烦恼不是金玉满堂的物质生活所能消解、抵偿的。"只是"两字下得很妙，将女子无法排遣的伤离怨别之思以直陈的方式表出，具有强调的作用。"闲烦恼"也可见女子的相思之苦触处即是，同时为过渡到下片埋下了伏笔。

下片从女子想象在江南的情郎的生活着笔，词的内容也由上片深闺人的相思烦恼变而为下片感于江南春而产生的盼归的惆怅。江南的春天群芳争艳，青山滴翠，自己与情郎都正是青春年华，纵然高楼红袖迷人，怎抵得上回乡与钟爱你的女子相聚，共度良辰美景？女子的殷殷期盼，在诚挚温厚之中深深地蕴含着坚贞不渝的品质。"车前草"是一种草本植物，可入药，古名芣苢，又名当道。末两句是说我宁愿化身为车前草，挡住情郎西去的道路，冀盼情郎回心转意，早日归来。借用"车前草"的字面意义作文章，虽非首创，以之结尾表白痴情不改的心志，确乎有感人肺腑之效。

陈廷焯《白雨斋词话》评本词云："(上片)传神绝妙，(下片)沉痛已极，真所谓'情到海枯石烂时'也。"谭献本人选《箧中词》重视旨隐辞微之作，而本词正昭示了一种为美好理想而始终不渝甚至甘愿献身的品格，这就是文本字句背后的寄托意义。(涂小马)

玲珑四犯　王闿运

《八仙图》，晚唐时蜀人张素卿所画。孟昶得之，令欧阳炯为赞。即李耳、容成、董仲舒、张道陵、严君平、李八百、长寿、葛永璝也。长安城东有八仙庵，西巡诏改八仙宫。有黄杨二株，交荫数亩，盖宋时古树。樊承宣请余为诗，以六朝体不咏唐事，归作此词

汉柏唐槐，只陌上荒尘，长掩斜照。却访青门，双树绿阴寒罩。墙外碧玉交枝，浑不似、闰年生小。想向来、阅过沧桑，相伴岁寒三老。　曾经御辇鸣鸾到。问游仙、梦痕谁扫？吹香密叶藤花外，古寺临官道。看尽灞上柳条，兵火后、依然春好。比六榕蛮地，空杳霭、云昏晓。

此词是王闿运因樊增祥索诗而作。词序中之"樊承宣"即樊增祥，时任陕西按察使，依唐

宋间官制，近乎承宣使。王氏诗尚汉魏六朝，因为六朝诗不能用唐代事，所以喜学六朝体的诗人也就觉得不宜用他擅长的五言诗来应樊氏所请，便改用了后起的词体。按王氏于光绪三十一年(1905)十一月至西安(古长安)，十七日与樊增祥等作别，樊氏“送至八仙庵，……东院看黄杨树。右树大可荫亩，高可七矢，枝干盘曲，奇观也。左树小减，亦天下所希。晡，樊仍前送至灞桥”(《湘绮楼日记》)。次年二月廿二日，他又“录《(太平)广记》，得五代时八仙，以证西安八仙非(韩)湘子等辈也，盖宋初改兴庆池为之”(同上)。以词中小序与上引日记参看，可以判断这一阕《玲珑四犯》当作于光绪三十二年(1906)春。是年王闿运已是七十四岁的老翁，可谓阅尽沧桑。

西安的八仙庵有两株大黄杨树，“盖宋时古树”，作者此词即以之为吟咏对象，抒发其俯仰今古、感慨兴亡的情愫。词由“汉柏唐槐”起兴，饶有深意。西安是汉唐古都，道旁古木颇多，故有此言，这也是为下文引出双黄杨预作铺垫。汉武帝、唐太宗之世国运昌盛，但后来却都走向衰落，光绪末年，清朝的统治已经是风雨飘摇，日薄西山，对此作者又岂能无感。以下两句，“荒尘”、“斜照”颇具苍凉萧瑟之意，将历史的追怀所带出的怅惘之情物化成具体的景物，正所谓“以我观物，故物皆著我之色彩”(王国维《人间词话》)是也。“荒尘”，典出《宋书·礼志》：“《诗》、《书》荒尘，颂声寂漠，仰瞻俯省，能弗叹慨。”此处加以实化，又有陶渊明“人生无根蒂，飘如陌上尘”(《杂诗十二首》之一)的嗟叹。“斜照”在中国古典文学中，更是有着丰厚文化积淀的意象，它早就是悲凉意绪的象征，用在这里，马上予人一种历史的沉重感。“却访青门”以下至歇拍，纪此番游历，正式进入咏古黄杨的主题。“青门”，汉长安城东门，本名霸城门，以其色青，故俗呼此名，此指西安东门。而青门外又是秦东陵侯召平在秦亡后种瓜的地方，因此“青门”一词本身也有沧桑之感。“双树绿阴寒罩”是写实，但“寒罩”两字下在这里，则使原本历经千载仍生机勃勃的老树在作者凭吊往古的主观审视下变为斑驳冷峻的历史见证者。“寒”与上文的“荒”，正是一脉相承。“碧玉交枝”，也就是其日记中所说的“枝干盘曲”，“碧玉”两字，又洗脱了“绿阴寒罩”所带的冷色调，也表明全词的基调并不是悲哀的。“浑不似、闰年生小”，是说那两株古树枝叶郁郁葱葱，足证它们仍有旺盛的生命力。传说闰年树木没有年轮停止生长，故作者有此言。以否定句来表示肯定意义，更有叹赏之意。歇拍“想向来”两句，作者想象双黄杨伴着松、竹、梅岁寒三友阅尽人世沧桑，点出了借咏古树作社会历史思考的词旨。“沧桑”云云，虽直抒胸臆，而情致缅邈，自足动人。盖作者已历道光、咸丰、同治、光绪四朝，两次鸦片战争、太平天国、中法战争、中日甲午战争等内忧外患均所熟知，明写黄杨，暗中又何尝不是自抒怀抱。

下片换头忆帝西巡，诏改八仙庵为八仙宫之事。“曾经”一句纯用赋笔。“问游仙、梦痕谁扫”，问得迷离惝恍，感慨万端。所谓“游仙梦”，是游心仙境，脱离尘俗的美梦，此则喻指清朝当年的全盛期，也就是“御辇鸣鸾到”的那个时代。如今盛世如梦，“梦痕”依稀又有谁人能将其扫尽？言下之意，是不能忘情于前代往事，当然这也就流露出对当下时世的失望。下面“吹香”两句，点出八仙庵的位置。“吹香”云云，与上文“碧玉”的形容用意略同，写高大的古黄杨上野藤缭绕绽放新花，香气扑鼻；与下文写灞水边柳树“兵火后、依然春好”相衔接，显然营造的是“人事成古今，野花自开落”和“柳绿只因春，岂关兴亡恨”的意境。凸显花木对人事的隔膜，表现其不因人的主观意志而变化的欣欣向荣之态，正反衬出作者孤怀渺渺的苍凉心绪。特别是“灞上”之柳，见证了历代折柳送别的无数往事，似乎早就应该培养出与人相通的感情来，但它们却“依然”在衰世之春生长得那么无忧无虑，不免更令人怃然。但不管怎样，“依然春好”总是令人感到宽慰的，比起“六榕蛮地”那“空杳霭、云昏晓”的情景，自然多少给人一丝希望。“六榕”，揆其词义应是地名，大约在今湘西黔东一带。东汉马援征五溪，士卒多为瘴气所伤，“六榕”当为此类地方，故曰朝暮云皆“杳霭”(烟岚隐现貌)。

词借古树之历经沧桑写作者的兴亡之感，苍凉中见出其情怀之沉郁，但他并未对世事完全绝望，所以我们读此词，感受到的便是惆怅而非悲痛，而这种渗透在词中的惆怅意绪确实表现得非常动人。(陈国安)

点绛唇　王鹏运

饯春

抛尽榆钱，依然难买春光驻。饯春无语，肠断春归路。　　春去能来，人去能来否？长亭暮，乱山无数，只有鹃声苦。

宋欧阳修说过：“若意新语工，得前人所未道者，斯为善也。”(《六一诗话》)凡文艺作品，均贵创新，尤贵于寻常处出新意。然而创新也实非易事，如本词写的“榆钱”，欧阳修道过，历代词人都道过，且也颇多佳句，而特别能使人感到新意盎然的，却是在八百多年以后，到王鹏运笔下，才出现这首称得上使人耳目全新的作品。“榆”，落叶乔木，其荚似钱，多且成串，故人或称为“榆钱”，种植地区甚广。榆钱落去的时节，又恰值残春，词人由此想到用榆钱买驻春光，真是独具匠心。抛尽榆钱，花钱不可谓不多矣！但“依然难买春光驻”，其构思的巧妙，实在不可多得。尤其可佩的是，作者在上片埋下伏笔以后，于下片首韵，又抓住“春去能来”这个平常思路，再次别出机杼，把青春同人联系起来，提出了一个极似寻常，而前人却都没有道过的“人去能来否”的设问，它使人们想到，属于自然的青春，年年可以回来，属于社会的人，离别了也仍有重逢的机会，而既属于自然、又属于社会的人的青春，却一经逝去，便永远不能回来了。深深地让人们感受到词人久久难以释怀的对青春不再的无限伤感。赵翼曾赞赏一些意境精妙而语言平易的佳句，说：“盖此等句，人人意中所有，却未有人道过，一经说出，便人人如其意之所欲出。”(《瓯北诗话》)此词上片与下片开头四句，即有此妙处。一首短短四十一字的小令，能够如此奇峰突起，新意迭出，不愧是清词中上乘之作。

本词的题目是“饯春”，词人在上下片首韵从两个方面荡开，又回过来紧扣主题，做到不落痕迹。上片写饯季节的青春，下片着力写饯人的青春，层次脉络分明，又前后浑然一体。作者紧接在“难买春光驻”后面，用“饯春无语”一转，写既然客观上已不可能买回春光，就只得为春饯别这种无可奈何的思绪。“无语”是前人常用以表示胸中凄苦情结的词语，柳永《八声甘州》(对潇潇暮雨洒江天)有“惟有长江水，无语东流”句，今人周汝昌评曰：“着此两字，方觉十倍深沉，百感交集。”这句话移用到此处，也同样是适宜的。长亭送别，为时已暮，又折回了“饯”字。这里，既点出已经到了终须诀别的时候，不能再作挽留，也为后面的写乱山作出铺垫。“乱山”，写的是视觉，表达的是词人心中的纷乱之绪，增添了几层阴暗景象，使人更觉惆怅。人们在这里看到的，是一幅长亭孤立于晚霭之中，乱山也在晚霭中显得十分阴沉的图画。今人读之，犹感作者笔下的那种沉郁气氛中心境的沉重。最后，词人又从杜鹃啼声中吐露了凄苦和寻求洒脱的双重心情。杜鹃即子规，其啼声似呼叫“不如归去”。诚然，杜鹃啼声极苦，然而自然规律终不可违，词人是否也意图写出从中得到的一些领悟，使自己的愁思得到某种解脱呢？

此词寓意深邃，构思亦非同寻常，而语言却平淡浅显，清丽自然，如信手拈来，深见功力。（吴定中）

浪淘沙　王鹏运

自题《庚子秋词》后

华发对山青，客梦零星。岁寒濡呴慰劳生。断尽愁肠谁会得？哀雁声声。　心事共疏檠，歌断谁听？墨痕和泪渍清冰。留得悲秋残影在，分付旗亭。

庚子年即光绪二十六年（1900），这一年八国联军入侵北京，慈禧太后挟光绪帝西逃，次年订《辛丑条约》，中国最后一个封建王朝终于走上了穷途末路。是年秋，王鹏运与朱孝臧、刘福姚等集于宣武门外教场头条胡同寓宅，相约填词，成《庚子秋词》二卷。这首题于《庚子秋词》之后的《浪淘沙》将填词者的心境高度浓缩，把身处末世、时临深秋者的愁苦和绝望和泪泻出，惊人心魄。

词上片以“华发对山青”起首，从宋吴文英《八声甘州·陪庾幕诸公游灵岩》“问苍波无语，华发奈山青”化出，感慨横生，极具分量。花白头发，是人生暮年的标志，从这花白头发中可以读出的是人事沧桑，而从苍茫的青山间可以读出的该是“青山依旧在，几度夕阳红”的世道变更，那么华发对着青山会是怎样的况味呢？“客梦零星”，是写实，在巨大的时空转换压力下，夜不能寐，客梦难成；也是写意，戊戌维新的失败，让大清王朝复兴的最后一线希望破灭，虽欲寄托梦幻，却又无可奈何。于是在这个深秋的夜里，更觉岁寒难耐，几个失却精神家园的愁苦难民只得在相互感受对方哀痛中体味几分慰藉。“濡呴（xǔ）”语出《庄子·天运》：“泉涸，鱼相与处于陆，相呴以湿，相濡以沫”。此处“濡呴”二字颇为传神，失却精神家园的士人不正是“相与处于陆”的一群愁鱼吗？时光无情地流逝，空间越来越逼仄，心灵伤痛远胜于肉体，如此“断尽愁肠”的哀雁声声又有谁能理会呢？西去的慈禧太后和光绪帝无暇理会，双眼发红的八国联军无心理会，而晤言一室之内的可以理会者又只是一群无力回天的书生，似这等情形，真是“怎一个、愁字了得”（李清照《声声慢》）！

词下片紧承上片，进一层渲染秋夜的凄寒和愁肠寸断的不堪。“心事共疏檠”，“疏檠”即镂空雕花的灯架，此处代指灯。心情灰暗的数人只能伴着明灭的灯火在深秋的长夜中煎熬，而“墨痕和泪”而化成的歌词又有谁能听，谁堪听呢？词的上下片相接处，两次用“断”、“谁”二字,非叠字句式而重字迭出本是小令之忌讳,而此处却是情之所至,非如此不足以表情达意,于是在出人意表中递进一层,哀苦不忍的情状凸显目前。"悲秋残影"传递出的意绪,情境中人何以排解呢?只有旗亭买醉一途。可借酒浇愁的结果是可以预期的:当新的一天到来,买醉者酒意渐消的时候,客梦依然零星,心事依旧难平。

整首词展现的是这样的悲剧:时在深秋,人在暮年,岁在世纪交接处,国在存亡的转折点,一切引人伤感的时间交汇到了一点,在层层堆积中形成令人不堪的悲哀,更为可恨的是,在这交汇点上,一时还看不出丝毫希望的曙光。这种绝望真构成人世间的大悲怆!(承剑芬　戴元初)

玉楼春　王鹏运

好山不入时人眼,每向人家稀处见。浓青一桁拨云来[①],沉恨万端如雾散。　山灵休笑缘终浅,作计避人今未晚。十年缁尽素衣尘[②],雪鬓霜髯尘不染。

注 ① 桁(héng):衣架,此作量词,用于成横行的东西,即横卧的青山。　② 缁(zī资):黑色。

生于道光二十八年(1848)的王鹏运,一生中经历了太多的时事风云变幻,从鸦片战争的余绪到八国联军的入侵,无不激荡其心,化而为词,多沉郁慷慨之作,而这首《玉楼春》词却有别于常体,显示出词人心灵世界的另一个层面。

词的上片写山,以人的目光观照好山,说"好山不入时人眼,每向人家稀处见",实是说时人因为各自不同的原因,或为名来,或为利往,眼中实在没有容纳好山的空间,以至于好山显现处往往正是人迹鲜至的地方。词作者在发现这好山之前,其实也正是这"有眼不识好山"的时人中之一员,而今天"浓青一桁拨云来,沉恨万端如雾散",这荡涤心灵的感受顷刻间让词人顿悟,知晓世界万般深恨在这青山白云面前了无意味,于是便有了"觉今是而昨非"的欣慰和怅惘,词的下片也就自然引出。这里"浓青"句由韦庄《灞陵道中诗》"一桁晴山倒碧峰"化出,而精警更在韦诗之上。

下片四句写人,以拟人笔法与山灵对话,表明自己心迹。"山灵休笑缘终浅"写的是决心,"作计避人今未晚"已经近乎行动了,避人实为避开尘世纷扰,寻求另一种精神依归。末两句"十年缁尽素衣尘,雪鬓霜髯尘不染",在对比中进一步展现自己的内心世界。"十年缁尽素衣尘"化用陆机《为顾彦先赠妇》"京洛多风尘,素衣化为缁"、谢玄《酬王晋安》"谁能久京洛,缁尘染素衣",径以"缁"作动词刻意形容,把久居京城、混迹官场的愁闷和厌倦情绪表露无遗,而如雪似霜的鬓髯在岁月风尘的浸染中反而越发纯粹,一尘不染。素衣为身外之物,鬓髯为发肤之一部分,受之父母,两相对照,意在表明虽然身披世俗风尘,但心中尚有纯洁无染的向往,而这正是可以遁隐山林的"缘"。

整首词充满寄情山林的向往,却无一丝摆脱俗事烦忧的洒脱,这种矛盾正是词人生命感受的写照,"沉恨万端",有人生的不得意,看看词人自题词集为丙、丁、戊而缺甲稿表明生平未登甲科之憾，可见其对命运不顺的耿耿于怀；也有国步艰危之恨，读读词人上呈的奏章和《庚子秋词》中的作品，可见其对国运不昌的深切哀痛。在沉恨万端的重压下，逃遁的途径莫外乎两条：或为买醉，或为遁隐。可买醉终有醒的时候，遁隐也需有忘世之心，这对词人都是不切实际的解脱方式。于是，即便是退隐山林也只能是词人心中永远无法企及的桃花源。

总览全词，摆脱世俗烦恼和肮脏的追求是词的基调，但这基调上也笼罩着“进亦忧，退亦忧”的郁闷气氛，读之让人不能释怀，这也正是词人生活的时代所打上的心灵烙印。（承剑芬　戴元初）

祝英台近　王鹏运

次韵道希感春

倦寻芳，慵对镜，人倚画阑暮。燕妒莺猜，相向甚情绪？落英依旧缤纷，轻阴难乞，枉多事、愁风愁雨。　　小园路，试问能几销凝？流光又轻误。联袂留春，春去竟如许！可怜有限芳菲，无边风月，恁都付、等闲风絮。

这首词作于光绪二十一年乙未(1895)春。道希，文廷式的字。据《文廷式年谱》载：“光绪二十一年乙未，四十岁，本年春，先生有《祝英台近》感春词寄慨时事，王幼遐（王鹏运字）和之。”此词即为作者和文廷式之作。

文廷式的《祝英台近》是有感于中日甲午战争失败而作。据《文廷式年谱》载：“自议款以还，敌人要挟过甚。先生职司记注，一再陈谏，极言其不可从，有‘辱国病民，莫此为甚’等语。又有‘何以见列祖列宗于地下’之语。太后怒，投其折于地。议欲重谴。其揭参首辅，语尤激厉。奏稿流传都下，见者以为贾太傅（谊）痛哭流涕之言，不是过也。李鸿章恨先生甚，欲中以奇祸。盛伯熙（昱）知其谋，劝先生少避。先生遂有乞假南归之意矣。”文廷式原词即作于南归前夕。其词明显受宋辛弃疾《祝英台近・晚春》一词的影响，明写女子的伤春怀人，实则寄托作者的念时自伤，令人清晰地察觉到作者隐约含蓄的时事身世之感，从而在怨人伤春的背后，体会到一个爱国维新志士的感情波澜。王鹏运作为文廷式志同道合的亲密友人，和作此词，在词中既有与文廷式思想感情上的共鸣，又有对廷式处境的安慰和鼓励。全词与廷式词意旨相近，手法相同，思想上和艺术上所达到的高度，也可以与文廷式原词相颉颃。

全词上片写女子伤春心情，下片转写作者劝慰。

“倦寻芳，慵对镜，人倚画阑暮”，上片开篇三句就把镜头对准了女主人公。一“倦”、一“慵”、一“倚”，传神地写出了女子在暮春时节无心赏春的情态。一个“暮”字，从时间的推移中，暗示了女子倚在画栏旁的时间之久，从而含蓄地表现了女主人公“愁望春归，春到更无绪”（文廷式《祝英台近》）的盼春又伤春的心绪。伤春是由怀人引起的，春天对别人来说，也许是赏心悦目的好时光，但对她说来，只能勾起思念远人的愁绪，心情如何好得了呢！“燕妒莺猜，相向甚情绪？”接着两句，作者从更深的层次上写出心绪恶劣的缘由。文廷式原词云：“剪鲛绡，传燕语。”燕子，是作为向所念情人传递情话的使者出现的。可是此处伊人却反倒招致“燕”、“莺”的猜忌。面对春色，还能有什么好的情绪呢？“落英依旧缤纷，轻阴难乞，枉多事、愁风愁雨”，上片末三句，显然是针对文廷式原词中“园林红紫千千，放教狼藉，休但怨、连番风雨”的感慨而发。“轻阴”，微阴的天色。放眼望去，依旧是落花阵阵。既然是最起码的微阴天气，也难以乞求得到，那么，愁风愁雨，也就是枉自多事了。这景况自然使人联想起，甲午之战以后，中日签订《马关条约》，割让台湾，赔偿巨款，一批主战的维新志士，接连遭到了以慈禧太后为首的投降派的排挤、打击，在这种情况下，“愁风愁雨”，又有什么意义呢！这里，我们可以体察到作者和文廷式思想上的共鸣，也表露了对文廷式的劝慰和鼓励。

“小园路，试问能几销凝？流光又轻误”，下片紧承上片，将词意又推进一层。“小园路”，表示与情人一起徘徊留连的路。“销凝”，销魂凝神。柳永《夜半乐》：“对此佳景，顿觉销凝，惹成愁绪。”如今，孤身一人徘徊于小园中的曲径上，试问能让人有几多销凝？反倒轻易地又耽误了时光。“联袂留春，春去竟如许”，“联袂”，衣袖相连，比喻携手同行，这里是指共同、一起。共同想把春色留住，但春天竟是如此无情地逝去。在文廷式的原词中，这几句是：“谢桥路，十载重约钿车，惊心旧游误。玉佩尘生，此恨奈何许！”在女子怀人的背后，文廷式是在感伤旧游中已有叹恨被排挤、打击而流散四方，面临厄运之意。不难看出，作者在这里既有对廷式的劝勉，更有对清王朝国运日蹙，无力“回春”的感伤。“可怜有限芳菲，无边风月，恁都付，等闲风絮”，令人悲哀的是这芬芳的花草，美好的风光，就这样都交代给了平平常常随风飘荡的柳絮。作者在词的最后，将全部的感情倾注在春将尽的无奈中，这种无奈，让人感受到的，是作者对国事日非无力挽回的感慨，是对当权的投降派小人得势的愤慨。

王鹏运的词风，主要学苏、辛豪放一路，但这首词也明显受辛弃疾《祝英台近·晚春》词的影响，写得深婉要眇，感情真切。王瀣手批《云起轩词钞》评文廷式《祝英台近》词云：“此作得稼轩之骨。”移评此首，也是十分确切的。（钱学增）

满江红　王鹏运

朱仙镇谒岳鄂王祠敬赋

风帽尘衫，重拜倒、朱仙祠下。尚仿佛、英灵接处，神游如乍。往事低徊风雨疾，新愁黯淡江河下。更何堪、雪涕读题诗，残碑打。　黄龙指，金牌亚。旌旆影，沧桑话。对苍烟落日，似闻悲咤。气奋蛟鼍澜欲挽，悲生笳鼓民犹社。抚长松、郁律认南枝，寒涛泻。

此为光绪二十八年(1902)词人自谏垣南归，途经河南开封府朱仙镇时所作。词下原注：“道光季年，河决开封，举镇惟岳祠无恙。壬午(光绪八年，1882)扶护南归，曾梦游祠下。”对这座纪念南宋民族英雄岳飞的祠庙，词人是心仪已久了。

上片着重于谒祠。起首两句，述自己不顾风尘劳顿，到镇伊始便迫不及待前来瞻拜，一个

“重”字，是包举廿年前“曾梦游祠下”的往事而言。这两句与陈维崧名作《满江红·秋日经信陵君祠》的起笔“席帽聊萧，偶经过、信陵祠下”如出一辙，于点题中俱有自我写照，为入祠抒感拓出了地步。三、四两句为瞻仰庙像，不仅简练地示现了岳王神像的英武，且进一步从“神游如乍”的感想中流露出自己对庙主的夙慕。当初的神游如今喜成事实，而联翩的思绪却将词人拉回悲愤之中：一方面，是岳飞悲剧命运的历史情景，如疾风骤雨袭上心头，令人低徊扼腕；另一方面，是朝廷腐败、国势日蹙的社会现实，与岳飞当年的政治情状何其相似，勾起如同江河般滔滔不息的“新愁”，使词人心情更加沉重。此后他离开庙像，诵读着两庑的题诗，拓下残损的碑文，一回回擦拭盈眶的泪水。“更何堪”三字，显示了词人感情的投入，以至持续的悲愤达到了难以承受的程度。

下片着重于怀古。南宋绍兴十年(1140)，岳飞在郾城大败金兵，进军朱仙镇，距北宋故都汴京已不足半日之程。岳飞一心收复失地，有“直抵黄龙府，与诸君痛饮尔”的豪言壮志。然而宋高宗和秦桧却强令岳飞班师，一日间连下十二道金牌，致使岳飞“十年之力，废于一旦”，王师的旌旗在中原的大地上终成泡影虚话。换头的十二字，浓缩了这段伤心的历史。然而，英雄的业绩是不可磨灭的，爱国志士的浩然正气更是万古长存。词人在苍烟落日之中，仿佛仍然听见岳家军当年金戈铁马、叱咤风云的号角声。“气詟”两句对仗，上句言岳飞的英气令金人丧胆，且几乎改变了政局；下句言尽管壮志未遂，百姓却一直崇敬和缅怀着心中的英雄，年年在岳王祠中祭祀英灵。“詟”(zhé)，震慑，《后汉书·东夷传序》：“南瞰诸华，北詟群夷。”“社”，祭土地神，此泛指祭祀。这两句断语警炼而正大，词人的悲愁之意，已为悲壮之情所代替。杭州岳王庙中的墓树，相传树枝都朝南生长，词人此时借用于眼前的庭松，抚长松而盘桓，辨认着挺拔的干枝，倾听着阵阵松涛。结末的这一笔，象征着岳飞的气节英名，如劲松不凋，长驻人间。

朱孝臧为王鹏运词集《半塘定稿》作序，有“郁伊不聊之慨，一于词陶写之”之语。本作体格雄阔，感慨淋漓，在对历史陈迹的凭吊中，一吐古今“郁伊不聊之慨”，具有强烈的艺术感染力。(史良昭)

双双燕　黄遵宪

题潘兰史《罗浮纪游图》

罗浮睡了，试召鹤呼龙，凭谁唤醒？尘封丹灶，剩有星残月冷。欲问移家仙井，何处觅、风鬟雾鬓？只因独立苍茫，高唱万峰峰顶。　　荒径，蓬蒿半隐。幸空谷无人，栖身应稳。危楼倚遍，看到云昏花暝。回首海波如镜，忽露出、飞来旧影。又愁风雨合离，化作他人仙境。

这是一首题画之作。潘飞声字兰史，爱罗浮山，有游记，与夫人相约偕隐此山中。遵宪借题遣兴，寄托深远。

罗浮为广东名山，也是中国道教著名洞天之一。据潘飞声云，陈澧游罗浮山，仅得“罗浮睡了”一句，久而未能成篇。词人起句便由此入题。“罗浮睡了”，陈澧原句指罗浮山仪态万方，沉静端庄，有如睡梦中的美人。然而，在词人的艺术构思中，“睡了”却意味着对现实生活的无所感知，意味着在沉睡中失去峥嵘的气势和勃勃生机。山中有白鹤、黄龙诸宫观，似也一同睡去。词人以此隐喻被列强侵凌的中国。“呼龙”用李贺《天上谣》诗“呼龙耕烟种瑶草”的典故，且因山中宫观而产生联想。既然山连同其间的鹤、龙都已沉睡，则谁能唤其醒来？起句便表现出非凡的气度和对国事的极度关切。这同词人积极参与戊戌变法的思想、行动有较大的关联。在变法中，词人大力介绍西方强盛和日本迅速崛起的经验，以期唤醒国人。在此词中，也表现出其以发蒙震聩者自居的责任感。“尘封”二句，写罗浮作为道教名山的昔与今，也隐喻中国的盛与衰。罗浮山有葛洪炼丹之遗址。据《抱朴子外篇·自叙》及《晋书·葛洪传》载，洪在罗浮山炼丹积年，著述不辍。这是道教史上的大事，也是罗浮山值得大书特书的佳话。然而，这已经成为往事。而今斗转星移，香烟寥落，亦如中国从昔日繁荣昌盛的强国蜕变为任人宰割的羔羊一般。于是，词人慨叹“剩有星残月冷”，早已是旧梦难寻。“欲问”三句隐括潘兰史与其夫人旧有偕隐罗浮之约一事。“移家仙井”谓兰史也像葛洪那样对罗浮山情有独钟。然而，葛洪之仙井后世已无可考，兰史夫妇隐居之后，又将到何处寻觅其踪？“只因”二句乃自行设答之词，并借题发挥，言其高唱于万峰颠顶，指其作诗、作画，也委婉地言其意在唤醒罗浮，与起句之“凭谁唤醒”相呼应。遵宪题兰史《罗浮图》乃一诗一词。诗为《题独立图》，内有“君看独立山人侧，多少他人卧榻容”二句，兰史自号“独立山人”，亦有众人皆醉，唯君独醒之意。本篇中的寄托、期许更加委婉、深邃。

下片承前“移家”句，写兰史隐居罗浮之状。“荒径”数句写其庐舍之幽。门前小路长满野草，庐舍也在蓬蒿掩映中。所居之地不与俗人相接，故称之为“空谷”。南朝谢灵运有“讵存空谷期”句，也是对这样清幽之境的称谓。“危楼”二句写在隐居生活中对山光水色的欣赏、留连。这数句写对兰史夫妇偕隐罗浮的初衷的推想。在对清静悠闲的隐居生活的描绘中，忽然笔锋一转，写出另一番风景，另一种境界。“回首”三句写对罗浮山的纵览。据祝穆《方舆胜览》等书所记，罗山之西为浮山，在海中，如浮海而至，故名浮山。词人设想奇特，仿佛观赏罗山风光之时，回望间，忽然闪现出风平浪静的大海中的浮山，闪现出它作为蓬莱仙山之一部分而浮海至此的传说和灵异色彩。然而，这回望给人以愉悦，也给人以悲凉。这美好的“旧影”并没停留在回望中。词人笔锋再转，引出惊人魂魄的结句，这浮海而至的仙山又为令人忧愁的风雨所掩蔽，“化作他人仙境”，一语重如千钧。在这样的艺术概括中，包含了多少山河割裂、列强肆虐引发的悲愤与苦痛！结句翻出新意，更进一层，同时，这也是对前面“高唱万峰峰顶”句的最好脚注，是对“栖身应稳”的否定。在海上漂来的浮山已“化为他人仙境”之时，罗浮山已被肢解，它又怎能沉睡？有识之士又怎能“栖身应稳”？如此愤激的感情，在作品中却完全以艺术的语言出之。罗浮山为葛洪炼丹之所，是道教重要洞天之一，浮山的传说更具有神仙色彩，然而，如今却成了“他人仙境”，无限愤慨，无限沉痛，都熔铸在结句的意蕴中。

本篇上片写山，写传闻，亦真亦幻，变化多端且又委婉含蓄；下片写隐居，看似平淡，实则深沉，层层翻进，转为激切，铿然收束，有断弦裂帛之声。据潘飞声《在山泉诗话》云：“此诗此词，传钞一时，已有录入诗话、笔记者。”反响如此强烈，亦所宜也。（许志刚）

渡江云　沈曾植

赠文道希

十分春已去，孤花隐叶，怊怅倚阑心。客游今倦矣。珍重韶光，还共醉花阴。长亭短堠，向从来、雨黯烟沉。人何处？匣中宝剑，挂壁作龙吟。　　登临。秦时明月，汉国山河，尽云寒雁噤。行不得、鹧鸪啼晚，苦竹穿林。寻常总道归帆好，者归帆、愁与潮深。苍然暮，高山流水鸣琴。

这首词作于光绪二十一年乙未(1895)四月。时文廷式(字道希)乞假南归，作者作此词以赠别，另外尚有《永遇乐》词一首。

光绪二十年(1894)，中日甲午战争起，时文廷式官翰林院侍读学士，竭力主战，屡次上折参北洋大臣李鸿章畏葸挟夷自重。据《文廷式年谱》载："光绪二十一年乙未正月，授李鸿章为头等全权大臣使日本。""三月二十八日，鸿章所议条约到京，都中多未见其约款，盖总署事极秘密，先生则得闻于一二同志，独先独确，因每事必疏争之，又昌言于众，使共争之。……无如中外之势已成，劫持之术愈固。事遂不可挽矣。而主和之党，遂集恨于先生。……而太后必欲去之之心亦愈急。""李鸿章恨先生甚，欲中以奇祸。盛伯熙(昱)知其谋，劝先生少避。先生遂有乞假南归之意矣。四月，乞假出都，回籍修墓。将归，沈子培有《渡江云》、《永遇乐》二词赠先生。"

作者和廷式，有着深厚的友谊，这种友谊，又是建立在共同的政治认识的基础之上的。早在光绪十一年(1885)，廷式入都，即与作者订交。作者在《文云阁墓表》中说："余以文字言议与君契，相识廿年，……上下古今，无所不尽。"甲午七月，康有为被给事中余联沅参劾，两人联同盛昱等奔走援救。清军于辽东战败，北京形势严峻，两人俱主张西狩。京中开强学会，两人俱参加。可见沈、文之间高山流水的知心交谊，并非一般。

这首词，由于作者学问渊博，诗词功力深厚，活用并化用了许多典实，一气呵成，不着痕迹，格高调响，悲凉激越，表达了送别知心朋友的深厚感情。

上片写送别。

"十分春已去，孤花隐叶，怊怅倚阑心"，写送别情景。时间已是四月，春将尽，所以说"十分春已去"，也暗寓国事已不可挽回。花是孤的，叶是隐的，友人将去时的落寞孤独之感借助景物的描写烘染无遗。"客游今倦矣"，谓倦于为官。《史记・司马相如传》："长卿故倦游。"《集解》："厌游宦也。"古人将在外做官称游宦。这句表面上看是说友人久居他乡已厌倦于游宦，实则深寄了作者对廷式不得已而乞假南归的隐衷的理解。"珍重韶光，还共醉花阴"，"醉花阴"，词调名，这里活用其辞，表达期望廷式重返北京，再整旗鼓，共同奋斗的心情。"长亭短堠，向从来、雨黯烟沉"，"长亭"，古时十里一长亭，五里一短亭，常作为离别的处所；"堠"，古时记录里程的土堡，五里一堠，十里二堠。韩愈《路旁堠》："堆堆路旁堠，一双复一只。""雨黯烟沉"，形容黑暗。这三句写作者对友人前途的忧虑，谓此行途中安危，颇难逆料，希望廷式多加留意。事情果然不出作者所料。据《文廷式年谱》载:"本年(1895)秋,先生入都消假。道出上海,江海关道黄幼农、上海县知县黄爱棠承暄宴之于静安寺路张氏味莼园。由上海北上,于上轮船时,失去衣箱三只,内有紧要文稿。黄爱棠饬捕严缉未获。此件后入李鸿章之手。因其文指陈时事,语侵鸿章,且涉宫廷。鸿章得之,密白太后。明年御史杨莘伯崇伊奏劾先生,鸿章所授意也。""人何处? 匣中宝剑,挂壁作龙吟","龙吟",出王嘉《拾遗记》:"帝颛顼有曳影之剑,……未用之时,常于匣里如龙虎之吟。"后人常以匣中宝剑比喻人虽未被重用,但声名却远播四海。作者在这里用它表达对廷式目前处境的理解,并寄托了殷切的期望,相信廷式总有一天会声闻天下,大有所为的。

下片抒别情。

"登临。秦时明月,汉国山河,尽云寒雁噤",中二句化用王昌龄《出塞》:"秦时明月汉时关,万里长征人未还。但使龙城飞将在,不教胡马度阴山。"这里借指当时政治形势。对甲午战争到乙未议和割让台湾等一系列国事的感慨,总摄于登临顾望之中。"云寒雁噤",形容政局黑暗,志士窒息。"行不得、鹧鸪啼晚,苦竹穿林",李时珍《本草纲目》:"鹧鸪多对啼,今俗谓其鸣曰:'行不得也,哥哥。'"诗词中因常以鹧鸪啼鸣写行旅之情,以示劝阻,或写不可行而不得不行之情。这里作者用此典,表达了对廷式此行的深切理解和关注。"苦竹",竹的一种,干矮小,节长于他竹,四月生笋,味苦。李白《山鹧鸪词》:"苦竹岭头秋月晖,苦竹南枝鹧鸪飞。嫁得燕山胡雁婿,欲衔我向雁门归。山鸡翟雉来相劝,南禽多被北禽欺。紫塞严霜如剑戟,苍梧欲巢难背违。我心誓死不能去,哀鸣惊叫泪沾衣。"作者在这里全面概括了李白《山鹧鸪词》的内容作为一个典故,用"苦竹穿林",既切送别时的时令,又暗喻廷式有气骨,兼寓南归避北方权贵迫害之意。既然此行如此无奈,所以作者接着说:"寻常总道归帆好,者(这)归帆、愁与潮深。"后来廷式在答词中说:"别愁如海。"正相呼应。结尾"苍然暮,高山流水鸣琴",作者用了伯牙、子期的千古佳话,表达了与廷式的真挚深厚的友谊。

沈曾植的词,一如其诗,佛典僻典满纸,古奥难解,如西藏曼荼罗画那样光怪陆离,越到晚年,这种趋向越显著。其词集名曰《曼陀罗寱词》恐正源于此。但前期的词作,还是较为清顺的,如这一首,虽用典,但易于理解,是思想性与艺术性达到高水平的上乘之作。(钱仲联　钱学增)

鹧鸪天　文廷式

即事

劫火何曾燎一尘? 侧身人海又翻新。闲拈寸砚磨砻世,醉折繁花点勘春。　闻柝夜,警鸡晨,重重宿雾锁重闉。堆盘买得迎年菜,但喜红椒一味辛。

文廷式乃近代爱国志士,其词时多慨叹时政之作。此词即是。甲午战争时,军政枢要李鸿章只求妥协，屡误战机，文廷式极力主战，上疏弹劾，反被陷罪罢官。赋闲在家，时值新年将临，作者感慨之余，写下此词，题以“即事”。

词以“劫火何曾燎一尘”之反问开篇，其中巧妙地借用了佛家语，在佛家眼里，“劫火”是指世界毁灭时的大火，此处则借指战乱对祖国和人民所带来的灾难（如中日甲午战争），同时也包括腐败朝廷对自己的陷害。所谓“一尘”，似是作者自指。因为以一粒微尘比喻自身的情况在古代诗文中并不鲜见。故作者首句故意以反问的口气，来说明自己遭劫不灭，不屈服于腐朽黑暗势力对自己的迫害，保持自己的凛然正气。次句的“侧身人海又翻新”，本出自清黄景仁《都门秋思》中的“侧身人海叹栖退”。所谓“侧身人海”，是指自己因被罢官，故在人多时只能以戒慎立身处世，却不知不觉又迎来了新年。所谓“翻新”，是指岁月的翻新，即辞旧迎新、年去岁来之意。第三句中的“磨”与“砻”，都是指磨碎物品的用具，用现在的话来说，第三句就是指作者“闲拈寸砚”，磨墨提笔，吟诗作文，聊度时光。第四句则写自己有时喝醉酒，便折枝繁花，从中来“点勘”和领略春天的到来。实际上都是写自己削职以后赋闲在家的生活状况。

从上片看，作者被削职以后，生活似乎很悠闲，仅“侧身人海”，若不问国事，其实并不然。从下片的“闻柝夜，警鸡晨”即可看出作者当时的真实心情。所谓“柝”，是指夜间的警盗之具，一发现有偷盗之情，便敲柝示警，唐李商隐《马嵬》诗有“空闻虎旅传宵柝”之句，这里的“宵柝”，又作为夜间报更之用。因以铜制成，故又称“金柝”，也是以敲击之声来报时。这里则指作者听着屋外柝的敲击声，心系国事而迟迟未能入眠。“警鸡晨”，则用东晋祖逖慷慨报国而闻鸡起舞的典故，以此来时时警示和鞭策自己当报效国家。所以，这短短二句六字，非常真实地表达了作者虽赋闲在家，却念念不忘时政，为国事忧心忡忡而又时时想报效祖国，为国出力的赤子之心。

然而，晚清王朝的黑暗和腐败在中国历史上是臭名昭著的，慈禧太后弄权，光绪皇帝势蹙，奸佞之臣上蹿下跳，正直有为之士却多遭摒斥，报国无门。“重重宿雾锁重闉”一句，便高度概括了当时朝政腐败的基本情况。“闉”（yīn）本指城内重门，也指皇宫。意为皇宫大门紧闭，皇帝也早已被一班奸臣和太监困住了，自己纵然有回天之力、治国良策，也无可奈何，难以施展。

正因为如此，作者干脆把笔一转，面向现实，在迎接新年中寄托希望。“堆盘买得迎年菜”，仅此一句，便换了一种气氛，也可见出作者暂时甩开愁闷、喜迎新年的快乐心情。忽然，他在众多的“迎年菜”中，发现了一盘红椒，这是他格外喜欢的，故有“但喜红椒一味辛”之句。全词以此句作结，当别有深意。即作者不仅喜欢吃辣椒，同时也以红椒味辛来暗喻自己伉直不屈的性格。两句巧妙地借物喻志，表明了自己的品格意向，读来别有一番滋味。

此词尽管只是迎接新年时即兴所写，却有数转，以反问起句，至次句“侧身人海”为一转，至“闲拈”、“醉折”二句写赋闲生活又为一转，下片“闻柝夜，警鸡晨”，至“重重宿雾锁重闉”为一转，至“堆盘”句又为一转，然末句“但喜”二字实际上仍有转折。故此词虽为“即事”之作，然凡数转，在朝政腐败、国难深重的背景下抒写身世遭际和个人情怀，意深且大矣。

从字面看，此词疏淡闲散，但绵里藏针，真切地反映了作者在当时情况下辞旧迎新的复杂而深沉的情感。（孙琴安）

蝶恋花　　文廷式

九十韶光如梦里。寸寸关河，寸寸销魂地。落日野田黄蝶起，古槐丛荻摇深翠。　惆怅玉箫催别意。蕙些兰骚，未是伤心事。重叠泪痕缄锦字，人生只有情难死。

作者自清穆宗同治十二年(1873)十八岁起，多次到北京。他第五次入京在德宗光绪十一年(1885)春，在京逗留一年余，与当时胜流盛昱、袁昶、沈曾植、曾桐兄弟、蒯光典、王颂蔚、陈炽、张孝谦、杨锐等游，名动公卿。次年，应礼部试，与王懿荣、张謇、曾之撰合称"四大公车"，但不幸落第，于当年四月二十八日离京南下。据其《南旋日记》，此词为其出东便门时所作。

是时，已入初夏，三春已逝，回顾在京游踪，恍如一梦，故词以"九十韶光如梦里"一句起调。紧承此句的"寸寸关河，寸寸销魂地"中的"销魂"两字，用江淹《别赋》"黯然销魂者，唯别而已矣"意，以表达其离京时对这片土地的依恋、惜别之情。后两句则为出东便门后所见田野间之景。此两句寓情于景，联系其"如梦里"的感受，上句所写"落日野田黄蝶起"之景，可与陈维崧《尉迟杯》词"闻说近日台城，剩黄蝶濛濛，和梦飞舞"三句合参，似化用《庄子·齐物论》中梦蝶的寓言，以表达其迷惘如梦的心情；下句所写"古槐丛荻摇深翠"之景，则可参读作者后来在《南轺日记》光绪十九年七月二十二日所写"连日所行之境，绿杨万树，红蓼丛生，愈繁密处，愈觉萧疏"，"微吟二句云'每当荻苇萧森处，便有江湖浩荡心'，盖深知世变之巨，将来非一手一足之力所能挽"，此时作者从槐荻摇翠中所产生的当也是"萧森"之感、"江湖"之心。

过片"惆怅玉箫催别意"一句，明白揭出"别"字，进一步表达此次离京的"惆怅"之情。"玉箫"，用江淹《别赋》中"琴羽张兮箫鼓陈"句，指临别时令人"惆怅"的管弦之音；也可能用范摅《云溪友议·玉箫记》所述韦皋游江夏，钟情于一名玉箫的侍女，临别时赠以玉指环一枚、诗一首，并约期再见事，及姜夔《长亭怨慢》词"韦郎去也，怎忘得、玉环(一作箫)分付，第一是、早早归来，怕红萼、无人为主，算空有并刀，难剪离愁万缕"诸句意。如果是后者，当有本事在，惜已难考实。继此句后，以"蕙些兰骚，未是伤心事"两句极言其离京时的伤心怀抱。"骚"，指屈原代表作《离骚》，"些"，指多以"些"字为语尾的《招魂》，而楚辞中又多以"蕙"、"兰"之属的香草象喻品性志行的美善高洁，故此处以"蕙些兰骚"作为楚辞的代称。在作者看来，楚辞中所抒写的幽忧还未足以道出他此时的"伤心事"。结拍"重叠泪痕缄锦字，人生只有情难死"两句，则用诗歌的传统手法，托男女相思以表达其眷恋京国的缠绵幽约之情，而如果过片"惆怅"句是用韦皋与侍女玉箫典，则此两句中固有男女间生死相思的恋情在。人间的真情、至情是执着的、永恒的。"情难死"句是对此情的赞颂，与李商隐《无题》诗"春蚕到死丝方尽，蜡炬成灰泪始干"、元好问《摸鱼儿》词"问世间、情是何物，直教生死相许"诸句，可称异曲同工。

叶恭绰在《广箧中词》中以"沉痛"两字评此词。其词情之如此沉痛，当因写此词时，其别情离绪是与其落第后的失落之感及其关念时事的忧国之情交织为一的。此时，政局日非，内忧外患迭起，是国危如缕的多事之秋。作者此次在京时曾于致友人函中对丧权辱国的中法条约的签订极表愤慨，又曾与人谋议劾李莲英事。此词起调"九十韶光如梦里"句，似也寓有对清皇朝的盛世已如梦如烟、一去不返的感慨。“寸寸关河，寸寸销魂地”两句，更似寓有对鸦片战争以来一再丧师失地，使河山蒙羞的悲愤，而“落日”之景本就可以喻示国运之衰微没落。下片词所说的“伤心事”，应不仅仅指离别之事。其就楚《骚》翻进一层而言者，盖自伤生逢末世，身历千古未有之变局，目睹接踵而来之国耻，其烦忧苦恨固有与屈原相通之处，但其时、其事则大异于屈原之时、之事，其伤心怀抱更有甚于楚《骚》所表述者。至于词的结拍两句所云泪痕之“重叠”、深情之“难死”，也应在离愁别恨外，还有更沉痛的世事之忧、国亡之惧，以及空怀革新政治的抱负而屡试不第、志业难展之恨。（陈邦炎）

翠楼吟　文廷式

岁暮江湖，百忧如捣，感时抚己，写之以声

石马沉烟，银凫蔽海，击残哀筑谁和？旗亭沽酒处，看大艑、风樯轲峨。元龙高卧。便冷眼丹霄，难忘青琐。真无那，冷灰寒柝，笑谈江左。　一笴，能下聊城，算不如呵手，试拈梅朵。苕鸠栖未稳，更休说、山居清课。沉吟今我。只拂剑星寒，欹瓶花妥。清辉堕，望穷烟浦，数星渔火。

阿英（钱杏邨）所编之《甲午中日战争文学集》中曾收此作，近人遂多谓其乃为甲午战争作。实误。叶恭绰据其所收藏之文廷式手稿，对此加按语云：“此感德人占胶澳事。原稿注：‘丁酉作。’”查德人侵占胶州湾正在光绪二十三年丁酉（1897）十月，而作者则于前一年二月被革职逐出北京，是年冬客居上海，故词题中有“岁暮江湖”之语。此与其所感之事的季节及其当时身为逐臣、流落江湖的处境，固完全相符。至于光绪二十年（1894）的甲午之役，自当年中日战争初起至次年三月签订马关条约，作者仍在侍读学士任上，不会自称其“身在江湖”。

这是一首最能见作者的忧国之情、身世之悲，也最能见其风格特征的“感时抚己”之作。词的上片前五句抒写因德人占胶澳事而触发的感慨。《汉书・霍去病传》颜师古注谓去病“冢前有石人马”，此词起句中的“石马”似即暗用此典，以石马之沉烟喻示和慨叹此一历史上的抗敌名将已随岁月而消逝。次句中的“银凫”喻海上的舰艇，以银凫之蔽海象喻列强海军之遍布和横行于我国领海。“击残哀筑谁和”句，则化用《史记・荆轲传》“高渐离击筑，荆轲和而歌，为变徵之音，士皆垂泪涕泣”典。作者写此词时，其对时事的感慨自非一端，其所托“石马”、“银凫”之喻固亦意蕴丰富，所喻示者亦非一端。它可以使人产生时无似霍去病那样抗御匈奴的名将、致任列强舰艇蔽海而来的感叹，也可以引发骑兵时代已让位于海军时代的悲哀。当年匈奴来自大漠，霍去病之抗敌主要靠骑兵决胜，而当今列强来自大洋，拥有海上优势，则纵有骁勇善战如霍去病者，恐怕也难以挽回此一列强分割我沿海城市的局面，而建设强大的海军又非一蹴可就。这也许正是作者之“百忧如捣”的更深层原因。四、五“旗亭”两句，化用刘禹锡《堤上行三首》之三“日晚出帘招估客，轲峨大艑落帆来”句意。他此时客居上海，其“沽酒”之“旗亭”或即在黄浦江边，而所见“风樯轲峨（轲峨，高貌）”之“大艑”当为江上云集之外舰，则此眼前实景正与前"银凫蔽海"之意中虚景两相叠合，而令人益增悲愤。以上五句以"感时"为主，在写法上则借助形象化的喻示，令人生发多重含义的联想。

词的上片后六句及下片前九句转入"抚己"，自陈其面对时局无能为力的处境和心情。"元龙"句，典出《三国志·魏书·陈登传》，但辛弃疾《水龙吟》（举头西北浮云）词中的"元龙老矣，不妨高卧"句则变换了此典的原意，自伤为时所弃，老大无成，只得置身于世事之外而高卧。此词所云"元龙高卧"实取辛词意，与辛词同含有自伤自嘲的牢骚成分，而联系下两句"便冷眼丹霄，难忘青琐（青琐，古代宫门上的一种装饰，亦借指宫门）"，则又从辛词转出另一层意思，意谓：纵然身为逐臣，只得"高卧"，却身在江湖而心驰魏阙，对此时局，不能不为君国的颠危而"百忧如捣"。作者是一位爱国词人，又对德宗怀知遇之感，故其词中常流露出一片对君国的忠爱缠绵之情。此两句后，更以"真无那"三字承上启下：承上，见其虽"难忘青琐"而又身遭斥逐的哀伤；启下，则见其"冷灰寒柝，笑谈江左"之百无聊赖。"冷灰寒柝"，谓夜寒更深，取暖的炭火已熄灭，唯闻击柝之声，既点词题中的"岁暮"，又烘染和象喻作者的心情和国家的命运。下片换头两句"一笴（"笴"，箭干），能下聊城"，用《战国策》所载燕将守卫聊城，田单攻之岁余不下；鲁仲连乃为书约之矢，射入城中，以遗燕将；燕将见书，解兵而去事。陆游《万里桥江上习射》诗有"丈夫未死谁能料，一笴他年下百城"句；此两句词似亦暗用陆诗，含有自负之意。而下两句"算不如呵手，试拈梅朵"，则又将词意转回，慨叹纵似鲁仲连之奇伟俶傥，善于排难解纷，而今也难施展其才能，还不如拈取寒梅花朵以自赏自娱。这其实是一句反语，也是极度愤激之语。文及翁《贺新郎·游西湖有感》词中有"借问孤山林处士，但掉头、笑指梅花蕊。天下事，可知矣"几句，在感叹国事之不可为这一点上，与此"呵手试拈梅朵"句有相似相通之处。对作者而言，正当时局多艰、志士思用的救亡图存之秋，却身遭斥逐，只得高卧大床、玩赏梅朵，已属可悲，而其可悲更有甚者，盖其政敌固仍在监视其行动，将进一步加以迫害（就在写此词的次年，慈禧太后果然又下访拿押解其至京的密谕，使其不仅成为逐臣，而且成为缉捕对象），故此词继以"苕鸠栖未稳，更休说、山居清课"两句，把词意再转进一层，以见其处境正如《荀子·劝学篇》所描述的蒙鸠之系巢于苇苕之上，随时有"风至苕折"的危险，纵思安居山林也不可得。以上自"元龙高卧"句起共十二句，所写以"抚己"为主，其词笔之转折回旋、跌宕生哀，正与其千回百转的忧愤郁结之情相表里。下面三句，则先把以上纷至沓来的感慨只收束为"沉吟今我"四字，言外见意，戛然而止；随即以"拂剑星寒，欹瓶花妥"两句化情为景，宕开词笔。从"拂剑"句固使人想到辛弃疾《水龙吟·登建康赏心亭》词所写"把吴钩看了，阑干拍遍"而"无人会"的忧时报国之心，而下句的瓶花堕落之象自给人以空虚失落之感。

词的结拍"清辉堕，望穷烟浦，数星渔火"三句也是化情为景，并以景结情，把全词所抒写的"感时"之痛、"抚己"之悲一并推入夜色迷茫的远景之中，使人在终篇处寻绎不尽，思入无穷。

叶恭绰《广箧中词》评此词云："气象颖异。彊村所谓'兀傲固难双'也。"此词确极兀傲恣肆之能事，充分显示了云起轩词的风格特征。但其可称道处还在于兀傲而不失之粗犷，恣肆而不失之直露，善于以转折盘旋之笔抒发其愤激之情、抑塞之怀，又多借助富有喻示意义、启人联想的景色、物象以寓托、深化词思，从而展现了词的回荡生姿和空灵含蕴之特美。（陈邦炎）

水龙吟　文廷式

落花飞絮茫茫，古来多少愁人意。游丝窗隙，惊飙树底，暗移人世。一梦醒来，起看明镜，二毛生矣。有葡萄美酒，芙蓉宝剑，都未称，平生志。　我是长安倦客，二十年、软红尘里。无言独对，青灯一点，神游天际。海水浮空，空中楼阁，万重苍翠。待骖鸾归去，层霄回首，又西风起。

文廷式于词之一道"不尚苟同"，反对谨守"戒律"，"窘若囚拘"(《云起轩词钞序》)，故其为词不屑就范于一家一派，很难将其归入某一派，谓其师承某一家；但其某些篇什，又如龙榆生在《清季四大词人》中所云，"因性情、环境关系，不期然而与稼轩一派相出入"。对这首《水龙吟》词，龙文中即评为"拟之稼轩，又何多让"。而且也可以说，此词拟之东坡，亦无多让。宛敏灏在《张于湖评传·词论》中谓于湖词"兼有东坡之清旷与稼轩之雄豪。前者以其才气相似，后者则受时代影响"。廷式此作，亦可作如是观，实兼有苏辛之胜。

词的起调两句"落花飞絮茫茫，古来多少愁人意"，气象苍茫，包罗古今。"落花""飞絮"，在诗词中自来是愁绪的象征，如秦观《千秋岁》词"飞红万点愁如海"，冯延巳《鹊踏枝》词"撩乱春愁如柳絮"，欧阳修《瑞鹧鸪》词"更被东风送惆怅，落花飞絮两翩翩"。此词首句则在"落花飞絮"后加"茫茫"两字，以见在空间上此愁之笼罩大千、茫茫无际；次句承以"古来"两字，以见在时间上此愁之从古到今、无时不有；更以"多少"两字，以见在数量上此愁之不知多少、不可计量。两句合起来看，虽与李煜《虞美人》起调"春花秋月何时了，往事知多少"的词意有所不同，但就词境之广阔而言，足以两相比美。

上片起调后的十句，收到作者此际对此愁的感受。"游丝窗隙，惊飙树底，暗移人世"三句，感叹世事变化之疾。联系晚清时局，鸦片战争以来，从闭关自大的"天朝"变为任列强宰割的半殖民地，国运之沉沦似只是一瞬间事。"一梦醒来，起看明镜，二毛生矣"三句，悲慨年华逝去之速。联系作者遭遇，他早年科场不利，直至清德宗光绪十六年(1890)三十五岁时始以一甲第二名成进士；光绪二十年(1894)，大考翰詹，德宗亲擢为一等第一名，由翰林院编修升为侍读学士。在当时帝党与后党的两宫之争中，他对德宗怀知遇之感，又与珍、瑾两妃有世谊，自为帝党；在维新与保守之争中，他曾与陈炽、沈曾植、康有为、梁启超等筹建强学会，旨在改革政治，为维新派；在甲午战争主战与主和之争中，他曾猛烈抨击李鸿章，反对《马关条约》条款，为主战派。终因深为慈禧太后所忌，于光绪二十二年(1896)被革职，并被驱逐出京，在光绪二十四年(1898)戊戌变法失败后，更成为官府的缉捕对象。此词当为其被逐出京后所作，回顾这段政治经历，自有"梦醒"之感。他罢官时已四十一岁，至四十九岁即怀恨以殁，"二毛生"句应为写实。"二毛"，语出《左传·僖公二十二年》："君子不重伤，不禽二毛。"杜预注："二毛，头白有二色。"可与此三句参读的有王安石变法失败后晚年所写《秣陵道中口占二首》之一："经世才难就，田园路欲迷。殷勤将白发，下马照青溪。"两人时隔八百余载，而写此词、此诗时的心情是相似的。歇拍四句则进一步表达其平生志意百无一酬的悲哀。王翰《凉州曲》有"葡萄美酒"、"醉卧沙场"的豪语，《越绝书》有越王以纯钩示相剑者薛烛，"烛手振拂扬，其华捽如芙蓉始出”的记述，又李贺《南园十三首》之五有“男儿何不带吴钩，收取关山五十州”句。此三句中的前两句即以“有葡萄美酒，芙蓉宝剑”喻指其抗敌御侮的壮志豪情。作者治学，勤读乙部，又研究洋务，广览数学、化学、物理、天文、军事、海防之书，以救亡图强为己任，受到德宗赏识后，正谋求一展其抱负，而不幸为顽固势力所排斥，永难东山再起。四句中的后二句“都未称，平生志”，正道出此一终身憾恨。

过片“我是长安倦客，二十年、软红尘里”两句中的“长安”、“软红尘里”，自指北京。按作者自三十五岁成进士、任职京师，到四十一岁被逐出京，为时不足七年，此云“二十年”者，盖其三十五岁前已七次入京，最早一次在十八岁时，以后于二十岁、二十七岁、二十九岁、三十岁、三十二岁、三十三岁时均曾入京，在京或逗留数月，或逾岁，故就其频繁往来京师而言，以成数约略计之，自不妨云“二十年”。此两句承上启下，寄慨无穷。其二十年政治生涯的起伏浮沉及其志业无成的失落感与空虚感，均蕴含其中。下面“无言独对，青灯一点，神游天际”的前两句，是其身为逐臣后的处境和心情的写照；后一句是其在此处境和心情下，意欲冲破尘网、超脱世事而生发的“未若托蓬莱”（郭璞《游仙诗十九首》其一）的“游仙”之思。紧承此句的“海水浮空，空中楼阁，万重苍翠”三句，即其“神游”中幻现的非复尘寰的世界。与多数游仙之作所描画的仙境同中有异，此三句所造之境更带有海市蜃楼的虚无缥缈的色彩。结拍三句“待骖鸾归去，层霄回首，又西风起”，所流露的则是终不能忘情人间的依依“回首”之情，盖作者始终关怀国事，在流亡中仍交结胜流，积极从事政治活动，本非逃世之士。他在被逐出京的次年，曾写了一首被叶恭绰评为“回肠荡气，忠爱缠绵”（《广箧中词》）的《摸鱼儿·惜春》词，虽全词的风貌与此词迥异其趣，但其结拍“纵行遍天涯，梦魂惯处，犹恋旧亭榭”三句所表达的眷恋君国之情，实与此词结拍的词情有相通之处。在写《摸鱼儿》词的当年暮冬，他还写了一首“感时抚己”的《翠楼吟》，其中也有“便冷眼丹霄，难忘青琐”之语。至于末句“又西风起”，除了化用苏轼《洞仙歌》“但屈指、西风几时来，却不道、流年暗中偷换”句意，以抒发岁月之感外，若此词作于戊戌政变后，甚或作于庚子事变后，则“西风”还可以是喻指这些政治“西风”之又起。

叶恭绰评此词云：“胸襟兴象，超越凡庸。”（《广箧中词》）就胸襟兴象而言，此词与其笼统地说近苏辛，不如说更近苏。《东坡乐府》的第一首词即《水龙吟》，也是一首游仙词。廷式写此首《水龙吟》时，心中或有东坡词在，其中的“落花飞絮茫茫，古来多少愁人意”及“无言独对”“神游天际”诸语，似自东坡原词“古来云海茫茫”“笑纷纷、落花飞絮”及“无言心许”“八表神游”等句化出。但苏作非《东坡乐府》中佳构，廷式此词则自出手眼，青胜于蓝。（陈邦炎）

贺新郎　文廷式

别拟《西洲曲》。有佳人、高楼窈窕，靓妆幽独。楼上春云千万叠，楼底春波如縠。梳洗罢、卷帘游目。采采芙蓉愁日暮，又天涯、芳草江南绿。看对对，文鸳浴。　侍儿料理裙腰幅。道带围、近日宽尽，眉峰长蹙。欲解明珰聊寄远，将解又还重束。须不羡、陈娇金屋。一霎长门辞翠辇，怨君王、已失苕华玉。为此意，更踯躅。

《西洲曲》是南朝乐府的名篇，抒写一位江南少女对其江北情郎的缠绵宛转的相思。此词以“别拟《西洲曲》”一句开端，暗示有别于《曲》之只写男女间的相思，另有其寄意所在。而其所寄之意究竟何在呢？有人联系作者在当时慈禧太后与德宗的两宫斗争中是帝党，又与珍、瑾两妃家是世交这一政治身份，认定此词是作者被革职逐出北京，后来德宗被幽囚、珍妃被处死、瑾妃亦迭遭贬斥的背景下写的，词中“苕华玉”云云即“喻清宫珍、瑾二妃事”（见黄畬笺注《清词选》等）。也有人联系作者曾参与组建强学会，在变法与保守的斗争中是维新派这一政治身份，认定此词是他被革职后“抒发其希望朝廷见用，共图维新之政的大志”（江苏古籍出版社版《金元明清词鉴赏辞典》）。以上两说都对此词的写作时间和背景有失考证。据作者在其《湘行日记》中自述，此词实写于光绪十四年戊子正月二十四日（1888 年 3 月 6 日）出都去天津的车中。作者是一位有志于用世、济世之士，在写此词前，曾于光绪十一年（1885）三十岁时由粤入京，与当时胜流盛昱、袁昶、沈曾植、杨锐等游，名动公卿；光绪十二年（1886），参加会试，不幸落第，但与王懿荣、张謇、曾之撰合称“四大公车”，后于当年四月间离京南下，曾至沪、穗、赣、湘等地；光绪十三年（1887）八月间再度入京，留至作此词的前一日出京。这时，作者虽关心时事、积极议政，却还未步入朝堂。其以一甲第二名赐进士及第在光绪十六年（1890），因受知于德宗，由翰林院编修擢为侍读学士在光绪二十年（1894）；其与康有为、梁启超等人筹建强学会在光绪二十一年（1895）；其被革职在光绪二十二年（1896）。至于珍、瑾两妃入宫在光绪十四年（1888）十月间，后因与慈禧太后发生矛盾一度遭到贬斥在光绪二十年（1894），珍妃之被处死则在光绪二十六年（1900）北京为八国联军侵占的前夕。这些都是作者写这首《贺新郎》词以后的事。显然，词中云云既非伤叹本人之被革职，也非影射珍、瑾两妃事；以之为牵附维新变法的主张之不被采纳，也在于与写词时间不合。

《贺新郎》调又名《乳燕飞》，以苏轼“乳燕飞华屋”一阕为始见。谭献在《谭评〈词辨〉》中曾谓苏轼此阕“颇欲与少陵《佳人》一篇互证”；叶恭绰则在《广箧中词》中赞美廷式此阕“何减东坡‘乳燕飞华屋’”。杜甫的《佳人》诗与苏轼、文廷式的两首《贺新郎》词所写内容，其实互不相同，但从篇中人物隐约折射出的作者写作时的处境和心情看，则有暗通之处。廷式此作，不仅所用词调与东坡同，所用韵部也与东坡原词相同，其《湘行日记》中固自称“此词拟苏”，并云：“窃自谓有数分肖之也。”可见此词之作，实深受东坡原词的影响，其写作时的心态固与东坡词中“芳心千重似束”的幽独之情及“恐被西风吹绿”的迟暮之惧适相交会。其所抒发的是作者会试落第、致身无门、几度入京又几度出京的失落和苦闷。这是一种传统的伤士不遇之感，其比兴手法也是传统的香草美人之思。

词的上片，在起调“别拟”一句后即承以“有佳人、高楼窈窕，靓妆幽独”两句，推出了词中的女主人。“窈窕”写其姿品之美好，“靓妆”写其妆饰之艳丽，“高楼”写其居处之出尘，“幽独”写其境况之孤寂，从而勾画出了一位幽居高楼、孤芳自赏的绝代佳人的形象。接着，更以“楼上春云千万叠，楼底春波如縠”两句烘托楼居环境及人物情思；前一句显示其高远缥缈，后一句暗示其柔情荡漾。“梳洗罢、卷帘游目”一句则承上启下，拓宽词境。紧承此句的“采采芙蓉愁日暮”一句，则喻“卷帘游目”之人。“采采”，盛貌；“芙蓉”，用以比拟佳人；“日暮”，象喻美人之迟暮。全句意谓：“梳洗罢”的佳人之“采采丽容”（祢衡《鹦鹉赋》），“灼若芙蕖出渌波”（曹植《洛神赋》），而所愁者则是盛年难再，“恐美人之迟暮”（屈原《离骚》）。后面的“又天涯、芳草江南绿”一句，则从《楚辞·招隐士》“王孙游兮不归，春草生兮萋萋”及苏轼《蝶恋花》词“天涯何处无芳草”句化出，而句首的一个“又”字含有岁月流逝之叹，与上句的“愁日暮”暗相呼应。歇拍“看对对，文鸳浴”两句写“游目”所见，以鸳鸯之双双嬉水反衬佳人之幽独。

下片词进一步写佳人的愁怨及其曲折复杂的心理。换头三句，由“料理裙腰幅”的“侍儿”道出女主人近来的“带围”宽减、“眉峰长蹙”，以镜中取影手法，从旁观者的口中透露其愁思和怨情。“欲解明珰(明珰，珠玉串成的耳饰)聊寄远，将解又还重束”两句所写，则是由此愁怨产生的想表达隐秘的相思之情而又犹豫踌躇的内心活动。下面“须不羡”三句连用了几个典故：句中的“金屋”“长门”用陈皇后典，陈皇后小名阿娇，汉武帝小时曾有“若得阿娇作妇，当作金屋贮之”的话，后来却失宠于帝，退居长门宫；句中的“辞金阙”又用辛弃疾《贺新郎》词“更长门、翠辇辞金阙”句。句中的“苕华玉”，典出《竹书纪年》，据《艺文类聚·宝玉部》引《纪年》云：“桀伐珉山。珉山庄王女于桀二女，曰琬，曰琰。桀受二女，无子，断其名于苕华之玉。苕是琬，华是琰也。”这三句承“欲解”两句，说明其所以“欲解明珰”“又还重束”，是因“陈娇金屋”之不须羡，而其不须羡之故，则因君恩难恃，宠辱无常。由藏娇金屋而退居长门宫，而翠辇辞金阙，而失去苕华玉，只是“一霎”间事。最后，词以“为此意，更踯躅”两句结拍，表述词中佳人正因此而幽思辗转，进退两难。

在旧时代，富有才学之士大都以济世为己任，志业未展时每有美人见弃之憾，而对世路、宦海之艰危又有清醒的认识，常怀忧惧之心。作者生当清末，既是志士思用的救亡图存之秋，又是政局难测的风波险恶之际。这首以“佳人”自况的词中所表达的，正是其志在用世、又尚未见用时的微妙而矛盾的心态。(陈邦炎)

玉楼春　郑文焯

梅花过了仍风雨，著意伤春天不许。西园词酒去年同，别是一番惆怅处。　　一枝照水浑无语，日见花飞随水去。断红还逐晚潮回，相映枝头红更苦。

惜春伤春，是中国古典诗词最基本的原型母题之一，也是中国古代词人“剪不断，理还乱”的一大情结。而花是春天的使者、春天的象征，花之凋零飘落意味着春光的逝去，故伤春往往离不开惜花怜花。春日、春花，一年一度，季节轮回，又与人的生命年轮、青春年华、人生际遇有些相似，因而伤春情绪中又蕴含着对人生的感伤与叹息，流露出一种生命随时间永远流逝而无法挽留的悲剧意识。于是，伤春——惜花——感叹人生和生命便成为惜春这一原型母题的三大元素或三个有机层次：伤春是母题，惜花是媒介，感伤人生和生命是主旨。

然则，在不同诗人词客的笔下，这三元素组合构成方式既各不一样，表达生命的悲剧意识也有深浅广狭的不同，故而伤春母题历久而弥新。晚清词人郑文焯这首“伤春”词就颇新颖别致。

一般伤春词，常是多种意象的组合，花只是其中的一种“典型”意象。而此词几乎全由花的意象构成：“梅花”“一枝”“花飞”“断红”“枝头红”。全词八句有五句写花，却无复沓之病，个中奥妙在于每种花的意象的含义既不同，表现的角度、功能亦各异，并形成一个有机联系的互相映射生发的意象群。全词结构的中心是“照水”的“一枝”花。若将此词作画境看，则“照水”“一枝”花是画面的主体，“梅花过了”是“一枝照水”的背景，起烘托气氛的铺垫作用；“花飞”、“断红”是为陪衬“一枝照水”而存在，从对比中预示“一枝照水”的境遇和未来的命运。五种花的意象构成了一个具有主从关系的“一干多枝”式结构的有机整体或画面。

“梅花过了”，既点明春暮将尽的季节时令，又自含伤春之意。“仍风雨”之“仍”写出了花“过”之前与之后风雨的连续过程和无情。因风雨的摧残飘打而使梅花零落，梅花零落之后“风雨”“仍”“不许”她有喘息的机会，“仍”日夜交加地摇撼吹打。“天不许”，是“天”的无情，花的无奈，也是“伤春”人的无可奈何的感伤，辛弃疾《摸鱼儿》之“更能消、几番风雨，匆匆春又归去。惜春长怕花开早，何况落红无数”即此意。梅花与人，在“风雨”、在自然力面前是那么软弱无能，是那么不能把握、主宰自我的命运，我们由此而感悟生发，自然会联想到当世上美好的事物被破坏、人生伟大的理想被扼杀之时，毁灭者也是常常不断地给予打击和摧残，而被摧残打击的个体则往往无法改变其命运和处境。

“西园词酒去年同”，词意与宋晏殊《浣溪沙》“一曲新词酒一杯，去年天气旧亭台”有些类似。将人生诸多不如意事与“伤春”惜花绾合在一起，更增添了人生的“惆怅”和“伤春”情怀的沉重。

人伤春惜花，花亦自伤自怜。水边残留的这“一枝”，眼见树树梅花都“过了”，自思自己又能独存多久？尤其是从随水去的飞花、逐潮回的“断红”中它“照”见了自己未来的命运。其“无语”即因此之故，其“苦”亦因此之故。这“一枝”不因自己的幸存而沾沾自喜、得意忘形，而是从同伴的共同命运中意识和预见到自己必然的相同的凄苦结局，表现出了一种深刻的生命的悲剧意识。词感人至深的魅力也正在于此。

作为审美客体的花之自伤，实乃作为审美主体的人之感伤的投射与外化。然词人如此表现，又不仅是出于构思的新奇，运笔的变化，更是为了表现宇宙间万物的悲剧命运，从而在更深的层次上表现出人类命运的悲剧性。作者处于风雨飘摇的晚清时代，人生社会的悲剧性自早已锲入他的意识深处，故而在伤春惜花的情绪抒发中不觉隐然流露。即使词人原无此意，我们也不妨作如此这般的感发联想。（王兆鹏）

齐天乐　郑文焯

登虞山兴福寺楼

夕阳呼酒登临地，尊前故人还是。水国无花，山城自绿，望转征蓬千里。行歌倦矣。更一片秋魂，乱云扶起。醉袖飘萧，海风吹下剑花细。　天涯此楼似寄。画阑零落处，都为愁倚。佛鼓荒坛，神鸦废社，今古苍茫烟水。吴丝漫理。正波上鸿飞，数峰清异。坐尽林阴，甚时重梦至？

兴福寺在常熟虞山北麓，即著名的破山寺。屡经兵燹毁废，明、清时虽曾复建，但诚如《翁同龢日记》所载："天王寺惟住持二三……水木气色萧落，令人惙然。"已无复当年"曲径通幽处，禅房花木深"（常建《题破山寺后院》）的盛时气象了。

大鹤山人在这首客游江南的词作中，一起笔就领人进入了苍凉怊怅的氛围。"夕阳呼酒"，令人联想起吴文英《八声甘州·陪庾幕诸公游灵岩》的名句："连呼酒，上琴台去，秋与云平"，借酒浇愁的意态宛然如见。"尊前故人还是"，一个"还"字，感慨、欷歔、自慰、强欢之意尽在其中，说是"还是"，其实正包含了老成凋谢、人事非昔的辛酸内容。以下写寺楼上的纵目所见，进一步寄托了自己的悲情：秋日的江南不见花影，惟有虞山的林木自存自长，极目远眺四野，无不唤起自己浪迹萍踪的旧影新痕。览景伤怀，最集中的自我感受就是"行歌倦矣"，在这个世界上已经身心俱疲，万念如灰。但愁绪却并不因一时的买醉而终止，看：乱云在眼前翻涌堆积，令人感到秋意的进逼；阵阵秋风吹拂着飘萧的衣袖，仿佛在层层销蚀着昔年残存的豪气，令人悲凉无奈。在这里，"乱云""醉袖""海风"的实象与"秋魂""剑花"的虚想交织在一起，不仅情景交融，而且还使人仿佛看到了苍茫秋色中作者的身影。

下片着重于抒感，但这一过程同样是结合着景物逐步展开的。天涯如寄，凭栏皆愁，一腔悲情在换头三句中强烈地迸现出来。"佛鼓"音凄，"神鸦"声碎，百重"烟水"一派"苍茫"，古寺的萧条景象渐使他联想到古今繁华易散、盛事不常的定理，自己也不过只是历史长河中随波俯仰的一名过客而已；而琴川上数点翩飞的鸿影，层林外几座清奇的山峰，又使他感到不应过多地沉浸在万千思绪中，这只能令自己徒增清苦罢了。"吴丝漫理"，"吴丝"谓琴，是受琴川（虞山外七条河水的总名）"琴"字的启发，连同下两句一起暗中化用"曲终人不见，江上数峰青"（钱起《省试湘灵鼓瑟》）的意境；"丝"字又同"思"谐音，一语双关。这时词人显然从酒醉中清醒了许多，反而对这种拥愁抱哀的境界留恋起来，消受着静坐的沉冥不愿离去，想着是否以后在梦中还会有缘重来。然而，以愁御愁，却使读者更体会到他心底里潜藏着的无奈和悲哀。

大鹤山人论词，尝谓须气笔兼重，气尚空灵，笔尚婉曲。从其作品的实践来看，"空灵"并非超然尘外，而是指所营造的意境和气氛使读者能自然地融入作者的匠心；"婉曲"也并非一味阴柔，而是通过语言的练达和章法的摇曳来给人以回味和联想。其作词的主张和手法，实与诗中的"神韵派"相近。细味此作，似可支持这样的理解。（史良昭）

贺新郎　郑文焯

秋恨（其一）

暗雨凄邻笛。感秋魂、吟边憔悴，过江词客。非雾非烟神州渺，愁入一天冤碧。梦不到、青芜旧国。休洒西风新亭泪，障狂澜、犹有东南壁。空掩袂，望云北。　雕阑玉砌都陈迹。暗重扃、夷歌野哭，晦冥朝夕。十万横磨今安在？赢得胡尘千尺。问天地、榛荆谁辟？夜半有人持山去，蓦崩舟、坠壑蛟龙泣。还念此，断肠直。

此词作于光绪二十六年(1900)庚子秋季。该年,义和团风起云涌,清廷先是发布严拿命令,继而又欲借助其力抗衡帝国主义列强,最终迫于列强压力大肆屠戮义和团。而列强为遂其掠夺野心,乘中国政局剧变之机,组成八国联军侵华,铁蹄蹂躏华北大片国土,给中华民族造成了深重的灾难。词的历史背景大致如此。词人此词借古典诗文具有深厚历史文化积淀的悲秋情结的外壳,抒发对国家命运的深切忧虑和对外敌侵略的强烈愤恨,具有高度的现实性。

上片开头"暗雨凄邻笛",用晋向秀过亡友嵇康旧居,闻邻人吹笛而作《思旧赋》以志怀念的典故,表达了对庚子事变中七月间被清廷杀死的吏部侍郎许景澄和太常寺卿袁昶的哀悼。许、袁之殒命,是因廷议和战时反对围攻使馆和对外宣战,忤慈禧太后旨意所致。当时许多赞同维新变法、倾向帝党的士大夫都对之深表痛惜。而这一事件,也使清廷在如何处理义和团的问题上从原来的钳制转为利用,由此产生不分青红皂白的盲目排外(如清军虎神营士兵枪杀德国公使克林德)也为以后八国联军的暴行制造了口实。轻率的决定,带来的后果是很严重的。因此,全篇首句实有对以慈禧太后为首的清朝统治者国策错误的深深憾恨。"感秋魂、吟边憔悴,过江词客",以冤"魂"的字面意义联系上文,以"感秋"在诗词传统中所积淀的伤时意义(如北周庾信《拟咏怀二十七首》之十一:"摇落秋为气,凄凉多怨情。……天亡遭愤战,日蹙值愁兵。")转入对局势的感慨。"过江词客",是词人以东晋初南渡长江的士人自喻,用《世说新语·言语》"过江诸人,每至美日,辄相邀新亭,藉卉饮宴,周侯(顗)中坐而叹曰:'风景不殊,正自有山河之异!'皆相视流泪"的常典,表达忧国伤时的悲愤之情。"非雾非烟神州渺,愁入一天冤碧",续写对时事的忧虑和对忠臣冤死的悲伤。"非雾非烟",迷茫不明之貌,当是喻指国家命运的莫测;"冤碧",用"苌弘死于蜀,藏其血三年,化而为碧"(《庄子·外物》)的典故,"碧"字兼指天之碧色,以与"愁入"二字相契。"梦不到、青芜旧国","青芜",杂草丛生的荒地,"梦不到",谓做梦也不忍重到生灵涂炭的沦陷国土。此亦暗用唐温庭筠《春江花月夜》诗"花庭忽作青芜庭"、宋周邦彦《大酺·春雨》词"况萧索、青芜国"句意。"休洒西风新亭泪,障狂澜、犹有东南壁",仍用前引《世说新语》的同样典故,谓东南之地尚保平安,总算不幸中的大幸。按该年五月,两江总督刘坤一、湖广总督张之洞通过外国驻沪领事与列强达成东南互保有关协议,长江中下游一带遂未受列强荼毒。据《世说新语》记载,新亭对泣之时,"唯王丞相(王导)愀然变色曰:'当共戮力王室,克复神州,何至作楚囚相对!'"词人正因东南一带半壁江山生机未泯,故有此"障狂澜"之一丝欣慰,而这也是全词中惟一的一抹亮色。上片末韵"空掩袂,望云北",化用唐李白《登金陵凤凰台》"总为浮云能蔽日,长安不见使人愁"、宋辛弃疾《水龙吟·过南剑双溪楼》"举头西北浮云,倚天万里须长剑"诗意、词意,抒发了词人替京都担忧、为君国生悲的忠爱缠绵之情,以之结束上片,饶有深意。

下片换头"雕阑玉砌都陈迹"一句,从南唐李后主《虞美人》词"雕阑玉砌应犹在,只是朱颜改"变化而来,字面意义与李词相反而哀伤之感则同。"暗重扃、夷歌野哭,晦冥朝夕",再以阴郁的笔墨描写"青芜旧国"的"神州"大地的凄惨景象。"重扃",重门;"夷歌野哭",指外国侵略者的歌声和中国老百姓的哭声,化用唐杜甫《秋兴八首》中的"野哭千家闻战伐,夷歌几处起渔樵"。两句中"暗""晦""冥"皆为冷色调词,组合起来,极具感染力。"十万横磨今安在?赢得胡尘千尺",叹息驱敌御侮的军力今已难觅,使侵略者能够恣意凌虐。"十万横磨",语出《旧五代史·景延广传》"(后)晋有十万口横磨剑";"赢得",落得。"安在"一问,深表失望,情见乎辞,读之令人扼腕。但词人仍抱有希望,乃再发一问:"问天地、榛荆谁辟?"谁能够扫除腐恶开辟新路？“榛荆”，特指清统治阶层中顽固守旧的后党人物，泛指一切腐恶势力。这一问，并没有现成的答案可供选择，这当然是词人这一代中华民族才士的历史性悲剧。应该说明的是：上片谓“障狂澜”，是指刘坤一、张之洞等人尚可支撑残局；而此问“榛荆谁辟”，则是从在根本上解决救亡问题的角度出发，两者程度上是有深浅之别的。“夜半有人持山去，蓦崩舟、坠壑蛟龙泣”，最后，词人想到《庄子·大宗师》中“夫藏舟于壑，藏山于泽，谓之固矣；然而夜半有力者负之而走，昧者不知也”的寓言，深感在这样艰危的时局下，最高决策层仍缺乏清醒认识是多么可怕。他“还念此，断肠直”，真痛不欲生了！全词就这样在极其沉重的气氛中打住。

今人严迪昌《清词史》谓郑氏《贺新郎·秋恨》二首是“《樵风乐府》中仅见的风骨劲峭的作品”，“没有他那徜徉山水、流连景物之篇的生涩密深的弊病”，虽说对郑氏词作萧散清逸的主体风格评价嫌低，但总体上看，是很能把握其伤时之作的艺术特征的。在庚子事变前后，许多爱国诗人、词人都有类似的笔墨，即如此词结末所用《庄子》藏舟藏山之典，著名诗人陈三立就在光绪二十七年(1901)辛丑条约签订后所写的《晓抵九江作》一诗的首句“藏舟夜半负之去”中用过，此诗表现的正是“抚膺家国逼灯前”这样的忧国内容。而在此期各家感怀时事的词作中，郑文焯的这首词堪称思想性、艺术性双佳的上品。(庞　坚)

浣溪沙(二首)　　朱孝臧

独鸟冲波去意闲，坏霞如赭水如笺。为谁无尽写江天？
并舫风弦弹月上，当窗山髻挽云还。独经行地未荒寒。

翠阜红厓夹岸迎，阻风滋味暂时生。水窗官烛泪纵横。
禅悦新耽如有会，酒悲突起总无名。长川孤月向谁明？

这两首词作于光绪二十九年癸卯(1903)夏初。《彊村语业》卷一这词之前为《烛影摇红·晚春过黄公度人境庐话旧》、《摸鱼儿·梅州送春，时得辇下故人三月几望书》二阕，这词之后为《诉衷情·癸卯七夕和梦窗》，由此可以推定这两首词大体的写作时间。其时，作者官广东学政，方视学至嘉应州(今梅县)，曾与当时放归在家的黄公度相聚，公事毕，经水道返广州省城，途中作此。

光绪二十六年(1900)庚子国变，作者与慈禧为首的守旧派政见不合，在殿上与太后抗争，终于于光绪二十八年(1902)秋，由礼部侍郎被外放广东学政，次年春至粤，结束了近二十年的京官生涯。此时的清廷，已经日薄西山，光绪二十七年(1901)辛丑条约的签订，中国又蒙上了新的耻辱。新愁旧恨，郁结于怀，悲愤之情，可以想见。这两首写舟行所感的词作，正是作者这种心绪的倾吐。

两首词按时间顺序，第一首写傍晚至初夜，第二首写夜深，而皆以郁结于胸的感愤贯穿始终。

先来看第一首。

“独鸟冲波去意闲,坏霞如赭水如笺”,开头两句,作者在残阳映红天际、漫江水平如纸的广阔背景上,着意描绘了一只孤独的水鸟正掠波而去的身影。这水鸟的形象,是江上舟行所见,显然也是作者自身的写照。作者外放南来,同学知交,相隔天涯,只剩下孤身一人,处境与“独鸟”又有何异!而江上暮色,也自然深藏着“夕阳无限好,只是近黄昏”(李商隐《乐游原》)那样无穷的感伤心情。一个“闲”字,其实并非真正的闲暇,而是闲置不用、才不得施的抑郁心情的流露。所以接着作者会发出“为谁无尽写江天”的设问。如此美好的江天景色,是为谁而描绘的呢?字里行间,透露出“风景不殊,正自有山河之异”(《世说新语·言语》)的万千感慨。这一问,妙处在含意隐而不露,如宋梅尧臣所说“含不尽之意见于言外”,达到司空图《诗品》所云“不着一字,尽得风流”、“羚羊挂角,无迹可求”的妙境。

随着时间的推移,下片接写夜幕降临以后的江上景色和感受。晚霞过后,月色渐上。“并舫”二句,一句从听觉,一句从视觉,将月夜行舟所闻所见展示在我们眼前。“并舫”,并列而行的舟船;“风弦”,指弦乐器如琴瑟琵琶弹奏发出的乐声;“山髻”,谓山形如女子发髻。一个“弹”字和“挽”字,分别用了比拟的手法,仿佛一轮明月是因邻船的女子弹拨琴弦而引出,山间的云雾也像是山髻牵引而还。这夜晚舟行的景色应该说也是美好的。那么,这样的美景引发了词人怎样的感受呢?“独经行地未荒寒”,独自一人行程所经还未见荒寒之处呢!显然这里含有一种庆幸的心情。联系上片的结句所表露的无心欣赏美景的心理,细加体味,我们可以察觉到,作者此行,虽然貌似“闲适”,其实,明显的有一种身世之慨隐含其中。观察戊戌变法失败以来这几年作者所历,我们不难发现这种心情的由来。光绪二十四年(1898),戊戌新政失败,光绪帝被幽禁,作者的友人、戊戌六君子之一的刘光第遇害(作者有多首词作悼念),黄遵宪等有的被放归,有的被流戍,作者侥幸免灾,但新政失败后派系斗争的余波未息,词中反复出现的“独”字,似乎也透露了作者孤军留驻的悲凉。这一时期作者的词作几乎无一例外地流露了同一悲凉的心情。

再来看第二首。

较之上一首,这一首作者抒感尤多于写景。

上片承第一首,写深夜行舟的情景。首句写江岸景色。翠绿的山阜,红赤的山崖,交相辉映,一个“夹岸迎”,用移情于景的手法,把作者此时欢快的情绪表露无遗。但就在此时,“阻风滋味暂时生”,船只突然为风所阻,无法前进了,于是各种滋味,都在心中产生了。接着转写舟中。“水窗”,船窗。“官烛”,公家的蜡烛,与私烛相对。黄庭坚《观伯时画马礼部试院作》诗:“风檐官烛泪纵横。”这里用“官烛”,暗示此行乃是官差。烛泪纵横,正象征了作者之泪,蕴含了作者此时的忧戚之情。

下片转抒感慨。“禅悦”,佛家语。《大方广佛华严经》:“若饭食时,当愿众生,禅悦为食,法喜充满。”意思是入于禅定,使心神怡悦。“新耽”,新近的爱好。全句是说自己新近似乎对禅理有所体会。表面上看,作者似获得了禅理,有所皈依,有所解脱,但感情的事哪里就这么简单呢。“酒悲突起总无名”,“酒悲”,指醉酒以后的愁苦之情。白居易《答劝酒》诗:“谁料平生狂酒客,如今变作酒悲人。”“突起总无名”,是说自己突然生出这种愁苦之情,可又说不清这“酒悲”从何而来。从这欲参禅而忘世,然酒后却不能忘却烦恼的叙写中,我们不难看到,这里含蓄深沉地表露的正是作者难以排遣的忧国忧民之情。这时,作者纵目窗外,不由叹呼:“长川孤月向谁明?”就如上一首“为谁无尽写江天”一样,作者再一次凭空发问:漫漫长河,孤独的寒月,是在为谁高悬?作者对清王朝的忧虑,全寄寓在这凄清的夜景之中。

王国维对彊村词曾有“古人自然神妙处,尚未及见”的不满之语,但对这两首词却极为称许。他在《人间词话》(附录一)中说:“彊村词,余最赏其《浣溪沙》‘独鸟冲波去意闲’二阕,笔力峭拔,非他词可能过之。”可见此二首成就之高。(钱学增)

清平乐　朱孝臧

夜发香港

舷灯渐灭,沙动荒荒月。极目天低无去鹘,何处中原一发?　江湖息影初程,舵楼一笛风生。不信狂涛东驶,蛟龙偶语分明。

光绪三十年(1904),作者出任广东学政,次年,因与总督意见不合,引疾去官,同年借道香港,取水路北归。本词即作于离开香港之际。

词题为“夜发香港”,未加“有感”、“感怀”之类字眼,似乎是一首普通的行旅之作。首二句“舷灯渐灭,沙动荒荒月”,写作者所乘轮船驶出港口后,两舷的灯依次熄灭,作者身处黑暗,而所见之景,也只有洒满了黯淡月色(“荒荒”,黯淡无际貌)的沙滩被海水拍打着,朦胧中,沙滩似是在来回推动、摇晃着它所承载的月色。这是个星月无光、令人惨然不快的晚上,但是,这景色难道仅仅是为了映衬黯然下任的作者的心境吗?若是这样,这首词的意义就小了,然而不——

“极目天低无去鹘,何处中原一发?”作者并没有多看身边的不快之景,而是迅速调转目光,极目远望,希望能望见搏击空中的苍鹘,一振心神;也就是说,作者不曾为自己的仕途失意悲哀,当此失意之际,他关心的却是“中原”、是神州大地,这是何等广博的忧国者的胸襟。然而,远望和近眺一样,都未给作者丝毫慰藉,虽然他的目光从穹顶落到地平线,但整个天空都找不到一只苍鹘,更伤心的是地平线处也是黑沉沉的,看不到中原的哪怕微如发丝的一点痕迹。这二句,是从苏轼的“杳杳天低鹘没处,青山一发是中原”(《澄迈驿通潮阁》)变化而来的,但苏轼当时正从海南岛贬地奉召北归,情绪还有几分乐观,所以他还见到了“青山一发”;相形之下,作者的情绪则是近乎绝望的。然而真的绝望了吗?又不——

上片所写的是视觉,下片转写听觉。“江湖息影初程”,是说作者刚刚辞官,走上了退处江湖的第一步。“舵楼一笛风生”,写轮船的舵楼高处汽笛长鸣,这汽笛声在海风中回荡,听来似乎风声乃是笛声引发而生的。这二句一抑一扬:退隐生涯开始,未免有些低沉,情绪抑郁;但此际传来高亢的笛声、浩大的风声,又令人顿起海风天雨逼人之感,精神转而昂扬。词至此,上片的郁塞苦闷,已被涤去,下面自然将别开天地。“不信狂涛东驶”,闻风起而觉波涌,这是很自然的联想,但“狂涛东驶”,却未必是实景,而是作者的着意安排:“狂涛”可令人联想到“狂澜既倒”;海涛不比江波,流向并不固定,作者指定它“东驶”,又可使人产生“青山遮不住,毕竟东流去”(辛弃疾《菩萨蛮·书江西造口壁》)之感。然而,这些着意安排,却只是为了一声断喝

“不信”！月色惨淡、天无飞鹘、中原不见，这些光景，难道不是象征国势衰弱、狂澜难挽吗？然而作者却断然“不信”。何以“不信”？“蛟龙偶语分明。”这是作者神奇的听觉产物：他在风声涛声大作之中，却分明地听到水底有蛟龙在对话（“偶语”，对语），它们说，水中之神是我们，我们才能决定波涛驶向何方，我们可不信波涛会自作主张东去呢！

那么，“蛟龙”具体何指呢？作者没有说，大概也说不出。但尽管这样，他已经感到，国家虽然多难，却并不彻底绝望，因为神州大地到处有人才，有“蛟龙”，会有人出来挽救危局的。这是一种朦胧的感觉，也是一种确实的感觉，是一个士大夫、一个关心国政者在1905年应有的感觉。（沈维藩）

鹧鸪天　朱孝臧

庚子岁除

似水清尊照鬓华，尊前人易老天涯。酒肠芒角森如戟，吟笔冰霜惨不花。　　抛枕坐，卷书嗟，莫嫌啼煞后栖鸦。烛花红换人间世，山色青回梦里家。

清光绪二十六年庚子（1900）秋，八国联军入侵北京，西太后挟光绪帝逃往西安。当时正在朝廷任职的词人困居在宣武门外校场头条胡同王鹏运的“四印斋”寓所，与王鹏运、刘福姚一起填词抒发家国之恨，此词即所作“庚子秋词”之一。唐杜甫诗句“国破山河在，城春草木深。感时花溅泪，恨别鸟惊心”（《春望》），可移来为此词背景作脚注。

词写于当年的除夕。上片写借酒解忧的情状。开头二句言饮酒所见。清酒倒映出花白的鬓发，国家蒙难，人生骤老。“尊前人”系作者自指。“天涯”，此指京都。这里有二层含义：一是指庚子国变，京都沦陷外敌之手，天子远遁，困厄者在京都等于在天涯。二是少小离家，老大未归，相对故乡浙江，京都有如天涯。后二句写酒入愁肠的结果。先是言五脏六腑皆生芒角，森严如列戟，“酒肠芒角”语出苏轼《醉画竹石》诗“空肠得酒芒角出，肝肺槎牙生竹石”，“森如戟”化用杜甫《李潮八分小篆歌》中“快剑长戟森相向”句。后是说忧愁郁结，虽美酒也难激活诗情文心，手中笔再也写不出妙句华章。“吟笔”句活用李白故事。五代王仁裕《开元天宝遗事》载，李白“梦所用之笔头上生花。后天才赡逸，名闻天下”。这里笔结冰霜固然与除夕之时天气寒冷有关，但“惨不花”的真正原因仍应是感时伤世的忧国之思导致词人心寒血冷，诗兴不发，文思难兴。

下片重心从对国运的无限忧愁，转到对家乡亲友的深切想念，以完除夕之义。换头三句从外在的行为动作诠释、强化上片所表现的内心痛苦，直把焦躁不安之态、国忧家愁之情，写得出神入化。“抛枕坐”写卧不入寐，以致弃枕而起。“卷书嗟”言展书欲读却又心情不定，最后只有嗟叹不已。“抛”“坐”“卷”“嗟”，一连串动作，活脱脱勾画出词人忧心难平、六神无主的情状。“莫嫌啼煞后栖鸦”句从杜甫诗“夜来归鸟尽，啼煞后栖鸦”（《遣怀》）中化出。“后栖鸦”

即最后归窠的乌鸦。心情烦闷而又偏闻深夜乌啼,按常理,词人当怒目而向,但他却由己及鸦,想象后归之鸦在严寒中无枝可栖之窘况与己相似,同命相怜,故以"莫嫌"自我劝慰。反常中见出正常,转而有致,倍显忧伤。词的最后二句用对句点明词旨,道出除夕思亲之情,写出新年的希望和憧憬。词人祈盼在这辞旧迎新的时刻,能借助造化之力驱除劫难,结束动乱。思之极至,终于入梦。于是烛影摇红,幻现出一派新天地。词人恍恍惚惚,回到江南,依稀看见了家乡青青的山色。"烛花"对"山色"、"红换"对"春回","人间世"对"梦里家",意工辞整,造句精妙。其中"人间世"与"梦里家"不仅字面对应,而且意境升华,把离乱中梦回故乡的一己之情提升到换人间、迎太平的忧国之心,尤为难能可贵。这也正是本词高于同类题材词作的地方。(何林晖)

声声慢 朱孝臧

辛丑十一月十九日,味聃赋落叶词见示,感和

鸣螀颓墄,吹蝶空枝,飘蓬人意相怜。一片离魂,斜阳摇梦成烟。香沟旧题红处,拚禁花、憔悴年年。寒信急,又神宫凄奏,分付哀蝉。　　终古巢鸾无分,正飞霜金井,抛断缠绵。起舞回风,才知恩怨无端。天阴洞庭波阔,夜沉沉、流恨湘弦。摇落事,向空山、休问杜鹃。

清光绪二十四年(1898)戊戌变法夭折后,慈禧太后再出训政,幽德宗于中南海瀛台,两年后的庚子岁八国联军攻陷北京时,仓皇挟德宗西行,离宫前竟命人将深受德宗眷爱、在政治上同情变法、此时主张德宗留京主持和议的珍妃推入宁寿宫外的大井中。当时出现了一批以"落叶"为题影射此事的诗词,其中,堪称合作者首推上面的这首《声声慢》词。此词,题中的"味聃"为作者友人洪汝冲字,"辛丑"为光绪二十七年(1901),即庚子事变的次年。当年七月,清室与各国使臣签订了丧权辱国的《辛丑条约》;八月,慈禧太后偕同德宗自西安回銮;十一月,抵达北京。洪汝冲原作及此和词,如龙沐勋《彊村本事词》所指出,"为德宗还宫后恤珍妃作"。

词的起调"鸣螀颓墄(墄,台阶齿),吹蝶空枝,飘蓬人意相怜"三句,烘托叶落景象,而以"人意相怜"四字点出德宗的"恤珍妃"之情,总摄全篇。在此,墄而为"颓墄",枝而为"空枝",既托出叶落后景物之萧索,也显示兵乱后清宫之荒凉。首句中的"螀"为蝉之一种,或称"寒螀""寒蝉";二、三句中的"吹蝶""飘蓬",均喻落叶。合看"鸣螀""吹蝶"一对偶句,实以寒蝉、落叶并举,与上片的歇拍"寒信急"三句遥相映照,一暗用、一明点王嘉《拾遗记》所载"汉武帝思怀李夫人不可复得","因赋落叶哀蝉之曲"的典故。此典切落叶题,兼切德宗身份及其悼念珍妃的情事。而"鸣螀"句也会使人联想到萨都剌《满江红·金陵怀古》词中"胭脂井坏寒螀泣"句,又与下片词中"飞霜金井"句遥相呼应,暗示珍妃之坠井。次句"吹蝶"之喻还会使人联想到庄生梦蝶、梁祝化蝶的故事,从而逗引出下面"一片离魂,斜阳摇梦成烟"两句。这两句把

落叶之辞枝及其所象喻的珍妃之坠井写得凄迷缥缈，亦梦亦烟。在此，“离魂”而曰“一片”，“梦”而曰“摇”，且为“斜阳”所“摇”，既传出落叶在斜阳中飘舞之神，也表现魂梦之轻盈飘忽。珍妃一生的荣悴悲欢，以及与德宗相爱的往事，本如一梦，而经历了家国巨变后再回到宫禁中的德宗，此时，重临旧游之地，重寻旧日之梦，则斯人已杳，人事全非，此梦也淡化为烟而难以追寻了。

上片的后五句，进一步写德宗对珍妃的生死相思。“香沟旧题红处”句用红叶题诗典，追叙德宗与珍妃旧日的恋情，而承以“拚禁花、憔悴年年”一句，则恨此情之长期受到压抑、摧残。在当时的两宫斗争中，德宗长期居下风，处处受慈禧太后的控制，后来被幽禁在瀛台，更失去自由；珍妃则在入宫后不久即为慈禧所忌，一度被贬为贵人，戊戌政变后受到更大迫害，也无自由可言，因而空自与德宗情投意合，这朵青春感情之花始终未能自由开放，只有任其枯萎。词句中的一个“拚”（通“拚”，意为豁出去、舍弃不顾）字，对德宗说来，含有无限的怜惜和憾恨。歇拍“寒信急，又神宫凄奏，分付哀蝉”三句，写德宗还宫后对珍妃之死的哀悼，而此无从排遣的哀悼之情只有付诸那“落叶哀蝉之曲”而已。

换头“终古巢鸾无分”句承上启下。“鸾”，惯用以喻后妃，此处自指珍妃。相传鸾凤非梧不栖，今梧叶落尽，固已无巢鸾之分。在此，“无分”而曰“终古”无分，语意决绝而悲愤。紧接着就以“正飞霜金井，抛断缠绵”两句写到珍妃之坠井而死。“飞霜金井”四字，似化自王昌龄《长信秋词五首》之一“金井梧桐秋叶黄，珠帘不卷夜来霜”两句，既暗点落叶题，也点出德宗还宫之时与珍妃遇害之地。在此德宗西行归来的飞霜之候、在此珍妃香消玉殒的金井之边，那一段恩爱缠绵的恋情早被抛断，成为终天之恨了。后面“起舞回风，才知恩怨无端”两句中的上句用张炎《绮罗香·红叶》词“为回风、起舞尊前”句，切落叶，又用《楚辞·九章·悲回风》“悲回风之摇蕙兮，心冤结而内伤”意，暗写珍妃之含冤而死；两句中的下句则把此悲剧、冤案之发生归结到慈禧太后之作威作福及其诡谲狠毒之难测。珍妃之被选入宫及其入宫后由嫔晋封为妃，由妃降为贵人，再由贵人仍封为妃，后又备受迫害，终于惨死，其命运全操纵在慈禧之手；德宗之入承大统及其继位后的命运，也一直为慈禧所操纵，终于身受幽禁，连对一宠妃之死也爱莫能助。这正是珍妃含冤坠井之际、德宗追念此事之时的刻骨铭心之痛。词句中的“才知”两字，分量极其沉重。无论对珍妃还是德宗说来，其一生憾恨之所形成在此，其满腔悲愤之所倾注亦在此。

此一悲剧、冤案发生在清宫之内，以上写“颓城”，写“香沟”，写“禁花”，写“神宫”，写“金井”，词笔未离宫禁，以深宫大内为所写情事的背景。下片的后四句则宕开词笔，另开词境。四句中的上两句把词的场景由深宫大内转移到辽阔的洞庭湖上，而所咏仍紧扣落叶及珍妃事。相传舜妃娥皇、女英溺于湘水，成湘水之神，称湘妃、湘灵、湘君、湘夫人，或谓姊娥皇称湘君，妹女英称湘夫人，而《楚辞·九歌》中的《湘夫人》篇有“嫋嫋兮秋风，洞庭波兮木叶下”句；又传湘灵善鼓瑟，《楚辞·远游》有“使湘灵鼓瑟兮”句。一般咏落叶的诗词多运化“洞庭波”之语，此词则就“洞庭波”句出自《湘夫人》篇落想，融叶落洞庭之象、湘灵鼓瑟之音及娥皇、女英之恨于词语极其空灵、意蕴极其丰富、境界极为凄美的“天阴洞庭波阔，夜沉沉、流恨湘弦”两句之中。这就不仅写了落叶，也切合珍妃、瑾妃姊妹同为德宗妃及珍妃为妹而又死于水的事；其借助“天阴”“波阔”“夜沉沉”诸意象所渲染之氛围，则托出了珍妃一生的悲剧性质。在此两句后，再以“摇落事，向空山、休问杜鹃”两句，把词境由洞庭转换到杜鹃啼血的空山。既然叶已落、山已空，则杜鹃如辛弃疾《贺新郎》词中所云，“料不啼清泪长啼血”，其深愁苦恨又何须问。而杜鹃传为冤魂所化，纵使珍妃魂兮归来，其沉冤幽怨亦何须问。本来此词是有感于木叶之摇落，藉以赋德宗与珍妃之恨事，而在此篇终处却说对此事“休问”，既愈见此事之可悲，也寄深慨于篇外。庚子之役后，清室昏庸腐朽日甚，内忧外患日亟，其统治已摇摇欲坠，亡在旦夕。词中之“颓城”“空枝”“斜阳”“寒信”“凄奏”“飞霜”“空山”“天阴波阔”“长夜沉沉”，固亦当时政局之写照。斯时也，岂止珍妃之事不可问，国事亦不可问矣。（陈邦炎）

金缕曲　朱孝臧

书感寄王病三、秦晦鸣

斗柄危楼揭。望中原、盘雕没处，青山一发。连海西风掀尘黯，卷入关榆悴叶。尚遮定、浮云明灭。烽火十三屏前路，照巫闾、知是谁家月？辽鹤语，正呜咽。　　微闻殿角春雷发。总难醒、十洲浓梦，桑田坐阅。衔石冤禽寒不起，满眼秋鲸鳞甲。莫道是、昆池初劫。负壑藏舟寻常事，怕苍黄、柱触共工折。天外倚，剑花裂。

光绪二十九年七月十五日（1903年9月6日）沙俄将东北撤军条件七项要求合并为五项，递交清朝政府，俄公使雷萨尔声称即便列国出面干涉，俄也不会无条件撤军，若因此与日本一战，俄在所不惜。七月十七日（9月8日），日本公使内田康哉约见庆亲王奕劻，警告清廷不得接受俄方有关撤军条件的任何要求。九月九日（10月28日），俄军近千人进入奉天（即今沈阳）城，占领清行宫和官衙，拘禁盛京将军增祺，并在当地升起沙俄旗帜。同时，日俄关系也因争夺辽东半岛而空前紧张，战事一触即发。朱孝臧此词作于该年秋，正反映了对这一时期国家形势的关注，字里行间充溢着他拳拳的爱国之忧。词题中的王病三、秦晦鸣即词人的朋友王乃徵、秦树声，也是当时的知名人士。病三，王氏之字，四川中江人，官贵州布政使；晦鸣，秦氏之字，河南固始人，官广东提学使。

词的起句与宋张元幹感怀时事的名篇《贺新郎·寄李伯纪丞相》起句“曳杖危楼去”机杼略同，大有唐许浑《咸阳城西楼晚眺》“一上高楼万里愁”的意味。“斗柄”，北斗七星，四星如斗，三星如柄，故有此称。“危”，高。“揭”，举。登上似乎手可摘斗的高楼，放眼远眺，看到了什么呢？他看到大雕盘旋隐没处，群山似一缕青青秀发横亘在地平线上；他看到海上吹来的西风扬起滚滚尘土搅得天昏地暗，吹得山海关的枯枝败叶在空中翻卷飞舞，连飘浮不定的云彩也给遮住了。这里，“望中原”三句是写实，但语句却从宋苏轼《澄迈驿通潮阁》“杳杳天低鹘没处，青山一发是中原”化出，暗含心系帝阙之意。这一望是望关内，而“连海”两句之望则目光转向关外，转向事态紧张的东北大地。“关榆”，意为关塞之榆树，而此“关”当然是山海关，因为“关榆”也正是榆关（山海关的别名，通向东北的重要关隘）的倒文。这海风扬尘、关榆飞叶风云变幻的一幕，恐怕是词人虚拟的景象，从中折射出他悲凉忧愤的心情。宋张孝祥《六洲歌头》开头“长淮望断，关塞莽然平。征尘暗，霜风劲，悄边声，黯消凝”这几句，正可以帮助我们了解朱词的意境。下面“烽火”两句至上片末，则明显是词人的感慨之语。“十三屏”，有人认为是指今北京的明十三陵，恐非。据词意，此当指今辽宁锦县东北的十三山，因有峰十三，故名。清圣祖东巡过山，曾赋诗纪游。在此明有十三山驿，清有十三山站。前加“烽火”两字，正表现出词人对将发生在这片美丽国土上的战争的忧虑。“巫闾”，即今辽宁北镇西的医巫闾山，传帝舜封十二山，以此为幽州之镇。后加“知是谁家月”一问，言近旨远，发人深省。照在医巫闾山上的月光当然是中国自家的，但帝国主义的侵略扩张，却大有可能令神州江山变色，那么这明月吾人也就难再观赏。念乎此，词人乃用辽东鹤归之典抒发其悲苦之情。按《搜神后记》载：“丁令威，本辽东人，学道于灵虚山。后化鹤归辽，集城门华表柱。时有少年举弓欲射之，鹤乃飞，徘徊空中而言曰：‘有鸟有鸟丁令威，去家千年今始归，城郭如故人民非，何不学仙冢累累。’遂高上冲天。”“城郭如故人民非”，国将不国，这是词人最不愿看到的，如今有此危难，他又怎能不呜咽流涕！

下片换头处笔势略振，回忆甲午年(1894)光绪帝下诏向日宣战的情景。按《梦粱录》记宋时“元旦……遇大朝会，……禁卫人高声嵩呼，声甚震，名绕殿雷”，词即用此典，兼有春雷惊蛰之意。然“总难醒”两句，笔势复沉，叹戊戌变法失败后光绪帝被软禁，朝中保守势力又占上风，昏聩的当权者(慈禧太后等)还在悠悠地做神仙梦，不知沧海桑田的剧变已经迫在眉睫。“十洲”，《十洲记》所载多神仙之居的祖、瀛、炎、玄、长、元、流、生、凤麟、聚窟十洲，“桑田”，种桑之田，此为沧海桑田的省称，语出《神仙传》“麻姑自说云：‘接待以来，已见东海三为桑田，向到蓬莱水浅，浅于往者会时略半也，岂将复还为陵陆乎？’”“浓梦”、“坐阅”，慨乎言之，恨满胸臆。以下两句用精卫鸟的典故悼念戊戌变法中蒙冤受难的仁人志士，深感他们的变法主张若能顺利贯彻，中国也不至于更深地陷于风雨飘摇的危境。按《山海经·北次三经》云：“有鸟焉，……名曰精卫，……是炎帝之少女名曰女娃。女娃游于东海，溺而不返，故为精卫。常衔西山之木石，以堙于东海。”《述异记》云：“精卫，……一名冤禽。”《西京杂记》云：“昆明池刻玉石为鲸鱼，每至雷雨，鱼常鸣吼，鬐尾皆动。”唐杜甫《秋兴八首》之七有“石鲸鳞甲动秋风”之句。“寒不起”的哀痛，“秋鲸鳞甲”的悲壮，都深化了词境。接着“莫道是”一句，从字面上说，谓按佛教教义，世界不知经过多少劫，汉代昆明池底的黑灰也不是初劫之灰。“劫”，佛教称世界从成到毁为一劫。《高僧传·竺法兰传》：“又昔汉武帝穿昆明池，得黑灰，以问东方朔。朔云：‘不委，可问西域人。’后法兰既至，众人追以问之，兰云：‘世界终尽，劫火洞烧 ，此灰是也。’”词即用此典，言外之意是：像俄帝、日帝逼迫中国这样的外患早已不是第一次了，中国人民真可谓是灾难深重啊！“负壑藏舟寻常事，怕苍黄、柱触共工折”，仍借古寓言、神话故事寄慨。按《庄子·大宗师》云：“夫藏舟于壑，藏山于泽，谓之固矣，然而夜半有力者负之而走，昧者不知也。”《淮南子·天文训》云：“昔者共工与颛顼争而为帝，怒而触不周之山，天柱折，地维绝。”细玩词意，实是说“昧”而“不知”的当权者自以为天朝永“固”，拒不进行变法改革，自是可恨之事，不过眼下可能急遽发生的似“共工”撞断顶天柱那样的大祸，恐怕更令人心惊肉跳。“苍黄”，急遽貌，唐杜甫《新婚别》：“形势反苍黄。”“柱触共工折”，据语义应为“共工触柱折”，此处语序因协词调格律和求字句变化而调整，别具拗怒之态。而对这样的祸害，词人一己之力并不能克服消弭，他只能借宋玉《大言赋》“长剑耿耿倚天外”那样的壮语来表达希望有雄才大略的高人出来挽狂澜于既倒的心愿。究其出处，这两句实际上也是从宋辛弃疾《水龙吟·

过南剑双溪楼》“倚天万里须长剑”变化而来。“剑花”，剑的光华，缀一“裂”字，慷慨悲凉之情如见。词以壮语作结，但情调却仍是沉郁的。这种沉郁后面有着深刻的社会内容，有着浓挚的爱国情愫，绝非雕章刻句、无病呻吟的泛泛之作可比。

全词风格，可用立稼轩之筋骨而敷梦窗之皮肉一言以蔽之。辛弃疾词的遒劲与吴文英词的绵密，在此得到完美的结合。当然，对一般读者而言，由于不熟悉典故出处，对其意境的把握会有一定的难度。但一旦读通字句进入其词境，相信大多数读者会为其深厚的艺术功力所折服。（庞　坚）

蝶恋花　康有为

记得珠帘初卷处。人倚阑干，被酒刚微醉。翠叶飘零秋自语，晓风吹堕横塘路。　词客看花心意苦。坠粉零香，果是谁相误？三十六陂飞细雨，明朝颜色难如故。

梁令娴《艺蘅馆词选》评本词云：“南海夫子不以词名家，偶从仲父所录《南海诗集》中见此一首，盖少作也。”可知日后风云一时的康有为，其少年时也曾有过如本词中所表达的感伤情绪和儿女情怀。

“记得珠帘初卷处。人倚阑干，被酒刚微醉”。开头三句，展现出一种心事重重、百无聊赖的气氛。“记得”二字，给全词笼上了一层回忆的朦胧色彩，也制造了一种时间上的距离感。那已是很久以前的情景了：小楼的珠帘徐徐卷起，有一个人走上楼头，无力地斜倚着栏杆。看得出，这人昨夜饮了一夜的闷酒，如今已为酒所病，所以带着微醉来到清晨的楼头，想清爽一下头脑。这个人物，依据古词的传统形象，当是一个闺中女子，而且大抵是少妇。“珠帘”是她身份的象征，而“倚阑”足见她满腹心事，可证她的醉酒也是出于苦闷。这几个词，经过千百年的运用，到康有为的时代，已经有其固定的含义了。这三句中可注目的是“初”、“刚”二字，可知下面的“翠叶飘零秋自语，晓风吹堕横塘路”，是她初上楼头时的所见所感。“翠叶”，这里指荷花叶，而且因“翠”的色彩的凝重，通常用来形容荷花开过后已经成熟肥厚的荷叶，这有南唐李璟的名句“菡萏香销翠叶残，西风愁起绿波间”为证。如今，翠叶挤在一起作沙沙声，似是在相告以秋的来临，又似是秋自身开始作窃窃私语了。“秋自语”三字甚佳，写出秋刚刚来临时的特征：此时它还不带肃杀之气，但已经以一种捉摸不定的细声悄响，给人带来不安的心绪和莫名的忧愁。翠叶已飘零在荷塘上，情景够凄惨的了，但是，接着又来了一阵清晨的寒风，将它们高高吹起，一直吹到了“横塘路”；当然，楼头佳人的目光，也远远地落到了“横塘路”。

横塘是姑苏的地名，宋贺铸《青玉案》云：“凌波不过横塘路，但目送，芳尘去。”写其爱慕一美人而美人并不曾来他所住的横塘，由此而产生了许多惆怅。明白了这一节，则“横塘路”就有了特定的含义，指痴心男子伫望那不可即之的佳人的地方。由于这一典故的暗用，本词的上下片就得到了自然的过渡。“词客看花心意苦”，称“词客”，自是男性，他可能是作者自己，也可能是虚拟中的男主人公，但总之是那“横塘路”上的伫立人。他所看的花，自是初秋时的残花了，故不能不“心意苦”。“坠粉零香，果是谁相误?”便是“心意苦”的具体内容。这二句大有深意，因为荷花的凋零，本是自然之事，不存在人与花谁误了谁的问题。但是，这看似无理的一问，若与倚栏佳人相联系，就并非无理了。显然，“词客”是以花喻人，对那可望而不可即的佳人说道：从前你犹如凌波仙，我犹如横塘客，无从亲近于你，致使你今日美人迟暮，如荷花之零落。但究竟是我的迟回迁延误了你的青春呢？还是因为你的缘故，才迫使我迟回迁延，结果反误了你自个呢?

我们看到，“词客”固然有意，而佳人“倚阑”、“被酒”，身居画楼而心有未慊，则她当初对“词客”也不为无情。至于他们不克终谐而长抱惆怅的原委，自然已恍惚难明了，但从“果是谁相误”的语气看，显然“词客”自认为责任不在己。但是，和佳人一样，“词客”也无心深究责任在谁，佳人在“翠叶飘零秋自语”中感受到了“众芳芜秽，美人迟暮”的悲哀，而“词客”则想得更深一步。“三十六陂飞细雨”，三十六陂，指数量极多的池塘（语出姜夔《念奴娇·咏荷》）；如今，这无数池塘上都是细雨蒙蒙，预示着秋不但要“自语”，还要骎骎然大举而至，就像美人不但会迟暮、更会衰朽一样。于是，词便唤出了最沉痛的“明朝颜色难如故”的结句。不是吗?佳人的盛年一过，颜色便一日不如一日，这已是极可悲惋之事，更何况这层悲惋，又产生于细雨纷飞、残荷败塘的背景之上呢？当然，这沉痛的结句，同时也是对“果是谁相误”的回答——事已至此、来日更惨于此，追究谁误了谁，还有何意义呢?

全词弥漫着浓重的感伤气息，而且越到后来，越令人悲哀、绝望，只觉一种遗憾将永远无法弥补，且时间越长，越是创痛深巨。结尾二句，实是大巧若拙、意重力厚的佳句，读之百感苍茫、低回无已。此词是否为作者少年情事的写照呢？可能吧，因为“南海夫子”其实是位多情人。但即使不是，词中对美好事物易逝的感叹，对人生机遇错失的惋惜等等意绪，也是足堪令不同经历的读者各取会心而加以反复咏吟的。（沈维藩）

蝶恋花　况周颐

柳外轻寒花外雨。断送春归，直恁无凭据。几片飞花犹绕树，萍根不见春前絮。　往事画梁双燕语。紫紫红红，辛苦和春住。梦里屏山芳草路，梦回惆怅无寻处。

读这首词，令人联想到秦观的名篇《浣溪沙》：“漠漠轻寒上小楼，晓阴无赖似穷秋。淡烟流水画屏幽。　自在飞花轻似梦，无边丝雨细如愁。宝帘闲挂小银钩。”二词的不同处先不去说，且看其相同处：其一，写的都是暮春之景，抒的都是惜春之怀。其二，都用了“轻寒”、“飞花”、“雨”、“屏”这些“道具”。其三，词中的主人公都若有若无，而且也不占重要位置。其四，最重要的，二者都是纯粹的感伤春归之作，不含有其他因素（例如，不似辛弃疾的《摸鱼儿（更能消几番风雨）》饱含政治激愤，亦不似晏小山《鹧鸪天（一醉醒来春又残）》兼具怀人之意）。

那么，作为后来者的况蕙风，在有了这么些相同处的同时，又如何表现其卓然独立而无愧于前贤之处呢？且看："柳外轻寒花外雨。断送春归，直恁无凭据。"蕙风也是以"轻寒"（一种可感而不可见的春末寒意）起调的，然而这个起调，却并无秦词那种轻灵杳邈之感，两个重重的"外"字，将词的画面、也将读者被画面唤起的感受，分为截然两半：近处，犹有柳、犹有花、犹有春意在；柳外花外，却是消蚀春意的轻寒和洗却春意的雨。此情此景，遂使作者责备轻寒和雨，也使词的开头便笼上了怨恨之气——柳花犹在，你们就把春天断送了，有何凭据？你们就这样无凭无据地送春归去，简直……

开头三句，便挑起了一对矛盾，发出了一声怨恨。然而，这果然是矛盾的么？轻寒与雨果然是无凭据地断送春归么？非也，作者也自知这个"非也"——"几片飞花犹绕树"，诚然，就作者恋春的眼里看去，还有飞花在绕着春树恋恋地不愿落入尘埃；但是，在作者伤春的心底，却也已感知到这不是秦观的"自在飞花"，它们不会自在翩翩，绕树之后，必然零落树下。更何况，几片飞花虽可证明春在，但"萍根不见春前絮"，传说浮萍乃柳絮所化，如今萍根处已看不见春絮，春絮已尽化为萍，这不是更可证明春已尽、春当归了么？

这二句中的飞花犹在和春絮不见，又是一对矛盾，然而，作者对此，已不能再发出怨恨，只会作无奈的叹息。于是，整个上片，便以作者指责他物"无凭据"始，而以暗中承认"无凭据"的是他自己终。

阻遏春归既已成绝望，下片不得已而转入回忆。"往事画梁双燕语。紫紫红红，辛苦和春住。"这三句借燕语来寄托作者的心声。其中用了"画梁"二字，则双燕的交谈正在主人公所居处，听来便觉真切，是看似无用而实不可少之笔。"紫紫红红"四字，措辞更为考究，这两组叠字，前一字都是作使动词用，后一字仍为名词，犹言"使紫者紫，使红者红"，谓燕子一春奔忙，殷勤供花，使各色花朵都能尽情开放、遂其天性生长。如此解释，始能与"辛苦和春住"相连。

燕子的"辛苦"，自然是作者"辛苦"为春的象征。但"辛苦"所得的绚丽春景，却不能令作者有所慰藉，因为这全成了"往事"，只可回忆、不可复得。作者对现实绝望了，便转入梦境之中。梦境倒是能给人慰藉的，"梦里屏山芳草路"，那里面的春草萋萋，宛如画屏上所绘的那么美好。然而，梦终有醒来之时，"梦回惆怅无寻处"，词至最后，作者又堕入"梦里"与"梦回"的矛盾之网中，给纠缠得不能自解，只能叹息一声"惆怅"而已。

这首词虽然读来似颇流畅，浑然一体，其实如上所言，是由四层意思组成的：因春归而情急、遽加指责，细想乃知指责不当，于是为回首往事而苦，最终避入梦境而又难以久避。于斯可见作者为春尽而愁肠百结、无奈万端的痴情伤心。之所以看似流畅浑然，其原因盖有二：一是其语皆沉著，除"断送"略显恨意，"惆怅"说得稍明之外，无一语在字面上可显现作者主观感情。这也符合作者"重拙大"中的"重"字标准。（《蕙风词话》："重者，沉著之谓，在气格不在字句。"）二是各层意思之间看不到强烈的转折之痕迹，上片似都在写景，下片似都在叙情。这也体现了作者"当于无字处为曲折，切忌有字处为曲折"（同上）的艺术追求。

现在回到文章开头的问题。秦观的词，前人已有定评，谓其风格是宛转幽怨，其中所含的愁思亦如"淡烟流水"一般。而蕙风此作，虽与秦词有种种共同点，但如上所分析，却是貌为沉著而实怀有穷愁无路的沉痛的。他在词中所表达的那种百计挽回春天而不得的惆怅，是秦词中所没有的。蕙风的胸臆间充积着前人的佳作，且日以之陶冶性情，但因他总是在"沉思独往"（叶恭绰《广箧中词》），故所作亦常能不效颦于前人而卓然自立。（沈维藩）

水龙吟　况周颐

己丑秋夜，赋角声《苏武慢》一阕，为半唐所击赏。乙未四月，移寓校场五条胡同，地偏宵警，呜呜达曙，凄彻心脾。漫拈此解，颇不逮前作，而词愈悲，亦天时人事为之也

声声只在街南，夜深不管人憔悴。凄凉和并，更长漏短，彀人无寐。灯炧花残，香消篆冷，悄然惊起。出帘栊试望，半珪残月，更堪在，烟林外。
愁入阵云天末，费商音、无端凄戾。鬓丝搔短，壮怀空付，龙沙万里。莫漫伤心，家山更在，杜鹃声里。有啼乌见我，空阶独立，下青衫泪。

据词前的小序说，光绪十五年(1889)秋词人二十九岁时曾写过《苏武慢·寒夜闻角》，受到王鹏运的赞赏。光绪二十一年(1895)四月，词人三十五岁时移居宣武门外校场五条胡同，闻警报达旦，彻夜不能成眠，内心十分凄怆，又写成此词。由于"天时人事"使此词较之前词又更悲伤。所谓"天时人事"是指甲午中日之战，中国战败，日军继续入侵。前一个月李鸿章在日本签订了丧权辱国的《马关条约》，割让台湾及澎湖诸岛与日本，赔款二万万两白银。对此，有良心的国人无不痛心疾首。康有为时会试在京，号召各省举人一千三百余人上书请求拒和、迁都、变法图强。

词的上片写深夜闻警的情景。"声声只在街南，夜深不管人憔悴"，角声从城南传来，夜已深、人已憔悴，但角声依旧。"不管"二字是平常语，但用在此处却不平常，它使呜呜角声染上了感情色彩，是呜呜角声使人夜深不能寐，使人更憔悴。"凄凉和并，更长漏短，彀人无寐"，在不断的角声中还夹杂着更声和漏声，足够使人不能成眠，这自然增加了不寐人的痛苦，使已经憔悴的不寐人更加憔悴。"彀"，够也。前五句写所闻所感，以下转写所见："灯炧花残，香消篆冷，悄然惊起。"忽然惊见灯烛已成灰，篆香已熄灭，夜已经很深了，不禁悄然而起。"篆"，本书体名，此处指篆香，即盘香，或云即心字香，杨慎《词品》："所谓心字香者，以香末萦篆成心字也。""出帘栊试望，半珪残月，更堪在，烟林外"，步出帘栊，见朦朦胧胧烟林之外挂着形如半珪的残月。这是室外所见。"珪"，玉璧。此四句首句用"试望"，在"残月"与"烟林"之间用了"更堪在"三字，都加强了这一语群的感情色彩。

下片转写愁思、感慨。"愁入阵云天末，费商音、无端凄戾"，角声依旧凄凉哀戾，频添不寐人的愁思。愁思把词人的目光从残月、烟林转向遥远天边堆积如兵阵的层云。这层云，自然使词人想到日本侵略军在东北的入侵，想到当道者的丧权辱国，因此自然也会更添愁绪。"商音"，五音之一，其音凄厉。"鬓丝搔短，壮怀空付，龙沙万里"，鬓发搔短了，像班超一样驰骋沙漠，为国靖边的壮志也落空了。国家多难，自己老大无成，当然伤心。"鬓丝搔短"，语出杜甫《春望》"白头搔更短，浑欲不胜簪"。"龙沙万里"，语出《汉书·班超传》"坦步葱云，咫尺龙沙"。"龙沙"，沙漠。"莫漫伤心，家山更在，杜鹃声里"，词人转而自己劝解自己：不要伤心吧，家乡仍在，不如归去。词人的情感从想象回到了现实，他既伤心日寇入侵，朝廷订了丧权辱国的城下之盟，又伤心达官贵人们依旧醉生梦死。对此，他实在不能容忍了，他不愿意在京城继

续待下去了。但这是痛苦的,所以结拍说:"有啼乌见我,空阶独立,下青衫泪。"角声达旦,彻夜未眠,独立空阶,心潮难平,怎不悲痛!怎不下泪!而见词人独立、下泪的,只有啼乌,这既突出了词人的孤独,也更增加了词人的悲痛。"青衫泪",语出白居易《琵琶行》"座中泣下谁最多?江州司马青衫湿"。

况周颐《蕙风词话》说:"吾听风雨,吾览江山,常觉风雨江山外有万不得已者在。此万不得已者,即词心也。而能以吾言写吾心,即吾词也。此万不得已者,由吾心酝酿而出,即吾词之真也,非可强为,亦无庸强求。"这首《水龙吟》就不是强为的,它所表达的是词人的心里话,是词人不得不发的真情实感。(马兴荣)

齐天乐　况周颐

秋雨

沈郎已自拌憔悴,惊心又闻秋雨。做冷欺灯,将愁续梦,越是宵深难住。千丝万缕,更搀入虫声,搅人情绪。一片萧骚,细听不是故园树。　沉沉更漏渐咽,只檐前铁马,幽怨如诉。倪是残春,明朝怕有,无数飞花飞絮。天涯倦旅。记滴向篷窗,更加凄苦。欲谱潇湘,黯愁生玉柱。

作者是晚清四大家之一,其词幽微深婉,得宋人清真之浑厚、梅溪之清俊、中仙之悱恻缠绵,沉思独往,蔚为词宗。这首《齐天乐·秋雨》,可见其风格之一斑。

起笔两句,直入本题:"沈郎已自拌憔悴,惊心又闻秋雨。""沈郎",是作者以沈约自况。沈约《与徐勉书》云:"百日数旬,革带常应移孔;以手握臂,率计月小半分。"言以多病而腰围减损,故不免自伤。"拌",通拚,意为豁出去、舍弃不顾。作者用"已自拌憔悴"与沈约相比,这就加重了自伤的程度,而在此时,偏又听到凄凄秋雨之声,如此境地,如此心情,岂不叫人更加难以消受。作者平时已多悒郁之情,现在于客中顿闻秋雨,自然不胜凄清之感。这两句总领全词,以下便从秋雨着笔。"做冷欺灯,将愁续梦,越是宵深难住",表明这秋雨呢,它只解做出阴冷之气,使灯焰无光;它带来的乃是秋天的愁绪,使人在梦寐之中,也增添秋感;它在入夜开始,已经点点滴滴下个不停,到了夜深,越是不肯停歇。在这"残灯无焰影幢幢"的情况之下,纵使听不到雨声,已令人难以为怀,何况又是声声入耳,声声沁入秋心呢!从笔法上来说,"做冷"两句,是用宋史达祖《绮罗香》词"做冷欺花,将烟困柳"笔路,史写春雨,故有"欺花"、"困柳"之思,作者写秋雨,故用"欺灯"、"续梦",以作咏叹,可谓各极其致。论情味,宋万俟咏《长相思》词"一声声,一更更,窗外芭蕉窗里灯,此时无限情。梦难成,恨难平,不道愁人不喜听,空阶滴到明",和这几句有相似之处。而作者所注入的情感则有过之。接着,词人以"千丝万缕,更搀入虫声,搅人情绪"三句,作进一步的抒情。在秋夜,人们常听到的蟋蟀鸣声,虽在雨夜,也并不停止。掺入雨声之中,听起来更会引起凄凉之感,搅起人们千丝万缕的情绪。"千丝万缕",语意双关,既写濛濛密密的秋雨,又表明人的愁绪,也是无穷无尽。

词写至此，作者更以“一片萧骚，细听不是故园树”两句作为上片的结句，使词的境界，更加沉挚。“萧骚”，是由树上飘来的秋雨之声。仔细听来，却又不是故园树上的雨声。倘若是故国之树送来此声，人们不会产生“去国怀乡”的思想，既然不是故园树，可见人在客中，极易产生“潇潇已是不堪听，况半世、凄凉羁旅”之情。词笔愈转愈深，词境也随之更为感人，更加深邃。由惊闻秋雨，到雨声织入虫声，到细听之后，顿增异乡听雨的感触，一唱三叹，情景交融，可见笔力之深厚与感情之真挚。

下片承前，此时，夜已更深，更漏渐咽；檐前的铁马，却又送来如泣如诉的幽怨之声，雨夜的萧瑟，使作者不得不拓开思路，以宽解自己的愁怀。作者设想：这雨倘若下在残春，那么雨晴之后的来朝，那些被风欺雨打的春花春柳，定会有无数的飞花飞絮了。这种从侧面点缀的笔墨，在一首词中并不占主要成分，但确能起到“柳暗花明又一村”的作用，使紧张的心弦，暂时缓松一下。紧接着便以“天涯倦旅”等三句写旅客在“孤篷夜雨”情况下的凄苦，宋蒋捷《虞美人》词云：“壮年听雨客舟中，江阔云低断雁叫西风。”所写的正是客舟秋夜听雨的凄凉景况。若是久客他乡，又身栖孤篷，又适逢夜雨，又正值寒秋，即使听不到“断雁叫西风”的凄厉之声，也将使人难以为怀而致肝肠掩抑了。作者如此着想，更在“滴向篷窗”句之前着一“记”字，可知他自己也处过这样的境地。最后以“欲谱潇湘，黯愁生玉柱”两句结束全词，更有余音不绝之妙。“潇湘夜雨”是词调名，也是琴曲名。“玉柱”，指琴瑟上的弦柱。以玉为之，故称玉柱。这两句是说：我想在此凄清的雨夜，谱写“潇湘夜雨”的曲调，只怕那黯淡的清愁，定要生在弦柱之上了。

况氏为一代词宗，王国维曾论其词曰：“蕙风小令似叔原（晏幾道），长调亦在清真（周邦彦）、梅溪（史达祖）间，而沉痛过之，彊村虽富丽精工，犹逊其真挚也。”（《人间词话》）评价之高，可以想见。倘以这首《齐天乐・秋雨》，与史梅溪《绮罗香・春雨》相比较，梅溪春雨之章，可谓形神俱化，微妙精工。然其词只是描绘了春雨的诸多情态，在意境上、情感上纯为画工之语，未见其有沉挚之处。梅溪只是替春雨说法，自己的真情实感并未注入词中，所以虽为咏物之佳制，未能达到物我融合的高境界。况氏这首秋雨词，则是由本人对秋雨的直接感知和领受来写，使客观存在的事物，融入自己的主观。尽管其中“做冷欺灯”两句沿用梅溪笔法，而在意境上则更为深沉。从全篇来看，纯为自己心声的吐露，两相比较，可见在境界上有深浅高下之分。读者当能领会。（马祖熙）

苏武慢　况周颐

寒夜闻角

愁入云遥，寒禁霜重，红烛泪深人倦。情高转抑，思往难回，凄咽不成清变。风际断时，迢递天涯，但闻更点。枉教人回首，少年丝竹，玉容歌管。　凭作出、百绪凄凉，凄凉惟有，花冷月闲庭院。珠帘绣幕，可有人听？听也可曾肠断？除却塞鸿，遮莫城乌，替人惊惯。料南枝明日，应减红香一半。

这首抒写离愁的词作于光绪十五年(1889)秋。词人是广西临桂(今桂林)人,出身于官宦世家、书香门第。自少文才超群,九岁即补博士弟子员,十八岁充优贡生,二十一岁乡试中举,并娶赵氏为妻。婚后,情深意笃,恩爱有加。九年后,光绪十四年(1888)初,三十岁的他离家北上入京任内阁中书。虽有端木埰、王鹏运等师友切磋词艺,学业大进,但心中浓浓的离愁别恨是难以排遣的。因而是年秋,写下这首充满真情实感的思乡怀亲词,堪称其代表作,得到了王鹏运的击节赞赏,王国维在《人间词话》中也给予了高度的评价,说它"境似清真(周邦彦),集中他作,不能过之。"

这首词的题目是"寒夜闻角",全词即是抒写远离家乡的游子寒夜听到凄清的号角声而触发的对故乡和亲人的思念之情。上片以一个"愁"字起篇,为全词基调定格,接着以"人云遥"相接,以灵动的"人"字,将看不见摸不着的"愁"情写活了,化为有形的动态了;又以"云遥"二字显示了愁绪的广大无边,也显示了游子的离愁正通过远逝的层云飞向遥远的故乡。次二句,紧扣词题"寒夜"二字,渲染室内外的环境,点明季节、气候、时间,以及抒情主人公愁倦的状态。"寒禁霜重",描状了晚秋白霜满地、寒气袭人的北国气候,突出了词题中的"寒"字,也衬托了游子心境的寒。"红烛泪深",由室外转向室内,点明词题中的"夜"字。"泪深"二字,一石二鸟,既描状红烛燃烧殆尽、烛泪将毕的景况,又渲染了游子痛苦思念故国亲人的景状。"人倦"二字,则将视角由物转向人,特写抒情主人公在以上这般环境氛围中被离愁别绪缠绕,忧愁苦闷,夜不能寐,身心极度疲倦的状态。

中间六句,扣住题目之"闻角",转写角声。词人蓦地听到远处传来的凄清角声,在寂静孤独中倏然一惊,似乎感到其声昂扬高亢。但不久随着角声的由高而低,充满乡愁的词人愈觉角声中的情感十分沉郁压抑,似乎吹角人也与自己一样思念往事,怀念故乡,再也吹不出高亢激昂的角声了。进而,角声轻微幽咽,时有时无,好像吹角人也陷入了如泣如诉、泣不成声的痛苦之中了。最后,这从远处随风而来的角声终于悲伤得梗塞无声,彻底中断,在沉寂中只有从天边传来几点打更的鼓声,使人倍感凄凉。这样,词人在描绘角声时,将自己的情感投射其中,于是声、情、思三者浑化交融,饱含了丰富的内涵。歇拍三句,一方面写闻角勾起对青少年时代美好生活的回忆,来作鲜明对比,进一步反衬今夜的凄凉;另一方面,通过一个"枉"字,也突出了美好回忆无法变为现实、孤处京都不能回乡的无可奈何的怅恨之情。

下片换头三句,承上启下,继续写角声,并从角声过渡到庭院,为后面的设想拉开帷幕。寒夜的角声一度中断之后,又响起了幽咽凄凉之声。这再次激起词人的悲愁苦恨,并由此更进一层,深深感到最能产生、体现这种无限伤感悲苦之情的地方"惟有花冷月闲庭院",也就是思妇游子孤处的冷冷清清、凄凄惨惨的庭院。接着三句,笔锋一转,由自己所在转向家中爱妻的"珠帘绣幕"。但词人并没有正面描绘妻子的愁态,而是以想象之词,用两个问句写出意蕴深沉的设想:"可有人听?听也可曾肠断?"实际上词人是在想象家乡的妻子,今夜也同自己一样沉浸在痛苦的离愁别恨之中,耳闻角声,柔肠寸断。用如此写法,一来显得委婉曲折、灵动多姿,正如词人自评所云"余词特婉至耳"(《蕙风词话》),二来更细腻地表达了词人对万里之遥的爱妻的思念与关切,与李商隐《无题》诗"晓镜但愁云鬓改,夜吟应觉月光寒"有异曲同工之妙。故而叶恭绰《广箧中词》说:"'珠帘绣幕'三句,乃夔翁所最得意之笔。"

"除却塞鸿"三句,生花妙笔又由人转向鸟。"遮莫",尽教的意思。这里写塞北的鸿雁和城南的乌鸦也因闻听这凄凉的角声而惊心动魄,进一步烘托羁旅北方的自己和空守南桂的妻子深夜闻角而伤心伤肝相互思念的痛苦。结尾两句，笔触又由鸟及花，明写料想夜乌所栖息的南枝，经过冷月的寒照、角声的摧残和惊鸟的折腾，枝头的红花定将飘零大半；又以此作喻，暗写独居闺房中的妻子因离别相思而瘦损憔悴的模样，进一步凸显词人对爱妻的怜惜和思恋，将全词的悲苦愁情推至高潮。清刘熙载《艺概・词曲概》云："一转一深，一深一妙，此骚人三昧，倚声家得之，便自超出常境。"仅以本词下片而言，由角声而庭院，由庭院而转闺中人，又由人及鸟，由鸟而花，由花又暗回至愁妇，如此一转一深，一深一妙，使断肠人的离愁别恨步步深入，层层深化，笔曲意浓，格外感人。（张涤云）

摸鱼儿　况周颐

咏虫

古墙阴、夕阳西下，乱虫萧飒如雨。西风身世前因在，尽意哀吟何苦！谁念汝，向月满花香，底用凄凉语！清商细谱。奈金井空寒，红楼自远，不入玉筝柱。　闲庭院，清绝却无尘土。料量长共秋住。也知玉砌雕阑好，无奈心期先误。愁谩诉，只落叶空阶，未是消魂处。寒催堠鼓。料马邑龙堆，黄沙白草，听汝更酸楚。

此词作于光绪二十年甲午(1894)，时清廷于中日战争中大败，作者借咏虫暗伤国事，故词中有"马邑龙堆"之语。

上片起首三句写虫鸣之地、之时。"古墙阴"，由宋姜夔《一萼红》起首"古城阴，有官梅几许，红萼未宜簪"三句化出。"萧飒"本为风声或雨声，如唐陈羽《湘妃怨》"萧飒风生斑竹林"，此处以之拟虫声，颇有新意。而"萧飒"一词亦有萧条凄凉之义，如唐杜甫《相从歌赠严二别驾》"成都乱罢气萧飒"，故此处是既写声音又写形势。第四句说虫是"西风身世"，秋虫和摇落西风结下了不解之缘，这大概是因果报应吧，所以虫的鸣声才这样悲苦。可是这悲苦之音是不被人理解的，"谁念汝"三句写出虫鸣的不入时人之耳。可不，在"月满花香"的美好春日，怎会有你的哀鸣呢！"清商"指古乐府清商曲，曲调哀怨。此句是说秋虫只好孤独地谱写着清商曲调。而商声主西方之音，"清商"亦可指作为五音之一的商声，也就是秋声。上片末三句是说：可惜的是它只能在寒井边吟唱，红楼离得是那样遥远，这样悲哀的曲调是上不了排场的。

下片一开始承上片末三句写虫鸣的环境。"闲庭院，清绝却无尘土，料量长共秋住"，除进一步写秋虫的孤独外，更写出它的清高。它不在污泥乱尘中栖身，也不凑红楼玉筝的热闹，甘在"闲庭院"洒一片充满感伤的秋声，这幕情景无疑注入了作者自己的感情在内。"也知"二句是说玉砌雕栏虽好，但"心期先误"，亦即心中即使思念亦无缘分。南唐后主李煜于亡国后作《虞美人》词，思念故国，有"雕阑玉砌应犹在"一语，况氏将"玉砌雕阑"用于这首词中，其中正有丰富的意蕴，但只能意会不能言传。"只落叶空阶"一句是让步语气，意思是说：如果仅在落叶空阶之处听它吟唱，还不是最痛苦的。那么什么景象才更令人痛苦呢？"寒催堠鼓"一句引出下文,“堠鼓”指报警的鼓声;“堠”,土堡。结拍三句总领全篇,“马邑龙堆,黄沙白草”,都是指战场。“马邑”为地名,汉武帝用王恢计,伏兵于马邑旁,诱匈奴单于深入,欲擒之,单于发觉,事不成,见《汉书·匈奴传》。“龙堆”为沙漠名,《汉书·匈奴传》载扬雄谏书:“岂为康居、乌孙能逾白龙堆而寇西边哉”,颜师古注引孟康曰:“龙堆形如土龙身,无头有尾,高大者二三丈,埤者丈余,皆东北向,相似也,在西域中。”这三句正是对上文“只落叶空阶,未是消魂处”的解答:如果秋虫是在战场上的黄沙白草之中鸣叫,那声音就更令人心酸了。此实暗写甲午之战的惨败,而作者的悲痛心情亦饱含其中。

南宋姜夔作《齐天乐》咏蟋蟀,云:“候馆迎秋,离宫吊月,别有伤心无数。”寄托了身世之感。况周颐此词于寄托的手法上承继姜夔,但深沉的家国之恨溢于纸端,所感之大远过于姜词。况氏自云:“人静帘垂,灯昏香直,窗外芙蓉残叶飒飒作秋声,与砌虫相和答。据梧冥坐,湛怀息机,每一念起,辄设理想排遣之。乃至万缘俱寂,吾心忽莹然开朗如满月,肌骨清凉,不知斯世何世也。斯时若有无端哀怨枨触于万不得已,即而察之,一切境象全失,唯有小窗虚幌、笔床砚匣,一一在吾目前,此词境也。”(《蕙风词话》)叙其作词之感受颇为真切。即作词之时,人与物已亦此亦彼、融而为一了。此词寓有深刻的现实意义,颇见出一个旧时代爱国者的拳拳之心,正不可以与一般咏物词仅寓小我之悲者等量齐观。(尹占华)

望海潮　谭嗣同

自题小像

曾经沧海,又来沙漠,四千里外关河。骨相空谈,肠轮自转,回头十八年过。春梦醒来么?对春帆细雨,独自吟哦。惟有瓶花,数枝相伴不须多。
寒江才脱渔蓑。剩风尘面貌,自看如何?鉴不因人[①],形还问影[②],岂缘醉后颜酡。拔剑欲高歌。有几根侠骨,禁得揉搓?忽说此人是我,睁眼细瞧科。

注 ① 鉴不因人:《新唐书·魏徵传》:“以人为鉴,可明得失。” ② 形还问影:陶渊明有《形赠影》、《影答形》、《神释》三诗,总称《形影神诗三首》。

谭嗣同是戊戌变法的志士和烈士,因为不喜欢词体软靡的缘故,一生很少作词。但是他光绪八年(1882)十八岁时所作的这首词,却饶有气骨,充分表达了这位少年志士抑塞磊落的心情。

词上片着重于对他自己十八年的生命做出回顾和总结,充满了失意的痛苦。作者是湖南人,小时居于北京,十三岁随父至甘肃任所,十五岁回湖南从师读书两年余,再上西北,故起韵以极大的时空跨度为背景,追溯了他多年来辗转不定的漂流生活。“曾经沧海”语出唐元稹《离思》诗“曾经沧海难为水,除却巫山不是云”,借取了典故的效能,暗示出词人经历的无限可能和他心理上的极端疲惫,这就为全词定下了一个感慨味颇浓同时又略带夸张的调子。“又来沙漠”之“又来”,饱含感情,暗示出这是他对于甘肃那块沙漠之地的再度漫游。“四千里外关河”一语，与前文一样，也有着夸张的色彩，显示着他对于自己经验的看重。正是在这样的基础上，这个十八岁的青年才有资格以老成的口吻，抒写他的英雄不遇之恨。下一韵正面传达了这一理想和现实的冲突之恨。“骨相空谈”，是虽有好的骨相却有愿不遂，故不肯作此空谈之意。“肠轮自转”，语出古乐府《思离》“心思不能言，肠中车轮转”，自然也是表示心中郁闷苦恼，难以言宣。他对于自己的人生有着极高的自我期许，而在现实中，却并没有被当成是一回事，所以他五内如沸，感受到了无比的痛心。一个“空”字，一个“自”字，下得沉痛而感慨。“回头”一句，体现出一个热血青年急不可待地要实现人生理想而不可得的焦虑。这种对于时间流逝的忧患，显示出他的清醒和早熟。以下“春梦”两韵，化急促为悠闲，春帆细雨之中，独自吟哦的词人，真有看透世间繁华的淡定。这两韵在语法上为倒装句，意在突出“春梦醒来么”的自问，而“春梦”之问，化用宋赵令畤《侯鲭录》“东坡老人在昌化，尝负大瓢行歌于田间，有老妇年七十，谓坡曰：‘内翰昔日富贵，一场春梦。’坡然之”这一典故，也有其跌宕的韵致。上片末韵，是“春梦”两韵的顺承，它以瓶花相伴的细节，刻画出这位在春帆细雨的孤旅之中，独自吟哦的青年的风流自赏情致，而这里所写的，当是“小影”（小照）中摄入的景象。

下片围绕对自己“小影”的观感，进一步抒发他受到压抑的孤独和寂寞，并迸发出侠士无功的悲壮激烈之情。过片是承上启下之处，它顺接上片“春梦”以下两韵所写的孤旅情状，又把现在与过去连接起来。他说自己才脱下寒江上渔人的蓑笠，又带上了关外的风尘。自己审视着这张风尘仆仆的脸，感觉又怎么样呢？在此，“渔蓑”“风尘”两词的运用，又使词人的经验传达受到历史语境的影响，而显得阅历丰富，心境沉凝，使词作增加了几分苍老的神味。以下“鉴不因人”一韵，暗中对上韵“自看如何”作出回答。他说自己不以别人的眼光来看待自己，自己对自己作出判断，这既显示出他无时不在的孤独感，更显示出他勇毅、独立的性格特征。谭嗣同在戊戌变法失败后能够说出“各国变法，无不从流血而成，今日中国未闻有因变法而流血者，此国之所以不昌也；有之，请自嗣同始”这么一席话，最后写下“我自横刀向天笑，去留肝胆两昆仑”那样的诗句，慷慨赴义，就是这种独立不迁的性格所决定的，这是他生命中一以贯之的内容。“岂缘”一句，是个反问，意思是说他在镜子里所看到的这张脸上的满面红光，并不是酒醉之后的生理反应。那它是什么呢？它是年轻人激动、愤怒的心理反应。“拔剑”一韵，如同上片“春梦”一韵，单句孤出，效果鲜明。此句写透了他抑塞磊落、感慨莫名的情怀。杜甫曾在其诗歌中写道：“王郎酒酣拔剑斫地歌莫哀，我能拔尔抑塞磊落之奇才。”（《短歌行》）这里词人有意无意地用了这一典故，表达了自己不能自已的慷慨激烈之情。“有几根”一问，是重笔抒情，也是整体词情的高潮。侠骨无用，空受“揉搓”，这是如何可恨、可痛的局面！这一问，在“拔剑”的昂扬之后，笔势忽转为掩抑，传递出了悲凉的情感。想到此处，词人神思迷离，嗒然自失。许久之后，方才回过神来，定睛注视案头的照片，发觉这上面气宇轩昂的男儿还真是自己。末句“睁眼细瞧”的动作，看似敷衍，其实余味深长：他睁眼审视自己的形象，就像看见了自己的内心世界的波澜，他必更有所思，有所悟，有所判断，有所决定，而这一切，就留待读者根据他的所作所为去体会了。

此词的写作，虽然不像晚清专门词人那样精研讲究，但是一股少年盛气充沛郁勃，令人读其词，想见其为人。词风刚健，词境疏朗，洵为有性情、有境界的佳作。（邓红梅）

木兰花慢　黄　人

问情为何物，深似海，几人沉？算麝到成尘，蚕空遗蜕，生死相寻。英雄拔山盖世，也喑哑叱咤变哀吟。何况痴男怨女，天荒地老愔愔。　沾襟，有千丝万缕系双心。总慧多福少，别长会短，欢浅愁深。无论人间天上，便一般、煮鹤与焚琴。牛女离长间岁，纯狐寡到如今。

在《牡丹亭》题词里，汤显祖说："情不知所起，一往而深。生者可以死，死可以生。"确实，男女相悦，情深意浓，自古以来即为良辰美景中之赏心乐事。但是，一道情关，又不知挡住了多少英雄豪杰；一张情网，真难说网却了多少世间恩怨！此词即是词人为情所困，郁结于心的产物。

上片咏情之深不可测，更不可知。起首发一浩叹：情啊，你究竟是件什么物事？问得很痴，很执著，透出来的是词人百思不得其解的愁闷和痛苦。元好问《摸鱼儿》词之首句云"问世间（一作"恨人间"）、情是何物"，此词首句，显然是有意模仿。接着两个三字句的回答，不明言其为何物，而是以情深似海，不知有多少人沉溺其中作不答之答，将情难晓之意再推进一层。接下来三句，才对如何能"沉"入情海至深处作解释。词人认为：麝化成尘，香犹不散，形消神存，为第一要义；春蚕遗蜕殒命，犹相思不已，为第二要义；生死不渝，为第三要义。这三句以"算"字领起，层层推衍，不断向至情深处探进，可谓善得"情"之本质之至言。

下面从"英雄拔山盖世"直到歇拍四句，是"沉"入情海的两种不同表现。词人以"英雄"和"痴男怨女"为例，析出两种不同的探情之途。这里的英雄特指项羽，当年他被围垓下，四面楚歌行将覆亡之时，面对虞姬，犹自有无可奈何的哀吟。而一般的痴男怨女们，虽然寂寞无闻，但在苦情相恋而难成眷属之时，犹能天荒地老，真情永存。词以两种"沉"的具体表现，统括天下之真情至性，言简而意赅，有删繁就简之效。

下片叹情之可哀。过片"沾襟"二字，绾结上片所述种种至情，以"千丝万缕系双心"统摄种种情事。笔锋陡转，从现象到本质，挑明至情背后所蕴藏的悲剧因素，浓缩于"沾襟"二字之中。接下来对因情"沾襟"的原因作解释。词人从三个方面作了剖析：真心相爱的多而品得爱情幸福的少；两相厮守之时短而别离相思之时长；两情缱绻之情浅而悲绪满怀之愁深。"慧""福"，佛教用语。"慧"指破惑证真，"福"则指福田，福报。这三句以"总"字领起，三个四字句工整相对。各句之中"多""少""长""短""浅""深"又彼此相对，极有语势，增强了表现力。而且，这里"总"字语气肯定，与上片"算"字的犹疑不定，形成对比。一犹豫一斩截，遥相呼应，词情推进，针脚绵密。

"无论"直至结尾，是对至情之悲苦的具体说明。在对情之痛苦作三方面揭示之后，词人得出结论：不管天上人间，一往情深，最终的结果都是良辰好景虚设，千种风情，万般恩爱，无人能说，无处可诉。"煮鹤""焚琴"，乃极煞风景之举，指美好的事物被毁。《警世恒言》卷三中有"焚琴煮鹤从来有，惜玉怜香几个知"的话，这里化用其意。"无论"两字，是统括的语气，十分有力，表明作者对此的坚信不疑。结拍以天仙配和嫦娥奔月的神话传说，进一步说明情到深时的孤独与痛苦。牛郎织女只有每年七月七日才得相会鹊桥，而嫦娥盗取丈夫后羿的不死之药奔月而去，只能是“碧海青天夜夜心”（李商隐《嫦娥》），恨意绵绵，永无绝期。词中词人只举了天上的例子而不及人间，这并非词人忘怀，他用的是只举一端兼及其余的办法：既然天上的神仙为情所困，都那么痛苦，那么，人间痴情儿女，就更不用多言了。

这首词的词情虽然深沉，但运笔却极为轻快，仿佛词人是一位跳出红尘的智者在开导一位迷情之人，循着对方的问话，一一作答，用古往今来无数的悲情故事打动他，引他在情海中苦苦煎熬之后，最终度过情关。这种结构方式，少有主观情感参与，所以词人只是一意感叹，泛咏情而少及具体情事，形象性略有不足，概括性则非常强，并且带有以文为词的意味，欣赏时不可不知。（罗立刚）

金缕曲　梁启超

丁未五月归国，旋复东渡，却寄沪上诸子

瀚海飘流燕。乍归来、依依难认，旧家庭院。惟有年时芳俦在，一例差池双剪。相对向、斜阳凄怨。欲诉奇愁无可诉，算兴亡、已惯司空见。忍抛得，泪如线。　　故巢似与人留恋。最多情、欲粘还坠，落泥片片。我自殷勤衔来补，珍重断红犹软。又生恐、重帘不卷。十二曲阑春寂寂，隔蓬山、何处窥人面？休更问，恨深浅。

清光绪二十四年（1898），由康有为、梁启超等人推动的戊戌变法，曾为清朝的振兴带来一线希望，不幸新政仅推行百日即为慈禧太后所扼杀。结果，慈禧复出训政，德宗被幽禁于中南海瀛台，谭嗣同、林旭等“六君子”惨遭杀害，康、梁出亡海外。梁旅居日本九年后，于光绪三十三年丁未岁（1907）一度返回上海，见国事益不可为，乃又东渡。此词即写于此时。次年，德宗及慈禧太后于两日内相继去世；再三年，清室终于覆亡。在此时代背景下，作者又曾是此悲剧性事变的主要局中人之一，可以想见，在其写此词之际，旧恨新愁齐上心头，千忧百悔都来笔下，其所要表达的感受，复杂纷纭，实无从说起，因托燕子为喻，就燕子立言，化实为虚，以空灵象喻之语，曲尽低回辗转之情。

词的起调“瀚海飘流燕”一句，用宋周邦彦《满庭芳》词“年年，如社燕，飘流瀚海，来寄修椽”句意，把作者在戊戌政变后亡命海外的辛酸生活一笔写尽。接着以“乍归来”三字承上启下，后文即通过这只天涯归来的燕子之所见所感，以燕子作为自我化身，抒发其万感交集的宗国之恨、兴亡之慨。“依依难认，旧家庭院”两句写“乍归来”的第一个感受。明高启《燕至》诗曾有“莫入江南旧庭院，杏花风雨总无人”句，言庭院依旧，人事已改。此两句则言连庭院也已改观而难以辨认，以见人世间更可悲的沧桑巨变。作者去国九年，在此九年中，清室愈益昏庸腐朽，列强对我国之侵侮也变本加厉。此“旧家庭院”固更加面目全非而令久别归来者有“难认"之感,而句中的"依依"两字,则又见对此虽已难认而别来梦寐不忘之庭院的依恋之情。下面"惟有年时芳俦在,一例差池双剪"两句中的"芳俦",谓燕子的俦侣,喻指词题中的"沪上诸子";"差池",出《诗经·邶风·燕燕》"燕燕于飞,差池其羽";"双剪",形容燕飞时双尾如剪。两句盖言:虽国事日非,而当年主张变法的志同道合之友人仍均在为实现初衷而奔走。紧承此两句的"相对向、斜阳凄怨"一句,暗含唐刘禹锡《乌衣巷》诗意,进一步写旧院难认、世事全非之悲;而后两句"欲诉奇愁无可诉,算兴亡、已惯司空见",则用化自刘诗的周邦彦《西河》词中"燕子不知何世,向寻常、巷陌人家相对,如说兴亡斜阳里"的句意,托历尽沧桑的燕子相逢时的情景,以写作者与"沪上诸子"重逢时的万般感慨,以及在当时国已不国的局面下"欲诉奇愁"而又"无可诉"的深哀苦恨。歇拍"忍抛得,泪如线"两句中,句首的"忍"字实为"怎忍"意,以加重的反问语气说明其不能不为之泪下如线。

换头不说归来者留恋故巢,而说"故巢似与人留恋",以见祖国对多年流亡海外的作者之巨大吸引力。而使作者感到"最多情"的是:当年固曾辅佐锐意变法的德宗推行了百日新政,眼看此百孔千疮的"故巢"修复在望,而功败垂成,不幸"欲粘还坠,落泥片片";此一成败休戚与祖国命运相连结的经历,是刻骨铭心、没齿难忘的。此次作者归来,本如下两句所说,实怀有"珍重断红("断红",落花)犹软"而仍欲"殷勤衔来补"的愿望。"断红犹软",喻指德宗及当年的同志尚在,人们对变法维新的记忆犹新,而这正是作者的希望所在。但当前另一方面的现实又不能不使其清醒地看到:慈禧垂帘听政的权力结构一时还难以推翻,而德宗身在与外界阻隔的瀛台深处,消息沉沉,难谋一面,再想似戊戌年间那样自上而下地推行新政,已不可能。这就是下面"又生恐、重帘不卷。十二曲阑春寂寂,隔蓬山、何处窥人面"三句所喻示的现实。"蓬山"句用李商隐《无题》诗"刘郎已恨蓬山远,更隔蓬山一万重"句意。在此无情的现实下,作者绝望之余,只有"旋复东渡",而此次之再度去国,就如结拍所云,"休更问"其恨之深浅了。

作者写此词时的思绪是千回百转的,因而其词情极哀婉缠绵、回肠荡气之致,与之相表里的词笔也吞吐往复,每转愈深。从上片看,"瀚海飘流",一旦"归来",所怀本应是喜悦之情,却在"乍归来"三字后紧接着以"依依难认"四字一转,变天涯归来之喜为"庭院"已改之悲,使词情开始低沉。下面"惟有"两句,则以"庭院"虽改、"芳俦"仍在自慰,使低抑的词情略见回旋,而承以"斜阳凄怨"及"欲诉奇愁无可诉"两句,再把词情进一步转入低谷。下句"算兴亡、已惯司空见",则试图淡化兴亡之悲,词情复见回旋。但歇拍处的"忍抛得"两句又使词情下沉,而上片所要表达的愁怨也愈转而愈深。从下片看,换头三句先言故巢"与人留恋",我亦觉故巢"多情",而句中以"欲粘还坠"四字一转,使词情转为"落泥片片"的憾恨。下两句则拉回词笔,言纵使此故巢已摇摇欲坠,我仍"珍重断红犹软"而不改衔泥补巢之初衷。在此,词笔之往复盘旋是与对此故巢的依恋不舍之情相表里的。而紧承其后的"又生恐"三字再使词意为之一转,揭示了"重帘不卷"、人面难窥的现实,欲补此巢,实已无望。此一转直至结拍"休更问,恨深浅"两句,词笔遂往而不复,词情也最终跌入绝望的深渊。

词发展到清末,不少词人有了以词传史的自觉要求,在一些重大历史事件,如太平天国之役、鸦片战争、中法战争、甲午战争、庚子事变中均出现了一批堪称为"词史"的名作。此作可视为戊戌变法的"词史",而出自这样一位变法的重要参与者之手,其感情就更真切,其分量就更沉重。(陈邦炎)

虞美人　张尔田

天津桥上鹃啼苦，遮断天涯路。东风竟日怕凭阑，何处青山一发是中原？　酒醒梦绕屏山冷，独自恹恹病。故园今夜月胧明，满眼干戈休照国西营。

钱塘张上龢、张尔田父子，皆工于词。上龢曾从蒋春霖受词学，又与郑文焯为词友；尔田渊源家学，“所作亦具冷红（郑文焯）神理”（叶恭绰《广箧中词》）。早期词作不乏哀时悼世之篇，尤以感叹庚子国变者最具特色。

此词当系尔田于八国联军入寇北京之后所作，时在光绪二十七年辛丑(1901)春天。

词的上片着力描绘暮春时节的自然景象。起拍两句营造出一种啼鹃哀鸣，天涯路断的凄迷悲苦境界，借以象征八国联军蹂躏京师，祖国面临列强瓜分的危急时局。首句典出邵伯温《邵氏闻见录》：“康节先公（邵雍）治平间与客散步天津桥上，闻杜鹃声，惨然不乐。客问其故，则曰：‘洛阳旧无杜鹃，今始至，有所主。’客曰：‘何也？’康节先公曰：‘不二年，上用南士为相，多引南人，专务变更，天下自此多事矣。’”邵雍此语，原指王安石为相，将乱天下，这里借指帝国主义入侵，民族危亡。“遮断天涯路”，与宋晏殊“独上高楼，望尽天涯路”（《蝶恋花》）之词意相若相反。东风竟日起，独自怕凭阑。作者不忍登临远眺，目击列强瓜分，山河破碎之惨象，一个“怕”字，比起南唐李煜“独自莫凭阑，无限江山”（《浪淘沙》）之“莫”字，似又更深一层，将词人悲愤痛苦的矛盾心理和盘托出。“何处”句语出宋苏轼《澄迈驿通潮阁二首》其二“杳杳天低鹘没处，青山一发是中原”。张词于苏诗成句前着一“何处”，语意倍觉凄苦，又与“遮断天涯路”一句相呼应，构成往复回环之势。

词的下片转入对月夜情境的抒写。过片言自己感伤国事，借酒浇愁。中原不可见，梦里依稀是。酒醒梦断之时，惟有与室内屏风之上所绘山峰冷然相对。词人寂寞无助，忧国情切，一个“病”字，极写忧思之深。“恹恹”，精神不振貌。宋欧阳修《定风波》：“把酒送春惆怅甚，长恁，年年三月病恹恹。”春将残，夜正深，人不眠。举头望明月，故园月正明。“故园”，此指家园。结句化用唐杜甫《月》诗“干戈知满地，休照国西营”句而成。杨伦《杜诗镜铨》引朱鹤龄注：“时官军屯于长安西，恐征人见月而悲也。”正所谓“一夜征人尽望乡”（唐李益《夜上受降城闻笛》）。依此，则结句当指西太后、光绪帝出奔西安事。光绪二十六年庚子(1900)七月二十日，八国联军攻占北京，西太后挟光绪帝西逃。九月四日，至西安。和议于八月二十四日开始，至次年(1901)七月二十五日，清廷与十一国公使签订《辛丑条约》。八月二十四日，西太后与光绪帝自西安启程回北京，十一月抵京。作者写于同年秋天的《金缕曲·闻军中觱篥声感赋》亦有“日暮金微移营去”句，“移营”之营正同于“国西营”，可证。

夏敬观序张尔田《遯庵乐府》有“心瘽而文茂，旨隐而义正，岂余子所能几及哉”之叹，钱仲联《近百年词坛点将录》亦赞张词“感时抒愤之作，魄力沉雄，诉真宰，泣精灵，声家之杜陵、玉溪也”。尔田邃于史学，其词亦能纪史，史感强烈，颇有“词史”品格。这首《虞美人》即以令词写时事，骨力沉雄，气格苍劲，为其描写庚子之变的代表篇什。（龚喜平）

满江红　　秋　瑾

小住京华，早又是、中秋佳节。为篱下、黄花开遍，秋容如拭。四面歌残终破楚，八年风味徒思浙。苦将侬、强派作蛾眉，殊未屑！　身不得，男儿列；心却比，男儿烈！算平生肝胆，不因人热。俗子胸襟谁识我？英雄末路当磨折。莽红尘、何处觅知音？青衫湿！

光绪二十二年（1896年），秋瑾遵父命嫁湖南湘潭的富家子弟王廷钧。王家属于旧式家庭，规矩很多；而王廷钧其人，亦被秋瑾认为“纨绔”习气极重（见《致秋誉章书》其五）。1900年前后，王廷钧纳捐得户部主事一职，全家遂搬往北京。夫妇本非同道，到京之后，独立门户，家庭琐屑之事渐多，矛盾也日益加深，并于1903年秋天最终激化。据秋瑾挚友徐自华《炉边琐忆》所述，王廷钧原计划在家宴客，并嘱秋瑾准备，谁知傍晚却被人拉去吃花酒。秋瑾收拾完毕，便第一次扮男装，携小厮去看戏，闹得满城皆知。王廷钧被激怒，动手打了秋瑾，秋瑾也不示弱，离家出走而暂居于客栈中。据郭延礼《秋瑾年谱》所记，这首《满江红》就写于这一年的中秋。

先看上半阕。开始先点明时令：“小住京华，早又是、中秋佳节。”秋瑾的故乡是浙江绍兴，后来随父仕宦，由闽入湘，如今又随夫居于京华，故属于客居他乡。“小住”之用词，颇可玩味。就其表面意思而言，不过是说时光匆匆，来京后稍作短暂的停留，不觉又已是中秋。若细味之，似透出秋瑾未能“既来”则“安之”的心理，她并没有把京华的小家庭当做可以长久栖息之地，因为她原本就不是能够安于现状，循规蹈矩无所作为地生活下去的女子。“为篱下、黄花开遍，秋容如拭。”“篱下黄花”出自渊明《饮酒》之“采菊东篱下”，指中秋时节菊花盛开之状。“秋容”四字化用元代张埜《夺锦标·七夕》中“凉月横舟，银潢浸练，万里秋容如拭”之句。篱下菊花盛开，不但点缀了秋天，而且衬得秋容益加明净如洗。诗人所选意象，往往有意无意间凝聚或投注了诗人自己的某种性情品格，此处“如拭”的“秋容”，恰可想见作者洗净铅华的风神气韵，正如冯自由对秋瑾其人的描述：“不事修饰，慷慨潇洒，绝无脂粉习气。”（冯自由《鉴湖女侠秋瑾》）秋花盛开，秋月皎洁，秋容如洗，秋空寥廓，这不但没有令诗人神清气爽，反而更衬托出此刻处境的逼仄与心绪的纷乱，所以说：“四面歌残终破楚，八年风味徒思浙。”“四面歌残”句自然用了《史记·项羽本纪》中汉军围困项羽于垓下的典故，此句或可有两种理解：一是说国势艰危，四面受敌，为列强所困，而有国破族亡之忧；一是暗指自己久困夫家，因言行不合常规而备受非议，最终酿成无法调和的冲突而导致决裂的局面。若联系下句，则指个人受困的可能性较大。“八年风味徒思浙”，自1896年秋瑾归于王氏，至今恰有八年之久，而八年之中，秋瑾无时不在思念故乡绍兴，但终属枉然。这句与上句对偶，似均写个人之具体处境及所思所感。

接下来几句忽然一转，由对当前困境的思考转入对自己性别本身的愤懑不平：“苦将侬、强派作蛾眉，殊未屑！”“蛾眉”出自《诗经·卫风·硕人》之“螓首蛾眉”，原指似蚕蛾触须般细长而弯曲的美女之眉，此处代指女子。众所周知，在中国的旧传统中，男尊女卑一贯被视为天经地义的道理，女子在很多方面都处于与男子不平等的劣势地位。沿袭既久，便形成积重难返的态势，在强大的社会习俗以及舆论等的压力之下，大部分女性对种种不公，或妥协，或麻木，或缄默隐忍，逆来顺受，只有极少数勇敢者敢于抗争，却往往为此付出惨重的代价。不平则鸣，作为女性群体中有才华、有教养、有敏锐善感之心灵的一类，才女们也曾有人借作品来倾诉自己因性别劣势所造成的人生悲剧，但大多缺乏理性的反思，未能对悲剧根源及本质形成清醒的认识。秋瑾随夫来到北京之后，结交了吴芝瑛等具有新思想的朋友，也有机会接触到一些具有民主色彩以及宣扬男女平权等思想的报刊书籍，这都促成了她对性别问题的反思与认识。在与日本夫人服部繁子的一次对话中，繁子对秋瑾的女扮男装提出疑问，秋瑾回答道："在中国是男子强，女子弱，女子受压迫。我要成为男人一样的强者，所以我要先从外貌上像个男人，再从心理上也成为男人。"这样的话虽有过于偏激之嫌，却不妨理解为晚清得风气之先的女子在骤然觉醒之际，对几千年性别压迫的一种强有力的反弹。在这首《满江红》中，秋瑾道出了类似的过激之语："苦将侬、强派作蛾眉，殊未屑！"——她不仅对造物本身表示愤慨，更对自己既定的性别表示了轻蔑。

下片承接上片最后两句而递进一层："身不得，男儿列；心却比，男儿烈！"这几句恰与上段所引秋瑾对服部繁子所说的一段话意旨相似：既然已被造物"强派"做了"蛾眉"，无论屑与不屑，此身便不得与男子同列。但在秋瑾看来这些不过表象而已，因为她壮怀激烈，自信此心之强大，毫不逊于男子。

况且，"算平生肝胆，不因人热"。"不因人热"语出《东观汉记·梁鸿传》："（鸿）常独坐止，不与人同食。比舍先炊已，呼鸿及热釜炊。鸿曰：'童子鸿，不因人热者也。'灭灶更燃火。"此事常用来比喻为人孤僻高傲，不依赖别人。秋瑾此句，主要借梁鸿之典来表明自己独立不倚的心志与气魄。她绝不愿再走传统女子的老路，做男人的附属品，泯灭独立人格，一世随人俯仰。秋瑾此时已形成这种独立自主的思想，后来她走出家庭，更将此种理念在女界中倡导，以唤醒更多女同胞的觉醒。

秋瑾觉醒之后，便准备义无反顾，做一个力挽狂澜的英雄。她的很多言论，即使在今天看来都不免有过激处，在她当时的时代更是惊世骇俗之论，不被绝大多数人所理解原可在意料之中。她自己当然也清楚这一点，所以接下来说："俗子胸襟谁识我？英雄末路当磨折。莽红尘、何处觅知音？青衫湿！"一方面曲高和寡，难觅知音，另一方面，徒有英雄理想，却身陷穷途，因为此时她尚受困于家庭中，备受折磨。不过，天将降大任于斯人，必先苦其心志，所以秋瑾在"英雄末路"与"磨折"之间着一"当"字——既树立起英雄的理想，就当同时具备堪受一切磨难的意志力。但瞻顾四方，毕竟同道寥寥。一个英雄，可以忍受来自于外界的种种摧折，却未必能长久忍受心灵的孤寂。所以，此后不久，秋瑾便与王家决裂，东渡日本，"闲来海外觅知音"去了。

北京生活的几年之间，秋瑾在吴芝瑛等朋友的影响下，广泛阅读进步报刊，"新书新报，靡不浏览"，"豪情胜概，不可一世"，于是"思以改革为己任"（秋宗章《六六私乘》）。受民主思想的启蒙，她眼界初开，开始思索作为女子，如何实现自我的生命价值，如何像男子一样得以充分施展才华，拯救沉沦的祖国。这首词写的正是诗人觉醒中的一段心路历程。就内容而言，该词不但与传统女性词以记录闺中悲欢为主的作品不同，与秋瑾本人早年未觉醒时的创作也有所不同。就风格而言，该词汰弃掉女性的婉媚与妖娆，而充溢着一种激荡的英雄思想与阳刚精神。秋瑾最终冲破旧家庭的束缚而走上革命道路，这里或许是一个转折。（曾庆雨）

鹧鸪天　秋　瑾

祖国沉沦感不禁，闲来海外觅知音。金瓯已缺总须补[1]，为国牺牲敢惜身。　嗟险阻，叹飘零，关山万里作雄行。休言女子非英物，夜夜龙泉壁上鸣[2]。

注 ① 金瓯：金制的盆盂。《南史·朱异传》记梁武帝云："我国家犹若金瓯，无一伤缺。"后世因以金瓯喻疆土完固，以金瓯缺喻山河破碎。　② 龙泉：此指古名剑。

本词以刚健质朴的手法，表达了东走日本的秋瑾欲与同志拯救危难中的祖国的巨大爱国热情，并以此为契机，表达了她立志作一个女中豪杰的不凡的人生目标。

上片主要表达她将生命献给拯救祖国事业的无比决心。首韵大笔振起，抒发她对于危机中的祖国的一片赤子深情。她不仅为它"感不禁"，即像一般有爱国情怀的同胞一样心念系之，扼腕叹息甚至于肝肠火热，而且直接起来行动，为拯救祖国危亡而远赴海外，寻找救国的真理和愿意救国的同志。这在那个留学风气渐开但妇女限于角色规定最多只倾向自我发展的时代，可谓是鹤立鸡群，即使在男界，也可谓是凤毛麟角。次韵折进一层，一方面慨叹国土之破碎，国力之微弱；另一方面，又进一步表达了她补"金瓯"的英雄主义怀抱。她甚至不惜以生命为代价，实现自己一心为祖国命运而战的崇高目标。这里"敢惜身"一语，表明她对于祖国的无限忠诚，她对于祖国的付出是不计个人回报的。这样的境界，在那个时代，只有稍后的鲁迅以"我以我血荐轩辕"同样地表达过。

下片主要体现她作为一个女性救国者誓为人杰的精神自励。在那样的时代，规范的女性角色大体囿于闺阁之内，人们对于女性才气能力、存在价值的评价，也就受限于这样的角色身份，这不能不给秋瑾带来一定的心理压力。好在压力并没有击碎她的报国之志，反而激起她创造新的女性形象即女英雄的生命热情。过片先回顾自己离开封建家庭独行海外的往事。也许有人会嗟叹这样的关山万里行过于危险困难，也许有人会对于离家远行产生飘零流落之恨，而她虽然也经历过重重的艰难困苦，但更欣赏自己像男子一样独行于关山万里之外。由这样独特不凡的经历，她不禁在心里升起了一股自我肯定的骄傲。她以反驳的语气针对时人的女性观说道：人们休要说女子不能成为英雄，连我那挂在墙上的宝剑，也不甘于雌伏鞘中，而夜夜在鞘中作龙吟，热望出鞘立功呢！这里，词人不直接表明自己不凡的自我期许，而是借助文学史以剑写心的传统，用宝剑的夜夜鸣壁热望出鞘，来表现自己欲成为功业不凡的女杰的渴望，可谓寓意巧妙而锋芒锐利。

全词虽然体式工整，运笔多用正锋，但词人写来却跌宕起伏，风骨遒劲，充分体现了一代女杰的不凡人格风采。（邓红梅）

浣溪沙　王国维

掩卷平生有百端，饱更忧患转冥顽。偶听啼鴂怨春残。　坐觉无何消白日，更缘随例弄丹铅。闲愁无分况清欢。

王国维早年向往西学，欣赏尼采、叔本华的哲学思想。尤其是叔本华的悲观主义思想，对他一生影响最大。他天资聪慧，自己的心志，常是沉浸在对人生的思考和苦闷之中，花开花谢，春去春来，乃至一切事物的生长和消歇，无不在他的思想深处刻下痛苦的印记。他忧生忧世，悲天悯人，从积极的一面来说，他无时无刻不在想解除人世、人生的诸多矛盾，但当找不到解除这些矛盾的方法时，便会深陷于痛苦和迷惘之中，而致滋长消极厌世的情绪。这首《浣溪沙》小词所表露的正是静安先生深蕴内心的多端独特的感受。

起句"掩卷平生有百端"，"掩卷"，就是"掩书"，先生平时生活的大端，就是读书和著书，他一生中最大的爱好，也就是读书。他曾经自谓："余毕生惟书册为伴，故最爱而最难舍弃者，亦惟此耳。"现在他掩书来思考平生各种事体，乃是因为不论读书和著书，不论是为研究、考证或创作，都未能从中取得慰藉，取得痛苦和矛盾的解决，甚至反而增加了心灵中的痛苦和寂寞，因为他觉得他研治哲学的结果，既未能对人生求得完满的解答；而研治史学的结果，亦未能达成救世的理想和愿望，现实非常残酷，和他的希望和想象常常背道而驰，因而他是长期处于痛苦和矛盾之中。他在另一首《浣溪沙》中，就曾有"掩书涕泪苦无端"之叹，掩却书卷，竟至涕泪无端，可见其痛苦之深。所以"掩卷平生有百端"这句，在感情上是非常浓烈而悲慨，在意境上也会引起人们层层深思。

次句"饱更忧患转冥顽"，所谓"饱更忧患"，表明所遭的忧患经历是有多种，也就是多端。而"转冥顽"又是性格上多端之一。"冥顽"一词，始见于韩愈《祭鳄鱼文》，意谓愚蠢固执。而他用在这里，却有更加顽强自信的意思。说明他之为人，在性格上本来就很坚强，现在则是倍加顽强了。他一生所处的时代，正当清代末期，是一个在动乱中大变革的时代。他经受过奸人窃柄、贤士失位、列强交侵、国家残破、灾祸频仍、民不聊生、变法失败、革新无望的忧患。对一个并非忘情世事的文人学者来说，这些他都忍受过了，故名之为"饱更忧患"。但也因为他不能正视现实，不理解现实中仍有进步的一面，不能从痛苦中求得解脱，而存有眷恋君主立宪的幻想，故虽有悲天悯人之思，终不能求得有效的实现，他虽然在顽强地思考着追求着，反而增加其内在痛苦，于是乃产生自怨自艾的思想，仍旧走悲观主义的老路。上片最后一句"偶听啼鴂怨春残"，便是自怨自艾的表现。

静安先生早年曾研究词曲，并在他的《人间词话》中倡境界之说，他认为"词以境界为最上，有境界则自成高格，自有名句"。又说："有造境、有写境，此理想与写实二派之所由分，然二者颇难分别，因大诗人所造之境，必合乎自然。所写之境，亦必邻与理想故也。"又说："境非独景物也。喜怒哀乐，亦人心中之一境界，故能写真景物真感情者，谓之有境界，否则谓之无境界。"根据他这种论词见解，我们来解剖他的这首《浣溪沙》词，他所表白的是真感情，自是有境界的词篇，再从"偶听啼鴂"这句来看，"啼鴂"，即鶗鴂，也作鹈鴂，今名杜鹃，屈原《离骚》："恐鹈鴂之先鸣兮，使夫百草为之不芳。"啼鴂鸣时，作者偶然听到了，自然会感到已是残春，春天即将消逝了。作者之所以"怨春残"，也有几种意思：一是表明自然界的春天即将消逝，而有伤春惜春的凄怨。二是以春天象征当时的国运，"春残"乃是表明国运的衰微。三是自己追求的理想不能实现，痛苦和矛盾不能解除，仿佛春已凋残，而产生悲观失望的怨情，所以"偶听啼鸩”,便从心灵深处感到莫大的震动,感到百端纷扰,忧患频仍,处于悲痛中不能自拔。“怨春残”在这里自是伤心之语。看起来这三种情况,他是兼而有之,而后者则居主导的地位。春天就要走了,拉也拉不回来,其怨苦可知。当然他不可能不意识到春天去了,还有秋天。但在另一首《浣溪沙》中,他又有“坐觉清秋归荡荡,眼看白日去昭昭。人间争度可怜宵”之悲。可见他是始终不能解脱其悲怨的。若从填词的本身来看,他这首词是既有“造境”又有“写境”的。现在再看这首词下片。

下片承前,写他在“饱更忧患”以后的现实情况:“坐觉无何消白日,更缘随例弄丹铅。”他的现实生活,总是和读书、著书打交道的。“坐觉”,意为因而觉得。“无何”,指别无他法消磨这些即将流逝的时日,那么只好以读书和学术研究自慰,随着惯例使用“丹铅”作考证经籍、研治史志方面的工作,从中求得摆脱痛苦的机会。最后乃以“闲愁无分况清欢”这句作结,以表明他的深悲极苦之情,悲天悯世之意,竟至无人理解,他之所以“消白日”、沉潜于书卷之中、追求于“丹铅”之上者,并非在消遣“闲愁”或者寻觅“清欢”。所怀耿耿,只有用断然表示的口吻说:我与闲愁是从来就没有沾上,至于清欢,那更是于我无缘的了。不难看出,词人之所以兴掩卷百端之悲,原在于忧生忧世,百忧感其心,至无法解除内心之痛苦与矛盾,闲愁与清欢又何足言乎!如此作结,是沉痛语,也是真挚语。

静安为词,往往借美人芳草之思,喻悯世伤时之痛,“言近而指远,意决而辞婉”(樊志厚《人间词甲稿序》),故词中多用虚拟之笔。而在这首《浣溪沙》中,则纯用实笔,然亦“快而沉,直而能曲”(同上),真挚而感人,使人为之低徊不已。(马祖熙)

蝶恋花　王国维

阅尽天涯离别苦。不道归来,零落花如许。花底相看无一语,绿窗春与天俱暮。　待把相思灯下诉。一缕新欢,旧恨千千缕。最是人间留不住,朱颜辞镜花辞树。

莫道学人心枯寂,也能风流旖旎词。旧时的文人,大抵学富且兼情长,王国维尤其如此。他在近代学术史上泰斗般的地位,越来越得到人们的认可;他那些温雅绮丽、怊怅切情的小词,可以与历来的婉约名篇相媲美,这首《蝶恋花》便是一例。时在光绪三十一年(1905)春天,长期奔走在外的词人回到家乡海宁。他的夫人莫氏原就体弱多病,久别重逢,只见她面色益显憔悴,不禁万分感伤。这首诗,或许就是为此而作的吧。

通篇不离一个“花”字。这些“花”的所指虽不尽相同,但却使读者始终沉浸在一片花影里,油然生出一种凄美的情调,也许这就是作者所津津乐道的有“境界”吧。上片前三句以花喻人。“零落花如许”的“花”字,当即暗喻妻子。“零落”的是她的青春,她的美丽。这些年来,词人忍受了多少离别的煎熬,如今兴冲冲归来,不意却是如此境况,愧、悔、爱、怜齐集心头,真是离别苦,相见更苦。最妙的是“花底相看无一语”之句。这里的“花”无疑指庭院中的花树,花底看“花”,花面交映,真是浑然一体。大自然的“花”与人间的“花”一样,在这暮春时节,都开始走向"零落"。其实零落的更是他们多年劳燕分飞的蹉跎青春!

下片把时间推向了夜晚,把地点推向了闺房,"花底"变成"灯下"。夫妻款款细语,互相诉说着多年来的别情。这短暂的良宵,短暂的欢会,能抵消那么多的相思之苦吗?纵使无穷的"旧恨"从此都烟消云散,都能够化作"新欢",但令人十分无可奈何的是,青春已经逝去,朱颜已经暗淡,正如窗外的一树花影,也正在悄悄地凋零。"最是人间留不住"一句,写得何等惨痛!莫氏于两年后病逝,果真没有"留住",那么这一句竟成为不幸而言中的恶谶?

也有人认为此词有比兴之旨,寓托着他对清王朝风雨飘摇的感伤,对清王朝行将花果凋零的哀叹。或许如此吧。王国维对清廷的一片愚忱是众所周知的,后来他的自沉以殉便是明证。还有人认为它寄托着更深沉的哲理,因为王国维对哲学素有研究。读者自然不妨"各以其情而自得"。但是在我,只要一首哀感顽艳的诗词居然谜语般地影射着政治、哲学,美人香草里居然隐藏着君君臣臣,便会觉得大煞风景,索然无味。(萧华荣)

蝶恋花　王国维

昨夜梦中多少恨?细马香车,两两行相近。对面似怜人瘦损,众中不惜搴帷问。　陌上轻雷听渐隐。梦里难从,觉后那堪讯?蜡泪窗前堆一寸,人间只有相思分。

此词为记梦之作。作者可能真个做了这样一个梦,但更可能出于虚构,实为作者在《人间词话》中所说的"造境"之作。词的上片写"梦中"与其人相见的柔情蜜意;下片写"觉后"对其人相思的深愁苦恨。合上、下片看,全词所写是由梦境回到人间,以梦境的温馨反衬人间的凄凉。

佛雏《评王国维的〈人间词〉》(载《扬州师院学报》1982年第3、4期合刊)一文论《人间词》说:"其与'人间'二字相对待、相依存,如影随形,不可暂离者,厥维'梦'之一字。……'人间'与'梦'——'两般儿氤氲得不分明'"。又说:"整部《人间词》成了一曲'人间'的悲歌,一曲'梦'的悲歌。"但通观《人间词》,其"人间"两字与"梦"字并见者总共只七首,都是以"人间"与"梦"两相对比,并未使其合二为一。作者往往把"人间"与"梦"写成两个世界。在前一个世界中,只有痛苦而无欢乐;在后一个世界中,可暂时得到慰藉。因此,说《人间词》是"一曲'人间'的悲歌",应无不可,说它是"一曲'梦'的悲歌",则未必然。无宁说,其多数写梦之作是对梦的赞歌,是把在人间求而不可得之境写入梦中,而在梦回之际致以无限惆怅。这首《蝶恋花》词也是如此。

词以"昨夜梦中多少恨"一句起调。句中的一个"恨"字,并不是写梦境本身,不似苏轼《江城子》词"相顾无言,惟有泪千行"两句所写的梦中的恨情。其所恨者是好梦之难留、梦境之虚幻,因而虽与其人遇于"昨夜梦中",却如下文所说,可惜"梦里难从"。下面四句就写那虚幻而难留的好梦。"细马香车,两两行相近"两句,写相思的双方在路上迎面相逢;"细马"是男方所乘,"香车"是女方所坐。"对面似怜人瘦损,众中不惜搴帷问"两句,则写不但相逢,而且其人在众目所视下，不畏人言，大胆地表露其关怀和爱恋。这四句词展示的梦境，很像宋祁《鹧鸪天》词上片所写：“画毂雕鞍狭路逢，一声肠断绣帘中。身无彩凤双飞翼，心有灵犀一点通。”据黄昇《唐宋诸贤绝妙词选》记述，宋祁过繁台街，逢内家车子，中有搴帘者曰：“小宋也。”宋归作此词，都下传唱，达于禁中。仁宗召宋祁，从容语及，即以搴帘者与之。这一传说中的佳话，可能就是作者虚构此梦或形成此梦的蓝本；而无论其词中之梦是否与此佳话有关，也无论其笔下所写仅为虚构之境或真为梦中之境，总归是以梦呈现的，因为在作者看来，这类事不可能得之于人间，只可能得之于梦中。

作者虚构或形成这一“细马香车，两两行相近”的梦境，其诱因还可能是在执笔时或入睡时听到户外传来的车马声；因而词的下片以“陌上轻雷听渐隐”一句换头，似写“梦中”所闻，也似写“觉后”所闻，作为梦与醒之间的一个过渡句子。后四句就转而写梦后的所感、所见。“梦里难从，觉后那堪讯”两句，既是对梦里未能相从的懊恼，也是对觉后人车俱杳的怅惘。“蜡泪窗前堆一寸”句，则写梦去无痕，醒来皆空，眼前所见只有一个蜡泪成堆之景，使人倍感人间之寂寞。句中还暗含唐杜牧《赠别》诗“蜡烛有心还惜别，替人垂泪到天明”句意。作者在《红楼梦评论》中说：“苦痛而无回复之快乐者，有之矣；未有快乐而不先之或继之以苦痛者也。”这里，继梦中相见的快乐而来的人间相思的苦痛是更令人难堪的。其可悲在于：梦境是虚幻的，而人间却是真实的；梦境是一霎的，而人间却是长久的。尽管作者对梦境是“恨来迟，防醒易”（《苏幕遮》），却总归是“睡浅梦初成，又被东风吹去”（《如梦令》），终无所逃于人间，也就终无所逃于苦痛。因此，这首词的收尾处，只好以“人间只有相思分”这样一句无可奈何的话结束了全篇。

《人间词》中，与这首《蝶恋花》词的用语和意境都很相似的有两首《荷叶杯·戏效花间体》词：“昨夜绣衾孤拥。幽梦。一霎细车尘。道旁依约见天人。真摩真？真摩真？”“隐隐轻雷何处？将曙。隔牖见疏星。一庭芳树乱啼莺。醒摩醒？醒摩醒？”三首词合起来看，其所写的香车行近，依约天人，怜人瘦损，搴帷相问，这种令人留恋之境都只出现在梦中，是不属于人间的。而一梦醒来，所见只是蜡泪成堆，所闻只是庭莺乱啼，车声已隐，无从问讯，回到如此凄凉、如此空虚的人间，当然只有相思的分了。（陈邦炎）

蝶恋花　　王国维

百尺朱楼临大道。楼外轻雷，不问昏和晓。独倚阑干人窈窕，闲中数尽行人小。　　一霎车尘生树杪。陌上楼头，都向尘中老。薄晚西风吹雨到，明朝又是伤流潦。

近人萧艾笺注作者的《人间词》，谓此词是“静安自认为成功之作，龙沐勋收入《近三百年名家词选》，极为人所称赏”。《人间词》甲乙两稿有署名山阴樊志厚序，或云是作者自撰，序中说到此词，称其“皆意境两忘。物我一体，高蹈乎八荒之表，而抗心于千秋之间”，可谓誉扬备至。纵然是作者自诩，亦不妨视为自知之明。作者博览群书，才气纵横，负一时重名，原不待某一人的赞美。只因幽思邃密，不得不借他人之口以晓示读者。后世有几于白丁之徒，自矜才艺，则徒供笑噱耳。

此词统共六十字，要把意、境、物、我说清楚，真是谈何容易。我的直觉，论“词味”，可比古人名作。

先谈“境”，用了“朱楼”“大道”“轻雷”“阑干”“人”“行人”“车尘”“陌上”“西风”“雨”“流潦”共十一事。再谈“意”，用了“独倚”“人窈窕”“行人小”“老”“伤”共五事。从词的意象分析，是说，我在面临通衢大道的高楼上，总听到隆隆而过的往来车声日夜不断地传来。得此一时之闲，独自倚着栏杆，静观细数楼下路上的芸芸众生，渺小的他们穷通各异，但都不过是在人间社会痛苦挣扎。凝望中忽然又见远处车过扬尘，高齐树顶，知近处必然有尘土飞入楼中。傍晚西风吹来阵雨，可以冲洗这些尘土，又怕明天路上积水，世人出行更艰难了。于是猛悟：路上的行人和楼头的自己，都在尘劫之中，生活到老死。这就是人间世界。“百尺”，极言楼之高，唐李白《夜宿山寺》：“危楼高百尺，手可摘星辰。”“朱楼”，指华美的楼阁。“轻雷”，车声，以雷声喻车声，古人常用此法，唐李商隐《无题》：“车走雷声语未通。”“窈窕”，美好貌，兼有深远之意。“薄”是迫近的意思，“薄晚”就是薄暮、黄昏。“流潦”，流淌的积水。

再回过来一想，人置身于这个烦恼的“境”中，自然会感到与众生同样的苦“意”。近的不好，远的也不好；晴天扬尘不好，雨天积潦也不好；车声不好，车尘也不好：这就是“尘世”！足当“意境两忘，物我一体”八个字。眼前的“境”和“意”，乃是万古如斯，百世不改的，所以是“抗心于千秋之间”的。

这首词的写作特点，是以佛家悲天悯人之怀，看尘世之芸芸众生，而自己即其中之一。没有发议论，讲道理，也没有情节，只从当前之所见所闻，小到车声与灰尘，推想以至于无穷。这种“捕捉”的功夫，由平日观察的深细得来。能者随处皆有诗，不能者春花秋月也无可说。

案佛家之说，一切世间之事、法，染污真性者，都是尘。“声尘”为“六尘”之一，其义与此小异，作者殆借字面相同，取便敷陈，以具体的、现实的尘，代抽象的“尘”，使读者易于解悟而已。

有人说，作者受叔本华哲学和佛学的影响，看透人生之苦，所以最终效屈子之自沉，永离烦恼，得大解脱。（胡邦彦）

金缕曲　　李叔同

东渡留别祖国

披发佯狂走。莽中原、暮鸦啼彻，几枝衰柳。破碎山河谁收拾？零落西风依旧。便惹得、离人消瘦。行矣临流重太息，说相思、刻骨双红豆。愁黯黯，浓于酒。　　漾情不断淞波溜。恨年年、絮飘萍泊，总难回首。二十文章惊海内，毕竟空谈何有。听匣底、苍龙狂吼。长夜凄风眠不得，度群生、那惜心肝剖。是祖国，忍孤负。

光绪三十一年(1905),李叔同东渡日本留学,入东京上野美术专门学校,专攻西洋绘画和音乐。这首《金缕曲》即写于去国赴日之际,直为"留别祖国"而作,时年二十六岁。

上片写去国之忧,悲情苦意,一往情深。起句"披发佯狂走",借典叙事,以事写人,通过连续激烈动态的刻画,将一腔忧愤郁抑之气写得喷薄而出。"披发",散发;"佯狂",装疯。据《史记·宋微子世家》,商纣王暴虐无道,箕子苦谏不听,"乃被发佯狂而为奴",并为纣王囚禁,周武王灭商后被释放。此以殷商旧事揭明自己险恶的境遇与悲壮的情怀,切定"东渡留别祖国"题旨,出笔不凡。以下便转入对离愁别绪的抒写,境界凄迷,情致深婉。"莽中原"二句用"暮鸦"、"衰柳"意象喻写当时中国的黑暗没落现实,词意兼取唐李商隐"终古垂杨有暮鸦"(《隋宫》)和元马致远"枯藤老树昏鸦"(《天净沙·秋思》)而成。"破碎山河谁收拾"承上而来,既有对祖国危亡、国人沉睡的悲伤,又有前路迷茫、回天无力的困惑。这正如他在东渡前夕所作《喝火令·哀国民之心死》一词中所云:"故国鸣鹎鴂,垂杨有暮鸦。江山如画日西斜。"正是这种"待从头、收拾旧山河,朝天阙"(岳飞《满江红》)的理想精神,与"西风残照,汉家陵阙"(唐李白《忆秦娥》)的现实图景,构成了"离人消瘦"的深层原因。游子就要远行了,面对江流禁不住一次次深深叹息,他将自己对濒危祖国的无比依恋喻作刻骨铭心的男女相思,香草美人、比兴寄托手法的运用,使爱国情思愈加真挚感人。"红豆生南国,春来发几枝。愿君多采撷,此物最相思。"唐王维《相思》诗意在此焕发出了新的时代光华。"愁黯黯,浓于酒",写酒入愁肠,忧从中来,酒浓愁更浓,人醉心亦醉。以酒之浓烈写愁之深重,既有夸张,又有通感,正所谓"举杯销愁愁更愁"(李白《宣州谢朓楼饯别校书叔云》)。

下片抒报国之志,披心沥血,气壮山河。换头"漾情不断淞波溜",承歇拍"愁黯黯,浓于酒"而来。"问君能有几多愁,恰似一江春水向东流"(南唐李煜《虞美人》),作者奔涌的情思就像眼前的吴淞江水一样连绵不绝。"淞",吴淞江,今名苏州河,流经今上海市区。作者东赴日本,从上海出发,故云。"溜",水流貌,此指江水。"恨年年"四句转入对岁月蹉跎、壮志难酬的慨叹,感情渐由忧伤而激愤。"絮飘萍泊",化用宋文天祥"山河破碎风飘絮,身世浮沉雨打萍"(《过零丁洋》)诗意,悲叹往事不堪回首;"二十文章惊海内,毕竟空谈何有",远本唐杜甫《宾至》"岂有文章惊海内",近取清龚自珍《金缕曲》"纵使文章惊海内,纸上苍生而已",自负而兼自责,词意递进一层,抒发自己不甘以文章名世,而欲建功立业,拯救苍生的心声。鄙视空谈,崇尚行动,这正是革命志士有别于传统文人之所在。"听匣底、苍龙狂吼",便是这位青年志士报效祖国的雄心壮志的生动写照。"苍龙",指剑。王嘉《拾遗记》:"帝颛顼有曳影之剑,……未用之时,常于匣里如龙虎之吟。"苍龙狂吼,蓄势待发,全词由此勃然振起。"长夜凄风眠不得",再写苦闷孤寂之怀,宕开一笔;"度群生、那惜心肝剖",重申凌云壮志,又起高潮。最后以"是祖国,忍孤负"照应开头,结束全篇,极往复曲折、慷慨悲歌之致,读来回肠荡气。"孤负",同辜负。作者于辛亥革命成功之后所作《满江红》词中写道:"算此生、不负是男儿,头颅好","看从今、一担好山河,英雄造。"正可作为此词结句的最好注脚。他于东渡次年即加入同盟会,并与在日同学组织春柳社,归国后又成为革命文学团体南社社员,也正是这一战斗誓言的最好体现。

叔同存词不多,然能兼擅豪壮与缠绵两种风格,这首《金缕曲》具有鲜明的时代气息和个性色彩,读后既可想见二十世纪初年的历史风云,又能感知一位青年志士忧国忧民的心路历程。(龚喜平)

浪淘沙　吕碧城

寒意透云帱，宝篆烟浮。夜深听雨小红楼。姹紫嫣红零落否？人替花愁。　临远怕凝眸，草腻波柔。隔帘咫尺是西洲。来日送春兼送别，花替人愁。

春去春来，花开花落，年年周而复始，这在经历平凡的常人眼中，恐怕丝毫也难以引起特别的感受，可是在一个不断地与亲人聚散匆匆的少女心头却会别有一番滋味，吕碧城写这首小词时，正处在后一种境况里。

“寒意透云帱，宝篆烟浮”，词一开头，就将人物置身于室内冷漠凄清的氛围之中。本来，浓浓的寒意透过印有云纹图案的罗帐，已足以使人夜不能寐，偏偏在夜深的时候又下起了潇潇的春雨，更让人睡卧不安。伴随着窗外不断的雨声，不知何时而来的一阵阵“姹紫嫣红零落否”的忧虑突然涌上心头，渐渐地“人替花愁”的怜惜之情涨满了少女的心房。词中抓住“寒意”、“春雨”这两个极具表现力的意象，几乎不作任何渲染，便从触觉和视觉的角度，将周边的环境和人物的活动巧妙地融为一体，形象地传递出少女惜花的情怀。这里，可注意的是雨中之花何以会引起少女的垂怜，尤可注意的是“人替花愁”，愁些什么。一眼看去，这愁已失去特定的指意，而演化为一种普遍性，不挟带多少痛苦，更无深意可供挖掘。果真如此，那么它还有何意味可言？欲求其解，知人论世当不可少。碧城自十二岁那年，父亲故世时起，家中屡遭恶族相逼，几陷绝境。不久，她奉母命离乡背井，只身投奔在塘沽做官的舅父，过着寄人篱下的生活。因而她在低吟“姹紫嫣红零落否”的同时，更像在诉说自己的落花身世，怜花惜花，其实也是在自伤自怜。“人替花愁”，实乃花中有我，我中有花，花耶人耶，两难分辨。君不见，《红楼梦》中的林黛玉有《葬花辞》云：“侬今葬花人笑痴，他年葬侬知是谁？”不正是既为花惜，又为己悲吗？而清代著名女词人吴藻《虞美人》词，在对“一宵疏雨一宵风”中的海棠花怜惜之余，更是直截了当地发出了“分明人也如花痛”的自我悲感。况且，千百年来落花被无数的诗人用来隐喻象征青春易逝，韶光憔悴，碧城的所谓“人替花愁”，想必也从中悟出某种与自身相类似之处，有深意在焉。按照我国诗歌的传统说法，这是“兴在象外”，不实说人事而人事已隐约其中，自有余味不尽之妙。

经过大半夜的风吹雨打，清晨雨住了。碧城此时宕开笔意，将背景由室内转向户外。这时映入眼帘的是意想不到的情景：水草肥美，水波柔碧。揆之常情，深夜雨打，有惊无险，并没有出现落英缤纷，满地狼藉的景象，少女应该感到宽慰才对，可是不仅未能如此，反而生出新愁。一个“怕”字引人深思，使词意跌宕起伏，逼人非往下看不可。在本词的初稿中，“草腻波柔”、“隔帘咫尺是西洲”，原作“离思难收”、“一生多病苦淹留”。两者相比，高下可分。原作在意象及色泽上皆逊于改动后的句子，有意尽于言，一览无余之感，但在帮助我们理解词意上还是自有其作用：词中所言“离思”、“多病”，皆为碧城早期生活的真实写照。观此，我们不能不感叹作者对小词精益求精，力求完美的认真态度。这一改，不但丰富了视觉的内容，而且使词意气脉贯通，避免了原作与“凝眸”语气不甚相接的毛病，非常委婉含蓄地表现了一种不可遏制的离情别思。南朝无名氏作《西洲曲》,写女子别后的相思之情,中有句云:“西洲在何处?两桨桥头渡。”据此,“西洲”当在女子住家的附近,也就是与情人相会话别之地,此当为碧城句中的“西洲”所本。所不同的是话别对象各有所指,古乐府中指的是情人,而碧城词中指的应是诸姊。从“临远怕凝眸”至“隔帘咫尺是西洲”,总共才有十几字,但在表现手法上却有不容忽视之处。“草腻波柔”,展示了春天特有的一派勃勃生机,可是这在多愁善感的离人眼中,反更能撩起愁思,触动愁肠,这是以乐景写哀,倍增其哀。不从正面说穿“怕”的缘由,只借用古乐府中“西洲”一词,关联离情,发人联想,可谓以少总多,深曲婉转。正是因为有了“草腻波柔”和“隔帘咫尺是西洲”的敏感之点,这才又进一步勾起了少女“来日送春兼送别”的伤感,而这种伤感又并非简单地着一“愁”字或“恨”字了事,相反通过移情于物来加以体现,更觉情意悠长。结句“花替人愁”,是将前四句反复曲折的描绘作一归拢,同时照应上片的“人替花愁”,将人花互怜表现得极为哀婉动人,真可谓匠心独运,缜密臻极。

不难看出,这首词显然受到李清照《如梦令》(昨夜雨疏风骤)的启发。两者都表现闺中人惜花伤别之情,比较而言,碧城此词诚有后来居上之处。它在词意上更跌进一层,不为惜花所囿,在极有限的字面中,将惜花扩大到人花互怜,赋予了小词更丰富的内涵,大有“卿须怜我我怜卿”的意味。此外,上下片结句,只将词序稍作变动,就构成了回环往复,旋律优美的韵味,把人物感情上的波澜委婉地表现出来,自是不同寻常的手笔。近代著名诗人樊增祥对这首词很是激赏,称之为“漱玉犹当避席,《断肠集》勿论矣”(《吕碧城集》眉批)。(李保民)

踏莎行　吕碧城

水绕孤村,树明残照,荒凉古道秋风早。今宵何处驻征鞍?一鞭遥指青山小。　漠漠长空,离离衰草,欲黄重绿情难了。韶华有限恨无穷,人生暗向愁中老。

这是碧城写于1905年之前的一首脍炙人口之作。词中写傍晚行旅中的冷落秋景和人物活动,抒发深沉的人生感慨,音节苍凉,感情郁闷,恰如长空一声雁唳,使人心灵震颤不已,又似暴风雨来临前的窒闷,令人喘不过气来。当震颤平息,窒闷过后,它又让你慢慢地循着作者的思绪,以各自不同的生活经验和联想,去感受人生的艰辛。

上片从景物落笔,起头三句描绘了一幅长长的画卷:一道弯弯的河流环绕着一座孤零零的村落,一抹残阳洒在林间忽明忽暗,一条荒凉的古道上,早早到来的秋风呼呼地吹个不停。虽说这三句在字面上或与秦观的《满庭芳》(山抹微云)有相同处,或和马致远《天净沙·秋思》有相似处,然而一经碧城妙手组合点染,既非秦郎词中的鸦噪夕阳,水村恬适的意象,亦非马君曲中古道奔波,惹人肠断的景观,而是浑然天成,自成画境。面对如此冷落的秋景,又当黄昏日落时分,漂泊异乡的旅人情何以堪?夜宿何方成了他首要考虑的问题。后二句承先前的景物描绘,着眼于人物内心和外在的表现,仿佛是一特写镜头,但见主人公骑在马上,像是在扪心自问,又像是自言自语。“今宵何处驻征鞍?”这一强烈的反诘语气,传神地反映出主人公焦虑的情态和艰难的人生旅程，而“一鞭遥指青山小”的动作形象，可谓神来之笔，它使任何语言的回答，相比之下都显得苍白乏味，让人立刻感受到主人公的心头是沉甸甸的，他心目中的理想所在远在天边，可望而不可即，前景黯然堪忧。此时，经过一整天的奔走，已是马困人饥，况且黑夜已迫在眉睫而前路遥遥，即使在读者看来，也禁不住要忧从中来，更何况当事人本身。很难预料今夜的旅人将会是怎样的一番结果。也许当他竭力赶到了要去的地方，更深夜阑，人家客栈早已紧锁大门，他无处栖身，只能在秋风中踯躅；也许直至第二天黎明，他也未找到入宿之地；也许半路上他又饿又累，再也支撑不住，倒在了荒野，任凭风吹霜打，一筹莫展。总之，今宵啊，今宵！你留给人有那么多的也许，留给人有那么多的联想。什么叫“措辞委婉”？什么叫“意在言外”？读者诸君看到这里，想也从中悟出些许门道吧！

下片以景起兴，转入对人生深沉的咏叹。仰望广袤的天空，昏暗迷濛；俯视苍莽的原野，衰草纷披。纵然在满目悲凉的环境里，那种与生俱来的对美好事物渴望和追求的情结，依旧执着专注，缠绕在主人公心头。他期待着有一天能“欲黄重绿”，人间再现一派生机勃勃的景象。可是这太难太难了。他能盼到那一天么？在天涯漂泊中，他不知经历了多少期待幻灭的痛苦，每一次幻灭都在旧伤未愈中又添上新的创痕，莫非这一生真的要“情难了”了？对于这“漠漠”三句，如不加以细心体会，很可能看成是一般泛泛的写景言情，其实不然。“漠漠”一词回应词之开头，写时间推移，点出夜色笼罩，更暗示现实社会黑暗无道；“离离”二字是在描摹野草纷乱的自然现象，也是在隐喻社会现状的混乱不堪；而“情难了”则语义双关，既表示情意缠绵，对众生深怀关爱，又含情愫难尽终无结果之意。爱恨交织，动人心弦，人们从中可以看出作者细针密线的艺术构思，善用词句的高超手段。收尾二句，不囿于眼前之景而伤感，从大处着墨，直抒胸臆，感情显得异常的压抑和沉闷。“韶华”谓青春年华，大好时光。“恨无穷”之中的“恨”，又从何而来？表面上看是“韶华有限”而引起的，骨子里却别有深意。请看碧城在此词前后写的不少作品，如“叩帝阍不见，愤怀难泻”（《满江红·感怀》）、“把无限忧时恨，都消酒樽里”（《法曲献仙音·题虚白女士看引杯图》）等，一再申诉忧时之恨；可见碧城此处的恨，其意相同，乃是抒发主人公报国无门、壮志难酬的无限苦闷。再从结句来看，它既有对黑暗现实无可奈何的愤懑，又有对岁月蹉跎，一事无成的伤感痛惜。

概括言之，本篇在写作上有三点可供玩味之处：一是善于融情入景，通过接连不断的画面，强化人物所处的背景，烘托出人物悲凉的心境。二是将人物的动作高度语言化，虽不言而言尽在其中，收到言近旨远，含蓄蕴藉的效果。三是不以辞藻华赡取胜，语言质朴，在平淡无奇中给人意味隽永的感受。（李保民）

图书在版编目(CIP)数据

文学经典鉴赏．元明清词三百首／上海辞书出版社文学鉴赏辞典编纂中心编．—上海：上海辞书出版社，2022

ISBN 978-7-5326-5998-2

Ⅰ．①文…　Ⅱ．①上…　Ⅲ．①词(文学)-鉴赏-中国-元代-清代　Ⅳ．①I206

中国版本图书馆 CIP 数据核字(2022)第 229148 号

WENXUE JINGDIAN JIANSHANG · YUANMINGQINGCI SANBAISHOU

文学经典鉴赏·元明清词三百首

上海辞书出版社文学鉴赏辞典编纂中心　编

责任编辑　吕荣莉

装帧设计　姜　明

责任印制　楼微雯

出版发行　上海世纪出版集团
上海辞书出版社(www.cishu.com.cn)

地　　址　上海市闵行区号景路 159 弄 B 座(邮编 201101)

印　　刷　上海盛通时代印刷有限公司

开　　本　720 毫米×1000 毫米　1/16

印　　张　24.75

字　　数　586 000

版　　次　2022 年 12 月第 1 版　2022 年 12 月第 1 次印刷

书　　号　ISBN 978-7-5326-5998-2/I·528

定　　价　68.00 元

本书如有质量问题，请与承印厂联系。电话：021-37910000